KU-635-606

Introduction

Dix années déjà se sont écoulées depuis le moment où j'ai commencé à rédiger cet ouvrage, dix années au cours desquelles le climat intellectuel, le climat politique et la sensibilité collective ont été profondément bouleversés.

Certes mon sujet, malgré ces changements, n'a rien perdu de son actualité, tout au contraire ; jamais on ne s'est autant plaint de la stupidité ou de l'arrogance des bureaucrates ; jamais on n'a réagi avec autant d'effervescence aux problèmes que pose la bureaucratie : le besoin de participation et la répugnance des hommes devant le poids trop lourd des disciplines collectives.

Mais l'intérêt raisonnable que l'on pouvait porter à ces problèmes au début des années 1960 est devenu passion anxieuse, fascination, sinon agitation.

Le mythe de la bureaucratie que je voulais dissiper s'est transformé en cauchemar et on a désormais l'impression que ce que recherche le public même (ou surtout) cultivé — ce n'est pas une analyse mais des exorcismes : autogestion pour les plus avancés, participation pour les plus timides.

A relire mon ouvrage dans ce nouveau contexte, je m'aperçois combien sous son apparente actualité, il va encore, comme il allait déjà alors, à contre-courant.

En 1960, mes travaux choquaient parce qu'ils forçaient à voir ce que l'on refusait de voir : les contraintes que fait peser sur toute action la nécessité où se trouvent les hommes d'utiliser comme moyens des organisations composées d'êtres humains ; on les trouvait pessimistes, inhumains et anti-idéalistes.

En 1970, on les trouverait plutôt optimistes... La cause est entendue, toutes les institutions sont oppressives et haïssables ; on n'a plus envie de s'attarder à l'analyse et de distinguer comment et jusqu'où elles peuvent être un obstacle à la liberté humaine. On ne s'intéresse qu'aux conclusions. Et mes conclusions paraissent maintenant terriblement modestes, presque naïves. Au lieu d'accuser les fléaux du ciel, elles renvoient en fait le lecteur à ses responsabilités.

Ma position est-elle défendable ? Peut-on aujourd'hui refuser les réponses totales qui semblent si bien correspondre à la découverte de ces interdépendances innombrables que nous constatons ? Peut-on éluder ces grands choix de valeurs auxquels tout conspire à nous contraindre ?

Je le crois. Autant était-il indispensable, en 1960, de refuser l'illusion humanitaire, libérale ou socialiste, selon laquelle le bien, le progrès pouvaient être des valeurs absolues qu'il suffisait de bien articuler et d'affirmer, autant me semble-t-il urgent désormais de démystifier le rêve révolutionnaire et la pratique gauchiste selon lesquelles l'enchaînement catastrophique des contradictions impose le retournement total. A dire vrai, je retrouve quelque chose de commun dans ces deux attitudes pourtant si contradictoires : l'ignorance des contraintes, l'incapacité à comprendre la réalité des pesanteurs humaines et une vue terriblement simpliste du déterminisme.

Libéraux et sociaux-démocrates de l'époque Kennedy croyaient qu'ils pouvaient maîtriser les destins humains par le bon usage de la raison. Nos intellectuels de la nouvelle vague sont passionnément anti-rationnels. Mais c'est au nom d'une foi idéaliste encore plus naïve dans l'efficacité souveraine d'une autre forme de raison. Des deux côtés, plus ou moins consciemment, on tend à faire le partage entre les pratiques de ce monde enfoncées dans l'irrationnel ou dans l'aliénation et le royaume de Dieu, le seul qui compte, où la volonté se déploie sans entrave.

En fait, le royaume de Dieu n'est ni de ce monde d'aujourd'hui ni de celui de demain. Il n'est pas et ne sera jamais de notre monde tout simplement. Certes nous pouvons prétendre à plus de liberté par rapport aux contraintes que constituent nos institutions bornées et nos valeurs d'infirmes, mais seulement dans la mesure où, nonobstant pollution et bureaucraties, nous acceptons de reconnaître que nos possibles libertés de demain sont fondées sur la reconnaissance et la compréhension de celles d'aujourd'hui.

Cette reconnaissance a beau restreindre considérablement notre liberté utopique, elle nous laisse en fait bien plus de liberté que nous ne sommes intérieurement capables d'en user pour effectuer des changements réels. Encore faut-il, d'ailleurs, que nous sachions aussi percevoir le poids réel des contraintes que nous ne pouvons pas encore surmonter et le prix dont nous devons payer l'élimination de celles dont nous pouvons nous débarrasser, le moindre de ces prix n'étant certainement pas la difficulté que nous avons à assumer une telle liberté.

Nous rejetons trop facilement nos difficultés sur des épouvantails abstraits

Michel Crozier

Le Phénomène bureaucratique

Essai sur les tendances bureaucratiques
des systèmes d'organisation modernes
et sur leurs relations en France avec
le système social et culturel

Éditions du Seuil

ISBN 978-2-02-000603-3

© ÉDITIONS DU SEUIL, 1963

Le Code de la propriété intellectuelle interdit les copies ou reproductions destinées à une utilisation collective. Toute représentation ou reproduction intégrale ou partielle faite par quelque procédé que ce soit, sans le consentement de l'auteur ou de ses ayants cause, est illicite et constitue une contrefaçon sanctionnée par les articles L. 335-2 et suivants du Code de la propriété intellectuelle.

comme le progrès, la technique, la bureaucratie. Ce ne sont pas des techniques ou les formes d'organisation qui sont coupables. Ce sont les hommes qui, consciemment ou inconsciemment, participent à leur élaboration. Et c'est bien là notre raison d'espoir et la légitimation de tout combat pour le changement. Si ce sont les hommes qui sont coupables, alors ils peuvent apprendre à devenir différents, alors il vaut la peine de les convaincre. Peut-être même oserais-je ajouter l'iconoclaste pensée que les révoltes vertueuses, ces dénonciations passionnées et cette ferveur mystique dans lesquelles les jeunes générations sont en train de s'aliéner temporairement, constituent actuellement le risque le plus grave de régression bureaucratique.

Mais de quoi, me direz-vous, inquiet lecteur, pouvez-vous tirer une telle assurance ? De quelles évidences disposez-vous pour soutenir une pétition de principe qui va à l'encontre de ce concert universel de lamentations que les meilleurs esprits comme les plus conformistes déversent sur notre civilisation technicienne et bourgeoise ?

Je n'ai pas d'évidences bien sûr. Mais ce sur quoi je me fonde n'est pas un postulat d'intellectuel ou la conséquence d'un choix de valeurs, c'est le fruit d'expériences directes d'analyses effectuées aux points les plus sensibles de « l'aliénation bureaucratique », et la conviction intime, lentement formée et sans cesse confirmée à l'épreuve des contacts contradictoires auxquels elles m'obligeaient : le mythe se dissout à mesure qu'on l'examine ; plaintes et idéologies n'ont qu'un rapport décoratif à l'égard du jeu réel que les gens jouent ; derrière l'apparente logique du discours verbal dont on s'enchante, il y a une autre logique plus profonde qui peut faire l'objet d'une connaissance positive ; et de cette connaissance positive, on peut tirer une interprétation beaucoup plus efficace des raisons pour lesquelles un système humain présente les caractéristiques bureaucratiques que nous dénonçons tout en contribuant à les renforcer par le style même des attaques que nous lui portons.

C'est cette assurance et la qualité de l'expérience à travers laquelle je l'ai acquise que j'ai voulu instinctivement faire partager en écrivant *le Phénomène bureaucratique.* Certes il s'agissait bien pour moi de décrire de façon plus scientifique les particularités et les vices bureaucratiques, d'en comprendre les mécanismes et d'en proposer une théorie plus générale. Mais plus profondément peut-être, ce que je cherchais, c'est à faire ressentir à mes lecteurs que ces faits vicieux irrationnels que chacun éprouve douloureusement pour les rejeter le plus vite possible dans le domaine de l'imprécation ou de la révolte, sont des faits naturels, raisonnables, relativement simples et susceptibles de connaissance positive, donc d'intervention et de correction.

C'est pourquoi j'ai consacré autant de temps — le tiers du livre en fait — à exposer les résultats des deux enquêtes que j'avais choisies comme point de départ et à développer dans le détail le cheminement de l'analyse.

Certains lecteurs au moment de la première parution ont été surpris de cette insistance. Pourquoi, disait en substance Georges Burdeau, le sociologue doit-il sacrifier à la mode et se montrer lui aussi tout crotté de la boue des chantiers ? A y réfléchir avec le recul du temps, il me semble que mon dessein requérait cette démarche et continue à la requérir. C'est seulement à travers un apprentissage empirique personnel que l'on peut découvrir le sens d'un raisonnement scientifique nouveau et apprendre ainsi à aborder plus librement les trop grands problèmes au milieu desquels nous nous débattons.

Qu'on se rassure : cheminement, analyse, raisonnement scientifique ne signifient pas méthodologie au sens rébarbatif du terme. Il ne sera question que de deux cas concrets ; c'est-à-dire de deux histoires où l'on cherchera vainement des coupables jusqu'au moment où on aura appris à raisonner sur les relations et non plus sur les individus, sur le système et non plus sur les antagonismes contingents ; c'est-à-dire, au fond, d'une sorte de roman policier à rebours qui part du coupable pour découvrir le milieu et la situation.

Le sociologue toutefois ne peut pas s'arrêter au roman policier. S'il tient dans son entêtement scientifique à réaffirmer la valeur d'une méthode positive d'orientation expérimentale qui provoque maintenant l'impatience de la jeune génération comme elle provoquait, il y a dix ans, l'irritation de la génération de nos prédécesseurs, ce n'est pas sur sa méthode ou sa conscience professionnelle qu'il veut être jugé. La valeur de l'effort ne se mesure pas à la peine prise mais à la qualité du résultat. Et la qualité du résultat, pour le sociologue, c'est l'inutilité de la théorie qu'il a pu tirer de ces travaux.

La théorie que j'ai tirée de mes enquêtes sur les organisations affectées du vice bureaucratique appelle quelques commentaires que je vais essayer d'accuser de façon plus vive pour essayer d'engager le lecteur à une lecture plus active.

La vue traditionnelle de la bureaucratie sur laquelle se reposaient à la fois conservateurs et révolutionnaires, James Burnham comme Rosa Luxemburg, Marcuse comme Galbraith, c'est que celle-ci est le produit de la concentration des unités de production, concentration qui est due à son tour aux contraintes techniques et aux dimensions nouvelles de l'économie. D'où la régimentation, le conformisme des organisations modernes de plus en plus dominées par un appareil bureaucratique hiérarchisé et contraignant.

A l'épreuve de l'analyse des rapports humains réels au sein d'organisations présentant effectivement les caractères bureaucratiques, cette vue m'est apparue comme une de ces fausses évidences qui nous empêchent de voir la réalité.

Malgré l'autorité infaillible de Max Weber, que le respect trop instinctif des résultats de la tradition bureaucratique prussienne avait conduit à imposer l'idée de la supériorité absolue du modèle hiérarchique réglementaire et bureaucratique en matière d'efficacité, l'analyse des faits démontre que plus ce modèle prévaut, moins l'organisation est efficace.

En fait la bureaucratie, au sens où le grand public l'entend (c'est-à-dire le climat de routine, de rigidité, de contrainte et d'irresponsabilité qui caractérise les organisations dont on se plaint) n'est pas du tout la préfiguration de l'avenir et n'a pas tendance à augmenter particulièrement avec la concentration des entreprises [1], mais constitue le legs paralysant d'un passé où prévalait une conception étroite et bornée des moyens de coopération entre les hommes.

Aucune organisation en effet n'a jamais pu et ne pourra jamais fonctionner comme une machine. Son rendement dépend de la capacité de l'ensemble humain qu'elle constitue à coordonner ses activités de façon rationnelle. Cette capacité dépend à son tour des développements techniques mais aussi et parfois surtout de la façon dont les hommes sont capables de jouer entre eux le jeu de la coopération.

Un tel jeu n'est pas un jeu harmonieux. Il peut être considéré tout autant comme un jeu de conflit que comme un jeu de coopération. L'analyse empirique démontre qu'il est dominé par des problèmes de pouvoir ; non pas le pouvoir au sens politique et plus ou moins mythique du terme, cette entité qui réside au sommet et que l'on pourrait un jour capturer, mais les relations de pouvoir, ces relations que tout le monde entretient avec tout le monde pour savoir qui perd, qui gagne, qui entraîne, qui influence, qui dépend de qui, qui manipule qui et jusqu'où.

La leçon de mes enquêtes sociologiques, on le verra, c'est que dans ses relations avec autrui — même au bas de l'échelle — le pouvoir de chaque individu dépend de l'imprévisibilité de son comportement et du contrôle qu'il exerce sur une source d'incertitude importante pour la réalisation des objectifs communs. D'où la tendance irrésistible à se rendre indispensable, à garder secret des arrangements particuliers, à maintenir incertain, inacces-

1. Elle augmente seulement comme c'est assez souvent le cas en France actuellement quand on prétend appliquer aux nouvelles concentrations des modèles de gouvernement déjà inadaptés pour les plus petites organisations antérieures.

sible à autrui, irrationnel même ce qui devient le fondement de son pouvoir. D'où cette lutte complexe, incompréhensible autrement, des individus, des groupes et des clans pour valoriser le type d'expertise qui est le leur aux dépens de l'organisation tout entière.

Pour ces raisons, une organisation n'est pas faite seulement des droits et des devoirs de la belle machine bureaucratique — et pas davantage d'ailleurs de l'exploitation et de la résistance à l'exploitation de la force de travail par un patron ou une technostructure. Elle est un ensemble complexe de jeux entrecroisés et interdépendants à travers lesquels des individus, pourvus d'atouts souvent très différents, cherchent à maximiser leurs gains en respectant les règles du jeu non écrites que le milieu leur impose, en tirant parti systématiquement de tous leurs avantages et en cherchant à minimiser ceux des autres. Ces jeux sont très profondément déséquilibrés ; mais aucun joueur, pour ce qui le concerne, n'est totalement privé de chances. Et les déséquilibres sont beaucoup plus entre les jeux qu'à l'intérieur des jeux. L'ensemble ne tient que par le fractionnement et une dose considérable d'obscurité. D'où la tendance irrésistible au développement, au maintien ou la reconstitution de barrières à la communication malgré les efforts incessants des dirigeants. D'où les routines et les rigidités. D'où l'inefficacité des organisations en apparence les plus rationnelles.

Certaines organisations toutefois sont plus efficaces et on peut dire très généralement que les organisations modernes — sauf tendances temporaires à la confusion et à la régression — deviennent graduellement plus efficaces et sont déjà beaucoup plus efficaces que celles d'il y a cent ans. Pourquoi ? Parce qu'elles ont réussi plus ou moins consciemment à élaborer des modèles de jeu où les participants tout en continuant naturellement à chercher leur avantage aient intérêt à communiquer. Il ne s'agit pas de supprimer les rapports de pouvoir à la base — tâche impossible et stérilisante — mais au contraire de les reconnaître pour pouvoir les régulariser et forcer les partenaires à la négociation directe c'est-à-dire à la communication.

Mais de tels jeux requièrent des rapports humains plus clairs et plus directs qui sont en fait beaucoup plus éprouvants pour les participants, ce que montre bien l'examen de toutes les expériences de décentralisation sinon d'autogestion qui créent des tensions psychologiques difficiles à surmonter chez ceux qui en sont les bénéficiaires (et aussi bien les victimes).

Pour qu'il y ait changement réel, pour que la bureaucratie disparaisse ou au moins s'atténue, il faut donc que les hommes acquièrent des capacités nouvelles : capacité individuelle de faire face aux tensions, capacité collective d'organiser et de maintenir des jeux fondés sur plus d'échange et moins de défense.

C'est ici qu'intervient la dimension culturelle. Les caractéristiques d'une société nationale qui se transmettent par les modèles familiaux, les modèles de socialisation, l'éducation, et qui sont constamment renforcées par l'expérience de la vie sociale, influencent profondément le possible développement de ces capacités. Elles constituent donc une contrainte extrêmement forte à tout changement.

La troisième et dernière partie du *Phénomène bureaucratique* est consacrée à cette dimension culturelle. Elle est de nature très différente. Il s'agit cette fois d'un essai interprétatif, non d'une analyse ou d'une théorie.

La discussion de mes deux cas m'avait fait mesurer l'importance de ce contexte culturel. Certes je pouvais donner une interprétation très raisonnable et très suffisante des faits que j'observais à travers le développement de cette théorie rationnelle de l'organisation dont je viens de résumer quelques éléments. Mais je remarquais que ces mêmes faits pouvaient s'interpréter d'une manière toute différente (mais non pas contradictoire) en faisant appel à la résistance d'un modèle culturel français. J'ai donc voulu recommencer l'exercice, voir ce qu'on pouvait tirer d'un mode de raisonnement différent et tenter d'établir à partir de la complémentarité des deux modes d'approche des éléments d'une théorie plus générale.

Mais le lecteur moins intéressé par la spéculation théorique trouvera surtout dans cette troisième partie des réflexions très directes et qui parurent — à l'époque au moins — provoquantes, sur la société française d'aujourd'hui, son modèle d'organisation et son style d'action. La bureaucratie à la française constitue une solution raisonnable aux problèmes que nous posent nos réactions instinctives de peur du face à face, notre conception absolutiste de l'autorité et notre répugnance à admettre en revanche la moindre relation de dépendance.

Un tel modèle, il n'est plus besoin de le souligner, est désormais en crise et cette crise atteint toute la société française. On trouvera dans cette dernière partie des éléments du diagnostic sur cette crise et des réflexions sur les possibilités de changement de la société française.

Les événements, depuis le moment où j'écrivais, ont couru beaucoup plus vite que je ne l'aurais pensé, rattrapant et devançant même l'analyste. Je n'ai pas cru bien sûr devoir changer une ligne à mes remarques écrites en 1961. Les lecteurs que mes conclusions trop hâtives et encore marquées, quelle qu'ait été ma position, par les illusions d'une époque plus optimiste n'auront pas satisfaits, pourront trouver dans *la Société bloquée* la mise au point du diagnostic qu'ils attendent et les réflexions du sociologue sur la confirmation et le démenti que lui a tout à la fois apportés l'événement.

Post-scriptum, décembre 1985

L'air du temps change profondément la lecture que l'on fait d'un livre, même scientifique. Je m'étonnais en 1971 que *le Phénomène bureaucratique* qui apparaissait lors de sa publication comme un ouvrage de combat contre l'optimisme triomphant des technocrates des années soixante, pût désormais passer pour un plaidoyer pour la civilisation des organisations contre les illusions de libération autogestionnaire. Quinze ans de plus ont passé et le vent a tellement tourné encore, que si je devais craindre quelque chose dans ce torrent de modernisation qui emporte gauche et droite pêle-mêle, ce serait de me trouver noyé dans le courant anti-étatiste.

On me dira que je devrais éprouver une certaine satisfaction à me trouver enfin rejoint. C'est après tout la meilleure preuve de réussite de celui qui s'est cru pionnier. S'il veut continuer à savourer les joies austères de l'avant-garde, à lui de s'échapper des limitations de son premier livre. Heureusement ou malheureusement je ne crois pas pouvoir en être si facilement quitte avec *le Phénomène bureaucratique.* L'enthousiasme néolibéral peut bouleverser les images du succès, les visions du monde et la rhétorique de la politique, il se transforme immanquablement en autres *n'y-a-qu'à* dès qu'il s'agit de traduire en actes le nouveau *projet de société.* On ne supprime pas un problème qui colle à notre vie collective comme sa tunique au malheureux Nessus. On ne décrète pas le libéralisme, on le gagne, on le construit petit à petit avec beaucoup d'efforts. Et pour y parvenir, il faut d'abord et avant tout comprendre ce qui est en jeu plus profondément derrière les apparences auxquelles s'accrochent les idéologues.

On trouvera dans la discussion des deux cas bureaucratiques exemplaires que j'avais découverts et analysés, une méthode et une façon de raisonner qui permettent d'aller plus loin. Et, contrairement à ce que pensent tous les politiques et soi-disant hommes d'action, on ne pourra contribuer à une évolution plus rapide et plus efficace ou plutôt plus humaine que si l'on va plus loin dans l'analyse et dans la compréhension. Rien de plus irréaliste que l'action telle qu'elle est généralement menée à partir des principes, programmes et projets de société. Les problèmes que vivent vraiment les gens ne sont pas accessibles à ces approches brutales. Ils demandent une autre attention, une autre prudence, un investissement en connaissance que l'on refuse toujours de faire. Rien de plus réaliste pourtant que l'action fondée sur la connaissance. On trouve naturel de dépenser des sommes considérables en recherche-développement quand il s'agit de matériaux et de processus physiques. Mais quand il s'agit de la plus précieuse des matières, la matière humaine, et des plus délicats des processus, les processus d'interrelations entre les hommes, on refuse de gouverner autrement qu'avec des principes simplistes dignes de la phlogistique.

La France de 1985 pourtant est mûre pour une véritable mutation. Les mécanismes de décision, les procédures et méthodes d'action collective, le système étatique restent archaïques, mais les Français ont profondément changé dans leurs mœurs et dans leurs comportements. Ils ont commencé à prendre conscience de ce style bureaucratique qu'ils avaient si complètement intériorisé. Comme dans toutes les périodes de réelle mutation, ce sont les hommes qui sont en avance et le système qui est en retard.

Mais si l'on ne veut pas que les chances que cette période exceptionnellement favorable nous offre d'un renouvellement de nos modes de pensée et d'action soient gâchées, il faut accepter enfin la leçon de la connaissance.

Le phénomène bureaucratique ne peut être dépassé que si l'on veut bien comprendre toutes les faiblesses humaines qui le rendent raisonnable et si l'on accepte d'investir dans le développement des hommes et des organisations qui seuls ensemble peuvent faire la différence.

1

Le cas de l'agence comptable parisienne

Le premier des deux cas dont nous allons discuter est celui d'une grande organisation administrative parisienne, rigide, standardisée et très impersonnelle, qui éprouve beaucoup de difficultés à faire face aux problèmes que lui pose la croissance accélérée de ses tâches et de ses effectifs. Sa structure hiérarchique, son système de promotions et ses principes d'organisation du travail sont extrêmement simples. Les comportements de ses diverses catégories de membres en tant qu'acteurs de de son « système social » sont en conséquence plus faciles à étudier car ils apparaissent à la fois extrêmement rationnels et extrêmement prévisibles, comme s'ils obéissaient aux règles d'un jeu expérimental. Son analyse va nous permettre de bien poser au niveau le plus concret, un des problèmes fondamentaux que l'on associe toujours au phénomène bureaucratique, le problème de la routine et des tensions qui l'accompagnent.

Nous allons présenter dans un premier chapitre, d'une part les quelques données générales sur les caractéristiques mêmes de l'organisation qui sont nécessaires pour comprendre le rôle qu'y jouent les différents acteurs et les procédures auxquelles ils doivent se soumettre, et d'autre part une première réflexion sur la place de ces acteurs dans l'organisation à partir de leur réaction la plus simple, la satisfaction individuelle qu'ils déclarent éprouver à l'égard de leur travail. Dans un second chapitre nous aborderons les problèmes plus complexes que posent les rapports entre individus et entre groupes et le fonctionnement du système hiérarchique, et nous nous efforcerons de nous servir de notre analyse pour comprendre la façon dont les décisions sont prises et les raisons profondes pour lesquelles un modèle général de routine semble s'être développé.

1. Les données générales de l'organisation et l'adaptation individuelle de ses membres à leur tâche

LES OBJECTIFS DE L'AGENCE COMPTABLE ET SES CARACTÈRES PARTICULIERS.

L'Agence comptable parisienne est l'établissement parisien d'une grande administration publique, dépendant elle-même d'un Ministère. C'est une très grande organisation qui employait au moment de l'enquête quatre mille cinq cents personnes, en très grande majorité des femmes, dans les mêmes locaux. Sa taille, de toute façon considérable pour une organisation administrative, est sans commune mesure avec celle des autres établissements de la même administration puisqu'elle emploie quatre à cinq fois plus de personnel que le plus grand des établissements provinciaux. Elle a pour fonction d'opérer et de comptabiliser une série de transactions simples demandées par une très vaste clientèle. C'est un service public géré dans l'intérêt du public et non pas dans la perspective du profit. Mais comme, grâce à ses opérations, l'État peut disposer de sommes très considérables à court terme, il faut aussi lui reconnaître un rôle indirect mais non négligeable dans le circuit des opérations de Trésorerie.

Le phénomène le plus important depuis une quinzaine d'années pour le fonctionnement d'ensemble de l'Agence a été sans conteste la rapidité du développement de ses opérations. Cette croissance qui s'impose de l'extérieur comme une conséquence inéluctable des progrès économiques généraux et des changements d'habitude du public * ne provoque guère d'enthousiasme chez ses dirigeants. Elle est en effet pour eux la source de nombreuses difficultés, car ils n'ont aucune autonomie et doivent subir des habitudes d'économie, de contrôle et de temporisation du Ministère des Finances et du Parlement qui les obligent à gérer leur administration avec une parcimonie et un manque de prévision incompatibles avec les exigences de son développement.

Le problème des effectifs et le problème des locaux sont particulière-

* Bien qu'aucune publicité ne soit faite et que l'idée même de promotion des ventes soit inconnue, le nombre des clients et le nombre des opérations traitées croissent régulièrement d'à peu près 10 % par an.

ment difficiles à résoudre. En ce qui concerne les effectifs, les créations d'emplois nouveaux suivent toujours avec beaucoup de retard les besoins, ce qui interdit de constituer des réserves et de consacrer suffisamment de temps à la formation du personnel; le rendement, en conséquence, se trouve défavorablement affecté par la trop grande proportion de personnel jeune manquant de formation et par l'importance du taux de rotation. Le problème des locaux est plus immédiatement angoissant encore. On l'avait résolu temporairement en introduisant le travail par postes * et en mettant en service un certain nombre de salles jugées jusqu'alors impropres au travail de mécanographie, ce qui provoque de continuelles polémiques avec les syndicats sur l'hygiène du travail.

Fournitures et équipements, aménagement des locaux et entretien laissent également à désirer. Les toilettes, les lavabos et les vestiaires sont insuffisants, les salles de travail sont extrêmement bruyantes, les bureaux et le matériel de classement vétustes; l'ensemble des locaux donne une impression de froideur et même d'abandon; l'absence d'entretien les rendent encore plus tristes.

La technique du travail est extrêmement simple et elle n'a pas fondamentalement changé depuis trente-cinq ans. Dans les salles consacrées à l'expédition et à la comptabilisation des opérations et qui occupent les trois quarts du personnel, les employées — toutes des femmes — travaillent soit à des travaux de mécanographie sur de lourdes machines comptables à six et à deux compteurs, soit à des travaux de vérification et de pointage. Les communications se font par tubes pneumatiques et par messagers. L'organisation du travail est, elle aussi, très simple. Elle n'exige pas de planification, ni même de planning sérieux. Les travaux sont effectués au jour le jour, en fonction du trafic même. Les qualités nécessaires pour diriger un tel ensemble sont des qualités de routine, une expérience empirique des difficultés possibles et une capacité infatigable de contrôle. Tout compte fait cependant ce système est efficace. L'Agence parisienne, comme les établissements de province, offre au public un service excellent, à la fois très rapide et très sûr.

L'organisation hiérarchique est tout aussi simple que l'organisation du travail et la technique. C'est une organisation pyramidale et d'une rigidité toute militaire mais sans état-major et sans aucun organe fonctionnel. L'unité de base en est la section avec une centaine d'employées travaillant alternativement en deux équipes ou brigades, le matin et

* Le personnel est divisé en deux équipes de travail ou brigades qui se relaient sur les mêmes postes de travail, l'une travaillant le matin quand l'autre travaille l'après-midi et réciproquement, avec un rythme d'alternance hebdomadaire.

l'après-midi. La section est en outre divisée fonctionnellement en une salle de travail qui groupe les trois quarts des employées et un bureau spécial où une demi-douzaine d'employées de confiance et une demi-douzaine de gradés traitent des erreurs, des cas particuliers et des demandes d'information. Deux inspecteurs, un pour la salle et un pour le bureau spécial et quatre surveillantes constituent l'encadrement de chacune des deux brigades. Un chef de section coiffe le tout. Chaque ensemble de dix sections enfin est dirigé par un chef de division, qui a donc la charge d'à peu près un millier d'employées. Le chef de division dispose d'une dactylo et de deux assistants du grade de chef de section. L'Agence comprend trois divisions de ce type et une quatrième qui regroupe tous les services auxiliaires, arrivée et départ du courrier, nouveaux comptes, classements, équipement et fournitures, entretien, imprimerie, etc. Un cinquième chef de division est théoriquement chargé de la direction de l'ensemble. Mais il ne dispose que d'une secrétaire, d'un bureau du courrier avec une douzaine d'employées de confiance et d'un autre bureau à peine plus grand, pour s'occuper des affaires de personnel et de tous les problèmes administratifs. Dans ces conditions le rôle de ce directeur ne peut être que très limité. Il doit se contenter de coordonner l'action des quatre chefs de division, en effectuant les arbitrages indispensables et en s'efforçant de leur faire respecter les règles fixées par la Direction générale.

L'Agence parisienne n'est pas autonome; elle est dirigée dans le détail par une direction nationale qui fait partie de l'État-major du Ministère. Les membres de cette direction sont très rarement issus de l'Agence; ils font généralement carrière au Ministère; il est plus facile en effet de passer d'une fonction de direction à une autre fonction de direction que d'une fonction de responsabilité directe dans les services extérieurs, à une fonction d'état-major dans les services centraux *. La structure de la Direction nationale est rigide et cloisonnée. La plupart de ses bureaux n'ont théoriquement que des fonctions d'état-major, mais ils agissent en fait pratiquement comme s'ils étaient directement responsables de l'exécution et envoient des directives immédiatement applicables sur le terrain. Ces directives, il est vrai, sont des décisions réglementaires qui touchent tous les établissements et non pas des ordres individuels adressés à l'un ou l'autre des chefs d'établissement. Seule l'Agence parisienne se voit parfois l'objet de mesures spéciales rendues indispensables, du fait de sa

* L'Administration française accorde une grande importance à la distinction entre les services chargés de l'exécution ou services extérieurs et les services chargés de la préparation et de l'élaboration de la politique à suivre ou services centraux.

taille, mais même dans ce cas particulier on sent chez les dirigeants une certaine répugnance à prendre des mesures qui ne s'appliqueront pas intégralement à l'ensemble de l'administration dont ils ont la charge.

LES DIFFÉRENTES CATÉGORIES DE PERSONNEL

Le personnel d'exécution est constitué en très grande majorité par des femmes. On trouve du personnel masculin dans les services du courrier et les emplois d'ouvrier à l'imprimerie et à l'entretien, mais dans les postes réguliers on ne rencontre que des femmes, rangées statutairement dans trois grandes catégories, les contrôleurs, les agents d'exécution et les auxiliaires. Théoriquement ne devraient travailler à l'Agence que des agents d'exécution, car les travaux que l'on y accomplit correspondent presque tous, dans la classification officielle, aux travaux de routine pour lesquels les « agents » sont recrutés. Cependant, 70 % seulement des employées sont des agents d'exécution. Vingt pour cent d'entre elles sont des contrôleurs qui devraient donc avoir des fonctions plus importantes, tandis que les 10 % restant sont des auxiliaires ou des membres d'un cadre complémentaire, c'est-à-dire n'ont pas encore été titularisées comme fonctionnaires, ce qui est en principe interdit par les dispositions législatives *.

Les trois quarts des employées sont des provinciales qui ne restent pas très longtemps à l'Agence parisienne. Le taux de rotation général du personnel est de l'ordre de 15 % et l'ancienneté moyenne de trois ans et demi **. Ce type de recrutement est relativement nouveau. Il y a vingt ans les employées de l'Agence étaient recrutées pour plus de 40 % dans la région parisienne, mais depuis dix ans elles viennent de plus en plus des régions rurales les moins développées et en particulier du Sud-Ouest ***. Ce changement d'origine géographique s'accompagne

* Au moment de l'enquête on rencensait dans l'Agence des auxiliaires recrutées pour quelques semaines à des moments de pointe, quelques auxiliaires plus anciennes qui auraient dû passer un concours et être titularisées depuis longtemps, mais dont la situation n'était toujours pas régularisée, 150 membres du cadre complémentaire, 700 contrôleurs et 2200 agents. Le reste du personnel était composé de membres masculins d'autres catégories et d'agents d'encadrement.

** L'ancienneté moyenne ne dépend pas seulement du taux de rotation mais aussi évidemment de l'importance de l'accroissement du personnel.

*** Par Sud-Ouest nous entendons les trente départements qui se trouvent au sud d'une ligne La Rochelle Saint-Étienne et à l'ouest d'une ligne Saint-

naturellement d'un changement d'origine sociale et l'on est ainsi passé d'une majorité de filles de fonctionnaires et d'ouvriers à une majorité de filles de cultivateurs et de petits commerçants ruraux. La tendance est plus forte chez les agents, mais elle apparaît aussi chez les contrôleurs.

Le niveau d'éducation des nouvelles employées s'est en même temps beaucoup élevé. Vingt et un pour cent des agents et 96 % des contrôleurs recrutés dans les deux dernières années avaient le baccalauréat, alors qu'aucune des anciennes ne possédaient ce diplôme. Cette différence est due aux conditions exigées maintenant pour faire acte de candidature aux deux concours. Elle correspond également à l'élévation générale du niveau d'instruction. Mais elle est en même temps si considérable et si peu en rapport avec la perte générale de prestige des emplois de bureau, qu'elle constitue un facteur de déséquilibre. Même au niveau le plus élémentaire, celui de l'origine des employées, on peut penser que l'arrivée massive des filles du Sud-Ouest est due en grande partie à ces exigences nouvelles en matière d'instruction. Les candidates parisiennes éventuelles ayant les diplômes souhaités acceptent très rarement maintenant les salaires et les conditions de travail des catégories inférieures de la fonction publique. C'est seulement dans les régions rurales les moins développées et n'offrant donc aucun débouché que l'on peut trouver des candidates ayant les qualifications requises prêtes à accepter de passer le concours. En conséquence, plus le Ministère met l'accent sur le niveau d'instruction nécessaire et plus il lui devient difficile de recruter des agents dans la région parisienne.

Le passage de la catégorie des agents à la catégorie des contrôleurs et des catégories d'exécution aux catégories d'encadrement ne peut se faire qu'en réussissant chaque fois les épreuves d'un nouveau concours; ces concours n'ont rien à voir avec le travail effectué à l'Agence; ils sanctionnent un niveau de culture générale qui ne peut pas s'acquérir facilement en dehors de l'école; leur préparation demande donc de longs et pénibles efforts dont peu d'employées sont capables. Les promotions en conséquence sont relativement rares, surtout aux niveaux inférieurs.

Presque tous les agents d'encadrement enfin sont des hommes. Certes les femmes occupent les postes de surveillantes, mais ces postes ne sont

Étienne-Nîmes. Ces départements qui ne contiennent que 19 % de la population française fournissent 40 % de l'ensemble des employées et 54 % des agents récemment recrutées (sans compter toutes celles qui ne sont pas nées elles-mêmes dans le Sud-Ouest, mais dont la famille en est originaire). Dans chacun de ces départements la densité de recrutement des employées de l'Agence parisienne est au moins le double de ce qu'elle est dans les autres départements français. Elle est beaucoup plus forte encore dans ceux de ces départements qui sont les plus ruraux et les plus pauvres [1].

pas en fait des postes d'encadrement mais des postes de chefs d'équipe ou plutôt même de contrôleurs. Les cadres masculins — inspecteurs et chefs de section — sont relativement anciens dans le métier. Quatre-vingts pour cent d'entre eux ont travaillé plus de vingt ans dans la fonction publique. Leur moyenne d'âge est de quarante ans, alors que celle de leurs employées est de vingt-sept ans. Chose curieuse, leur origine géographique et sociale ne diffère pas beaucoup de celle des agents récemment recrutées. Cette similitude est d'autant plus frappante qu'elle s'oppose au contraste entre agents recrutées avant 1946 et agents nouvelles. Elle suggère que le changement dans le recrutement des agents, dont nous avons souligné les causes matérielles immédiates s'est effectué dans le cadre d'un réseau de relations déjà ancien, entre la métropole et une large zone sous-développée. Il y a vingt ou trente ans, le Sud-Ouest envoyait déjà ses fils dans la fonction publique à Paris; maintenant que ses filles commencent à acquérir plus d'indépendance et à avoir besoin de débouchés ce sont elles qui partent, mais le réseau de relations n'a pas changé.

L'ORGANISATION DU TRAVAIL ET LA PRODUCTIVITÉ

Dans la majorité des services de l'Agence, l'unité de travail est l'équipe de quatre employées. Ces équipes, dont font partie près des deux tiers des employées d'exécution, assurent l'exécution matérielle des fonctions de l'Agence, c'est-à-dire la passation des ordres des clients et leur comptabilisation. Beaucoup d'employées certes n'appartiennent pas à ces équipes. Elles effectuent des travaux préparatoires ou auxiliaires, traitent des cas spéciaux ou sont employées à rectifier les erreurs. C'est le cas des membres de la quatrième division et de toutes les employées des bureaux spéciaux. Mais on peut soutenir néanmoins que nous avons là l'exemple assez rare d'une très grande organisation moderne, constituée par une collection d'unités de production autonomes et parallèles, indépendantes les unes des autres.

La succession des opérations et l'organisation du circuit des opérations sont extrêmement simples. Trier le courrier au début de la matinée, trier un second courrier moins important en fin de matinée, passer les opérations demandées et les comptabiliser, préparer le courrier de départ et vérifier la balance des comptes de la journée, les tâches journalières ne varient jamais. Les caractéristiques essentielles du système socio-technique qu'elles constituent sont l'autonomie complète de chaque groupe de travail, le manque total d'interdépendance entre groupes et services et la régularité du rythme journalier. Chaque groupe de travail fait la même chose, tous les jours, et n'a pas besoin de coopérer avec d'autres groupes pour accomplir sa tâche. Le montant même de celle-ci est réglé impérativement en vertu du principe que tout le trafic du jour doit être traité le jour même *. En conséquence la répartition et l'organisation du travail ne dépendent pas des décisions de l'encadrement et des relations entre individus et entre groupes, mais des pressions impersonnelles du public. Le seul bouc émissaire possible pour un groupe et pour une brigade c'est l'autre brigade ou le groupe correspondant de l'autre brigade qu'on peut accuser d'être responsables du retard constaté, à la reprise du travail **.

A l'intérieur du groupe par contre, la division du travail et l'interdépendance entre les employées sont très poussées. Deux employées, nous l'avons indiqué, travaillent sur machines comptables et les deux autres procèdent à des opérations de vérification. Le cycle de travail commence par la vérification des données de l'opération à effectuer. Il se poursuit par la frappe à la machine à six compteurs de tous les documents nécessaires à l'exécution de l'opération. La troisième employée effectue alors une seconde vérification qui consiste seulement en un pointage des sommes enregistrées et de leur destination. La quatrième employée termine le cycle, en procédant sur la machine à deux compteurs à une comptabilisation qui permettra d'établir en fin de journée la balance générale des opérations. L'employée qui prend l'initiative du cycle en vérifiant si l'ordre reçu peut effectivement être exécuté, doit avoir une expérience particulière puisqu'elle a la responsabilité de décider si l'ordre peut ou non être passé***. En outre c'est elle qui détermine le rythme de travail du groupe. Pour toutes ces raisons elle est considérée comme le chef du groupe, bien qu'officiellement son rôle soit ignoré et qu'elle n'en tire aucun avantage financier.

Théoriquement les quatre employées devraient être interchangeables et « rouler » c'est-à-dire changer constamment de poste. Mais cette recommandation officielle souvent réitérée reste presque toujours lettre morte,

* Si les employés n'ont pas terminé à l'heure normale, il leur faut faire des heures supplémentaires.

** Les groupes de la première brigade et ceux de la seconde sont appariés de façon permanente; chaque groupe de la première travaille sur les mêmes clients que le groupe correspondant de la seconde qui reprendra à la mi-journée les opérations que celui-ci lui aura laissées; les brigades alternent chaque semaine de façon que chacune soit à son tour du matin et de l'après-midi.

*** Un visa de la surveillante est nécessaire chaque fois que l'opération dépasse un certain montant.

car peu d'employées ont assez d'expérience pour tenir de façon satisfaisante tous les postes. Les changements de postes sont nombreux tout de même mais seulement partiels. Ils n'affectent qu'un ou deux couples de postes à la fois. La vérificatrice chef de groupe de toute façon n'accepte de changer de rôle que pour soulager l'opératrice sur grosse machine, dont le travail est nettement plus pénible physiquement et malgré la volonté égalisatrice de l'Administration, elle garde toujours dans la communauté de travail un statut et un prestige supérieurs à ceux de ses collègues même quand il s'agit, comme c'est parfois le cas, d'une auxiliaire gagnant nettement moins qu'elles.

Un tel système d'organisation, comme on peut aisément l'imaginer, tend à diminuer sinon à éliminer le rôle de l'encadrement. Les inspecteurs n'ont pas à organiser le circuit des opérations; ils n'ont rien à décider, ni sur les procédés de travail, ni sur la séquence des opérations, ni sur le rythme du travail, ni sur l'affectation des employées. Le montant du travail et sa répartition sont pour eux une donnée tout comme pour leurs employées; cette donnée de plus est journalière et ne permet pas de faire des prévisions et de constituer des réserves. Certes chefs de section et inspecteurs ont leur mot à dire pour l'affectation des employées à leur arrivée dans le service. Mais une fois que celles-ci se sont fixées dans des groupes de travail, il n'est plus guère possible de les déplacer contre leur volonté. Le rôle de l'encadrement consistera seulement à trouver des solutions acceptables en cas de querelles, à pourvoir aux remplacements quand des employées sont malades et éventuellement à désigner des employées pour aller travailler dans une autre salle quand le chef de division réclame une nouvelle répartition *.

Pratiquement une bonne partie du temps des inspecteurs se trouve accaparé par leurs tâches personnelles et en particulier la tenue d'une série d'états statistiques. Les chefs de section de leur côté sont chargés de l'administration du personnel. Ils traitent tous les petits problèmes de discipline, préparent les notes des employées et soumettent au chef de division toutes les demandes de dérogation à une règle. Leur rôle d'encadrement direct est néanmoins beaucoup plus important dans la mesure où ils doivent coordonner l'action des deux brigades, tant sur le plan technique que sur le plan humain.

* Les demandes du chef de division sont en général précises et ne laissent pas beaucoup de place à l'arbitraire. De toute façon il est entendu que c'est l'ancienneté qui doit permettre de trancher en dernier ressort. Les nouvelles répartitions auxquelles on est obligé de procéder de temps en temps correspondent à la création de nouvelles salles pour lesquelles il est indispensable de disposer d'un groupe d'employées expérimentées prélevées dans les salles les plus anciennes.

A un niveau plus élevé, le problème essentiel est celui de la répartition de la charge de travail entre sections. Cette répartition n'est pas faite au jour le jour en fonction des obligations et des ressources globales; elle a lieu de façon indirecte et relativement permanente par l'attribution à chaque section et, nous l'avons vu, à chaque groupe dans la section, du trafic correspondant à un certain contingent de clients. Comme il s'agit de grands nombres on peut facilement faire des prévisions et ce système est en général bien accepté. Il est rendu plus compliqué parce que toutes les sections n'ont pas la même capacité de travail et qu'on ne peut effectivement leur imposer la même charge. On vit donc à ce niveau dans un certain arbitraire ce qui implique des rajustements à opérer, des difficultés à trancher et des décisions à prendre. La force des précédents et en même temps l'idée communément admise que les sections plus anciennes et plus solidement encadrées ont un rendement meilleur, permettent cependant de limiter ces difficultés.

Cette forme d'organisation du travail présente le grand avantage de donner aux employées une charge de travail, dont le montant ne dépend ni de l'arbitraire d'un supérieur, ni du chronométrage; elle supprime complètement les occasions de contestation. Mais elle a en même temps des inconvénients graves. Toutes les employées sont assignées à un groupe de travail et il n'y a pas de personnel de réserve *. Chaque groupe est responsable de ses propres clients et dispose de ce fait d'une certaine autonomie. Mais au moment des pointes de trafic qui sont pourtant régulières et prévisibles, la charge de travail devient extrêmement lourde, parfois presque intolérable et il n'est pas possible de soulager les employées, alors que dans des unités plus grandes, prévision et rationalisation permettraient d'absorber facilement de telles variations.

La solution de l'Agence c'est de faire pression sur le personnel, d'une part en imposant une discipline sévère et, d'autre part en recourant en période de crise à l'action autoritaire de l'encadrement. Les employées certes ne sont pas soumises à l'arbitraire, mais elles ne peuvent pas en revanche discuter du montant de la charge de travail. La discipline qu'elles subissent est tout à fait impersonnelle et ses moyens mêmes sont limités, puisque tout renvoi est pratiquement impossible, mais elle suffit cependant à tenir en respect un personnel dont les sentiments de crainte sont facilement manipulés par la menace d'humiliation publique que

* La seule réserve dont on puisse disposer est constituée par les heures supplémentaires que les employées effectuent en dehors de leur service de brigade. La brigade en effet ne comporte que 36 heures et comme les employées sont soumises au régime de la semaine de 40 heures, elles doivent revenir travailler 4 heures par semaine avec leurs collègues de l'autre brigade. Ces « retours » sont naturellement très mal acceptés par les employées.

constituent les blâmes et les inscriptions au dossier; l'absentéisme est réprimé sans ménagement et les employées doivent donner des explications et faire des excuses écrites pour toutes les erreurs dont elles sont réglementairement responsables.

En cas de crise le rôle de surveillance et d'animation des cadres, qui ne paraît guère avoir d'importance en temps ordinaire, se développe beaucoup tout d'un coup. Le système social de l'Agence lui-même semble réglé par une alternance de longues périodes de routine et de courtes périodes de crise. Pendant les périodes de routine, la structure autoritaire de l'organisation s'efface derrière son armature impersonnelle; les employées sont livrées à elles-mêmes et les cadres se soucient surtout des travaux personnels qu'ils ont à effectuer. Dans les moments de crise on assiste à une profonde transformation qui s'accomplit dans un climat d'excitation et de tension nerveuse fort éprouvant; tout est commandé par l'urgence de la tâche à accomplir, les cadres doivent payer de leur personne et les employées se trouvent entraînées à obéir.

L'emploi d'un tel système à la fois impersonnel et autoritaire, très militaire par beaucoup de côtés, rend toute discussion et toute négociation impossibles et ne facilite guère de ce fait la compréhension.

La productivité de l'Agence néanmoins paraît élevée, surtout si on la compare à celle d'autres organisations administratives publiques et privées. Mais elle est obtenue grâce à des moyens très traditionnels. D'une part en effet on recherche « l'économie des frais généraux » en se passant de services auxiliaires et surtout de services d'état-major, et d'autre part, comme nous venons de le voir, tout le système d'organisation vise à faire pression sur le personnel pour l'obliger à accepter une charge de travail considérable. Aucun effort en revanche n'est fait pour adapter et rationaliser les méthodes, pour rendre l'organisation plus souple et pour élaborer une politique du personnel tenant compte des perspectives d'avenir, en fonction de la croissance de l'organisation, des changements d'habitude du public et de l'évolution du personnel lui-même. La productivité dans la conception qui prévaut à l'Agence est donc affaire de pression directe et non pas d'organisation et de prévoyance.

Les résultats immédiats et apparents d'un tel système sont assez remarquables. Tant du point de vue prix de revient que du point de vue qualité du service, il apparaît très efficace. Mais le jugement devient tout de suite beaucoup plus nuancé, si l'on accepte de prendre un peu de recul.

Deux séries de faits doivent être en effet pris aussi en considération. Tout d'abord la productivité de l'établissement parisien est relativement faible si on la compare à celle des établissements provinciaux plus petits.

Une telle infériorité est curieuse, puisque l'évolution générale de la société industrielle a tendu à imposer l'idée qu'au moins jusqu'à un certain seuil, en général élevé, la productivité croît avec la taille de l'unité de production. On ne peut expliquer ce phénomène que par référence aux moyens utilisés pour obtenir une bonne productivité. C'est parce qu'on ne recourt pas aux moyens habituels de rationalisation et d'intégration de toutes les activités dans un système interdépendant plus souple que la croissance des unités de production ne se traduit pas par un gain de productivité. L'insistance sur les moyens traditionnels — esprit d'épargne, économie de frais généraux, surveillance et contrainte — avantage les petites unités au sein desquelles la surveillance, le contrôle et la pression sociale sont plus faciles.

En second lieu la bonne productivité générale n'est acquise que grâce à une forte pression exercée de haut en bas, ce qui signifie qu'elle se paie chèrement dans le domaine du moral. L'Agence en général et l'établissement de Paris, en particulier, se trouvent enfermés dans un cercle vicieux. La pression pour la productivité entretient un très mauvais moral, au sein du personnel. L'existence de ce mauvais moral entraîne de très nombreux et très réguliers départs. L'existence d'une telle hémorragie de personnel, au moment où le nombre des employées doit constamment augmenter, tend à faire baisser l'ancienneté moyenne des employées, ce qui dans les conditions de fonctionnement même de l'organisation rend la charge de travail encore plus pénible. Pour maintenir la productivité, il faut donc renforcer la pression, c'est-à-dire renoncer à l'avance à tout espoir d'améliorer le moral, donc de stabiliser les employées. A partir du moment où la limite des pressions possibles est atteinte, la productivité elle-même s'en trouve affectée. C'est ce qui explique la moins grande efficacité de l'établissement de Paris qui sur tous ces points se trouve en état d'infériorité *.

* Comme tout repose sur la capacité des employées de soutenir un rythme de travail élevé, l'organisation ne peut fonctionner à plein rendement que s'il existe un pourcentage suffisant d'employées anciennes capables d'imposer ce rythme en tant que chefs de groupe et de le suivre au poste le plus pénible, celui de dactylo sur grosse machine. Le lien étroit entre la productivité et l'ancienneté du personnel paraît évident quand on compare les sections. Si on les range par ordre en fonction de leur productivité, le classement obtenu correspond à peu près exactement à celui qu'on obtient si on les range en fonction du pourcentage d'employées de plus de cinq ans d'ancienneté. La courbe enfin est à peu près la même si on prend comme critère de classement le pourcentage des demandes de départ qui constitue un excellent indice du moral de la section (de 20 à 65 % des employées se trouvant dans les conditions requises présentent de telles demandes selon les sections). L'analyse de l'histoire récente de l'établissement parisien permet finalement de constater que le nombre des sections, à taux de rotation faible et à productivité élevée, a décru

LA SATISFACTION AU TRAVAIL DES EMPLOYÉES

Déjà cette première analyse que nous venons de faire des difficultés auxquelles se heurte l'Agence, suggère à quel point la productivité, c'est-à-dire les résultats pratiques du système d'organisation qui est le sien, peuvent être influencés par les réactions ou si l'on veut le « moral » de son personnel.

Mais cette première interprétation hâtive ne doit pas être comprise trop littéralement. Les rapports entre le « moral » et la productivité et la notion de « moral » elle-même sont loin d'être simples. Les progrès de la recherche au cours des vingt dernières années ont tendu à démontrer en effet, d'une part que les différentes réactions des membres d'une organisation sont très largement hétérogènes et ne peuvent s'expliquer par l'existence d'un facteur unique sous-jacent comme *le moral,* et d'autre part qu'il n'y a pas de relation directe et univoque, valable en toutes circonstances, entre ce moral, ou l'un ou l'autre de ses éléments, et les résultats des organisations en matière de productivité *. Tirant la leçon de ces multiples expériences, un certain nombre de chercheurs commencent à poser ces problèmes sous une forme plus complexe, plus institutionnelle et plus sociologique **. C'est dans cette perspective que nous allons nous-même orienter notre analyse.

Pourtant avant d'entreprendre l'étude des systèmes de relations interpersonnelles et intergroupes qui conditionnent, avec le système d'organisation auquel ils sont eux-mêmes liés, le succès et l'efficacité de l'Agence nous aimerions aborder le premier problème auquel on songe toujours tout naturellement dans ce domaine, celui de la satisfaction au travail.

La satisfaction qu'un individu déclare éprouver pour son travail est une notion simple relativement claire qui semble au premier abord en tout cas exprimer assez bien son adaptation à sa tâche, donc à son rôle dans l'organisation ***. C'est généralement autour d'une analyse des

constamment à mesure qu'un pourcentage plus grand d'employées anciennes leur a été enlevé pour former l'armature des nouvelles sections que l'on doit créer chaque année. Les réactions psychologiques des employées semblent donc avoir une répercussion directe sur les aspects les plus concrets de la productivité de l'organisation.

* C'est l'enseignement qu'on peut tirer en particulier des résultats obtenus par le *Survey Research Center* de l'université de Michigan dont le programme de recherches dans ce domaine a été le plus ambitieux.

** On trouvera une analyse de leurs travaux dans le chapitre VI.

*** Une analyse plus attentive montre en fait que la satisfaction au travail

réponses à des questions portant sur un tel sujet que l'on a commencé à élaborer la notion de « moral ». En fait, la satisfaction au travail ne recouvre que partiellement l'attitude des sujets interviewés à l'égard de l'organisation en général, le jugement qu'ils portent sur elle, leur volonté de partir ou de rester et la collaboration qu'ils sont prêts à lui apporter. Enfin elle décrit en général un rapport très individuel des sujets à leur environnement et ne nous renseigne guère sur les phénomènes de groupe qui semblent déterminer plus profondément leur comportement.

Mais une telle étude va nous fournir un point de départ particulièrement intéressant dans le cas de l'Agence, parce qu'elle va d'abord nous permettre de faire justice d'un certain nombre de préjugés sur les facteurs qui déterminent la satisfaction d'un personnel et qu'elle va ensuite nous aider à donner une première description du climat et à bien poser à partir de cette description le problème du fonctionnement du système social de l'Agence.

Les tâches accomplies à l'Agence sont presque toujours de caractère répétitif et monotone. Elles sont en outre physiquement pénibles et, dans l'établissement de Paris, elles sont effectuées dans un climat de tension nerveuse qui les rend très éprouvantes pour les employées. Beaucoup de personnes en concluent un peu facilement que le moral des employées et leurs possibilités de s'adapter heureusement à leur situation, dépendent essentiellement du contenu même de la tâche qui leur est imposée par la technique. Les journalistes et les hommes politiques qui se sont intéressés au sort des employées de l'Agence ont toujours considéré que la plupart des problèmes humains de l'Agence résultent de la nature inhumaine du travail. Même quand ils étaient d'orientation politique conservatrice ils ont dénoncé les conséquences déplorables de la mécanisation qui transforme les travailleurs en robots et leur fait perdre leur individualité et leur goût au travail. Beaucoup de hauts fonctionnaires et de cadres de direction de l'Agence partagent au fond ce point de vue *.

Les résultats de l'enquête en fait sont en contradiction directe avec ce

se distingue très nettement de la satisfaction qu'on éprouve pour sa situation et qu'elle présente elle-même plusieurs dimensions indépendantes correspondant à l'intérêt intrinsèque de la tâche, à la responsabilité du sujet, à sa liberté d'action et à ses possibilités d'initiative.

* Le succès de cet humanisme tient à notre avis au fait qu'il offre la possibilité de garder bonne conscience à peu de frais. Puisque la mécanisation ne peut être remise en cause et que personne ne songe à arrêter le progrès on peut se permettre d'en dénoncer les méfaits. En le rendant responsable de tous les problèmes humains, on peut se dispenser de tout effort, tout en se déchargeant en même temps d'une culpabilité trop directe.

point de vue. La satisfaction au travail n'est pas spécialement faible chez les employées de l'établissement parisien. Elle n'est pas différente en tout cas de ce que l'on peut observer dans d'autres organisations comparables. Dans leurs commentaires personnels, les employées minimisent généralement le problème de la nature même du travail et mettent l'accent sur les aspects de leur situation qui dépendent directement de la volonté humaine. Trois points ressortent en particulier, la priorité donnée par les employées au problème de la charge de travail, leur attitude modérée et relativement favorable à l'égard de la tâche elle-même, enfin et surtout l'influence décisive que semble exercer leur statut social hors de l'Agence pour expliquer leurs possibilités d'adaptation dans l'Agence même.

La priorité donnée au problème de la charge de travail.

Nous n'insisterons pas sur ce premier point, qui ne présente pas la moindre ambiguïté. Le problème de la charge de travail a été mentionné spontanément par plus des deux tiers des interviewées dans leur réponse à une question générale sur la façon d'améliorer la situation du personnel, alors qu'un tiers seulement d'entre elles ont parlé des salaires, le second thème qu'elles aient abordé. Ceci est d'autant plus frappant que les salaires sont faibles et que leur insuffisance suscite depuis longtemps de vigoureuses protestations syndicales *. Beaucoup des interviewées enfin présentaient des suggestions fort raisonnables pour remédier à cet état de choses; elles déclaraient en particulier qu'une meilleure organisation du travail et la stabilisation du personnel par des mesures appropriées devaient permettre de réduire le poids de la charge de travail. En revanche c'est seulement une très faible minorité d'entre elles qui exprimaient spontanément des plaintes concernant la nature de la tâche et l'ennui qu'elle suscite **.

* Interrogées sur les salaires, les interviewées elles-mêmes ne manquent pas de se plaindre d'ailleurs très amèrement.

** Ces conclusions bien sûr sont impressionnistes. Ce n'est pas parce qu'un problème n'est pas évoqué spontanément qu'il n'a pas d'importance. Une enquête d'opinion ne peut jamais nous offrir qu'une vue relativement superficielle des attitudes du public. L'enquête que nous avons menée à l'Agence va un peu plus loin toutefois, car elle nous permet de mesurer et de pondérer des réactions. Mais dans cette tâche la responsabilité de l'analyste reste grande et ce n'est pas un jugement vraiment scientifique qu'il peut nous donner mais seulement une impression étayée sur une plus large série de faits que celle dont on dispose généralement. Seules des études plus spécialisées et, en partie au moins, expérimentales pourraient nous fournir des preuves véritablement scientifiques. On peut remarquer en tout cas que les travaux effectués jusqu'ici par les chercheurs les plus divers tendent à corroborer notre point de vue [2].

Les attitudes à l'égard de la tâche elle-même.

Le second point mérite plus d'attention. Commençons par analyser la répartition générale des opinions. Nos interviewées ont beau se plaindre très amèrement de la charge de travail et des conditions dans lesquelles le travail est accompli, il est tout à fait remarquable de constater que quand elles parlent de leur tâche elle-même, les opinions qu'elles expriment ne diffèrent pas beaucoup des opinions qui ont été recueillies dans de grandes organisations comparables en France et aux États-Unis.

TABLEAU I. SATISFACTION AU TRAVAIL
DANS QUELQUES GRANDES ORGANISATIONS ADMINISTRATIVES
(POUR DES TRAVAUX DE ROUTINE SEULEMENT).

	DEGRÉ DE SATISFACTION		
	élevé	*moyen*	*bas et très bas.*
Agence comptable, établissement parisien	12 %	55 %	33 %
Six compagnies d'assurances parisiennes (sièges administratifs)*	25 %	37 %	38 %
Les employés des services administratifs d'un grand réseau bancaire parisien*	21 %	57 %	22 %
Une compagnie d'assurances américaines [3]	23 %	36 %	41 %

Cette comparaison ne peut être utilisée qu'à titre indicatif car on ne s'est pas servi des mêmes instruments de mesure dans les quatre cas (sauf pour les six compagnies d'assurances et la banque). Mais elle permet au moins d'affirmer qu'il n'existe pas d'opposition très sensible entre les attitudes au travail d'employés astreints au même type de travaux routiniers dans des conditions pourtant extrêmement différentes et que ces attitudes ne sont pas aussi défavorables qu'on s'y attend généralement. Une telle conclusion cadre d'ailleurs tout à fait avec les résultats des enquêtes les plus récentes sur la satisfaction au travail en fonction des différentes occupations [4].

La lecture des commentaires individuels recueillis au cours des interviews est plus révélatrice encore dans la mesure où elle permet de mieux saisir le centre d'intérêt des interviewés et la vraie nature de leurs griefs**.

* Données tirées d'enquêtes effectuées par l'auteur dans le cadre de l'Institut des Sciences Sociales du Travail entre 1955 et 1959 on pourra en trouver une analyse détaillée dans un ouvrage actuellement en préparation.

** Nous avions utilisé des schémas d'interviews libres et nos questions avaient suscité des réponses très riches.

Quelques citations des commentaires exacts de trois interviewées particulièrement représentatives vont nous permettre d'en donner une image plus précise et d'éclairer en même temps la signification humaine de ces réactions des employées.

Commençons par l'interview d'une employée qui représente très bien l'opinion moyenne, celle des 55 % de notre échantillon que nous avons classés dans la catégorie assez satisfaite dans le tableau 1. C'est le cas de Madame B., une vérificatrice chef de groupe qui a cinq ans d'ancienneté mais qui est seulement sur le point d'obtenir sa titularisation de fonctionnaire. Elle est parisienne, elle a vingt-cinq ans, elle est mariée à un dessinateur industriel; son père était ouvrier d'industrie et sa mère vendeuse, elle vit dans un meublé : voici ce qu'elle dit à propos de son travail :

« *On aime bien avoir fini son travail, moi j'ai été très dure à m'habituer. Au début on ne comprend pas bien. Je préférais la dactylo. Quand on arrive c'est abrutissant. Quand on est bien habituée, ça va, mais c'est toujours énervant de travailler dans le bruit...* »

« De la fierté professionnelle ? *Ah oui (j'en ai). On est quand même un peu toutes contentes... Il y a aussi l'émulation entre groupes. Surtout quand je suis vérificatrice, ça me fait plaisir d'avoir fini assez tôt. J'aime bien diriger mon groupe.* »

« De la conscience professionnelle ? *On a pas mal de responsabilités. On est obligée de bien faire son travail si on ne veut pas d'ennuis,* (si on est consciencieuse). *Ça dépend des tempéraments* (le ton signifie que l'interviewée ne peut même pas concevoir qu'on la soupçonne de ne pas en avoir). »

« Sur le plan des aptitudes : *Ça correspond tout à fait à mes aptitudes, surtout vérificatrice, dactylo aussi, mais il me semble que vérificatrice ça va mieux ; dactylo, vous pouvez taper ou être ailleurs* [5]. »

On aura remarqué à la lecture de ces commentaires que les réserves de Madame B. ne tiennent pas tant à la nature de la tâche qu'aux conditions dans lesquelles celle-ci est accomplie. Madame B. apparaît personnellement très attachée à son travail de vérificatrice et à son rôle de chef de groupe.

Ce contraste entre des griefs qui portent sur l'aspect le plus extérieur de la tâche et la satisfaction relative que l'on manifeste à propos de son contenu technique est très largement répandu. Les personnes que nous avons considérées comme aimant beaucoup leur travail sont seulement celles qui éprouvent tant d'intérêt pour ce qu'elles font, qu'elles oublient leurs réserves en en parlant (momentanément au moins). Voici par exemple le cas de Madame A. Madame A est une bretonne de quarante-huit ans qui vit avec son mari cheminot et breton lui aussi dans un pavillon de banlieue qu'ils ont acheté avec leurs économies. Madame A. travaille dans la section spéciale mais à une machine comptable à deux compteurs semblable à celles de la salle de travail. Madame A déclare à l'intervieweur :

« *Ça me plaît beaucoup comme travail. Auparavant j'étais femme de ménage. J'ai été à l'école à 30 ans, je n'avais pas pu continuer ; une camarade m'a dit, je ne comprends pas que vous restiez comme ça, vouloir c'est pouvoir... Ce que je n'aime pas, c'est qu'on est forcée de ne pas soigner le travail, tout en en ayant le désir ; on ne peut pas fignoler, ça ne sert à rien, le résultat seul compte ; mais ça me déçoit un peu...* ».

« La conscience professionnelle ? *Ah oui* (sous-entendu j'en ai beaucoup). *Ça me permet de tenir* (la phrase est prononcée avec beaucoup de chaleur et d'émotion) puis l'interviewée s'arrête et reprend sur un ton différent comme s'il s'agissait d'une sorte d'arrière-pensée. *Mais il y en a moins chez les jeunes. Elles ne se laissent plus faire comme nous. Ce sont elles qui sont dans le vrai. On nous dit « A vous les as et nous... »*.

« A propos de ses aptitudes : *Oui* (ça me va tout à fait), *ça m'a permis de développer certaines qualités, la vitesse, l'ordre... je suis contente. On travaille dans un autre milieu, on s'élève *. Le rêve de ma vie c'était d'être institutrice, employée de bureau... Je suis de tempérament un peu autoritaire. D'être bonne, ce que ça ne me plaisait pas...* »

Un tiers des employées cependant manifeste une attitude tout à fait différente. Pour elles le contenu du travail est tout aussi pénible que ses conditions. Il est un peu plus difficile de choisir quelqu'un de représentatif dans ce groupe car nous y trouvons une beaucoup plus grande variété d'opinions que dans les deux groupes précédents. La personne que nous avons choisie, Mademoiselle X. représente la moitié la plus mécontente du groupe, celles qui n'aiment pas du tout leur travail (les autres pouvant être considérées comme ne l'aimant pas beaucoup) mais nous trouvons dans ce sous-groupe un certain nombre d'employées encore plus violentes qu'elle.

Mademoiselle X. a vingt ans; elle vient de Lorraine. Son père était boulanger dans une ville assez importante et sa famille était très à l'aise. Elle a quitté le lycée avec le premier baccalauréat et aurait voulu continuer ses études, mais son père est mort avant d'avoir pu rétablir la situation de la famille ruinée par la guerre. Il lui a donc fallu travailler. Elle a été embauchée d'abord dans une autre Agence puis a été transférée à l'établissement parisien de l'Agence comptable où elle a été titularisée. Elle espère bien quitter l'Agence. Elle travaille dans une section spéciale sur une machine à deux compteurs comme Madame A.

* On remarquera la rupture de ton. Madame A... passe tout d'un coup de la forme personnelle à cet « on » impersonnel comme si elle ne pouvait plus assumer la responsabilité d'une affirmation personnelle aussi forte.

Voici ce qu'elle dit de son travail :

« *C'est très monotone, je tape dans la matinée l'état X et l'après-midi aussi je tape d'autres états. C'est assez pénible.* »

« *Je suis assez rêveuse, c'est mécanique, je vis tout à fait en dehors de mon travail. A un certain point de vue, ça me permet de m'évader... vraiment ça n'a aucun intérêt... Parfois je cherchais...* (je me disais) *ça doit bien servir à quelque chose. On n'a plus du tout la même personnalité. Ici dans l'administration, on perd de sa personnalité.* »

« De la fierté professionnelle ? *Où j'étais avant, oui presque. Ici je ne vois pas. S'il n'y avait pas moyen de s'évader, il y aurait de quoi devenir folle. Pour mes collègues, celles qui me touchent, c'est pareil... Si j'avais pu faire autre chose, mais j'ai dû travailler du jour au lendemain...* »

« De la conscience professionnelle ? *Je pars du principe que n'importe quel travail doit être bien fait. Je n'aime pas faire d'erreurs... Mais à mon avis ce n'est pas la conscience professionnelle qui fait marcher le service. On est comme des bêtes savantes ; le travail est devenu tout à fait machinal... On fonctionne par habitude... On n'a pas besoin de surveillantes ; une fois la surveillante n'était pas là, personne ne s'en est aperçu* *. »

« Par rapport à vos aptitudes ? *A mon point de vue, je ne crois pas avoir beaucoup appris ici.*

L'influence décisive du statut social.

Notre troisième point, l'influence décisive du statut social pour comprendre les attitudes au travail, est de loin le plus inattendu. La satisfaction au travail est généralement liée tout d'abord au type de travail, à son contenu et à son statut, puis en second lieu et de façon moins nette à l'âge et à l'ancienneté de l'employé (les employés les plus âgés et les plus anciens étant en moyenne plus satisfaits). Parmi nos interviewées, nous avons pu constater une différence très considérable certes ** entre les vérificatrices chefs de groupes et les autres employées, différence qui correspond au contenu et au statut différent de la tâche de chef de groupe, mais nous n'avons découvert aucune différence qu'on puisse attribuer à l'influence de l'âge ou de l'ancienneté. Par contre, un facteur dont l'influence a été rarement constatée du moins de façon directe, le statut

* Exceptionnellement dans le service où travaille Mademoiselle X. les surveillantes remplacent en partie l'inspecteur et ont beaucoup plus d'importance que dans les salles ordinaires, c'est ce qui donne à la remarque de l'interviewée tout son poids.

** Cette différence est statistiquement significative au seuil de 0,01 c'est-à-dire qu'il y a seulement une chance sur cent qu'elle soit due au hasard [8].

social des employées hors du travail, semble avoir ici une influence prépondérante. Bien plus, si nous combinons les deux influences, le statut du travail accompli dans l'entreprise (le fait que l'employée soit ou non chef de groupe) et le statut de l'employée hors de son travail (le fait qu'elle appartienne à la classe moyenne ou à une couche plus populaire) nous pouvons prédire avec la plus grande exactitude son attitude vis-à-vis de son travail.

On peut soutenir, en d'autres termes, que la satisfaction au travail des employées de l'Agence est fonction de la concordance entre les attentes suscitées chez elles par leur milieu social et la réalité même, ou du moins le prestige, de leur travail au sein de l'Agence.

Nous avions classé les employées en deux grandes catégories en fonction des commentaires qu'elles nous avaient donnés sur leurs parents, leurs maris, leurs amis, leur éducation et leur genre de vie *. La première catégorie pourrait correspondre à une orientation classe moyenne ou petite bourgeoise et la seconde à une orientation classe ouvrière ou populaire.

Les deux tiers des interviewées pouvaient être considérées comme appartenant à la « classe ouvrière » et le tiers restant comme appartenant aux « classes moyennes ». Or presque toutes les employées d'orientation

* *Par exemple ont été considérées comme d'orientation classe ouvrière (ou populaire)* :

— Une jeune femme (trente ans), fille d'un mécanicien travaillant dans un garage, d'instruction primaire, mariée à un ouvrier qualifié travaillant dans une grande usine de banlieue, vivant avec un enfant dans un appartement de deux pièces sans salle de bains.

— Une jeune fille, fille d'un paysan mineur du Sud-Ouest, qui a passé son brevet puis le concours d'agent et qui vit à Paris dans un foyer de l'Armée du Salut.

— Une jeune femme (vingt-cinq ans), fille d'un cantonnier retraité, mariée à un employé du métro, rentrée comme auxiliaire avec un certificat d'études primaires, vivant avec son enfant et son mari dans une chambre d'hôtel meublé, sans eau ni gaz.

Ont été considérées par contre comme d'orientation classe moyenne

— Une jeune fille, fille d'un receveur des postes, titulaire du baccalauréat ayant passé le concours de contrôleur, vivant à Paris dans un foyer de jeunes filles de l'Administration.

— Une jeune femme, fille d'un fonctionnaire moyen, ayant préparé le baccalauréat, mariée à un fonctionnaire moyen, vivant dans un petit appartement tout près de l'Agence.

Enfin, comme exemple plus rare, mais pas tout à fait isolé, d'employée appartenant à un milieu déjà bourgeois

— Une jeune provinciale qui a dû chercher « une situation » à la suite de la mort de son père, qui pense préparer le concours de secrétaire d'administration, qui vit dans un confortable foyer d'étudiantes, dont les amis sont tous étudiants et qui reçoit une aide financière de sa famille.

« classe ouvrière » aiment leur travail. Quatre-vingt dix pour cent d'entre elles font partie des deux premières catégories (aiment beaucoup ou aiment assez leur travail) et aucune d'entre elles de la seconde moitié de de la troisième catégorie (n'aiment pas du tout leur travail). Parmi les interviewées d'orientation classe moyenne, nous trouvons au contraire une bonne moitié d'employées mécontentes *. Mais la différence est encore plus profonde. Parmi les employées « classe ouvrière » on aime en effet son travail que l'on soit ou non chef de groupe; parmi les employées « classe moyenne » ce sont par contre seulement celles qui sont chefs de groupe qui se déclarent favorables (80 % des chefs de groupe « classe moyenne » aiment leur travail contre 20 % seulement de leurs collègues qui ne sont pas chefs de groupe) **.

Finalement il suffit de ces deux critères seulement, le type de travail accompli par une employée et le milieu social auquel elle appartient pour prédire sa satisfaction au travail dans 85 % des cas au moins. Et pour les 15 % restant une analyse plus poussée montre que l'existence de problèmes personnels peut être tenue pour responsable de la plupart de ces « erreurs ».

Un déterminisme aussi rigide peut rarement être observé. Qu'il puisse reposer sur un facteur qui ne paraît généralement pas avoir beaucoup d'influence sur les situations de travail est encore plus troublant. Il correspond cependant à des hypothèses déjà faites sur les motivations au travail. On peut rapprocher notre hypothèse en particulier de la discussion de Zaleznik, Christensen et Roethlisberger sur l'équilibre qu'un individu ne manque pas de chercher dans son travail entre ses investissements physiques et affectifs et les récompenses qu'il reçoit [7]; on peut la rapprocher surtout de l'hypothèse de George Homans sur la concordance (ou, pour reprendre l'expression qu'il emploie, la « congruence ») que rechercheraient les membres de tout groupe de travail entre les différents aspects de leur tâche et de leur statut dans le groupe et dans l'entreprise [8]. Homans ne pensait, il est vrai, qu'au poste de travail lui-même et non pas au statut social de l'employé à l'extérieur de l'entreprise. Mais on peut facilement développer son interprétation et soutenir que dans le cas que nous étudions, les différences de prestige, entre le rôle proposé à l'employée au travail et son rôle hors du travail sont telles qu'elles effacent toutes les autres influences.

* La différence est naturellement statistiquement significative à un seuil très inférieur encore à 0,01.

** Nous reviendrons plus loin sur le problème posé par l'importance du rôle de chef de groupe qui semble due, selon nous, à la rigidité de l'organisation du travail et à l'absence relative de clans ou même de groupes d'amitié dans le travail.

On peut proposer plusieurs interprétations intéressantes pour expliquer comment une telle situation peut se développer. On peut remarquer tout d'abord que le travail à l'Agence se caractérise par un très petit nombre de rôles et par l'existence de différences très accusées entre ces rôles, ce qui implique que les discordances entre le statut au travail et le statut hors travail sont beaucoup plus sensibles et beaucoup plus éprouvantes qu'elles ne le sont généralement car elles ne peuvent pas en effet être masquées par la complexité de la hiérarchie.

On peut souligner en second lieu le très grand nombre d'employées appartenant à un milieu nettement plus élevé que celui auquel on s'attend généralement à les voir appartenir pour des travaux de cet ordre et en troisième lieu la jeunesse de l'ensemble du personnel qui tend à diminuer la participation affective des employées à la vie de travail *; mais on peut en même temps soutenir que si ces diverses influences convergent, elles ne font que renforcer une autre influence encore plus décisive, l'importance des problèmes de prestige dans une organisation bureaucratique et stratifiée comme l'Agence comptable **.

Cette dernière hypothèse nous entraîne déjà dans une autre perspective, celle des rapports interpersonnels et intergroupes. Elle implique en effet que l'on dépasse l'analyse de l'adaptation individuelle de chaque employée et que l'on aborde le problème de sa participation au système social que constitue l'ensemble de l'organisation. Concluons pour le moment que le malaise général et les difficultés diverses que connaît l'Agence ne tiennent pas aux conséquences psychologiques directes de données matérielles et techniques contraignantes, puisque même une attitude en apparence aussi simple que la satisfaction au travail ne peut s'expliquer qu'en faisant appel à des données complexes d'ordre sociologique.

* Notons que la politique du personnel, menée plus ou moins consciemment par le Ministère, et qui consiste à recruter toujours davantage des employées d'un niveau d'éducation donc (pour le moment) d'un niveau social plus élevé tend à accroître les sources de tension puisque ce sont justement ces employées qui paraissent avoir le plus de difficultés à s'adapter de façon satisfaisante à leur situation.

** Cet argument peut paraître aller à l'encontre de la remarque que nous avons faite précédemment sur le manque d'influence de l'ancienneté, mais on peut très bien soutenir que même si l'ancienneté et l'âge des employées n'influent pas sur l'adaptation individuelle, la jeunesse générale et le manque d'ancienneté de l'ensemble du personnel peuvent cependant avoir une importance décisive pour déterminer la participation affective de l'ensemble des employées à la vie de travail. Le climat régnant chez un personnel en majorité très jeune peut entraîner les plus anciens aussi à réduire leur intérêt pour une telle participation. C'est ce qui paraît être le cas en ce qui concerne l'établissement parisien de l'Agence.

2. Les relations interpersonnelles et intergroupes et le problème de la routine

LA PARTICIPATION SOCIALE DES EMPLOYÉES ET LEUR INTÉGRATION DANS L'ORGANISATION

Le contraste est grand entre les attitudes au travail des employées de l'établissement parisien de l'Agence et leur participation à la vie sociale de leur organisation. Si leurs attitudes au travail ne se distinguent guère, comme nous venons de le voir, de celles des employées d'autres grandes organisations administratives, le climat d'apathie et d'isolement qu'elles nous révèlent par leurs interviews, apparaît en revanche tout à fait singulier. Elles ne manifestent pas le moindre intérêt, en effet, pour les objectifs de leur administration, critiquent de manière très acerbe le fonctionnement de l'Agence et refusent de se laisser entraîner à participer d'une façon ou de l'autre à sa vie sociale. Surtout elles semblent incapables d'établir entre elles des relations sociales vivantes; nulle part nous ne rencontrons de groupe, de bande ou même de clique suffisamment stable pour que leurs membres puissent y trouver du réconfort et un soutien pratique. Enfin le peu de solidarité que l'on découvre au sein du personnel se manifeste uniquement contre les dirigeants et contre l'organisation formelle de l'Agence.

Le jugement des employées sur l'agence.

Les commentaires que nous avons recueillis sur le fonctionnement de l'établissement parisien ont été en grande majorité défavorables. Nous avions posé à nos interviewées un certain nombre de questions banales sur leur établissement *. Soixante pour cent d'entre elles ont donné des réponses constamment défavorables et c'est seulement une employée sur sept qui s'est exprimée de façon vraiment favorable.

* Nous leur avions demandé en particulier
1. Comment jugez-vous la situation des employées dans l'établissement ?
2. Conseilleriez-vous à une amie d'y entrer ?
3. Si c'était à refaire, est-ce que vous choisiriez la même voie ?

En outre contrairement à ce que l'on constate généralement quand on pose des questions semblables, les employées les plus anciennes ont été beaucoup plus critiques que les nouvelles employées. Dans la plupart des entreprises où des enquêtes de moral ont été faites, en effet, quand on analyse le jugement général que les employés portent sur l'organisation,

TABLEAU II

COURBE PAR ANCIENNETÉ DES JUGEMENTS FAVORABLES ET ASSEZ FAVORABLES DES EMPLOYÉES DE L'ÉTABLISSEMENT PARISIEN COMPARÉE AUX COURBES OBTENUES DANS LES ÉTABLISSEMENTS COMPARABLES EN FRANCE ET AUX ÉTATS-UNIS.

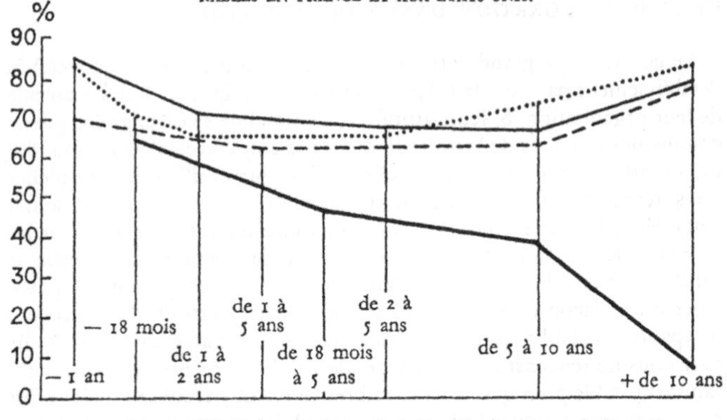

.... Les employés des services administratifs d'une grande banque parisienne. (b)

——— Les employés d'une grande compagnie d'assurances américaine. (a)

– – – – Les employées de six compagnies d'assurances parisiennes. (b)

——— L'établissement parisien de l'Agence. (c)

a) Cette courbe a été établie à partir des résultats publiés par Nancy Morse, in : *Satisfaction in the White Collar job*, Ann Arbor, Survey Research Center, 1953.

b) Ces courbes ont été établies à partir des résultats non encore publiés obtenus au cours de travaux dirigés par l'auteur à l'Institut des Sciences Sociales du Travail en 1957-1958 et 1959.

c) Les questions posées n'ayant pas été exactement les mêmes, les chiffres que nous donnons ne doivent être considérés encore une fois que comme des chiffres indicatifs. Les différences de pente et de forme des courbes n'en restent pas moins extrêmement significatives.

leur sentiment d'appartenance et leur volonté de participation en fonction de leur ancienneté, ces sentiments suivent une sorte de courbe d'apprentissage; après une chute assez spectaculaire au cours des premières années, chute qui correspond à la perte des premières illusions et à la nécessité de s'adapter à une réalité moins glorieuse que ce que l'on avait espéré, les jugements favorables augmentent régulièrement avec l'ancienneté. Ce n'est pas du tout le cas dans l'établissement parisien de l'Agence où la courbe continue au contraire à décliner de façon régulière, pour aboutir à ce qui apparaît comme un paradoxe pour les initiés : les employées ayant plus de dix ans d'ancienneté sont presque unanimement défavorables.

Quand on leur demande de juger l'Agence, les employées se plaignent avant tout, comme nous l'avons déjà noté, de la charge de travail, de la pression subie pour arriver à y faire face et de la tension nerveuse générale qui règne dans leur établissement. Si nous posons des questions plus spécifiques nous obtenons des commentaires de deux sortes; les uns portant sur l'aménagement des bâtiments et l'environnement du travail, les autres sur le comportement des dirigeants.

Certains commentaires soulignent par exemple le caractère froid et déplaisant des locaux, le manque de commodités, le très mauvais entretien, mais ils laissent en général percer en même temps une sorte de dépit sentimental. Ce n'est pas seulement l'inconfort qui blesse, mais le fait que cet inconfort signifie qu' « on » ne s'intéresse pas aux employées. Le passage suivant de l'interview d'une jeune employée est tout à fait caractéristique :

« *Si seulement on pouvait aérer. Du dehors c'est assez moderne mais je trouve que c'est triste et sévère. Moi* (un établissement comme ça) *je le verrais avec un square au milieu et un jardin autour avec des fleurs comme des hôpitaux* (tel qu'il est actuellement) *ça fait caserne. On fait le strict minimum. Il y a des lavabos, mais pas de serviettes ; un seul vestiaire pour deux ou trois employées. Une infirmerie qui n'est même pas convenable. J'y suis venue quand j'étais malade. J'ai dû rester debout. Il y avait seulement trois lits... ils m'ont dit : ce n'est pas un hôpital...* »

On sent dans cet interview un sentiment diffus d'animosité contre les dirigeants que l'on tient pour responsables de cet état de choses. Dans d'autres interviews ces sentiments s'expriment ouvertement et constituent l'essentiel des griefs des interviewées. La différence cependant correspond plus à une différence d'expression qu'à une différence réelle d'état d'esprit. De toute façon, ces commentaires contre les dirigeants ne portent jamais directement contre un individu, mais s'adressent à la direction ou plutôt même à des « ils », encore plus généraux. Le sentiment dominant des employées c'est de se sentir abandonnées * et de ne pas savoir à qui se plaindre. C'est ce qu'exprime fort bien l'une d'elles :

* Nathan Leites a donné une très grande importance à ce sentiment d'abandon qui, dit-il, règne de façon diffuse dans tous les secteurs de la société fran-

« *Il y aurait quand même de gros progrès à faire, le travail est dur.* Ils *pourraient quand même faire beaucoup plus, mais* ils *ne cherchent pas à savoir ; ça ne* les *intéresse pas. Ce sont* des hommes derrière leur bureau, *rien ne les atteint. Et pourtant on a des revendications justifiées mais* ils *s'en désintéressent complètement... Moi je pense que les syndicats se plaignent beaucoup trop, alors on ne les écoute pas, mais ça n'empêche pas... Rien, jamais rien, n'aboutit* *. »

Cette amertume générale est suffisamment forte pour affecter les sentiments des employées à l'égard de la fonction publique. Nos interviewées se refusent de façon très significative à se considérer comme fonctionnaires, bien qu'il n'y ait absolument aucune ambiguïté dans leur statut. Pour elles, comme pour le grand public, un fonctionnaire est un homme « derrière son bureau » et un homme qui n'a pas grand-chose à faire. Les employées de l'Agence qui sont accablées de travail n'ont absolument rien de commun avec ces fonctionnaires que le public critique avec tant de constance.

« Comme dit l'une d'elles : *Je ne me sens pas du tout fonctionnaire ; les gens en parlent tellement mal ; je ne m'en vanterais pas* (d'être fonctionnaire). »

Cette absence totale de solidarité professionnelle est d'autant plus remarquable que nous n'avons rien trouvé de semblable dans les autres organisations comparables publiques et privées que nous avons pu étudier, et que le personnel du Ministère auquel l'Agence appartient était renommé avant guerre pour son esprit de corps. Il faut noter toutefois que l'on trouve encore au sein du personnel une minorité qui n'est tout de même pas négligeable puisqu'elle comprend 20 % du personnel et dont les sentiments sont tout à fait différents. Ces employées en général un peu plus âgées et d'origine provinciale continuent à s'inspirer du modèle ancien; elles se sentent fonctionnaires, déclarent défendre les fonctionnaires chaque fois qu'elle les entendent attaqués en public et souhaitent que leurs enfants deviennent à leur tour fonctionnaires. Une telle identification à la profession, un tel esprit de corps constituent une force d'intégration extrêmement efficace. Les employées qui gardent cet esprit fonctionnaire ont généralement et dans tous les domaines un moral bien meilleur que celui de la moyenne de leurs collègues **.

çaise et constitue un des aspects caractéristiques du « French way of life ». Quelle que soit la justesse de cette thèse, les comparaisons que nous avons pu faire avec les commentaires d'employés d'autres organisations parisiennes nous permettent d'affirmer que rarement de tels sentiments sont exprimés de façon aussi nette et significative [9].

* On remarquera les « *ils* » généreusement distribués et cette formule lapidaire qui fut prononcée d'un ton vengeur « *Ce sont des hommes derrière leur bureau* ».

** En particulier en ce qui concerne le goût au travail, les chefs, la discipline et naturellement le jugement d'ensemble sur l'établissement.

L'isolement social et l'absence de camaraderie.

Si l'on peut comprendre sans trop de peine le mauvais moral des employées et la désintégration de l'esprit fonctionnaire traditionnel, on s'étonnera beaucoup plus de l'absence de liens de camaraderie et de l'atmosphère d'isolement social que l'on découvre au sein de ce personnel constitué de jeunes filles et de jeunes femmes qui nous apparaissent pourtant très vivantes, à travers leurs interviews.

Quarante pour cent des interviewées nous ont déclaré ne pas avoir d'amies dans l'établissement. Un autre groupe de 40 % a reconnu avoir des amies dans l'établissement, mais en insistant en même temps sur le fait qu'elles préféraient avoir leurs amies à l'extérieur. Vingt pour cent seulement des interviewées nous ont donné des réponses vraiment positives sur leurs collègues de travail et sur l'intérêt qu'elles leur portent.

Le ton des interviews est révélateur. Citons par exemple une jeune femme de milieu ouvrier, venue de Bretagne :

« *Mes amies je les ai à l'extérieur. Ici, on ne peut pas sympathiser comme dans un petit bureau.* »

Une jeune femme de milieu populaire, fille de postier mariée à un cheminot :

« *Mes amies, je les ai surtout à l'extérieur. Je n'aimerais pas tellement avoir des amies dans la maison... J'en vois quelques-unes ici* (des collègues). *Je sors même avec* (elles) *mais ce ne sont pas vraiment des amitiés, seulement des relations.*

Une jeune fille parisienne de milieu classe moyenne, mais à la limite des milieux populaires :

« *On est camarades mais pas amies ; on ne se tutoie pas... Dans le groupe de travail, ça va bien mais il y a toujours des jalousies au point de vue travail... J'ai mes amies à l'extérieur ; je ne sors jamais avec quelqu'un d'ici ; je n'aimerais pas avoir d'amies au travail... Je suis assez sauvage et puis ce sont des filles de province, c'est pas pareil.* »

Une jeune femme de milieu moyen, provinciale du Sud-Ouest :

« *C'est seulement dans les groupes qu'on sympathise. De toute façon c'est de la camaraderie ; on n'est pas vraiment amies. C'est difficile de se faire des amies...* »

Les employées qui paraissent avoir des attitudes plus favorables ne sont pas aussi précises dans leur description.

Une femme de quarante-cinq ans, ex-militante syndicaliste très active et très connue est l'une des rares interviewées vraiment affirmative :

« *J'ai mes amies surtout à l'Agence. Je sors quelquefois avec elles. Je connais tout le monde ici.* »

Mais la plupart des autres interviewées jugées sociables sont moins catégoriques. Par exemple une vérificatrice, chef de groupe, qui vient juste d'arriver de province nous dit :

« *Ce qui fait un des attraits de l'Agence, c'est qu'il y a beaucoup de jeunes avec qui on sympathise plus vite, un esprit jeune, on plaisante bien... entre elles, certaines sortent beaucoup mais moi-même je ne peux pas facilement.* »

Pour bien comprendre la portée de ce manque d'enthousiasme et de cet isolement, il faut tenir compte du très grand nombre d'activités sociales que les employées poursuivent en dehors du travail. La lecture des interviews nous le révèle. Trente pour cent de nos interviewées vont au théâtre au moins une fois par mois, ce qui est un pourcentage extrêmement élevé, si on le compare à ceux que l'on a constatés dans le public en général *. Les deux tiers d'entre elles au moins nous racontent qu'elles sortent régulièrement avec des amis pour aller au cinéma, au théâtre, au dancing, pour aller camper.

Pour mieux interpréter ce curieux contraste, nous avons essayé de comparer systématiquement nos interviewées en utilisant deux critères, *un indice de camaraderie* mesurant l'intensité des rapports interpersonnels au travail et *un indice de sociabilité* mesurant l'intensité des activités sociales hors du travail. Ces critères ne pouvaient être évidemment que très grossiers étant donné les éléments dont nous disposions. Mais les comparaisons qu'ils nous ont permis d'effectuer ont été significatives.

Tout d'abord toutes les employées de milieu populaire qui ont des activités sociales hors du travail ont aussi des rapports interpersonnels amicaux au travail. Ce n'est absolument pas le cas des employées de milieu moyen et bourgeois. La moitié d'entre elles en effet déclarent n'avoir aucune amie dans l'établissement alors qu'elles ont un grand nombre d'activités sociales en dehors du travail.

La prise en considération du poste de travail nous offre une seconde matière à réflexion. Toutes les vérificatrices chefs de groupe ou presque ont un indice élevé de camaraderie, c'est-à-dire déclarent avoir des amies dans l'établissement et considérer leurs collègues comme des amies

* D'après un sondage non publié de 1954 qui nous a été aimablement communiqué par l'IFOP. Le théâtre apparaît comme une activité sociale particulièrement importante dans la mesure où il constitue un des moyens essentiels de participer aux valeurs culturelles bourgeoises. Les employées n'iront jamais au théâtre seules et une sortie au théâtre sera pour elles une occasion de sociabilité. L'intérêt pour le théâtre de nos interviewées s'explique en partie par l'attrait qu'exerce sur des provinciales une activité spécifiquement parisienne. Soixante pour cent de nos interviewées déclarent préférer vivre à Paris à cause précisément des distractions et de l'atmosphère de la capitale.

possibles. On peut remarquer en même temps que parmi les employées de milieu moyen ou bourgeois seules les chefs de groupes et quelques employées plus anciennes des sections spéciales déclarent avoir des amies au travail.

Nous retrouvons donc dans le domaine des rapports interpersonnels le même type de déterminisme assez rigide que nous avions constaté dans le cas de la satisfaction au travail. Ces deux variables soumises à des influences si semblables sont naturellement étroitement liées entre elles. Les employées très camarades ont beaucoup plus de chances d'aimer leur travail que leurs collègues isolées *.

Ces premiers traits déjà forts suggestifs auraient demandé à être analysés de plus près en recourant à une observation approfondie du système d'interactions prévalant au sein d'une salle de travail. Il n'a pas été malheureusement possible d'y procéder. Aussi devons-nous nous contenter de présenter notre interprétation sous la forme d'une hypothèse encore à tester.

Que les relations interpersonnelles soient limitées aux interactions pouvant avoir lieu dans le petit groupe de travail, nous semble assez naturel dans un système d'organisation comme celui de l'Agence. Un tel système, on s'en souvient, est caractérisé en effet par un certain nombre de traits comme l'absence complète d'interdépendance entre les groupes de travail, une très forte et constante pression pour achever la tâche dans la journée, le système des brigades et l'importance des heures supplémentaires ** qui tous concourent à restreindre les possibilités de contact. Mais cette limitation même rend difficile pour les employées d'échapper aux problèmes de travail au sein même de l'Agence. Comme ce déterminisme rigide du système d'organisation humaine du travail doit se trouver confronté à un déterminisme presque aussi rigide des statuts sociaux qui tient à l'importance des différences de milieu existant parmi le personnel, il n'est pas étonnant que des rapports interpersonnels ainsi doublement limités soient peu actifs et qu'on n'assiste que très rarement à la constitution de groupes informels solides entre employées. Une telle situation permet en même temps de comprendre le rôle décisif joué par la vérificatrice chef de groupe, quelles que soient ses qualités humaines et ce fait surprenant que c'est seulement si elles ont réussi à occuper ce poste que les employées de

* Statistiquement significatif à 0,01.

** Les employées ne peuvent se connaître de brigade à brigade, elles n'ont pas besoin de communiquer de groupe à groupe et elles s'efforcent avec beaucoup de peine et parfois un certain esprit de compétition de terminer à l'heure; la nécessité de rester après l'heure si on n'a pas fini, isole encore plus chaque groupe.

milieu moyen ou bourgeois peuvent trouver un mode d'adaptation satisfaisant.

La solidarité négative du personnel et le développement des activités syndicales.

Les employées, avons-nous vu, ne s'identifient pas à la fonction publique, n'éprouvent aucun intérêt pour les objectifs et le fonctionnement de l'organisation à laquelle elles appartiennent et ont le sentiment d'être complètement abandonnées. Comme cet isolement moral ne peut être compensé par la chaude atmosphère d'amitié que peut seule procurer l'appartenance à un groupe cohérent et diversifié, les employées sont effectivement laissées à elles-mêmes avec le seul soutien de leur petit groupe de travail.

Cet abandon ne constitue toutefois qu'un des aspects de la condition des employées. On doit reconnaître en effet l'existence, à un niveau plus profond, d'une solidarité de groupe très puissante au sein du personnel. Cette solidarité est seulement négative. Elle peut s'exprimer contre l'Agence, contre la direction et éventuellement contre les syndicats mais jamais en revanche dans une perspective constructive.

Nous avions déjà cité les propos amers et pourtant très représentatifs d'une employée sur les dirigeants : « *des hommes derrière leurs bureaux* ». L'établissement dans ses caractéristiques institutionnelles est le sempiternel sujet des plaisanteries et des conversations de couloir des employées; plaisanteries amères mais en même temps nécessaires au maintien de cette solidarité négative et au minimum de moral qu'elle rend possible. Nous avons pu en découvrir un reflet dans nos interviews. Beaucoup de nos interviewées, même quand elles étaient relativement satisfaites, nous ont suggéré en effet par leurs expressions et leur ton de voix un peu de cette ironie amère. Parlant du succès commercial de l'Agence, l'une d'elles nous dit :

« *L'existence de l'Agence est plus intéressante pour les usagers que pour le personnel. C'est aux dépens du personnel qu'on écoule le trafic.* »

Une femme déjà mûre, l'air avisé et au demeurant fort placide, déclare tout de go à l'enquêteur :

« *En comparaison des autres services du Ministère, c'est un camp disciplinaire, une maison de redressement pour personnes qui ont fait des mauvais coups...* »

Une jeune parisienne d'une vingtaine d'années nous raconte avec force détails une anecdote qui courait alors parmi le personnel : deux campagnards de passage à Paris assistent à la sortie des employées et se demandent d'où peut bien venir cette ruée de femmes épuisées, l'un prétend que c'est *l'usine de confitures* et l'autre les *abattoirs municipaux*.

Une autre parisienne plus âgée, de milieu ouvrier, raille grossièrement :

« *On est fier d'appartenir à l'Agence. Il y a des articles dans les journaux, le bagne on appelle ça, c'est reconnu.* »

Les syndicats la plupart du temps doivent souffrir le même mépris *. La majorité des employées (60 % des interviewées) déclarent qu'ils sont nécessaires, mais la plupart d'entre elles le disent avec des réserves et des commentaires désagréables comme cette ancienne, respectable et respectée qui s'exprime avec force.

« *Ils s'occupent trop de leurs affaires et pas assez du personnel.* »

Ou comme cette jeune parisienne mendèsiste ** plus amère :

« *Leur trafic me dégoûte... le syndicat est indispensable mais c'est une exploitation contre une autre.* »

Une autre ancienne désabusée s'écrie :

« *Ils font ce qu'ils peuvent mais tout en soignant leurs intérêts personnels... Qu'il puisse y avoir des gens désintéressés sur terre, je n'y crois pas...* »

Les jeunes lui font écho, l'une disant :

« *De beaux parleurs mais peu sincères.* »

Une autre :

« *Beaucoup de discours et peu d'actions.* »

Et une troisième avec plus d'expérience :

« *Des politicards et des arrivistes, ce n'est plus comme autrefois...* »

Les syndicalistes convaincues sont relativement rares et elles présentent souvent des critiques. L'une d'elles par exemple après nous avoir exposé avec beaucoup de conviction les raisons de son adhésion ajoute :

« *Nous sommes défendues par des hommes* *** *qui ne comprennent pas exactement* (nos problèmes de femmes) *et ne se mettent pas toujours à notre portée.* »

* Le syndicalisme a été très puissant pendant les quarante dernières années au sein du personnel du Ministère dont l'Agence fait partie. Certes il a toujours été plus faible à l'Agence, à cause de sa composition en majorité féminine. Mais il avait tout de même très bien réussi dans les années d'entre-deux guerres. A cette époque il y avait à l'Agence un très grand nombre de militantes qui luttaient pour la paix et pour la promotion sociale et culturelle des petits fonctionnaires, tout autant que pour leurs revendications professionnelles. Leurs efforts se plaçaient dans une perspective humaniste et socialiste. A la Libération l'ensemble du personnel était syndiqué, mais quelques années seulement après cette pointe d'enthousiasme, le mouvement ouvrier était réduit à l'impuissance par les dissensions entre cinq fédérations rivales, violemment opposées les unes aux autres et peu capables de coopérer.

** L'enquête, rappelons-le, a été faite en 1954 peu de temps avant le gouvernement de Mendès France. Nous n'avions pas posé de questions politiques mais cette jeune femme a manifesté ses sympathies de façon non équivoque.

*** A l'intérieur même de l'Agence, il n'y a aucun délégué syndical perma-

Finalement même les professions de foi les plus favorables au syndicalisme gardent une certaine tièdeur. Elles reposent sur des souhaits et non pas sur le sentiment de la force et de l'œuvre accomplie.

« *Les syndicats,* nous dit la militante la plus enthousiaste de notre échantillon *devraient avoir davantage voix au chapitre. Il faudrait des délégués syndicaux qui aient du temps pour garder le contact avec le personnel.* »

Ce sentiment général de solidarité négative s'était parfaitement bien exprimé lors de la grève qui avait eu lieu l'année précédente, huit mois exactement avant la campagne d'interviews. Cette grève n'avait pas été le résultat d'un conflit particulier à l'Agence mais la conséquence d'une grève générale de la Fonction publique, poursuivie dans toute la France de façon spectaculaire et efficace. Les employées de l'établissement parisien n'en avaient donc pas pris l'initiative. Mais elles avaient certainement profité de l'occasion, avec beaucoup d'ardeur, pour manifester violemment leur mécontentement. Il est caractéristique à cet égard que, huit mois après la grève, les employées grévistes de l'établissement parisien en parlaient comme s'il s'était agi d'une grève propre à l'Agence; elles avaient complètement oublié qu'elles avaient suivi un mot d'ordre de grève générale et ne se souvenaient plus que de leurs griefs personnels. De toute façon la grève avait été effectivement très suivie à l'établissement parisien; elle avait duré près d'un mois et plus de la moitié des employées avaient fait grève jusqu'au bout et n'étaient rentrées que sous la pression des dirigeants syndicaux.

Nous avons demandé à toutes les employées si elles avaient fait grève, si elles avaient fait grève jusqu'au bout et ce qu'elles pensaient de la façon dont la grève avait été menée et des résultats qu'elles avaient obtenus.

Les dirigeants de l'Agence au Ministère avaient tendance à considérer la grève comme l'affaire des syndicats; pour eux, suivant les vieux stéréotypes, les grévistes étaient des « têtes brûlées » « trompées » par les agitateurs syndicaux. L'analyse de nos interviews a permis de faire justice de telles allégations. A notre propre surprise, les résultats de l'analyse statistique ne souffraient pas la moindre ambiguïté. Les plus

nent. Toutes les fonctions syndicales sont bénévoles et très souvent elles sont assumées par des *inspecteurs adjoints* ou même des *inspecteurs* dont la charge de travail est nettement moins lourde que celle de leurs employées. Nous arrivons ainsi à ce paradoxe que dans un personnel féminin à 80 %, les fonctions syndicales sont presque toutes tenues par des hommes qui ont en même temps de très fortes chances de ne passer qu'une partie de leur carrière à l'Agence et qui sont tous sûrs d'obtenir des promotions dans l'encadrement. On trouve parfois, dans certaines salles, des délégués de section qui sont des femmes et des employées mais leur rôle est informel, leur existence n'est pas reconnue par la direction et les syndicats eux-mêmes n'y attachent pas grande importance.

simples tris croisés permettaient de constater que les employées qui avaient fait grève jusqu'au bout comprenaient tout d'abord tous les chefs de groupe (sauf un *), en second lieu les employées les mieux adaptées à leur travail *, enfin celles qui avaient le plus de relations de camaraderie avec leurs collègues *. Toutes les employées syndicalistes militantes, évidemment, avaient fait grève, mais à part ce rapprochement de bon sens, il semblait n'y avoir aucune relation entre les commentaires plus ou moins favorables des interviewées sur les syndicats et leur participation à la grève. Les grévistes n'étaient donc pas des têtes brûlées, mais au contraire, les employées les plus responsables et les plus travailleuses. Cette découverte était corroborée par un autre tri que nous avons pu faire à partir des jugements portés par les chefs de section sur nos interviewées. Soixante-dix-sept pour cent des employées de notre échantillon jugées excellentes par leurs chefs directs avaient fait grève jusqu'à la fin contre 33 % de celles considérées seulement comme de bonnes employées et 20 % de celles considérées comme médiocres **.

Les syndicats ont été relativement satisfaits des résultats de la grève, mais il ressort de nos interviews que les employées, elles, ont été extrêmement déçues. Ce grand événement de la vie de l'Agence auquel on se référait encore constamment l'année suivante n'aura donc finalement apporté aucun changement dans le sens constructif. La grève s'est bien poursuivie dans le cadre de l'institution syndicale mais il apparaît avec le recul qu'elle n'a pas exprimé une adhésion positive des employées à une action collective responsable, mais seulement une flambée plus forte de solidarité négative. Le fait qu'elle ait entraîné d'abord les employées les meilleures, les plus responsables et les mieux adaptées à leur travail et à leur milieu suggère simplement que ce sentiment de solidarité négative est très profond et constitue le seul lien véritablement solide qui unisse tous les membres du personnel ***.

* Relations statistiquement significatives au seuil de 0,01.

** Relation statistiquement significative au seuil de 0,01. Ces jugements ont été recueillis personnellement par l'auteur auprès des chefs de section responsables de l'encadrement. Les formules excellent, bon et médiocre ne correspondent bien sûr que très imparfaitement à la réalité, mais on peut les considérer comme l'expression raisonnable des sentiments des chefs de section si on traduit excellent par bon, bon par moyen et médiocre par mauvais. Soixante pour cent des employées étaient jugées excellentes; 13 % bonnes et 26 % médiocres.

*** Cette grève constituait il est vrai, un appel à une autre forme d'action, l'espoir ou l'illusion de fonder un ordre différent où la participation positive des subordonnés serait possible. Mais dans sa signification actuelle à la fois vis-à-vis de l'Agence et vis-à-vis de l'institution syndicale elle ne dépassait pas le moment négatif.

LES RELATIONS D'AUTORITÉ

Le personnel de l'établissement parisien de l'Agence nous est apparu, jusqu'à présent, comme une masse peu différenciée, qui ne s'intéresse guère aux affaires de son organisation, ne s'identifie absolument pas à ses objectifs, ne manifeste aucune solidarité à l'exception de quelques explosions d'hostilité et éprouve généralement des sentiments négatifs à l'égard de l'administration.

Les membres de la direction de l'Agence ne sont pas sans se rendre compte de l'existence d'un malaise, encore qu'ils s'efforcent officiellement de le nier. Mais ils cherchent de toute façon à lui trouver une explication facile en en rejetant la responsabilité sur les cadres subalternes. Dans la mesure où ils sont capables de mettre entre parenthèses l'influence de la nature même de la tâche qu'ils croient prépondérante, ils ont tendance à penser que le mauvais moral des employées est dû essentiellement à la maladresse des cadres subalternes, incapables d'établir de bonnes relations humaines au premier échelon de commandement. Ils pensent en outre qu'il est presque aussi difficile de transformer cette situation que d'améliorer les conditions de travail des employées parce que l'Agence ne peut pas pour des raisons pécuniaires recruter des cadres subalternes de bonne qualité. La seule voie qu'il leur semble possible de suivre, consiste à essayer d'influencer les cadres actuels en leur faisant des discours et en leur envoyant des instructions écrites, leur enjoignant de faire plus attention à leurs obligations de chefs et de conducteurs d'hommes. Ils utilisent d'ailleurs ce procédé de façon intermittente et sans beaucoup croire à leurs possibilités de réussite.

La conception commune qu'on retrouve derrière ces réactions, c'est que le rapport d'autorité face à face, au premier échelon, crée beaucoup de tension et que ce premier maillon des activités coopératives complexes d'une grande organisation est le plus faible de toute la chaîne alors qu'il devrait être le plus résistant. Un tel point de vue n'est pas original. Dans beaucoup d'organisations fort différentes, les directions générales ont encore tendance actuellement à rejeter trop facilement sur les premiers échelons de l'encadrement, la responsabilité des problèmes humains qui surgissent au niveau de l'exécution et dont elles ont appris à reconnaître l'importance. Mais dans le cas de l'Agence l'écart entre la façon dont la situation est perçue par les dirigeants d'une part et, par les cadres subalternes et les employées de l'autre, est extrêmement frappante.

Les résultats de l'enquête n'ont pas du tout confirmé, en effet, l'existence des tensions que la direction imaginait. Les relations entre les cadres subalternes et les employées sont au moins superficiellement très cordiales. De toute façon elles ne semblent pas du tout préoccuper les employées. Près du quart d'entre elles se plaignent, il est vrai, de leurs cadres subalternes. Mais ce pourcentage est plutôt faible et nous avions obtenu nous-mêmes des pourcentages plus élevés ou au moins semblables dans les autres organisations que nous avions étudiées *.

Un examen plus précis des réponses des interviewées va nous permettre de mieux comprendre la signification de ces résultats, à première vue surprenants. Nous avions posé à nos interviewées les quelques questions suivantes :

« *Que pensez-vous de vos chefs immédiats ?* »

« *Vos chefs vous défendent-ils ?* »

« *Peut-on se confier à ses chefs ?* »

La première de ces questions était générale et les autres plus spécifiques, mais, de toute façon, aucune d'elles ne mettait en cause directement un cadre subalterne unique. C'est sur le problème de la fonction plus que sur celui de la personne qu'elles invitaient à réfléchir. Elles ont été très bien accueillies et ont provoqué un grand nombre de commentaires très riches et très significatifs, mais en même temps et, ceci a été une surprise, ces commentaires étaient généralement dépourvus de tout aspect émotionnel et même personnel. Les interviewées ont suivi dans la plupart des cas la perspective fonctionnelle qui leur avait été suggérée**. Elles ont pris grand soin de s'exprimer avec mesure et pondération. Même quand leurs opinions sont très dures, elles les expriment de façon tolérante.

L'un des plus critiques *** nous déclare par exemple :

« *Je pense qu'en gros ils sont beaucoup trop préoccupés de leur avancement ; il y a entre eux pas mal de rivalité ; ils sont sectaires ; il y a souvent de l'animosité dans les services et ça vient d'eux ; ils se créent leur petit* « *royaume* »... *Ils sont trop au-dessus du travail pour se rendre compte effectivement de ce qui se passe. Je ne crois pas qu'ils comprennent la façon dont ça se déroule dans la réalité ; la plus grande partie leur échappe et c'est pareil vis-à-vis des employées* (ils ne

* Trente-six pour cent dans l'enquête portant sur six compagnies d'assurances parisiennes, 31 % dans les services administratifs d'une grande banque, 24 % seulement par contre dans une autre administration publique parisienne. Ces chiffres encore une fois ne sont pas très exactement comparables puisque les questionnaires utilisés n'étaient pas les mêmes et que, dans un des cas (le dernier) il s'agissait d'un questionnaire écrit. (Notons en passant toutefois que les résultats d'un questionnaire écrit sont généralement un peu plus négatifs que ceux d'interviews oraux.)

** Ce n'est généralement pas le cas quand on emploie ce type de questions.

*** Classée parmi les 25 % se plaignant de leurs chefs.

les comprennent pas)... *Il faudrait qu'ils soient moins nombreux ; le rôle des inspecteurs n'est pas clair ; les chefs de section prennent leurs responsabilités mais les inspecteurs absolument pas...* »

Elle ajoute, en réponse à la question : vous défendent-ils ? :

« *Les chefs nous défendent dans la mesure où ça les défend eux-mêmes ; sinon ils auraient plutôt tendance à nous enfoncer. Notre chef de section, lui, est très subjectif... Autant ils sont distants avec certains, autant ils sont peu distants avec d'autres* *. *Finalement les rapports ne sont pas mauvais. Nous sommes assez libres et moi, personnellement, je ne me gêne pas avec eux... Ils ne discutent jamais du travail, persuadés qu'ils n'ont rien à apprendre alors qu'ils y auraient intérêt...* »

Il est clair que cette employée très critique à l'égard de son chef de section, est en même temps lucide et assez tolérante. Il semble qu'elle réussisse assez bien à analyser la situation des chefs, comme si elle pouvait mettre entre parenthèse la relation qu'elle a avec le sien.

Un tel détachement n'est pas du tout exceptionnel et les critiques portées par le personnel contre ses chefs semblent pour une bonne part aussi raisonnables que celles qu'on aurait obtenues des travaux d'une commission impartiale. On retrouve trois grands thèmes dans leurs commentaires :

1° les cadres subalternes n'ont pas beaucoup de tact dans les relations humaines; ils ne savent pas comment s'y prendre avec des femmes;

2° Ils n'aiment pas prendre de responsabilités;

3° Ils ne sont pas très compétents, ils ne savent pas très bien comment organiser une section.

La résonance de ce dernier thème peut paraître un peu injurieuse, mais celles qui l'abordent l'assortissent généralement d'explications qui en modèrent la portée : elles ajoutent par exemple que ce n'est pas de leur faute car on les a envoyées là, sans préparation et sans formation.

L'analyse du contenu des réponses, plus encore que les résultats bruts, nous permet donc d'affirmer et, c'est là l'essentiel, qu'il n'y a rien dans cette relation qui rappelle une situation de dépendance et les problèmes émotionnels qui lui sont généralement associés. Les employées donnent l'impression de se sentir à l'aise avec leurs cadres subalternes, dont elles critiquent volontiers les travers et l'insuffisance, mais qui ne leur inspirent en tout cas ni respect ni terreur. Ce jugement se trouve corroboré par une analyse des caractéristiques particulières des employées qui se plaignent de leurs chefs. Si cette relation avait pour elles beaucoup

* On remarquera le passage du singulier au pluriel. Après une manifestation de sentiment personnel, l'interviewée revient immédiatement à l'expression générale impersonnelle.

d'importance, les employées mécontentes de leurs chefs ne manqueraient pas de présenter une série de traits communs, témoignant que leur moral ou leurs possibilités d'adaptation en sont affectés. Or ce n'est absolument pas le cas. Contrairement à ce que nous avions constaté au cours d'autres enquêtes, les attitudes à l'égard des chefs ne semblent pas du tout correspondre à une préoccupation importante pour les employées. D'autres lignes de clivage sont beaucoup plus significatives *. Les sentiments à l'égard de l'encadrement ne semblent avoir d'importance que pour les très jeunes employées et surtout pour celles d'entre elles qui appartiennent à un milieu social plus élevé. Pour les interviewées de ce type, une relation difficile avec le chef direct est toujours associée à un très mauvais moral **.

On peut donc considérer qu'à l'Agence, les relations d'autorité au premier échelon, (c'est-à-dire celles qui comportent un rapport face à face entre supérieur et subordonnés) sont simples et cordiales, n'entraînent aucune difficulté et ne créent pas de tension. En revanche, les commentaires qu'ont donné les interviewées sur les chefs de division, c'est-à-dire sur les cadres supérieurs, le second échelon de l'encadrement, apparaissent extrêmement personnels et chargés d'affectivité. Ce phénomène tout à fait inattendu mérite qu'on y réfléchisse, car il attire l'attention sur le point névralgique du fonctionnement d'organisations administratives comme l'Agence.

Nous avions posé à nos interviewées une seule question :

« *Que pensez-vous des grands chefs* *** ?

Quarante-quatre pour cent des interviewées ont refusé de répondre à cette question déclarant qu'elles n'avaient jamais eu aucun contact avec les « *grands chefs* » et qu'elles ne pouvaient pas par conséquent porter de jugement valable sur eux. Mais 28 % par contre ont réagi immédiatement par des commentaires extrêmement vifs, comme :

* Il est curieux de constater qu'il en existe une par exemple à propos de l'attitude envers un phénomène comme la discipline dont nous avons souligné le caractère impersonnel mais qui revêt néanmoins une importance très grande dans le système social de l'Agence.

** Les employées ayant une certaine ancienneté ont la même attitude envers les chefs quel que soit le milieu social auquel elles appartiennent. Mais les employées récemment arrivées critiquent d'autant plus leurs cadres qu'elles sont d'un milieu social plus élevé et cette attitude coïncide chez elles avec des attitudes défavorables à l'égard du travail, de la discipline et de la fonction publique (toutes ces relations sont statistiquement significatives à 0,01). Cette relation est d'autant plus frappante que les cadres subalternes marquent au contraire clairement leur préférence pour les employées d'un milieu social plus élevé.

*** Le terme « grand chef » plus familier était le terme habituellement utilisé par les employées pour chef de division. Aucune ambiguïté n'était possible.

« *Ils sont très durs.* »

« *Ils ne veulent entendre parler de rien.* »

« *Il est très sévère, c'est la terreur, il fait des réflexions à tout le monde.* »

L'une d'elles nous dira même :

« *Le mien c'est un salaud.* »

Plusieurs interviewées manifestent très ouvertement la peur qu'ils leur inspirent :

« *Je l'ai vu une fois en délégation, mais j'ai compris, vous savez. Ils commencent tout de suite par vous couper la parole, puis ils vous mettent à la porte, on ne peut pas placer un mot... Ils ne vous laissent pas vous expliquer et la politesse exige qu'on n'insiste pas...* »

« *Je l'ai vu une fois pour un congé maladie ; il me fait peur ; il me paralyse.* »

Face à ce groupe d'employées violemment critiques nous trouvons un petit groupe comprenant 9 % de l'échantillon que l'on peut caractériser de modérément critiques et un second groupe de 20 % dont les membres apparaissent plutôt favorables.

Les commentaires favorables émanent généralement d'employées qui ont été reçues personnellement par le chef de division pour une affaire qu'il a réglée en leur faveur. Mais une telle audience, il faut le noter, nous est généralement rapportée avec des références à une opinion générale plutôt hostile :

« *Il m'a bien reçue. Je ne comprends pas pourquoi les collègues tremblent.* » nous dit par exemple une employée syndicaliste d'ailleurs très critique du fonctionnement de l'organisation.

Nous devons noter enfin que parmi les nombreuses employées qui refusent de répondre, on en trouve un certain nombre qui, elles aussi, se réfèrent à cette opinion générale hostile et cette fois pour y souscrire.

L'une d'elles par exemple nous dit :

« *Je n'ai eu aucun rapport avec eux, mais étant donné ce qu'on dit, je ne m'y fie pas.* »

Une autre ajoute :

« *Nous avons très peu de rapports avec eux, ils n'interviennent que quand ils ont à se plaindre.* »

Et une troisième lui fait écho :

« *Je n'ai jamais eu de rapports avec eux, j'aime mieux ça, quand on en a c'est pour une faute grave* *. »

Le foyer des tensions hiérarchiques finalement ne semble pas être du tout les rapports d'autorité face à face que les employées entretiennent avec leurs chefs immédiats, mais les rapports beaucoup moins directs

* Quatre autres interviewées nous répètent cette dernière idée presque dans les mêmes termes.

qu'elles ont avec leurs cadres supérieurs. Contrairement aux idées reçues, il ne paraît guère y avoir de traces de relation de dépendance (et des sentiments émotionnels qui les accompagnent) entre les exécutants et le petit état major d'encadrement auquel elles ont affaire toute la journée au sein de l'unité de travail d'une centaine de personnes. En revanche, au niveau de l'unité de mille personnes, les employées paraissent avoir énormément de difficultés à trouver un rapport satisfaisant avec le chef de division responsable et en souffrir beaucoup.

Cette situation peut sembler tout à fait surprenante au premier abord. Néanmoins, quand on analyse de plus près, à partir de ces données, le fonctionnement de l'organisation et ses conséquences pour les rapports humains, on s'aperçoit que de tels résultats étaient tout à fait prévisibles comme c'est souvent le cas dans des analyses de systèmes de relations humaines et que si on ne les avait pas prévus, c'est qu'on n'avait pas accordé assez d'attention aux particularités du système hiérarchique de l'Agence.

Nous avons déjà décrit le caractère quasi militaire de la pyramide hiérarchique avec le chef de division au sommet et les chefs de section et inspecteurs au milieu de la pyramide. Nous avions signalé en même temps l'absence presque complète de personnel d'état-major. Pour prendre toutes les décisions nécessaires à la direction de l'activité des employées, qui s'exerce, rappelons-le, dans le plus petit détail, le chef de division n'a avec lui que deux chefs de section principaux. Les décisions qu'ils ont à prendre avec lui concernent aussi bien les objectifs à accomplir que les moyens à utiliser, la coordination entre les sections et la vie journalière des employées dans la section, l'ajournement de certaines opérations quand la charge de travail est trop lourde, tous les problèmes de discipline et, en général, tous les problèmes de personnel.

Placés devant une telle situation, les chefs de division et leurs adjoints n'ont ni la possibilité ni le désir de déléguer leurs responsabilités. Ils prennent eux-mêmes des décisions sur une multitude de problèmes, tout à fait mineurs, comme par exemple : l'autorisation de s'absenter qu'il faut accorder à une employée pour un enterrement ou le blâme à adresser à une employée qui a fait trop d'erreurs dans ses écritures. Comme ils ne peuvent avoir par eux-mêmes une connaissance suffisamment directe des données de tels problèmes, ils sont obligés d'avoir recours aux chefs de section pour obtenir des informations. Mais les chefs de section ne sont pas en fait dans une situation qui leur permette de donner des informations auxquelles on puisse faire crédit. En effet les dix chefs de section d'une division dirigent chacun des services parallèles à peu près semblables qui se trouvent par la force des choses en compétition, l'un avec l'autre, pour la répartition des ressources fort limitées de l'organisation. Ils n'ont entre eux aucune relation d'interdépendance, donc aucun intérêt positif commun et ne peuvent se considérer finalement que comme des concurrents. Toutes les chances sont donc réunies pour qu'ils cherchent à présenter les informations qu'ils doivent donner à leur chef de division sous un jour qui leur soit favorable. Allons plus loin. L'expérience montre que la pression de la concurrence est telle que personne ne réussit à y échapper et que tous les chefs de section faussent les informations qu'ils donnent, de façon à obtenir le maximum de ressources et de faveurs personnelles car ce sont ces ressources et ces faveurs qui leur permettront de faire marcher leurs services sans trop de problèmes et de ne pas se laisser distancer par leurs collègues. En même temps ils vont faire pression pour empêcher le chef de division d'essayer de briser son isolement en entrant en rapports plus étroits avec l'un ou l'autre d'entre eux. Un tel effort suscite immédiatement de leur part des accusations de favoritisme et aboutit généralement à un échec.

Si le chef de division se trouve ainsi condamné à ne disposer que d'informations faussées et à rester isolé des problèmes journaliers de la vie de travail qu'il a à trancher, ses décisions risquent d'être le plus souvent des décisions impersonnelles, fondées sur la lettre des règlements beaucoup plus que sur une appréciation sérieuse des faits et des conséquences des diverses décisions possibles. La seule exception à cet esprit de routine apparaît quand un chef de division a réussi à se constituer son réseau personnel d'informations, ce qui conduit généralement à des conflits difficiles avec les cadres et les employées, conflits dominés par l'accusation de favoritisme à laquelle ce milieu est extrêmement sensible.

Étant donné les pressions et les tensions qui se développent à partir d'un tel arrangement on s'étonne moins de découvrir que les employées rejettent la responsabilité de leurs difficultés sur les chefs de division et restent bienveillantes et tolérantes, à l'égard de leurs chefs directs, chefs de section et inspecteurs. Le premier échelon de l'encadrement se trouve en effet, dans une excellente situation pour se concilier la bonne grâce des exécutants, avec lesquels ses membres doivent, ne l'oublions pas, vivre en contact permanent; ils peuvent en effet attribuer la responsabilité de toutes les mesures impopulaires aux chefs de division et prétendre qu'eux-mêmes font tout ce qu'ils peuvent pour défendre leurs employées contre la sévérité d'un système impersonnel, routinier et inhumain. On peut constater du reste, que la seule question qui introduise un clivage important dans les réponses des interviewées sur leur chef direct, c'est la question : « *Vos chefs vous défendent-ils ?* » Les employées en fait ne se fient pas tellement à leurs chefs : 44 % d'entre elles disent qu'il est bien difficile de savoir la vérité et c'est seulement 12 % qui déclarent leur faire tout à fait confiance. Du côté défavorable la réponse : « Il ne nous défend certainement pas » apparaît comme beaucoup plus significative que la réponse : « Il est sévère ».

Ces relations entre supérieurs et subordonnés, ne peuvent toutefois être bien comprises à partir d'une analyse du seul point de vue des employées. Nous allons donc, pour élargir notre champ d'investigation, aborder maintenant le monde des cadres subalternes.

LES DIFFICULTÉS DE L'ENCADREMENT SUBALTERNE

Pour bien comprendre les sentiments et les comportements d'un personnel de cadres subalternes, il faut analyser non seulement le déroulement de leur carrière, leurs perspectives d'avancement et leurs aspirations mais aussi le rôle formel et informel qui leur a été imparti au sein de l'organisation à laquelle ils appartiennent. Dans le cas de l'Agence, les déterminismes créés par la carrière et par le rôle sont d'autant plus forts que ces deux types de pression poussent au fond dans la même direction.

Les chefs de section, nous l'avons déjà noté, commencent leur carrière comme inspecteurs-adjoints. Ce poste est considéré comme un poste d'exécution et ils sont effectivement et très délibérément traités par la direction, comme de simples employés. Malgré ce rôle de subordonnés, ils sont néanmoins dès le départ, considérés du point de vue de leur carrière comme des membres de la hiérarchie; leur première promotion, celle qui les mène au grade d'inspecteur est en effet une promotion absolument automatique qui intervient après douze ou quinze ans d'ancienneté, selon l'encombrement du tableau d'avancement. Une telle contradiction n'aurait guère d'importance si elle ne durait que quelques mois ou même deux ou trois années comme les stages préparatoires organisés dans les grandes entreprises privées. Mais comme elle se poursuit pendant au moins douze ans, on doit lui accorder une importance décisive dans la formation des habitudes de comportement du futur cadre.

Les caractéristiques essentielles de la situation des inspecteurs-adjoints nous semblent être les suivantes : leur travail tout d'abord n'est pas intéressant et ne leur donne presque jamais la possibilité de lutter et de s'affirmer; en second lieu, ils sont extrêmement bien protégés contre le favoritisme et toute ingérence des cadres supérieurs dans leurs affaires, quelle que soit sa légitimité, est d'avance vouée à l'échec. Aucune exception, en effet, ne peut être faite et sous aucun prétexte aux règles d'ancienneté qui déterminent leurs possibilités de promotion; ils n'ont pas à se soucier enfin des jugements de leurs propres chefs dans la mesure où ces jugements ne procèdent pas d'une connaissance professionnelle reconnue. Ces conditions sont les meilleures qu'on puisse imaginer pour qu'un esprit de résistance collectif puisse se développer. De fait les inspecteurs-adjoints ont réussi à se ménager une indépendance considérable à l'intérieur même des règles qui, par ailleurs, les limitent et les oppressent. Rien de dangereux ne peut être tenté contre eux, quels que soient les griefs qu'on peut avoir à leur encontre *. Ce qui signifie qu'ils se sentent complètement libres de se consacrer partiellement ou totalement à leurs intérêts et à leurs manies personnelles. On trouve parmi eux, des fanatiques du sport, des peintres à demi professionnels, des apprentis poètes et romanciers et naturellement un bon nombre de Don Juans. Beaucoup d'entre eux travaillent très dur pour préparer des concours administratifs supérieurs, et quelques-uns, ceux qui, à leur âge, ont généralement le plus de prestige sont les animateurs et les leaders informels des syndicats. Il s'agit en fait d'un groupe très attachant, sensible, vibrant et plein de ressources mais qui s'intéresse encore moins que les employées peut-être aux objectifs de l'Agence et ne participe à son fonctionnement que d'une façon négative. Ils sont capables de critiques intelligentes, mais jamais nous n'avons pu les voir s'engager dans une perspective constructive. Dans leur tâche syndicale en particulier, ils apportent en général beaucoup de chaleur humaine et leur influence est stimulante mais c'est en général une influence idéaliste qui tend à éloigner les employées des problèmes pratiques du travail et de la lutte au sein de l'Agence comptable.

Les inspecteurs-adjoints sont promus inspecteurs quand ils ont bien dépassé la trentaine et souvent quand ils ont déjà trente-cinq ans. A cet âge et après un tel apprentissage il y a de fortes chances pour qu'ils aient perdu le goût de l'action. C'est alors seulement que commence à peser sur eux la pression de la concurrence pour l'avancement. En fait, bien que la direction dispose encore théoriquement d'une très grande marge d'arbitraire pour décider des promotions, il lui est pratiquement très difficile de s'écarter de la règle d'ancienneté et elle ne peut y parvenir que si les syndicats ne s'y opposent pas trop violemment. Cela signifie que l'esprit de résistance collective, dont nous avons noté le développement, persistera une fois que les inspecteurs-adjoints auront été promus inspecteurs et seront devenus ainsi membres de plein droit de la hiérarchie.

Une fois inspecteurs, nos cadres continueront donc à se servir effica-

* Du fait de leur turbulence et de leur participation aux activité syndicales, par exemple.

cement de leur habileté à éviter de se compromettre, à se tenir à l'écart des « histoires » et à rejeter toute responsabilité sur les échelons supérieurs. Un changement s'opérera probablement chez la majorité d'entre eux; ils deviendront plus modérés dans leurs opinions ou du moins dans leur façon de les présenter; leur refus de participer prendra une signification plus sceptique qu'idéaliste. Mais leur relation fondamentale avec la direction restera la même. Ils se tiendront sur la défensive, refuseront de souscrire à ses objectifs, se retrancheront dans leur esprit de catégorie et surveilleront jalousement leurs collègues pour prévenir toute fissure dans le solide bloc égalitaire qu'ils forment contre toute ingérence éventuelle d'un supérieur.

Ce modèle persistera dix ans plus tard, pour ceux des inspecteurs qui auront été promus chefs de section. A ce moment de leur carrière, la concurrence sera devenue très vive, mais si violente que soit la lutte, elle restera facilement dans des limites acceptables, car l'enjeu n'est pas aussi stimulant qu'on pourrait le penser. Seule une minorité de chefs de section passeront principaux et très peu parmi eux pourront aspirer au grade de chef de division. En tout cas, la relation fondamentale d'égalité entre collègues ne sera pas brisée parce que les moyens de se distinguer pour faire carrière ne mettent guère en cause le travail, les relations de travail et les rapports avec les collègues. Certes, il serait désastreux pour quelqu'un qui cherche à monter d'avoir « des histoires » dans son rôle de chef de section. Mais si les échecs sont dangereux, les succès ne sont pas particulièrement importants. Les promotions, peu nombreuses, qui échappent à la loi de l'ancienneté ne sont pas obtenues en fonction des résultats du travail, mais grâce à des influences extérieures. Un tel mode de sélection soulève naturellement beaucoup d'hostilité mais il ne s'agit que d'une hostilité apparente. En fait il a une influence stabilisatrice très grande et on peut penser qu'il correspond bien au mode de comportement et aux sentiments habituels des cadres subalternes. La participation à des factions et à des cliques de fonctionnaires en dehors du travail n'est pas considérée en effet comme une menace aussi directe pour le maintien du front commun égalitaire des cadres subalternes contre la direction que ne le serait la formation de clans à l'intérieur de l'Agence, groupant chefs de division, chefs de section et inspecteurs, et risquant de créer un climat désagréable sur le lieu même de travail. Le groupe des pairs préfère ignorer et critiquer ces influences extérieures plutôt que d'avoir à accepter le développement d'une concurrence directe sur le plan du travail qui mettrait en péril sa cohésion interne, donc sa capacité de résistance contre les supérieurs.

Le comportement de la direction tend à renforcer ce modèle. La direction en effet a toujours résisté vigoureusement aux efforts que les chefs de section ont fait pour participer davantage aux prérogatives directoriales. Comme nous l'avons vu, elle leur refuse le droit de prendre la moindre initiative en matière de personnel et d'organisation. Toutes les décisions sont réservées aux chefs de division. Il en va de même sur le plan, plus restreint mais combien sensible aux intéressés, de l'apparence extérieure et du statut. Pendant notre présence à l'Agence, la principale revendication des chefs de section était d'obtenir que fût prévue pour eux, à l'occasion de la modernisation des salles de travail qu'on préparait, une cage vitrée les isolant des employées. La direction refusa de leur donner satisfaction et s'efforça de leur démontrer qu'ils ne devaient pas s'isoler de leurs employées, dont il n'étaient pas si différents.

Tout compte fait, on ne peut donc s'étonner que les chefs de section prennent finalement le parti de leurs employées, contre la direction. Ils n'auraient en effet absolument rien à gagner à soutenir celle-ci, alors qu'en défendant leurs employées ou du moins en affectant publiquement de les défendre, ils entretiennent un meilleur climat au sein de leur personnel et ont ainsi plus de chances d'éviter les histoires et donc finalement de plaire à leurs supérieurs. Il est tout à fait naturel, on en conviendra, qu'ils préfèrent avoir des relations cordiales avec leurs employées aux dépens de la réputation des chefs de division plutôt que d'essayer d'assumer en faveur de ceux-ci des responsabilités que tout le monde refuse de leur abandonner.

On ne peut s'étonner non plus que la direction considère qu'elle ne peut pas compter sur des cadres subalternes qu'elle juge apathiques et peu sûrs. Ils sont effectivement apathiques. Ils refusent absolument de s'engager dans les plans à long terme de la direction. La direction n'est ni assez puissante, ni assez intelligente pour les récompenser de leurs efforts et s'ils s'engageaient avec elle, ils se trouveraient extrêmement vulnérables aux critiques des employées des syndicats et surtout de leurs collègues. Les chefs de section eux-mêmes sont aussi critiques et soupçonneux devant la direction que les inspecteurs et les inspecteurs-adjoints. Discutant avec l'enquêteur du problème des contrôleurs qui n'ont pas, nous l'avons vu, de fonctions en rapport avec leur grade, un seul d'entre eux (sur trente et un) chercha une explication qui n'implique pas de jugement défavorable sur « *la pagaïe et l'impéritie qui règnent en haut lieu* ».

Pour résumer cette situation, en prenant un peu de recul, nous aimerions émettre l'hypothèse suivante : les griefs de la direction viennent de son impuissance à exercer la moindre influence sur le personnel d'encadrement et l'hostilité et la résistance des cadres subalternes en revanche se trouvent en partie déterminées par leur désir d'empêcher la direction d'exercer la moindre influence sur leurs propres affaires.

Une autre particularité de la situation devrait être toutefois mentionnée. Les chefs de section ne critiquent jamais les chefs de division et nous trouvons dans ces rapports entre deux échelons immédiatement face à face la même modération et la même compréhension que nous avions trouvées entre employées et cadres subalternes. Comme les employées, les cadres subalternes réservent leurs critiques pour l'échelon supérieur, celui auquel ils n'ont pas directement affaire, en l'occurrence la direction du Ministère. Cette curieuse discrimination correspond à une situation analogue à celle que nous avons déjà étudiée. Le chef de division a été dépouillé de tout pouvoir sur ses chefs de section, du fait de la prédominance des règles formelles et informelles d'ancienneté et de la solidarité générale des cadres subalternes. Les chefs de section ne dépendent absolument pas de lui et sa personnalité ne peut avoir pour eux le moindre caractère menaçant. Il vaut mieux par conséquent qu'ils rejettent la responsabilité de leurs difficultés sur la direction du Ministère, avec laquelle ils n'ont en principe aucun contact. Il y a cependant une assez grande différence entre les deux situations, dans la mesure où le Ministère constitue une entité beaucoup plus vague et ne peut s'incarner dans une personnalité autoritaire bien affirmée et, dans la mesure aussi où les chefs de section, tout en critiquant le Ministère, sont tout prêts à essayer d'entrer personnellement en relations avec ses membres dans l'espoir d'obtenir une faveur.

Deux sortes de tension ont donc finalement tendance à se développer autour du rôle de l'encadrement subalterne, tel que nous l'avons défini. Chacune d'elles correspond à un des deux types de double jeu que les cadres subalternes doivent nécessairement jouer, le premier à l'égard des employées, le second à l'égard de la direction.

A l'égard de leurs subordonnées, les attitudes officielles des cadres subalternes sont des attitudes de sympathie. Ils appartiennent aux mêmes syndicats et font entendre souvent leur voix à leurs assemblées. Mais en même temps, ils savent qu'ils ne peuvent pas faire grand-chose de sérieux pour elles. Ce scepticisme souvent inconscient amène d'ailleurs tout naturellement beaucoup d'entre eux à ne soutenir les employées que dans la mesure où cela leur permet d'établir avec elles de bonnes relations. Leurs prises de position en faveur des employées jouent néanmoins un rôle dans le jeu des rapports humains, au sein de l'organisation mais ce rôle nous semble plutôt négatif; il contribue, à notre avis, à augmenter le malaise. En outre l'existence d'un modèle latent d'autorité de type militaire qui réapparaît périodiquement en temps de crise et que le chef de section et l'inspecteur se trouvent obligés de respecter constitue une importante contradiction, pour le modèle de relations de routine que nous avons retenu. Les jeunes inspecteurs-adjoints se servent volontiers de ces contradictions pour embarrasser leurs aînés qui sont aussi leurs supérieurs actuels et ceux d'entre eux qui ont un passé syndical * sont les plus vulnérables et risquent le plus d'en souffrir **.

Avec la direction, le double jeu a un tout autre aspect. Nous venons de souligner que le groupe des cadres subalternes préfère que ses membres aillent chercher des protections en dehors du travail plutôt que de permettre le développement d'une concurrence directe au sein de l'établissement. Cela signifie que, s'il veut tenter sa chance dans la lutte pour l'avancement, chaque chef de section doit s'efforcer de trouver des protecteurs parmi ces membres de la direction qu'il prétend détester. Beaucoup de chefs de section règlent facilement ce problème en se tenant en dehors de toute compétition. Mais cela ne les empêche pas eux aussi d'être au moins indirectement affectés par le malaise dont sont victimes leurs collègues qui ont choisi de tout faire pour réussir.

LE PROBLÈME DE LA ROUTINE

Notre description du système social de l'Agence reste fort incomplète à de nombreux égards. Il s'agit d'une enquête pilote dont nous n'avons pu vérifier les résultats en procédant, comme nous l'avions prévu, à une analyse systématique portant sur un large échantillon d'employées. Nous n'avons pu ainsi contrôler sérieusement toutes les variables importantes qui déterminent la situation et nous n'avons que très superficiellement exploré les attitudes et les comportements des cadres subalternes et des cadres supérieurs et les valeurs des diverses catégories. Quelques points importants nous paraissent tout de même acquis.

1. Les membres du personnel ne participent absolument pas aux objectifs de l'organisation. Qu'ils soient simples exécutants ou cadres subalternes, non seulement ils ne se sentent pas intégrés à l'Agence, mais ils expriment directement des sentiments hostiles à son égard et portent des jugements généraux sévères, sur la condition qui leur y est faite.

2. Il semble bien que ce manque de participation et cette absence d'intégration, malgré l'acuité que revêt le problème, n'ont pas tellement d'influence sur les autres aspects du comportement et des attitudes du personnel. Les employées sont raisonnablement bien adaptées à leur

* Sauf ceux d'entre eux qui se sont assuré une position syndicale solide qu'ils ont gardée à travers leurs différentes promotions.

** Un des résultats les plus paradoxaux de cette situation c'est le retournement complet de certains anciens militants syndicalistes qui n'ont pas trouvé d'autre moyen de se tenir à l'abri de ces pressions auxquelles il se sentent vulnérables que de devenir violemment hostiles aux syndicats.

travail et ont de bons rapports avec leur encadrement direct. Il ne faudrait donc pas être trop catégorique en parlant de leur mauvais moral. Le mécontentement du personnel et son pessimisme ne l'empêchent pas de s'adapter relativement bien à ses fonctions. On peut même soutenir que la véritable caractéristique du personnel de l'Agence ce n'est pas son mauvais moral, mais un mode d'adaptation qu'on pourrait qualifier d'apathique et de « récriminant * ».

3. Les employées semblent extrêmement isolées; il n'y a pas parmi elles de groupes informels stables. Seul le groupe de travail qui est un tout petit groupe et qui est, en même temps, un groupe formel et imposé peut avoir une grande influence émotionnelle sur les individus. Cette constatation peut sembler tout à fait surprenante dans une organisation stratifiée, dans laquelle les pressions de groupe jouent un rôle déterminant. Mais il ne s'agit que d'une contradiction apparente. Les groupes dont la pression s'exerce sur le fonctionnement de l'organisation, ne sont pas les groupes primaires dont parlent les sociologues mais les groupes relativement abstraits que constituent les grandes catégories professionnelles. Ces groupes réclament avant tout l'égalité de traitement. Leurs principes et leur constitution en font des groupes « universalistes » au sens parsonien du terme** et leur action fait barrage au développement de cliques « particularistes » stables.

4. Les relations hiérarchiques ne semblent pas créer de conflits ni de problèmes émotionnels graves, au niveau des rapports face à face. Les différences d'intérêt et même les différences de point de vue opposent des groupes qui ne sont pas en contact direct. Une constante singulière colore tous ces rapports. Les tensions sautent toujours un échelon et ni les conflits ni les problèmes émotionnels qui accompagnent les rapports de commandement ne peuvent affecter sérieusement des individus et des groupes qui sont trop loin, les uns des autres, pour se heurter de façon désagréable. En revanche comme ils sont aussi trop éloignés pour se connaître et se comprendre de façon réaliste, les tensions, si elles sont moins vives et moins dangereuses, ne peuvent jamais se résoudre.

Il est encore trop tôt pour que nous puissions discuter des relations entre ces quatre grands traits et de leur signification dans le cadre d'une théorie du phénomène bureaucratique. Mais nous voudrions toutefois,

* Il va de soi cependant que l'existence de ce mode d'adaptation apathique et récriminant correspond généralement à ce que l'on entend par mauvais moral, dans le vocabulaire courant. Notre remarque pourrait être développée dans une critique de la notion de moral d'entreprise, telle qu'elle avait cours ces dernières années.

** L'opposition universalisme-particularisme, on le sait, constitue une des dimensions importantes du système d'analyse parsonien [10].

au point où nous en sommes arrivés maintenant, faire une première tentative de synthèse en nous efforçant de montrer comment on peut comprendre, à partir de cette première description, le modèle de rapports humains qui permet l'établissement et la cristallisation de routines administratives.

Nous avons déjà souligné plusieurs fois que le système d'organisation de l'Agence était dominé par la centralisation des responsabilités et l'absence d'état-major. Nous pouvons examiner maintenant, à la lumière de nos analyses précédentes, quelles sont les conséquences pratiques d'une telle structure. Les décisions doivent être prises par des gens qui n'ont une connaissance directe ni du terrain sur lequel doit s'exercer leur action ni des variables qui peuvent l'affecter. A défaut de cette connaissance directe, les responsables doivent se reposer sur des informations qui leur sont données par des subordonnés qui ont intérêt à leur masquer la vérité. On peut donc dire, en résumant, que dans ce système d'organisation, le pouvoir de décision tend à se concentrer aux endroits où l'on n'est pas en mesure de connaître efficacement les variables sur lesquelles ces décisions vont porter. Ceux qui ont les informations nécessaires n'ont pas le pouvoir de décider. Ceux qui ont le pouvoir de décider se voient refuser les informations dont ils ont besoin *.

Essayons d'analyser la situation d'un dirigeant qui doit prendre une décision qui affectera directement les sentiments et les intérêts de quelques-uns de ses subordonnés et des services dont ils ont la charge sans qu'il lui soit possible de déterminer la valeur respective des divers arguments opposés qui lui sont présentés. Que va-t-il faire ? très probablement, il cherchera à trouver une règle impersonnelle ou au moins un précédent sur lequel il pourra s'appuyer. Sa décision sera certainement inadéquate si l'on prend comme critère le problème immédiat à résoudre. Mais ce

* L'intervention des syndicats ne peut pas permettre de rétablir un courant d'informations suffisant entre la base et le sommet. La structure des fédérations syndicales en effet est calquée sur le modèle des structures administratives. Le pouvoir de décision s'y trouve placé aux échelons interprofessionnels. En conséquence il est extrêmement difficile aux employées de l'Agence de faire entendre leur voix, puisqu'aucune commission mixte et aucun comité de négociation ne traite exclusivement ou même seulement en priorité de leurs problèmes. Certes leurs revendications sont fréquemment évoquées au plus haut niveau, mais elles sont utilisées par les syndicats, pour obtenir des avantages s'étendant à tout un secteur de la fonction publique, sans changer l'équilibre entre l'Agence et les autres services qui en font partie. Même si les avantages globaux obtenus apparaissent substantiels, ils ne peuvent donner satisfaction aux employées de l'Agence dont les problèmes sont trop profondément différents. En tout cas il semble que le personnel de l'établissement parisien soit aussi faible et dépourvu de moyens de pression par rapport aux syndicats que par rapport à la direction.

sera tout de même la solution la plus rationnelle de son propre point de vue.

Un chef de division certes pourrait réagir en essayant de se constituer un réseau personnel d'informations ou en faisant confiance à l'un ou à l'autre, ou à quelques-uns, de ses subordonnés. Mais s'il agissait ainsi, il rencontrerait immédiatement l'hostilité de tous les autres cadres, et serait l'objet d'accusations violentes de favoritisme qui risqueraient de détériorer sérieusement ce climat, quelle que soit par ailleurs la justesse des solutions qu'il aurait imposées. S'il s'efforçait par contre d'obtenir tout ce que ses subordonnés réclament, il ne pourrait réussir à faire fonctionner une organisation qui vit toujours, comme d'ailleurs toutes les organisations, sur le principe de la pénurie des moyens. Du point de vue de l'organisation aussi c'est la routine qui constitue donc presque toujours la meilleure solution et on devrait, tout compte fait, s'étonner beaucoup plus de l'apparition pourtant rare de comportements d'innovation, plutôt que de la répétition de comportements de routine.

Prenons l'exemple du problème des effectifs au sein de l'établissement parisien. Au premier échelon de l'encadrement on comprend très bien les difficultés que crée la conjonction de la croissance accélérée de l'organisation avec l'existence d'un taux de rotation élevé chez le personnel. Tout le monde se rend compte que dans le système actuel d'organisation du travail [et étant donné les méthodes de formation du personnel], on ne peut faire face aux pressions et que la productivité et le moral doivent décliner ensemble. Certes on ne cherche généralement pas à connaître les causes du malaise, mais on serait prêt à admettre l'interprétation de l'enquêteur : le mauvais moral accroît le taux de rotation, ce qui a pour conséquence d'accroître, sinon la charge de travail considérée objectivement, du moins sa pénibilité; cet accroissement de la pression subie par les employées retentit sur leur moral et c'est seulement en diminuant un peu la productivité que le système peut éviter de trop se détériorer. Or cette connaissance même grossière du malaise qui marque profondément les cadres subalternes ne peut absolument pas se transmettre à l'échelon ministériel. Là le problème est envisagé uniquement d'un point de vue statistique et égalitaire. On se refuse à opérer une discrimination * entre les établissements. On surveille de très près leurs statistiques de rendement et on se sert des résultats que l'on obtient pour répartir les disponibilités de personnel. Comme l'établissement parisien est loin en arrière dans ce domaine, ses revendications en matière de

* Cette diminution de la productivité et du moral est mise au compte de la taille même de l'organisation. L'opinion officielle, c'est que l'établissement parisien n'a pas un rendement aussi bon que certains centres de province, parce qu'il est trop grand.

personnel n'apparaissent pas très sérieuses. Certes on accepte de discuter ses arguments et on reconnaît intellectuellement la validité de certains d'entre eux. Mais on n'arrive pas à les traduire sur le plan de l'action, car sur le plan de l'action on se trouve complètement déterminé par l'objectif du rendement entendu de la façon la plus étroite, c'est-à-dire comme la relation directe entre les effectifs et le nombre d'opérations effectuées.

Nous avons déjà longuement insisté sur l'impossibilité de communiquer que l'on rencontre, sur un sujet analogue, entre les cadres subalternes et les cadres supérieurs. Les cadres supérieurs ne peuvent pas concevoir qu'il soit possible et fructueux d'opérer une discrimination entre les services qui sont sous leurs ordres, afin de les aider à améliorer leur productivité en fonction des difficultés particulières qui sont les leurs. Ils se refusent à accepter la moindre entorse au règlement et n'accordent de dérogation aux règles qu'au tout dernier moment quand il n'y a absolument plus aucune chance que la situation soit redressée. Un tel comportement permet d'éviter les conflits et le recours à l'autorité directe. La routine apparaît finalement dans cette perspective comme une protection contre les difficultés que soulèvent les rapports humains. Le même raisonnement peut aussi s'appliquer au niveau de la direction et des cadres supérieurs qui préfèrent eux aussi l'impersonnalité des statistiques et des règlements aux risques que comporterait un mode d'action plus responsable.

Les comportements de routine des cadres sont naturellement renforcés à tous les niveaux par le type de formation qu'ils reçoivent et surtout par ce lent apprentissage qui s'opère à travers les étapes successives de la carrière. On peut même soutenir, comme le font certains, qu'un processus d' « autosélection » tend à se développer, c'est-à-dire qu'une bonne partie des membres de la profession ne l'ont pas choisie et ne continuent à l'exercer que parce qu'elle correspond aux besoins de leur personnalité et à leur système de valeurs. Nous pensons toutefois que même si l'on admet la validité d'une telle hypothèse *, ce n'est pas dans les tendances profondes de la personnalité du fonctionnaire qu'il faut rechercher la source première des comportements de routine. Les fonctionnaires ne refusent pas seulement de prendre des responsabilités parce qu'ils ont des personnalités passives, ni même parce qu'ils ont appris à ne pas en prendre au cours de longues années d'apprentissage pendant lesquelles ils

* Nous pensons personnellement que la part de l'autosélection est beaucoup plus faible qu'on ne le croit généralement. Aucun essai de comparaison de profils psychologiques entre fonctionnaires et non fonctionnaires ne s'est révélé jusqu'à présent concluant.

ont intériorisé des modèles de comportement passif. Leurs comportements, nous avons essayé de le montrer, constituent d'abord une réponse rationnelle à un système d'organisation en lui-même contraignant; ils dépendent en effet de la pression des groupes et des catégories sur les individus, donc finalement du jeu imposé aux groupes par le système d'organisation. C'est seulement dans la mesure où ce système s'est profondément ancré dans les mœurs que les processus d'autosélection ont pu se développer et constituer à leur tour un facteur de rigidité qui rend effectivement plus difficile encore d'opérer des transformations.

Essayons d'examiner maintenant le même problème du point de vue plus pratique de l'organisation. Une analyse du fonctionnement de l'entreprise « Agence comptable » montrerait que les communications y sont faussées et les comportements rendus routiniers parce que la direction a laissé se creuser un énorme fossé entre des modèles d'action qu'elle a tenu à prescrire dans le détail et les exigences pratiques de la tâche à accomplir. Or s'il n'est pas possible de résoudre ce problème sans remettre en cause les principes généraux d'action du système, on peut pallier les difficultés en ajoutant constamment de nouvelles règles impersonnelles qui vont préciser et nuancer les anciens modèles d'action, leur permettant ainsi de mieux répondre aux exigences de la tâche. Mais comme ces nouvelles règles vont se heurter vraisemblablement à quelques-uns des privilèges dont bénéficiaient les échelons intermédiaires, elle ne pourront être imposées que par la contrainte et conduiront vraisemblablement à un renforcement de la centralisation. Les réformes ont donc beaucoup de chances de se présenter sous la forme d'une menace de centralisation, ce qui tend, bien sûr, à les priver du soutien du personnel et leur interdit de bénéficier de toute l'expérience que celui-ci a accumulée. Elles n'en seront que plus difficiles à réaliser. Les subordonnés refuseront d'y participer. Ceux d'entre eux qui le feront, seront accusés de rechercher des faveurs et la pression pour l'égalité de traitement qui constitue l'un des fondements essentiels du système d'organisation sera encore renforcée.

Nous avons pu observer toutes ces difficultés à l'établissement parisien de l'Agence, où l'on poursuivait au moment même de l'enquête une réforme très importante de l'organisation du travail. L'objectif était de réunir quatre sections dans la même unité, de façon à rationaliser tous les travaux auxiliaires et à constituer ainsi des réserves destinées à parer aux crises périodiques. Cette réforme semblait judicieuse du point de vue technique, mais elle avait soulevé très rapidement l'hostilité de l'ensemble de l'encadrement subalterne et des syndicats * et la première

* Les employées elles-mêmes, d'après nos interviews, paraissaient plus nuancées encore qu'en majorité hostiles.

tentative à laquelle nous avons assisté a échoué *. Ce mauvais résultat peut s'expliquer facilement si l'on tient compte de la méthode suivie : l'administrateur responsable de la réforme venait du Ministère et n'avait aucun contact avec l'établissement parisien; la distance qu'il gardait irritait les cadres du rang, mais en même temps son style d'action, qui correspondait très exactement aux principes ouvertement professés au Ministère [il y a à la direction des gens pour penser et le reste, dans les services extérieurs, doit se contenter d'exécuter] était rendu absolument indispensable, du fait de l'impossibilité où se trouvent placés les cadres de l'établissement parisien d'échapper aux pressions du système routinier dont ils sont les prisonniers.

Les sociologues comme d'ailleurs les autres spécialistes de science sociale se contentent trop souvent de décrire les phénomènes qu'ils étudient sans que les interprétations qu'ils en donnent dépassent une sorte de causalité circulaire. De telles descriptions sont indispensables et souvent malheureusement nos données ne nous permettent guère d'aller au delà. Mais il importe de toute façon, même si l'on doit se contenter d'hypothèses fragiles de poser clairement le problème de l'origine et des possibilités de survie de ce qui est apparu dans la coupe momentanée que l'on a faite comme un modèle de relations, dont les conséquences défavorables ne font que renforcer la stabilité. Dans le cas qui nous concerne la question fondamentale que pose notre description, est de savoir pourquoi un tel système d'organisation qui paralyse les cadres dans une situation de routine et produit quantité de frustrations chez les employées, peut se développer et résister à toutes les pressions en vue du changement.

Pourquoi les gens bâtissent-ils des organisations dans lesquelles les règles impersonnelles et la routine déterminent le comportement des individus de façon si restrictive ? Pourquoi créent-ils ainsi des bureaucraties ? Anticipant un peu sur nos analyses ultérieures nous voudrions suggérer dès maintenant que c'est pour eux le moyen d'éviter des relations face à face, des relations de dépendance personnelle, dont ils ne peuvent supporter le ton autoritaire.

Imaginons, pour le comprendre, les réactions possibles du personnel de l'Agence à un changement de structure qui confierait aux chefs de section tout ou partie des responsabilités qui ont été centralisées par les chefs de division. Les chefs de division protesteraient vraisemblablement car de cette apparence de pouvoir qui leur serait enlevée ils tirent actuel-

* L'expérience ne fut pas abandonnée mais seulement arrêtée et une seconde tentative fut effectuée deux ans plus tard. Elle ne réussit pas davantage et rien n'était encore définitivement réglé cinq ans après la première tentative; actuellement une nouvelle transformation beaucoup plus radicale est envisagée.

lement un certain prestige qu'ils apprécient d'autant plus qu'ils ne courent en contrepartie aucun risque. Mais les chefs de section ne seraient probablement pas plus favorables au changement. Ils réclament, il est vrai, plus de liberté d'action, mais ont-ils tellement envie en fait d'assumer les responsabilités de leurs supérieurs ? S'ils acceptaient de le faire en effet ils rompraient la solidarité qui unit leur groupe de pairs et permettraient en conséquence aux chefs de division d'intervenir dans leurs propres affaires et d'opérer entre eux des discriminations. Une plus grande liberté d'action ne manquerait pas d'instaurer entre eux une concurrence plus sévère et de bouleverser le statu quo qui semble protéger chacun; elle les mettrait en même temps sous la pression directe de leurs propres subordonnés, en les privant de l'agréable protection que leur procurait jusqu'à présent la possibilité de rejeter toute responsabilité sur leurs supérieurs.

Du point de vue des employées, il semble à première vue que l'on devrait trouver plus d'encouragement, mais, si l'on y regarde de plus près on s'aperçoit que si elles réclament des décisions plus raisonnables, tenant plus rapidement compte de leurs desiderata, elles tiennent en même temps beaucoup à ce que ces décisions s'élaborent par le canal du système impersonnel et centralisé traditionnel; elles se trouvent en effet, elles aussi, protégées par ce système car elles craignent beaucoup que leurs chefs directs puissent opérer entre elles des discriminations; la décentralisation, la délégation de l'autorité aux échelons inférieurs de l'encadrement auraient pour conséquence d'installer trop près d'elles un pouvoir puissant; elles pourraient obtenir plus rapidement satisfaction, mais en même temps elles risqueraient de se trouver dans une relation de dépendance plus étroite, et de perdre la protection contre toute décision arbitraire qui leur a été jusqu'à présent si bien assurée. Quand on connaît leur réaction encore très émotionnelle devant les relations directes d'autorité, on a l'impression que ce sentiment de crainte est toujours dominant et que les arguments en sens contraire ne pèsent pas très lourd dans la balance.

Imaginons maintenant ce qui se passerait si l'on s'orientait de façon radicalement opposée, c'est-à-dire si l'on s'efforçait de faire face aux difficultés en centralisant encore davantage et en renforçant par exemple l'échelon chef de division que l'on doterait d'un état-major étoffé et compétent, capable de donner à son chef des informations directes sur la marche des opérations, sans qu'il ait besoin de recourir aux cadres subalternes. Nous aurions finalement, sous les dehors d'arguments tout à fait différents, des réactions à peu près semblables correspondant aux mêmes motivations profondes. Les chefs de division auraient peur de donner prise sur eux aux membres de la direction; les chefs de section se dresseraient violemment contre cette tentative d'espionnage qui les laisserait à la merci des échelons supérieurs. Certes les employées seraient cette fois beaucoup moins concernées, tous les problèmes se trouvant en fait décalés d'un échelon, mais l'opposition des cadres serait si puissante qu'on ne peut guère envisager une telle réforme dans le rapport de forces actuel.

Notre raisonnement repose finalement sur l'idée que tous les membres de l'organisation ont une répugnance marquée pour les situations qui les mettraient sous la coupe et le contrôle des échelons supérieurs. Sous cet éclairage, les règles et la routine paraissent avoir avant tout une fonction protectrice. C'est grâce à elles qu'il est impossible à un supérieur d'intervenir dans les affaires des catégories inférieures. Elles assurent donc de ce fait une certaine forme d'indépendance au personnel. Celui-ci n'est pas invité à participer aux affaires qui peuvent le concerner, il reste isolé et il en souffre, mais l'indépendance qui lui est offerte en contrepartie constitue pour lui un très grand avantage et c'est finalement ce à quoi nos interviewées attachent le plus d'importance, quand on leur demande ce qu'elles apprécient dans la fonction publique. Elles se plaignent certes très amèrement du prix qu'il leur faut payer pour l'obtenir, mais on peut admettre qu'elles sont au fond toutes prêtes à le payer et que, leur mode d'adaptation tout « récriminant » qu'il soit, n'en est pas moins pour le moment encore efficace.

Comme nous le dit une employée déjà ancienne, pourtant en général très hostile à l'administration et très critique à l'égard des chefs et de leur routine :

« *Je ne voudrais pas un autre emploi et* (même si j'étais plus jeune) *je ne voudrais pas changer davantage. J'aurais peur d'être à la merci d'un chef...* »

2

Le cas du monopole industriel

Le deuxième cas que nous allons maintenant étudier est celui d'une grande organisation industrielle française appartenant à l'État. Cette organisation, que nous nommerons pour la commodité de l'exposé, le *Monopole industriel,* dispose du monopole légal de la fabrication d'un produit simple de consommation courante, mais elle n'est pas chargée de la vente de sa production qui se trouve entre les mains d'une autre administration d'État dont les préoccupations sont avant tout fiscales *.

Le montant des coûts de production du Monopole industriel n'est pas très considérable par rapport à l'ensemble des revenus qu'il procure et dont le volume dépend avant tout des décisions fiscales de l'État. Leur compression et l'amélioration de la productivité ne constituent donc pas un problème capital et toute innovation qui requiert des investissements considérables risque d'être accueillie sans empressement. Les dirigeants du Monopole, eux-mêmes, se trouvent en état de relative infériorité à cet égard, dans la mesure où ils ne sont pas compétents en matière fiscale, c'est-à-dire dans le domaine dont l'importance est finalement la plus déterminante pour la marche de leur organisation.

Une telle situation présente un très grand intérêt pour le sociologue. Nous avons affaire en effet à une organisation qui se trouve délivrée de la plupart des pressions qu'exerce habituellement le monde extérieur et qui, de ce fait, tend à se développer avant tout en fonction des exigences de son système social interne. Nous pouvons donc la considérer comme une situation expérimentale naturelle à travers laquelle peuvent s'observer de façon très grossie ces moyens humains qui ont une telle influence sur le fonctionnement des organisations et qui, dans ce cas, semblent devenus presque complètement autonomes.

L'étude de l'Agence comptable nous avait permis d'élaborer un schéma descriptif dans lequel certaines pratiques administratives et cer-

* On peut le considérer, de ce point de vue, comme une sorte de sous-traitant géant en situation de monopole vis-à-vis d'un client unique lui aussi géant et lui aussi en situation de monopole vis-à-vis cette fois du public. Le client est d'autant plus tolérant que son prix de vente est tout à fait élastique.

tains comportements généralement associés au phénomène bureaucratique pouvaient s'expliquer en fonction du système de contrôle social utilisé.

L'étude du Monopole industriel va nous permettre d'explorer cette fois plus directement les sources et les conditions de développement du phénomène bureaucratique lui-même. Nous allons pouvoir aborder en effet, grâce aux conditions toutes particulières que nous venons de résumer, un problème nouveau dont l'importance, à la réflexion, apparaît fondamentale, le problème des relations de pouvoir entre individus et entre groupes à l'intérieur d'un système d'organisation.

Nos analyses reposent sur deux études successives; une première étude intensive qui a porté sur trois usines de la région parisienne et une seconde étude plus superficielle qui a porté sur les deux tiers des trente usines du Monopole, dans toute la France.

L'étude extensive comportait la visite des usines et de longs interviews libres des membres de la direction et, éventuellement, des représentants syndicaux. L'étude intensive a demandé beaucoup plus d'efforts : tout d'abord un mois d'enquête-pilote avec interviews libres dans une usine en dehors de la région parisienne; puis une série de périodes de stage et d'observation dans chacune des usines retenues et enfin des interviews systématiques, portant sur un échantillon d'ouvriers de production, la moitié des ouvriers d'entretien et tous les chefs d'atelier et membres des corps de direction; enfin une série de discussions avec les représentants de ces différents groupes sur les premiers résultats obtenus.

Les trois usines que nous avons étudiées en détail sont situées à Paris et en banlieue. Elles ne sont pas vraiment représentatives des autres usines du Monopole, à cause de la proximité de la direction générale et des caractères particuliers de la main d'œuvre parisienne. Mais la seconde partie plus extensive de l'enquête a montré, d'une part, que ces différences n'étaient pas aussi grandes qu'on le supposait et, d'autre part, qu'elles allaient toujours dans le même sens et tendaient à faire apparaître les usines parisiennes, comme le modèle idéal, au sens wébérien du terme, de l'organisation du Monopole *.

Pour comprendre le système social que constitue chaque usine, nous

* Un tel paradoxe est le résultat des pressions convergentes de la direction générale et des ouvriers contre les coutumes locales et les arrangements particuliers entre un directeur et son personnel qui peuvent, ailleurs, déformer légèrement l'application des dispositions générales. Les règles sont appliquées plus strictement dans les usines parisiennes. Il y a moins d'arrangements clandestins pour leur échapper. En conséquence on y trouve davantage de tensions et un peu moins de coopération qu'en province. Mais en ce qui concerne le fonctionnement même de l'organisation et le rôle et le comporte-

avons centré nos interviews en premier lieu sur les attitudes et les réactions du personnel à l'égard des règles et de toutes les autres données de la situation; en second lieu sur les relations hiérarchiques formelles; en troisième lieu sur les relations de catégorie professionnelle à catégorie professionnelle et, en quatrième lieu, sur les modes d'adaptation du personnel à sa situation et à son rôle.

Pour comprendre le rôle des membres de la direction dans le système social, nous nous sommes servis des interviews plus libres que nous avions réalisées au cours de l'étude extensive, mais en les contrôlant et les complétant grâce aux comparaisons que nous pouvions faire avec les interviews de leurs collègues des trois usines parisiennes; ces interviews étaient éclairées elles-mêmes par les commentaires que les ouvriers et les chefs d'ateliers de ces usines nous avaient faits sur leur direction.

Nous allons présenter, en deux chapitres successifs, les principaux éléments du système social de l'usine, tel qu'il apparaît au niveau de l'atelier. Dans le premier de ces chapitres, nous discuterons d'une part des normes ou des coutumes du groupe ouvrier qui se sont développées autour des règles et des contraintes générales de l'organisation et, d'autre part, de l'adaptation du personnel à l'ordre hiérarchique formel. Dans le second chapitre, nous nous attaquerons au problème plus complexe des relations de groupe et aux modes d'adaptation particuliers qui semblent prévaloir dans chacun des différents groupes. Enfin, dans un troisième chapitre, nous étudierons le problème des relations interpersonnelles au sein de l'équipe de direction, ce qui nous permettra de compléter notre description du système social de l'usine et de tenter une nouvelle analyse plus complexe d'un exemple caractéristique de « phénomène bureaucratique ».

ment des groupes et des individus qui la composent, les usines parisiennes offrent l'exemple le plus net et le plus frappant du système d'organisation élaboré par le Monopole.

3. Le système social des ateliers les normes du groupe ouvrier, le problème des relations d'autorité

QUELQUES DONNÉES GÉNÉRALES

Dans les trois usines que nous avons étudiées, le système social des ateliers s'organise autour de trois dimensions principales : tout d'abord ce que nous proposons d'appeler les données techniques et organisationnelles; ensuite les relations d'autorité formelles; enfin les relations de groupe entre les différentes catégories fonctionnelles stratifiées. Nous entendons par données techniques et organisationnelles toutes les contraintes formelles de l'organisation, nées du jeu entre les exigences de la technique et les règles bureaucratiques. Le système d'autorité formel correspond, non plus à des contraintes mais à des relations qui constituent certes une autre donnée de l'organisation, mais une donnée de nature beaucoup plus « culturelle » qui n'est plus déterminée que partiellement par ses objectifs fonctionnels. Enfin les relations de groupe font intervenir un élément de jeu plus considérable encore; elles recouvrent cet équilibre instable et nécessaire qui doit se maintenir à travers la lutte des diverses catégories fonctionnelles et hiérarchiques pour le pouvoir et le prestige du fait de leur indispensable coopération. Ce sont ces trois dimensions qui déterminent les modes d'adaptation possibles des membres de chaque catégorie et finalement la nature et les caractéristiques du système social dans les ateliers.

Dans ce premier chapitre nous analyserons seulement les deux premières dimensions, les données techniques et organisationnelles et le système d'autorité formel; en d'autres termes nous planterons le décor, nous préciserons le climat et nous décrirons les acteurs que nous allons voir agir dans le chapitre suivant. Mais avant de commencer cette première partie de l'étude, quelques données générales sur le Monopole, sur les différentes catégories de personnel et sur l'organisation des ateliers paraissent indispensables.

Le Monopole industriel groupe trente usines, un centre de recherches, un atelier de réparations et des entrepôts et magasins disséminés dans toute la France. Il emploie près de 10 000 ouvriers et plus de 2 000 employés et cadres.

Une certaine spécialisation tend à se développer entre les usines, mais la majeure partie d'entre elles ont encore des programmes de fabrication semblables. Leur localisation tient aux conditions commerciales et techniques prévalant à la fin du XIXe siècle. A cette époque la production était faite à la main et les « manufactures » constituaient des unités de production assez considérables, puisqu'elles employaient en moyenne au moins 1 000 personnes. Il était rationnel d'avoir une usine au centre de chaque marché régional, car la taille d'une telle unité était satisfaisante du point de vue technique et la proximité du consommateur offrait encore un gros avantage économique. Mais depuis l'apparition des machines, il y a maintenant près de quarante ans, et le développement concomitant des transports routiers, l'implantation des usines est devenue tout à fait anachronique. La main d'œuvre nécessaire pour couvrir les besoins des marchés régionaux que desservent toujours les usines a été réduite à 350-400 personnes, alors que la taille de l'unité optimum a au contraire beaucoup augmenté du fait des progrès des techniques et des méthodes d'organisation, et que l'amélioration des transports rendait la régionalisation de la fabrication tout à fait inutile. Tous les facteurs techniques et économiques semblaient donc devoir concourir au succès d'une politique de fusion et de concentration des établissements; mais cette politique n'a même pas été tentée, étant donné la crainte qu'inspirent le personnel et les forces politiques locales acharnés à maintenir des sources d'emploi qui ont encore leur importance dans une petite ville.

Le Monopole cependant est extrêmement centralisé. La plupart des décisions mêmes de détail sont prises à la direction générale à Paris, un organisme extrêmement lourd qui groupe une cinquante d'ingénieurs du corps de direction (la moitié du total) répartis en une trentaine de bureaux autonomes.

Il y a une certaine mobilité entre la province et Paris, autrement dit, entre les services d'exécution et la direction générale, mais on trouve encore un assez grand nombre de dirigeants qui n'ont jamais eu de responsabilités directes dans les usines. La plupart des directeurs viennent à Paris de temps en temps et ils en profitent pour prendre contact avec leurs dirigeants, mais le Monopole lui-même n'est pas très généreux en matière de frais de déplacement et ces contacts sont tolérés, plutôt qu'encouragés. De toute façon, ce ne sont jamais que des contacts individuels. Jamais jusqu'à présent des réunions formelles ou informelles de directeurs et d'ingénieurs n'ont eu lieu. Officiellement on préfère toujours comme moyen de communication la circulaire, le memorandum et la lettre individuelle.

Le Monopole emploie six catégories de personnel ayant chacune un recrutement séparé et un statut particulier, les ouvriers de production, les ouvriers d'entretien, les chefs d'atelier, les membres du corps administratif, les ingénieurs techniques et les ingénieurs du corps de direction.

Le personnel de production est, pour les deux tiers, un personnel féminin. Les quatre cinquièmes de ce personnel sont recrutés obligatoirement sur les listes de personnes ayant un droit légal aux emplois réservés de l'État (veuves et orphelines de guerre, chez les femmes; mutilés et anciens militaires chez les hommes). Les emplois restant ne sont même pas à la disposition des directeurs d'usine ou de la direction générale, car le personnel a obtenu que priorité soit accordée aux postulants qui ont déjà un membre de leur famille au Monopole. Les ouvriers de production ont une sécurité d'emploi totale; ils sont protégés contre tout acte arbitraire de discipline et leur affectation aux postes de travail * ne dépend pas des cadres ou de la direction mais de l'application du droit d'ancienneté. Leurs salaires sont les mêmes dans toute la France et relativement élevés, ce qui signifie que comparativement ils peuvent être jugés excellents dans les zones de bas salaires et relativement médiocres à Paris et dans les zones de hauts salaires.

Les ouvriers d'entretien, une cinquantaine dans l'usine, sont tous des ouvriers très qualifiés. Un certain nombre d'entre eux appartiennent aux métiers traditionnels, chaudronniers, électriciens, menuisiers, mais la majorité sont des ajusteurs qui travaillent en fait comme régleurs et réparateurs de machine. Tous sont recrutés à la suite d'essais professionnels difficiles qui ont gardé, du fait de leur caractère de concours inutile et un peu abstrait, quelque chose des chefs-d'œuvre des compagnonnages. Leurs rémunérations sont assez élevées, mais elles dépendent de l'ancienneté beaucoup plus encore que celles des ouvriers d'exécution, si bien que les ouvriers les plus anciens ont des rémunérations excellentes, si on les compare au taux moyen des salaires dans leur profession, tandis que les plus jeunes sont très en dessous de ces taux, particulièrement dans les zones de hauts salaires.

Les chefs d'atelier occupent à la fois les emplois de contremaîtres dans les ateliers et ceux d'employés dans les bureaux. Ce sont en général des hommes et ils ont eux aussi été recrutés par concours.

Il y a peu de temps encore la plupart des chefs d'atelier étaient d'anciens sous-officiers qui cumulaient leur traitement avec une retraite proportionnelle. Depuis la fin de la dernière guerre un effort a été fait pour attirer des gens d'un niveau plus élevé; on exige maintenant le baccalauréat pour se présenter au concours, ce qui élimine tout à fait les

* Il y a sept catégories de postes de travail, chacune avec des salaires horaires légèrement différents.

anciens sous-officiers, mais risque d'écarter aussi les hommes formés à la pratique de l'industrie, dont on aurait besoin.

La catégorie juridique dite « cadre secondaire », dont font partie les chefs d'atelier comprend aussi un second échelon, celui de chef de section dont la fonction correspond un peu mieux à celle de chef d'atelier de l'industrie. Les promotions au grade de chef de section sont faites théoriquement au choix; mais en pratique il est très difficile de résister à la pression exercée par le groupe pour obtenir des nominations à l'ancienneté.

Les rémunérations du cadre secondaire sont faibles, si on les compare à celles de contremaîtres et de chefs d'atelier dans des zones de salaires élevés, mais elles ne sont pas mauvaises si l'on se réfère aux rémunérations de l'encadrement subalterne d'usines moyennes ou petites et à celles des employés de bureau.

Les fonctions administratives, c'est-à-dire essentiellement, les achats et les problèmes commerciaux connexes, la comptabilité et le personnel sont le domaine réservé d'un *corps administratif spécial* qui comprend deux grandes catégories, rédacteurs et contrôleurs.

Les rédacteurs sont recrutés par concours national pour lequel on demande maintenant une formation universitaire. Le recrutement devient de plus en plus difficile, car ces postes ne sont pas très bien rémunérés, en particulier en début de carrière, et que les possibilités de promotion sont faibles, étant donné l'encombrement de la pyramide hiérarchique. Les membres du corps administratif passent d'une usine à l'autre, à chaque promotion. Leur carrière est lente et entièrement dominée par la règle de l'ancienneté. Ils n'ont pas d'autre perspective que le poste de contrôleur, auquel ils n'arrivent généralement que tout à fait en fin de carrière.

Contrôleurs et rédacteurs ont sous leurs ordres des chefs de section et des chefs d'atelier qui occupent les postes d'employés de bureau *.

Les ingénieurs techniques sont moins nombreux encore (il y en a en général un seul par usine). Ils ont la charge de tous les problèmes d'entretien et de réparation, aussi bien dans les ateliers de production qu'en ce qui concerne les installations générales et le gros équipement; c'est eux qui traitent avec les entrepreneurs de l'extérieur et s'occupent de tous les détails matériels de préparation et d'exécution que soulèvent la mise en route de travaux nouveaux et la poursuite de travaux de

* Il faut tenir compte aussi des échelons intermédiaires et supplémentaires de rédacteurs principaux et de contrôleurs principaux; leur importance est grande pour la carrière et la rémunération, mais pas très sensible cependant en ce qui concerne la fonction.

routine périodiques. Les ingénieurs techniques restent généralement longtemps dans la même usine, où ils poursuivent parfois toute leur carrière. Ils sont eux aussi recrutés par un concours national. Mais leur recrutement est encore plus difficile que celui des membres du corps administratif et la qualité des nouvelles recrues a beaucoup baissé. Leurs rémunérations de fait sont très faibles, si on les compare à ce que peuvent toucher de bons ingénieurs de même formation dans l'industrie privée et ils n'ont absolument aucune autre perspective que celle des augmentations régulières d'échelon, en fonction de l'ancienneté, car les postes de direction leur sont en fait pratiquement interdits.

On trouve enfin généralement deux membres du corps des *ingénieurs de direction* dans chaque usine, le directeur qui a la responsabilité de l'ensemble de l'usine (production, administration et ventes *) et le directeur-adjoint qui a la responsabilité, lui, de tous les problèmes de fabrication. Les ingénieurs de direction ne sont pas recrutés par concours, mais sur titre, à la sortie de l'École polytechnique et jusqu'à présent seuls les polytechniciens avaient le droit d'entrer à l'école d'application qui forme les ingénieurs du corps **. Après deux ans d'école d'application, les jeunes ingénieurs prennent tout de suite un poste de directeur-adjoint. Ils ont donc très rapidement des responsabilités assez grandes, en particulier quand le directeur est un homme âgé qui ne s'intéresse plus beaucoup aux problèmes de l'usine. Ils resteront de douze à quinze ans au grade de directeur-adjoint, mais changeront entre-temps d'usine, généralement deux ou trois fois, avant d'être promus au poste de directeur; cette promotion est absolument automatique et dépend uniquement de l'encombrement du tableau d'avancement. Une fois directeur, on peut encore être promu au grade d'inspecteur général, mais la fonction n'est pas beaucoup recherchée, parce qu'elle fait perdre une série d'avantages en nature, dont bénéficient les directeurs, que les augmentations de traitement et de prestige ne pouvaient jusqu'à présent compenser sérieusement. Les rémunérations des membres du corps de direction sont nettement inférieures à celles que l'on rencontre dans l'industrie

* Les services de vente des usines ne pouvaient jusqu'à présent avoir une importance considérable puisque, comme nous l'avons vu, les fonctions commerciales sont dévolues à une autre administration. Mais le Monopole cependant s'efforçait de suivre les problèmes posés. Une réforme récente du statut et des attributions du Monopole va désormais transformer complètement cette situation.

** Des dispositions particulières des règlements rendaient possible la nomination d'un ingénieur sorti d'une autre école, mais il n'y eut en l'espace de cent ans que deux dérogations au principe. Une transformation complète du Corps qui implique la suppression du monopole des Polytechniciens a été décidée en 1961.

privée, en particulier en début de carrière, mais elles comportent quelques compensations matérielles, à partir du moment où l'on a été nommé directeur : une grande maison, une voiture et un chauffeur, des fournitures et des services divers. Il faut tenir compte aussi de la très grande liberté personnelle et du prestige social dont bénéficiaient jusqu'à présent les ingénieurs du corps de direction, surtout en province. Leur fonction était une fonction reconnue bourgeoise et pouvait leur permettre de faire un beau mariage. Actuellement tous ces avantages perdent de leur importance, le recrutement n'est plus aussi aisé qu'autrefois et les départs de jeunes ingénieurs, déjà traditionnellement nombreux, se multiplient désormais de façon dangereuse.

Les trente usines du Monopole sont tout à fait semblables en ce qui concerne l'arrangement des locaux, l'installation des machines et leur qualité, et l'organisation générale des ateliers. La plupart d'entre elles sont installées dans de vieux bâtiments construits il y a soixante ou soixante-dix ans. Très peu d'usines ont été bâties après la Première Guerre mondiale, mais quelques-unes d'entre elles ont été réaménagées et partiellement reconstruites, ou sont en pleine transformation depuis la Libération. Une usine du Monopole comprend généralement un groupe de bâtiments solides et un peu rébarbatifs du style des casernes et des internats de la fin du XIXe siècle, disposés autour d'une cour centrale qui joue le rôle de lieu de réunion, pour les ouvriers. Les locaux sont assez spacieux mais ne sont guère commodes pour la ventilation et pour le nettoyage; ils permettent en outre difficilement l'installation des conditionnements d'air modernes..

Les équipements industriels ne sont pas très homogènes. Les machines utilisées pour la production sont modernes. Mais les installations sont généralement anciennes et l'organisation matérielle du travail est souvent en retard, en particulier les problèmes de manutention, d'hygiène des ateliers et de conditionnement d'air étaient encore très peu et très mal résolus. Un effort de modernisation est poursuivi dans ces divers domaines, dans quelques usines, mais les progrès sont ralentis surtout par la taille même des établissements qui reste trop réduite, pour permettre d'amortir de coûteuses installations.

L'organisation des ateliers pose quatre problèmes principaux. Le premier d'entre eux concerne la préparation de la matière première. C'est un problème relativement simple mais qui s'avère délicat en pratique et requiert une grande expérience. Le second lié en partie au premier est posé par l'entretien et le réglage des machines; il est rendu plus difficile par le manque d'homogénéité de la matière première et par le système d'organisation adopté; le troisième est un problème d'organisation, il s'agit d'assurer la meilleure utilisation possible des machines et des hommes, étant donné les changements fréquents des programmes de production, les difficultés d'entretien et surtout les règles présidant aux déplacements des ouvriers. Le problème de la répartition des postes enfin constitue le dernier, et peut-être le plus difficile, des quatre. Cette répartition doit obéir en effet à des règles d'ancienneté extrêmement strictes qui ont été codifiées en détail. Aucun déplacement d'ouvrier ne peut jamais être effectué, quelles qu'en soient les circonstances, sans appliquer des règles très détaillées, dont le principe est le suivant : en cas de vacance permanente ou temporaire, le poste doit revenir à la personne la plus ancienne en grade parmi celles qui sont volontaires et, s'il n'y a pas de volontaire, la personne la moins ancienne dans l'atelier sera déplacée. Ces dispositions s'appliquent non seulement en cas de déplacements permanents correspondant en général à une promotion, mais aussi à tous les déplacements temporaires occasionnés par des changements dans le programme de fabrication, par des arrêts de machine dus à une panne importante ou même par des absences prolongées.

Dans un tel ensemble, les chefs d'atelier ont avant tout le rôle de pointeaux. Ce sont eux qui tiennent la comptabilité des temps, des fournitures et de la production et qui ont la responsabilité de l'approvisionnement des machines et des ouvrières. Ils traitent aussi, en premier ressort, de tous les problèmes de placement; tous les matins leur première tâche est de procéder à l'appel et de décider sur le champ des transferts à opérer. Mais toutes leurs décisions sont soumises en fait à l'approbation du directeur-adjoint, car les délégués syndicaux font systématiquement appel chaque fois qu'il y a la moindre ambiguïté dans l'interprétation d'une règle. Finalement ils n'ont guère pratiquement de pouvoir disciplinaire et aucune initiative dans les problèmes d'organisation du travail. Comme à l'Agence comptable, leur rôle d'encadrement est donc extrêmement faible.

Le directeur et le directeur-adjoint sont des experts pour certains problèmes, comme ceux de la matière première, du circuit des opérations et de l'utilisation des machines. Ils doivent prendre des décisions à court terme en vue de faire face au programme de fabrication qui leur est demandé et des décisions à plus long terme pour améliorer la productivité et la rentabilité de l'usine. Mais leur rôle le plus important est finalement un rôle d'administrateurs et de diplomates, plutôt qu'un rôle technique. Leur réussite consiste avant tout à parvenir à faire coopérer ensemble des gens sur lesquels ils n'ont que des moyens d'action très indirects. En matière de personnel, ce sont des juges dont la principale fonction est d'appliquer et d'interpréter une loi qu'ils n'ont pas faite. En matière technique, ils n'ont pas beaucoup de possibilités d'initiative, sauf dans les périodes de transformation d'ateliers anciens et de mise au point d'ateliers nouveaux et quand ils disposent du soutien de la direction générale.

La productivité globale est difficile à mesurer, car on ne dispose pas d'éléments de comparaison en France. Les charges de travail et le rendement individuel paraissent relativement élevés, mais le coefficient d'utilisation des machines et de l'équipement en revanche semble plutôt faible *.

Les ingénieurs du corps de direction se plaignent constamment et, parfois, amèrement des difficultés que leur impose l'observation des règles d'ancienneté. Les ouvriers de leur côté reprochent à l'administration sa mesquinerie. Des deux côtés on est d'accord pour regretter l'existence d'un certain gaspillage et surtout la fréquence des pannes de machine qui provoquent beaucoup d'agitation, car elles obligent à bouleverser constamment l'affectation des ouvrières sur machines.

Les relations entre directions et syndicats, enfin, sont beaucoup plus stables qu'à l'Agence comptable. Ceci est dû surtout à deux facteurs tout à fait exceptionnels, d'une part la puissance des deux fédérations syndicales ouvrières auxquelles 75 % des ouvriers de production cotisent, ce qui est un pourcentage extrêmement rare en France même dans l'Administration publique, et d'autre part l'existence d'une procédure relativement formelle et en tout cas très élaborée pour régler de façon paritaire les réclamations ouvrières. Un tel système de rapports entre ouvriers et direction offre une protection parfaite aux ouvriers et beaucoup de sécurité aux syndicats. Il est cependant trop lourd et trop juridique et a contribué beaucoup au développement de la centralisation. Les frustrations qu'il crée de ce fait, aussi bien chez les membres de la direction que chez les ouvriers, tendent à faire régner généralement un climat de relations humaines fort acrimonieux.

LES DONNÉES TECHNIQUES ET ORGANISATIONNELLES ET LES RÉACTIONS OUVRIÈRES

Les contraintes de nature technique et organisationnelle qui pèsent sur le système social d'une usine sont naturellement nombreuses. Mais nous avons centré notre étude sur trois d'entre elles seulement, dont l'influ-

* C'est l'impression que nous avons retirée de visites effectuées à l'étranger dans des établissements similaires utilisant les mêmes machines.

ence nous était apparue déterminante au cours de l'enquête d'exploration : la charge de travail, la mécanisation et le rythme des machines et finalement les règles d'ancienneté qui déterminent la répartition des postes de travail et les transferts de poste à poste.

C'est autour de ces trois séries de données que s'organisent les réactions des ouvriers de production. Ces réactions que nous avons pu appréhender au niveau individuel, grâce aux interviews, apparaissent avant tout comme des réactions collectives. Leur cohérence et leur caractère contraignant suggèrent l'existence d'une « sous-culture » ouvrière autonome.

La charge de travail.

Les normes de production correspondant aux différents postes de travail et les rémunérations qui y sont attachées sont fixées pour l'ensemble des usines par la direction générale, généralement après de longues et délicates négociations avec les fédérations syndicales ouvrières. Il n'y a pas de contrat collectif et les décisions de la direction sont théoriquement des décisions unilatérales, mais en fait elles sont toujours, dans ce domaine au moins, le résultat d'un accord.

Normes de production, temps alloués, rémunérations de base, nature et pourcentage des boni sont rigoureusement fixés et ne permettent pas le moindre arrangement local, entre une direction d'usine et ses ouvriers. Les ouvriers et les ouvrières sur machines reçoivent un taux de salaire horaire uniforme pour une production correspondant à 85 % des normes. S'ils n'atteignent pas ce minimum, ils sont pénalisés; s'ils le dépassent, ils reçoivent des boni calculés aux pièces. Mais ce système, pour élaboré qu'il soit, n'a en fait aucun effet sensible puisque les ouvriers contrôlent si bien leur production qu'ils ne dépassent jamais les 100 % et ne manquent presque jamais de les atteindre. Sa seule utilité est de constituer un moyen impersonnel de prévenir tout ralentissement de la production, puisqu'il pénalise automatiquement les ouvriers qui n'atteignent pas les 100 % et plus sévèrement encore ceux qui n'atteignent pas les 85 %.

Les ouvriers réagissent finalement de manière assez modérée. Ils se plaignent certes, mais pas très amèrement. Ils insistent sur l'injustice générale de la condition ouvrière, beaucoup plus que sur le montant trop lourd de leur propre charge. Tout compte fait, la majorité tend à admettre qu'ils peuvent la supporter assez facilement, mais en même temps ils expriment leur hostilité au système de contrainte et de pression qu'implique l'existence de normes, en répondant de façon beaucoup plus négative quand on les interroge sur la façon dont leurs collègues de travail arrivent à y faire face *.

Les différences entre les réponses à la question personnelle, à propos de laquelle les faits ne peuvent pas être déformés facilement et la réponse à la question beaucoup plus conjecturale sur les collègues, qui permet l'expression de réactions émotionnelles, sont en elles-mêmes extrêmement intéressantes. Nous obtenons une courbe très suggestive si nous comparons le pourcentage des ouvriers qui pensent que leurs collègues peuvent y arriver facilement (30 %), les jugements des délégués ouvriers (36 %), les déclarations des ouvriers sur leurs propres performances (46 %) et les jugements des ouvriers d'entretien (57 %) et des chefs d'atelier (67 %).

Mais ces différences sont beaucoup plus frappantes encore quand elles sont analysées non plus sur l'ensemble des interviews, mais usine par usine. Les réponses à la première question, la question de fait, ne varient pas de façon très considérable, mais les réponses à la seconde question, celle qui garde un contenu émotionnel, présentent de grandes différences entre usines et une répartition des opinions presque opposée entre deux d'entre elles.

Dans la première de ces usines en effet les conjectures des ouvriers sur les résultats de leurs collègues correspondent à peu près à ce qu'ils disent sur leurs propres résultats. 57 % d'entre eux déclarent y arriver facilement et 10 % pas toujours; tandis que ces pourcentages sont respectivement de 49 % et de 17 % pour les collègues. Dans la seconde usine, au contraire, si 40 % des ouvriers déclarent encore y arriver facilement contre 33 % pas toujours, ces pourcentages se renversent pour les collègues (17 % facilement; 45 % pas toujours).

* Ceci est très apparent si l'on compare les résultats obtenus aux deux questions suivantes :

1. Est-ce que vous arrivez à faire les 100 %
2. Est-ce que vous pensez que la majorité de vos collègues y arrivent ?

La répartition comparée des réponses est la suivante :

CE QUE DIT L'INTERVIEWÉ

Sur ses résultats personnels		*Sur ses collègues de travail.*	
J'y arrive facilement	46 %	Ils y arrivent facilement ...	30 %
J'y arrive mais avec peine ..	18 %	Ils y arrivent mais avec peine	27 %
Je n'y arrive pas toujours ..	20 %	Ils n'y arrivent pas toujours.	32 %
Je ne peux pas y arriver....	7 %	Ils ne peuvent pas y arriver..	4 %
Je ne suis pas aux normes .	9 %	Sans réponse	7 %

N = 129

Comment interpréter de telles différences ? Les normes de production étant exactement les mêmes dans les trois usines et le personnel ayant en gros la même origine et la même composition, il devrait y avoir une très forte probabilité pour qu'on retrouve une répartition des comportements et des opinions à peu près semblable *. Pourquoi donc ces différences, dans l'appréciation que l'on donne des difficultés éprouvées par ses collègues ?

Une analyse par tris croisés entre variables va nous donner quelques premiers indices. Les conjectures sur les collègues sont fortement influencées par l'ancienneté, ce qui n'est pas le cas des réponses sur le comportement individuel. Plus on a travaillé longtemps dans une usine du Monopole, plus il y a de chances qu'on estime que les collègues ont des difficultés à atteindre les normes **. Le type de recrutement entraîne d'autres différences : les ouvriers qui sont liés au Monopole par leur origine même, ceux qui sont entrés grâce à la recommandation de parents ou qui avaient déjà, avant d'entrer, des amis, dans l'usine, sont beaucoup plus pessimistes que ceux qui ne sont entrés en contact avec le Monopole qu'assez tard dans leur vie avec des expériences personnelles antérieures comme les veuves de guerre **. Une opposition encore plus curieuse existe en ce qui concerne les postes de travail. Les conductrices de machine qui souffrent personnellement moins que leurs collègues de la pénibilité physique des normes, mais qui ont plus de prestige et d'importance dans l'atelier, plaignent davantage leurs collègues que les receveuses pour qui le respect des normes demande un effort physique. Finalement on remarque que ce sont toujours les ouvriers et les ouvrières les mieux intégrés dans le milieu social de l'usine qui présentent la vue la plus négative de la situation du personnel, en matière de normes. En même temps on peut aussi remarquer que ces ouvriers pessimistes font en général partie de la majorité responsable du milieu ouvrier sur tous les problèmes importants de la vie de l'usine.

Cet ensemble très précis de relations nous suggère que les jugements que les ouvriers portent sur la façon dont leurs collègues s'adaptent aux exigences de la production, constituent en fait une sorte de réaction collective qui s'exprime plus ou moins chez chaque individu, selon que celui-ci se trouve plus ou moins soumis à la pression de son milieu.

* Ce devrait être d'autant plus le cas que les résultats de l'enquête, comme nous le verrons plus tard, ont montré des répartitions d'opinions tout à fait semblables dans les trois usines sur tous les problèmes qui n'étaient pas directement influencés par des circonstances particulières à chaque usine.

** Différences statistiquement significatives au seuil de 0,01.

Mais pourquoi ces réactions collectives sont-elles si différentes d'une usine à l'autre ? Les différences assez faibles, mais tout de même significatives * qui existent au niveau du compte rendu des faits nous suggèrent tout d'abord qu'il existe une base pratique à ces différences; dans une usine au moins les ouvriers semblent avoir effectivement plus de difficultés à atteindre les normes. Mais en même temps les commentaires que nous avons enregistrés et l'existence d'une relation statistique très significative entre les jugements sur les collègues et la façon dont le règlement d'ancienneté est appliqué, nous permettent de penser que ces différences sont liées au type de compromis que les ouvriers ont réussi à obtenir dans le domaine très étroit de l'interprétation des règles. C'est en effet, nous le verrons, un domaine vital pour eux, dans la mesure où il reste le seul à l'intérieur duquel une certaine liberté de manœuvre subsiste. Il constitue en fait un des facteurs essentiels des différences d'attitudes entre ateliers et entre usines.

Le règlement d'ancienneté.

Les problèmes de relations humaines auxquels les différentes catégories consacrent le plus d'énergie, au niveau de l'atelier, sont ceux qui naissent de la répartition des postes de travail et des transferts temporaires de poste à poste, en cas de changement de production ou d'indisponibilité de machines. Ces problèmes doivent être résolus, on s'en souvient, dans le cadre des dispositions extrêmement strictes d'un « règlement d'ancienneté » que les apports successifs ont transformé en véritable code. Le principe qui paraît simple à priori n'a pu être appliqué en fait qu'en élaborant de multiples dispositions particulières dont la somme a fini par constituer un véritable imbroglio juridique. Sa fonction doit être bien comprise. Il ne s'agit pas, comme dans les contrats collectifs américains, de protéger l'ouvrier contre les licenciements abusifs, puisque les ouvriers du Monopole ont les mêmes garanties que les fonctionnaires, mais de les protéger contre toute discrimination et tout arbitraire dans l'exécution du travail. Ce qu'il leur assure, avant tout, c'est le bénéfice d'une égalité complète entre collègues, quelles que soient les qualités personnelles et les aptitudes physiques ou mentales de chacun.

Ces dispositions ont été imposées, il y a plus de cinquante ans, après une longue période de luttes très dures. Les syndicalistes restent encore

* Elles sont significatives dans la mesure où elles vont dans le même sens que les jugements que les ouvriers portent sur leurs collègues.

très fiers des victoires que leurs aînés remportèrent à cette époque et ils sont toujours profondément et affectivement engagés dans leur défense. Les travailleurs, bien que naturellement moins concernés que leurs leaders, sont presque unanimement d'accord avec la philosophie qui s'exprime dans la prédominance du droit d'ancienneté.

En toutes circonstances quand une vacance est ouverte, c'est le plus ancien des volontaires qui doit l'obtenir et s'il n'y a pas de volontaire, c'est le plus jeune des non-volontaires qui doit être déplacé.

Nous avions présenté à nos interviewés une batterie de jugements impersonnels sur le droit d'ancienneté que nous avions mis au point, à partir des commentaires recueillis dans l'enquête d'exploration *.

Les réponses à trois de ces questions sont apparues extrêmement cohérentes et ont permis d'établir une échelle de type Guttmanien; 20 % seulement des ouvriers de production ont refusé d'admettre la validité des choix à l'ancienneté, tandis qu'à l'autre extrême du continuum, 20 % d'entre eux refusent d'admettre qu'un tel système puisse présenter des inconvénients pour les jeunes ouvriers. Le pourcentage de ces opposants au principe se réduit à 4 % chez les délégués, mais monte à 33 % chez les ouvriers de l'entretien et à 70 % chez les chefs d'atelier. On peut remarquer enfin que ces répartitions sont exactement les mêmes dans les trois usines, ce qui montre qu'il s'agit d'un phénomène collectif général et non pas d'une réaction de circonstance liée au climat particulier de chaque usine.

Tout comme les attitudes à l'égard des normes, les attitudes à l'égard du règlement et du principe d'ancienneté dépendent avant tout de l'ancienneté; 37 % des ouvriers de production ayant moins de 5 ans d'ancienneté sont hostiles au principe; cette proportion tombe à 15 % chez ceux qui ont de 5 à 15 ans d'ancienneté et à 12 % au-delà de 15 ans. Chez les ouvriers d'entretien, c'est encore plus frappant, puisque 50 % de ceux qui ont moins de 5 ans d'ancienneté sont hostiles contre seulement 10 % de ceux qui ont plus de 5 ans.

Il est naturellement tout à fait compréhensible que le droit d'ancienneté ne soit guère prisé chez les ouvriers les plus récemment entrés dans l'usine et qui du fait de leur manque d'ancienneté sont obligés d'accepter les postes de travail les plus déplaisants. Il faut un certain temps de présence avant qu'un membre du personnel puisse avoir l'impression

* Les jugement étaient les suivants :

le règlement d'ancienneté défavorise les jeunes;
le règlement d'ancienneté empêche les gens intelligents d'avancer;
le règlement d'ancienneté donne des chances égales à tout le monde;
c'est tout à fait normal que les anciens passent d'abord.

d'en profiter. Mais on peut se demander tout de même pourquoi l'influence de l'ancienneté se manifeste si brusquement et pourquoi on n'assiste pas à la graduelle assimilation à laquelle on pouvait s'attendre. En fait on a l'impression que l'adhésion au principe de l'ancienneté dépend beaucoup plus de la pression irrésistible du milieu social ouvrier de l'usine que des avantages réels que chacun peut en retirer. Seuls y échappent les ouvriers tout à fait marginaux et une partie des jeunes qui joignent à des motifs réels de frustration une « acculturation » encore incomplète *.

Cette interprétation qui donne la première place à la pression du milieu ambiant se trouve corroborée par l'ensemble des relations significatives que les tris statistiques permettent d'établir avec d'autres attitudes. Les ouvriers favorables au principe d'ancienneté sont aussi les mieux intégrés dans la communauté sociale de l'usine, ceux qui s'intéressent le plus à la vie collective, ceux qui sont le plus satisfaits de leur travail et de leur situation. La minorité hostile, au contraire, est composée des gens les plus marginaux, de ceux qui critiquent à la fois les chefs d'atelier, la direction et les syndicats. Ils s'intéressent beaucoup moins à la communauté de l'usine et expriment moins souvent leur opinion sur tous les problèmes communs; enfin et surtout, contrairement à leurs collègues, ils sont mécontents de leur travail et de leur situation.

Tout cet ensemble de relations suggère que l'attitude à l'égard du droit d'ancienneté est l'attitude capitale qui permet de comprendre comment les ouvriers s'intègrent à leur milieu social. En fait il apparaît bien que le droit d'ancienneté constitue le principe autour duquel ils ont élaboré leur image de l'ordre naturel des choses.

Mais l'usine et l'atelier ne sont pas la cité idéale, ils constituent un monde fort pratique, sinon terre à terre, dominé par des intérêts concrets et on doit immédiatement se poser le problème de la réalisation d'un tel idéal. Il est tout à fait curieux de constater en effet que des règles, en apparence simples, suscitent un nombre aussi important de discussions et de controverses, d'accusations et de contre-accusations. Les difficultés doivent être réglées en suivant les prescriptions d'une procédure coutumière des réclamations assez comparable aux modèles contractuels que l'on rencontre dans les grandes corporations américaines [1]. La première personne habilitée à interpréter la règle est naturellement le chef d'atelier. Si un ou plusieurs ouvriers s'estiment lésés par cette inter-

* Même chez les plus jeunes, il ne faut pas oublier que les gens hostiles au principe sont minoritaires, et que d'autre part leurs commentaires ne mettent jamais en cause leurs intérêts particuliers.

prétation, ils peuvent faire appel à leur délégué syndical. Si le délégué syndical ne peut résoudre l'affaire dans une discussion avec le chef d'atelier, le chef d'atelier fera appel au directeur. Si la décision du directeur (du directeur-adjoint le plus souvent, en fait) n'est pas acceptée par la partie ouvrière, elle sera discutée en réunion paritaire par les représentants syndicaux et le directeur ou son adjoint. Si aucun accord n'est possible à ce niveau, l'affaire montera à la direction générale et sera finalement réglée dans une discussion au niveau le plus élevé entre direction générale et fédérations syndicales ouvrières. Les problèmes en cause dans le domaine du droit d'ancienneté sont habituellement des problèmes de procédure — délais d'affichage des postes, liste des personnes ayant le droit de concourir à une vacance, définition de l'unité au sein de laquelle le droit s'applique, droits des absents et des malades, transferts immédiats effectués sur le champ pour parer au plus pressé, acceptés sur le moment, contestés par la suite.

Le fond du problème ne tient pas au manque de clarté et de précision des règles, mais à la difficulté profonde que soulève l'adaptation d'un modèle trop rigoureux à une réalité malgré tout complexe. L'incident type ne concerne pas un ouvrier ou un groupe d'ouvriers tout seuls, mais deux parties ouvrières. Il implique, sous une forme ou sous une autre, un premier accord plus ou moins tacite pour ignorer la lettre du règlement dans un but de simplification et d'efficacité avec l'idée que tout le monde en bénéficiera *. Des arrangements de cette sorte sont indispensables dans un tel système du fait des extraordinaires complications que crée l'application d'un schéma trop strict dans la mise en œuvre d'un dispositif de production. Mais ils sont en même temps dangereux, car ils exigent pour réussir le maintien du commun accord. Si ce commun accord, nécessairement fragile, se rompt, chacun s'efforcera de trouver des ressources de procédure qui lui permettront de faire échec à l'adversaire. S'il n'y avait qu'un seul syndicat, un arbitrage pourrait être exercé à l'intérieur de la communauté ouvrière. Mais comme il y en a généralement deux et solidement établis, les ouvriers disposent de deux équipes d'avocats compétents, capables de prendre en charge les intérêts de chaque partie, ce qui tend au contraire à exacerber leurs querelles.

Comment les ouvriers réagissent-ils devant une telle situation ? Sur

* En fait la plupart du temps les sacrifices de chacune des parties ne pourront pas être équivalents et un accord sur un problème appelle nécessairement une contrepartie ultérieure. Si les circonstances ayant changé la partie débitrice refuse, quand l'occasion se présente, de se prêter à un accommodement en faveur de l'autre, cette nouvelle affaire va susciter fatalement une querelle.

l'ensemble des ouvriers de production, la répartition des opinions est la suivante :

40 % des ouvriers sont satisfaits,
30 % modérément critiques,
25 % nettement mécontents,
(N = 129).

Mais si nous prenons à part les ouvrières et les ouvriers des ateliers de production, chez lesquels ce type de problème a des chances de se rencontrer plus souvent nous trouvons une distribution beaucoup plus défavorable. Les mécontents passent à 35 % et les satisfaits ne sont plus que 30 % (N = 70).

En outre alors que les opinions sur le principe se distribuaient de façon exactement semblable dans les trois usines, les jugements sur l'application varient beaucoup d'une usine à l'autre.

De quoi se plaignent les mécontents ? leurs commentaires sont rarement précis. Ils confirment certes l'impression que les griefs les plus nombreux tiennent aux transferts temporaires plutôt qu'aux attributions permanentes de postes en cas de vacance ou de création. Mais ils suggèrent bien davantage l'existence de problèmes de rapports personnels que celle de conflits réels d'intérêt.

Parmi les gens qui sont plus ou moins mécontents et qui constituent 65 % du total des ouvrières des grands ateliers de production, nous trouvons trois groupes à peu près égaux. Le premier groupe accuse directement la direction. Une ouvrière par exemple nous dit :

« *Ce Monsieur* (le directeur) *voudrait supprimer le règlement, il voudrait faire tout à sa tête.* »

Une autre :

« *Ici c'est à la tête du client, la direction voudrait se débarrasser du règlement, mais le syndicat tient bon.* »

Dans le second groupe, on accuse les syndicats :

« *Les syndicats disent une chose un jour et le contraire le lendemain. Les règles, ils en font ce qu'ils veulent.* »

« *C'est de la faute des syndicats ; l'un défait ce que l'autre vient de faire.* »

Le troisième groupe enfin est constitué d'ouvriers qui ne cherchent pas un bouc émissaire, mais se plaignent du désordre général.

Si maintenant nous nous tournons vers les gens satisfaits, nous trouvons là encore une division curieuse et assez semblable à la première; la moitié déclarant que le directeur applique honnêtement et loyalement le règlement, tandis que l'autre moitié soutient que les règles ne sont appliquées que parce que le syndicat oblige la direction à les respecter.

Ce partage d'opinions et cette incertitude relative du jugement que l'on porte sur le rôle des syndicats sont surprenants dans un milieu d'orientation très syndicaliste où 75 % des ouvriers paient des cotisations et 85 % expriment des opinions très favorables sur les activités syndicales en général.

L'analyse statistique permet là encore d'y voir un peu plus clair. On découvre en effet une relation tout à fait inattendue entre l'attachement au principe de l'ancienneté et le jugement sur son application. Contrairement à ce qu'on pourrait penser, ce n'est pas une relation linéaire, mais une relation bimodale. Les gens qui sont les plus satisfaits ne sont pas ceux qui sont les plus favorables au principe, mais ceux qui lui sont modérément attachés. Les gens qui sont le plus violemment attachés au principe sont à peu près aussi mécontents que les gens qui lui sont hostiles.

ATTITUDE A L'ÉGARD DU PRINCIPE D'ANCIENNETÉ
ET JUGEMENT SUR SON APPLICATION

	Pensent que les règles sont bien appliquées...	*Modérément critiques et très mécontents*	N
Hostiles au principe	28 %	72 %	27
Modérément attachés au principe	50 %	50 %	72
Très favorables	33 %	67 %	30
			129

Cette rencontre inattendue entre les gens hostiles au principe et ceux qui lui sont très favorables permet de proposer les deux interprétations suivantes : on peut soutenir tout d'abord que l'application des règles a des chances de léser tour à tour la plupart des ouvriers et que ce sont les ouvriers modérés, ceux qui ne sont ni des marginaux qui refusent de s'intégrer, ni des fanatiques du règlement incapables d'accepter la situation réelle, qui réagiront le plus favorablement aux problèmes auxquels ils auront à faire face; on peut aussi renverser les termes du problème et prétendre que les gens qui ont des difficultés qu'ils n'arrivent pas à supporter vont réagir dans deux directions opposées, selon qu'ils sont ou non intégrés dans la communauté ouvrière de l'usine. S'ils sont bien intégrés, ils s'en prendront à la direction, en exigeant le respect de la lettre de loi et en refusant d'apercevoir les inconvénients qui en résultent; s'ils sont marginaux, ils mettront en accusation le système dans son ensemble et en dénonceront le désordre général.

Ces deux types d'interprétation ne sont pas forcément contradictoires. Une analyse de l'origine des ouvriers mécontents montre que ceux qui ont le plus de chances de se plaindre sont ceux qui sont le mieux enracinés dans la communauté ouvrière et que ceux qui ont le plus de prestige, le plus de relations et la meilleure situation au sein du groupe ouvrier sont aussi les plus intransigeants quand leurs droits sont mis en question. Pour ces ouvriers qui sont, au départ, de toute manière, favorables au principe de l'ancienneté, c'est le grief personnel qui semble à l'origine du mécontentement. Mais, pour les ouvriers marginaux qui ont adopté une attitude d'opposition ou de passivité, on peut supposer que c'est cette attitude générale qui est à l'origine des griefs qu'ils vont accumuler, plutôt que l'inverse.

Quelles que soient les raisons que nos interviewés peuvent avoir de se plaindre de l'application du règlement, il est frappant en tout cas de voir que leur jugement sur ce point constitue une des sources majeures de leurs divergences d'attitudes.

1. Ce jugement est lié tout d'abord aux attitudes à l'égard des normes. Plus on est mécontent de l'application du règlement, plus il y a de chances qu'on soit aussi hostile aux normes *.

2. Le mécontentement sur l'application du règlement est lié aussi très directement aux sentiments à l'égard des collègues de travail. Parmi les gens qui sont les plus « camarades », nous trouvons seulement 44 % de mécontents contre 75 % chez les moins « camarades ».

3. Il influence aussi très fortement le jugement que l'on porte sur son usine. Quarante-neuf pour cent de ceux qui disent que c'est « une bonne maison » sont satisfaits contre 25 % seulement de ceux qui estiment que ce n'en est pas une.

4. Enfin plus on se plaint des arrêts de machine et du mauvais fonctionnement du service d'entretien, plus on a de chances d'être mécontents de l'application du règlement **.

* Si nous utilisons une échelle en quatre points pour mesurer ces attitudes et confrontons ce classement avec les opinions sur l'application du règlement, nous obtenons le tableau très caractéristique suivant :

	Modérément critiques ou franchement mécontents de l'application du règlement.	*Satisfaits.*
Groupe I. Très hostiles aux normes	80 %	20 %
Gr. II. Assez hostiles	70 %	30 %
Gr. III. Neutres	55 %	45 %
Gr. IV. Favorables	40 %	60 %

** Nous verrons plus loin que le problème de l'entretien constitue la seconde grande source de mécontentement et de clivage des opinions.

La mécanisation et l'univers technique.

Les deux tiers des ouvriers de production travaillent dans les ateliers de production, sur des machines semi-automatiques dont la technique n'a pas changé de façon très sensible pendant plus de trente ans. Ces machines, il est vrai, ont reçu de nombreuses améliorations; elles demandent un travail physiquement moins pénible; en revanche elles tournent plus vite. Il n'y a rien là de particulièrement remarquable et, si l'on voulait opposer cette situation à la situation habituelle de l'industrie, il faudrait dire que le progrès technique a été nettement plus lent dans les ateliers du Monopole.

Le reste des ouvriers de production travaille soit sur des grandes installations semi-automatiques, soit dans des sections de manutention, d'emballage et d'expédition, soit dans les postes non mécanisés de la préparation. Dans tous ces secteurs, beaucoup de progrès restent à faire. Certains ont été accomplis, mais on n'a avancé que très lentement et cette lenteur apparaît délibérée.

Dans les ateliers de production, l'automatisation complète semble dès maintenant tout à fait possible mais au moment de l'enquête tout au moins, il n'y avait encore aucun projet sérieux en train et aucune rumeur à ce sujet ne circulait parmi le personnel. Le problème du changement n'était pas absent néanmoins de l'univers des ouvriers, puisqu'une des trois usines que nous avions étudiée avait conservé, jusque très peu d'années avant l'enquête, les procédés de fabrication manuelle qui paraissaient mieux appropriés aux matières tout à fait spéciales et coûteuses qu'elle utilise. Le passage à la mécanisation y était donc encore présent dans toutes les mémoires, quand nous avons fait nos interviews. Et pourtant si nous avons trouvé, dans l'ensemble de l'enquête, un personnel extrêmement sensibilisé à ces problèmes, il n'y avait presque pas de différences d'attitudes entre le personnel de l'usine où le changement avait eu lieu et celui des usines où l'on était habitué aux machines depuis plusieurs décennies. D'ailleurs il n'y en avait guère non plus entre les attitudes des ouvriers et ouvrières travaillant sur machines et celles des ouvriers des secteurs non mécanisés.

L'importance que le personnel attache au problème de la mécanisation a été pour nous une surprise. Elle nous est apparue de façon frappante au cours de la pré-enquête. Les ouvriers que nous avons interrogés alors, se sont plaints de façon amère d'être réduits à l'état de « *robots* », de « *machines humaines* », d' « *animaux mécaniques* » et tout cela *pour le seul bénéfice de l'État*. Ils parlaient constamment de la tension nerveuse à laquelle ils sont soumis, beaucoup plus éprouvante que la peine physique. Comme le disait une ouvrière : « *On vit sur les nerfs et on perd la santé ; ce n'est pas la peine d'avoir lutté pour obtenir des pensions, personne n'aura le temps d'en profiter.* »

A la suite de ces premiers commentaires, nous avons présenté à nos interviewés une batterie de jugements sur la « mécanisation » *, en leur demandant s'ils étaient ou non d'accord.

1. *La mécanisation est une nécessité de la vie moderne.*
2. *La mécanisation permet d'améliorer l'organisation du travail.*
3. *La mécanisation rend le travail de l'ouvrier plus facile.*
4. *La mécanisation amène le chômage.*
5. *La mécanisation accroît la production pour le bien de l'ouvrier.*

Les réponses aux deux dernières questions ont été si stéréotypées qu'il n'a pas été possible de les utiliser dans l'échelle de type Guttmanien que nous avons construite, pour rendre compte de cet univers d'attitudes. Mais il faut retenir, car c'est particulièrement significatif, que 95 % des ouvriers de production pensent que la mécanisation amène le chômage et refusent d'admettre qu'elle peut bénéficier à l'ouvrier.

Les réponses aux trois premières questions ont été plus nuancées et en même temps très cohérentes. Elles s'ordonnent sur une échelle très stable à l'extrémité de laquelle on trouve un groupe comprenant 26 % de nos interviewés qui répond de façon hostile aux cinq questions et qui disent même — c'est pour eux l'item discriminant — que la mécanisation n'est pas une nécessité de la vie moderne. A l'autre extrémité nous trouvons un groupe d'ouvriers relativement favorables à la mécanisation (16 % de l'échantillon) qui vont jusqu'à penser que la mécanisation peut rendre le travail plus facile pour l'ouvrier. Entre ces deux extrêmes, se rencontrent deux groupes qui acceptent la mécanisation comme une nécessité de la vie moderne mais, soit ne pensent pas qu'elle puisse apporter de réel progrès (36 %), soit pensent seulement qu'elle à le mérite purement technique d'améliorer l'organisation du travail (22 %).

Nous avons généralement utilisé pour effectuer des comparaisons la coupure entre le second et le troisième groupe, ce qui laisse d'un côté 62 % de l'échantillon qui ne voient aucun avantage à la mécanisation et de l'autre 38 % qui lui reconnaissent au moins des avantages techniques. On notera, à cet égard, que les ouvriers du Monopole sont plus facilement prêts à admettre l'intérêt de la mécanisation dans leur propre travail qu'à mettre en doute les prédictions catastrophiques sur le chômage et la paupérisation.

* C'est le terme que nous avons finalement retenu car c'était celui que les ouvriers utilisaient le plus.

Ces résultats sont assez surprenants. Ils ne correspondent absolument pas aux résultats obtenus par les seuls chercheurs français ayant apporté des résultats empiriques sérieux sur les attitudes des ouvriers face au progrès technique; leur enquête effectuée en 1956 dans une aciérie de Lorraine en cours de modernisation avait montré en effet que les deux tiers des ouvriers pensaient que la construction des nouvelles installations était une bonne chose et estimaient que c'était une nécessité contre 7 % seulement qui regrettaient la décision prise et 10 % qui ne la jugeaient pas; les ouvriers interrogés étaient même plus nombreux à se plaindre de la lenteur du progrès technique (24 %) qu'à se plaindre de sa rapidité (17 %)[2]. Les ouvriers du Monopole sont donc beaucoup plus pessimistes que leurs collègues de l'industrie de l'acier qui, eux-mêmes, étaient déjà plus négatifs que leurs homologues belges.

Comment peut-on interpréter ces résultats ?

L'analyse des tris statistiques montre que ni le poste de travail, ni l'âge, ni l'usine à laquelle on appartient n'introduisent de différences dans les attitudes à l'égard de la mécanisation. Le sexe joue un certain rôle. Les femmes sont nettement plus hostiles à la mécanisation que les hommes. Mais finalement, comme pour le problème des normes et celui du règlement, la ligne de clivage de loin la plus nette est celle que crée l'ancienneté. Elle est encore plus forte cette fois que dans les deux cas précédents mais elle n'affecte qu'une part plus réduite de l'échantillon puisque c'est au bout de deux ans d'ancienneté dans l'usine que l'on assiste à un changement d'opinion. Le tableau suivant le montre bien :

ATTITUDES A L'ÉGARD DE LA MÉCANISATION, PAR ANCIENNETÉ

	Favorables à la mécanisation	*Hostiles à la mécanisation*	N
	—	—	—
Moins de deux ans d'ancienneté	66 %	33 %	12
Plus de deux ans d'ancienneté (sans plus de différence entre les catégories)	30 %	70 %	117
			129

L'ampleur de cette volte-face nous conduit à penser que l'attitude d'opposition à la mécanisation constitue en fait une attitude apprise. Les ouvriers qui viennent d'entrer au Monopole ont des attitudes très modérées et plutôt favorables à la mécanisation. On aurait pu penser que ceux d'entre eux qui n'avaient jamais travaillé encore en usine auraient eu un choc au début et auraient réagi défavorablement dans les tous premiers mois. Ce ne semble pas être du tout le cas. C'est au contraire par la suite, au bout d'une sorte d'apprentissage qui correspond à l'assimilation des valeurs du groupe ouvrier ou si l'on veut à une acculturation au milieu que l'on devient hostile. Le facteur important c'est finalement le groupe et non pas la situation personnelle. L'absence de relations avec des variables comme le poste de travail et l'usine en est une preuve supplémentaire.

Le changement est si radical que l'on peut prévoir qu'il doit s'accompagner de rationalisation; c'est effectivement le cas. Les réponses à une autre question que nous avions posée sur les difficultés les plus graves des ouvriers nous en donnent un excellent exemple. Quarante-deux pour cent de nos interviewés mettent au premier plan la vitesse des machines. Mais parmi les ouvriers ayant de 2 à 4 ans d'ancienneté et eux seuls, ce pourcentage passe à 70 %. C'est donc justement au moment critique où s'opère ce changement d'attitudes qui conduit chaque ouvrier à adopter le point de vue de la majorité de ses collègues, que nos interviewés deviennent tout d'un coup extrêmement sensibles au rythme des machines, comme s'ils trouvaient dans cette sensibilité une illustration et une nécessaire défense de leur nouvelle croyance. Pour renforcer notre interprétation, nous pouvons souligner que le choix de la vitesse des machines comme le problème le plus important n'est lié que dans cette circonstance avec l'opposition à la mécanisation. C'est un jugement relativement peu stable qui varie d'usine à usine en fonction du climat de l'opinion et qui est plus fréquent, en particulier quand les normes de production et l'application du règlement soulèvent davantage de critiques.

L'hostilité à la mécanisation comme l'attachement au règlement est le fait des ouvriers les mieux intégrés à la communauté de l'usine. Les deux attitudes d'ailleurs sont directement liées. Plus on est attaché au principe d'ancienneté et plus il y a des chances qu'on soit hostile à la mécanisation.

L'hostilité à la mécanisation enfin est aussi une attitude de groupe qui distingue très nettement la catégorie ouvriers de production des catégories chefs d'atelier et ouvriers d'entretien. Nous avions posé les mêmes questions aux membres de ces deux autres catégories *. Leurs réponses se sont ordonnées de la même façon sur une échelle comparable; mais avec une répartition beaucoup plus favorable à la mécanisation.

Si nous comparons finalement les trois catégories sur les questions clefs nous obtenons le tableau suivant :

* On peut remarquer cependant que la première question cesse d'être suffisamment discriminante, plus personne ne prétendant qu'on pourrait refuser la mécanisation tandis qu'à l'autre bout de l'échelle une minorité se développe qui refuse la crainte du chômage et accepte la perspective que la mécanisation puisse bénéficier à la classe ouvrière.

ATTITUDES A L'ÉGARD DE LA MÉCANISATION, PAR CATÉGORIE D'EMPLOI

	Hostiles à la mécanisation	*Modérément favorables* *	*Plutôt favorables*
	—	—	—
Chefs d'Atelier	17 %	40 %	43 %
Ouvriers d'entretien	20 %	57 %	23 %
Ouvriers de production ..	62 %	22 %	16 %

* *Permet d'améliorer l'organisation du travail ; ne rend pas le travail plus facile pour l'ouvrier.*

Ces différences sont considérables. Mais il importe de noter que l'hostilité à la mécanisation déborde de beaucoup le milieu des ouvriers de production. Les membres des deux autres catégories présents dans les ateliers en ont été directement affectés, puisqu'un pourcentage très considérable d'entre eux adoptent le point de vue des ouvriers de production et affirment que la mécanisation n'a pas rendu le travail plus facile pour l'ouvrier (77 % des ouvriers d'entretien et 57 % des chefs d'atelier le croient contre 84 % chez les ouvriers de production).

Il nous faut maintenant aller plus loin et nous demander pourquoi une telle hostilité à la mécanisation a pu se développer et persister. A ce stade de l'exposé, nous n'avons pas encore les moyens de répondre à cette question, mais en anticipant un peu sur nos interprétations ultérieures, nous voudrions proposer l'hypothèse suivante : la mécanisation est avant tout perçue comme un changement et le seul changement possible dans un univers par ailleurs extrêmement stable où tout est prévu à l'avance; elle ne manque pas d'avoir pour cette raison des implications menaçantes pour ceux qui croient bénéficier du système d'organisation actuel.

Cette solide opposition de groupe, dont nous avons mesuré certains aspects, n'est pas ignorée de la direction, qui ne manque d'en tenir compte dans sa façon d'aborder les problèmes de changement. On peut donc dire finalement que la volonté de résistance du groupe ouvrier n'est pas seulement une réaction à une situation jugée menaçante mais constitue aussi un moyen de pression, un acte ou une série d'actes importants dans la négociation implicite ou explicite qui se déroule toujours pour la répartition des charges et des profits en cas de changement.

LE CONTENU DE LA SOUS-CULTURE OUVRIÈRE

La comparaison des attitudes ouvrières à laquelle nous venons de nous livrer dans les trois domaines principaux correspondant aux données techniques et organisationnelles [les normes et la charge de travail, la règle d'ancienneté, la mécanisation et l'univers technique] permet de faire apparaître un certain nombre de traits intéressants. Dans ces trois domaines, nous trouvons en effet une solide majorité d'interviewés présentant face à l'extérieur une façade idéologique rigide. Cette majorité est conduite par les ouvriers et ouvrières les mieux intégrés à leur milieu et les plus responsables. La minorité qui y échappe est formée des ouvriers et ouvrières qui ne se sont pas encore adaptés au milieu parce qu'ils viennent seulement d'arriver ou qui restent, malgré les années, inadaptés et marginaux. Les opinions de la majorité sont adoptées par les nouveaux venus au cours d'une période d'apprentissage relativement brève. Il semble que leur rapidité d'assimilation ne tienne ni à leur origine ouvrière, ni à leur affiliation politique et syndicale, ni à leurs expériences personnelles à l'usine mais qu'elle dépende finalement surtout de leur participation à la vie du groupe, participation qui dépend elle-même en partie du prestige qu'apporte un enracinement plus profond dans le milieu spécifique du Monopole.

C'est dans cette perspective et dans un sens naturellement étroit que nous voudrions proposer d'utiliser l'image d'une « sous-culture » ouvrière. Le climat des ateliers se caractérise par l'existence d'une série d'attitudes, de croyances et de valeurs qui ne peuvent s'analyser ni comme une collection de réponses individuelles à une situation similaire ni comme le résultat de l'action directe de facteurs généraux de classe. Ses particularités suggèrent qu'il s'agit à la fois d'un développement collectif inséparable de la vie de groupe et d'un développement autonome qui dépend avant tout de la situation spécifique du groupe ouvrier dans les normes du Monopole. Nos interviewés acceptent les croyances et adoptent les attitudes communes dans la mesure où ils participent à la vie et à l'action de leur groupe et le groupe ouvrier a élaboré et diffusé ces croyances et ces attitudes dans la mesure où elles constituent un de ses atouts majeurs dans la négociation et apparaissent de ce fait indispensables à son action.

Le contenu de la « sous-culture » ouvrière du Monopole, il importe de le souligner, est en opposition directe avec les objectifs généraux de l'organisation et les objectifs particuliers des directions. Il implique une idéalisation du passé, des jugements très pessimistes sur le présent, la dépréciation générale de l'avenir et une méfiance fondamentale vis-à-vis de la direction. La revendication d'autonomie du groupe, sa volonté d'indépendance sont dirigées avant tout contre l'organisation à laquelle il appartient. Cet esprit d'opposition est si fort qu'il dépasse les frontières mêmes du groupe et influence aussi les catégories voisines. Mais en même temps, et c'est là un paradoxe, la connaissance de cet ensemble de croyances uniformes ne permet guère de prévoir comment les gens se conduisent effectivement dans l'atelier et comment ils mettent en application les principes dont ils se réclament. Dans deux des trois domaines que nous avons étudiés au moins, le problème de l'ancienneté et le problème de la mécanisation, on constate une différence profonde entre des jugements de principe à la fois rigoureux et formels et des comportements pratiques extrêmement contingents, qui donnent lieu aux prises de position les plus contradictoires. Il semble donc finalement qu'autour de ces données générales, tout à fait bureaucratiques, s'est développé un système d'attitudes et de croyances rigides imposé aux individus par la pression des groupes dont ils font partie et dont ce système sert les intérêts, mais qu'en même temps, à un second degré, ces mêmes données bureaucratiques et le système rigide de croyances qui les accompagne contribuent à préserver, pour ces individus, une zone de liberté individuelle considérable dans les matières plus concrètes de la vie de tous les jours.

LE SYSTÈME D'AUTORITÉ FORMELLE

Dans les usines du Monopole, l'autorité formelle se concentre dans les mains du directeur et du directeur-adjoint. Les chefs d'atelier n'appliquent les règles que dans le sens le plus étroit et si les ouvriers d'entretien ont, comme nous le verrons plus loin, un pouvoir considérable dans les ateliers, il s'agit d'un pouvoir occulte et illégitime. Les décisions formelles régulières ne peuvent être prises pratiquement qu'au sommet de la hiérarchie de l'usine et le pouvoir que donne une certaine liberté d'appréciation par rapport à la lettre des règlements appartient presque exclusivement à ces deux membres de la direction.

Mais en même temps cette centralisation de tous les pouvoirs se trouve finalement associée de façon assez paradoxale à un considérable amenuisement du contenu même de l'autorité. Tout converge vers le directeur et seul le directeur dispose du pouvoir légitime mais son autorité est à la fois absolue et paralysée. Le directeur est bien la seule personne qui ait gardé dans l'usine, le droit légitime de prendre des décisions. Mais ce droit ne lui donne pas beaucoup d'influence sur les membres du personnel, car ceux-ci n'ont pas grand-chose à attendre de lui; le directeur ne peut prendre en effet que des décisions impersonnelles qui doivent respecter toutes les situations et tous les privilèges individuels, si bien que les intéressés sont toujours à peu près sûrs à l'avance de leur contenu et n'ont guère à se préoccuper des intentions de celui qui les prend. Le directeur ne peut donc pas manipuler ses subordonnés et infléchir le comportement de ceux-ci en usant de son pouvoir d'accorder ou de refuser des récompenses, puisqu'il se trouve dépouillé de ce pouvoir trop personnel. Il est en fait le prisonnier d'un « système » qui décide à sa place : l'embauche du personnel lui échappe; le renvoi lui est interdit; il ne peut promouvoir ses subordonnés, ni même contribuer de façon significative à leur promotion; il peut les punir certes, mais ces punitions ne peuvent aller bien loin et il lui est impossible de les récompenser; enfin comme nous l'avons souligné, il ne peut pas décider personnellement de l'attribution des postes de travail.

Un peu d'arbitraire il est vrai reste à la disposition du directeur dans des domaines secondaires; il peut par exemple accorder ou refuser un jour de congé, accorder ou refuser des compensations de temps à cause de la mauvaise qualité de la matière première, faire ou non un effort pour obtenir certains types particuliers d'approvisionnement considérés comme meilleurs par les ouvriers. Rechercher les faveurs de la direction continue donc à avoir un certain sens pour un ouvrier; cela peut lui permettre de parvenir à ses fins, mais à condition que ses fins soient très étroites et ne suscitent pas l'antagonisme des syndicats. Généralement cependant, même dans des cas comme ceux-là, les directeurs sont très désarmés, à cause du modèle même de centralisation, auquel ils doivent l'essentiel de leur pouvoir. Ils sont beaucoup trop loin en effet de leur personnel pour être capables d'influencer directement leurs ouvriers dans des rapports journaliers de marchandage. Ce comportement de contremaître ne sied ni à la taille de l'unité dont ils ont la charge ni au prestige que leur confère leur propre situation. Ils ne connaissent pas leurs ouvriers assez intimement et leur rôle est trop formel pour qu'ils puissent négocier individuellement avec eux. Tous leurs actes en outre sont surveillés par les syndicats et toute tentative de leur part d'exercer directement leur influence sur un membre du personnel risque d'amener l'intervention des délégués. Sur le plan collectif enfin le rapport des forces n'est guère en leur faveur car la moindre de leurs décisions peut être contestée et ils ne sont jamais sûrs qu'ils seront soutenus par la direction générale. Une relation de marchandage n'est certes pas impossible mais elle a des chances de rester extrêmement limitée et en même temps instable car les syndicats n'ont pas autant à gagner que la direction à son développement.

Les réactions des subordonnés.

Les directeurs, nous l'avons dit, attirent beaucoup l'attention; les réactions de leurs subordonnés à l'égard de leurs traits de personnalité et de leurs comportements mettent en lumière un autre aspect très important de la relation formelle d'autorité, le prestige dont jouissent les supérieurs et l'influence indirecte qu'ils peuvent exercer grâce à ce prestige.

Nous avions posé un certain nombre de questions pour mesurer les attitudes des ouvriers et des chefs d'atelier à l'égard de la direction. Nous avons analysé en outre les commentaires spontanés qui nous ont été fournis dans l'enquête pilote et dans l'enquête proprement dite. Le premier et le plus frappant des résultats qui se dégageaient de ces analyses, c'est l'importance attachée par chaque groupe au problème des contacts. Les subordonnés se plaignent constamment de l'existence d'un fossé entre la direction et eux; ils ont l'impression qu'aucune communication n'est possible; les directeurs ne peuvent pas comprendre *ce qui se passe en réalité*. Évidemment de tels commentaires ne sont ni surprenants ni vraiment précis. Leur ton cependant indique qu'il s'agit d'un sentiment qui n'est pas seulement conventionnel. Il est particulièrement significatif à cet égard de constater que la politesse et tous les problèmes connexes de formalisme dans les relations humaines constituent et de loin le thème le plus fréquent dans notre analyse de contenu des commentaires spontanés que nous avons recueillis sur la personnalité du directeur. Les ouvriers semblent extraordinairement sensibles au soin et aux attentions qu'il leur manifeste. Leurs remarques défavorables sont de ce type :

« *Il ne nous dit jamais bonjour... Quand il nous parle, il garde les mains dans ses poches... On ne peut pas lui parler, il ne fait jamais attention à ce qu'on lui dit.* »

En sens inverse ils ne manquent pas de rapporter des incidents témoignant de la courtoisie et de la considération dont un directeur a fait preuve à l'égard de ses ouvriers et surtout de ses ouvrières, même si en général les louanges sont moins nombreuses que les accusations. De façon générale les ouvriers semblent avoir l'image d'un directeur froid et distant, n'ayant pas beaucoup d'égards pour les aspirations et la volonté de considération de ses ouvriers.

Sur le plan des faits les réponses donnent l'impression d'une fréquence d'interactions relativement faible entre les ouvriers de production et la direction, puisque 15 % seulement d'entre eux avaient pu échanger quelques mots avec leur directeur [il n'y avait, rappelons-le, que 400 personnes dans chaque usine et les directeurs eux-mêmes étaient chacun en poste depuis au moins cinq ans]. Avec les directeurs-adjoints les résultats n'étaient pas très différents dans deux des trois usines, puisque ce pourcentage ne montait pas à plus de 25 %. Mais dans la troisième où le directeur-adjoint avait fait un effort tout particulier pour établir des contacts avec ses ouvriers, nous trouvions une situation tout à fait différente puisque 67 % des ouvriers déclaraient lui avoir parlé.

Il est intéressant de noter que le fait d'avoir parlé au directeur ou au directeur-adjoint ne diminue pas l'exigence généralement exprimée par les ouvriers d'avoir plus de contacts avec la direction. Même dans l'usine où les deux tiers des ouvriers ont parlé avec le directeur-adjoint, le même pourcentage, 60 % de l'échantillon, réclame plus de contacts. Les ouvriers d'entretien, qui ont pourtant presque tous parlé plusieurs fois au moins au directeur-adjoint, sont eux-mêmes encore plus avides de contact que les ouvriers de production puisque 75 % d'entre eux se plaignent de ne pas avoir facilement accès auprès des dirigeants.

Finalement le fait de demander plus de contacts apparaît comme une marque de bonne intégration et un signe de participation aux activités organisées de la communauté (par exemple aux activités syndicales). Il est associé de façon significative avec la tendance à porter des jugements bons ou mauvais sur le climat de l'usine et sur le fonctionnement du Monopole.

Un second trait important se dégage de l'analyse de contenu, la prédominance des critères de personnalité sur les critères d'efficacité dans les jugements que les ouvriers portent sur leurs directeurs *.

Nos interviewés ne parlent jamais des réalisations de leurs directeurs, ni de leurs succès ou de leurs échecs sur le plan technique et sur le plan de l'organisation. Mais ils ont toujours énormément de choses à dire sur leur caractère et leur personnalité; pour eux il semble très important que leur directeur ait une allure *timide et réservée,* ou soit au contraire *fort imposant,* qu'il soit *nerveux et cassant,* ou bien *affable,* qu'il fasse penser à *un militaire* ou à *un savant* et naturellement avant tout qu'il soit *poli* et non pas *grossier ou désagréable.* Nous avions posé une question directe sur la compétence des directeurs, mais cette question ne suscita guère de commentaires et les réponses elles-mêmes n'avaient aucune relation avec celles qu'on nous fit un peu plus tard à la question clef :

* Cette opposition correspond tout à fait à l'une des catégories fondamentales de Talcott Parsons, l'opposition entre les valeurs d'accomplissement individuel (*achievement*) et les valeurs de déterminisme social (*ascription*).

« *Est-ce que tout compte fait vous diriez de votre directeur que c'est un bon directeur, un directeur pas très bon ou un directeur moyen.* »

Cette absence de relation entre le jugement sur la compétence et le jugement d'ensemble sur la valeur du directeur est d'autant plus significative que les réponses des interviewés aux deux mêmes questions, posées cette fois à propos de l'ingénieur technique, montrent au contraire un exact parallélisme. L'ingénieur technique n'est considéré comme un bon ingénieur que si on le juge très compétent alors que le directeur peut être considéré comme un bon directeur sans qu'on émette un jugement favorable sur sa compétence.

Pour les ouvriers finalement le bon directeur serait avant tout quelqu'un de « gentil » qui respecte les privilèges et prétentions des membres de son personnel et qui leur donne l'impression de s'intéresser à eux, en tant que personnes. La preuve la plus concrète qu'il puisse leur donner de son intérêt c'est de venir souvent dans l'usine et d'être accessible aux ouvriers. Le troisième thème important qui apparaît dans l'analyse de contenu concerne en effet la présence physique du directeur. Les ouvriers se plaignent qu'il ne vienne pas dans les ateliers, qu'il ne s'intéresse pas à l'usine et qu'il ne veuille pas s'en préoccuper. Nous revenons, on le voit, au problème des contacts, mais sous un nouvel éclairage, avec le soupçon sous-jacent que les directeurs sont des gens qui se cachent et qui évitent de se montrer à leur « peuple ».

Les résultats que nous avons obtenus avec les questions plus directes appelant en réponse un jugement global ajoutent une nouvelle touche plus quantitative et en même temps plus comparative, à ce tableau. Nous n'avions pu discuter jusqu'à présent que d'une image d'ensemble, dont les grands traits correspondaient en gros à la situation commune aux trois usines. Avec la possibilité de quantification, des différences apparaissent entre ces trois exemples qui ne remettent pas en cause l'interprétation précédente, mais permettent de la nuancer et surtout de faire apparaître une nouvelle dimension, celle de l'affectivité. Les différences que nous rencontrons dépassent en effet de très loin celles que nous trouvons dans les réponses sur les contremaîtres; elles témoignent que les relations du personnel avec le directeur et avec le directeur-adjoint sont des relations très contingentes sujettes à des hauts et des bas, comme des relations interpersonnelles qui ne sont pas guidées et sanctionnées par le principe de réalité et dépendent finalement beaucoup plus de critères affectifs que de critères d'efficacité *.

* Le peu de pouvoir réel d'un directeur ou d'un directeur-adjoint ne devrait pas permettre aux ouvriers d'établir de telles différences entre les différentes directions d'usine si des critères affectifs n'entraient pas en ligne de compte. Objectivement les différences réelles ne peuvent être que minimes.

LES JUGEMENTS PORTÉS PAR LES OUVRIERS DE PRODUCTION SUR LE DIRECTEUR ET LE DIRECTEUR-ADJOINT PAR USINE

	Le directeur est très bon	*Le directeur est assez bon*	*Le directeur n'est pas très bon*	*Sans opinion*
	—	—	—	—
Usine A ..	15 %	65 %	7,5 %	12,5 %
Usine B ..	32,5 %	42,5 %	7,5 %	17,5 %
Usine C ..	12 %	37 %	33 %	18 %

	Le dir.-adjoint est très bon	*Le dir.-adjoint est assez bon*	*Le dir.-adjoint n'est pas très bon*	*Sans réponse et sans opinion*
	—	—	—	—
Usine A ..	87,5 %	12,5 %	0	0
Usine B ..	17,5 %	25 %	15 %	42,5 % *
Usine C ..	14 %	37 %	24 %	25 %

Bien que le pourcentage des sans réponse et des sans opinion ne soit pas négligeable et que celui des réponses neutres — le directeur est assez bon — soit considérable, l'impression générale est tout de même celle d'un climat extrêmement variable. Ces variations et cette affectivité sont d'autant plus frappantes que d'une part, comme nous l'avons déjà souligné, les directeurs n'ont pas beaucoup d'influence sur la situation des ouvriers et d'autre part la plupart des autres opinions émises au cours des interviews se distribuent de façon égale dans les trois usines. Ces expressions d'individualisme et d'affectivité ne semblent pas avoir toutefois de conséquences très profondes, puisqu'il n'y a pas de relation claire entre des jugements favorables sur la direction de la part des interviewés et une adaptation plus facile à la vie de l'usine ou à leur situation personnelle. Nous pouvons seulement remarquer que les jugements favorables sont généralement liés à des attitudes plus conventionnelles et que les ouvriers les mieux intégrés donnent beaucoup plus rarement des réponses neutres; ils sont ou bien favorables ou bien défavorables, parfois partagés, mais jamais sans opinion. Les jugements défavorables il est vrai sont associés à un peu plus d'amertume à propos du train général des choses; ils sont un peu plus fréquents chez les femmes et surtout celles qui ont le plus d'ancienneté mais l'ensemble de ces relations n'est ni très cohérent, ni très significatif.

Les différences entre les diverses catégories de personnel sont plus intéressantes. Tout d'abord les attitudes des ouvriers d'entretien sont

* Le directeur-adjoint de cette usine était là depuis quelques mois seulement et beaucoup d'interviewés ont tenu à nous dire qu'ils ne le connaissaient pas assez pour porter un jugement.

nettement plus agressives au moins à l'égard du directeur, tandis que les attitudes des délégués syndicaux sont paradoxalement nettement plus réservées et tolérantes. Mais dans ces deux cas le modèle de distribution des opinions est tout à fait semblable à celui des ouvriers; ouvriers d'entretien et délégués vont s'exprimer plus ou moins ouvertement, plus ou moins violemment, mais l'image qui se dégage de leurs commentaires est la même que celle que nous avons élaborée à partir des témoignages des ouvriers de production. Ce n'est absolument pas le cas des chefs d'atelier qui ne sont pas seulement plus réservés et plus favorables [ce qui était naturellement à prévoir puisqu'ils dépendent directement du directeur et du directeur-adjoint] mais jugent avec d'autres critères car leurs suffrages ne vont pas aux mêmes directeurs que ceux de leurs ouvriers. Cette différence est tout à fait frappante, lorsqu'on compare les résultats de l'usine B et de l'usine C.

JUGEMENTS COMPARÉS DES OUVRIERS ET DES CHEFS D'ATELIER SUR LEUR DIRECTEUR A L'USINE B ET A L'USINE C

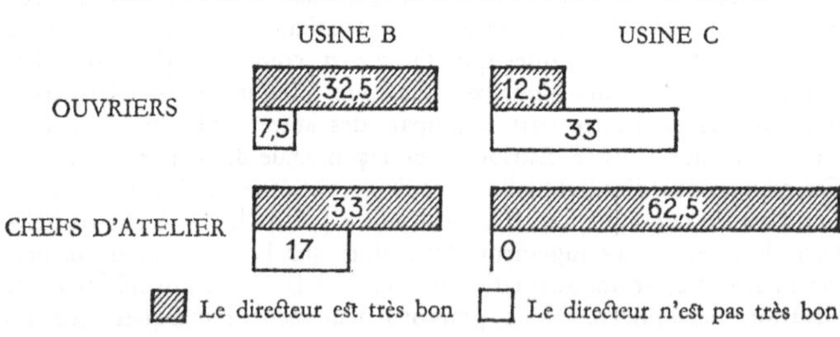

Pour plus de clarté, nous avons éliminé les autres réponses.

Le directeur de l'usine B qui obtient le plus de suffrages chez les ouvriers est aussi celui qui suscite le plus d'opposition et qui reçoit le moins de réponses favorables chez les chefs d'atelier. Inversement le directeur de l'usine C qui semble le plus apprécié par ses chefs d'atelier est celui qui est le plus mal jugé par ses ouvriers. Cette opposition attire l'attention sur un autre élément très important du rôle du directeur — sa fonction d'arbitre. C'est quelqu'un qui doit maintenir l'équilibre entre plusieurs groupes : s'il marque trop de bienveillance à l'égard d'un groupe, la bonne volonté qu'il en reçoit en retour risque de s'accompagner d'une hostilité croissante dans un autre groupe.

Les réponses à une dernière question méritent encore d'être discutées. Il s'agit d'une question relativement vague dans laquelle nous demandions de choisir parmi les différentes fonctions celles qui avaient le plus d'importance dans la marche de l'usine. Nous pensions obtenir des réponses stéréotypées mais contrairement à notre attente, des différences significatives se sont manifestées et les commentaires qui les accompagnaient exprimaient bien l'incertitude des interviewés.

« *Ici c'est personne,* nous dit l'un d'eux ; *ce qui fait marcher l'usine, c'est l'habitude. Je crois bien que si tout le monde s'en allait elle continuerait à marcher quand même**. »

L'analyse des choix est elle-même très instructive.

QU'EST-CE QUI A LE ROLE LE PLUS IMPORTANT
DANS LA MARCHE DE L'USINE
PAR CATÉGORIE PROFESSIONNELLE

	Ouv. production	Ouv. d'entretien	Chefs d'atelier
	—	—	—
C'est le directeur	29 %	10 %	27 %
le directeur-adjoint	16 %	3 %	34 %
le contrôleur	4 %	—	3
l'ingénieur technique	10 %	43 %	13 %
les chefs d'atelier	3 %	—	3 %
les ouvriers d'entretien	2 %	13 %	—
les ouvriers de production	15 %	7 %	3 %
personne, tout le monde et réponses analogues	16 %	24 %	17 %

L'importance relative considérable de l'ingénieur technique surprendra. Mais le manque d'enthousiasme du personnel pour le directeur et le directeur-adjoint constitue, à nos yeux, l'élément le plus significatif. Il marque bien les limites de l'autorité formelle, limites en fait fort étroites même pour les gens qui sont le plus directement sous son contrôle.

La nature de l'autorité formelle dans l'usine.

Les réactions des membres du personnel se comprennent mieux si l'on souligne que la pression du droit d'ancienneté a obligé petit à petit les directeurs à se cantonner dans un rôle quasi judiciaire. Ils ont très peu de liberté d'initiative en matière d'organisation et les ouvriers eux-mêmes ne s'y trompent point [ils savent que ce ne sont pas les

* On pourra rapprocher évidemment ce commentaire de celui qui nous a été fait à l'Agence et que nous avons cité page 42.

directeurs qui font marcher l'usine]. Mais le rôle des directeurs n'en reste pas moins fondamental du fait de la centralisation de toute autorité formelle. Seulement au lieu d'avoir à s'occuper d'atteindre des objectifs de production et des objectifs financiers, comme des chefs d'industrie habituels, ils se trouvent en fait, comme des autorités judiciaires, chargés avant tout de maintenir l'ordre, la paix et cet équilibre fondamental entre individus et groupes sans lequel il ne peut y avoir le minimum de coopération indispensable.

Il est par conséquent tout à fait naturel que les ouvriers ne soient pas intéressés par les réalisations pratiques du directeur, mais par ses qualités humaines. C'est bien ainsi qu'un magistrat peut être apprécié par le public. Ses succès ne dépendent pas de son habileté à mener à bien ses entreprises mais de la réputation qu'il peut avoir d'être juste, équitable et humain. Quelque chose de plus cependant s'ajoute à la fonction du directeur qui permet de comprendre l'importance attachée à son rôle et l'attirance constante qu'il exerce. Comme dans beaucoup de sociétés anciennes, il y a coïncidence entre les fonctions judiciaires et les fonctions administratives. Le juge suprême est aussi le chef de la communauté, le symbole de son unité, le premier maillon indispensable de la chaîne des rapports humains, sans lequel la société ne peut pas continuer car il est seul à pouvoir donner la dernière sanction à ses actes.

Que signifie dans ce contexte le désir de contacts ? On peut soutenir que les mœurs modernes ne permettent plus au chef d'un groupe de quatre cents personnes de garder l'attitude distante d'un juge et de maintenir autour de lui la zone de crainte et de respect qui conviennent à un administrateur traditionnel. Mais d'un point de vue plus terre à terre, on peut facilement comprendre que face à un personnage qui constitue un obligatoire dernier recours, il est naturel que les individus et les groupes, qui risquent d'être affectés par ses décisions, veuillent s'efforcer d'entrer en contact avec lui pour l'influencer. Nous avons déjà fait l'hypothèse, à la fin de notre étude sur l'Agence comptable, que la centralisation de l'autorité est la conséquence naturelle de la pression du personnel sur ceux qui détiennent l'autorité formelle, puisqu'elle constitue le seul moyen d'y échapper. Un tel système d'organisation favorise certes les subordonnés, mais il les laisse tout de même absolument désarmés sur un seul point, celui des contacts puisqu'ils ne peuvent s'adresser à personne d'autre qu'au directeur. Enfin dernier point qui a aussi son importance : dans cette société rigide et figée où les considérations d'efficacité ne jouent guère, les contacts avec le directeur ont une valeur de prestige; ils peuvent être considérés en eux-mêmes, quels que soient leurs résultats, comme une sorte de récompense. En parlant au directeur, les ouvriers obtiennent une sorte de reconnaissance symbolique; c'est pour eux le moyen le plus direct de participer aux valeurs de la communauté formelle à laquelle ils appartiennent.

Cette conception judiciaire et administrative a beau refléter assez bien l'idéal des ouvriers, elle ne correspond toutefois que très imparfaitement à la réalité. La marche de l'usine n'est pas automatiquement assurée par l'application des règles et les directeurs continuent en fait à maintenir toute la pression possible pour obtenir davantage de production. Mais l'influence dont ils peuvent disposer n'est tout de même qu'une influence formelle de type judiciaire. Et c'est de cette influence qu'ils doivent se servir pour obtenir de leur personnel un effort en matière de productivité. Dans cette perspective la pression des ouvriers pour avoir plus de contacts peut être considérée comme une tentative pour obliger le directeur à se conformer à l'image idéale qu'ils ont de la fonction directoriale et la froideur des directeurs comme une tactique destinée à tenir les ouvriers à distance et à les obliger à négocier pour obtenir leurs faveurs.

Il est intéressant de constater que dans leurs interviews les directeurs semblent ignorer complètement l'existence de ce fossé entre eux et leur personnel dont se plaignent les ouvriers. Quand on leur fait part de ces sentiments, au cours des séances de communication de résultats, ils expriment leur inquiétude devant la menace de démagogie qu'ils voient poindre. Ils craignent en fait plus ou moins consciemment de devenir les prisonniers de leurs subordonnés, s'ils cédaient à leurs demandes. On peut, il est vrai, analyser leur attachement à leurs privilèges de rang et leur désir d'éviter les contacts, comme la conséquence de la présence chez eux de certains sentiments de classe d'autant plus exacerbés qu'ils n'ont pas eux-mêmes la possibilité de s'affirmer dans des réalisations personnelles qui les satisfassent. Mais il nous semble personnellement que de telles craintes sont davantage encore la conséquence des relations de pouvoir au centre desquelles ils se trouvent. S'ils veulent conserver une influence suffisante et avec cette influence une possibilité de négociation, il leur faut maintenir à tout prix les distances.

La logique de cet ensemble de relations nous semble finalement à peu près la suivante : l'indépendance qu'ont obtenue les ouvriers rend à peu près impossible d'exercer sur eux des contraintes directes; aussi longtemps qu'il obéissent aux règles, ils se trouvent protégés. Mais l'existence des règles malheureusement ne peut suffire; il faut aussi qu'elles soient observées par tout le monde et que la légalité soit respectée; le personnel a besoin que quelqu'un maintienne l'ordre et il a besoin aussi que quelqu'un lui garantisse l'existence d'un but collectif et lui reconnaisse son importance dans la poursuite de ce but. L'autorité formelle par conséquent revêt un caractère indispensable pour le personnel. L'existence de ce besoin et de cette exigence tend à renverser la situation et à rendre aux directeurs un peu de leur arbitraire. S'ils perçoivent bien la nature de leur contribution au système social de l'usine, ils redeviennent capables de récompenser et de punir et donc d'exercer une influence. Le retrait, l'isolement et la distance peuvent en effet constituer un moyen de gouverner. En accordant leur considération et leur « reconnaissance » avec parcimonie, en maintenant face à leurs ouvriers une froideur calculée, les directeurs rejettent ceux-ci du côté des solliciteurs, les obligent ainsi à accepter leurs propres prérogatives et peuvent éventuellement obtenir dans l'intérêt de l'ordre et de la paix des compromis intéressant les problèmes de production.

L'intérêt que les interviewés manifestent pour la politesse n'est donc pas tout à fait vain. Il reflète bien le type de lutte qui se développe. Les différences frappantes entre usines, que nous avons rappelées, montrent que toute une série d'équilibres bien différents peuvent être atteints dans ce domaine.

Une conduite d'une toute autre nature serait toutefois possible. Les succès du directeur-adjoint qui a obtenu une si grande popularité chez ses ouvriers en abandonnant les réserves formelles habituelles, en acceptant et en favorisant même tous les contacts le montrent bien. Mais même dans ce cas, il faudrait tenir compte du fait que quand la négociation change ainsi de nature, elle continue cependant à se dérouler sur la toile de fond des comportements habituels des autres directeurs et directeurs-adjoints. C'est en offrant ce que les autres refusent que le directeur-adjoint populaire est en mesure de faire appel à la coopération. Son attitude provoque d'ailleurs l'hostilité de ses collègues car elle rend leur résistance moins facile. En même temps elle est fructueuse seulement dans la mesure où elle est perçue par les ouvriers, par référence avec les comportements habituels des membres des directions.

4. Le système social de l'atelier les relations entre catégories professionnelles et les modes de comportement propres à chacune d'elles

En décrivant les réactions du personnel aux données de l'organisation et au système d'autorité formelle de l'usine, nous n'avons pu encore étudier que l'infra-structure, stable certes, mais relativement indifférenciée du système social de l'atelier. Nous allons maintenant aborder les aspects plus contingents et plus spécifiques de la vie du Monopole qui apparaissent dans le jeu entre acteurs, à l'occasion des relations entre catégories professionnelles. Cette nouvelle analyse nous servira de point de départ pour discuter des modèles de comportement qui s'imposent aux individus à l'intérieur de chacune des catégories et pour proposer une première interprétation du mécanisme de relations de pouvoir qui commande l'équilibre du système social.

LES RELATIONS ENTRE CATÉGORIES PROFESSIONNELLES

Trois catégories professionnelles sont représentées dans les ateliers : les ouvriers de production, les ouvriers d'entretien et les chefs d'atelier. Nous avons brièvement décrit leur fonction, leur mode de recrutement et le déroulement de leur carrière. Ajoutons, pour préciser le cadre général de leurs relations, tout d'abord que chacun de ces trois rôles est un rôle clair et bien tranché, profondément distinct de tous les autres et ne portant ni aux échanges ni mêmes à la coopération, en second lieu qu'il n'existe pas de rôle intermédiaire [aucune personne ou groupe de personnes qui puisse servir d'intermédiaire, de « tampon » entre les protagonistes] et enfin que personne dans l'une ou l'autre des catégories ne peut espérer ou craindre d'être promu ou rétrogradé d'un rôle à l'autre.

Examinons maintenant les données pratiques de la situation. Chaque atelier de production est dirigé officiellement par un chef d'atelier avec l'aide généralement d'un chef adjoint. Le chef d'atelier a en fait des fonctions assez limitées. Il est chargé de tenir la comptabilité de la production de l'atelier et de la production de chaque individu, de prévoir et de comptabiliser les fournitures et les dépenses d'approvisionnement divers, de surveiller l'utilisation de la matière première et finalement de procéder en première instance à tous les transferts de poste et à tous les arrangements connexes rendus nécessaires par des absences pour maladie, des arrêts de machines ou des changements dans le programme de production. Les travaux des chefs d'atelier sont coordonnés par trois chefs de section; un quatrième chef de section est chargé de contrôler la qualité des produits et dispose à cet effet d'un petit laboratoire. A côté des chefs d'atelier nous trouvons une douzaine d'ouvriers d'entretien environ qui ont chacun la charge complète et exclusive de trois machines de production qu'ils doivent régler, entretenir et réparer; ces ouvriers d'entretien ne dépendent pas du chef d'atelier mais de l'ingénieur technique, responsable de l'entretien et des réparations pour toute l'usine. La masse du personnel se compose d'ouvriers et d'ouvrières de production, de 60 à 120 personnes, par atelier, qui occupent des postes de conductrices de machines et de receveuses (les femmes) et de servants ou manutentionnaires (les hommes).

Nous avions élaboré notre plan d'enquête de façon à pouvoir comparer les résultats obtenus par les chefs d'atelier dans chacun des ateliers à travers les trois usines; mais cette orientation s'avéra peu fructueuse; les différences que nous pûmes constater étaient faibles, sans aucune cohérence et ne pouvaient être mises en relations avec les caractéristiques personnelles des chefs d'atelier *. Il apparut en revanche qu'une comparaison semblable aurait eu toutes chances d'être utile si elle avait porté sur les différences entre les petits groupes formés autour de chaque ouvrier d'entretien. Nous avions malheureusement sous-estimé l'importance individuelle des ouvriers d'entretien et l'échantillonnage que nous avions établi à partir de cette image un peu fausse de l'atelier ne nous a pas permis de mener à bien une telle comparaison **. Nous allons donc être obligés de nous placer uniquement au niveau de la catégorie professionnelle, sans pouvoir discuter sérieusement des possibilités de différenciation apportées par les facteurs de comportement individuels.

* Nous avons repris avec un plein succès cette fois cet effort inspiré entre autres par les travaux effectués par le *Survey Research Center* de l'Université de Michigan dans une enquête menée dans six compagnies d'assurances parisiennes [3].

** Nous avions pourtant interviewé la moitié des ouvriers d'entretien et une ouvrière de production sur six, mais les deux échantillons étaient indépendants et il n'a pas été possible de mettre en relation les réponses des ouvrières avec celles des ouvriers d'entretien à qui elles avaient directement affaire.

Les relations entre les ouvriers de production et leurs chefs d'atelier.

Nous avions naturellement accordé beaucoup d'attention aux relations entre ouvriers de production et chefs d'atelier. Les résultats que nous avons obtenus ont été exactement semblables à ceux de l'Agence comptable : ces relations, que l'on a tendance à considérer ailleurs comme cruciales, semblent ici encore très faciles et se caractérisent surtout par une grande tolérance et même une certaine indifférence, aussi bien de la part des supérieurs que de la part des subordonnés.

Examinons d'abord les attitudes des ouvriers de production. Nous leur avions posé un certain nombre de questions qui visaient aussi bien à connaître leur jugement sur la compétence des chefs d'atelier que leur jugement sur leur importance ou leur sentiment sur leurs rapports personnels avec eux *.

Comme nous nous y attendions, nous avons obtenu des réponses très conventionnelles à la question portant sur la compétence, plus des deux tiers des interviewés déclarant que leur chef d'atelier était compétent **. Mais le peu de considération dont jouit l'encadrement subalterne s'est tout de même manifesté et de façon très apparente à l'occasion de la question sur l'importance des chefs d'atelier et des chefs de section; près de la moitié des personnes interrogées en effet ont refusé de reconnaître une importance réelle aussi bien aux chefs de section qu'aux chefs d'atelier.

Les réponses aux trois questions de relations personnelles, en revanche, nous ont offert l'image d'une atmosphère de relations faciles et cordiales. Le parallélisme de ces réponses qui étaient étroitement liées entre elles, alors qu'elles ne l'étaient pas ou très peu avec les réponses aux questions sur la compétence et sur l'importance, nous a permis d'établir une

* Ces questions étaient les suivantes :

1. Est-ce que les chefs d'atelier ont beaucoup d'importance dans la marche des ateliers ?
2. Et les chefs de section ?
3. Est-ce que votre chef d'atelier est compétent ?
4. Est-ce qu'il défend son personnel ?
5. Est-ce qu'il est sévère sur la discipline ?
6. Est-ce que vous vous entendez bien avec lui ?

** L'objectif recherché était en fait de permettre une comparaison avec les réponses des ouvriers d'entretien à la même question dont on supposait, ce qui fut vérifié, qu'elles seraient beaucoup plus négatives.

échelle *, pour les mesurer. L'ordre des facteurs qui ont pu être introduits n'est pas sans intérêt pour comprendre la nature de ces relations; sur le plan négatif d'abord il est intéressant de constater qu'il est plus rare de se plaindre de la sévérité de son chef d'atelier que de reconnaître que l'on ne s'entend pas très bien avec lui **; sur le plan positif le seul facteur qui semble finalement décisif est celui du crédit que l'on accorde au chef d'atelier pour la défense de son personnel.

Nous retrouvons donc très exactement la situation que nous avons décrite à l'Agence. Le problème que pose les relations des ouvriers avec l'encadrement subalterne n'est pas un problème d'autorité et de contacts difficiles, mais un problème de confiance. Les relations sont cordiales mais elles n'ont pas grande importance et leur seul point sensible c'est le degré de confiance que les subordonnés croient pouvoir accorder à leurs chefs. Tout comme à l'Agence, il n'y a aucune relation entre les difficultés que les ouvriers peuvent avoir avec leurs chefs d'atelier et leur satisfaction ou, mieux, leurs possibilités d'adaptation; se plaindre du chef d'atelier n'entraîne semble-t-il jamais aucune conséquence. Les ouvriers un peu marginaux qui critiquent les syndicats et n'acceptent pas le règlement d'ancienneté, ont plus de chances, il est vrai, de ne pas bien s'entendre avec leurs chefs d'atelier. Mais cette relation suggère bien plutôt que les ouvriers et ouvrières qui ont des difficultés d'adaptation dans l'univers bureaucratique du Monopole répugnent à accepter des jugements tolérants et cordiaux sur les autres catégories professionnelles, surtout quand celles-ci jouent un rôle dans l'application des règles. De toute façon sur les points plus fondamentaux du travail et de la situation, tout comme à l'Agence et contrairement à ce que l'on observe habituellement dans la plupart des organisations, la qualité des relations que les exécutants entretiennent avec l'encadrement subalterne n'introduit aucune différence dans la capacité d'adaptation de ceux-ci ***.

Si nous considérons maintenant, non plus l'adaptation individuelle

* Il s'agit là encore d'une quasi-échelle au sens guttmanien, le nombre de rangs restant insuffisant.

** Cet ordre n'est frappant il est vrai que parce qu'il est inhabituel; on remarquera qu'un ouvrier sur cinq seulement a répondu positivement pour la sévérité alors pourtant que la question posée était libellée de façon extrêmement modérée. On disait : Est-ce qu'il est sévère ? et non pas est-ce qu'il est trop sévère.

*** Le rôle des cadres subalternes est plus dévalorisé encore au Monopole qu'à l'Agence. Ceci se marque dans les réponses à la question sur l'importance des chefs d'atelier mais aussi et surtout au ton de détachement encore plus grand des commentaires libres que nous avons recueillis.

des ouvriers, mais les réactions de groupe que la régularité de leurs réponses suggère, certaines différences donnent à réfléchir. La similitude est parfaite entre usines et entre ateliers à l'intérieur de la même usine pour les réponses à la question sur l'importance des chefs; il y a en revanche des différences significatives entre ateliers sur les questions mettant en cause le chef d'atelier personnel de l'interviewé. Tout d'abord dans les trois ateliers de préparation de la matière première où le rôle du chef d'atelier est plus difficile, les mêmes ouvriers qui donnent une réponse peu favorable à la question d'ordre général sur l'importance des chefs d'atelier, sont nettement plus positifs à propos des questions, pourtant d'ordre affectif, où il s'agit de juger leur *propre* chef d'atelier. Ensuite dans celle des trois usines où la direction se plaint le plus du manque de qualité de l'encadrement subalterne et où les ouvriers portent, eux aussi, le plus fort pourcentage de jugements défavorables sur l'importance et la compétence des chefs d'atelier, nous trouvons un beaucoup plus grand nombre de commentaires insistant sur le manque d'autorité des chefs d'atelier. Enfin, dans l'usine où la direction pense qu'elle dispose du meilleur encadrement subalterne et où les chefs d'atelier sont en tout cas nettement plus jeunes et ont tous bénéficié d'un nouveau programme de formation mis au point par le Monopole, les ouvriers se plaignent davantage de leurs chefs d'atelier sur le plan affectif *.

Le tableau d'ensemble qui se dégage de ces touches successives nous semble à peu près le suivant :

1. Les ouvriers ne sont guère engagés dans leurs relations avec l'encadrement.

2. Ces relations sont des relations cordiales et tolérantes, mais qui ne comportent ni compréhension, ni respect pour le rôle d'encadrement.

3. La volonté de dénier toute importance au chef d'atelier est une norme de groupe qui s'impose à tous les ouvriers, quelles que soient leurs expériences personnelles avec l'un ou l'autre de leurs chefs d'atelier.

4. Toute tentative de la part des chefs d'atelier pour élargir leur rôle a des chances d'entraîner une réaffirmation plus stricte de la norme et un abandon partiel mais net de la tolérance habituelle.

5. Une désorganisation flagrante, en revanche, tend à susciter des regrets et une meilleure compréhension des difficultés que rencontrent les chefs d'atelier.

* Ils disent aussi beaucoup moins que les chefs d'atelier ont beaucoup d'importance. Dans la relation dont nous avons fait état précédemment, nous avons opposé les réponses « beaucoup » et « assez » aux réponses « un peu » et « pas du tout ».

Examinons maintenant le point de vue des chefs d'atelier et des chefs de section. Nous avons interviewé seulement les chefs d'atelier et les chefs de section présents dans les ateliers, c'est-à-dire généralement six chefs d'atelier et quatre chefs de section dans chaque usine. Nous leur avons posé de nombreuses questions sur leur rôle et sur leurs méthodes.

Ces réponses comme celles des ouvriers ont ceci de remarquable qu'elles ne témoignent d'aucun engagement affectif. Les chefs d'atelier et les chefs de section n'ont pas grande considération pour les ouvriers qui, selon eux, sont négligents, manquent de soin et n'ont aucun sens des responsabilités. Ils ne savent pas en fait comment se conduire avec eux; nous leur avions proposé trois solutions, être strict, être tolérant, ou bien être tour à tour strict et tolérant, selon l'occasion; leurs réponses se sont distribuées également entre les trois possibilités. La seule relation relativement stable que nous ayions découverte à cet égard va plutôt à l'encontre de ce que l'on imaginerait au premier abord : les chefs d'atelier les plus réalistes, c'est-à-dire ceux qui acceptent de reconnaître qu'ils ont des problèmes de discipline, sont aussi ceux qui choisissent le plus souvent la méthode « stricte »; ce sont en même temps des gens plus jeunes qui ont une meilleure formation et sont hostiles au principe de l'ancienneté. Il semble donc qu'en face de la tolérance cordiale des ouvriers, nous trouvions une sorte de paternalisme bienveillant mais superficiel de la part de la majorité des chefs d'atelier et un engagement un peu plus profond, mais risquant d'amener des conflits de la part de ceux d'entre eux qui voudraient transformer la situation.

Les relations entre ouvriers de production et ouvriers d'entretien.

Les relations entre ouvriers de production et ouvriers d'entretien ont, au premier abord, quelque chose de paradoxal si on les compare aux relations entre ouvriers de production et chefs d'atelier. Elles sont en effet profondément marquées par le climat de tension et d'engagement affectif qui caractérise les situations de dépendance et qu'on s'attend généralement à rencontrer dans les relations supérieurs-subordonnés. Et ceci est d'autant plus surprenant que les deux groupes ouvriers de production et ouvriers d'entretien, ne devraient avoir officiellement aucun rapport car ils dépendent chacun d'une ligne hiérarchique différente et ne sont jamais invités à coopérer.

Nous nous sommes rendus compte de l'existence de ce problème, au cours de l'enquête d'exploration. Les nombreux commentaires, que nous avions recueillis alors, nous ont fourni les matériaux nécessaires pour élaborer les questions portant sur ce thème. Mais il s'avéra plus difficile que nous n'avions prévu de procéder à la réalisation de cette partie de l'enquête. Nous avions vu juste en faisant l'hypothèse de relations tendues mais nous n'avions pas été assez loin dans cette direction et nous avions sous-estimé l'importance de la position privilégiée des ouvriers d'entretien. Comme les contacts que nous avions eus sur le plan syndical s'étaient effectués par l'intermédiaire d'ouvriers d'entretien qui étaient en même temps, comme c'est d'ailleurs souvent le cas, les leaders de fait des sections syndicales, nous avions jugé préférable, dans la première usine, d'accorder plus d'attention, au cours du stage préparatoire de deux semaines que nous devions effectuer, aux ouvriers de production avec qui nous n'avions pas encore pu établir de relations directes. Les ouvriers d'entretien jugèrent très mal notre attitude; ils eurent l'impression, malgré les garanties syndicales, que nous les court-circuitions et décidèrent de boycotter l'enquête. Il nous fallut attendre le succès de notre campagne d'interviews auprès de leurs collègues de la seconde usine pour pouvoir obtenir enfin leur collaboration. Il nous suffit, en revanche, dans cette seconde usine de présenter soigneusement et honnêtement nos plans d'enquête et nos objectifs, au cours d'une réunion préalable à laquelle furent invités tous les ouvriers d'entretien, pour que ceux-ci deviennent très favorables à notre entreprise. Aucune objection ne nous fut présentée par la suite, si délicates qu'aient pu paraître nos questions, car nous avions su témoigner un respect convenable pour la hiérarchie réelle de l'atelier.

Les réponses des ouvriers de production aux questions portant directement sur les ouvriers d'entretien ne sont pas très riches. Nos interviewés ont cherché à répondre de façon neutre et impersonnelle. Seule une minorité, importante il est vrai, a exprimé ses critiques de façon directe.

Une ouvrière par ailleurs réservée et modérée dans ses jugements nous dit par exemple :

« *Mon ajusteur a un caractère impossible ; je ne lui parle pas et je ne lui parlerai pas.* »

Une autre constate sur un ton fort amer :

« *On dépend d'eux c'est eux qui commandent.* »

Les commentaires les plus nombreux sont plus vagues; on nous dit par exemple :

« *Ils font ce qu'ils veulent, on ne peut rien leur dire.* »

On semble se plaindre en même temps un peu plus du passé que du présent. Une interviewée résume bien cet état d'esprit, quand elle nous dit :

« *C'est des gens importants... dans le temps il fallait leur plaire.* »

Enfin beaucoup d'ouvrières laissent entendre que la répartition du travail n'est pas très juste et que les ouvriers d'entretien, qui n'ont pas grand-chose à faire, pourraient donner la main, à l'occasion, en cas de presse.

Mais l'ensemble des réponses formelles et des commentaires donne une image finalement assez précise d'un malaise général. Nous avions posé les questions directes suivantes. :

1. *Quand une machine est en panne, est-ce que les ajusteurs s'arrangent pour réparer au plus vite ?*

2. *Est-ce que vous vous entendez bien avec votre ajusteur ?*

3. *Est-ce que les ajusteurs ont trop de travail, pas assez de travail, ou juste ce qu'il faut ?*

4. *Qu'est-ce que vous pensez de la différence de salaire entre cadre de fabrication et cadre technique ?*

5. *Est-ce qu'à votre avis, le service technique fonctionne bien ?*

C'est la première question qui a provoqué les réponses les plus critiques. Si l'on élimine les ateliers de préparation et de conditionnement, où le problème des arrêts est moins aigu, les réponses se répartissent ainsi :

Oui, ils font ce qu'ils peuvent	33 %	
Ça dépend, il y en a qui sont beaucoup moins serviables	55 %	
Non, ils ne font pas ce qu'ils devraient	12 %	
Sans opinion.............................	0	(N = 92)

La question : *Est-ce que vous vous entendez bien avec votre ajusteur* a suscité des réponses beaucoup moins tranchées; même dans les ateliers de production, les trois quarts des ouvrières ont déclaré bien s'entendre avec leurs ajusteurs. Mais les mêmes interviewées ont exprimé leurs griefs dans les questions plus générales *sur les ajusteurs*. Quarante-cinq pour cent d'entre elles ont dit par exemple qu'ils n'avaient pas assez de travail et 59 % que la différence de salaire était trop élevée; enfin 43 % seulement ont donné des réponses favorables sur le fonctionnement du service technique.

Ces jugements généraux sur les privilèges des ouvriers d'entretien ne varient guère d'usine à usine et d'atelier à atelier. Ils témoignent d'un climat d'ensemble fortement marqué par la jalousie et le ressentiment. Mais les réponses aux questions concernant la façon dont les ouvriers d'entretien se conduisent dans le travail présentent des répartitions beaucoup plus variables qu'il importe d'analyser de près.

Il existe trois modèles différents d'organisation du travail dans les ateliers. Le premier de ces modèles correspond aux travaux plus délicats effectués dans une seule des trois usines. Dans ce modèle que nous appellerons modèle I, un ouvrier d'entretien a la charge de six machines et chacune de ces machines est servie par deux ouvrières interchangeables qui ont exactement le même poste de travail. Le deuxième et le troisième modèle correspondent respectivement aux deux opérations successives de fabrication que l'on trouve dans les deux autres usines. Dans le modèle II, chaque ouvrier d'entretien s'occupe de trois machines et sur chacune de ces machines on trouve deux ouvrières ayant chacune un rôle très différent; la première, la conductrice, est chargée de la mise en route, de l'approvisionnement et de la surveillance de la machine; la seconde, la receveuse, ramasse les produits et les évacue. Dans le modèle III, l'ouvrier d'entretien s'occupe toujours de trois machines mais ces machines sont servies chacune par quatre personnes au lieu de deux; la première est une conductrice qui a le même rôle que dans le modèle II; mais on trouve deux receveuses au lieu d'une et un quatrième personnage, le servant qui est, lui, un ouvrier chargé des manutentions cette fois beaucoup plus lourdes.

SCHÉMA DES TROIS MODÈLES D'ORGANISATION

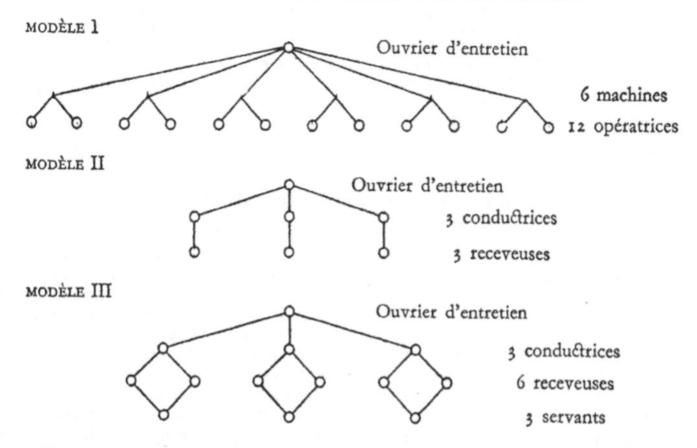

On aura remarqué que dans le modèle I, l'ouvrier d'entretien a affaire à 12 opératrices qui ne se distinguent pas les unes des autres, tandis que, dans le modèle II et dans le modèle III, il n'a plus affaire directement qu'à 3 conductrices.

Les réponses diffèrent de façon très significative selon les trois modèles. C'est dans le modèle numéro II que les ouvrières se plaignent le plus des ajusteurs et dans le modèle numéro I qu'elles s'en plaignent le moins. La spécialisation d'une partie des ouvrières dans un poste qui monopolise les relations avec les ouvriers d'entretien semble être la cause essentielle de ces différences. Quand l'ajusteur est obligé de traiter directement avec toutes les ouvrières, il y a moins de suspicion que quand il traite seulement avec la moitié d'entre elles ou une minorité plus faible encore. C'est enfin dans le modèle où les ouvrières ne sont pas seulement divisées, mais nettement moins nombreuses que les plaintes sont les plus vives, comme si la spécialisation se justifiait plus dans le cadre d'un groupe de douze personnes que dans celui d'un groupe de six personnes *.

Mais il existe une autre différence encore plus significative entre les postes de travail qui n'intéresse cependant cette fois que les modèles numéros II et III. Cette différence oppose les conductrices qui ont affaire directement aux ouvriers d'entretien d'une part, et les receveuses et les servants qui n'ont jamais affaire à eux d'autre part.

Elle apparaît très clairement dans le tableau suivant :

JUGEMENTS SUR LE TRAVAIL DES OUVRIERS D'ENTRETIEN, SELON LES POSTES DE TRAVAIL (ATELIERS DE PRODUCTION DE DEUX USINES SEULEMENT).

	Oui, ils font ce qu'ils peuvent	*Ça dépend, il y en a qui ne font pas si bien*	*Non, ils ne s'en préoccupent pas*	
Conductrices.....	45 %	50 %	5 %	
Receveuses et servants	25 %	50 %	25 %	N = 58

Une telle opposition peut sembler paradoxale. Mais elle prend tout

* Ces interprétations que nous ne pouvons développer en détail se trouvent corroborées par l'analyse du climat des relations entre collègues de travail selon les modèles d'organisation du travail. C'est dans le modèle numéro III que les ouvrières sont les plus satisfaites; 46% seulement des interviewées dans ce modèle se plaignent de ne pas s'entendre très bien avec leurs collègues (cote établie à l'aide d'une échelle d'opinion contre 71% et 75% dans les modèle I et II respectivement). Notre échantillon est beaucoup trop réduit pour que nous puissions analyser avec précision les relations entre les griefs contre les ajusteurs et les griefs contre les collègues. Mais nous pourrions faire l'hypothèse que le modèle III qui requiert le degré le plus élevé de travail en équipe et qui donne en même temps, en compensation, un certain prestige à la conductrice tend à minimiser l'une et l'autre sorte de mécontentement, tandis que le modèle II rend plus difficiles les relations entre collègues, du fait de la rigidité de l'arrangement par paire et exagère en même temps les relations de dépendance, étant donné le petit nombre des personnes qui y sont soumises et le fait qu'elles ne disposent pas d'un cercle suffisant autour d'elles pour répercuter leurs difficultés.

son sens si l'on veut bien accepter l'idée que nous sommes en présence d'une tension cachée, d'autant plus difficile à exprimer qu'on s'en trouve plus directement affecté. Les conductrices de machine ont affaire continuellement aux ouvriers d'entretien et elles sont obligées, si elles veulent garder leur équilibre psychologique, de faire un effort pour s'adapter à la situation; si elles ne veulent pas s'y résoudre, elles peuvent facilement changer de poste, à condition d'accepter une très légère diminution de salaire; en fait un bon nombre de receveuses ont déjà travaillé comme conductrices. Les receveuses qui ne sont pas soumises à la même pression se trouvent donc dans une situation psychologique bien meilleure, pour exprimer des griefs qu'elles aussi partagent.

Cette interprétation se trouve corroborée par une série d'autres différences entre les conductrices et les receveuses. Les conductrices se plaignent beaucoup plus du fonctionnement du service technique que leurs collègues receveuses; elles se plaignent également beaucoup plus de la charge de travail. Leur tolérance à l'égard des ajusteurs ne peut donc pas être interprétée comme le signe d'une satisfaction plus grande, mais comme le résultat d'un effort difficile pour accepter la situation, effort qui s'accompagne d'une tension probablement plus grande encore que celle qui s'exprime ouvertement chez leurs collègues.

La projection qu'on fait de ses propres griefs sur le thème sur lequel il est psychologiquement plus facile de s'exprimer apparaît à la réflexion comme la caractéristique d'une tension, à la fois très forte et très étouffée. Les ouvriers et les ouvrières de production se comportent comme s'ils dépendaient directement des ouvriers d'entretien et comme s'ils en souffraient. Comme ce sont en majorité des femmes, on peut penser que l'opposition des sexes est probalement un des éléments importants qui contribuent à définir la situation. Mais son influence ne devrait tout de même pas être exagérée. Aucun commentaire direct ne nous a été présenté à ce sujet et il n'y a pas de différence entre les réactions des servants (des hommes) et celles des receveuses dont la situation, malgré la différence de sexe, est exactement la même *. Quelle que soit son importance en tout cas nous pouvons conclure de cette analyse que l'attitude des ouvriers de production devant les ouvriers d'entretien est une attitude de ressentiment et d'hostilité contenue.

Cette interprétation des difficultés entre ouvriers de production et

* La seule trace de comportement différentiel significatif de la part des femmes qui ressorte de nos résultats, concerne l'influence de l'âge. Les ouvrières de plus de quarante ans se plaignent des ajusteurs dans la proportion de 75 % contre 55 % chez leurs collègues de moins de 40 ans. Cette relation n'existe absolument pas chez les hommes.

ouvriers d'entretien comme tenant avant tout à la situation de dépendance des ouvriers de production se trouve renforcée par l'analyse des commentaires des ouvriers d'entretien qui opposent à cette hostilité dont ils ont vaguement conscience une sorte de paternalisme tout juste tolérant à travers lequel se manifeste bien la conscience qu'ils ont de leur rôle de « supérieurs ».

Nous leur avions présenté une série de jugements sur la façon dont les ouvriers de production accomplissent leur tâche que nous avions présentée également aux chefs d'atelier. Les réponses ont été très semblables chez les deux groupes : 75 % des ajusteurs ont accepté le premier jugement : « *Les ouvrières se font du tort en ne travaillant pas régulièrement* » contre 80 % des chefs d'atelier; les proportions sont respectivement de 66 % et 75 % pour le second jugement, *les ouvrières ne voient pas plus loin que leur poste de travail* et de 66 % et 66 % pour le troisième, *les ouvrières ne comprennent pas les nécessités de la technique.*

Sur le problème de la charge de travail également, les ouvriers d'entretien sont beaucoup plus proches des chefs d'atelier que des ouvriers de production. En outre quand ils disent que les ouvriers de production n'arrivent pas aux 100 % il semble que, de leur part, il s'agisse beaucoup plus d'une critique que d'une manifestation de solidarité.

Sur des questions concernant plus précisément leurs rapports avec les ouvrières, 48 % d'entre eux nous ont dit qu'ils leur donnaient souvent des conseils et 69 % ont affirmé que, quand ils donnaient des conseils, les ouvrières y faisaient attention. La grande majorité déclarent s'entendre avec leurs ouvrières. Mais les réponses n'étaient pas extrêmement fermes et quand on posait la question à l'ouvrier d'entretien, non plus sur lui-même mais sur ses collègues, elles devenaient nettement défavorables.

JUGEMENT DES OUVRIERS D'ENTRETIEN
SUR LA FAÇON DONT EUX-MÊMES ET LEURS COLLÈGUES
S'ENTENDENT AVEC LEURS OUVRIÈRES :

	en ce qui les concerne	en ce qui concerne leurs collègues
Ça va très bien	41 %	21 %
Ça va	43 %	31 %
Ça ne va pas toujours	11 %	28 %
Pas de réponse	5 %	20 %

Il semble donc en résumé que, d'une part, les ouvriers d'entretien interviennent fréquemment dans le travail de « leurs » ouvrières qu'ils ont tendance à juger comme des subordonnés négligents et peu soigneux et que, d'autre part, ils sont assez conscients, même si c'est de façon étouffée, de la tension crée par cette relation de dépendance. Il est intéressant de noter à cet égard que, ceux d'entre eux qui disent que ça va très bien avec les ouvrières, apparaissent généralement comme les plus rigides et les plus conformistes de leur groupe, ce qui tend à suggérer que ce jugement de leur part ne signifie pas qu'ils réussissent mieux avec leurs ouvrières, mais bien plutôt qu'ils refusent d'admettre les faits. Et ce rapprochement constitue finalement un indice de plus dans le sens de l'interprétation que nous avons donnée de cette situation, tension vive, mais tension contenue et difficile à exprimer.

Les relations entre les chefs d'atelier et les ouvriers d'entretien.

Nous en arrivons maintenant à la dernière face de ces rapports triangulaires, la relation entre les chefs d'atelier et les ouvriers d'entretien. Sa grande originalité, par rapport aux deux premières, tient au fait que les deux groupes en présence se trouvent sur un pied d'égalité et que leur relation est une relation ouverte, à l'occasion de laquelle on s'exprime très ouvertement, dans un groupe comme dans l'autre. Mais il s'agit, en même temps, d'une relation très tendue qui affecte personnellement les individus et qui comporte un contenu émotionnel très lourd. Le fait que les sentiments qu'elle suscite soient ouvertement exprimés rend cette tension de notoriété publique. Nous avons été à l'avance avertis de son existence à plusieurs reprises et les réponses que nous avons reçues de nos interviewés ont pour une fois confirmé ce jugement a priori.

La symétrie de l'attitude des deux parties est apparue dans une réponse à une question portant sur la compétence des membres des deux groupes aux yeux de leurs partenaires. Quarante-six pour cent des ouvriers ont exprimé des doutes très précis sur la compétence des chefs d'atelier, tandis que 7 % refusaient de se prononcer. Ce sont seulement 33 % des chefs d'atelier qui attaquent les ouvriers d'entretien sur ce point, mais si l'on tient compte des 29 % qui ont refusé de répondre, le pourcentage total d'attitudes défavorables * est chez eux un peu plus élevé que chez les ouvriers d'entretien. Ces critiques des chefs d'atelier sont d'autant plus significatives que, direction et ouvriers de production au contraire, reconnaissent également la grande compétence des « ajusteurs ».

Du côté des ouvriers d'entretien, les réponses sont beaucoup plus

* Il apparaît bien dans ce contexte, et étant donné la question, que les non-réponses sont des réponses défavorables.

négatives et en même temps beaucoup plus cohérentes * que celles que nous avons relevées chez les ouvriers de production comme si l'hostilité profonde que les ouvriers d'entretien éprouvent pour les chefs d'atelier était suffisante pour colorer tous les jugements qu'ils portent sur eux.

La même symétrie ne pouvait pas être recherchée en ce qui concerne le problème de l'autorité hiérarchique, étant donné l'opposition des rôles. Nous avions demandé aux chefs d'atelier si le comportement des ouvriers d'entretien gênait leur autorité sur les ouvriers de production. Leurs réponses ont été embarrassées : 17 % des interviewés seulement ont répondu oui et plus d'un tiers d'entre eux ont refusé de répondre. Ces refus, cet embarras sont le signe d'un malaise chez les chefs d'atelier. Nous en avons la confirmation dans le fait que les sentiments qu'ils expriment à propos de leurs relations avec les ouvriers d'entretien sont en relation directe avec leur jugement sur leur propre situation. Ce n'est absolument pas le cas chez les ouvriers d'entretien. S'il y a équivalence dans l'expression du conflit, il ne semble pas y avoir équivalence sur le plan affectif. Les relations difficiles qu'ils peuvent avoir avec les chefs d'atelier ne semblent pas troubler les ajusteurs, alors que les chefs d'atelier, eux, paraissent souffrir directement de telles difficultés.

Une analyse des attitudes de ceux qui se plaignent de leurs partenaires des deux côtés de la barrière montre toutefois que, pour les uns comme pour les autres, l'expression de leur agressivité est associée à une plus grande satisfaction. Maudire le partenaire constitue, pour chacun des deux groupes, une façon régulière et responsable de jouer son rôle. Mais le conflit d'autorité autour duquel cette relation s'est, comme nous le verrons, cristallisée, semble avoir beaucoup d'importance pour les chefs d'atelier, alors qu'il ne semble guère entraîner de gêne chez les ouvriers d'entretien.

LES MODES DE COMPORTEMENT PROPRES A CHAQUE CATÉGORIE PROFESSIONNELLE

Après avoir décrit les normes et coutumes qui constituent l'infrastructure du jeu social et analysé les règles du jeu et les rapports entre parte-

* On se souvient que nous n'avons pu constituer une échelle cohérente avec les réponses des ouvriers de production sur la compétence et l'importance des chefs d'atelier d'une part et leurs réponses aux questions d'ordre affectif d'autre part; toutes ces réponses s'ordonnent sur la même échelle quand il s'agit des ouvriers d'entretien.

naires, nous allons maintenant tenter d'interpréter le comportement des acteurs ; derrière les différences individuelles et les oppositions d'attitudes nous allons essayer de découvrir s'il existe des modèles qui s'imposent à tous, à l'intérieur de chaque catégorie professionnelle et quelle est la relation de ces modèles avec les conditions mêmes du jeu social.

Les modes de comportement propres aux ouvriers de production.

Le comportement des ouvriers de production semble dominé par l'existence d'un modèle stable et cohérent qui s'impose à tous les membres de la catégorie assez tôt au cours de leur vie professionnelle. De toutes les données de leurs interviews que nous avons discutées jusqu'ici il ressort en effet que leurs attitudes se conforment, en grande majorité, à une sorte de norme officielle au moins sur quelques points importants. Les ouvriers de production, nous l'avons noté, ont un comportement uniforme restrictif et rigide en ce qui concerne la production, ils sont solidairement attachés au règlement d'ancienneté, très fermement opposés à la mécanisation des ateliers, relativement tolérants à l'égard des cadres subalternes et très exigeants à l'égard de la direction. Ce conformisme s'étend à d'autres domaines que nous n'avions pas abordés. C'est de la même façon solidaire qu'ils critiquent les conditions de travail et les conditions d'hygiène qui leur sont faites, qu'ils se plaignent des pratiques administratives, dont ils se plaisent à se désolidariser, et qu'ils idéalisent le passé aux dépens du présent.

Ce modèle de distribution des attitudes que nous venons d'esquisser n'est possible que grâce à une très forte pression du groupe ou plutôt de la catégorie professionnelle sur l'individu. Pour toutes ces attitudes en effet l'ancienneté semble la seule donnée extérieure à l'organisation que l'on puisse considérer comme décisive. Les autres données qui caractérisent le personnel, âge, origine sociale, origine géographique, profession des conjoints ne semblent pas avoir beaucoup d'importance, ce qui signifie que presque tout le monde, si on lui en laisse le temps finit par assimiler le point de vue de la majorité. Enfin, en dehors des ouvriers trop récemment entrés dans l'organisation pour s'y être vraiment intégrés, la minorité semble surtout constituée de gens restés marginaux et qui ne sont pas bien adaptés à leur environnement.

La marque essentielle de ce modèle de comportement, c'est que le travailleur le mieux intégré, le bon citoyen de cette communauté s'oppose de façon constante aux objectifs de la direction et, dans une certaine mesure, de l'organisation. Ce conformisme négatif est rendu possible parce que la protection que donne le règlement d'ancienneté permet à chaque catégorie de rester complètement indépendante de toute autorité hiérarchique. Il ne faut pas s'étonner, en conséquence, que cette hostilité et ce pessimisme général à l'égard de l'organisation soient associés, non seulement à des sentiments de satisfaction à propos du travail, mais aussi et surtout à un attachement presque enthousiaste à la situation d'ouvrier du Monopole.

Contrairement à la plupart des autres résultats, en effet, les réponses des ouvriers de production sur l'intérêt de leur travail sont apparues comme tout à fait semblables aux résultats que d'autres chercheurs ont obtenus (et que nous-mêmes avons obtenus, à l'occasion d'autres enquêtes) pour des travaux comparables de routine dans d'autres organisations. La répartition des opinions est nettement plus favorable qu'à l'Agence *, mais surtout les plus anciens sont les plus satisfaits, ce qui tranche aussi bien avec les résultats de l'Agence qu'avec le pessimisme et l'agressivité plus grands des plus anciens dans le domaine des normes et coutumes.

Les réponses aux questions sur la situation sont encore beaucoup plus favorables. Quatre-vingt pour cent des interviewés répondent oui à une question qui avait été pourtant délibérément biaisée, afin d'obtenir le plus de réponses négatives possibles : « *Est-ce que c'est réellement un avantage de travailler au Monopole ?* » La première et la plus importante raison qu'ils donnent pour expliquer ce choix est naturellement l'impératif de la sécurité (raison donnée par 80 % des interviewés). A une question où on les obligeait à choisir catégoriquement, 75 % ont répondu qu'ils préféraient un système assurant la sécurité aux dépens de toute chance de promotion à un système offrant plus de chances d'avancement, mais moins de sécurité. Il faut ajouter cependant que ce choix n'est pas aussi traditionnaliste et restrictif qu'il pourrait le paraître, puisqu'à une question concernant leurs enfants, 28 % seulement de ces mêmes interviewés ont déclaré qu'ils aimeraient les voir travailler au Monopole. Convaincus qu'ils n'auraient pas grande chance d'avancement pour eux-mêmes, les ouvriers du Monopole ont choisi de jouer la sécurité, mais ils espèrent bien que leur sacrifice ne sera pas vain et que leurs enfants pourront en profiter pour échapper à la condition d'ouvrier **.

Comment ces deux types d'attitudes, le pessimisme négatif à l'égard de l'organisation et la satisfaction individuelle à propos de la situation

* Cette répartion est la suivante : 38 % des ouvriers aiment beaucoup leur travail, 44 % l'aiment assez et 22 % ne l'aiment pas beaucoup ou pas du tout.

** Le système des concours favorise ce genre de calcul, car il rend presque impossible la promotion de ceux qui n'ont pu bénéficier de l'apprentissage culturel de base et en même temps semble garantir que les sacrifices que l'on fera pour les enfants ne seront pas vains.

qu'on y a trouvé peuvent-elles se concilier ? Nous voudrions proposer l'hypothèse suivante. Les ouvriers de production semblent, il est vrai, bien adaptés à leur situation, mais cette bonne adaptation dépend de l'existence d'un certain nombre de privilèges auxquels ils sont extrêmement attachés et qu'ils craignent encore, à tort ou à raison de voir menacés. Ils pensent donc qu'il leur faut à tout prix montrer une attitude intransigeante, s'ils veulent maintenir leurs positions et faire échec à la pression pour le changement qui s'exerce, croient-ils, à leur encontre. Pour eux la mécanisation est avant tout un moyen dont la direction voudrait se servir pour rouvrir la négociation et obtenir un règlement meilleur pour elle. Ils soupçonnent leurs directeurs d'être tout à fait tièdes à l'égard du système d'organisation formel, dont ils sont officiellement les garants et de chercher à utiliser toutes les faiblesses et les incertitudes des règles pour manipuler le personnel. Une agressivité modérée mais constante constitue finalement le meilleur moyen pour eux de se protéger contre toute tentative d'empiètement. En même temps, elle fournit un excellent argument pour maintenir la discipline dans les rangs et rendre impossible la tactique traditionnelle de division que l'on prête aux dirigeants.

Cependant, derrière cette solide façade officielle que l'on présente à l'ennemi du dehors, existe une large zone d'ombre que nous avons pu explorer en partie, avec nos questions sur l'application du règlement et sur le fonctionnement du service technique. C'est le domaine des querelles intestines, du malaise et de la confusion. Ce malaise on le sait, se développe à l'occasion des arrêts de machines. Dans cette circonstance en effet les ouvriers de production se trouvent en situation de dépendance à l'égard des ouvriers d'entretien et souffrent en même temps d'une certaine vulnérabilité face à la direction, du fait de la confusion des règles. Cette situation de dépendance et d'incertitude marque d'autant plus profondément leur affectivité que le climat général de conformisme et de satisfaction les protège davantage dans tous les autres aspects de leurs relations sociales. Même si elle est étroite, cette marge de liberté et de vulnérabilité a une importance décisive pour le climat d'ensemble de l'usine.

Les plaintes qui nous ont été faites dans ce domaine sont toujours associées à l'expression de griefs contre les camarades de travail, à des jugements défavorables sur le climat de camaraderie dans les ateliers et à un jugement défavorable porté sur l'usine. Enfin, si l'on compare une usine à l'autre, l'usine où l'on nous fait part du plus grand nombre de querelles intestines est aussi celle que les ouvriers jugent de loin le plus mal.

Finalement toutefois, il importe de le souligner, quelle que soit la violence des plaintes et le caractère émotif des jugements que nous avons recueillis, ces problèmes affectifs ne semblent pas du tout influencer l'adaptation heureuse que nous avons décrite tout à l'heure. Cette contradiction peut s'expliquer de la façon suivante : toutes ces difficultés crées par l'application des règles et la situation de dépendance des ouvriers de production à l'égard des ouvriers d'entretien ont pour seul résultat d'accroître leurs exigences à l'égard de l'autorité formelle, responsable officiel de la structure de ces relations. Si un ouvrier s'estime frustré du fait de difficultés personnelles qui mettent en cause son propre statut, il ne se plaindra pas de sa situation mais critiquera en revanche l'autorité responsable qui aurait dû maintenir l'ordre formel des choses et les privilèges qui y sont attachés et qui s'efforce au contraire, du moins le soupçonne-t-il, d'utiliser contre lui sa temporaire faiblesse.

Le modèle de comportement qui s'impose aux ouvriers de production pourrait donc finalement se résumer ainsi :

1. Tout d'abord une adaptation générale heureuse à la situation dans son ensemble mais qui est associée à :

2. Beaucoup de conformisme négatif et pessimiste dans tous les domaines, et ils sont la majorité, où les intérêts du groupe sont en jeu (cette pression du groupe qui rend un tel conformisme possible peut se développer d'une part parce que les catégories ouvrières sont libérées de l'influence contraignante de toute autorité formelle et d'autre part, parce que l'insécurité profonde du groupe lui rend impératif de se protéger par l'établissement d'un front solide contre l'ennemi).

3. Et à un grand nombre de difficultés intérieures suscitant beaucoup de réactions affectives, n'affectant pas directement le mode général d'adaptation heureux mais renforçant seulement l'attitude exigeante des ouvriers devant l'autorité formelle.

Les modes de comportement des ouvriers d'entretien.

Si l'on ne considère que les grands traits, les ouvriers d'entretien semblent présenter le même mode d'adaptation que les ouvriers de production : une adaptation globale heureuse, associée à un conformisme de groupe fort contraignant qui s'exprime tout particulièrement dans une agressivité constante à l'égard de la hiérarchie officielle. Mais le modèle auquel ils semblent obéir est tellement plus accusé qu'il prend une signification toute différente *.

* Des différences d'attitude très significatives apparaissent entre les deux groupes à l'occasion de tous les jugements qui portent sur les responsabilités et les privilèges des directeurs et sur la façon dont on accepte ou refuse les contraintes administratives.

L'adaptation globale heureuse des ouvriers d'entretien à leur situation tout d'abord est d'une nature assez différente de celle des ouvriers de production. Alors que ces derniers semblaient beaucoup moins intéressés par le contenu de leur travail que par le fait de travailler au Monopole, c'est un peu l'inverse chez les ouvriers d'entretien. Ils sont en effet extrêmement fiers de leur qualification et ils valorisent beaucoup leur travail; les deux tiers d'entre eux disent qu'ils aiment beaucoup leur métier et aucun d'eux n'émet d'opinion défavorable à ce sujet. Seuls parmi toutes les catégories professionnelles du Monopole, les ingénieurs techniques ont donné des réponses aussi positives. En revanche, en ce qui concerne leur situation, ils ont été un peu moins enthousiastes que les ouvriers de production. Soixante-treize pour cent d'entre eux, il est vrai, soit à peu près le même pourcentage que chez les ouvriers de production, ont dit que si c'était à refaire ils recommenceraient, mais le pourcentage de ceux qui disent que c'est *réellement un avantage* de travailler pour le Monopole tombe de 80 % à 65 % et, quand il s'agit du choix entre un système d'organisation qui garantit la sécurité et un système qui donne plus de chances de promotion *, au lieu du vote massif des ouvriers de production pour la sécurité (75 % contre 16 %), nous avons une répartition beaucoup plus égale [55 % pour la sécurité contre 42 % pour les chances de promotion].

On peut sentir ici l'existence d'un regret à demi conscient et d'une sorte d'ambivalence des sentiments. Les ouvriers d'entretien se rendent compte qu'il leur a fallu sacrifier quelque chose quand ils ont choisi la sécurité que leur offrait le Monopole et ils sont tentés de penser que le prix qu'ils ont eu à payer a été nettement trop élevé. Ce regret n'affecte pas leur fierté professionnelle et le type d'adaptation heureuse à la situation qu'elle suppose, mais elle affecte leur attitude à l'égard du système d'organisation du Monopole. Il est remarquable que ceux qui déclarent préférer « le système du privé », rejetant ainsi le principe fondamental sur lequel est bâtie l'organisation du Monopole, sont dans l'ensemble beaucoup moins agressifs et beaucoup moins critiques que leurs collègues. C'est donc, semble-t-il, quand ils se sont engagés eux-mêmes directement et de façon presque affective dans le « système » du Monopole que les ouvriers d'entretien ont tendance à se plaindre le plus des conséquences de cet engagement. Ils ne deviennent tolérants que quand ils acceptent de reconnaître leur part de responsabilité dans des difficultés qui découlent pourtant naturellement de leur choix initial. Il s'agit donc

* Nous leur avions posé la question suivante : *Dans le privé on n'a pas autant de sécurité d'emploi, mais on a plus de possibilités d'avancement. Qu'est-ce qui est préférable à votre avis, le système du privé ou le système du Monopole ?*

bien d'une adaptation globale heureuse, mais d'une adaptation qui ne peut se maintenir, pour la majorité au moins, qu'au prix d'une certaine agressivité contre le système d'organisation.

Le mode d'adaptation des ouvriers d'entretien, tout en étant plus tranché que celui des ouvriers de production, n'est donc pas tellement différent. Mais avec le second grand trait qui affecte les deux catégories. le conformisme de groupe, les divergences s'accusent.

Les ouvriers d'entretien nous ont montré en effet un degré d'unanimité assez exceptionnel dans leurs réponses individuelles, et bien supérieur en tout cas à celui manifesté par les ouvriers de production. Leurs réactions ont été, et de loin, les plus disciplinées de celles que nous avons enregistrées dans les différents groupes. Mais il faut le noter, leur conformisme ne recouvre pas exactement le même domaine que celui des ouvriers de production. Ils sont plus modérés, moins engagés et en conséquence moins conformistes, quand ils envisagent les problèmes posés par la mécanisation et par l'ancienneté. En revanche, dans leurs réponses à toutes les questions concernant le travail, les relations entre collègues, les relations avec les chefs d'atelier, avec les ouvriers de production et leurs jugements sur le groupe de direction et les pratiques administratives, il est rare que nous trouvions chez eux la moindre divergence.

Nous avons pu avoir un témoignage direct de la force de pression de la catégorie professionnelle sur l'individu, au cours de notre expérience de communication de résultats : un groupe de sept ouvriers d'entretien qui avaient tous été interviewés et dont la majorité avait exprimé à l'égard de leur métier, une attitude plus tiède que le reste de leurs collègues, nous a donné dans la discussion une réponse collective complètement différente, conforme à la vue « officielle » de leur catégorie, bien qu'ils aient été en présence de résultats détaillés montrant, entre autres, les opinions contraires de leur petit groupe. Ces ouvriers d'entretien ne mettaient pas en doute l'exactitude de nos résultats et ils nous en donnèrent suffisamment de preuves pour que nous soyons persuadés qu'ils nous faisaient confiance. Mais en même temps, ils laissaient la parole à ceux d'entre eux qui exprimaient avec indignation le point de vue de la majorité de la catégorie et donnaient l'impression qu'ils l'approuvaient alors que pourtant ils savaient que nous savions qu'ils n'étaient pas d'accord.

Un autre aspect de cette pression du groupe est l'impression de solidarité, de cohésion et d'esprit de corps que donne la lecture des interviews des ouvriers d'entretien. Les deux tiers d'entre eux protestent quand on leur soumet un jugement impliquant qu'il pourrait y avoir un manque de solidarité dans l'usine (contre 40 % chez les ouvriers de production) et 70 % disent que les rapports entre collègues de travail sont excellents (contre 45 % chez les ouvriers de production).

Si nous essayons maintenant de mieux définir le contenu de ce conformisme, nous rencontrons des thèmes que nous avons déjà explorés; [leur agressivité à l'égard des chefs d'atelier, leur mépris pour les ouvriers de production], mais nous trouvons aussi une hostilité sourde à l'égard de la direction et surtout du directeur adjoint. Ces jugements peuvent rester encore à la fois réservés et variables quand ils portent sur des individus, mais quand on pose des questions indirectes sur le corps des ingénieurs et sur les pratiques administratives, les réponses sont tout à fait stéréotypées; des majorités de 90 % sanctionnent l'inefficacité, la hauteur et le manque de dynamisme des polytechniciens, les inconvénients des pratiques administratives et la « mauvaise organisation » de l'usine.

Il faut noter enfin l'existence d'une relation très étroite entre cette sorte d'agressivité et une adaptation heureuse. Les ouvriers d'entretien les plus modérés et les plus prudents dans leur jugement, sont aussi ceux qui regrettent le choix qu'ils ont fait et se demandent si c'est vraiment un avantage de travailler au Monopole. Il apparaît bien, dans cette lumière, que pour les ouvriers d'entretien, l'agressivité contre l'organisation dont ils font partie constitue un élément indispensable d'une adaptation heureuse à leur situation.

Un tel paradoxe s'expliquera mieux quand nous aurons pu analyser dans son ensemble tout le système de relations de pouvoir de l'atelier. Mais nous pouvons dès maintenant souligner que ce style d'adaptation correspond bien à la volonté de défense de leurs intérêts qui anime tous les membres du groupe et au fait que ces intérêts sont beaucoup plus facilement perceptibles dans une catégorie peu nombreuse et au statut à demi professionnel; il ne manque pas d'être influencé aussi par l'insécurité relative, dont souffre le groupe, du fait de la menace de changement technologique qui risque de mettre fin bientôt, tout le monde le pressent, à cette forme d'organisation surannée et finalement par les frustrations des membres du groupe qui pensent qu'ils auraient pu avoir de meilleures situations et des chances de promotions ailleurs.

Tout comme les ouvriers de production, les ouvriers d'entretien nous font part d'ambitions pour leurs enfants qui les éloignent encore bien davantage du Monopole. La direction générale du Monopole voudrait leur offrir des postes de chefs d'atelier, mais ils refusent ce qu'ils considèrent comme une offre sans intérêt; ce qu'ils aimeraient ce serait de pouvoir concourir pour des postes de sous-ingénieurs, mais il s'agit d'un espoir absolument irréalisable dans le système d'organisation actuel du Monopole.

Extrêmement fiers de leur qualification, qui a été reconnue, il ne faut pas l'oublier, à la suite d'un concours difficile et frustrés dans leurs ambitions, il est naturel que les ouvriers d'entretien soient tout à fait intransigeants dans la défense de leurs privilèges et prérogatives et qu'ils se défendent en attaquant les autres groupes.

Les modes de comportement des chefs d'atelier.

Comparées à celles des deux autres groupes, les réactions des chefs d'atelier sont beaucoup moins agressives, mais elles témoignent en même temps d'un pessimisme beaucoup plus grand. Si l'adaptation des ouvriers d'entretien et, à moindre degré, des ouvriers de production pouvait être considérée comme une adaptation à la fois satisfaite et agressive, celle des chefs d'atelier semble au contraire une adaptation malheureuse, instable et résignée.

Essayons de préciser; les chefs d'atelier ont répondu de façon très modérée quand on leur demandait de juger l'usine, leurs supérieurs et les ouvriers de production. Ils sont certes apparus pleins d'acrimonie contre les ouvriers d'entretien, mais en dehors de cette réaction de groupe d'ailleurs moins cohérente que celle que manifestent leurs adversaires à leur égard, ils n'attaquent jamais les autres catégories. Ils ne donnent pas non plus l'impression de critiquer la direction et l'organisation de l'usine; mais ils ne veulent pas davantage les défendre et ne laissent jamais douter qu'ils ne se sentent aucunement solidaires d'une administration à laquelle ils refusent de participer. Ils disent rarement, il est vrai, que leur directeur ou leur directeur-adjoint n'est pas très bon, mais cela ne les empêche pas de donner, sinon leur approbation totale, du moins celle de très importantes minorités, aux jugements stéréotypés qui leur étaient proposés contre le manque de dynamisme de la direction et l'inefficacité des pratiques administratives.

Cette passivité est associée, comme on pouvait le prévoir, à un très mauvais moral. Sur l'intérêt du travail, leurs réponses sont du même ordre que celles des ouvriers de production et beaucoup plus mauvaises que celles des ouvriers d'entretien, ce qui est une répartition très défavorable pour des gens ayant des responsabilités d'encadrement.

Plus caractéristique encore, moins de la moitié d'entre eux disent que si c'était à refaire ils entreraient à nouveau au Monopole, alors que les trois quarts des ouvriers d'entretien et des ouvriers de production expriment cette détermination. Enfin la moitié d'entre eux ont répondu de façon catégorique à une autre question sur leur situation, en nous signifiant que leur emploi au Monopole ne constituait pas une « bonne place ».

Le troisième trait bien particulier du mode d'adaptation des chefs d'atelier, c'est leur manque de cohésion. Ils ne répondent jamais en groupe et ils montrent généralement beaucoup d'hésitation à prendre position. En outre leurs réponses manquent de cohérence, même sur le plan individuel. On trouve beaucoup plus de contradictions dans leurs interviews que dans celles des membres des autres groupes et il est beaucoup plus difficile de retrouver chez eux des modèles d'attitudes logiques.

A travers ces incohérences, une relation, à première vue inattendue, permet cependant de jeter quelque lumière sur les facteurs profonds du mauvais moral des chefs d'atelier. Les chefs d'atelier rejettent généralement le point de vue des ouvriers sur l'ancienneté et on le comprend aisément, puisque c'est l'existence du droit d'ancienneté qui les prive de tout pouvoir. Mais la plupart de ceux qui acceptent ce point de vue et ils constituent une importante minorité, sont beaucoup plus satisfaits de leur travail et de leur situation. Il semble donc que les chefs d'atelier ne puissent s'adapter heureusement à leur sort que s'ils acceptent le système de valeurs des ouvriers et se résignent au rôle que ceux-ci voudraient leur voir occuper. En même temps, et ceci ne doit pas nous étonner, les chefs d'atelier les plus jeunes et ceux qui ont bénéficié d'une formation supplémentaire sont nettement plus mécontents que les autres; c'est-à-dire que ceux qui sont le plus disposés à vouloir du changement sont aussi ceux qui sont les plus déçus et les plus amers. Cette relation se trouve corroborée par le fait que les chefs d'atelier qui ne demandent pas d'initiative, qui ne prennent pas position sur la conduite à tenir avec les employés et qui déclarent qu'il n'y a pas de problème de discipline sont généralement plus satisfaits que leurs collègues. La satisfaction des chefs d'atelier n'apparaît donc bien que comme une satisfaction liée à la passivité et à la résignation.

La relation des chefs d'atelier avec les ouvriers d'entretien pourrait sembler a priori aller à l'encontre de cette interprétation, puisqu'il apparaît que les chefs d'atelier qui ont le meilleur moral, sont ceux qui contestent la compétence des ouvriers d'entretien. Cette réaction semble en effet une réaction agressive de groupe, tout à fait symétrique de celles que nous avons observées dans les autres catégories. Mais elle ne correspond pas du tout aux attitudes exprimées par les chefs d'atelier dans leurs réponses aux autres questions. Les chefs d'atelier les plus jeunes et les plus combatifs sont justement ceux qui reconnaissent la compétence des ouvriers d'entretien. Dans cette circonstance finalement, pessimisme et réalisme vont de pair avec la combativité, tandis que le mépris pour l'adversaire apparaît plutôt comme un témoignage d'irréalisme et s'accommode tout naturellement d'une adaptation de style résigné.

Les chefs d'atelier, tout compte fait, sont généralement proches de la catégorie des ouvriers de production; ils ne réagissent pas comme des membres de la direction mais comme des subordonnés et des exécutants. Mais alors que les ouvriers du Monopole sont relativement heureux et très critiques, les chefs d'atelier sont malheureux et seulement modérément critiques; ils ne s'intéressent pas à leur travail et se plaignent des conditions dans lesquelles ils le remplissent. Surtout le rôle qui leur est imparti dans le système social de l'atelier ne correspond absolument pas aux valeurs de la société industrielle moderne et ils ne peuvent y limiter leurs aspirations, tant en ce qui concerne la nature de leur travail qu'en ce qui concerne leur carrière. Sur tous ces points, ils ne manquent pas d'être frustrés. C'est seulement quand ils abandonnent ces valeurs et les aspirations qui y correspondent ou quand ils prétendent que les choses ne sont pas ce qu'elles sont qu'ils peuvent trouver une adaptation meilleure en s'assimilant au groupe ouvrier. Mais une telle conduite ne peut être qu'individuelle et elle présente beaucoup de difficultés. Il ne faut donc pas nous étonner de découvrir que les chefs d'atelier manquent à la fois d'esprit de corps et de cohérence dans leurs attitudes.

LE SYSTÈME DE RELATIONS DE POUVOIR DANS L'ATELIER, SON ÉQUILIBRE ET SES LIMITES

Les comportements et les attitudes des individus et des groupes au sein d'une organisation ne peuvent s'interpréter sans référence aux relations de pouvoir qui existent entre eux. C'est ce dont on commence à se rendre compte après vingt ans de recherches trop exclusivement centrées sur l'aspect psychologique des « relations humaines » *.

La situation du Monopole est particulièrement intéressante de ce point de vue. Une des raisons profondes en effet du développement d'un système d'organisation bureaucratique, nous l'avons suggéré dans notre analyse des réactions du personnel de l'Agence comptable, c'est le désir d'éliminer les relations de pouvoir et de dépendance, la volonté

* Cette opinion s'exprime de plus en plus depuis 1957-58 aussi bien parmi les psychologues sociaux que parmi les théoriciens de l'organisation et les sociologues. On trouvera une analyse de ces nouveaux courants de pensée dans le chapitre VI.

d'administrer les choses au lieu de gouverner les hommes. L'idéal de la bureaucratie c'est un monde dont tous les participants sont liés par des règles impersonnelles et non plus par des ordres arbitraires ou des influences personnelles. Le système d'organisation du Monopole semble aussi proche qu'il est possible de cet idéal. Il se caractérise, avant tout, par l'étendue de la réglementation et la très faible marge d'arbitraire laissée aux responsables même aux échelons les plus élevés. Les réponses que ceux-ci peuvent donner, la conduite qu'ils ont à tenir à l'occasion de tous les événements possibles, ont été fixées à l'avance; leurs subordonnés le savent, et peuvent agir en conséquence, ce qui restreint encore leur possibilité d'influence. Le système de placement selon l'ancienneté leur rend de toute façon impossible d'intervenir dans le déroulement de la carrière de ceux-ci. La vie des subordonnés n'en est pas pour autant libérée des interdits et des menaces de punitions qui les accompagnent, mais l'important n'est pas tant l'existence d'un système de répression, que l'impossibilité de procéder à une punition arbitraire, ou même simplement à une punition personnelle.

Si nous réexaminons maintenant dans cette nouvelle perspective les rapports humains qui se sont établis dans les ateliers, ils nous apparaissent certes très rationnels mais semblent comporter en même temps des « conséquences inattendues » qui en dénaturent tout à fait la signification.

L'extension générale des règles, la stabilité et la prévisibilité de tous les comportements au sein de l'organisation, l'impossibilité d'intervenir à travers les divers échelons hiérarchiques affaiblissent considérablement l'importance de la chaîne formelle de commandement, qui a perdu en fait l'essentiel de son pouvoir. Cette perte de pouvoir s'accompagne, comme dans l'Agence comptable et pour les mêmes raisons, d'une cordialité relative et d'une grande indifférence entre échelons immédiatement en contact. Les chefs d'atelier sont passifs et les ouvriers tolérants. Il reste nécessaire, il est vrai, de garantir l'ordre des choses et de donner une légitimité suffisante à l'ensemble du système et ce rôle qui est dévolu au directeur et à son adjoint leur donne quelque influence. Mais il faut souligner que, contrairement aux apparences, la centralisation qui s'est développée dans la logique même d'un tel système rend difficile l'exercice d'un pouvoir personnel. Le pouvoir de décision se trouve placé en effet juste à l'endroit où il est le plus difficile de l'exercer, car on ne peut guère avoir du pouvoir quand le nombre des personnes dont on la charge est trop grand et quand on manque des informations et des contacts nécessaires. Ainsi même cette dernière relation clef, celle de l'ouvrier avec le directeur se trouve finalement elle aussi dépouillée au moins en partie de son aspect de pouvoir et de sa fonction de contrôle. Le directeur ne peut agir que comme un juge; il doit rester impersonnel et ne peut pas combiner son désir d'action et sa volonté de puissance avec son devoir d'interprète et de garant de la loi.

Mais si les problèmes de pouvoir semblent éliminés dans la ligne hiérarchique officielle, ils n'ont pas disparu pour autant de l'organisation et nous les retrouvons dans ces rapports entre ouvriers de production et ouvriers d'entretien qui entraînent, nous l'avons vu, les mêmes sentiments de dépendance, les mêmes frustrations et les mêmes états émotionnels qu'une relation hiérarchique normale. Il nous reste à comprendre comment une telle relation a pu se développer et quelle signification elle peut prendre dans l'ensemble du système d'organisation du Monopole.

La relation entre ouvriers d'entretien et ouvriers de production se trouve essentiellement conditionnée par l'événement à l'occasion duquel les deux groupes se trouvent fonctionnellement en rapports étroits, les arrêts de machine. Les arrêts de machine sont inhabituellement fréquents, à cause des difficultés entraînées par le manque d'homogénéité et la variabilité de la matière première. C'est là nous l'avons souligné déjà, le point sensible du système technologique. Mais des problèmes tout à fait comparables sont résolus beaucoup mieux dans d'autres usines en France et dans les mêmes usines à l'étranger, et ils ne sont pas considérés en tout cas comme des problèmes cruciaux alors qu'ils le sont devenus au Monopole.

Pourquoi le système d'organisation du Monopole est-il plus vulnérable sur ce point ? Deux raisons complémentaires semblent responsables d'un tel état de choses. Tout d'abord les arrêts de machines constituent le seul événement vraiment important qui ne puisse être prédit à l'avance et pour lequel on n'a pas réussi à imposer de règles impersonnelles, impératives. Des règles strictes, il est vrai, gouvernent les conséquences mêmes des arrêts de machines, la redistribution des postes de travail, le rajustement des charges de travail et des rémunérations, mais ces règles ne peuvent pas permettre de déterminer si une panne aura lieu et combien de temps la réparation pourra prendre. Il y a un contraste très grand entre la rigidité des règles qui prescrivent dans le plus petit détail les mesures à prendre et l'incertitude complète qui règne dans le domaine technique.

Cette particularité de l'organisation technique se double d'une particularité de l'organisation humaine qui est à l'origine de la seconde raison. Les seules personnes qui peuvent traiter sérieusement et avec compétence de cet événement crucial que constitue les arrêts de machine, sont les ouvriers d'entretien. Personne dans l'atelier ne peut les contrôler réellement, car personne n'est suffisamment compétent à cet égard.

On est donc obligé de s'en remettre à eux totalement. En outre, au lieu d'avoir affaire à un service relativement abstrait, ouvriers et chefs d'atelier ont en face d'eux des individus responsables individuellement. Nous découvrons là un second contraste entre le caractère abstrait et impersonnel de l'organisation et la responsabilité individuelle des ouvriers d'entretien.

Sur un plan plus pratique, le problème prend de l'importance à cause des conséquences qu'un arrêt de machine entraîne pour les ouvriers de production Que la panne interrompe le rythme de leur travail ne constitue, il est vrai, qu'un inconvénient mineur, mais, dans la limite d'une heure et demie, la perte de production sera mise à leur compte et il leur faudra travailler plus dur pour compenser le retard; si la panne dure plus longtemps, les ouvrières seront envoyées à l'atelier de travaux divers où elles accompliront, pour un salaire inférieur, des tâches méprisées de tous, ou bien même il faudra opérer des déplacements de poste selon le règlement d'ancienneté qui risqueront de bouleverser certaines équipes de travail et seront une occasion de dispute sur le statut respectif de chacun. La fréquence de telles éventualités crée un climat général d'incertitude dans un monde où tout est par ailleurs prévu dans le détail et qui est complètement dominé par les valeurs de sécurité. On ne s'étonnera donc pas, dans ces conditions, que le comportement de l'ouvrier d'entretien, le seul personnage qui puisse prévenir à la source l'apparition du problème et donner ainsi aux ouvrières la sécurité qu'elles réclament, prenne auprès d'elles une importance capitale. Elles vont s'efforcer d'obtenir de lui le meilleur traitement possible et lui, de son côté, ne manquera pas de se servir de cette situation de fait, pour gagner de l'influence. C'est à partir de cet état de choses qu'une relation de pouvoir va se développer.

Le contraste entre l'influence dont disposent les ouvriers d'entretien et l'impuissance des chefs d'atelier permet de comprendre l'avantage que les premiers ont sur les seconds et le caractère profond de leur rivalité. Les chefs d'atelier ne peuvent contrôler le problème des pannes qui est devenu le problème principal dans l'atelier. Ils ont beau être compétents pour les problèmes administratifs et les problèmes d'approvisionnement, leur compétence ne leur donne aucun prestige et aucun pouvoir car elle ne s'applique pas au seul problème qui intéresse vraiment les ouvriers parce qu'il affecte directement leur vie de travail et comporte en même temps une marge d'incertitude suffisante. Les chefs d'atelier, quelle que soit la force de leur personnalité, ne peuvent donc jamais « remettre à leur place » les ouvriers d'entretien qui travaillent dans leur atelier. Dans la lutte incessante qui se développe entre les deux groupes, ils jouent toujours forcément perdant. Il est donc tout à fait naturel qu'ils aient un mauvais moral et qu'ils ne réussissent à s'adapter à la situation que s'ils se résignent à s'adapter comme perdants, à être bafoués dans leur autorité et à se préoccuper seulement de se trouver des justifications.

Les ouvriers d'entretien, eux, ont le beau rôle, mais il ne faut pas non plus oublier que leur pouvoir est contesté. Ce n'est pas un pouvoir reconnu et légitime. Il ne correspond pas du tout à ce qu'on attend habituellement dans une organisation industrielle et il garde de ce fait un aspect précaire. Il est donc naturel qu'ils ne se sentent pas en sécurité et leur agressivité peut s'analyser comme un moyen commode de renforcer la solidarité du groupe, de rendre tout compromis individuel impossible et de prévenir aussi toute attaque. C'est un type de comportement extrêmement utile dans la lutte pour le pouvoir et on peut dire qu'il est finalement très efficace. La modération et l'équité vis-à-vis de l'adversaire sont des qualités que le groupe refuse de reconnaître et ceux qui insisteraient pour les pratiquer deviendraient vite des marginaux sinon des réprouvés.

Les ouvriers de production, de leur côté, acceptent mal leur situation de dépendance, mais ils ne peuvent pas exprimer leur hostilité ouvertement parce qu'ils ont besoin individuellement de la bonne volonté des ouvriers d'entretien dans l'atelier et parce qu'en même temps ils savent que, sur le plan collectif, ils ne peuvent garder leurs privilèges et consolider une situation qui leur a semblé jusqu'à présent très avantageuse que s'ils maintiennent un front commun avec l'autre groupe. L'unité ouvrière et la solidarité de classe sont les valeurs qui permettent de légitimer cette alliance et les sacrifices qu'il leur faut faire pour la garder. Ces valeurs ont d'autant plus d'importance pour eux que malgré tous leurs succès, ils se sentent toujours, comme les ouvriers d'entretien, dans une situation précaire; ils ont l'impression d'avoir obtenu des droits et des privilèges tout à fait inhabituels dans une organisation industrielle en France et ils pensent qu'ils doivent absolument se protéger, sous peine de risquer de perdre tous ces avantages. Étant donné cet état d'esprit, les menaces de rupture, que font peser sur eux les ouvriers d'entretien, sont extrêmement efficaces *.

Le système d'organisation que nous venons d'évoquer à partir de cette analyse des relations de pouvoir peut sembler absolument impraticable. La lutte des différentes catégories professionnelles entre elles apparaît

* Une de ces menaces de rupture consiste pour une minorité du groupe à créer un syndicat autonome d'ouvriers d'entretien; ces tentatives en général sont éphémères mais elles ne manquent pas d'impressionner les ouvriers de production.

à la fois fatale et sans issue. Aucun changement ne semble possible et le système général donne l'impression d'être complètement statique. Et pourtant il fonctionne et si son efficacité n'est pas très grande, il semble avoir incorporé tout de même d'une façon ou de l'autre tous les progrès techniques accomplis dans le monde industriel.

Il ne faudrait donc pas tirer des opinions exprimées et des attitudes qu'elles révèlent une image trop accusée, une image seulement en noir et blanc du fonctionnement de l'organisation. Certes l'existence de conflits insolubles et la prédominance des modèles conservateurs qui gouvernent l'adaptation des individus à leur situation découragent tout développement et renforcent partout l'influence des valeurs les plus conservatrices et du conformisme le plus statique. Mais ces tendances cependant ne peuvent se développer à l'infini. Il existe un certain nombre de freins d'ordres différents qui leur servent d'organe de régulation et les empêchent de menacer l'équilibre et la permanence du système lui-même. Derrière cette lutte que nous avons analysée, nous ne pouvons manquer de trouver, comme dans toute forme d'organisation, un minimum d'engagement, de consentement et de participation *.

L'existence de ces forces de contrôle et du système de régulation qu'elles ont constitué, oblige à nuancer un peu notre interprétation et nous voudrions proposer en guise de conclusion provisoire les quelques remarques suivantes qui s'efforcent d'en tenir compte.

1. — Tout comme dans le cas de l'Agence comptable, la combinaison d'un système de règles impersonnelles, d'une absence totale de possibilités de promotion et de l'influence du règlement d'ancienneté, a rendu la chaîne de commandement hiérarchique de plus en plus faible, ce qui a permis de préserver l'indépendance personnelle de chaque subordonné, face à ses supérieurs, mais a entraîné en même temps de nouvelles frustrations dans la mesure où il n'y a aucun moyen de résoudre les problèmes immédiats.

2. — La transformation de chaque catégorie professionnelle en une sorte de caste ou d'état a, pour conséquence, la soumission de chaque individu à une pression de groupe considérable de la part de ses pairs. La pression du groupe remplace d'une certaine manière la pression hiérarchique qui disparaît ou du moins s'amenuise beaucoup.

3. — On observe un déclin très marqué de la catégorie instrumentale dans tous les jugements personnels et une montée parallèle de l'affectivité. C'est par conséquent le jeu des relations humaines dans ce qu'il y a de

* Nous reprendrons l'étude du problème de l'engagement et de la participation des individus au sein d'une organisation dans le chapitre VII; voir en particulier pages 269-273.

plus affectif qui tend à prendre partout le dessus. Les relations interpersonnelles et les relations entre groupes prennent d'autant plus d'importance dans une organisation bureaucratique comme le Monopole qu'aucune récompense et aucune sanction ne peut être fondée sur des résultats vraiment mesurables et adéquats.

4. — Toute tentative de changement est rendue extrêmement difficile dans une organisation où la seule forme d'autorité reconnue est de type administratif et judiciaire. Si la justice et l'équité sont les seules valeurs légitimes, auxquelles un directeur puisse faire appel, il va de soi qu'il sera obligé d'abandonner son rôle d'agent de changement et de moteur du progrès, chaque fois qu'il sentira une résistance. Le changement ne pourra donc réussir que quand les pressions de l'extérieur deviendront irrésistibles, et c'est la direction générale qui en prendra alors la responsabilité car elle seule pourra l'introduire de façon vraiment impersonnelle, sans tenir le moindre compte, et à juste titre, des conditions particulières existant dans chaque usine. Pour faire échec à de tels procédés, ou plutôt pour en tirer le maximum de bénéfices, les subordonnés vont de leur côté exagérer leur méfiance et leurs attitudes revendicatives et se servir de toutes les erreurs qu'ils observent pour renforcer leur propre position.

5. — De nouvelles relations de pouvoir vont se développer autour de toutes les failles du système de régulation. Chaque groupe va s'efforcer de contrôler les points stratégiques que constituent les diverses sources d'incertitude et leur réussite dans la lutte pour le pouvoir va dépendre de leur habileté à les contrôler. Les nouvelles relations de pouvoir, qui vont se développer dans cette lutte, vont avoir pour conséquence le développement d'autres formes de dépendance et de frustrations, ce qui va finalement renforcer la pression en faveur des règles impersonnelles et de la centralisation, créant ainsi une sorte de cercle vicieux dont il paraît impossible de sortir, du moins à ce niveau.

5. Les relations de pouvoir au sein du groupe de direction

L'analyse que nous venons de faire des différents aspects du système social de l'atelier reste partielle dans la mesure où elle se trouve limitée aux problèmes et aux points de vue des subordonnés. Pour pouvoir comprendre le fonctionnement du Monopole, en tant qu'organisation, il nous faut maintenant dépasser le cadre de l'atelier et réintroduire tous les problèmes de direction et d'organisation que nous avions dû mettre provisoirement entre parenthèses, parce qu'ils nous auraient obligés à faire intervenir un nouveau groupe qui échappe, lui, au déterminisme du système social de l'atelier, le groupe des membres de la direction.

Pour enchaîner avec le chapitre précédent, nous allons tout de suite centrer cette nouvelle analyse autour du problème des relations de pouvoir, ce qui nous fournira un point de départ commode pour comprendre les modes de comportement des membres de la direction et leur influence sur l'ensemble du système social de l'usine.

Les études scientifiques de tels problèmes sont habituellement paralysées par deux séries de difficultés : tout d'abord la complexité de la structure des rôles dans les organisations modernes crée tant d'ambiguïté, de confusion et de doubles emplois qu'il est généralement à peu près impossible de mettre en parallèle des séries de cas suffisamment semblables pour qu'on puisse utiliser la méthode comparative de façon rigoureuse; en second lieu, l'exceptionnelle importance que prennent les problèmes de prestige et de carrière pour les intéressés, tend à fausser tous les rapports interpersonnels et il est difficile au chercheur d'obtenir des données sûres sur des relations que les interviewés ont l'habitude de cacher ou de déformer.

Notre démarche se légitime cependant très bien dans le cas du Monopole car cette organisation présente une situation intéressante et particulièrement favorable sur ces deux points : d'une part la simplicité tout à fait inhabituelle de son système d'organisation, la clarté et la rigueur avec lesquelles les divers rôles de direction sont définis, permettent d'effectuer facilement des comparaisons; d'autre part le peu d'importance des promotions dans un système gouverné par l'ancienneté et l'absence de clans groupant en vue de la lutte pour le pouvoir des agents de fonctions et de grades différents, rend les interviewés plus ouverts et leurs commentaires moins suspects.

Nous discuterons pour commencer du contenu réel des tâches et du déroulement des carrières des quatre membres de l'équipe de direction, afin de pouvoir partir de données plus précises sur leurs attentes et leurs possibles motivations. Puis nous décrirons à partir des interviews eux-mêmes les relations qu'entretiennent entre elles ces quatre personnes, insistant particulièrement sur les types de conflit qui se reproduisent constamment. De là nous essaierons d'analyser la façon dont chacune d'elles s'adapte à sa situation. Enfin, pour terminer, nous nous poserons le problème de la signification des conflits de personnes et de groupes dans un tel système d'organisation.

LES CARRIÈRES ET LES FONCTIONS DES QUATRE MEMBRES DE L'ÉQUIPE DE DIRECTION

L'équipe de direction, nous l'avons vu, comprend quatre membres, un directeur qui a naturellement la charge de la coordination de toutes les activités de l'usine et qui s'occupe plus particulièrement des plans de développement et du secteur des ventes; un directeur-adjoint qui a la responsabilité des fabrications, un ingénieur technique, chargé de l'entretien de toutes les installations et de toutes les machines et un contrôleur qui s'occupe des achats, de la comptabilité et du personnel.

Le directeur est en général un homme d'une cinquantaine d'années * qui a passé déjà de nombreuses années au sein du Monopole. Sa carrière, a été entièrement gouvernée par l'ancienneté et le résultat en a été souvent une sorte de sélection à rebours; la moitié des « ingénieurs du corps » en effet quitte volontairement le Monopole avant d'être promus directeurs et ceux qui sont restés sont en général ceux qui ont eu peur de prendre des risques ou n'en étaient pas capables. En même temps, les capacités intellectuelles du directeur qui ont été sanctionnées, il ne faut pas l'oublier, par sa réussite à un concours difficile et la qualité de sa formation théorique lui font penser qu'il serait capable d'occuper des fonctions beaucoup plus importantes. Il s'agit donc d'un homme qui

* Les plus jeunes d'entre les directeurs ont passé quarante ans.

se sent naturellement supérieur à ses fonctions, mais qui, pour des raisons personnelles, a renoncé à chercher un autre emploi. Si l'on accepte les critères du monde des affaires, il n'est pas très bien payé, mais dispose en revanche, nous l'avons vu, d'un certain nombre d'avantages personnels substantiels. Enfin, en contrepartie d'une situation matérielle limitée mais sûre, il jouit d'une très large indépendance et du reste de prestige qui accompagne la carrière « libérale » que cette indépendance suppose. Il peut disposer de son temps à peu près comme il l'entend. Certains directeurs se livrent à des recherches souvent fort éloignées de leurs fonctions. D'autres ont obtenu l'autorisation de se charger de fonctions d'experts et de conseillers dans d'autres administrations. Certains sont professeurs dans des écoles d'ingénieurs ou dans des institutions para-universitaires. Dans le passé, plusieurs membres du « corps des ingénieurs » ont atteint une notoriété distinguée dans le domaine des arts et des sciences. De façon générale, la liberté d'action et le prestige bourgeois qu'apporte un tel emploi à celui qui l'occupe rappelle bien davantage les professions libérales du XIXe siècle que le monde industriel du milieu du XXe siècle.

Contrastant particulièrement avec cette liberté d'action à l'extérieur, le rôle du directeur à l'intérieur même de l'usine, nous l'avons montré, est très restreint. Les objectifs de la production sont fixés de façon très étroite par la direction générale. Les méthodes et les procédés de fabrication sont très stables et tout changement technique apparaît comme extrêmement difficile. Le directeur n'a le droit ni d'embaucher ni de mettre à la porte; il n'a même pas le droit de choisir l'affectation de ses subordonnés. Les seules personnes qui dépendent vraiment de lui sont les chefs d'atelier qui constituent le groupe le plus faible de l'usine. Sa seule possibilité de faire sentir son influence est d'administrer les problèmes que pose l'application des règles de telle sorte que les querelles intestines en soient diminuées et d'inspirer ainsi indirectement au personnel des attitudes plus positives à l'égard de la production. La grande majorité des directeurs interviewés toutefois considéraient que la « fabrication » n'offrait à la réflexion du directeur que des problèmes de pure routine et ne présentait de ce fait aucun intérêt. Comme les ventes ne pouvaient constituer non plus, du moins jusqu'ici, un domaine intéressant, on conçoit que les seuls problèmes auxquels la plupart des directeurs s'intéressent soient les problèmes posés par des constructions nouvelles, le réaménagement intérieur de l'usine, de ses installations techniques et de ses postes de travail et l'élaboration des plans de développement futur. Les trois quarts des directeurs interviewés ont donné la priorité dans la définition des tâches qui leur incombaient à cet aspect de leurs activités. On ne s'étonnera pas que beaucoup de leurs critiques les accusent d'avoir la manie de la construction ou le complexe du bâtisseur.

Le directeur-adjoint est un homme de 25 à 40 ans qui a généralement choisi de servir l'État par timidité personnelle ou parce qu'il n'avait pas de relations dans les milieux d'affaires. Dans le passé, les élèves de Polytechnique cherchaient en grand nombre à entrer dans les organisations d'État, mais ils ne se décident plus aujourd'hui pour le Monopole que comme un dernier recours *.

En sortant de l'école, le jeune directeur-adjoint est très pressé d'apprendre son métier d'organisateur et de chef. Mais il pense en même temps qu'il a beaucoup de chances de se voir donner immédiatement la charge de l'ensemble des fabrications d'une usine et que le Monopole lui offre la possibilité de faire, plus rapidement qu'ailleurs et avec moins de risque, l'expérience de travail industriel dont il a besoin. Il ne restera généralement pas très longtemps dans la même usine et sera muté d'une usine à l'autre, deux ou trois fois au moins au cours de sa carrière de directeur-adjoint. Ces mutations lui permettront de renouveler un peu son expérience. Mais une fois les deux ou trois premières années passées, quand il aura l'impression de bien connaître son métier, ce qui sera venu généralement plus vite qu'il ne le pensait au début, il s'intéressera de plus en plus à la recherche d'un emploi en dehors du Monopole. Le pourcentage des départs qui avait toujours été considérable tend à augmenter de façon accélérée, dans la mesure où le développement économique du pays offre de plus en plus de débouchés intéressants à des ingénieurs de niveau supérieur. Il dépasse maintenant 60 % de l'effectif.

Le contrôleur, lui, est toujours un homme de plus de cinquante ans et souvent de près de soixante qui a été promu au sommet de l'échelle hiérarchique de son corps après une très longue attente. Il y a peu de chances qu'il ait travaillé longtemps dans l'usine où il occupe ce poste ni qu'il y reste très longtemps encore. Il a sous ses ordres un certain nombre de collègues plus jeunes qui attendent impatiemment les départs dont dépend leur possible promotion et sur lesquels il n'a en fait qu'une influence très limitée. Le contrôleur a officiellement d'importantes responsabilités. C'est un comptable de l'État et il doit constituer caution, mais en pratique sa fonction est, pour une bonne part, une fonction de

* Comme Polytechnique est une école militaire, l'entretien y est gratuit mais les étudiants doivent rembourser l'État de tous les frais encourus s'ils n'acceptent pas de servir au minimum dix ans dans l'armée ou dans la Fonction publique. Mais l'appel de l'extérieur est maintenant irrésistible et de nombreuses firmes privées prêtent volontiers aux ingénieurs qu'elles embauchent les sommes nécessaires pour rembourser l'État.

routine et, sauf une ou deux exceptions, aucun contrôleur ne nous a semblé avoir réussi à faire sentir réellement son influence dans l'usine.

Le dernier des quatre, l'ingénieur technique, est le seul de son « corps » à l'usine *, ce qui signifie qu'il n'a personne à qui parler sur un pied d'égalité et cet isolement n'est certainement pas un fait négligeable dans des communautés restreintes et bien intégrées comme les usines du Monopole. L'entretien de toutes les installations, la supervision de l'entretien et des réparations assumées par les ajusteurs dans les ateliers, les discussions avec les entrepreneurs de l'extérieur, la surveillance de leurs travaux et le contrôle de leurs mémoires, le tiennent constamment occupé sinon surmené. Son métier est un métier difficile mais intéressant. Il comporte en revanche le maintien dans la même situation de subordination relative pendant toute la carrière. L'ingénieur technique peut être plus ou moins jeune, mais il y a de fortes chances, de toute façon, pour qu'il soit plus âgé que le directeur-adjoint et qu'il ait plus d'ancienneté dans l'usine que tous les autres membres de l'équipe de direction, ce qui s'explique parce que les ingénieurs techniques sont beaucoup plus rarement transférés d'une usine à l'autre que leurs collègues directeurs et contrôleurs. Sa rémunération n'est pas mauvaise, mais elle est très sensiblement au-dessous de celle des ingénieurs de même origine, ayant les mêmes responsabilités dans l'industrie privée. Il n'a aucune compensation sur le plan du prestige. Et le recrutement de jeunes collègues devient de plus en plus difficile.

Les relations entre ces quatre personnages sont déterminées officiellement par des règlements détaillés qui font partie des statuts. Une certaine ambiguïté cependant demeure. Le directeur bien sûr est sans conteste le numéro un, mais son autorité n'est pas absolue et il est théoriquement obligé de réunir ses collaborateurs en « Conseil » au moins une fois par semaine et d'entendre leur avis. Cette disposition d'un ancien décret n'est plus pratiquement obligatoire maintenant et quelques directeurs refusent systématiquement de réunir le Conseil. Mais l'important est que cette coutume fort naturelle de la réunion hebdomadaire des chefs de service autour de leur patron prend, dans les usines du Monopole, une allure officielle, contraignante et limitative qui ne permet pas au directeur de l'organiser comme il l'entend. La tenue du Conseil soulève d'ailleurs un problème tout à fait caractéristique des querelles intestines du Monopole. Les ingénieurs techniques ne peuvent en effet participer au Conseil que s'ils y sont spécialement autorisés par la direction générale. Presque tous les ingénieurs techniques anciens ont

* Sauf dans deux ou trois usines où il a auprès de lui un jeune ingénieur technique qui lui sert d'adjoint en même temps qu'il fait son apprentissage.

été ainsi nommés membres du conseil, mais la nécessité de cette nomination spéciale diminue leur prestige.

Le contrôleur est sous les ordres du directeur, mais, du fait de la responsabilité financière qu'il encourt, il doit contresigner toutes les opérations importantes décidées par le directeur. Il est donc théoriquement en mesure de s'opposer à ses décisions. En fait le problème ne se pose pas, le contrôleur agit comme un subordonné et son contrôle est de pure forme. La seule conséquence de cette ambiguïté est le malaise et la frustration de certains contrôleurs qui estiment ne pas disposer de l'autorité à laquelle ils ont droit.

Entre le directeur-adjoint et le contrôleur, il n'y a pas de relation nécessaire et personne ne se préoccupe beaucoup de savoir qui doit venir en premier. Par contre l'ambiguïté est très forte dans les rapports entre le directeur-adjoint et l'ingénieur technique, car dans ce dernier cas, les fonctions respectives des deux hommes les obligent à collaborer et les mettent en même temps en conflit. Théoriquement l'ingénieur technique est sous les ordres du directeur-adjoint, mais cette subordination, qui se trouve concrétisée dans la différence de statut et de prestige, n'est pas vraiment respectée dans la pratique et les deux hommes discutent sur un pied de relative égalité. La plupart des directeurs-adjoints tiennent ce qu'ils appellent la « conférence » c'est-à-dire qu'ils réunissent leurs chefs de section, deux ou trois fois par semaine dans leur bureau; ils essaient généralement d'obtenir des ingénieurs techniques qu'ils consentent à assister à cette réunion mais, quand ils viennent, ceux-ci agissent généralement comme des observateurs et évitent soigneusement de donner l'impression de faire vraiment partie de la « conférence », ce qui signifierait qu'ils acceptent leur situation subordonnée.

L'âge et l'ancienneté respective dec hacun constituent aussi un aspect très important de l'équilibre de l'équipe de direction. La combinaison la plus fréquente est la suivante : le contrôleur est un homme âgé, un peu à l'écart, ne sortant guère de son secteur administratif où il traite avec des gens de son corps; il ne s'intéresse pas beaucoup aux problèmes de l'usine car il y est arrivé il y a peu de temps et n'est pas très loin de la retraite. Le directeur est sensiblement plus jeune mais c'est un fonctionnaire qui a déjà une longue expérience derrière lui. Il a beaucoup de chances d'être plus ancien dans l'usine que le contrôleur et le directeur-adjoint, mais il est en général moins ancien que l'ingénieur technique. Il s'attend à rester assez longtemps à l'usine et, comme il a la responsabilité dernière pour tout ce qui s'y passe, il est presque toujours profondément engagé dans son rôle de directeur et dans les affaires de son personnel. L'âge de l'ingénieur technique varie beaucoup mais, sauf exception, c'est lui qui dans l'équipe de direction aura le plus d'ancienneté.

Cette ancienneté se double d'une expérience plus grande, dans la mesure où son rôle d'homme-orchestre, de maître Jacques à qui on fait appel chaque fois que quelque chose ne marche pas, lui a donné l'occasion de tout connaître dans l'usine. Le directeur-adjoint en revanche apparaît tout à fait jeune et inexpérimenté. Il n'est pas là depuis longtemps, il ne restera pas très longtemps et son rôle ne lui rend pas aussi facile de se mettre au courant du dessous des cartes. Il y a peu de chances qu'il soit aussi sérieusement engagé dans les affaires de l'usine et de son personnel que le directeur et l'ingénieur technique Une telle répartition formaliste des rôles et des fonctions associée à une aussi rigide séparation des carrières présente un très grand intérêt pour l'étude des conflits au sein des organisations. Le groupe de direction du Monopole est un groupe bien délimité au sens expérimental du terme; il n'y a aucune ambiguïté sur le point de savoir qui fait partie du groupe et qui n'en fait pas partie; ses membres sont isolés, on pourrait même dire complètement coupés du reste de l'usine et du monde extérieur; ils n'ont personne à qui parler au sein du personnel du fait de la barrière insurmontable que leur statut dresse entre eux et leurs subordonnés *; ils sont en même temps très loin des dirigeants industriels qui jouent le même rôle qu'eux dans les industries privées ou nationalisées et tout aussi loin des fonctionnaires de même rang des autres services administratifs. Les dirigeants du monde des affaires les considèrent comme des gens dont l'expérience n'est absolument pas pertinente, et avec qui ils ne peuvent avoir en conséquence aucun terrain professionnel commun. Les autres fonctionnaires de même rang pensent certes qu'ils ont les mêmes intérêts à défendre contre leur employeur commun, l'État, et contre un même public soupçonneux et hostile, mais, sur le plan du travail et des fonctions, l'équipe de direction du Monopole est, pour eux, une équipe de techniciens ayant des responsabilités d'organisateurs, ce qui constitue une combinaison très rare et dont les problèmes apparaissent tout à fait extraordinaires à la moyenne des administrateurs **.

On peut conclure, de ces quelques remarques, que ces équipes de direction que nous étudions, si elles ne se trouvent pas bien sûr dans le

* C'est seulement partiellement vrai pour le contrôleur dont les trois ou quatre collaborateurs plus jeunes peuvent espérer parvenir un jour à son grade et qui, de ce fait, ne sont pas séparés de lui par une barrière infranchissable. Nous verrons plus tard que cette situation a des conséquences directes sur la façon dont le contrôleur s'adapte à ses fonctions.

** Dans la fonction publique, les ingénieurs sont généralement des experts qui se trouvent dans une situation fonctionnelle de conseil; ils n'ont généralement pas beaucoup de responsabilités de personnel; malgré les efforts accomplis dans les dix dernières années, les méthodes d'organisation ne sont pas encore admises comme une technique demandant une qualification particulière.

monde abstrait et artificiel des expériences de laboratoire où toute influence extérieure est soigneusement éliminée, sont cependant beaucoup mieux isolées de l'extérieur que ne le sont la plupart des groupes correspondant dans les affaires et dans l'administration. Enfin et ceci non plus n'est pas négligeable, une telle situation se trouve reproduite trente fois et dans tous les détails dans les trente usines réparties sur tout le territoire français.

Les données de départ, sur lesquelles nous allons maintenant pouvoir raisonner à partir des interviews des différents protagonistes, peuvent se résumer à peu près de la façon suivante. Nous avons affaire à des groupes de quatre joueurs séparés du reste du monde et obligés de jouer ensemble. Ces joueurs ont des cartes différentes, leur pouvoir, leur faculté d'imposer leurs vues à leurs partenaires ne sont pas les mêmes. En outre et c'est là où le jeu se complique, leurs mises sont différentes, ils n'ont pas les mêmes intérêts engagés dans la partie puisque certains, comme les directeurs-adjoints, pensent qu'ils pourront toujours la quitter un jour ou l'autre, tandis que d'autres, comme les directeurs, peuvent trouver ailleurs des satisfactions d'ordre professionnel équivalentes. Si nos quatre joueurs se trouvaient engagés de façon identique dans le jeu, s'il n'y avait pas entre eux de différences de rôles et si le jeu en conséquence, avait pour chacun d'eux la même signification, nous pourrions prédire les coalitions possibles, en fonction des cartes de chacun, c'est-à-dire en fonction de son pouvoir exprimé en termes mesurables [4]. Mais le problème ici n'est pas si simple car nous avons affaire aussi à une autre variable, le type de participation ou d'engagement dans le jeu. Cette difficulté qui nous éloigne des raisonnements classiques, trop formalistes de Simmel, nous apporte un enrichissement précieux, car elle attire notre attention sur une liaison fondamentale, trop souvent oubliée, qui éclaire certains aspects du fonctionnement des organisations. Dans le jeu de la coopération l'individu ne joue pas seulement sur un seul tableau, celui du pouvoir, il peut aussi accepter ou refuser de s'engager, limiter et mesurer sa participation. Ce second type de jeu est un jeu très individuel, généralement difficile à saisir sans analyse psychologique en profondeur. L'intérêt de la situation créée au sein du Monopole, de ce point de vue, est que même cet aspect le plus intime du débat entre l'individu et l'organisation se trouve en partie au moins institutionnalisé et que l'on peut comprendre et prédire aussi bien les engagements et les retraits sur le plan affectif que les succès et les échecs sur le plan de l'action.

Mais avant de passer à l'analyse théorique indispensable, nous allons procéder de façon plus empirique en suivant la démarche de la recherche elle-même. La façon dont les situations des différents acteurs se trouvent profondément structurées va nous apparaître en effet beaucoup plus concrètement à partir de l'analyse même des conflits journaliers que l'on peut observer entre eux.

LES TYPES DE CONFLIT LES PLUS FRÉQUENTS

Parmi les vingt groupes de direction que nous avons pu étudier sérieusement, nous avons trouvé seize cas de conflit aigu entre l'ingénieur technique et le directeur-adjoint*. A côté de ce type dominant de conflit, nous avons rencontré six ou sept cas d'opposition assez violente entre le directeur-adjoint et le directeur, et deux ou trois cas mettant aux prises le contrôleur et le directeur. Mais les conflits de ces deux derniers types ne sont pas seulement moins fréquents, ils sont aussi moins clairs et moins profonds que ceux du premier. Les dés semblent bien chargés d'un seul côté, car ils donnent presque toujours le même résultat, quelles que soient les personnalités de ceux qui occupent les différents emplois. Si différentes que puissent être les combinaisons qui peuvent se produire dans la répartition sur vingt cas des caractères disposant à la coopération ou au conflit, les heurts entre individus ne manquent presque jamais de se produire dans le cadre d'un modèle fixé à l'avance et très étroit.

Examinons maintenant de plus près les caractéristiques singulières de chaque type de conflit en commençant par les moins significatifs.

Le conflit entre le contrôleur et le directeur.

Nous avons déjà fait allusion aux problèmes soulevés par les relations entre le directeur et le contrôleur. Les interviews ont confirmé que certains contrôleurs pouvaient être frustrés du fait qu'ils n'ont aucune chance de promotion et qu'ils en gardaient rancune à leurs collègues polytechniciens. Nous avons recueilli à l'occasion des commentaires comme celui-ci qui émane d'un contrôleur par ailleurs d'une grande urbanité de manières :

« *Ce n'est tout de même pas nécessaire d'avoir reçu une formation mathématique supérieure pour prendre la direction d'une usine... Je ne comprends pas pourquoi un contrôleur sérieux et actif qui a réussi comme contrôleur ne pourrait pas faire un bon directeur.* »

* Dans quelques cas, en l'absence d'un directeur-adjoint, c'est le directeur lui-même qui se trouve en opposition avec l'ingénieur technique.

ou cet autre qui nous a été fait, cette fois, par un contrôleur très agressif (et dont la réputation a souffert de son agressivité).

« *Il y a beaucoup trop de Polytechniciens. Ils fourrent leur nez partout. Ce sont, m'ont dit certains d'entre eux, des administrateurs à formation mathématique. Ils préfèrent l'administration à la technique, alors que leur rôle devrait être exclusivement un rôle technique.* »

Mais la plupart du temps ces rancœurs ne s'expriment que par une remarque anodine, une façon de présenter les faits, à la limite un ton de voix. On trouvera naturel que, dans un tel climat, les contrôleurs accordent une importance considérable à leurs responsabilités de comptable assermenté qui leur donnent, théoriquement, le droit de contrôler les opérations effectuées par le directeur. Cette responsabilité qu'ils encourent pour toutes les opérations, même commerciales, qu'ils ont contresignées, leur semble suffisante pour leur permettre de réclamer le droit de discuter de l'opportunité des mesures prises. Mais ils ne peuvent en fait refuser leur signature que pour des questions de forme, car la direction générale ne tolérerait pas ce qu'elle appellerait un abus de pouvoir. Le devoir des contrôleurs est en effet de s'assurer de la légalité des actes du directeur, et non pas de leur opportunité. Leur pouvoir de négociation face au directeur est donc très faible. Mais comme ils ne sont pas très fortement engagés dans leurs rapports avec les autres membres du groupe de direction et dans la vie même de l'usine, ils tendent à réagir en diminuant leur mise, c'est-à-dire en restreignant leur participation. Sachant qu'ils n'ont pas de chances de réussir ils vont se retirer dans leur secteur et éviter les occasions de conflit. Un conflit n'a donc de chances de se développer, que si un contrôleur un peu agressif persiste à vivre dans le monde illusoire de ses droits juridiques et si le directeur n'a pas su l'entourer de la considération spéciale que son comportement revendicatif appelait. Mais une telle conjonction ne peut être que fort rare.

Le conflit entre le directeur-adjoint et le directeur.

Le conflit entre le directeur et le directeur-adjoint est plus fréquent et il affecte les deux adversaires plus profondément. Mais c'est en même temps un conflit plus naturel et qui est plus facilement accepté par les protagonistes et par l'environnement, car il est dans l'ordre naturel des choses. Il tourne en effet autour d'un des problèmes fondamentaux de la condition humaine, l'apprentissage de la jeune génération et la retraite progressive de la vieille génération. Le directeur et le directeur-adjoint doivent travailler en collaboration étroite, tout d'abord parce que les problèmes de fabrication dont le directeur-adjoint a la charge constituent en fait la part la plus vivante et la plus difficile de l'ensemble des problèmes de l'usine, engagent profondément la responsabilité du directeur et, en second lieu, parce que les directeurs-adjoints doivent faire leur apprentissage sur le tas avec leur directeur, d'abord pour le rôle de directeur-adjoint et ensuite pour le rôle de directeur. En principe les directeurs ont la responsabilité de la formation de leur adjoint et ils doivent leur donner une plus grande part des responsabilités à mesure que leur formation progresse. Mais comme les responsabilités de direction ne sont de toute façon pas très considérables et que la répartion officielle veut que les plus difficiles (l'organisation de l'usine et les problèmes de personnel) soient attribuées d'emblée au directeur-adjoint, il y a de fortes chances pour qu'un conflit se développe entre les deux hommes, autour de l'application des règles et des coutumes. Les directeurs-adjoints vont se plaindre d'être maintenus éternellement en tutelle et les directeurs vont déclarer que les directeurs-adjoints sont incapables d'assumer leurs responsabilités.

L'impression que l'on retire de la lecture des interviews correspond plus ou moins à cette hypothèse. Mais s'il y a beaucoup de références à la possibilité de ce conflit, les vraies oppositions sont plutôt rares et nous avons l'exemple de quelques cas où directeur et directeur-adjoint travaillent en complet accord.

Les quelques extraits d'interviews suivants vont nous permettre de suivre la qualité et le ton de cette relation dans les cas les plus caractéristiques. Nous avons mis en opposition chaque fois les quelques commentaires caractéristiques que nous avaient faits, l'un sur l'autre et dans la même usine, le directeur-adjoint et le directeur.

Voici tout d'abord un exemple d'un type de références assez allusives, que l'on retrouve fréquemment : Le directeur nous dit :

« *J'ai maintenant un directeur-adjoint, mais je ne sais pas pour combien de temps! Depuis que je suis ici, j'en ai eu quatre. Le premier pendant trois ans, ce qui fait que pendant deux ans j'ai été secondé. Les autres sont restés un an. Ils prennent non seulement mon temps, mais aussi le temps de l'ingénieur technique.* »

Tandis que son directeur-adjoint confirme la difficulté de communications, mais d'un point de vue tout à fait opposé :

« *Le directeur,* nous dit-il, *est très distant. J'ai peu de contacts avec lui. Je n'ai aucune possibilité de formation à son contact.* »

Un autre directeur nous dit :

« *Mon directeur-adjoint est là depuis peu. Pour nous, c'est un problème, aussitôt qu'un ingénieur est formé, il quitte l'usine.* »

Tandis que son directeur-adjoint exprime sa déconvenue de façon moins nuancée.

« *Le directeur est un brave homme affreusement conservateur.* »

Parfois le directeur se méprend sur la qualité réelle de la collaboration. L'un d'eux nous dit par exemple :

« *Mon directeur-adjoint est un type épatant.* »

Alors que ce directeur-adjoint nous confie :

« *Mon directeur a des idées arrêtées qu'il change tout le temps et que je dois suivre de préférence aux miennes.* »

Passons maintenant à l'expression plus directe des conflits. C'est en général et il ne faut pas s'en étonner, le directeur-adjoint qui est le plus agressif.

L'un d'eux nous déclare par exemple :

« *Mon directeur est vraiment décourageant... Il ne veut pas qu'on puisse dire qu'il y avait des choses à faire, qu'il n'ait pas vues. Il faut passer par lui pour tous les détails...* »

Et le directeur indirectement confirme :

« *Mon directeur-adjoint n'a pas la formation technique et administrative nécessaire. Je suis obligé de tout faire.* »

Un autre directeur-adjoint se plaint ainsi :

« *Mon directeur est obstiné et autoritaire, il voudrait toujours avoir raison.* »

Tandis que son directeur s'exprime de façon, cette fois, presque plus agressive :

« *Au point de vue directeur-adjoint, je vous donne mon diagnostic, il a le mal de l'école d'application, trop théorique. En fait il n'est pas formé, il a du mal à se débrouiller.* »

Enfin, dernier exemple beaucoup plus bref mais cette fois d'une relation harmonieuse : Le Directeur :

« *Je le laisse se débrouiller, j'interviens seulement quand cela ne va pas.* »

Le directeur-adjoint : « *Mon directeur est très libéral.* »

On notera que le directeur a tendance à rester impersonnel et qu'il évite de juger directement le comportement de son subordonné, alors que le directeur-adjoint, lui, est toujours personnel, et souvent catégorique; l'opposition des générations s'exprime ainsi par la différence de style. On notera aussi que c'est le même problème qui ressort dans les trois groupes : le directeur-adjoint ne veut pas de contrôle et a besoin d'un soutien; le directeur ne veut pas accorder son soutien sans contrôle. Il faut ajouter enfin que, même si le nombre des conflits aigus n'est pas trop élevé, le sentiment général qui prévaut parmi nos interviewés, est que la réussite d'une telle relation est très rare. Le directeur-adjoint le plus satisfait et le plus expansif de tout notre échantillon ajoute, après nous avoir fait part de son enthousiasme pour son métier :

« *J'ai pu faire beaucoup de choses, parce que le directeur m'a laissé la bride sur le cou, en me soutenant le cas échéant. J'ai eu ici une chance extraordinaire.* »

Le mot extraordinaire revient également sur la bouche de deux autres directeurs-adjoints satisfaits de leur travail et de leurs relations avec leurs directeurs. L'opposition peut être aggravée encore par le changement de point de vue de la nouvelle génération qui tend à considérer comme de plus en plus anachronique le style de profession libérale auquel restent encore attachés ses aînés. Les jeunes directeurs-adjoints en effet, nous le verrons, ne veulent tenir compte que de la technique et refusent de considérer aucun critère autre que l'efficacité.

Mais le facteur essentiel du développement du conflit reste néanmoins le problème de la répartition des responsabilités. Les seuls cas de travail d'équipe donnant satisfaction aux deux partenaires sont aussi des cas dans lesquels la mise en route d'un important programme de reconstruction et de transformation technique de l'usine donne la possibilité au directeur-adjoint et au directeur d'avoir chacun suffisamment de travaux intéressants et de responsabilités.

Il vaut la peine de souligner, pour terminer, que si les racines du conflit se retrouvent partout et s'il met en jeu des sentiments profonds, il ne trouble pas cependant vraiment l'équilibre des personnalités. Les directeurs-adjoints peuvent s'identifier assez facilement au rôle de leurs directeurs. Leur colère est seulement la colère de personnes qui ont été déçues. Et la nature temporaire de la relation entre les deux partenaires leur apporte à tous deux un grand soulagement. Les directeurs-adjoints vont et viennent et les directeurs peuvent facilement éviter toute responsabilité trop gênante à leur égard. De leur côté les directeurs-adjoints savent que la situation changera dans un avenir relativement proche. La situation est fortement structurée certes, mais il y a place encore pour beaucoup de liberté de jeu et chacun des partenaires peut s'en servir pour échapper à ses contraintes personnelles.

Le conflit entre l'ingénieur technique et le directeur-adjoint.

La relation entre l'ingénieur technique et le directeur-adjoint est sur ce dernier point en opposition complète avec la relation entre le directeur-adjoint et le directeur. Le conflit entre les membres du corps des ingénieurs polytechniciens et ceux du corps des techniciens est en effet un conflit qui affecte directement les personnalités et qui est extrêmement contraignant. D'un bout à l'autre de la France tous nos interviewés nous ont parlé des mêmes problèmes et nous ont exprimé les mêmes sentiments, parfois avec les mêmes mots.

Cette concordance est surtout frappante chez les ingénieurs techniques qui expriment sans cesse leur irritation contre leurs collègues polytechniciens. Mais les directeurs-adjoints eux-mêmes semblent aussi très engagés. La plupart d'entre eux, quand on leur demande s'ils s'entendent bien avec les autres membres de l'équipe, se réfèrent immédiatement et parfois uniquement à leurs rapports avec l'ingénieur technique; et ils le font souvent d'une façon violente et passionnée qui montre bien à quel point le problème est au centre de leurs préoccupations.

Le point de vue des directeurs-adjoints.

Essayons d'analyser, pour commencer, les interviews des directeurs-adjoints. Ce qui frappe tout d'abord, c'est l'insistance qu'ils mettent à réaffirmer la position subordonnée de l'ingénieur technique. Ils disent par exemple :

« *L'ingénieur technique dépend directement du directeur-adjoint.* »

« *Vis-à-vis de moi, il est le chef de l'entretien et des installations suivant* MES *plans d'organisation.* »

« *C'est un sous-ordre.* »

« *Il dépend* DE MOI *pour la fabrication, du directeur pour les travaux.* »

Mais en même temps ils se rendent bien compte que leur définition reste théorique et qu'en fait elle ne correspond pas aux rapports réels de force et ils s'inquiètent.

« *L'ennui c'est que l'ingénieur technique a une position un peu spéciale ; il est membre de l'équipe de direction et en même temps il est mon subordonné.* »

Certains directeurs-adjoints essaient d'esquiver la difficulté en contestant le droit de l'ingénieur technique à assister au conseil ou en déplorant qu'on leur donne des hommes plus âgés et difficiles à manier comme subordonnés. D'autres voient la source de leurs difficultés dans la façon dont sont posés et résolus les problèmes professionnels et ils accusent leur propre formation déclarant qu'ils se trouvent impuissants devant l'ingénieur technique à cause de leur manque de formation pratique. L'un d'eux nous dit par exemple :

« *L'école nous a mal préparés pour les connaissances techniques, à chaque instant je suis obligé de téléphoner à l'ingénieur technique, c'est un sujet de vexation pour un polytechnicien.* »

Un autre, après avoir accusé lui aussi le type de formation qu'il a reçu ajoute :

« *Je ne suis pas sûr de moi, c'est ce qui explique peut-être les difficultés avec les ingénieurs techniques.* »

Tandis qu'un troisième reconnaît carrément que :

« *Le directeur-adjoint ne peut s'occuper des questions techniques que s'il n'est pas en mauvais termes avec l'ingénieur technique.* »

La majorité des directeurs-adjoints, malgré leur irritation et leurs inquiétudes, concluent cependant de façon relativement modérée qu'ils ne s'entendent pas trop mal avec les ingénieurs techniques. Néanmoins le fossé profond qui sépare les attentes des directeurs-adjoints, ce qu'ils voudraient que la situation fût, et la réalité elle-même, provoque fréquemment des réactions violentes comme celles qui s'expriment dans les trois interviews suivantes que nous allons citer longuement, car elles sont dans leur verve agressive, très caractéristiques du ton de la discussion et des arguments présentés, côté directeurs-adjoints :

« *Nous, on estime qu'au Monopole, ça tourne un peu à l'armée mexicaine. Tout le monde veut être colonel. Nous avons eu des empoignades avec l'ingénieur technique ; maintenant il a compris et ne s'occupe pas de la fabrication. Pour les ajusteurs l'ingénieur technique n'existe pas, l'homme qui compte, c'est moi. D'ailleurs, dans les usines, la direction générale ne s'en rend pas compte, on n'a pas besoin d'ingénieurs techniques, ce qu'il nous faudrait, c'est un excellent magasinier, quelqu'un qui sache calculer l'usure des pièces et un chef mécanicien qui dirigerait le personnel des ateliers. Et pour diriger tout le service d'entretien, on n'a pas du tout besoin d'un colonel. Nous sommes là, nous, la direction générale à l'air de l'oublier.* »

« *Il faut dire que le cadre des ingénieurs techniques est un cadre insupportable. Je suis beaucoup moins sûr de les avoir en main que les chefs d'atelier. Je me suis engueulé* (sic) *avec eux très violemment plusieurs fois. Je trouve absurde l'existence d'un cadre d'ingénieurs techniques, c'est beaucoup trop compliqué, insensé. Le service technique marcherait très bien avec un contremaître. Quand quelqu'un vient des Arts et Métiers, il ne peut pas être réduit à la situation de contremaître. Moi je trouve qu'on devrait les supprimer.* »

« *L'ingénieur technique soutient les ajusteurs contre moi. Avec lui, c'est interdiction absolue de s'occuper de ses affaires, c'est-à-dire de l'ensemble de l'usine. Un ajusteur avait inventé un dispositif pour améliorer la réception des produits; il a fallu se cacher pour faire des expériences. Chaque fois que je fais un projet, il est contre, par principe... C'est un des leaders de la réaction qui consiste à dire — les polytechniciens sont des imbéciles... Il vaudrait bien mieux ne pas avoir d'ingénieurs techniques et avoir des contremaîtres, des chefs d'atelier techniques. Il n'y a pas la place pour deux ingénieurs. Les techniciens n'ont pas le tact, la nuance pour les problèmes de personnel.* »

Le point de vue des ingénieurs techniques.

Les ingénieurs techniques ne se sont jamais exprimé de façon aussi violente que ces trois directeurs-adjoints, mais ils se sont montré beaucoup plus régulièrement critiques et agressifs que leurs partenaires. Tous ceux d'entre eux que nous avons interviewés, sauf trois, ont critiqué directement ou indirectement les membres du « corps des ingénieurs » et parmi les trois déviants, le plus favorable aux polytechniciens nous a fait ce commentaire particulièrement savoureux.

« *L'état d'esprit de ceux qui sortent de Polytechnique aujourd'hui a beaucoup changé. Ils ne se croient plus sortis de la cuisse de Jupiter. Il y en a même qui sont* MODESTES. »

Tous ses collègues, eux, se plaignent sans le moindre humour de la hauteur et de l'incompétence des directeurs-adjoints et des polytechniciens en général.

« *Ce qui est navrant dit l'un, c'est le manque d'expérience technique des polytechniciens.* »

« *Nous n'avons pas voix au chapitre* », dit un autre et « *eux ne savent pas* ».

Plusieurs des ingénieurs techniques que nous avons interviewés rapportent de façon allusive et généralement sans détail « *les incroyables exemples de gabegie* », « *les terribles loupés* » dont leurs adversaires se sont rendus coupables.

Mais l'essentiel de la frustration des ingénieurs techniques concerne le Monopole que les membres du corps des ingénieurs ont gardé sur les postes de direction. Ce monopole prend dans leur esprit, le caractère d'une immense conspiration. Quelques vieux ingénieurs techniques, plus solidement établis que leurs collègues dans leur usine, répugnent cependant à exprimer des plaintes qui donneraient à entendre qu'ils quémandent une promotion et ils se contentent de demander qu'on renforce la position de l'ingénieur technique face au directeur-adjoint. Mais ils ne constituent qu'une petite minorité de l'échantillon. On ne s'étonnera pas en conséquence que les commentaires des ingénieurs techniques sur l'ensemble de leurs relations avec les polytechniciens soient plutôt acides.

« *Il n'y a pas de collaboration entre les ingénieurs polytechniciens et nous. Le fossé ne peut pas être comblé.* »

« *Nos chefs sont tous d'anciens élèves de l'X, autrement dit c'est un fief et il y a pléthore de cadres.* »

« *Non, il n'y a rien à faire, ils ne communiquent pas avec nous, c'est une caste.* »

« *... Il faudrait alléger les services, démocratiser, supprimer ce fief de Polytechnique. C'est une petite république de camarades, je vous l'affirme c'est un fait.* »

Le point de vue des directeurs.

Les directeurs eux évitent soigneusement de faire des remarques personnelles. Ils bénéficient, il est vrai, de la présence du directeur-adjoint qui sert de tampon entre eux et les ingénieurs techniques, ce qui leur permet d'élever le débat et de se donner le luxe de ne pas porter de jugement. Leurs commentaires sont à peu près de ce type :

« *La difficulté avec les ingénieurs techniques, c'est que dans nos normes le rôle de personne n'est bien défini.* »

« *Le rôle de l'ingénieur technique est mal défini* *. *Une grande partie des problèmes vient de là.* »

Quelques-uns d'entre eux toutefois, généralement ceux qui n'ont pas de directeur-adjoint se trouvent entraînés, personnellement dans la dispute et, malgré toute leur réserve ils nous offrent une image de la situation assez semblable à celle que nous ont donnée les directeurs-adjoints.

L'un d'eux nous dit par exemple :

« *Mon ingénieur technique est très bien, malheureusement il est très susceptible. C'est un homme avec lequel je suis fâché ; il n'a pas la qualité de synthèse.* »

Et un autre : « *Mon ingénieur technique est très compétent ; malheureusement la direction générale ne lui a pas donné satisfaction, il croit que c'est à cause de moi, il est très désagréable et très amer.* »

Les règles du jeu.

Les sentiments des joueurs apparaissent assez clairement à travers ces citations qui permettent déjà d'apercevoir leurs motivations plus profondes. Nous pouvons donc maintenant rassembler les diverses pièces du puzzle et tenter d'analyser la nature et les règles du jeu qu'ils jouent entre eux.

Théoriquement, nous l'avons vu, l'ingénieur technique rend compte au directeur-adjoint de tous les problèmes dont il a la charge (entretien, réparation et travaux d'entrepreneurs), et qui peuvent affecter directement les fabrications. Mais cet arrangement ne manque pas de heurter les sentiments de l'ingénieur technique, car il implique pour lui une situation permanente de subordination, dont il n'aura jamais le moyen

* Cette idée qu'il faudrait mieux définir les rôles est d'autant plus significative que rarement dans l'industrie les rôles sont aussi clairs et tranchés que dans les usines du Monopole.

de se dégager, quels que soient ses progrès et son expérience. Il ne correspond pas non plus aux normes habituelles de notre société industrielle moderne, en ce qui concerne les situations d'apprentissage, et le lien naturel entre la compétence, la responsabilité, l'âge et l'ancienneté.

Une situation permanente et par certains côtés au moins « illégitime » de subordination ne peut manquer de susciter soit une révolte soit des réactions de retraite et d'apathie. Mais celle qui nous occupe a ceci de particulier que celui qui en est la victime, l'ingénieur technique, se trouve en position de force sur le plan du travail dans la mesure où il dispose de moyens de rétorsion tels, qu'il peut refuser en pratique toute subordination et rendre impossible au directeur-adjoint de prendre aucune initiative importante, sans son approbation.

Le mécanisme des rapports entre les deux hommes semble à peu près le suivant :

Tout d'abord, nous l'avons vu au chapitre précédent, la nature, la séquence des procédés, le rythme et les objectifs de toutes les opérations de production ont été si bien rationalisés * que seul le problème de l'entretien peut encore créer des difficultés. L'existence d'un tel état de choses place l'ingénieur technique dans une situation de force, car lui seul reste compétent pour le type de problèmes qui risquent de bouleverser la routine habituelle. Cette situation tient à l'impossibilité où se trouvent ses supérieurs de faire marcher l'usine sans lui, alors qu'elle marche bien en fait sans eux.

En second lieu, le directeur-adjoint se trouve tout à fait incapable de contrôler le travail de l'ingénieur technique parce que le domaine de l'entretien est celui de l'empirisme, des recettes et des tours de main et qu'il manque de la formation nécessaire pour connaître les ficelles d'un métier, dont l'ingénieur technique lui interdit jalousement l'accès. En outre le décorum officiel qui entoure le « corps des ingénieurs » constitue une protection supplémentaire pour l'ingénieur technique, car il rend à peu près impossible au directeur-adjoint d'apprendre tout seul, par lui-même, ce métier de technicien ; il risquerait, s'il cherchait à le faire, de commettre des erreurs qui lui feraient perdre la face. En conséquence le directeur-adjoint peut donner des ordres formels à l'ingénieur technique, mais il ne peut pas en contrôler l'exécution et l'ingénieur technique, qui ne peut pas évidemment donner des ordres au directeur-adjoint, peut cependant contrôler assez étroitement le comportement

* La rationalisation ne signifie pas que l'on a trouvé les meilleures solutions possibles mais que l'on a fixé les normes de façon rigoureuse et que l'on peut prévoir à l'avance très exactement comment les choses se passeront.

de celui-ci dans la mesure où il a les moyens de fixer indirectement au directeur-adjoint les limites de ce qu'il lui est possible et de ce qu'il ne lui est pas possible de faire.

En troisième lieu, le directeur-adjoint dispose de moyens humains peu efficaces car la chaîne de transmission qu'il peut utiliser est extrêmement faible. Les chefs de section et les chefs d'atelier qui transmettent et font appliquer ses ordres sont très passifs et il ne leur accorde aucune confiance. L'ingénieur technique au contraire peut s'appuyer sur un groupe d'ouvriers professionnels compétents et actifs.

Nous avons vu comment, dans l'atelier, c'étaient les ouvriers d'entretien qui se trouvaient en position de force, vis-à-vis des chefs d'atelier. Ce dernier élément de la situation a une importance stratégique décisive. L'ingénieur technique protège les privilèges de ses ouvriers d'entretien.

Ceux-ci en échange soutiennent leur ingénieur technique et leur soutien rend la situation de celui-ci inexpugnable. C'est grâce à eux que le domaine de l'entretien peut rester impénétrable aux polytechniciens et que l'ingénieur technique peut résister au directeur-adjoint et contrôler toutes ses initiatives. Un des ingénieurs techniques que nous avons interviewés nous l'avoue bien franchement :

« *Moi je tiens mes compagnons bien en main et, dans cette mesure, je peux ce que je veux et le directeur est obligé de passer par là où je veux.* »

Finalement toute initiative du directeur-adjoint dans son propre domaine, l'organisation de la production, risque d'être soumise aux interventions du service de l'entretien et de son tout puissant chef, dans la mesure où l'influence des ouvriers d'entretien, chefs naturels du groupe ouvrier peut faire échouer toute réforme. C'est ce que suggèrent plusieurs interviewés qui nous font des déclarations de ce genre :

« *En plus de notre travail, nous sommes obligés de mettre le nez dans la fabrication.* »

« *Dans nos attributions, nous faisons souvent le travail de l'ingénieur de fabrication.* »

Ces succès des ingénieurs techniques dans la vie pratique de l'usine ne pouvaient manquer d'avoir des répercussions sur l'organisation formelle du Monopole. C'est à eux qu'ils doivent de siéger au Conseil, ce qui signifie que, même sur le plan formel, la situation est devenue ambiguë, puisque comme nous le font remarquer les directeurs et directeurs-adjoints mécontents, d'un côté l'ingénieur technique est le subordonné du directeur-adjoint et de l'autre, en tant que membre du conseil, et en général membre beaucoup plus ancien, il est au moins son égal et ne peut être traité à la légère. Finalement le directeur risque de devenir un arbitre relativement impuissant entre deux chefs de service, dont l'un est plus ancien et plus compétent que l'autre. Comme nous le dit avec colère un jeune directeur-adjoint :

« *Le Conseil se transforme en soviet.* »

Les réactions des directeurs-adjoints devant cette situation ne manquent pas d'amertume. Ils ont finalement tout autant de raisons de se sentir frustrés que les ingénieurs techniques. Ils sont investis officiellement de l'autorité, mais ils sont constamment empêchés de s'en servir et n'ont pas de domaine réservé. Les problèmes de personnel sont des problèmes tabous. Ils ne peuvent prendre la moindre initiative dans le cadre des relations extrêmement rigides qui se sont établies entre les syndicats et la direction générale. Ils ne peuvent exercer d'influence, ni en organisant la formation des ouvriers, ni en intervenant dans la répartition des différentes postes, ni même en utilisant des stimulants matériels ou moraux; la rigidité même du règlement d'ancienneté rend tous ces moyens illusoires. Les problèmes journaliers que pose la marche de l'usine sont de ce fait sans beaucoup d'intérêt pour les directeurs-adjoints. La seule possibilité d'action qui leur reste, tient aux progrès qu'apportent les améliorations techniques et les réorganisations qu'elles imposent. Mais, dans ce domaine justement, ils vont se heurter à la résistance de leurs ingénieurs techniques.

Le directeur-adjoint peut se décider pour une voie modérée. Il choisira alors d'agir en diplomate, c'est-à-dire qu'il acceptera de donner satisfaction à beaucoup des exigences de l'ingénieur technique, afin d'obtenir en échange quelques résultats limités, mais substantiels. Ce type de choix est le plus rationnel, il est d'autant plus concevable théoriquement que la situation du directeur-adjoint est une situation provisoire et qu'il peut mettre ses déboires au compte de son inexpérience et des nécessités qu'impose tout apprentissage. Mais, plus fréquemment, parce qu'il est jeune et a besoin de s'affirmer, il ripostera à toutes les attaques de l'ingénieur technique et luttera autant qu'il pourra pour le remettre à sa place. Nous aurons affaire dans ce cas à une guerilla perpétuelle qui liera complètement les deux adversaires. Il ne sera plus possible de prendre une décision en fonction des données de fait et de la valeur réelle des arguments en balance, chaque partie cherchant uniquement à renforcer sa propre position et à affaiblir celle de son adversaire.

Pour illustrer de façon plus concrète les conséquences pratiques d'une telle situation, examinons dans le détail un exemple extrêmement frappant qui nous a été rapporté au cours de nos interviews.

Le héros de notre histoire est un chef d'atelier qui n'est entré à l'usine que depuis quelques semaines; ce chef d'atelier à la différence de la plupart de ses collègues a de bonnes connaissances techniques qu'il a acquises au cours d'une assez longue carrière dans l'industrie privée. Un dispositif important de l'installation technique qui commande la marche de son atelier tombe en panne; il est fait appel naturellement à l'ouvrier d'entretien responsable de cet équipement. Celui-ci démonte quelques pièces, vérifie quelques connexions et déclare que c'est un accident sérieux qu'on ne pourra pas réparer très vite et qu'il faudra arrêter la production jusqu'à ce qu'on ait trouvé la raison de la panne. Le chef d'atelier est irrité par le ton péremptoire de l'ouvrier d'entretien et la discussion dégénère vite en querelle. Après avoir traité l'ouvrier d'entretien de paresseux et d'incompétent, il se met lui-même au travail, découvre que la panne n'est pas aussi grave que voulait le faire croire l'ouvrier d'entretien et que sa vraie raison est le très mauvais entretien d'une des pièces. Devenu furieux et pensant qu'il « tient » cette fois le mauvais ouvrier coupable d'une négligence grave, il va voir le chef de section pour lui demander d'exiger avec lui une punition exemplaire. Le chef de section n'approuve pas du tout sa résolution; il essaie de le calmer et lui demande de toute manière d'essayer au moins de régler l'affaire avec l'ingénieur technique. Le chef d'atelier obtempère à regret, mais l'ingénieur technique refuse absolument de l'écouter. Une nouvelle querelle éclate et finalement le chef d'atelier se voit signifier brutalement que de telles affaires ne sont pas de son ressort, que les chefs d'atelier ne sont pas compétents en matière technique et lui pas plus que les autres. De plus en plus furieux, il fait irruption dans le bureau du directeur *. Celui-ci l'écoute avec beaucoup d'attention, le remercie chaleureusement du zèle qu'il déploie dans l'exercice de ses fonctions, mais finit par lui dire, avec tout le tact dont il peut être capable, qu'il ne pense pas pouvoir imposer une sanction à l'ouvrier fautif, parce qu'il n'y a pas assez de preuves et il lui conseille en conséquence de laisser tomber l'affaire.

En nous racontant cet incident plus tard, le directeur qui prit cette décision, tint à nous expliquer longuement pourquoi c'était la seule décision rationnelle. S'il avait puni l'ouvrier d'entretien, tout le service d'entretien aurait immédiatement fait grève avec le soutien de l'ingénieur technique. Ils auraient facilement réussi à paralyser l'usine et le directeur aurait été très probablement abandonné par la direction générale qui n'aurait pas voulu tenir tête aux syndicats pour une affaire aussi mince et aussi ambiguë. S'il avait pris les risques qu'impliquait le soutien du chef d'atelier, il y avait de fortes chances pour qu'il perde la face complètement. En contrepartie, il est vrai, sa passivité devait décourager un

* Il n'y avait pas dans cette usine de directeur-adjoint au moment où se produisit cet incident.

des très rares chefs d'atelier qui aurait pu avoir une influence positive dans l'usine et qui quitta bientôt effectivement le Monopole. Le choix fut pénible mais le directeur continuait à penser qu'il avait agi de la meilleure façon possible et il ne manquait pas, en y repensant, de se réjouir qu'il n'y ait pas eu à l'époque de directeur-adjoint, car un homme jeune et inexpérimenté, comme le sont habituellement les directeurs-adjoints, se serait sûrement saisi de l'affaire pour essayer d'en tirer parti, ce qui n'aurait fait qu'aggraver une situation déjà désagréable.

Ce type de situation conflictuelle que nous venons de décrire apparaît comme très étroitement structuré à l'avance. Nous n'avons rencontré que quatre exceptions et chacune d'elles peut s'expliquer très bien à partir du modèle général, si l'on fait intervenir deux facteurs supplémentaires, les décisions de réorganisation prises par la direction générale et les faiblesses possibles de caractère des ingénieurs techniques. Une analyse plus attentive de ces cas de déviance va d'ailleurs nous donner une vue plus riche du modèle général.

La reconstruction et le réaménagement de l'usine et toutes les transformations qu'elles supposent et rendent possibles, constituent le seul facteur matériel qui puisse bouleverser la routine habituelle et le modèle de conflit qui lui correspond. Comme nous l'avons vu déjà, une telle situation donne au directeur et au directeur-adjoint un surcroît de responsabilités et d'initiatives qui rend les rapports entre eux plus faciles. Mais en même temps, elle leur donne un avantage décisif aux dépens de l'ingénieur technique. Alors que, dans le cadre habituel de l'usine, la seule source d'incertitude vient des problèmes dont s'occupe l'ingénieur technique, dans une situation de grande réorganisation, la principale source d'incertitude vient, cette fois, des décisions que vont prendre le directeur et le directeur-adjoint, en ce qui concerne le circuit des opérations et l'aménagement des postes de travail. Deux de nos quatre exceptions correspondent aux deux seuls cas de réorganisation totale dont nous ayons eu connaissance et, dans les autres cas de réorganisation et de réaménagement, nous pouvons observer des conséquences assez faibles, mais tout de même significatives dans le pouvoir de négociation des deux partenaires.

Le second facteur de différenciation tient à la personnalité et aux capacités mêmes de l'ingénieur technique. Dans le cas le plus général, cela se marque par des nuances. Un ingénieur technique ancien dans la maison et ayant bien réussi sera plus prudent et moins agressif, ce qui permettra peut être, si le partenaire est lui aussi modéré, l'établissement d'une relation plus paisible. Nous avons à l'une des extrémités de la chaîne des possibles un exemple très net de ce concours de circonstances qui correspond à notre troisième exception. Il s'agit du cas d'un vieil ingénieur technique qui a si bien réussi à asseoir son autorité, face à un directeur faible et à une succession de directeurs-adjoints restés trop peu de temps en place, que tout le monde lui reconnaît une part prépondérante dans la marche de l'usine *; ce succès le rend très tolérant et même éventuellement amical envers les polytechniciens **. A l'autre extrémité nous avons un dernier cas, notre quatrième exception, celui d'un ingénieur technique qui n'avait pas la résistance nerveuse suffisante pour faire face aux difficultés d'un rôle très éprouvant et qui s'est littéralement effondré, abandonnant la lutte et négligeant du même coup son travail et ses devoirs.

La personnalité du directeur-adjoint peut aussi avoir quelque importance mais elle n'introduit jamais des différences aussi grandes; elle peut contribuer à changer l'atmosphère de la relation mais il y a peu de chances pour qu'elle altère sensiblement son équilibre. Nous n'avons pas d'exemple de directeur-adjoint s'effondrant ou obligeant l'ingénieur technique à capituler. Le jeu est trop serré et les joueurs cherchent si anxieusement à en tirer parti au maximum que, sauf circonstances exceptionnelles, on peut en prédire sinon l'exact résultat, du moins les grandes lignes. Comme personne n'est prêt à céder et que toutes les données sont connues à l'avance, il y a très peu de marge d'initiative possible et le jeu des personnalités, lui même, ne peut transformer la situation que dans des cas tout à fait exceptionnels.

LES MODÈLES DE COMPORTEMENT PROPRES A CHAQUE CATÉGORIE

Le style d'adaptation des ingénieurs techniques.

Ce ne sont pas seulement les relations de l'ingénieur technique avec le directeur-adjoint qui apparaissent structurées à l'avance, ce sont aussi ses propres réactions à l'ensemble de la situation, son mode d'adaptation personnel et jusqu'à ses attitudes au travail.

* Contrairement à ce que l'on pourrait attendre, cet accord au sommet n'a pas de répercussions sur le climat de l'usine, car les ouvriers d'entretien qui ont perdu leur protecteur traditionnel avec le succès même de leur ingénieur technique se sentent plus vulnérables et ont tendance à se battre encore plus violemment pour défendre leurs privilèges dans les ateliers.

** C'est lui qui nous fit ce commentaire un peu ambigu sur l'évolution des polytechniciens et la « modestie » des plus jeunes d'entre eux.

Il est tout à fait curieux, dans cette perspective, de constater que les interviews des ingénieurs techniques auxquels nous avons pu rendre visite se ressemblent très exactement d'un bout de la France à l'autre, alors que ces ingénieurs se voient très rarement les uns les autres et que beaucoup d'entre eux ne connaissaient au maximum que deux ou trois collègues et que, par conséquent, la similitude de leurs commentaires ne peut s'expliquer par les influences réciproques que créent de fréquentes « interactions ».

Le premier trait de la psychologie des ingénieurs techniques est l'amour qu'ils éprouvent pour leur métier. Ils sont tous très fiers de dresser la liste de leurs nombreuses responsabilités et ils y mettent un soin particulier qu'on ne retrouve pas chez les autres membres de l'équipe de direction. Ils se font une gloire d'être très occupés : un tiers d'entre eux se plaignent d'être surmenés et de ne pas avoir le temps de s'occuper de tout ce qu'ils devraient faire. Mais même quand ils prétendent être épuisés, ils n'en sont pas moins enthousiastes * pour un travail qui, selon eux, est à la fois intéressant et varié et pour un rôle absolument indispensable au fonctionnement de l'usine, puisque « *si le service technique ne marche pas, c'est l'usine qui en pâtit tout de suite* ». L'ingénieur technique apparaît à travers ses interviews comme une sorte de maître Jacques compétent et actif sur les épaules duquel toute la responsabilité de la bonne marche de l'usine repose.

Le second trait important nous semble être l'attitude paternaliste et autoritaire qu'ils manifestent à l'égard de leurs subordonnés. Ce sont les seuls fonctionnaires du Monopole qui déclarent refuser d'admettre le droit d'ancienneté et réclament catégoriquement le droit de punir, de récompenser et de placer leurs ouvriers là où bon leur semble. Ils parlent de leurs subordonnés et des ouvriers en général avec une grande liberté, sans prendre la moindre précaution de forme. Et dans les deux cas où nous avons pu analyser très attentivement leurs rapports avec leurs ouvriers d'entretien, en disposant des interviews des uns et des autres, ceux-ci se plaignaient de leur autoritarisme, tout en nous assurant par ailleurs du soutien total qu'ils leur apportaient. Cette rudesse des ingénieurs techniques ne signifie pas qu'ils communiquent difficilement, bien au contraire; il semble par exemple qu'ils sont beaucoup plus au courant des sentiments des ouvriers que les autres membres de la direction et qu'ils sont les seuls à les juger de façon réaliste.

Le troisième trait qui ressort nettement, c'est l'agressivité des ingénieurs techniques envers leurs supérieurs. S'ils sont très paternels et un peu paternalistes avec leurs subordonnés, ils sont en effet toujours

* Peut-être même le seraient-ils plus.

très violemment critiques à l'égard des polytechniciens sous les ordres desquels ils doivent servir. Ils se saisissent avec satisfaction et une sorte de jalousie infaillible, de la moindre des erreurs de leurs patrons pour les accabler. Ils se plaignent très amèrement de l'incompétence du corps des ingénieurs et de la « lâcheté » de la direction générale. Ils désapprouvent le système d'organisation du Monopole en bloc et rendent responsables les polytechniciens de « la pagaie » et spécialement de leurs salaires insuffisants et de l'impossibilité où ils se trouvent d'obtenir des promotions. Tout contrôle, enfin, leur apparaît insupportable.

Quatrième trait, les ingénieurs techniques sont très légalistes. Leurs interviews sont plus précises que celles des autres membres de la direction. Leurs arguments tournent toujours autour de problèmes pratiques. Il semble qu'ils veuillent donner d'eux-mêmes l'image d'hommes d'expérience, consciencieux et responsables, très surmenés et toujours sur la brèche pour réparer les erreurs d'un groupe d'amateurs brillants et intelligents, mais tout à fait irresponsables. Cette image n'est pas en contradiction avec les commentaires que les autres membres du groupe de direction et leurs ouvriers nous font sur eux ; les premiers les voient comme des collègues, intolérants et désagréables, mais néanmoins très compétents, tandis que les seconds, on s'en souvient, se plaignent de leur paternalisme autoritaire mais vénèrent en eux les chefs efficaces et responsables.

Finalement ce personnage solitaire, austère et pourvu d'un très mauvais caractère, non seulement se déclare très heureux, mais semble en outre se déclarer d'autant plus heureux qu'il a plus de griefs violents à exprimer. Si paradoxal que cela puisse paraître au premier abord, les ingénieurs techniques qui sont moins agressifs avec leurs collègues de la direction sont moins passionnés de leur travail et beaucoup moins heureux que les autres. La relation n'est pas linéaire mais l'association entre l'agressivité et la bonne adaptation au métier est beaucoup plus une association positive qu'une association négative.

Mais qu'en est-il des quatres ingénieurs techniques, qui ne se trouvaient pas en situation de conflit ? Leurs attitudes constituent aussi des exceptions à ce style d'adaptation que nous venons de décrire. Les différences toutefois ne sont pas si considérables qu'on pourrait le croire et leur comportement finalement peut s'expliquer très bien dans le cadre du modèle général.

Si nous examinons d'abord les trois cas où l'ingénieur technique se trouve dominé par le directeur-adjoint, nous découvrons que les ingénieurs techniques en cause continuent à dire qu'ils aiment leur métier et à présenter quelques-uns de leurs habituels griefs ; ce qui a disparu c'est leur fierté, leur passion pour le travail, leur « activisme » et leur agressivité. Ils sont devenus passifs et se plaignent à mots couverts ou à la limite en silence. Plus curieux encore peut-être, ils semblent perdre leur autorité sur leurs subordonnés à partir du moment où ils renoncent à combattre leurs supérieurs *. L'analyse de tels exemples non seulement ne contredit pas notre modèle général mais peut aider à l'améliorer. Elle permet en effet de mieux comprendre la situation à laquelle l'ingénieur technique doit faire face. C'est une situation très favorable en un sens, mais c'est en même temps une situation extrêmement éprouvante, non seulement à cause des responsabilités et du surmenage, mais aussi et surtout à cause de l'isolement et du climat de lutte et d'hostilité générale. Il est naturel que quelques-uns des ingénieurs techniques ne puissent supporter la tension qu'une telle situation impose, qu'ils s'effondrent et deviennent, à leurs propres yeux au moins, des ratés.

Le quatrième cas exceptionnel, celui que nous avions placé à l'autre extrême parce qu'il correspondait au succès de l'ingénieur technique, se caractérise par une atténuation des plaintes et de l'agressivité. L'ingénieur technique victorieux semble s'adoucir mais sans toutefois perdre de sa prudence et probablement de sa méfiance.

La lutte pour le pouvoir semble en dernière analyse le facteur déterminant de la bonne adaptation de l'ingénieur technique. Or le pouvoir dans sa situation ne peut être atteint que s'il suit de façon rigide un chemin fort étroit. Il n'y a pas d'alternative : ou bien il adopte le comportement que son rôle social requiert, ou bien il abandonne la partie et perd jusqu'au respect de soi. Il est naturellement impossible de décider dans quelle mesure c'est la situation qui façonne les traits de personnalité que nous avons relevés et dans quelle mesure les ressemblances qui nous ont frappé sont dues à un processus d'auto-sélection. Mais comme les départs, de toute façon, sont rares, il semble à première vue du moins que les contraintes de la situation doivent constituer la force dominante.

Une dernière conséquence de cette situation et de ses contraintes doit être finalement signalée. Le succès de l'ingénieur technique dans sa lutte pour le pouvoir dépend, nous l'avons vu, du fait que son champ d'activités n'est pas rationalisé, ce qui lui donne l'avantage stratégique décisif de contrôler la seule source d'incertitude subsistant dans un système par ailleurs totalement routinisé. On peut donc prédire qu'il va s'efforcer, avant tout, de maintenir un état de choses qui lui donne un

* Nous avons eu l'occasion d'observer les réactions des subordonnés des ingénieurs techniques dans deux des trois cas en cause.

tel avantage et qu'il adoptera généralement une attitude conservatrice dans tous les domaines d'organisation et de technologie qui risquent d'affecter l'entretien. Cette déduction se vérifie très exactement dans les commentaires qui nous ont été faits au cours des interviews sur les progrès techniques possibles. On constate même que les ingénieurs techniques qui ont des capacités d'innovation et du goût pour la recherche pratique — ils sont quelques-uns dans ce cas — ne travaillent jamais sur les problèmes de l'entretien dont ils déclarent qu'ils doivent rester du domaine de l'empirisme.

Le style d'adaptation des directeurs.

Il semble y avoir autant de variation dans les réactions des directeurs qu'il y a de similitudes dans celles des ingénieurs techniques. Une telle opposition peut surprendre, car les deux groupes participent du même climat bureaucratique et doivent tous les deux s'adapter à une situation très contraignante, à laquelle ils ne peuvent ni l'un ni l'autre échapper. Mais cette différence correspond tout à fait à notre hypothèse sur l'importance décisive des relations de pouvoir pour comprendre le style d'adaptation des individus; la situation du directeur, à cet égard, est en effet tout à fait à l'opposé de celle de l'ingénieur technique. Il ne lui est pas nécessaire d'adopter un comportement, un style particulier pour affirmer sa prééminence. Le prestige et l'influence officiels lui sont donnés au départ, sans qu'il ait à combattre pour les obtenir. Son problème n'est donc pas de conquérir une position, mais de réussir à tirer parti des moyens d'action officiels inadéquats qui lui ont été donnés ; c'est le problème de la frustration d'un homme qui se rend compte qu'il est le prisonnier d'un système d'organisation qui fonctionne tout seul. Une telle situation, contrairement à celle de l'ingénieur technique, ne lui permet pas de s'en prendre à un autre groupe qu'il pourrait regarder comme responsable de ses difficultés. Les différences de réaction que nous constatons chez les directeurs correspondent aux sentiments d'incertitude et d'impuissance relative d'un groupe en situation d'infériorité.

Nous avons déjà décrit en détail les griefs d'un directeur d'usine qui n'a le droit ni d'embaucher, ni de renvoyer un subordonné et n'a même pas la possibilité de mettre ceux dont il dispose à la place qui lui semble, de son point de vue, la meilleure pour la bonne marche de l'organisation. Personne ne dépend vraiment de lui, sauf le groupe très passif et très peu influent des chefs de section et des chefs d'atelier. Les problèmes de production et les problèmes de vente sont des problèmes de routine. L'entretien est entre les mains fort compétentes de l'ingénieur technique.

C'est seulement la construction de nouveaux ateliers, la réorganisation des anciens et la transformation générale de l'usine qui peuvent constituer pour lui un défi et une perspective intéressante d'action. Le style d'influence du directeur, nous l'avons vu, est donc beaucoup plus un style judiciaire administratif qu'un style d'homme d'action.

On pourrait soutenir évidemment qu'une fonction « administrative-judiciaire » est souvent psychologiquement stimulante et intéressante et que beaucoup de personnes s'y adoptent fort bien. Mais dans le cas du Monopole, une telle fonction se trouve en contradiction avec la formation et les attentes antérieures des directeurs et aussi, partiellement au moins, avec leurs valeurs et leur cadre actuel de référence. Ils sont constamment appelés à agir comme administrateurs et comme arbitres, mais en même temps on leur rappelle aussi qu'ils sont des chefs d'industrie, responsables avant tout du progrès et de l'efficacité des organisations qu'ils dirigent. Enfin leurs collègues, certes très peu nombreux — mais il en existe — qui, au sein du Monopole, ont pu, grâce à des circonstances exceptionnelles, réussir sur ce plan de l'action qui leur est interdit, sont ceux d'entre eux qui ont le plus grand prestige auprès de la direction générale et dans toute l'organisation.

Le métier de directeur ne comporte pas beaucoup de satisfactions correspondant aux espoirs qu'a pu placer dans sa carrière un homme que ses réussites scolaires promettaient à un brillant avenir. Certes, le prestige d'un directeur du corps des ingénieurs du Monopole reste élevé, mais il ne s'agit plus dans notre société violemment compétitive d'une réussite personnelle appréciable. Sur le plan des réalisations pratiques, le bilan est rarement positif et il n'y a pas de revanche possible sur le plan humain, car le directeur n'a pas les responsabilités et l'influence d'un chef. Dans ses rapports avec son état-major enfin, le directeur peut, bien sûr, marquer les distances auxquelles lui donne droit son titre, mais il ne peut manquer d'être affecté par les difficultés du climat.

L'existence d'un tel ensemble de facteurs convergents rend toute adaptation difficile mais n'impose pas un modèle unique de comportement, au contraire de ce qui se passe pour les ingénieurs techniques. C'est que nous n'avons pas affaire ici à un groupe subordonné qui peut trouver dans le groupe dominant un bouc émissaire facile, un ennemi contre lequel on fait l'unité, mais à un groupe lui-même dominant qui ne peut se plaindre que de l'ensemble d'un système auquel il participe beaucoup personnellement. Certes, les directeurs peuvent accuser la direction générale, et ils ne s'en privent pas, mais ils ont trop de liens avec leurs collègues des bureaux pour que ces plaintes soient sans nuances et puissent constituer une idéologie contraignante.

En fait, les directeurs que nous avons interrogés réagissent de trois façons extrêmement différentes qui représentent trois modèles distincts de comportement et trois styles de vie.

Le premier modèle, celui de l'adaptation heureuse, est très rare. Il correspond à une réussite personnelle au sein du Monopole. Cette réussite est le fruit de qualités individuelles, mais elle comporte, si on la voit du dehors avec les yeux des collègues, une assez grande part de chances. Elle doit se concrétiser en effet dans la transformation et la réorganisation spectaculaire d'une usine et une telle possibilité reste rare. Certes, chaque directeur peut intéresser les responsables de la direction générale à un projet qui attirerait l'attention sur lui. Mais tous les projets, si valables soient-ils, ne peuvent être entrepris en même temps. Les hasards de l'ancienneté jouent un grand rôle dans les attributions de poste et tout le monde ne peut avoir la chance de tomber dans une situation où il puisse faire ses preuves. Enfin, la réussite personnelle, dans une organisation administrative aussi rigide, semble impliquer des qualités de diplomatie qui rebutent certaines personnalités.

S'il n'y a pas de place pour tout le monde et si la réussite est très rare, celle-ci naturellement doit briller d'un plus vif éclat. Elle offre en conséquence des satisfactions considérables et ce d'autant plus qu'elle permet de répondre en même temps à deux exigences généralement contradictoires, l'exigence de sécurité et l'exigence de réalisation. Malgré sa rareté et malgré l'accusation de favoritisme qui s'attache à elle, son importance est très grande dans l'organisation, car elle constitue un pôle d'attraction et, pour certains au moins, un espoir. C'est elle enfin qui offre la seule mesure réaliste possible du succès et, si critiques qu'ils soient de ceux de leurs collègues qui ont réussi, les directeurs qui n'ont pas eu cette chance ne manquent pas cependant d'être profondément influencés par leur existence.

Dans les situations routinières qui sont la règle générale, nous trouvons deux réactions opposées qui déterminent deux styles de vie différents. La première consiste à se masquer à soi-même la réalité en revendiquant la responsabilité pleine et entière de tout ce qui peut arriver dans l'usine. Ceux qui l'adoptent réussissent à justifier une telle affirmation en prenant leur rôle formel au sérieux et en prétendant qu'ils agissent tout à fait librement quand ils donnent l'estampille de leur autorité à ce qui a été décidé en dehors d'eux. Ils doivent bien reconnaître, il est vrai, qu'ils choisissent toujours les mêmes solutions, mais ils l'expliquent en soulignant leur souci de l'intérêt général. Ce sont des gens responsables et prudents qui croient devoir sacrifier les avantages à court terme aux intérêts permanents des institutions dont ils ont la charge. Cette fuite devant la réalité, ou plutôt cette volonté de la remettre en scène dans un décor plus avantageux, les oblige à adopter une attitude un peu théâtrale de grand commis de l'État. Leur personnage public de grand fonctionnaire responsable comprenant évidemment les faiblesses de certaines solutions qu'ils sont obligés d'appliquer au nom d'un intérêt général supérieur, finit par imprégner jusqu'à leur personne privée. Dans cet effort constant qui n'est pas sans grandeur, ils trouvent des compensations qui, au moins en apparence, les satisfont. Le groupe des directeurs qui partagent ce style de vie présente une façade d'activité heureuse.

Leurs collègues qui ont adopté le deuxième style de vie apparaissent au contraire extrêmement malheureux. La solution qu'ils ont trouvée en effet à leurs difficultés d'adaptation, ce n'est pas cette sorte de sublimation de la réalité à laquelle se livrent les premiers, mais au contraire une exagération en sens inverse de cette même réalité, qui puisse les décharger de toute responsabilité. Les directeurs « hommes d'État » prétendaient qu'ils pouvaient tout faire, que rien ne leur était imposé qu'ils n'aient eux-mêmes, en toute liberté, voulu. Eux, déclarent qu'ils n'ont absolument aucune liberté et aucune initiative et qu'ils ne servent absolument à rien. En minimisant ainsi leur personnage public, ils préservent une personne privée qui a ainsi le droit d'être cultivée et brillante sans être affectée par son échec professionnel. Car si un directeur ne peut rien, on ne peut pas lui reprocher de ne pas avoir mieux réussi. Leurs collègues s'identifiaient à l'homme qui a réussi. Eux, nient la possibilité de la réussite.

Ces deux modèles de comportement sont naturellement rarement aussi bien caractérisés que dans la description que nous venons de faire. Mais même sous leur forme accusée ils correspondent cependant, au moins en gros, et surtout le second, à une minorité appréciable de directeurs, puisque un directeur sur quatre prétend être parfaitement libre et responsable, tandis qu'un directeur sur trois déclare ne pas avoir la moindre initiative.

Entre les deux, nous avons un modèle intermédiaire, difficile à définir, qui présente des traits du premier et du second, ou plutôt une accommodation plus réaliste entre un optimisme et un pessimisme également exagérés. La conscience plus claire des limites de leur action, sans que pour autant le goût même de l'action soit perdu, rapproche certains d'entre eux du modèle de réussite que nous avons décrit. Et il faut noter qu'un tel comportement coïncide généralement avec des possibilités de réalisation plus grandes. Chez d'autres au contraire, il semble s'agir beaucoup plus d'une juxtaposition de réactions opposées et d'un manque de cohérence que d'un souci de réalisme, puisque le même directeur peut nous dire à la fois qu'il est tout puissant et qu'il n'a pas d'initiative.

Le style d'adaptation des directeurs-adjoints.

Les directeurs-adjoints semblent beaucoup plus capables que les directeurs d'accepter les données de leur propre situation de façon réaliste. Mais si leurs réactions individuelles ne sont pas aussi désordonnées que celles de leurs aînés, elles restent très diversifiées et sont loin d'être structurées comme celles de leurs adversaires naturels, les ingénieurs techniques.

Un tel style d'adaptation correspond bien aux particularités de leur situation qui est à la fois une situation d'apprentissage, donc temporaire, et une situation de parfaite sécurité qui leur laisse une grande liberté d'esprit. Leur enjeu n'est pas considérable; ils ne sont pas engagés dans leur métier comme le sont le directeur et surtout l'ingénieur technique. Leur lucidité ne peut en aucune manière mettre en danger leur amour propre et leur dignité personnelle.

Leur relative infériorité dans les relations de pouvoir constitue pour eux, il est vrai, une épreuve assez dure à supporter et qui les engage sur le plan affectif mais ces difficultés toutefois ne peuvent affecter toutes leurs réactions. Les directeurs-adjoints, en effet, trouvent facilement des bouc-émissaires dans la vieille génération; il leur est facile de s'indigner de l'absurdité du système d'organisation et de s'imaginer que, quand ils auront le pouvoir, ce système changera. Qu'ils attendent patiemment leur tour, qu'ils luttent avec âpreté pour défendre leurs idées, ou qu'ils préparent leur départ du Monopole, la critique reste toujours, pour eux, une activité rassurante et équilibrante, à laquelle ils peuvent se livrer sans avoir l'impression de déprécier leur propre fonction. Aussi perçoit-on, à travers leurs interviews et colorant toutes leurs attitudes, un sentiment de détachement et de liberté. C'est à ce sentiment qu'ils doivent, pensons-nous, de s'adapter facilement et assez heureusement à leur situation temporaire, tout en en critiquant violemment certains aspects. Chez eux l'agressivité intellectuelle peut encore s'accorder fort bien avec une affectivité équilibrée.

En ce qui concerne le travail lui-même, les conditions d'une adaptation heureuse semblent néanmoins assez strictes. Trois données différentes la conditionnent : le programme d'action de l'usine qui peut, dans une minorité de cas, comporter des responsabilités et des initiatives pour un directeur-adjoint, le comportement du directeur qui peut être ou non disposé à la coopération et les rapports avec les services techniques qui, dans une petite minorité de cas peuvent être simplifiés, nous l'avons vu, par la déroute des ingénieurs techniques. Quand deux de ces facteurs au moins sont réunis, on peut être sûr que le directeur-adjoint s'adaptera heureusement à son rôle et en sera très satisfait. Ajoutons que quand le programme d'action de la manufacture est large, le directeur est toujours coopératif et l'ingénieur technique perd son pouvoir de veto. Les autres facteurs en revanche ne sont pas suffisants, s'ils opèrent seuls, pour déterminer une bonne adaptation.

L'adaptation heureuse, telle que nous pouvons l'analyser dans trois ou quatre cas bien nets, conduit à une appréciation plus tolérante de l'intervention de la direction générale et généralement à une vue plus réaliste des problèmes. Les directeurs-adjoints bien adaptés continuent toutefois à critiquer le système d'organisation ainsi bien sûr que le comportement de leurs anciens et ils pensent toujours quitter le Monopole. Mais ils ont un sens plus grand de leurs responsabilités et plus de goût pour les problèmes pratiques. En dehors de cet équilibre meilleur, ils n'ont pas, semble-t-il, contrairement aux ingénieurs techniques, des traits de caractère communs bien définis.

Les difficultés d'adaptation des autres directeurs-adjoints (les trois quarts de l'effectif) n'impliquent pas davantage de modèle contraignant Nous trouvons, dans un climat général de frustration modérée, tous les types de réaction. Trois caractéristiques communes cependant se dégagent nettement : tout d'abord cette hostilité généralisée au système d'organisation actuel et au comportement de la vieille génération dont nous avons déjà fait état; ensuite l'irritation manifestée devant les prétentions de l'ingénieur technique et enfin une tendance générale vers une sorte de passion technicienne, où l'on perçoit comme une déception profonde devant l'impuissance des bons sentiments.

Ces caractéristiques communes apparaissent, en fait, beaucoup plus comme une sorte d'orientation idéologique que comme un style de vie. Certes les directeurs-adjoints les perçoivent, eux, comme des propositions de réforme cohérentes, mais si on les analyse dans leur perspective dynamique, c'est-à-dire comme une étape nécessaire dans le processus d'adaptation des futurs directeurs à leur situation, on découvre en elles une logique toute différente.

Quand ils entrent au Monopole comme élèves de l'École de préparation, les directeurs-adjoints disent tous, presque unanimement *, qu'ils ont été attirés par le service public et spécialement par le Monopole à cause de ses traditions « libérales ». Ce qu'ils veulent en effet, prétendent-ils alors, c'est un métier qui puisse leur offrir de larges responsabilités humaines et qui ne soit pas un métier étroit de technicien. Quand nous leur avons demandé comment ils imaginaient leur futur rôle de directeur-adjoint, ils nous ont tous répondu qu'ils donneraient person-

* Nous avons pu interviewer les douze ingénieurs du corps qui travaillaient au moment de l'enquête à l'École d'application.

nellement plus d'importance à leurs responsabilités humaines qu'à leurs responsabilités techniques. Quand ils nous faisaient part de leurs observations sur la vie d'usine — à partir de leurs impressions de stage — ils mettaient toujours à la première place l'importance du chef et l'obligation pour un ingénieur d'assumer pleinement son rôle de chef, aussi bien à l'égard des travailleurs qu'à l'égard de la communauté extérieure. Ils se voyaient eux-mêmes comme les représentants d'une génération pleinement consciente de l'existence des problèmes humains dans l'industrie, impatiente d'effectuer enfin les changements indispensables dans ce domaine et ils se sentaient profondément différents, de ce point de vue, aussi bien de leurs aînés conservateurs et timorés que de ces ingénieurs complètement accaparés par la technique qui refusent de donner la moindre place à l'humain.

Quelques années plus tard, ou du moins aux yeux de leurs collègues de quelques années plus âgés de telles opinions apparaissent tout à fait naïves, sinon ridicules. Les directeurs-adjoints qui ont plus d'une ou deux années d'ancienneté ont perdu tout intérêt pour leur rôle de chef de personnel. Pour eux un homme raisonnable ne peut pas prendre au sérieux les problèmes humains. Leurs seules préoccupations sont d'ordre technique ou du moins elles concernent les possibilités de réalisation que donne la technique. Quand on leur parle des responsabilités humaines des chefs et des hypothèses de « psychologie industrielle » qu'on leur a enseignées à l'École, ils sont généralement amers. Une telle formation, selon eux, n'a pas le moindre rapport avec les dures réalités de la vie d'usine.

Nous n'avons pas, il est vrai, les moyens de prouver péremptoirement qu'une telle opposition ne correspond pas à un changement de climat d'une génération à une autre. Mais étant donné les faibles différences d'âge entre les directeurs-adjoints en poste et leurs cadets de l'École (cinq à six ans en moyenne), il semble raisonnable de penser qu'elle est le résultat d'une crise psychologique profonde que le jeune directeur-adjoint doit surmonter, pour pouvoir s'adapter à son rôle, au sein du Monopole.

Le jeune directeur-adjoint en effet a commencé par penser que la responsabilité de toutes les difficultés qu'il constatait incombait aux défauts d'aînés conservateurs et routiniers qui n'ont jamais su être efficaces et réellement actifs. Mais il lui a fallu rapidement réaliser que la situation ne permet à personne d'être actif et efficace. Il lui a fallu comprendre aussi que ses responsabilités humaines sont seulement formelles et qu'il ne peut pas transformer le comportement ouvrier, même avec les meilleures intentions. Aucun compromis, aucune adaptation réciproque ne sont possibles, car il n'y a, ni d'un côté ni de l'autre, une liberté d'action suffisante; la conclusion qui s'impose à lui maintenant, c'est qu'il lui faut brûler ce qu'il adorait et reconnaître que le seul moyen de réussir à opérer un certain changement consiste à tout miser sur la technique, qui reste sa seule chance d'action. Après quelques très amères déceptions en matière de personnel, il va se résoudre à adapter ses vues aux limites que lui impose la situation. Dans cet effort d'ailleurs, il ne va pas pouvoir, nous le savons, obtenir beaucoup de succès à cause de l'opposition de l'ingénieur technique. Mais la lutte dans laquelle il va se trouver engagé sera plus excitante que la lutte contre les règles bureaucratiques. Enfin et surtout, il va se trouver influencer par l'exemple des usines ou des transformations et des réorganisations spectaculaires ont été opérées avec succès, car il lui est beaucoup plus facile qu'à un directeur humilié et jaloux de s'intéresser à elles.

Les attitudes des directeurs-adjoints envers la technique et l'organisation ne sont pas en conséquence des attitudes idéologiques. A travers les arguments présentés pour la technique et pour la rationnalisation, on sent un groupe qui lutte pour se faire reconnaître le droit d'agir et de réaliser. Son obsession de la technique peut bien apparaître étroite, il reste que, pour lui, la technique constitue le seul moyen d'introduire le changement et que le changement est devenu son seul but.

Ce qui reste déconcertant encore dans ce schéma, c'est le second retournement qui s'opère quand le directeur-adjoint est nommé directeur. Comment se fait-il que les mêmes personnes qui avaient été actives et agressives dans leur lutte pour imposer les arguments de la technique, à l'encontre de toute autre considération, soient devenues si prudentes et donnent toujours le pas à des considérations de politique de personnel? Pour comprendre ce paradoxe, il nous faut nuancer ce que nous venons de dire de leurs attitudes technicistes; ce ne sont pas des attitudes « idéologiques » arbitraires mais on ne peut pas non plus les considérer comme les éléments cohérents d'une philosophie de l'action. Les directeurs-adjoints ne sont pas en mesure d'introduire des changements substantiels dans le fonctionnement de l'organisation, sauf en cas de réorganisation générale. Ils combattent bien pour le changement, mais ils réussissent rarement et ne croient pas vraiment au fond qu'ils pourraient réussir. C'est ce manque de responsabilité qui leur rend possible de présenter leur cas plus lucidement et de façon catégorique, sans avoir à assumer les conséquences de leurs recommandations.

Quand ils deviennent directeurs, en revanche, il leur faut d'une façon ou de l'autre accepter une part de responsabilité pour l'ensemble du système et, dans la perspective de l'action au moins, donner à nouveau la priorité aux problèmes humains, dans la mesure où ces problèmes sont effectivement paralysants dans une organisation bureaucratique et égalitaire comme celle du Monopole. Mais la conception qu'ils ont alors de ces problèmes humains est une conception toute sceptique et conservatrice et qui va s'affirmer, avec le temps, de plus en plus étroite, sauf pour ceux d'entre eux qui ont pu s'affirmer dans une opération de réorganisation. Les choses ne changent pas facilement, tendent-ils à penser, mais peut-être est-il naturel et souhaitable qu'elles ne le fassent pas. Les problèmes humains dans cette perspective sont bien la clef de toute action, mais c'est une clef qui ne sert pas à ouvrir des voies mais plutôt à les fermer. L'humanisme des directeurs devient alors la reconnaissance désabusée du droit d'autrui à faire obstacle à tout changement et à imposer le statu quo.

L'évolution des attitudes des membres du corps des ingénieurs peut s'interpréter comme une adaptation graduelle aux nécessités et aux principes de l'organisation, à laquelle ils appartiennent, à mesure qu'ils prennent davantage de responsabilité dans son fonctionnement. En effectuant cette adaptation, il leur faut se résigner à limiter de plus en plus leurs aspirations. Mais on peut cependant soutenir que d'une certaine façon ils n'abandonnent pas leur première philosophie. Chez la plupart d'entre eux, on sent encore que le changement est considéré comme une valeur positive qu'ils sont obligés de tenir à l'écart seulement pour des raisons de circonstances.

Un tel style d'adaptation reste donc en contraste profond avec celui des ingénieurs techniques qui ne peuvent s'adapter heureusement à leur situation qu'en refusant les principes mêmes de l'organisation auxquels ils resteront hostiles tout au long de leur carrière. L'opposition est plus accusée encore sur un autre point où elle tourne au paradoxe. Si l'on y réfléchit bien, en effet, il apparaît que les polytechniciens qui sont les leaders officiels de cette organisation conservatrice et bureaucratique, professent une philosophie du changement, tandis que les techniciens, ces « hommes nouveaux » qui menacent leurs privilèges sont au fond systématiquement conservateurs dans leur conception des problèmes d'organisation *.

LA SIGNIFICATION DU CONFLIT DANS UN SYSTÈME D'ORGANISATION BUREAUCRATIQUE

Il semble bien clair qu'à la source de tous ces conflits que nous venons d'analyser, on retrouve toujours, sous une forme ou sous une autre,

* Ce paradoxe en fait n'est qu'apparent, il constitue comme nous le verrons une condition nécessaire de l'équilibre du système.

la même lutte des individus et des groupes pour le pouvoir. De telles constatations correspondent bien aux réflexions les plus récentes des théoriciens de l'organisation qui reconnaissent de plus en plus l'importance centrale des notions de gouvernement et de pouvoir pour comprendre les relations entre individus et entre groupes, au sein d'une grande organisation. Nous essaierons de les discuter à notre tour dans le chapitre suivant, mais pour le moment nous voudrions seulement souligner qu'il n'y a pas d'organisation qui n'ait des problèmes de pouvoir et où ne surgissent des conflits entraînés par la lutte pour le pouvoir, et qu'il n'y en a pas non plus, où ces conflits ne soient à leur tour contrôlés et limités par une forme quelconque de « contrôle social ». C'est dans le cadre de ces deux postulats que nous voudrions nous demander quelle est la signification véritable de ces traits particuliers qui rendent les conflits que nous venons d'étudier si aigus et quelle est la nature du contrôle social grâce auquel l'organisation peut, quand même, réussir à fonctionner.

Ce qui semble le plus frappant quand on compare la situation des équipes de direction du Monopole avec les types les plus répandus d'organisation hiérarchique, ce sont deux faits : tout d'abord un grand nombre de forces qui préviennent habituellement le développement ou au moins l'expression des conflits n'existent pas au sein du Monopole; ensuite il existe entre les possibles adversaires un équilibre complexe de pouvoir, de prestige et d'engagement dans la situation qui rend nécessaire et même fructueux pour eux de préférer le conflit au compromis.

Sur le plan négatif, c'est-à-dire en ce qui concerne l'absence des barrières traditionnelles, qui limitent le développement des conflits, trois remarques principales peuvent être faites.

1. — Nos quatre membres de l'équipe de direction ont une sécurité parfaite non seulement en ce qui concerne leur emploi, mais même en ce qui concerne leur possible promotion, si bien qu'ils ne dépendent absolument pas les uns des autres, ni des supérieurs avec qui eux-mêmes ou leurs collègues pourraient se liguer. Ils n'ont à cet égard absolument rien à craindre et peuvent agir de façon aussi indépendante qu'ils le veulent.

2. — Ils n'ont aucune chance d'être récompensés sur le plan matériel ou même d'accroître sérieusement leur statut au sein de l'organisation, du fait de leurs réalisations personnelles; les résultats mêmes que chacun peut obtenir sont d'ailleurs rarement mesurables et demeurent pour chacun, dans une large mesure, sa propre affaire privée, si bien qu'on peut en conclure qu'ils ne sont pas seulement délivrés de la crainte mais aussi de l'espoir.

3. — Enfin la différenciation des rôles et leur isolement sont tels que la coopération et le travail d'équipe ne sont absolument pas nécessaires pour faire fonctionner l'organisation; l'esprit d'équipe peut aider moralement les quatre membres de l'équipe à parvenir plus facilement au but, mais son absence ne constituera pas un obstacle.

Nos quatre personnages en conséquence peuvent être considérés comme complètement autonomes dans la mesure où il n'y a aucune force, dans le système auquel ils appartiennent, qui leur impose de faire un effort pour s'adapter les uns aux autres et pour arriver à des compromis quand leurs intérêts sont en conflit. Ils n'ont rien à gagner finalement à faire des sacrifices pour faciliter le travail d'équipe, puisque les nécessités du travail ne l'exigent pas et puisque leur avenir est déjà si bien déterminé à l'avance qu'il ne risque pas d'être affecté par le genre de relations qu'ils peuvent avoir avec leurs collègues.

Passons maintenant au plan positif. L'opposition entre l'entretien et la production qui est la source du principal de nos conflits se retrouve dans la plupart des systèmes d'organisation industrielle, mais elle n'y crée pas habituellement beaucoup de problèmes. Nous avons pu faire nous-même une comparaison rapide, mais suffisamment suggestive entre le système d'organisation des usines du Monopole, celui d'usines étrangères fabriquant le même produit, avec les mêmes machines et celui d'usines françaises fabriquant d'autres produits mais relativement comparables quand à la technique. Il est apparu, de façon particulièrement spectaculaire, que les difficultés dues aux pannes de machine qui préoccupent tous les responsables des usines du Monopole sont, non seulement absentes, mais difficiles à imaginer dans les autres usines, ce qui paraît démontrer que c'est le système de relations humaines et de relations de pouvoir qui en est seul responsable. Nos résultats nous permettent d'interpréter la violence du conflit comme la conséquence de cette curieuse répartition du pouvoir d'initiative, du prestige officiel et de l'engagement dans le métier qui caractérise la situation de l'équipe de direction. L'acteur dont le prestige officiel est le plus faible et qui se trouve le plus profondément engagé dans sa fonction, à laquelle il est lié pour toute sa vie de travail, se trouve en mesure de contrôler toute initiative de ses collègues grâce au contrôle qu'il exerce sur la seule source d'incertitude qui demeure dans la routine de l'usine. Ses adversaires ne peuvent riposter effectivement en dehors de circonstances exceptionnelles, mais ils peuvent en même temps s'adapter plus facilement à la situation dans la mesure où ils sont moins profondément engagés dans leur fonction et où ils disposent de compensations qui leur rendent la retraite plus facile.

A un niveau plus élevé d'abstraction, les caractères particuliers de la situation de conflit du Monopole semblent tenir à la rigidité des rôles que l'organisation impose aux individus, à l'isolement de ces rôles les uns par rapport aux autres et au manque de concordance entre la réalité et les aspirations des acteurs. Le nombre des rôles possibles est très limité; ces rôles sont très bien structurés et ne permettent pas aux individus de se livrer à la moindre expérimentation ou à la moindre innovations. Les acteurs ne s'attendent pas à changer de rôle et ils ne dépendent pas les uns des autres pour la réalisation de leurs buts personnels. Ils peuvent donc épouser la cause de leur groupe ou de leur catégorie, sous la moindre restriction mentale et sans la moindre réserve pour parer à un changement éventuel de circonstances. Quand une possibilité de combat relativement égal se présente, il est naturel que cette possibilité soit exploitée au maximum et qu'elle donne naissance à un conflit permanent à travers lequel les acteurs pourront exprimer toutes leurs frustrations personnelles.

Un tel arrangement fait penser à la différenciation des rôles qui pouvait exister au XVIIIe siècle et au début du XIXe. Les systèmes sociaux modernes paraissent caractérisés, si on les compare à ceux de cette époque, par la diversification extraordinaire des rôles, par leur ambiguïté et par les facilités du passage d'un rôle à l'autre. La croissante confusion qui en résulte tend à diminuer l'importance et l'intensité des conflits permanents traditionnels. Tout se passe comme si les difficultés qui autrefois se cristallisaient dans les oppositions permanentes entre les rôles bien tranchés auxquels les individus adhéraient parfaitement, car ils étaient liés à eux pour la vie, se trouvaient désormais de plus en plus assumées par les individus qui sont obligés d'intérioriser eux-mêmes ces oppositions. Nos contemporains auraient finalement tendance à moins s'opposer entre eux et à davantage se diviser en eux-mêmes, leurs anxiétés personnelles remplaçant en partie les conflits antérieurs. On remarque, en tout cas, que beaucoup de groupes, qui autrefois auraient été en conflit de façon permanente, sont maintenant trop éloignés les uns des autres, tandis que ceux qui sont constamment en contact sont devenus beaucoup trop interdépentants et connaissent beaucoup trop le point de vue du partenaire pour que les conflits de type traditionnel puissent se perpétuer*.

Ce n'est pas le cas, nous l'avons vu, au sein du Monopole où les groupes qui se côtoient le plus directement sont justement ceux qui s'opposent

* Il va de soi que cette description exagère certaines tendances de la réalité des sociétés occidentales modernes qui ne sont en fait que très imparfaitement développées et que la réalité française actuelle en particulier se trouve souvent encore bien loin de ce modèle.

le plus violemment dans des conflits permanents de type tout à fait traditionnel, qui pourraient, à la limite, faire penser aux disputes des confréries et corporations de l'Ancien Régime sur leurs droits et prérogatives.

Cette comparaison nous permet de prendre un peu de recul et de replacer le système d'organisation du Monopole dans la série des formes possibles d'organisation. Mais avant d'aller plus loin, il nous faut essayer de comprendre la logique même du fonctionnement d'un tel modèle.

Trois principes généraux semblent le gouverner : premièrement un principe égalitaire qui se manifeste dans la prééminence donnée à l'ancienneté et dans l'application rigoureuse qui en est faite et qui permet d'obtenir que tous les membres de l'organisation, parvenus au même niveau hiérarchique, remplissent à peu près exactement les mêmes fonctions et soient strictement égaux, sinon même interchangeables; deuxièmement un principe hiérarchique de cloisonnement qui a pour conséquence la division du personnel en catégories hostiles, incapables de communiquer les unes avec les autres et la nécessité, pour recruter de nouveaux membres, d'avoir recours à des concours s'adressant presque exclusivement à des personnes extérieures au service; troisièmement. enfin, le principe de l'impersonnalité des règles et des procédures, grâce auquel on a réussi à éliminer au maximum l'arbitraire humain.

Les deux premiers principes, égalité et cloisonnement paraissent à première vue contradictoires, mais si on se rend compte qu'ils concourent au fond comme le troisième à ce but commun qui consiste à éliminer toute intervention humaine de l'appareil de l'organisation, on peut les considérer, d'une certaine façon au moins, comme complémentaires.

C'est à partir de ces deux principes que l'isolement et la rigidité des rôles vont se développer. La stricte application de l'égalité et de l'ancienneté va suprimer toute occasion de querelle entre individus à l'intérieur de chaque catégorie. Le recrutement par concours et à l'extérieur va séparer ces catégories et leur rendre impossible de résoudre les conflits que les problèmes de pouvoir vont susciter entre elles. La volonté d'éliminer, avec les sources d'incertitude, tout arbitraire humain devrait, il est vrai, agir comme un moyen de défense contre ces possibles querelles puisqu'elle cherche au fond à supprimer toute relation de pouvoir. Mais notre exemple nous a permis de montrer que cette recherche est toujours vaine et que les relations de dépendance ne peuvent être éliminées vainement au sein d'une organisation.

Nous verrons plus tard que ces trois principes jouent un rôle prépondérant dans le fonctionnement de tout système d'organisation bureaucratique et qu'ils sont présents, au moins de façon tendancielle, dans toutes les grandes organisations. Mais dans les organisations privées, ils sont contrecarrés par la puissante force d'unification que constitue le contrôle du système de promotion. Ce contrôle toutefois n'est vraiment rigoureux qu'au sommet de la hiérarchie. Au fur et à mesure que l'on descend les échelons, il perd de son importance du fait de la protection syndicale et du développement des règles bureaucratiques. C'est ce qui explique que les luttes entre catégories tendent à se développer surtout dans les échelons inférieurs.

Dans les administrations publiques, ce contrôle devient difficile même aux échelons moyens et supérieurs. La rigidité des rôles, le manque de communication et les conflits qui en résultent vont donc se développer dans tout l'ensemble du système d'organisation.

Mais même dans un cas comme celui que nous venons d'étudier, le contrôle social impose des limites. La lutte a ses règles. Certains privilèges des autres groupes ne peuvent pas être menacés dans la mesure où ils sont nécessaires au maintien des privilèges de leurs adversaires; des standards minima de production, l'ordre, un certain décorum, la prééminence des directeurs doivent être respectés. Deux séries de force sont à l'œuvre à cet égard; tout d'abord le sentiment relativement répandu dans tous les groupes que l'on ne peut aller trop loin car le maintien des privilèges dont on jouit dépend dans une large mesure du maintien du système dans son ensemble, donc du respect de l'« ordre public » et de l'autorité du directeur comme arbitre suprême; et en second lieu, le sentiment, lui aussi très peu exprimé, mais largement répandu, que les réalisations de l'organisation et ses procédés doivent être relativement comparables aux habitudes et aux pratiques qui ont cours dans le reste de la société. La première série de forces permet de comprendre que le système puisse fonctionner sur le plan de la routine, la deuxième série permet de comprendre pourquoi des changements et des progrès peuvent survenir malgré la force de la routine, pourquoi les membres « du corps des ingénieurs » pourront éventuellement et temporairement avoir le dessus dans leur effort pour imposer de façon autoritaire le progrès. Mais si les aspects matériels de l'organisation ont pu changer, les règles du jeu, c'est-à-dire la rigidité et l'isolement des rôles, l'impersonnalité et la résistance au progrès ont subsisté. Cette permanence laisse présager qu'une crise profonde risque un jour de se produire quand il sera devenu impossible pour un tel système de s'adapter au rythme de changement de plus en plus accéléré qui tend à caractériser la société moderne*.

* Il semble qu'actuellement le Monopole soit effectivement au début d'une telle période de crise.

3

Le phénomène bureaucratique du point de vue de la théorie des organisations

Notre démarche a été jusqu'à présent essentiellement descriptive. Nous avons présenté toutes les données indispensables à la compréhension des deux cas que nous examinions et nous avons proposé de nombreuses interprétations des faits que nous constations. Mais nous sommes toujours restés, volontairement, dans les limites de l'analyse clinique et nous nous sommes refusés à aborder les théories générales de l'organisation et de la bureaucratie que ces interprétations pouvaient remettre en cause.

Maintenant que cette méthode nous a permis de prendre une vue d'ensemble cohérente de deux exemples de phénomènes bureaucratiques, il est temps de prendre du recul et de considérer ces expériences d'un point de vue plus théorique et plus général. Nous pourrons ainsi éclairer d'un jour différent les problèmes que nous venons de discuter et apporter à notre tour une contribution nouvelle à la controverse qui se poursuit depuis longtemps déjà sur la bureaucratie et le fonctionnement des grandes organisations.

Nous procéderons en deux temps. Dans un premier chapitre nous chercherons à comprendre la signification et la portée des problèmes de pouvoir qui sont apparus au centre de nos deux études de cas. Dans un second chapitre, nous essaierons d'élaborer, à partir de cette discussion, une théorie du phénomène bureaucratique qui puisse s'insérer dans une théorie plus générale des organisations.

6. Relations de pouvoir et situations d'incertitude

Les analyses que nous avons faites de nos deux cas ont mis en évidence le caractère central des problèmes de pouvoir dans la genèse du phénomène bureaucratique. Les structures paralysantes et les mécanismes quasi-inéluctables de routine que nous avons décrits semblent étroitement associés aux craintes, aux attentes et aux comportements de tous les participants en matière de pouvoir et de rapports de dépendance. Mais nous ne pouvons nous contenter de ces constatations empiriques et nous allons essayer maintenant d'en proposer une interprétation plus théorique qui puisse nous permettre à la fois d'en rendre compte et de généraliser.

Pour mieux situer le débat toutefois, nous allons commencer par examiner les ressources que peuvent nous offrir à cet égard les théories successives qui ont été proposées pour expliquer le fonctionnement des organisations.

LE PROBLÈME DU POUVOIR, PROBLÈME CENTRAL DE LA SOCIOLOGIE DES ORGANISATIONS

Le problème du pouvoir a toujours constitué un problème difficile pour la sociologie des organisations. Les rapports humains qui s'établissent à l'occasion des phénomènes de pouvoir n'ont pas en effet la simplicité et la prévisibilité des schémas behavioristes du type stimulus — réponse qu'affectionnent les psychologues sociaux et que les chercheurs américains ont voulu retrouver quand ils ont commencé à étudier de façon scientifique le comportement humain au sein des organisations. En outre, les résonances idéologiques qu'ils ne manquent pas d'évoquer, les rendent suspects dans des disciplines dont le caractère scientifique n'est pas encore universellement reconnu.

Les conséquences de la diffusion d'un tel état d'esprit pour le développement des théories modernes en matière d'organisation sont profondes. Alors que les problèmes de communications, les problèmes de motivation au travail et de moral avaient déjà donné lieu à de nombreux essais théoriques, à de non moins nombreuses recherches empiriques et même à quelques tentatives d'expérimentation, l'étude objective des problèmes de pouvoir, il y a seulement quelques années, ne semblait pas avoir progressé beaucoup depuis les analyses de Machiavel ou de Marx.

Cette faiblesse et cette insuffisance sont à l'origine de quelques difficultés théoriques et de beaucoup d'échecs pratiques. Nous allons pouvoir en prendre conscience en procédant à une analyse rapide des principaux points de vue qui se sont succédés en la matière.

Ces points de vue ont beaucoup évolué depuis cinquante ans. On est passé de l'analyse rationaliste étroite, presque mécaniste, des Taylor et des Fayol, qui dominait dans les années 1920, à l'étude des organisations en termes de relations humaines dont la mode commence tout juste à décliner et l'on assiste maintenant, avec le développement de l'étude des prises de décision, à un retour du rationalisme, mais sous une forme toute différente de l'analyse mécaniste classique, puisqu'il s'agit d'un type d'analyse qui doit permettre d'intégrer toutes les connaissances acquises en matière de relations humaines. A chacune de ces étapes qui continuent d'ailleurs plus ou moins à se chevaucher, a correspondu un certain type d'attitudes, une certaine façon de concevoir les rapports de pouvoir.

La théorie rationaliste classique de l'organisation scientifique prétendait en fait ignorer complètement le problème. Le modèle mécaniste du comportement humain sur lequel elle reposait, excluait les relations complexes et ambiguës qui se développent autour des relations de pouvoir. En même temps un des objectifs les plus profonds de ses promoteurs était d'éliminer définitivement les restes d'un passé aristocratique trop exclusivement passionné par les méthodes de gouvernement et de contrôle des subordonnés. Tout comme celui qui fut sur ce point leur précurseur, Saint-Simon, ceux-ci croyaient en effet que l'humanité devait passer enfin « du gouvernement des hommes à l'administration des choses ». Ils pensaient contribuer à ce résultat en réclamant qu'on mît l'accent sur les stimulants financiers et les contrôles techniques au lieu de le mettre sur le commandement et les problèmes humains. Les illusions, auxquelles ils se laissaient aller, en prétendant remplacer les rapports de dépendance par des règles et des mesures scientifiques, leur interdisaient, en fait, de comprendre la vraie nature de leur propre action. Celle-ci ne pouvait manquer, il est vrai, d'avoir, sur la structure et les relations de pouvoir des organisations modernes, des répercussions d'une toute autre portée que celles qu'ils en attendaient.

Il est intéressant et légitime de rapprocher ce point de vue et ces pratiques de l'attitude, en apparence pourtant complètement opposée, de leurs contemporains marxistes et surtout soviétiques. S'ils analysaient tous les problèmes du capitalisme en termes de relations de pouvoir (dans une dialectique d'ailleurs extrêmement simpliste) ceux-ci pensaient en effet, encore plus profondément que les tayloriens, que l'administration des choses pourrait résoudre tous les problèmes de pouvoir. Au lieu de tout miser sur la rationalisation des méthodes, ils avaient, il est vrai, une autre recette, la suppression de la propriété des moyens de production. Mais quand Lénine donnait son impatiente définition du socialisme : « Les soviets plus l'électrification », son raccourci illustrait bien ce désir profond, que les dirigeants révolutionnaires partageaient avec les industriels et les organisateurs occidentaux, d'échapper, grâce à la science, aux problèmes de pouvoir que posent les organisations modernes.

Ces illusions des années 1920 ont été soumises à des critiques volontiers féroces de la part des générations suivantes qui ont été profondément marquées par la catastrophe économique et morale qu'a constituée la Grande crise et par les bouleversements sociaux des années 1930. La période 1930-1950 a été profondément dominée en fait par une réaction anti-taylorienne qui s'est manifestée aussi bien sur le plan littéraire que sur le plan politique et social et qui a affecté les syndicalistes des mouvements de masse américains et européens comme les propagandistes paternalistes ou néocapitalistes des « relations humaines ». Tout l'effort scientifique des psychologues, des sociologues, des pédagogues et des expérimentateurs sociaux qui ont été les maîtres à penser de cette période, s'est développé contre la conception utilitaire du progrès et contre le schéma mécaniste du comportement humain sur lequel on avait jusqu'alors vécu en matière de travail et d'économie.

Mais ce retournement très extraordinaire, par un curieux paradoxe, n'a pas entraîné une meilleure compréhension des problèmes de pouvoir. Nous aimerions suggérer que c'est la raison profonde du relatif échec du mouvement des « relations humaines » et de l'essoufflement de la recherche et de la pensée en ce domaine.

Cet échec et cet essoufflement sont manifestes dans les deux courants américains les plus importants qui ont successivement et parallèlement animé la recherche et l'action dans ce domaine, d'abord en Amérique, puis en Europe, le courant « interactionniste » et le courant « lewinien ».

Le courant « interactionniste » procède directement des célèbres expériences de Mayo et Rœthlisberger à Hawthorne [1] et des travaux du groupe rassemblé à Harvard à la fin des années 1930 autour de Elton Mayo et du philosophe T. N. Whitehead. Ce courant d'inspiration ethnologique, plus positiviste et empirique que théorique, a donné naissance aux plaidoyers moralisateurs de Mayo en faveur d'une société mieux intégrée [2] (aux relents corporatistes) et la signification de son apport a été faussée par le parti qu'en a tiré, sur le plan idéologique, le mouvement néo-paternaliste du patronat américain des années 1940 *. Mais cet apport, tout compte fait, a été essentiel. C'est lui, en effet, qui finalement est responsable de la profonde révolution de la sensibilité que constitue la découverte du facteur humain. Il a révélé aux organisateurs, aux hommes d'action et aux théoriciens, l'existence de tout un ensemble de sentiments complexes qui gouvernent les réponses et les refus des individus aux exigences de la production et les a obligés ainsi à remettre en question leur philosophie de l'action.

On aurait pu croire qu'en attaquant le modèle de comportement mécaniste sur lequel reposait la théorie classique et en consacrant, aux yeux de tous, l'importance du facteur humain, les interactionnistes allaient permettre de résoudre, ou du moins, d'attaquer sérieusement les problèmes de pouvoir. Quand on a accepté de penser que le comportement humain ne peut être déterminé simplement par des stimulants pécuniaires et que les « sentiments » ont une influence directe sur les « activités » **, on n'est pas loin de reconnaître en effet que la distribution du pouvoir et le système de relations de pouvoir au sein d'une organisation ont une influence décisive sur les possibilités et les modes d'adaptation de chacun de ses membres et sur l'efficacité de l'ensemble de l'organisation.

Les interactionnistes cependant n'ont pas accompli ce progrès. Ils se sont intéressés exclusivement à ce monde des sentiments qu'ils venaient de découvrir et ont prétendu ignorer le monde de l'action ou le considérer comme une donnée obéissant à la rationalité mécaniste des classiques. Libérés de cette contrainte ou lui ayant fait sa place, ils ont pu démonter tout l'ensemble humain que constitue une organisation comme s'il s'agissait seulement d'une pyramide de relations informelles. En refusant ainsi de prêter attention au système hiérarchique formel et

* Nous avons nous-mêmes commis l'erreur d'attribuer trop d'importance à l'idéologie de Mayo et pas assez à la révolution psychologique et à cette vue différente de l'homme au travail dont elle procédait. Il apparaît maintenant avec le recul que les différences entre syndicalisme et « relations humaines » pour vives qu'elles aient été, furent moins profondes en fait qu'on ne le crut [3].

** La plupart des interactionnistes raisonnent sur le schéma proposé par George Homans qui distingue les interactions, les sentiments et les activités.

au mode de gouvernement ou de contrôle social grâce auxquels une organisation peut maîtriser ses moyens humains, ils ont pu ainsi échapper aux problèmes de pouvoir tout aussi bien que les classiques de l'organisation. Ce choix leur a permis de décrire de façon excellente le développement des phénomènes spontanés de leadership au sein des groupes informels et d'éclairer de façon nouvelle l'influence du contexte culturel et technologique sur les comportements des membres d'une organisation *. Mais ils ont échoué complètement chaque fois qu'ils ont voulu interpréter le fonctionnement d'ensemble d'une organisation ** et leurs succès mêmes dans la compréhension des déterminismes qui pèsent sur le monde des « sentiments » les a amenés bien souvent à analyser les comportements informels eux-mêmes de façon tout aussi mécaniste que le faisait la théorie classique pour les comportements officiels. La réponse « interactions-sentiments » au conditionnement physique peut en effet devenir facilement presque aussi simple que la réponse productivité au conditionnement économique du salaire au rendement ***. Dans les deux cas, on aboutit par souci trop étroit de quantification à un behaviorisme simpliste.

Une telle orientation a eu deux conséquences graves. Elle a d'une part figé les interactionnistes dans une attitude négative à l'égard de la

* Ils ont analysé par exemple les attitudes des ouvriers à l'égard des normes de travail et montré à quelles différences d'origine socio-culturelle et de mode de vie pouvait correspondre aux États-Unis l'attitude restrictive (catholique, urbaine, populaire), et le comportement de briseur de normes (rural, classe moyenne, protestant) [4].

Mais c'est surtout dans l'étude des conséquences des changements technologiques que leurs efforts de prédiction ont été efficaces car la condition physique se trouve être la variable la plus claire et la plus efficace par rapport à la donnée qu'ils étudient, les interactions. C'est le sens des nombreux travaux de William Foote Whyte, de Walker et Guest et de Leonard Sayles.

** C'est le cas en particulier de la recherche conduite par Roethlisberger Zaleznik et Christensen dans le but de tester un modèle de Homans. Les auteurs ont recueilli toutes les données possibles en termes d'interactions sur un groupe de cinquante ouvriers et ils ont essayé de prédire, en fonction de la théorie, les sentiments (satisfaction) et les activité (productivité). Ils réussissent en partie pour les sentiments mais il échouent pour le problème test, la productivité. Les hypothèses qu'ils utilisent sur la justice distributive (tendance à l'équilibre entre les investissements individuels et les revenus matériels et moraux qu'on en tire) et sur la sécurité du statut (les disparités entre les différents éléments du statut constituent un des éléments essentiels qui gouvernent les aspirations individuelles) ne suffisent pas à expliquer les rapports complexes et dynamiques entre l'organisation et ses membres [5].

*** Elle ne reprend une autonomie suffisante que quand des chercheurs comme Sayles cessent de considérer ce déterminisme comme contraignant et en viennent à l'envisager seulement comme le cadre qui définit les stratégies possibles pour les groupes et pour les individus [6].

rationalité technique, ce qui leur a interdit de tenter la synthèse constructive que leurs critiques contre Taylor rendaient indispensable. Et d'autre part, par un retournement imprévu, elle a abouti souvent à leur faire attribuer au patron, au manager, un rôle de *deus ex machina* disproportionné à la réalité *. C'est ce qui explique les tentations de manipulation auxquelles leurs adeptes ont parfois succombé et les résistances qu'ils ont partout rencontrées, même quand ils s'en gardaient. Si on démontre, en effet, que le comportement affectif des subordonnés se trouve conditionné par une série de facteurs contrôlables, il est difficile de ne pas se servir de cette connaissance pour manipuler leurs sentiments et il est encore plus difficile de ne pas susciter des craintes à ce sujet parmi les intéressés **.

D'un point de vue idéologique plus général enfin, il semble, comme l'a bien vu Clark Kerr, que cette fuite devant les problèmes du pouvoir corresponde à une philosophie, sinon conservatrice, du moins un peu quiétiste. Donnant en effet toujours la primauté aux valeurs d'intégration et d'harmonie, les interactionnistes tendent à oublier que le mécontentement, les divisions et les conflits sont le prix qu'une « société ouverte » doit payer pour le progrès [8].

Le courant lewinien ne tombe pas, lui, sous le coup d'un tel argument. L'orientation du groupe qui s'était rassemblé au *MIT* autour du psychologue allemand Kurt Lewin dans les années 1940 et qui s'est reconstitué et développé après la mort de celui-ci au *Survey Research Center* de l'université de Michigan a toujours été en effet fort différente, beaucoup plus psychologique et positiviste qu'ethnologique et philosophique. Sa rigueur et sa neutralité scientiste font contraste, au moins en apparence, avec l'engagement et le prosélytisme des interactionnistes. Les lewiniens toutefois ont été finalement eux aussi victimes d'une sorte de blocage devant les problèmes de pouvoir. Ceci est d'autant plus paradoxal qu'ils avaient concentré beaucoup de leurs efforts sur l'étude des rapports de commandement au sein des organisations modernes. Mais le commandement, pour eux, était avant tout un rapport personnel et ils ont très longtemps prétendu ignorer ses aspects sociologiques et organisationnels. Un tel choix se comprend, après coup, si l'on se rend compte que derrière leur scientisme et leur modestie, une certaine passion normative et une exigence morale les animaient. En même temps que des chercheurs rigoureux, ils étaient des citoyens et des réformateurs qui cherchaient à démontrer la supériorité d'un style de commandement

* C'est un des arguments employés par Clark Kerr et Lloyd Fisher dans un excellent article de critique consacré à l'approche interactionniste [7].

** Nous nous sommes fait nous-mêmes, il y a dix ans, l'écho de cette crainte [9].

« permissif » et à découvrir le meilleur moyen de convertir les membres des organisations actuelles à cette forme supérieure de rapports humains *. Et ce n'est pas un hasard si leur pensée a constitué la meilleure référence idéologique, le guide et l'inspiration de toutes les techniques de formation qui se sont développées en Amérique, puis en Europe, pendant les vingt dernières années **. Les résultats de leurs recherches ont certainement contribué à développer, parfois de façon décisive, notre connaissance du fonctionnement des organisations. Mais ils n'ont pas répondu, et ne pouvaient pas répondre, à leur attente profonde. Ils voulaient démontrer, au moins au début, qu'il existait une relation constante et univoque entre la satisfaction individuelle, la productivité et un style de *leadership* permissif. Mais si leurs premières expériences sur le plan des rapports interpersonnels avaient été encourageantes, il apparut rapidement qu'il était impossible de les répéter de façon convaincante dans le cadre d'une organisation complexe. Il fallut reconnaître que les contremaîtres les plus populaires auprès de leurs subordonnés étaient ceux qui avaient le plus d'influence au sein de l'organisation et non pas forcément ceux qui adoptaient l'attitude la plus bienveillante [11]. Le grand projet d'expérimentation lancé par le *Survey Research Center* de l'Université de Michigan dans une compagnie d'assurance donna des résultats ambigus, le système de commandement autoritaire apparaissant tout aussi efficace sur le plan matériel que le système libéral [12]. Les enquêtes très minutieuses de Floyd Mann à l'Université de Michigan et de Fleishmann, Harris et Burtt à l'Université d'État de l'Ohio sur les effets précis de programmes de formation en relations humaines montrèrent clairement à quel point ces programmes avaient eu peu d'influence réelle [13]. Comme beaucoup d'observateurs l'avaient déjà pressenti, on dut s'apercevoir petit à petit qu'il n'est pas possible de changer les attitudes et les comportements au travail des individus par un simple endoctrinement diffusé de l'extérieur sans se préoccuper de leurs situations de travail.

Floyd Mann et ses associés de l'Université de Michigan ont essayé

* C'est bien la pensée profonde qu'exprime encore Rensis Likert, directeur du Survey Research Center de l'Université de Michigan, dans un livre récent qui tente de faire la somme de toute l'expérience du groupe pendant les quinze dernières années [10].

** On pourrait appeler le courant lewinien, courant « participationniste » dans la mesure où son apport fondamental a consisté à démontrer que le leader le plus efficace est le leader permissif, c'est-à-dire celui qui permet aux subordonnés de participer à ses décisions et que la résistance au changement dépend indirectement du mode de participation des intéressés. C'est le sens des fameuses expériences de Lewin lui-même sur les groupes d'enfants soumis à un *leadership* « autoritaire », « démocratique » et « laissez faire ».

d'intégrer cette nouvelle dimension en mettant au point des méthodes d'intervention tenant compte des structures d'organisation. D'autres praticiens et chercheurs s'étaient déjà engagés dans cette voie de façon moins rationnelle et moins consciente, il est vrai. Mais, même sous leur forme la plus élaborée, ces techniques * restent, à notre avis, incomplètes, car elles négligent encore toutes les relations de pouvoir qui se nouent autour de la pyramide hiérarchique et sans lesquelles celle-ci n'apparaît plus que comme un cadre purement formel.

Certes, en attirant l'attention sur le problème de la participation, les lewiniens ont introduit une ligne de recherches qui s'est révélée extrêmement féconde. Mais ils se sont, eux aussi, trouvés enfermés dans un modèle de comportement trop étroit qui ne leur permettait pas de comprendre, dans ses contrastes, blanc et noir, trop grossiers, les forces à l'œuvre au sein des organisations et dans la société industrielle. Eux aussi finalement n'offrent au sociologue qu'une perspective statique où le changement ne peut plus apparaître que sous la forme d'une conversion morale.

La logique de ces expériences cumulées et des discussions critiques auxquelles elles ont donné lieu ne devait pas manquer toutefois de donner des résultats. Depuis 1955-1960, les problèmes de pouvoir tendent de plus en plus à passer au premier plan des études sur les organisations. Des psychologues sociaux comme Robert Kahn et Arnold Tannenbaum, des spécialistes des petits groupes et des psychologues expérimentaux comme Dorwin Cartwright, J. P. R. French et leurs associés du *Research Center for group dynamics,* tous issus de l'école lewinienne, des sociologues d'orientation plus ethnologique, comme Melville Dalton et Norman Martin, dirigent maintenant l'essentiel de leurs recherches sur les problèmes du « contrôle » et du pouvoir [15].

Ces tentatives de simplification, cette fuite devant les problèmes, qui n'ont d'ailleurs pas disparu avec la nouvelle vague de recherches sur le pouvoir, semblent finalement procéder de l'existence de deux refus complémentaires que l'on peut identifier d'un côté avec le rationalisme classique et, de l'autre, avec le mouvement des relations humaines, mais qui dépassent de beaucoup ces deux courants de pensée. Si l'on croit en effet qu'on peut arriver à coordonner les activités humaines au sein d'une organisation et à obtenir le minimum indispensable de conformité en utilisant seulement des stimulants économiques (ou idéologiques), c'est-à-dire si l'on prétend ignorer complètement le monde des relations

* Elles consistent essentiellement à faire participer tout l'ensemble hiérarchique à l'expérience de formation en partant du sommet et en utilisant éventuellement le résultat d'enquêtes portant sur l'organisation elle-même [14].

humaines, il n'est pas nécessaire de prendre au sérieux les phénomènes de pouvoir. Mais l'inverse est également vrai. Si l'on croit possible d'opérer une adéquation parfaite entre la productivité, ou si l'on veut, de façon plus générale, les buts d'une organisation et la satisfaction individuelle de ses membres, en utilisant seulement un système « permissif » de commandement, il n'est pas plus nécessaire d'étudier les problèmes de pouvoir que dans le premier cas; il suffit de lutter pour accélérer le dépérissement de l'appareil de domination. Ces deux vues, si opposées qu'elles soient en théorie, aboutissent donc au même résultat. Et dans la pratique, depuis que l'organisation scientifique classique comme les relations humaines ne sont plus défendues avec la même rigueur, nous les retrouvons coexistant dans une vue éclectique qui reconnaît l'existence de deux rationalités que l'on juxtapose, mais qu'on ne mêle pas, la rationalité technique et financière et la rationalité des rapports humains.

Ces progrès de la tolérance et de l'éclectisme que l'on voit se répandre dans les *business schools* américaines ne sont pas à dédaigner surtout sur le plan pratique, mais ils ne permettent pas davantage de résoudre les contradictions que nous avons soulignées. Si l'on veut vraiment sortir de l'impasse, il faut renoncer à étudier séparément les deux types de rationalité. Elles sont en fait profondément interpénétrées. Il y a calcul rationnel à tous les niveaux des sentiments humains et il y a limitation et contrainte d'ordre affectif dans toutes les décisions, mêmes les plus techniques. Une vue réaliste du fonctionnement des organisations n'est possible que si l'on écarte à la fois les deux tentations opposées de simplification. L'homme doit faire face en même temps, et à tous les niveaux, aux exigences d'une rationalité utilitaire, indispensable à la réalisation de ses buts collectifs, et à la résistance des moyens humains qu'il doit tout aussi nécessairement emprunter. Les problèmes de pouvoir sont la trame du perpétuel arbitrage auquel il doit se livrer. Comme l'a très bien vu Talcott Parsons, ils constituent le problème central de toute théorie de l'organisation [16].

La reconnaissance de l'objectif toutefois ne suffit pas. Ce sont finalement, dans ce domaine aussi, les techniques et les méthodes qui commandent et les difficultés rencontrées tenaient peut-être avant tout à l'absence d'une méthode et d'une voie d'approche permettant de tenter un tel effort. Si des perspectives nouvelles apparaissent maintenant c'est que cette méthode semble désormais en voie de développement, avec les réflexions modernes sur le mécanisme des prises de décision. Le retour au rationalisme que ces nouvelles recherches laissent présager devrait rendre plus facile en effet l'analyse complémentaire du monde de la rationalité technique et économique et du monde des sentiments humains. Il s'agit, il est vrai, d'un rationalisme bien différent de celui d'il y a cinquante ans. Les rationalistes de l'organisation scientifique classique ne considéraient pas les membres d'une organisation comme des êtres humains, mais comme de simples rouages d'une machine. Pour eux un exécutant était seulement une main. Le mouvement des relations humaines a permis de montrer que cette vue était partielle et très partiale et que les exécutants étaient aussi des êtres de sentiment directement affectés par les répercussions des décisions rationnelles prises au-dessus d'eux. Mais un être humain ne dispose pas seulement d'une main et d'un cœur, il est aussi une tête, un projet, une liberté. C'est ce qu'avaient négligé les théoriciens des relations humaines tout comme les théoriciens de l'organisation scientifique du travail et c'est ce qui explique leurs échecs et l'hostilité qu'ils rencontrèrent, malgré les contributions positives et les excellentes intentions de nombre d'entre eux.

La méthode néo-rationaliste n'a jusqu'à présent servi que pour l'étude des prises de décision au niveau des directions. Mais elle peut être employée aussi bien au niveau des exécutants qui sont eux aussi des agents libres. Leur degré de liberté, il est vrai, n'est pas considérable et leur conduite apparaît déterminée dans une large mesure, surtout si on l'examine de l'extérieur, par des motivations non rationnelles. Mais de leur propre point de vue, le chercheur ne doit jamais l'oublier, elle reste toujours une conduite libre et rationnelle, c'est-à-dire impliquant des possibilités d'adaptation et d'invention.

James C. March et Herbert Simon ont apporté une lumière particulièrement utile sur ce problème avec leur concept de rationalité limitée et leur analyse de toutes les séries de facteurs qui peuvent effectivement limiter l'exercice de la rationalité. Une telle voie d'approche offre l'avantage de permettre de traiter des problèmes de pouvoir de façon beaucoup plus réaliste car elle rend possible d'étudier à la fois cette rationalité subjective de chaque agent libre, qu'il soit exécutant ou directeur, et l'influence des facteurs psychologiques, sociologiques et de « relations humaines qui la limitent * »[17]. C'est dans cette perspective que nous allons essayer d'analyser à nouveau les résultats de nos études de cas et tout d'abord ceux du Monopole industriel.

* Nous utiliserons fréquemment au cours de cette troisième partie la contribution capitale de ces auteurs. Notons toutefois qu'ils ne réussissent encore que très imparfaitement à opérer le passage entre les deux systèmes d'analyse qu'ils emploient successivement plutôt qu'ils ne les intègrent. Nos remarques viseront avant tout à tenter d'opérer cette difficile fusion.

L'EXEMPLE DU MONOPOLE INDUSTRIEL ET SA SIGNIFICATION

Le Monopole, nous l'avons noté, offre le grand avantage d'un système très simple où n'existent qu'un petit nombre de catégories de personnel et où ces catégories sont si bien tranchées qu'elles résument toute l'activité collective des membres de l'organisation. Un tel système tend à simplifier la stratégie de chacun des participants, ce qui rend l'analyse plus facile et va nous permettre d'utiliser et de mettre à l'épreuve la méthode néo-rationaliste ou, si l'on veut bien, la méthode *d'analyse stratégique* que nous proposons. Essayons d'abord d'examiner tour à tour la stratégie de chacune des catégories professionnelles et ce qu'elle signifie pour les individus.

Les ouvriers de production.

Les ouvriers de production, on s'en souvient, sont les seules personnes réellement en état de dépendance dans un système d'organisation où chaque groupe se trouve protégé contre toute ingérence de la part des membres d'un autre groupe. Cette dépendance, pourtant très partielle, provoque chez eux de la frustration et une certaine agressivité; mais ces réactions ne s'expriment pas ouvertement; ce sont seulement, rappelons-le, les ouvrières qui ne dépendent pas directement des ouvriers d'entretien qui prennent le risque d'exprimer l'agressivité du groupe contre ces derniers; les conductrices de machine qui ont le plus à souffrir de cette relation, transfèrent leur agressivité dans le domaine des normes de production et de la charge de travail.

On peut voir dans ces résultats un bel exemple de l'utilité de l'analyse des rapports de travail en termes de relations humaines. Les schémas analytiques classiques : dépendance — frustration — agression — transfert — s'appliquent en effet directement, mais ils ne couvrent qu'un aspect seulement de la situation. Une analyse en termes de relations humaines ne peut pas nous renseigner sur l'origine de cette situation aberrante, qui ne correspond absolument pas à l'ordre hiérarchique; elle ne nous permettrait pas de comprendre pourquoi les ouvriers de production doivent s'incliner devant les ouvriers d'entretien et pourquoi les relations au fond si tendues entre les deux groupes ne dégénèrent pas en conflit ouvert. Ni l'étude des interactions des participants, ni celle du type de leadership auquel ils sont soumis n'auraient pu nous aider à prévoir les résultats que nous avons analysés.

Pour bien les comprendre, il faut analyser en termes rationnels la stratégie globale du groupe « ouvriers de production ». Si les ouvriers de production gardent de bonnes relations apparentes avec les ouvriers d'entretien et si les ouvrières qui ont à traiter directement avec eux prennent sur elles-mêmes de ne pas se plaindre, nous pouvons en inférer que le groupe ouvrier de production, pris globalement, attache une grande importance au maintien de bonnes relations avec les ouvriers d'entretien et que cette « alliance » constitue un élément important de leur stratégie. Mais, en même temps, toutes les réserves, que soulignent les plaintes exprimées en dehors de leur présence ou exprimées sur d'autres sujets, suggèrent que cette alliance est considérée comme dangereuse et qu'on se défend contre ses possibles conséquences. Les ouvriers d'entretien doivent être avertis des limites à ne pas dépasser; aussi les entoure-t-on de pressions de tous ordres qui constituent à leur égard une sorte de chantage affectif. Une telle action toutefois ne peut pas s'exercer sous la direction des leaders du groupe, les conductrices, puisque celles-ci doivent maintenir la façade amicale officielle. Elle sera donc menée surtout par la masse des ouvrières moins engagées et dans un climat de guerilla. L'expression de griefs contre les ouvriers d'entretien sera plus ou moins ouverte selon que l'on sera ou non en contact avec eux. Ces comportements peuvent et doivent être interprétés comme des manifestations de frustration qui deviennent plus ou moins apparentes, selon que l'environnement en favorise ou non l'expression. Mais si l'on se place au niveau de l'intérêt global du groupe, ce sont des comportements rationnels et en pratique très efficaces. Les ouvriers d'entretien sentent effectivement l'hostilité qui les entoure, leurs interviews en témoignent, et les pressions dont ils sont l'objet constituent finalement un excellent moyen de « contrôle social » qui les oblige à rester bien en deçà des limites de ce qui est acceptable actuellement en France pour un type de relations impliquant une dépendance non officielle *.

Mais si cette relation de dépendance apparaît maintenant déterminée par l'existence d'une alliance qui entraîne de lourdes contraintes, il faut se demander pourquoi une telle alliance est maintenue alors qu'elle semble fonctionner à sens unique au niveau de l'atelier. Ne serait-il pas plus avantageux après tout pour les ouvriers de production de rompre avec les ouvriers d'entretien et de prendre le parti des contremaîtres

* Les plaintes des ouvrières contre les ajusteurs, nous l'avons relevé, se rapportaient au passé plus qu'au présent et restaient en général assez abstraites cf. *supra*. page 125.

et de la direction, échappant ainsi à cette encombrante situation de dépendance ? Un tel calcul n'est pas complètement absent chez les ouvriers de production mais seulement comme une politique de rechange dont on peut rêver pour les cas extrêmes. Et ceci est facile à comprendre dans la mesure où tout le système de relations industrielles et syndicales dépend d'une alliance étroite entre les deux groupes. Les ouvriers de production ont obtenu dans le cadre de cette alliance des résultats considérables, aussi bien en ce qui concerne leur indépendance par rapport à l'encadrement qu'en ce qui concerne les salaires et les conditions de travail, et ils ont l'impression relativement justifiée d'occuper, de ce fait, une situation stratégique excellente au sein du Monopole. C'est donc avec quelque raison qu'ils peuvent craindre qu'un tel système et particulièrement les règles d'ancienneté ne puissent subsister si les ouvriers d'entretien rompaient le front commun *. Ils se trouvent donc en demeure de choisir entre une dépendance limitée à l'égard des ouvriers d'entretien et le retour au système hiérarchique traditionnel.

Cette alliance, il est vrai et il ne faudrait pas non plus l'oublier, se place sous le signe de la solidarité ouvrière. Elle inspire des sentiments très forts aux membres des deux groupes. Dans ce sens on peut dire que c'est une alliance « naturelle » et on doit tenir compte des limites que l'existence de tels sentiments impose aux possibilités rationnelles de choix **. Mais ce qui compte le plus, finalement, c'est que les ouvriers d'entretien occupent une situation stratégique décisive en cas de grève; avec eux le succès est sûr, tandis que sans eux, il est très improbable.

En tant que groupe, les ouvriers de production, font donc un choix tout à fait rationnel en acceptant de se soumettre à la direction des ouvriers d'entretien. Et le transfert de leurs griefs qu'opèrent les conductrices de machines qui se plaignent de la charge de travail au lieu de se plaindre des ouvriers d'entretien apparaît dans cette perspective plus raisonnable qu'au premier abord. En effet, il y a effectivement pour ces ouvrières échange et confusion entre la dépendance personnelle à l'égard de l'ouvrier d'entretien et la dépendance à l'égard du système hiérarchique concrétisé principalement par la charge de travail. Si leur stratégie profonde implique une équivalence entre ce qu'elles perdent sur le plan de leurs rapports personnels et ce qu'elles devraient gagner sur le plan du résultat matériel, on conçoit qu'elles puissent passer faci-

* Les ouvriers d'entretien, nous l'avons noté, savent très bien rappeler à leurs partenaires leur vulnérabilité en les menaçant indirectement de former un syndicat de métier séparé.

** D'une certaine façon toutefois les sentiments de classe peuvent être considérés comme la cristallisation de rapports stratégiques antérieurs.

lement du calcul économique aux sentiments subjectifs. Elles tendent à reporter en fait l'amertume qu'elles éprouvent à l'égard des ouvriers d'entretien sur les griefs qu'elles entretiennent à propos de normes de travail dont l'allègement ne peut compenser le sacrifice qu'elles ont fait. Un tel transfert ne manque pas d'être payant d'ailleurs sur le plan tactique car l'expression de griefs effectivement ressentis constitue après tout une arme excellente dans la négociation.

Il faudrait noter encore, pour finir, que beaucoup d'ouvriers d'entretien agissent individuellement sur le plan des relations sociales comme les leaders du monde ouvrier. Les ouvriers de production ont en effet besoin d'eux, non seulement dans la perspective de l'alliance qu'ils doivent opposer à la direction, mais aussi parce que seuls les ouvriers d'entretien possèdent les qualités nécessaires pour animer la vie sociale de l'atelier. Ces qualités, ils les tiennent du fait de leur appartenance à une catégorie sociale reconnue comme supérieure : ce sont des hommes et des ouvriers qualifiés dans un groupe à prédominance féminine et non spécialisée. Donc tout en souffrant de leur dépendance à leur égard, ouvriers et ouvrières de production ne manquent pas de bénéficier de l'apport que leur donnent ces personnes d'un statut social supérieur dont les qualités s'imposent à eux, sans conteste possible *. L'existence de tels besoins et des sentiments qui les accompagnent permet de mieux expliquer l'attitude des conductrices de machines qui trouvent quelque compensation à leurs difficultés avec les ouvriers d'entretien du fait de la position qu'elles occupent dans la hiérarchie du petit groupe et qui leur donne la possibilité de s'identifier partiellement à l'ouvrier d'entretien dans son rôle d'animateur et de guide. On peut en voir une preuve dans le fait suivant que nous avons relevé et qui resterait sinon inexplicable : les conductrices sont beaucoup plus satisfaites dans le modèle d'organisation III car leur rôle de second de l'ouvrier d'entretien y prend une importance sociale beaucoup plus grande, à cause de la taille même du groupe.

Les ouvriers d'entretien.

Le comportement des ouvriers d'entretien n'est pas aussi ambigu car ils ne sont pas en situation de dépendance et ne peuvent rêver d'un renversement d'alliances. Leur stratégie est donc simple et rigoureuse.

* Ce raisonnement ne vaut bien sûr que dans le cadre d'un système social dans lequel les valeurs inhérentes au rang social (*ascriptive*) prennent généralement le pas sur les valeurs d'accomplissement individuel (*achievement*).

Ils cherchent avant tout à prévenir l'ingérence d'un autre groupe ou d'une autorité quelconque dans le domaine qui est sous leur contrôle. Pour y parvenir, ils font bloc pour rendre absolument impossible aux ouvriers de production et aux chefs d'atelier de s'occuper, d'une façon ou de l'autre d'entretien. Nous avons cité le cas de ce chef d'atelier qui malgré sa compétence et la justesse évidente de son point de vue s'est vu refuser le droit de porter un jugement défavorable, sur un ouvrier d'entretien *. La même barrière existe pour les ouvriers de production. La seule offense impardonnable qu'ils pourraient commettre à l'égard des ouvriers d'entretien serait de prétendre effectuer eux-mêmes des réglages sur leur machine. Les problèmes d'entretien et de réparation doivent demeurer secrets. Aucune explication n'est jamais donnée. Il est entendu que ni les ouvriers de production ni les chefs d'atelier ne doivent être en mesure de comprendre ** et que le travail est assuré par un ensemble de recettes empiriques. Les ouvriers d'entretien ont réussi à faire disparaître des ateliers les plans de machines et les notices d'entretien et à faire accepter que toute la politique de l'entretien repose sur des réglages individuels ***. Ces réglages individuels, est-il besoin de l'ajouter, seuls les ouvriers d'entretien les connaissent. Ils les apprennent lentement avec les autres tours de leur métier, grâce à l'aide de leurs collègues. Il s'agit toutefois d'un processus assez long et pénible, car leur apprentissage de type artisanal donne un avantage démesuré à l'ancienneté. Les jeunes en souffrent, surtout ceux qui ont eu une autre expérience de travail industriel et l'on s'explique ainsi qu'ils aient pendant quelques années moins d'enthousiasme que leurs aînés pour leur métier. Mais quelles que soient les conséquences qui en découlent pour les membres mêmes du groupe, le maintien de ce système constitue une pièce essentielle de leur stratégie et il est accepté par chacun d'eux comme un impératif auquel on ne peut se soustraire.

Une très forte discipline, la soumission à la doctrine officielle du groupe et par ailleurs le respect et éventuellement même l'idéalisation de l'ingénieur technique, constituent, nous l'avons déjà noté, les autres éléments essentiels du comportement collectif des ouvriers d'entretien. Il s'agit, on s'en convaincra facilement, de réactions qui ne prennent un sens ration-

* Cf. *supra*, pages 168-170.

** C'est ce qui explique les réponses stéréotypées des ouvriers d'entretien quand on leur demande si les ouvriers de production comprennent quelque chose « à la technique ». cf. *supra*, page 130.

*** Il a été impossible pour les enquêteurs de découvrir dans l'une quelconque des trois usines étudiées des instructions écrites sur les réglages, l'entretien et les réparations des différents types de machines. Des notices et des manuels peuvent être obtenus pourtant à la direction générale.

nel que dans le cadre de la stratégie que nous avons écrite. Il ne doit pas y avoir de point faible en effet dans le front présenté par le service de l'entretien.

Ajoutons, enfin, que l'accent mis par les ouvriers d'entretien sur leur relation d'hostilité avec les chefs d'atelier a un objectif tout à fait précis. Les chefs d'atelier sont les seuls agents dont la direction dispose contre le service d'entretien. Les ouvriers d'entretien cherchent à diminuer leur autorité et à leur rendre impossible de s'occuper des problèmes de machines et d'intervenir dans leurs relations avec les ouvriers de production. Ils parviennent en fait à les démoraliser en attaquant constamment leur compétence, en minimisant leurs efforts, et en minant délibérément leur autorité. Ce faisant, d'ailleurs, ils ne font qu'exploiter leur avantage initial qui tient au contrôle dont ils disposent sur la seule source importante d'incertitude subsistant dans ce système routinisé.

Les chefs d'atelier.

Puisqu'il leur est impossible de pénétrer dans le domaine de l'entretien, les chefs d'atelier devraient en bonne logique s'efforcer de mener la lutte sur d'autres terrains, ceux dans lesquels leur liberté d'action est la plus grande ce serait le seul moyen, pour eux, de regagner un peu d'arbitraire et d'autorité sur les ouvriers. Mais il ne leur est pas possible en fait de suivre une telle stratégie, sauf dans quelques secteurs isolés comme celui du conditionnement de la matière première, dont la bonne marche dépend partiellement au moins des décisions qu'ils prennent. En général, les chefs d'atelier sont obligés de renoncer à la lutte parce qu'ils ne disposent d'aucun terrain solide vraiment favorable; la responsabilité qui est la leur est une responsabilité d'auxiliaire de la production (répartition des matériaux et comptabilité des temps et des produits) qui ne souffre pas l'exercice d'un arbitraire personnel. En outre toute tentative de leur part d'affirmer leur autorité risquerait de soulever l'hostilité violente des syndicats (dirigés par les ouvriers d'entretien), sans obtenir pour autant le soutien d'une direction générale qui se sent en état d'infériorité.

Dans de telles circonstances, la stratégie la plus raisonnable pour eux consiste à réduire leur contribution au système, à refuser de se laisser entraîner à participer, aussi bien en ce qui concerne les problèmes ouvriers que les problèmes de direction. S'ils réduisent ainsi leur engagement et réussissent à s'acquitter de leurs obligations fonctionnelles au moindre coût, sans donner beaucoup d'eux-mêmes sur le plan affectif, ils pourront s'adapter beaucoup mieux à leur condition que s'ils essayaient de se défendre et de lutter sérieusement. Mais une telle adaptation est une adaptation très individuelle qui n'est pas aussi facile que l'adaptation collective des ouvriers d'entretien et même des ouvriers de production. Il est donc naturel que dans les interviews des chefs d'atelier prédominent les conduites de fuite et qu'on y découvre un manque de cohérence général aussi bien entre les membres du groupe que chez les individus eux-mêmes.

Le personnel de direction.

Le même type d'analyse peut être utilisé pour comprendre le comportement des membres de la direction. Nous avons déjà commencé à le faire dans le chapitre précédent. Essayons de reprendre d'un point de vue synthétique et non plus descriptif les conclusions auxquelles nous étions parvenus et tout d'abord en ce qui concerne le directeur et son adjoint.

La stratégie du directeur et de son adjoint est déterminée avant tout par leur manque de liberté d'action. Leurs possibilités d'initiative ont été en effet étroitement limitées par le développement de la réglementation et de la centralisation. Ils n'ont à décider, le plus souvent, que de problèmes de routine, la seule exception notable restant les problèmes de construction et les nouvelles installations. Ils ne peuvent même pas tolérer facilement les entorses aux règlements, ce qui diminue d'autant leur pouvoir de négociation. Certes ils tirent un certain pouvoir du rôle d'arbitre qu'ils doivent assumer entre les groupes et les individus en ce qui concerne l'interprétation des règles. Cette situation d'éminence, et la charge qui leur incombe de ce fait, font d'eux les représentants permanents de la communauté humaine de l'usine et un directeur habile peut s'en servir pour acquérir de l'influence sur ses subordonnés. C'est lui qui donne le ton en matière de rapports humains. Le fait qu'il puisse punir par un blâme ou par une froideur calculée et récompenser par une attention particulière, qui s'adressent à l'homme et au citoyen plus qu'au producteur, lui rend un certain crédit, une nouvelle liberté d'action qu'il peut utiliser pour négocier avec ses partenaires, ouvriers et cadres.

Si grande cependant que soit l'habileté du directeur en la matière, elle trouve très vite des limites. Il ne peut obtenir finalement le pouvoir de mener clairement le jeu que dans le cadre d'une très large réorganisation de l'usine. Dans de telles circonstances, en effet, même si les règlements ne changent pas et même si la direction générale garde son pouvoir de veto, la liberté de décision dont le directeur dispose pour tous les nouveaux arrangements qui vont affecter l'application des règlements suffit à transformer complètement toutes les données en cause et en particulier la situation respective du directeur et de son adjoint d'un côté, de l'ingénieur technique de l'autre. Il est donc tout à fait naturel que la stratégie du directeur et du directeur-adjoint soit orientée avant tout vers le changement et, si un changement majeur n'apparaît pas possible, au moins vers le développement de nouvelles constructions et de nouvelles installations.

De fait, quels que soient leurs sentiments de départ, directeurs et ingénieurs adoptent vite, nous l'avons vu, un point de vue progressiste ou si l'on veut technocratique. C'est seulement dans une perspective de changement en effet qu'ils peuvent s'affirmer eux-mêmes directement comme les maîtres du jeu. Quand ils vieillissent et doivent se rendre compte qu'ils ne peuvent vraiment remporter la victoire qu'ils souhaitaient, ils deviennent naturellement beaucoup moins intransigeants. Ils paraissent juger indispensable alors de prendre des précautions plus grandes en matière de rapports humains e ton les voit accorder beaucoup plus d'importance au crédit qu'ils se sont acquis comme administrateurs et juges. De leur amour du changement ne semble subsister que ce que nous avons appelé le complexe du bâtisseur.

Ce n'est pas néanmoins que leur stratégie ait réellement changé. Ils ont tout simplement perdu leur confiance antérieure dans leurs possibilités de succès et ont dû décider de limiter leurs aspirations temporairement ou définitivement en avouant ainsi ouvertement ou implicitement leur défaite.

Au contraire de leurs partenaires et adversaires, directeurs et directeurs-adjoints, les ingénieurs techniques restent sur la défensive et leur stratégie de base est une stratégie conservatrice. Leur préoccupation principale est la même que celle de leurs subordonnés, les ouvriers d'entretien, il s'agit de garder le contrôle du domaine dont ils tirent tout leur pouvoir. C'est pour cette raison qu'ils soutiennent leurs subordonnés et leur rendent ainsi possible d'imposer leur loi dans l'atelier.

Le paradoxe est frappant, nous l'avons déjà relevé, les directeurs et directeurs-adjoints socialement conservateurs sont épris de modernisme et les ingénieurs techniques qui voudraient transformer l'état de choses existant sur le plan social, sont conservateurs sur le plan des institutions. Ils font tout ce qu'ils peuvent pour que leur fonction reste une fonction empirique et mal définie et pour empêcher qu'elle puisse être rationalisée. Ils tiennent en effet avant tout à garder leur rôle de Maîtres Jacques auxquels on doit recourir pour arranger tous les problèmes petits ou grands. Même si cela implique que leur charge de travail devienne très lourde, ils refusent systématiquement toute simplification qui risquerait de porter atteinte à leur liberté d'action.

LA SIGNIFICATION DES RELATIONS DE POUVOIR POUR LE FONCTIONNEMENT D'UNE ORGANISATION

Nous allons essayer maintenant de discuter, à partir de ces quelques analyses sommaires de stratégies de groupes, de la nature et du rôle des relations de pouvoir à l'intérieur d'un système d'organisation. Mais avant d'entreprendre cet effort de généralisation, demandons-nous, tout d'abord, comment et pourquoi des relations de pouvoir peuvent se développer dans un cadre rationnel.

Nous prendrons comme point de départ une définition très simple et très empirique que nous empruntons à Robert Dahl :

« *Le pouvoir d'une personne A sur une personne B c'est la capacité de A d'obtenir que B fasse quelque chose qu'il n'aurait pas fait sans l'intervention de A* [18]. »

C'est une définition très imparfaite mais qui a l'avantage d'être utilisable « opérationnellement » et de ne pas préjuger à l'avance une théorie particulière sur l'essence du pouvoir. Elle permet de faire apparaître en tout cas qu'un système complètement rationnel tel que celui dont rêvaient les théoriciens de l'OST et dont rêvent encore les marxistes dogmatiques exclut forcément des relations de pouvoir. Un système complètement rationnel comme ceux-là ne peut en effet être mis en pratique que si l'on croit à l'existence d'une solution unique et parfaite pour chaque problème posé. C'est seulement dans cette perspective, dans le cadre de la rationalité à la fois totalitaire et très appauvrie qu'elle suppose, que l'on peut prétendre supprimer l'arbitraire des rapports humains et considérer que les déboires apparents que l'on enregistre tiennent aux survivances d'un ordre ancien destiné à *dépérir* avec les progrès de la rationalisation.

De fait, si à tous les échelons d'une organisation et dans le fonctionnement même de l'ensemble, il ne pouvait y avoir qu'une seule meilleure solution, *one best way,* le comportement de chaque membre de l'organisation deviendrait entièrement prévisible [19]. Chacun certes serait donc limité et déterminé, puisqu'il n'aurait plus de choix, mais en même temps, puisqu'il pourrait prévoir les comportements de ses collègues et compter sur leur régularité, il ne dépendrait d'aucun d'entre eux et se trouverait ainsi libéré. Plus moyen pour lui de se faire valoir au sein de l'organisation, plus moyen de négocier sa participation et son zèle au plus haut prix; mais plus aucun risque en revanche d'être obligé de céder aux pressions formelles et informelles de ses supérieurs, de ses collègues ou de ses subordonnés. Si personne ne peut changer le comportement de personne et n'y a intérêt, les relations de pouvoir effectivement n'ont plus de sens. Mais contrairement aux espoirs des « progressistes » d'il y a quarante ans, les progrès même de la rationalité ont démontré la vanité du mirage du *one best way* *.

C'est ce que l'analyse pratique des rapports humains au sein du Monopole fait apparaître très clairement. Si nous considérons en effet le fonctionnement du Monopole dans cette perspective, deux séries de faits semblent par contraste extrêmement frappants. D'une part on constate bien aux différents échelons hiérarchiques, une forte tendance d'inspiration rationaliste à éliminer toute relation de pouvoir; l'idée de la solution unique et rigoureuse prédomine; des règles extrêmement étroites prescrivent le comportement que chacun doit adopter dans toutes les circonstances possibles et personne n'a gardé, théoriquement au moins, de liberté d'appréciation aussi bien en ce qui concerne la nature du problème posé qu'en ce qui concerne la voie à suivre. Mais, d'autre part, en contrepartie, tout un système de négociations de pressions et de contre-pressions — en fait de nouvelles relations de pouvoir — s'est développé dans le domaine où le comportement des acteurs ne pouvait pas être prévu facilement, le domaine de l'entretien. Certains membres finalement ont du pouvoir sur d'autres membres dans la mesure où le comportement de leurs partenaires se trouve étroitement limité par des règles tandis que le leur ne l'est pas. Conséquence inattendue de la rationalisation, la prévisibilité du comportement apparaît comme un test très sûr d'infériorité.

La réalité nous apparaît donc extrêmement éloignée du parfait agencement de l'administration des choses. Même dans un cas tout à fait privilégié comme celui du Monopole où l'on a pu simplifier et rationaliser au maximum en coupant les contacts avec le monde extérieur, l'analyse stratégique nous permet de découvrir que le pouvoir ne peut être ni supprimé ni ignoré. Il reste lié à l'impossibilité d'éliminer l'incertitude dans le cadre de rationalité limitée qui est le nôtre **.

* Dans la pratique la philosophie du *one best way* a été utilisée pour assurer aux fonctions de direction chargées de définir et d'élaborer cette solution rationnelle à laquelle on ne pouvait échapper, un pouvoir absolu capable de briser les habitudes et les privilèges de tous les groupes participant à la production. C'est le grand paradoxe de la lutte menée par les pionniers de l'O.S.T. et d'une certaine façon aussi par les bolcheviks que l'administration des choses s'est traduite en fait par une dichotomie provisoirement au moins plus profonde encore que par le passé entre dirigeants et exécutants.

** Nous avons pu analyser un autre exemple particulièrement frappant de ce jeu au sein d'une administration publique provinciale. Il s'agissait de quelques experts dont les décisions qui demandaient pourtant une compétence technique

Dans un tel cadre, le pouvoir de A sur B dépend de la prévisibilité du comportement de B pour A et de l'incertitude où B se trouve du comportement de A. Tant que les besoins mêmes de l'action créent des situations d'incertitude, les individus qui doivent y faire face se trouvent disposer de pouvoir sur ceux qui seront affectés par les résultats de leur choix *.

En fait on assiste de plus en plus dans les entreprises modernes à un renversement complet des perspectives sur la rationalité. L'assurance plus grande apportée par les progrès des connaissances, la prise beaucoup plus profonde sur le monde que ces progrès impliquent, au lieu d'aboutir à un renforcement de la rigidité du système de prise de décisions semblent au contraire devoir conduire à un éclatement complet de la notion de *one best way*. Les organisations les plus avancées, se sentant de plus en plus capables d'intégrer les zones d'incertitude dans leur calcul économique, commencent à reconnaître que l'on a vécu trop longtemps sur les illusions d'une rationalité que le souci de rigueur logique et de cohérence unitaire immédiate appauvrissait beaucoup. La substitution de la notion de programme à la notion de mode opératoire, l'importance prise par le calcul des probabilités à des niveaux de moins en moins élevés, la volonté de raisonner sur des systèmes globaux en intégrant le plus de variables possibles et en ne séparant plus fins et moyens soulignent les progrès réalisés qui sont à notre avis irréversibles et profonds. Le point capital de ce changement, c'est la reconnaissance implicite d'abord, de plus en plus rationnelle ensuite, que non seulement nous ne pouvons atteindre le *one best way*, mais surtout que nous ne l'avons

considérable étaient devenues des décisions de routine du fait des progrès de la rationalisation. A côté d'eux un fonctionnaire dont le travail était d'un niveau tout à fait élémentaire, mais dont le comportement face aux réactions imprévisibles du public pouvait mettre en cause la réputation de l'administration et qui contrôlait donc la seule variable imprévisible de leur action commune disposait finalement d'un pouvoir de négociation beaucoup plus considérable et les experts avaient tendance à se soumettre à son influence.

* Il faudrait peut-être préciser et parler d'incertitude utile ou pertinente bien que la notion d'utilité et de pertinence reste relativement vague et puisse varier en fonction des objectifs de l'organisation et des progrès de la connaissance. Individus et organisations ne se préoccupent bien sûr que des variables dont ils sont capables de reconnaître qu'elles peuvent les affecter et qu'ils peuvent eux-mêmes tenter de les contrôler. Quand l'existence d'une variable ne peut pas être découverte ou n'est pas effectivement reconnue, personne ne peut objectivement tirer de sa capacité à y faire face un moyen d'influencer autrui. En revanche, on peut penser que dans les situations de complète incertitude on a davantage besoin d'un leader fort; les expériences sur les avantages de systèmes à forte centralité, dans des conditions de grande tension et l'observation des groupes primitifs semblent le suggérer, comme si les vertus de l'organisation préexistaient à la possibilité de contrôler l'environnement [20].

jamais en fait vraiment recherché. Le *one best way* a été seulement un moyen de défense contre l'incertitude, un succédané scientiste des idéologies traditionnelles antérieures assurant la légitimité des décisions des dirigeants. En fait l'homme n'a jamais été capable de rechercher les solutions *optimum*, il a dû toujours se contenter de solutions simplement *satisfaisantes* correspondant à un ou plusieurs critères particularistes et en général pauvres, eu égard à la complexité du problème.

L'écroulement de ces illusions qui furent à la base de l'organisation scientifique du travail * devrait permettre de transformer sensiblement le rôle des dirigeants. La fonction de direction tend à se désacraliser, l'interdit qui subsistait autour des relations de pouvoir commence à se lever et il devient plus facile de les aborder sans risquer de mettre en question le système tout entier qu'on peut renoncer à identifier à une machine dont tous les rouages seraient solidaires. C'est le raisonnement sur l'incertitude qui joue le rôle fondamental dans cette transformation. En rendant possible l'introduction du calcul des probabilités dans la préparation des décisions, il ouvre en effet la voie à la prise en considération rationnelle de tout le domaine affectif commandé par les phénomènes de pouvoir et permet d'échapper à la fois à la dichotomie des fonctions (le fossé entre dirigeants et exécutants) et à la dichotomie des rationalités (le monde du sentiment et le monde de la rationalité économique). La recherche dans ce domaine nous semble donc avoir une importance décisive pour l'élaboration d'une théorie de l'action.

Mais abandonnons un moment la réflexion théorique et essayons de présenter une illustration de la nouvelle voie d'approche que nous suggérons en traitant deux problèmes pratiques qui ont souvent retenu l'attention des spécialistes de sociologie du travail et de sociologie des organisations, le problème des relations entre supérieurs et subordonnés et le problème des réactions ouvrières devant les normes de travail imposées par la direction.

Le problème des relations entre supérieurs et subordonnés.

Prenons l'exemple d'une organisation complètement rationnelle, au sens classique de l'O. S. T. Les tâches y seraient définies de telle sorte que les contremaîtres n'aient plus la moindre initiative ni sur la méthode à suivre, ni sur le montant de la production, ni sur sa qualité, chacune de ces performances étant rémunérée de façon indépendante grâce à

* Elles constituent toujours, semble-t-il, le fondement du système soviétique d'organisation.

des formules impersonnelles. Les contremaîtres qui ne pourraient contrôler personnellement aucune variable affectant le comportement de leurs subordonnés se trouveraient tout à fait désarmés devant eux. Il ne leur serait pas possible d'exercer la moindre influence sur eux et ils ne pourraient obtenir ni qu'ils accroissent leur rendement ni qu'ils améliorent la qualité. Mais supposons, ce qui correspond presque toujours en fait à la pratique, que les contremaîtres aient gardé un certain pouvoir d'appréciation en ce qui concerne l'application des règles et que par exemple ils puissent tolérer certaines infractions à la discipline d'atelier, certaines entorses aux modes opératoires prescrits permettant de gagner du temps, leurs subordonnés qui ont besoin, ou auront envie, de ces dérogations se trouveront en situation de dépendance à leur égard et les contremaîtres auront donc sur eux un certain pouvoir dont ils pourront se servir pour obtenir d'eux en contrepartie qu'ils facilitent leur tâche.

L'analyse d'une telle situation permet d'envisager deux sortes d'arbitraire possibles à l'intérieur d'une organisation, l'un et l'autre complémentaires. La première est déterminée par les facteurs d'incertitude affectant la tâche elle-même et la seconde par les règles qui ont été établies pour rendre cette tâche plus rationnelle et plus prévisible. Aussi longtemps qu'un peu d'incertitude subsiste dans l'exercice de sa tâche, le plus humble des subordonnés gardera la possibilité d'user d'un certain pouvoir discrétionnaire et, tant que pour une activité déterminée l'homme sera préféré à la machine, une certaine dose d'incertitude subsistera. Mais en même temps des règles imposées autoritairement tendent à réduire au minimum cet arbitraire des subordonnés tout en laissant au supérieur chargé de les faire respecter la zone de tolérance nécessaire pour qu'il puisse, lui, garder un pouvoir de pression et de négociation *.

A l'impossibilité de supprimer complètement le pouvoir discrétionnaire du subordonné dans l'exécution de sa tâche correspond donc la persistance du pouvoir discrétionnaire du chef dans l'application et l'interprétation des règles et des méthodes d'action; c'est le seul moyen dont l'organisation peut se servir pour obliger ses membres à utiliser leurs marges d'initiative au bénéfice de l'organisation.

La lutte qui s'instaure, de ce fait, entre les deux partenaires est commandée par une stratégie très simple que l'on retrouve dans la psychologie des relations d'autorité quels que soient les styles de commandement

* C'est ce qu'a bien vu Alvin Gouldner qui a très intelligemment décrit l'usage que font les cadres subalternes des règles disciplinaires dans leurs rapports avec leurs subordonnés [21].

exercés *. Les subordonnés s'efforcent d'accroître la part laissée à leur arbitraire de façon à renforcer leur pouvoir de négociation et à obliger ainsi leurs supérieurs à payer davantage pour obtenir leur coopération **. En même temps ils font pression pour imposer de nouvelles règles qui lient les mains de leurs supérieurs tout en continuant tant que c'est possible à faire pression pour obtenir des avantages personnels dans le cadre de cette marge d'arbitraire qu'ils critiquent. Les supérieurs de leur côté agissent de façon tout à fait symétrique. Ils s'efforcent d'atteindre leurs objectifs et de renforcer leur pouvoir à la fois par la rationalisation et par la négociation. D'un côté et de l'autre, on triche, ou du moins on utilise un double langage. Officiellement on exige des règles et on fait tout ce qu'on peut pour obliger l'autre partie à les observer. Mais en même temps on lutte pour préserver sa propre zone de liberté et on négocie secrètement avec l'adversaire à l'encontre de ces mêmes règles dont on exige l'application et le développement ***.

Le problème des normes de travail.

C'est un phénomène extrêmement répandu et souvent décrit, en particulier par Donald Roy et William F. Whyte [22], que la lutte des ouvriers travaillant sur machines semi-automatiques pour accumuler des pièces en réserve, en accélérant la cadence et en utilisant des procédés interdits et des tours de main personnels. Nous avons pu en constater la persistance, on s'en souvient dans les ateliers du Monopole.

Un tel phénomène paraît absurde dans le cadre de la théorie classique de l'organisation. Que des ouvriers soient capables de prendre des risques et de suivre éventuellement un rythme de travail particulièrement pénible simplement pour accumuler une certaine avance et avoir la

* L'existence de cette stratégie constitue un facteur de trouble dans le développement naturel des relations interpersonnelles au sein d'une organisation et c'est ce qui explique à notre avis les échecs des psychologues sociaux surtout lewiniens qui ont voulu réduire les rapports hiérarchiques à leur aspect interpersonnel.

** En agissant ainsi ils doivent prendre garde de ne pas contribuer à étendre encore l'étendue de la rationalisation, c'est pourquoi leur pression pour accroître leur marge de liberté est généralement indirecte et détournée.

*** Il faudrait faire une distinction entre les règles qui prescrivent la façon d'accomplir la tâche et celles qui déterminent la façon dont les agents d'une organisation seront choisis, formés et promus. Les subordonnés combattent la rationalisation dans le premier domaine et l'exigent dans le second. Les supérieurs font juste l'inverse. Mais il y a tant de relations entre les deux types de règle qu'une très large ambiguïté peut subsister.

possibilité de flâner à leur convenance, semble encore maintenant incroyable à beaucoup d'ingénieurs en organisation. Les ouvriers n'y gagnent pas financièrement et c'est extrêmement fatigant pour eux, du moins en apparence *.

En outre ils doivent souvent, pour réussir, déjouer la surveillance de la maîtrise. Un tel comportement a été particulièrement bien analysé dans les perspectives des relations humaines par quelques-uns des membres du groupe interactionniste autour de William Foote Whyte qui nous ont apporté, à l'occasion de ce problème, de convaincantes descriptions de nombreux aspects ignorés du monde du travail et de la personnalité ouvrière.

L'analyse en termes de relations humaines cependant pourrait être complétée et renouvelée par une analyse stratégique. Les interactionnistes nous parlent des besoins de sécurité de l'ouvrier, de son désir de rompre la monotonie de la tâche, de son besoin de jouer un jeu contre la montre et de prendre une revanche sur le contremaître [24]. Ces besoins affectifs sont certainement présents mais on ne peut en conclure que le phénomène en cause constitue seulement une réaction affective. En accumulant des réserves de pièces, les ouvriers cherchent aussi à atteindre des buts rationnels et leur comportement n'est pas différent des comportements que l'on peut observer chez les dirigeants. Faire des réserves donne en effet à l'ouvrier la marge de sécurité nécessaire pour qu'il puisse disposer d'une certaine liberté d'action dans le cadre de la règle. Cette liberté d'action va lui permettre de se livrer à des activités plus personnelles et en tout cas d'organiser son travail de façon à en devenir un peu plus le maître. Elle lui donne enfin et surtout une protection efficace et une monnaie d'échange indispensable dans ses relations avec le contremaître. L'indépendance que l'ouvrier manifeste de façon voilée aux yeux du contremaître tend à démontrer à celui-ci qu'il doit compter avec le bon vouloir de ses subordonnés. Elle prouve en effet qu'il dispose de beaucoup plus de ressources que ne lui en accordait le contrôleur des temps et constitue une invite directe à négociation **.

* Encore que l'on puisse soutenir, c'est l'opinion de Donald Roy, que la maîtrise de sa propre tâche que l'ouvrier acquiert ainsi tende à diminuer une fatigue fortement influencée par des facteurs psychologiques [23].

** Une telle stratégie est habituellement dominée par les négociations de salaire mais on aurait tort de croire qu'elle se limite à cet aspect financier. Nous soutiendrions volontiers que la lutte et la négociation sont en soi plus importantes que leurs résultats. Le cas du Monopole est intéressant à ce sujet. Les ouvriers y sont si bien protégés sur le plan pécuniaire que l'aspect négociation de salaire a perdu chez eux toute importance au niveau de l'atelier et pourtant le même comportement subsiste.

La lutte pour échapper aux normes correspond enfin, a-t-on soutenu, à une attitude symbolique dont le contenu affectif, exhiber son indépendance, est très important. Mais on peut penser également qu'il est absolument nécessaire en bonne stratégie de manifester son indépendance si on veut la conserver et s'en servir comme d'un élément de négociation. Le risque toutefois c'est de donner des armes à la direction pour une nouvelle vague de rationalisation. C'est la raison principale du caractère volontairement ambigu de telles pratiques et de l'insistance que mettent les ouvriers à en garder certains aspects au moins secrets.

En fin de compte les ouvriers, réduits par l'organisation scientifique du travail à une tâche complètement stéréotypée, cherchent par tous les moyens à réintroduire assez d'imprévisibilité dans leur comportement pour pouvoir regagner un peu de leur pouvoir de négociation et leur lutte pour accumuler des pièces constitue un des éléments importants de leur stratégie.

L'INFLUENCE DE LA STRATÉGIE DES RELATIONS DE POUVOIR SUR LA STRUCTURE D'UNE ORGANISATION

Ces possibilités de prévision qui constituent un élément si important de la lutte pour le pouvoir ne dépendent pas seulement des exigences de la technologie; elles dépendent aussi et souvent dans une large mesure de la façon dont les informations nécessaires sont distribuées. En pratique, dans toutes les grandes organisations, les membres de l'organisation disposent d'informations donc de possibilités de prédiction et donc finalement de possibilités de contrôle et de pouvoir, simplement du fait de leur place dans la pyramide hiérarchique.

Cette situation n'est déterminée que dans une faible mesure par des critères objectifs mais elle n'est pas néanmoins arbitraire; elle correspond en fait aux données de la lutte pour le pouvoir au sein de l'organisation.

Poursuivie sans contrôle en effet, la lutte pour le pouvoir aboutirait à des conflits paralysants et à des situations insupportables. Il est donc indispensable qu'un ordre hiérarchique et une structure institutionnelle disciplinent et coordonnent les revendications de chaque groupe et de chaque individu. Mais ce pouvoir de discipline et de coordination ne peut être absolu sous peine de devenir inefficace; il lui faut composer avec ceux qui se sont rendus indispensables à tous les échelons et, pour en être capable, il doit disposer lui aussi d'une monnaie d'échange et d'une force de pression. Certes il peut utiliser une idéologie, l'idée du bien commun et de l'intérêt général et il ne s'en fait pas faute. Mais un tel recours reste pour le moment au moins insuffisant, on le voit, même dans le cadre des communautés socialistes de travail [25]. Son principal moyen d'action finalement sera la manipulation des informations ou au moins la réglementation de l'accès aux informations.

A partir des situations d'incertitude qui exigent l'intervention humaine deux types de pouvoirs auront donc toujours tendance à se développer. D'abord le pouvoir que nous pourrions appeler le *pouvoir de l'expert,* c'est-à-dire le pouvoir dont un individu dispose du fait de sa capacité personnelle à contrôler une certaine source d'incertitude affectant le fonctionnement de l'organisation, et en second lieu le *pouvoir hiérarchique fonctionnel,* c'est-à-dire le pouvoir dont certains individus disposent, du fait de leur fonction dans l'organisation, pour contrôler le pouvoir de l'expert et à la limite y suppléer. Comme nous l'avons déjà remarqué, chaque membre de l'organisation, même le plus humble, dispose d'une certaine manière et dans une quantité, il est vrai, extrêmement variable, mais jamais nulle, d'un minimum de pouvoir sur les personnes dont le succès dépend partiellement au moins de ses décisions et de son zèle *. Il est donc de ce point de vue un expert et il est nécessaire de l'empêcher de se servir de la liberté qui lui reste au-delà de certaines limites.

En fait on pourrait donc généraliser à l'ensemble de la structure d'une organisation la stratégie des rapports supérieurs-subordonnés que nous décrivions plus haut. Et nous pensons qu'il serait extrêmement fructueux d'étudier la répartition des rôles et des règles formelles au sein d'une organisation, en fonction de cette stratégie.

Aucune organisation en effet ne peut fonctionner sans imposer des restrictions sérieuses au pouvoir de négociation de ses propres membres. Cela signifie donner à certains individus suffisamment de liberté d'action pour qu'ils puissent régler les conflits entre revendications contradictoires et imposer des décisions favorisant le développement de l'ensemble de l'organisation, ou, si l'on veut, le jeu de celle-ci contre son environnement. Pour obtenir cette liberté d'action un *manager* devra disposer de pouvoir sur ses subordonnés, pouvoir formel de prendre des décisions en dernier recours et pouvoir informel de négocier avec chaque membre de l'organisation et chaque groupe pour leur faire accepter ces décisions.

* Les travailleurs affectés aux postes les plus routiniers gardent un certain pouvoir sur leurs supérieurs dans la mesure où leurs résistances, leurs négligences et leur mauvais rendement peuvent affecter les succès de carrière de ceux-ci.

Pour y parvenir il dispose de deux séries de moyens de pression, la rationalisation ou plutôt le pouvoir d'édicter des règles générales, d'une part et le pouvoir de faire des exceptions et d'ignorer la réglementation d'autre part. Sa propre stratégie consistera à essayer de trouver la meilleure combinaison entre ces deux séries de moyens en fonction des objectifs dont il a la charge et du degré d'intérêt des membres de l'organisation pour ces objectifs. La prolifération des règles est une gêne car elle limite son propre pouvoir d'arbitrage et la prolifération des exceptions à la règle renforce trop le pouvoir des subordonnés qu'il doit contrôler. Structure formelle et rapports informels dans cette perspective se complètent et s'interpénètrent; ils ne peuvent être étudiés qu'ensemble et à la lumière des conditions objectives de la lutte pour le pouvoir *.

L'ÉVOLUTION DES SYSTÈMES DE POUVOIR

Si nous cherchons maintenant à déterminer l'origine fonctionnelle objective des influences qui s'exercent au sein d'un système d'organisation, nous pouvons conclure qu'à la longue le pouvoir ultime, le pouvoir d'arbitrage et d'orientation tendra à être associé au type d'incertitude dont la vie de l'organisation dépend le plus. Le choix des dirigeants en dépendra. La prééminence successive des experts financiers, des techniciens de la production, des spécialistes du marketing et des spécialistes du contrôle budgétaire dans les grandes organisations en témoigne. Chaque vague d'experts a eu son heure en fonction des difficultés que les organisations devaient résoudre pour survivre. Aussitôt que les progrès de l'organisation scientifique du travail ou de la connaissance des phénomènes économiques ont permis de faire des prévisions rationnelles dans le domaine considéré, le pouvoir du groupe dont c'était le rôle de s'en charger a tendu à décroître. La répétition de telles tendances n'a pas encore été étudiée. Mais on peut suggérer quelle constitue un phénomène particulièrement intéressant dont la connaissance permettrait de projeter une lumière décisive sur le rôle des experts dans les

* De nombreux auteurs ont déjà insisté sur ce dilemme auquel ne peuvent échapper les managers; Reinhardt Bendix en particulier a soutenu déjà contre Herbert Simon que de tels dilemmes étaient inhérents à l'action directoriale et non pas de simples fautes d'application de la théorie administrative [26].

sociétés où l'accélération du changement est devenue l'élément fondamental de l'équilibre social.

La montée de la technocratie exerce encore en Europe occidentale au moins, une grande crainte en même temps qu'une certaine fascination. Beaucoup d'auteurs ont soutenu que la complexité de notre âge technique offrait aux techniciens et aux experts, qu'ils soient spécialistes de la technique ou spécialistes de la conduite des organisations, la possibilité de jouer un rôle de plus en plus considérable et que ces *technocrates* sont en train, de ce fait, de constituer la classe dirigeante d'un nouvel ordre féodal à venir [27].

De telles craintes ne sont guère confirmées par l'examen attentif de la façon dont les décisions sont prises. Elles proviennent, nous semble-t-il, d'un manque de compréhension de la situation créée par le développement du progrès technique et scientifique. L'invasion d'un nombre de plus en plus grand de domaines par la rationalité technologique donne du pouvoir aux experts qui sont les agents d'un tel progrès. Mais les succès des experts se détruisent eux-mêmes. C'est le processus de rationalisation qui donne ses pouvoirs à l'expert mais les résultats de la rationalisation les limitent. Sitôt qu'un domaine est sérieusement analysé et connu, sitôt que les premières intuitions et innovations ont pu être traduites en règles et en programmes, le pouvoir de l'expert tend à disparaître.

En fait, les experts n'ont de pouvoir social réel, que sur la ligne de front du progrès, ce qui signifie que ce pouvoir est changeant et fragile. Nous aimerions même soutenir qu'il peut de moins en moins être consolidé, dans la mesure où les méthodes et programmes auxquels science et technologie parviennent, peuvent être utilisés et dirigés par des gens qui ne sont plus des experts. Les experts, cela va de soi, s'efforcent de résister et de sauvegarder leurs secrets professionnels et leurs « tours de main », mais, contrairement à la croyance commune, l'accélération du changement qui caractérise notre époque leur rend beaucoup plus difficile qu'autrefois de résister à la rationalisation, et, tout compte fait, le pouvoir de négociation de l'expert en tant qu'individu aurait plutôt tendance à diminuer *.

* La profession médicale qui constitue pourtant l'exemple le meilleur d'un groupe ayant gardé dans la société un rôle et une influence considérables n'offre plus cependant aux praticiens d'aujourd'hui les revenus et l'autorité dont disposaient leurs prédécesseurs. Le grand public toutefois est vraisemblablement beaucoup plus hostile à ses privilèges et beaucoup plus critique de ses rémunérations qu'il ne l'était autrefois.

LE « GOUVERNEMENT » D'UNE ORGANISATION ET LES LIMITES DE LA LUTTE POUR LE POUVOIR

Nous sommes partis du modèle mécaniste d'un système d'organisation rationnel en essayant de montrer qu'un tel modèle était impuissant à rendre compte des phénomènes de pouvoir qui doivent être pourtant expérimentés partout. Nous lui avons opposé un modèle stratégique bâti justement à partir de ces relations de pouvoir auxquelles il paraît impossible d'échapper. Ce modèle nous a permis de mieux comprendre à la fois la nature du pouvoir des experts et des pseudo-experts et la nécessité d'un pouvoir coordinateur directorial *. Mais s'il s'agit d'un modèle effectivement utile on peut se demander dans quelle mesure il est suffisant. Pour atteindre ses objectifs une organisation doit absolument élaborer une structure hiérarchique capable de contenir les luttes entre groupes et entre individus. Mais peut-elle y parvenir seulement à travers un échafaudage de chantages et de négociations et une pyramide de relations de dépendance ? D'autres formes d'influence ne limitent-elles pas le jeu des rapports de forces ?

Si l'on ne tenait compte en effet que des relations de pouvoir au sens étroit du terme, il deviendrait difficile de comprendre comment une organisation moderne peut fonctionner de manière raisonnablement efficace. Melville Dalton dans un livre par ailleurs remarquable que nous avons déjà cité est tombé dans cette erreur [28]. Il a une telle obsession de ne pas se laisser prendre par la définition formelle des rôles et par l'idéologie « managériale » qu'il n'accorde d'attention dans son analyse qu'aux irrégularités administratives, aux chantages, aux compromis inavouables et aux négociations subtiles de la lutte pour le pouvoir. Sa description est extrêmement suggestive et constitue un tournant important dans la voie que nous avons nous-mêmes présentée comme la voie de l'avenir. Mais elle reste finalement très partielle car elle ne cherche pas à intégrer l'aspect rationnel de l'organisation et ne peut rendre compte de l'ensemble de « contrôles sociaux » qui empêchent chacun des membres de tirer tous les avantages possibles de sa propre situation stratégique. Sa description fait souvent l'effet d'une caricature car aucune organisation ne pourrait vivre si elle était seulement limitée à ce type

* Bien entendu, nous laissons de côté dans toutes ces discussions le problème de la propriété de moyens de production, notre schéma serait valable, croyons-nous, quel que soit le régime juridique et le système social qui les gouvernent.

de rapports humains. Prenons par exemple l'analyse de la réunion directoriale. Selon Dalton la réunion offre aux différents partenaires une façade commode à l'abri de laquelle ils peuvent communiquer de façon informelle, lancer des ballons d'essai, en substance préparer et mener à bien leurs tractations illicites personnelles. C'est certainement exact mais seulement partiel. S'il est vrai que les dirigeants se servent de la réunion pour leurs fins personnelles, on peut aussi soutenir qu'à travers la réunion ou toute autre activité coopérative formelle, l'organisation cherche à manipuler les jeux personnels de ses managers et qu'elle y réussit au moins en partie. Tous les participants à la réunion sont bien obligés de jouer le jeu de la coopération s'ils veulent garder une situation stratégique avantageuse dans leurs rapports avec leurs collègues. S'ils commettaient une erreur sur ce terrain, ceux-ci l'utiliseraient immédiatement à leurs dépens. Ils ont donc de ce fait un prix très lourd à payer pour pouvoir se livrer à leur jeu personnel. L'obligation qui leur est faite de s'exprimer dans le langage même de la coopération constitue finalement un frein puissant et un bon moyen de contrôle de leurs possibilités de négociation [29].

Le même problème devrait être posé pour notre interprétation des relations intergroupes et interpersonnelles au sein du Monopole. Si on suivait jusqu'à ses conclusions dernières la logique de notre analyse, on risquerait de conclure que les ouvriers d'entretien font la loi dans l'atelier et que le directeur et son adjoint sont complètement paralysés à l'échelon de l'usine au moins tant qu'il n'y a pas transformation technique importante. Ce serait évidemment tout à fait inexact. Les ouvriers d'entretien observent une certaine discipline. Ils gardent les apparences en ce qui concerne leur travail et prennent soin consciencieusement des machines. Qu'ils aient la possibilité d'introduire un certain arbitraire dans leur façon de répondre aux besoins des ouvriers de production et qu'ils ne s'en privent pas, prend certes une importance considérable dans l'équilibre des relations humaines de l'atelier. Mais il ne faudrait pas oublier pour autant qu'ils servent de façon compétente les ouvriers qui en ont besoin. De même le directeur est extrêmement restreint dans ses possibilités d'action. Mais s'il ne peut user des moyens de pouvoir classiques pour imposer son rôle de coordinateur, il dispose cependant, nous l'avons vu, d'autres moyens et les différences introduites dans le fonctionnement d'une usine par un changement de directeur, montrent bien que son rôle n'est pas négligeable. La lutte pour le pouvoir, même au sein du Monopole, ne peut se représenter seulement en noir et blanc. Des stratégies aussi simples que celles des ouvriers de production, des ouvriers d'entretien et des chefs d'atelier dans le cadre de l'atelier, ne peuvent se réduire à un jeu où il ne s'agirait que de perdre ou de gagner.

D'autres forces sont à l'œuvre qui imposent un minimum de consensus, de participation et d'engagement et rendent de ce fait absolument impossible à un groupe ou à un individu de tirer un trop grand avantage ou de se trouver trop exploité dans ses relations avec son environnement *.

Quelles sont ces forces ?

Nous allons essayer de les étudier dans le cas très simple du Monopole, avant de nous poser le problème de relations de pouvoir plus complexes. Quatre grands facteurs semblent en cause au sein du Monopole : le fait que les différents groupes soient condamnés à vivre ensemble, le fait que le maintien des privilèges d'un groupe dépende dans une large mesure de l'existence des privilèges des autres groupes, la reconnaissance par tous les groupes qu'un minimum d'efficacité est indispensable, et enfin la stabilité même des relations entre groupes.

L'existence du premier de ces facteurs paraît évidente. Mais on n'y attache pas généralement tout l'intérêt qu'il mérite. Si en effet les divers participants au jeu du pouvoir savent qu'ils devront accepter de continuer à travailler ensemble quel que soit le résultat de leurs querelles, un minimum d'harmonie et de bonne volonté devra être maintenu à travers les oppositions entre les rôles. Or une telle harmonie ne peut subsister que si les sentiments de chaque partenaire ne sont pas heurtés trop profondément dans le cadre des conventions de la culture considérée **. Un tel besoin constitue une force de contrainte d'ordre culturel extrêmement puissante quoique généralement négligée. Son existence permet de comprendre que les sentiments et l'expression des sentiments puissent être utilisés comme une arme dans le jeu des rapports de pouvoir. On se souvient de la tactique employée par les ouvriers et ouvrières de production pour maintenir la domination des ouvriers d'entretien dans des limites étroites. Il est possible de généraliser. Les membres d'une organisation qui peuvent se prévaloir d'une situation défavorisée par rapport aux normes courantes manquent rarement de tirer parti de leurs sentiments de frustration dans un but tout à fait rationnel. Ils savent que leurs partenaires sont vulnérables et ne pourront supporter très longtemps des relations interpersonnelles trop éprouvantes. L'expression de sentiments vrais ou simulés va donc pouvoir servir directement dans la négociation. Certes certains rôles offrent des

* Notre point de vue n'est au fond pas tellement différent de l'argument de Durkheim contre l'utilitarisme.

** La capacité d'un individu ou d'un groupe de tolérer les conflits et l'expression ouverte ou indirecte de l'hostilité constitue, nous le verrons plus loin (cf. chapitre VIII), un élément important pour comprendre le jeu des relations de pouvoir et le système bureaucratique possibles dans une culture déterminée.

protections et permettent des relations plus froides et moins facilement vulnérables; il est possible aussi d'utiliser des « techniques d'évitement » comme celles que nous avons pu observer entre les chefs d'atelier et les ouvriers d'entretien. Mais les distances réelles ou artificielles ainsi créées ne résolvent pas le problème, et elles constituent par ailleurs un autre frein à l'exploitation trop arbitraire d'une situation.

La seconde force importante, la conscience de l'interdépendance entre les privilèges, est très diffuse au sein des différents groupes du Monopole. Personne ne le proclamerait ouvertement, mais il semble bien que l'on est persuadé, dans chaque groupe, que toute attaque trop vive contre un autre groupe mettrait en danger l'existence de tout le système et compromettrait ainsi indirectement les intérêts particuliers du groupe attaquant. Une telle force était à l'œuvre dans cette alliance entre ouvriers de production et ouvriers d'entretien que nous avons analysée. Mais elle ne se limite pas à ce problème. Il peut y avoir solidarité en effet non seulement entre groupes alliés, mais aussi entre groupes ennemis. L'existence d'une telle solidarité a été indirectement reconnue par les représentants des divers groupes du Monopole dans les discussions que nous avons organisées, à l'occasion de la communication des résultats. Les commentaires qui nous ont été présentés par les groupes agressifs donnaient tout à fait l'impression d'avoir été formulés pour minimiser la dureté de l'attaque antérieure. Au lieu de se servir de la faiblesse de l'adversaire, telle qu'elle venait d'être révélée par l'enquête, les membres de ces groupes ont choisi de l'ignorer ou de la contester, comme s'ils avaient eu peur, en l'acceptant, d'ébranler un statu quo qui leur est favorable.

Il ne faut pas oublier, il est vrai, que les employés du Monopole ont l'impression de jouir d'une situation particulièrement avantageuse *. Du fait de l'existence de cette situation, ils peuvent considérer qu'ils ont quelque chose à défendre et ils sont prêts à y sacrifier partie de leurs revendications. Que se passe-t-il dans le cas d'organisations ne disposant pas de privilèges spéciaux ? La logique voudrait que ces conflits risquent de devenir incontrôlables, ce serait le cas si l'on ne devait tenir compte que des privilèges relatifs. Mais étant donné la violence du monde de la concurrence, la simple survie de l'organisation apparaît généralement comme un but suffisant auquel on ne peut se soustraire. En fait il semble bien que ce que nous constatons au Monopole c'est le remplacement

* Il y a naturellement des différences. Pour certains groupes il s'agit d'une position très avantageuse, mais non pas pour les autres. C'est pourtant aux seconds (directeurs et chefs-d'atelier) qu'il appartient surtout de s'identifier avec la communauté humaine que constitue l'organisation.

de la force d'unification hiérarchique qui tend à disparaître du fait de l'invulnérabilité même de l'organisation, par la conscience que chaque groupe a de la vulnérabilité de ses privilèges particuliers.

Le troisième facteur, la reconnaissance par tous les groupes de la nécessité de parvenir à un minimum d'efficacité, agit dans le même sens. Les ouvriers d'entretien ont beau exploiter la situation à leur avantage, on les sent sur la défensive du fait de la pression générale pour le respect du dogme de la juste journée de travail. Une telle notion évidemment est très élastique. Mais on ne peut négliger la pression dont un groupe pourra faire l'objet s'il n'apporte pas une contribution correspondant aux standards habituellement exigés au sein de notre civilisation industrielle *. Cette pression est certainement utilisée par les directions d'entreprise pour contenir dans des limites étroites avec l'aide de tous les autres groupes les revendications particulières d'un groupe trop bien placé stratégiquement.

A l'intérieur même du Monopole, malgré le peu de pouvoir réel dont elle dispose, la direction générale avait été capable d'obtenir des ouvriers d'entretien qu'ils acceptent de se charger de trois machines au lieu de deux. Les ouvriers d'entretien avaient résisté longtemps, mais leur position était relativement faible, car il était de notoriété publique qu'ils n'avaient pas une charge de travail suffisante. D'une façon très générale on peut dire que les normes culturelles en matière de relations interpersonnelles, en ce qui concerne à la fois les buts possibles d'une organisation et les contributions qu'on peut attendre de ses membres délimitent et modèlent très bien le champ de la négociation possible et conditionnent ainsi finalement de façon assez étroite l'usage qu'un groupe peut faire de son pouvoir.

En même temps l'organisation peut manipuler le besoin le plus personnel encore de réalisation que porte en soi chaque individu. Tous les membres d'une organisation sont sensibles à l'attrait que présente un travail collectif constructif, qu'elle seule, dans les circonstances du moment est capable de leur offrir. Ces sentiments qui concrétisent la sujétion individuelle aux normes même d'efficacité de la société globale, en même temps qu'ils les légitiment et les fondent, donnent une très large possibilité d'influence au sein de l'organisation à tous ceux qui peuvent les mobiliser et naturellement avant tout à sa direction.

* La pression dans le sens de la modération, qu'exerce cette conscience qu'ont tous les groupes de l'interdépendance de leurs privilèges, constitue toutefois une force d'intégration très imparfaite. C'est une force uniquement conservatrice qui sert de régulateur à l'ensemble organisationnel mais dans des limites extrêmement larges. Reinhart Bendix relève le fait en comparant organisations occidentales et organisations soviétiques [30].

Le dernier facteur, la stabilité des relations intergroupes est tout à fait spécial au Monopole encore que sa portée soit finalement très générale. Au sein du Monopole, nous l'avons vu, la position de chaque groupe est non seulement étroitement déterminée mais encore complètement figée et il est impossible de passer d'un groupe à l'autre. Cette situation, nous l'avons montré, implique un engagement professionnel à long terme ou même à vie, ce qui renforce la solidarité de groupe et développe la lutte pour le pouvoir. Mais en même temps, si on la considère d'un point de vue un peu différent, elle constitue un facteur de stabilisation qui tend à régulariser l'équilibre des forces en conflit.

Expliquons-nous. Une analyse trop rapide des apparences pourrait donner l'impression que le système de relations humaines du Monopole est en train de se détériorer et que les choses doivent aller de mal en pis. Ce n'est absolument pas le cas. L'équilibre que nous avons dessiné est un équilibre conflictuel certes, mais très stable. Les groupes négocient avec âpreté pour défendre leurs privilèges dans un monde en plein changement et ils ont très peur que leurs partenaires ne marquent quelque point s'ils relâchent leur vigilance. Mais, en fait, ils savent bien qu'ils ne risquent pas trop et qu'en tout cas ils ne négocient pas le dos au mur. Leur lutte finalement n'est pas une guerre de mouvement mais une guerre de position. Et cet aspect de leurs rapports, le fait qu'ils ne peuvent penser à se débarrasser de leurs partenaires et qu'ils sont sûrs à l'avance de devoir continuer à vivre avec eux, et donc d'avoir à trouver un compromis, constitue un dernier facteur important pour comprendre les règles du jeu. Cette stabilité a des répercussions directes et profondes sur les motivations personnelles des individus. On ne trouve dans aucun groupe des individus qui estiment possible de changer d'affiliation et il ne peut donc être question qu'on puisse entraîner quelqu'un à rompre la solidarité de groupe, non seulement dans un but personnel égoïste, mais même en vue d'améliorer le fonctionnement de l'organisation. Imaginons par exemple comment pourrait se développer la situation que nous avons examinée, si le Monopole devenait une organisation privée et si chacun de ses membres pouvait être promu d'un cadre à l'autre sans difficultés. Un bon nombre d'ingénieurs techniques utiliseraient leur situation stratégique pour se pousser au poste de directeur. Mais ils y seraient nommés seulement dans la mesure où ils apparaîtraient capables de rationaliser enfin le domaine de l'entretien. Et en se chargeant d'un tel rôle, ils détruiraient le pouvoir de leur propre groupe et mettraient ainsi un terme à la lutte traditionnelle.

La situation du Monopole peut donc être finalement analysée comme une situation tout à fait rare d'équilibre quasi stationnaire, un cas particulier dans le contexte général d'équilibres dynamiques qui caractérise notre civilisation industrielle. Mais c'est un cas intéressant dans la mesure où l'élimination de toutes les sources d'incertitude à l'exception d'une seule, en fait une sorte d'expérience de laboratoire extrêmement utile pour explorer le mécanisme des relations de pouvoir. Il apparaît en effet, dans cette perspective, comme une sorte d'épreuve au ralenti des modèles habituels de lutte et de négociation.

Essayons maintenant de nous poser, à partir de ce cas particulier de relations simples et d'équilibre quasi-stationnaire, le problème des relations complexes et des équilibres dynamiques qui constituent la règle générale.

Par rapport au cas particulier du Monopole, la vie habituelle des organisations modernes se trouve marquée par deux différences profondes que nous avons d'ailleurs déjà en partie relevées. D'une part, nous avons affaire non plus à des groupes permanents et stables, mais à des groupes instables que nombre d'individus quitteront et qui sont eux-mêmes susceptibles d'être dissous. Et d'autre part, à l'intérieur de la même unité d'organisation, nous avons généralement plusieurs sources d'incertitude au lieu d'une seule.

L'existence de telles influences rend le système de négociation beaucoup plus complexe, plusieurs groupes étant en mesure de faire pression avec des atouts puissants d'une part, et les luttes entre groupes pouvant être troublées et contrecarrées d'autre part par l'incertitude relative des membres du groupe en ce qui concerne leurs intérêts individuels à long terme. Les directions ne manquent pas de bénéficier de cette double complication du jeu, puisque leur fonction principale qui consiste à arbitrer entre les différentes revendications de chaque groupe va prendre ainsi plus d'importance et puisqu'elles seront en même temps en mesure de faire pression sur les groupes eux-mêmes en détachant d'eux leurs membres les mieux placés stratégiquement. Dernier facteur important à considérer encore, malgré les progrès généraux de la sécurité économique, le problème de la survie de l'organisation dont la direction est directement responsable constitue une dernière source d'incertitude, qui peut éventuellement éclipser toutes les autres et renforcer ainsi encore plus la position des managers *.

* L'histoire même du Monopole illustre en partie au moins cette thèse. Le processus de rationalisation qui a limité de façon décisive le pouvoir des directeurs et de leurs chefs d'atelier ne s'est développé pleinement que quand les ouvriers ont réussi à obtenir, après dix ans de lutte, l'acceptation d'une série de décrets consacrant la primauté du droit d'ancienneté. On peut soutenir que leur succès a tenu au fait que les possibilités d'intervention du chef d'atelier dans la répartition des postes de travail et de la charge de travail constituait

Quelles peuvent être les conséquences possibles de l'existence de tels traits ? Nous voudrions présenter, en guise de conclusion, les trois hypothèses suivantes sur les relations de pouvoir et les formes de contrôle social (c'est-à-dire les modes de gouvernement ou de régulation interne) qui leur correspondent dans le cadre général des équilibres dynamiques :

1. Plus le système de relations de pouvoir et de négociation est complexe et dynamique et plus le contrôle social tend à être opéré consciemment par la direction au lieu de l'être par la pression indirecte du milieu (ce qui n'empêche pas la direction, cela va de soi, de se servir de cette pression du milieu, le cas échéant).

2. Les limites fixées consciemment par une direction à la liberté de négociation des groupes et des individus sont en général beaucoup plus étroites que les limites naturelles dues à la pression du milieu : les querelles de faction et les luttes entre catégories se développent plus facilement dans les organisations à relations de pouvoir stables et simples.

3. Les systèmes d'équilibres dynamiques sont beaucoup plus favorables au changement car la pression exercée pour éliminer les sources d'incertitude ne peut être contrecarrée par la résistance de groupes puissants, décidés à défendre la source de leur pouvoir.

Si nous essayons maintenant de nous représenter les circonstances extérieures qui peuvent favoriser le développement de ces équilibres dynamiques, il apparaît clair à première vue qu'une administration publique, moins soumise à la pression de la lutte pour la survie aura beaucoup plus de difficultés à maintenir un pouvoir directorial fort. Elle risque ainsi de devoir accorder plus d'attention qu'on ne le ferait ailleurs aux sources secondaires d'incertitude, de protéger les experts qui en ont la charge, de leur permettre de stabiliser la lutte pour le pouvoir et de développer des équilibres stationnaires à leur avantage.

Une telle opposition cependant n'est pas aussi tranchée qu'il peut le sembler. On peut découvrir de nombreux cas d'organisations privées tout aussi bien protégées que des administrations publiques. Quand une organisation privée se trouve bénéficier (ou souffrir) d'une technologie stable et de débouchés constants et sans aléas, elle peut se trouver sous une pression moins forte qu'une administration publique contrôlée par un système politique actif. Que l'on compare par exemple la S.N.C.F.

une source d'incertitude artificielle, créée par les hommes et ne servant qu'à leur volonté de manipulation et dont ni les chefs d'atelier ni, à travers eux, les directeurs qui en bénéficiaient n'avaient réellement besoin pour faire face à d'autres sources d'incertitude puisqu'en fait tous les autres éléments de leur activité étaient devenus stables et prévisibles.

avec les compagnies américaines de chemin de fer restées privées, et l'on risque de trouver plus de secteurs protégés pour les ouvriers, pour les cadres et pour les ingénieurs dans la moyenne des organisations américaines privées que dans l'organisation française nationalisée. Il faut aussi tenir compte du fait que dans un système d'organisation par ailleurs dynamique on peut souvent trouver des systèmes d'équilibres stationnaires dans des secteurs protégés qui ont pu plus ou moins temporairement se développer à l'écart du système général de négociation.

L'étude de Gouldner sur une compagnie privée exploitant une mine de gypse et une usine de plâtre [31] et celle de Selznick sur la Tennessee Valley Authority [32] présentent de ce point de vue un contraste presque paradoxal, puisque c'est dans un secteur de la compagnie privée (la mine) que nous trouvons le seul exemple d'équilibre stationnaire tandis qu'en même temps un système de relations beaucoup plus fluide caractérise l'administration publique étudiée par Selznick.

Dans le cas analysé par Gouldner, les ouvriers mineurs contrôlent pratiquement toutes les sources d'incertitude qui dominent le fonctionnement de la mine comme organisation de production. Non seulement ils sont seuls à faire face aux risques physiques de la profession, mais la charge de travail qu'ils assument et les résultats de leur production dépendent directement de leurs décisions. Ils n'ont guère besoin du contremaître ni des ouvriers d'entretien, tandis que l'ensemble de l'organisation se trouve fortement tributaire de leur travail qu'il est impossible de contrôler dans les circonstances présentes. Les mineurs ont pu jusqu'à présent préserver l'équilibre stationnaire qui est la conséquence de cet état de fait grâce à la position de force qu'ils occupent du fait de la difficulté que l'on éprouve à recruter pour une occupation dangereuse et mal considérée comme celle de mineur *. Ils sont capables de tenir en échec tous les autres pouvoirs dans la mesure où leur propre comportement constitue la source la plus importante d'incertitude **.

Le cas de la T.V.A. analysé par Selznick, en revanche, nous offre l'image d'un ensemble de relations beaucoup plus complexe. Bien qu'il s'agisse cette fois d'une administration publique, de nombreuses sources d'incertitude interviennent ensemble et la direction utilise la complexité

* Un degré de rationalisation beaucoup plus élevé a été depuis longtemps introduit dans la plupart des mines, mais dans des conditions sociales et économiques toutes différentes [33].

** Les mineurs jouissent d'une situation particulièrement favorable dans la mesure où les conditions de liberté qui sont les leurs sont en contraste complet avec celles dont disposent les gens de la surface qui, eux, n'ont pas la moindre possibilité de s'opposer à la rationalisation.

qui en résulte, pour accroître sa liberté d'action. Elle a, petit à petit, élaboré un système de cooptation grâce auquel les représentants de chacun des groupes dont la force de pression devient gênante, sont invités à participer à la détermination de la politique d'ensemble. En même temps elle s'est servie, de la situation difficile de l'organisation qui a dû lutter durement pour s'affirmer et survivre, comme d'un ressort idéologique puissant *.

Ces deux exemples vont nous permettre de mieux comprendre le cas de l'Agence comptable qui constitue un mélange curieux où l'on trouve à la fois les traits fondamentaux d'un système d'équilibre stationnaire en même temps que d'autres traits plus caractéristiques d'organisations dominées par la lutte pour la vie. Il ne peut, bien sûr, y avoir de crainte en ce qui concerne la survie possible de l'Agence. Mais la source principale d'incertitude, au lieu de venir du système de production comme dans le Monopole, vient de la pression du public. Le montant même du travail et la possibilité de réussir à atteindre les buts fixés à l'organisation, en suivant les règles prescrites dépendent essentiellement du comportement des consommateurs et la réussite de l'organisation elle-même, si elle est soustraite aux aléas du marché, est tout de même soumise à la sanction du gouvernement et du Parlement. La direction a réussi à transférer directement sur les employés la pression du public qui est devenue de ce fait complètement impersonnelle. On trouve donc à l'Agence comptable, d'une part la protection bureaucratique qui naît de la centralisation et de la distance qu'a maintenue autour de lui le pouvoir central et d'autre part une très forte pression hiérarchique qui peut s'exercer de façon impersonnelle, ce qui lui enlève tout caractère humiliant mais qui n'en est pas moins très éprouvante pour les employés. Nous avons donc, avec ce cas, le spectacle paradoxal d'un système d'organisation qui a pu éliminer toute les relations de dépendance personnelle mais qui les a remplacées finalement par un système de relations sociales hiérarchisées autoritaires et rigides. Il ne peut subsister que grâce à la dichotomie dirigeants-dirigés et l'acceptation au moins partielle par les subordonnés de leur condition d'infériorité sociale. Il reproduit donc à quarante ans de distance le paradoxe et les contradictions de l'organisation scientifique du travail. L'équilibre d'un tel système dépasse toutefois le problème des relations de pouvoir tel que nous l'avions envisagé jusqu'ici. Pour bien le comprendre, il nous faut maintenant poser dans toute son ampleur le problème des moyens de gouvernement auxquels doit recourir une organisation.

* Nous reviendrons sur chacun de ces cas dans le chapitre suivant.

7. Le système d'organisation bureaucratique

LE PROBLÈME EN DISCUSSION

L'étude des modes de répartition du pouvoir et l'analyse de la stratégie utilisée par les individus et les groupes dans leurs négociations, constituent un point de départ tout à fait inhabituel, pour comprendre le fonctionnement d'une organisation. Nous les avons utilisées à cause de leur vertu de contestation et de renouvellement dans un domaine souvent paralysé par le formalisme, et la distinction à laquelle nous avons abouti entre les organisations caractérisées par un système de relations de pouvoir quasi stationnaire et celles qui sont caractérisées par un système de relations de pouvoir dynamique nous offre, du point de vue de la théorie des organisations, une perspective extrêmement utile. Cependant, comme nous l'avons déjà souligné, le monde du pouvoir ne recouvre qu'une partie des relations complexes entre individus et organisations. Le monde du consentement et de la coopération dont l'importance apparaît déjà quand on essaie de pousser jusqu'au bout l'interprétation de tous les rapports humains en termes d'analyse stratégique, constitue un autre et très important aspect de ces relations.

Nous allons maintenant nous efforcer de mieux rendre compte de ces deux aspects complémentaires du fonctionnement des deux organisations que nous avons étudiées, en replaçant nos interprétations dans la perspective beaucoup plus large de la vieille discussion des sociologues autour des théories de la bureaucratie. Mais dans ce domaine encore, il nous semble nécessaire, avant d'aller plus loin, d'analyser les grandes lignes de l'évolution des théories de la bureaucratie pour bien marquer à quel moment de la discussion nous voudrions insérer notre réflexion.

Cette évolution, d'un certain côté au moins, semble tout à fait paradoxale. Depuis longtemps pour beaucoup d'auteurs et non des moindres, le phénomène bureaucratique constitue un des problèmes clefs de la sociologie et de la science politique moderne. Il y a cinquante ans déjà Max Weber avait donné une brillante description du « type idéal » de la bureaucratie et une analyse suggestive de son développement historique qui semblaient avoir parfaitement préparé le terrain pour une sociologie de la bureaucratie débarrassée de tout jugement de valeur. Et pourtant de nos jours encore le problème de la bureaucratie constitue toujours une zone d'incertitude rebelle à l'analyse scientifique et l'un des terrains d'élection des professions de foi et des mythes idéologiques de notre temps.

En fait le paradoxe se trouve déjà en germe dans l'œuvre de Max Weber lui-même. Certes dans sa sociologie du droit et dans ses analyses de la bureaucratie prussienne, Weber nous présente une vue assez riche et nuancée du développement de la « bureaucratisation ». Mais quand il affirme la supériorité des organisations rationnelles modernes correspondant à son « type idéal », on peut se demander si dans son esprit ces organisations ne réussissent pas justement du fait de leurs mauvais côtés, c'est-à-dire dans la mesure où elles réduisent leurs membres à une situation de standardisation. Certaines de ses déclarations expriment une inquiétude de cet ordre [34].

Chez les contemporains et les successeurs de Weber qui semblent avoir appliqué à la lettre les conséquences du célèbre chapitre de *Wirtschaft und Gesellschaft,* les contradictions s'accusent et l'inquiétude se généralise. Toute la littérature postweberienne sur la bureaucratie est en effet marquée d'une ambiguïté fondamentale. D'un côté, la plupart des auteurs pensent que le développement des organisations bureaucratiques correspond à l'avènement de la rationalité dans le monde moderne et que la bureaucratie est de ce fait intrinsèquement supérieure à toutes les autres formes possibles d'organisation. De l'autre, beaucoup d'auteurs, et souvent les mêmes, considèrent les organisations comme des sortes de Leviathans à travers lesquels se prépare la mise en esclavage de la race humaine. L'accent que chacun d'eux met sur l'un ou l'autre aspect dépend de son optimisme naturel. Mais quel que soit le résultat auquel il parvient, on découvre toujours qu'il croit à la fois à la supériorité de la rationalité bureaucratique dans le domaine de l'efficacité et à ses implications menaçantes pour les valeurs traditionnelles de l'humanité.

Cette opposition fut particulièrement bien illustrée dès l'époque de Max Weber, par les fameux syllogismes dont Robert Michels voulut faire une nouvelle loi d'airain. En démontant le mécanisme du pouvoir oligarchique des dirigeants de la social démocratie et des syndicats allemands et en *désenchantant* ainsi cruellement l'enthousiasme *charismatique* du mouvement socialiste, Michels soulignait le premier, le dilemme dans lequel se trouvent forcément enfermés tous ceux qui veulent opérer de profondes transformations sociales, qu'ils soient réformistes ou révolutionnaires : l'action sociale n'est possible qu'à travers des organisations, donc des bureaucraties, et l'existence de bureaucraties est incompatible avec les valeurs démocratiques qui, seules, légitiment l'action sociale [35].

C'est cette contradiction de la pensée occidentale devant le phénomène bureaucratique qui a paralysé jusqu'ici le développement de toute analyse positive et favorisé la diffusion d'une vision catastrophique de l'évolution. Elle est particulièrement sensible dans le grand courant pessimiste révolutionnaire qui a eu une si profonde influence sur la pensée sociale et politique occidentale du xxe siècle; de Rosa Luxemburg et de Léon Trotsky à Bruno Rizzi, à Simone Weil, à C. Wright Mills et à Socialisme ou Barbarie [36] pour ne citer que quelques exemples plus présents à la mémoire, une sorte de pari désespéré est devenu le seul espoir; c'est par les excès mêmes de l'attaque que l'on porte contre ce que l'on juge par ailleurs inéluctable que l'on s'efforce de conjurer la menace qui pèse sur l'humanité; en grossissant la contradiction, on pense en fait appeler au dépassement, c'est-à-dire au saut dialectique (ou en d'autres termes à la foi mystique) qui seul permettrait de la résoudre.

Mais la même contradiction se retrouve chez des penseurs beaucoup plus conservateurs; elle est centrale par exemple aussi bien dans les simplifications de Burnham que dans la nouvelle série d'attaques contre le gigantisme des organisations et la bureaucratisation de la vie moderne qui a trouvé son expression la meilleure dans le livre de W. H. Whyte Jr [37]. Comme Alvin Gouldner l'a très raisonnablement fait remarquer : « *Ils* (ces penseurs) *sont en train d'essayer de ressusciter la « science lugubre » du début du XIXe siècle* (l'économie politique). *Au lieu de nous dire comment les travers de la bureaucratie pourraient être réformés, ils se contentent de nous dire que la bureaucratie est inévitable* [38]. »

March et Simon ont soutenu que la pensée de Max Weber sur la bureaucratie correspondait au fond aux illusions rationalistes de la première époque de l'organisation scientifique du travail. Cette affirmation est peut-être un peu forcée pour Weber lui-même * mais elle s'applique parfaitement à Michels et aux analystes révolutionnaires de la bureaucratie. Nous pensons en particulier que le pessimisme catastrophique de

* Le problème central qui préoccupe Weber est en effet le problème du « contrôle social » et non pas celui de la rationalité. Dans cette perspective, il s'intéresse à la légitimité du pouvoir et ne se limite pas au problème de l'efficacité. Cependant on peut relever que dans son analyse de la rationalité bureaucratique, l'importance qu'il accorde à la notion de prévisibilité et aux moyens de standardisation qui seuls, croit-il, la rendent possible, constitue un point de rencontre très significatif avec les théoriciens de l'organisation scien-

la pensée révolutionnaire occidentale et aussi bien de la pensée anti-managériale tient profondément à ce que ni l'une ni l'autre, malgré les réels progrès qu'elles ont pu faire accomplir à la connaissance, ne se sont vraiment dégagées encore du modèle mécaniste d'analyse du comportement humain qui fut celui de Taylor et de ses émules. C'est parce qu'ils acceptent la vision taylorienne de l'action qu'ils peuvent croire que les grandes organisations modernes, comme l'Histoire pour les Marxistes, progressent par leurs mauvais côtés.

Le premier progrès décisif qui ait permis d'échapper à la contradiction s'est trouvé accompli quand Robert K. Merton et, après lui, un certain nombre d'autres sociologues américains comme Alvin Gouldner et Philip Selznick ont commencé à mettre en cause la perfection du « type idéal » et à se demander à partir de données empiriques, si dans les faits, en dehors des craintes et des résistances soulevées par le changement, il y avait une liaison aussi étroite entre l'efficacité « organisationnelle » et la robotisation de l'individu [40]. La théorie des « conséquences inattendues » et les recherches qu'elle a suscitées ont suggéré que les traits routiniers et oppressifs de la bureaucratie tenaient en fait à la résistance de l'être humain au schéma mécaniste qui lui est imposé et constituaient les éléments d'une sorte de « cercle vicieux » car cette résistance aboutit finalement à renforcer l'emprise du schéma qui l'a provoquée *. Elles ont prouvé en tout cas qu'une organisation correspondant au type idéal est très loin d'être parfaitement efficiente, comme on le croyait trop facilement **.

Il s'agit cependant d'une démonstration négative d'une critique statique qui ne permet pas de répondre à l'interrogation de Weber sur

tifique du travail, du moins ceux qui, comme Fayol ou Gulick se sont occupés de la structure des entreprises et de leurs méthodes de direction. Si ceux-ci en effet ne retiennent dans le comportement humain que les motivations économiques les plus simples, c'est que cette simplification leur permet de considérer le travailleur comme un outil interchangeable dont la réponse aux stimuli de l'organisation est exactement prévisible [39].

* C'est March et Simon qui ont attiré les premiers l'attention sur les implications logiques des analyses mertoniennes. Mais l'expression « cercle vicieux » nous est propre.

** Pour Weber, on s'en souvient, la bureaucratie moderne doit comporter les traits suivants : 1) la continuité, 2) la délimitation des pouvoirs par des règles impersonnelles, 3) l'existence d'une hiérarchie et de contrôles, 4) la séparation entre la vie privée et la fonction, 5) la suppression de l'hérédité des fonctions, 6) l'existence d'une procédure écrite... Trois éléments toutefois semblent finalement essentiels dans son type idéal : l'impersonnalité (des règles, des procédures et des nominations), le caractère d'expert et de spécialiste des fonctionnaires, l'existence d'un système hiérarchique contraignant impliquant subordination et contrôle.

l'évolution des sociétés industrielles. On démontre que les rapports entre la bureaucratie – organisation rationnelle et la bureaucratie – dysfonction sont plus complexes qu'il n'apparaît chez les organisateurs tayloriens et chez leurs critiques, mais on n'aborde pas vraiment encore l'étude de leurs interrelations et de leurs symbioses. Pour échapper à la contradiction, il faudrait montrer quelles sont les conditions de développement et les limites de ces dysfonctions bureaucratiques, génératrices de routine et d'oppression et rechercher dans quelle mesure le développement de la bureaucratie en tant qu'organisation rationnelle s'en trouve affecté.

Dans ce chapitre, nous voudrions nous servir des données que nous avons présentées dans nos deux premières parties pour essayer de considérer les traits caractéristiques du phénomène bureaucratique, non plus comme les dysfonctions même nécessaires d'organisations par ailleurs rationnelles, mais comme les éléments eux-mêmes rationnels d'un « système bureaucratique » d'organisation. Cette façon d'aborder le problème présente l'intérêt de nous permettre d'analyser les limites qu'un tel système impose à la croissance des grandes organisations; elle nous conduira à suggérer finalement que cette évolution, que Weber avait crue inexorable, dépend, en partie au moins, de la capacité même de l'homme à dominer et à briser les cercles vicieux bureaucratiques.

Avant de proposer ainsi notre interprétation personnelle, nous allons toutefois considérer avec un peu plus d'attention la contribution décisive des sociologues qui ont élaboré la théorie des dysfonctions.

LA THÉORIE DES DYSFONCTIONS BUREAUCRATIQUES OU L'ANALYSE DE LA BUREAUCRATIE EN TERMES DE « RELATIONS HUMAINES »

La théorie des dysfonctions bureaucratiques est contemporaine de la découverte du facteur humain et de la diffusion des « relations humaines » dans l'industrie. Cette coïncidence n'est pas fortuite. Comme March et Simon l'ont aussi montré, il semble bien qu'il y ait un lien logique entre le mode de raisonnement sur lequel reposent les diverses théories des « relations humaines » et celui qui sous-tend la théorie des dysfonctions bureaucratiques [41].

Si l'on accepte en effet ces conclusions de l'école interactionniste ou de l'école lewinienne que nous avons analysées dans le précédent chapitre, il devient presque aussi difficile de soutenir la théorie de Weber que de souscrire aux dogmes de l'organisation scientifique du travail. Quand on a reconnu que les activités humaines dépendent aussi des sentiments engendrés chez les individus par leur appartenance à un groupe ou par leurs rapports interpersonnels on doit aussi reconnaître que les demandes rationnelles faites à l'individu ne suffisent pas à déterminer des résultats constants et prévisibles et que l'efficacité d'une organisation ne peut se résumer à la combinaison d'expertise, d'impersonnalité et de hiérarchie du « type idéal ». Si, d'autre part, le leader le plus efficace est un leader permissif, ce n'est pas l'organisation la plus rationnelle au sens weberien qui obtiendra les meilleurs résultats, mais l'organisation la plus vivante, c'est-à-dire celle où les subordonnés seront amenés à participer le plus aux décisions qu'ils auront à appliquer.

Les sociologues de la bureaucratie, toutefois n'ont pas rompu avec le modèle weberien comme les théoriciens des « relations humaines » l'ont fait avec l'analyse taylorienne classique. Quand Merton ouvrit la voie avec ses deux articles célèbres de 1936 et 1940, il ne contestait pas directement la validité du « type idéal » mais se contentait de montrer qu'un tel système d'action entraîne des conséquences secondaires inattendues, contraires à ses objectifs et à ses principes et il le faisait de façon indirecte.

Petit à petit, cependant, un nouveau raisonnement complètement différent s'est imposé, dont la signification apparaît plus clairement maintenant. Merton, on s'en souvient, soutient que la discipline nécessaire pour obtenir, dans le cadre bureaucratique, le comportement standardisé souhaité entraîne le développement chez les fonctionnaires d'une attitude ritualiste (correspondant au « déplacement des buts »), que la rigidité qui en résulte leur rend difficile de répondre aux exigences particulières de leur tâche et que parallèlement, au niveau du groupe, cette rigidité développe l'esprit de caste, et crée ainsi un fossé entre le fonctionnaire et son public.

Cette analyse repose sur le postulat implicite suivant : la rigidité de comportement, les difficultés d'adaptation et les conflits avec le public renforcent le besoin de contrôle et de réglementation, si bien que les conséquences inattendues et dysfonctionnelles du mode d'action bureaucratique tendent finalement à renforcer son emprise. Si l'on reprend le schéma de Merton en termes de relations humaines, la dysfonction apparaît comme la résistance du facteur humain à un comportement qu'on essaie d'obtenir mécaniquement.

Mais immédiatement une série de questions simples apparaissent : pourquoi les organisations restent-elles attachées au modèle mécaniste, puisque ce modèle ne leur apporte pas les résultats désirés ? Et si elles le maintiennent, pourquoi n'assistons-nous pas à la détérioration de l'organisation ? Après tout si vraiment les conséquences de l'emploi du modèle mécaniste devaient obliger à utiliser toujours plus de contrôle et de réglementation, on devrait trouver de plus en plus de dysfonctions. Merton ne s'est pas posé ces problèmes, car il n'a pas voulu remettre en cause l'analyse de Weber. Son objectif était seulement de montrer que le « type idéal » comportait une part considérable d'inefficacité et de comprendre quelles étaient les raisons de cet écart entre le modèle de Weber et la réalité.

Un certain nombre d'auteurs ont suivi la voie ouverte par Merton : Bendix, Selznick, Blau, Gouldner, Dubin [12]. Leurs travaux de recherches empiriques ont confirmé les premières hypothèses de Merton, et ont permis d'élaborer un schéma d'interprétation plus complet et plus logique dans lequel le caractère de « cercle vicieux » du phénomène bureaucratique est devenu plus apparent. Nous nous contenterons d'examiner ici les deux thèses les plus précises, celles de Selznick et de Gouldner. Cet examen va nous montrer les progrès réalisés et leurs limites.

L'étude de Selznick, qui date de 1949, porte sur la T. V. A. modèle d'organisation démocratique, et symbole des espoirs du New Deal. Elle se rapproche donc au départ, d'une certaine façon, du type de réflexion de Michels qui cherchait le développement de l'oligarchie bureaucratique derrière le vernis démocratique. Mais les buts de Selznick sont différents, sinon opposés. Pour lui la pression bureaucratique va de soi et le problème qu'il veut traiter est celui de la valeur des efforts tentés pour s'y soustraire. Il cherche en fait à répondre à la seconde des questions que nous posions à propos du schéma de Merton.

Le domaine de Selznick toutefois n'est pas tout à fait le même que celui de Merton; ce n'est pas tant la hiérarchie des tâches et le système de contrôle et de prévision qu'elle rend possible qui l'intéresse mais un des autres éléments du « type idéal » de Weber, l'expertise. Il montre comment le même cercle vicieux de dysfonction peut se développer au niveau de l'expertise et de la spécialisation. L'organisation bureaucratique spécialise et fragmente les rôles pour rendre l'expert plus neutre et plus indépendant, mais elle tend à créer ainsi un esprit de caste et des tentations d'alliance avec les intérêts qui se cristallisent autour de ces rôles; la dysfonction qui se développe sera combattue naturellement par un renforcement de la spécialisation [13].

Mais l'apport original de Selznick concerne le problème des moyens de contrôle dont l'organisation dispose pour empêcher ce processus d'aller trop loin. Il en a observé et analysé deux, le mécanisme de cooptation qui consiste à faire participer au pouvoir de décision les représentants des intérêts spécialisés et ceux des groupes d'experts et l'endoctrinement idéologique, grâce auquel un minimum de loyauté est obtenu à tous les échelons. La bureaucratie dans cette perspective apparaît comme quelque chose de plus diffus et de plus complexe que chez Merton. La rigidité bureaucratique se manifeste aussi bien dans la logique de la décentralisation par fonctions que dans celle de la centralisation. Mais Selznick ne se contente pas d'ouvrir le champ d'action possible du schéma bureaucratique, il soulève un nouveau problème, celui de la participation et du pouvoir. Il l'envisage seulement, il est vrai, à propos de la solution à donner aux difficultés rencontrées et non pas comme la source même de ces difficultés, ce qui reviendrait à mettre en cause diretement le cadre weberien auquel il continue officiellement à souscrire.

Ce cadre se trouve peut-être plus profondément ébranlé encore par Gouldner dont l'analyse, pourtant plus limitée, fait mieux voir les contradictions du modèle. Gouldner distingue la bureaucratie centrée sur l'expertise et la bureaucratie de type punitif. Il passe rapidement sur la bureaucratie-expertise, dont il accepte trop facilement, selon nous, qu'elle puisse échapper à la dysfonction *. Son véritable sujet c'est la bureaucratie-punition. Il la voit sous trois angles différents, comme un cercle vicieux centré autour de la subordination et du contrôle, comme un mode de comportement ayant des fonctions latentes et finalement comme une réponse à une situation accidentelle mais nécessaire, la succession.

Le cercle vicieux bureaucratique pour Gouldner repose sur l'existence d'un problème de contrôle et de supervision. Les règles impersonnelles bureaucratiques réduisent les tensions créées par la subordination et le contrôle mais, en même temps, elles perpétuent les tensions qui rendent indispensable le recours à la subordination et au contrôle. Elles renforcent en particulier la faible motivation des travailleurs qui avait justement obligé de recourir à un contrôle étroit de leurs activités.

Les fonctions latentes sont recherchées dans la réduction des tensions dues entre autres aux différences de valeurs entre groupes, à l'impossibilité de disposer de normes acceptables par tous et au déclin des interactions amicales informelles [44]. L'explication ainsi limitée n'apparaît guère satisfaisante. Et Gouldner lui-même sent la nécessité de recourir

* Il se fonde sur le seul exemple de l'application des règles de sécurité et conclut qu'il n'y a plus possibilité de dysfonction dans la mesure où les valeurs sru lesquelles repose l'expertise sont acceptées par tous et où l'élaboration des règles s'effectue avec la participation de ceux qui devront les suivre. Mais l'expertise aboutit bien rarement à la participation de ceux qui auront à observer ses prescriptions ; elle constitue, nous le verrons, une source constante de dysfonction.

à des facteurs plus objectifs. C'est ce qu'il réalise finalement avec sa théorie de la succession.

Dans cette dernière perspective l'impersonnalité du système bureaucratique apparaît comme une réponse globale de l'organisation, au problème posé par la nécessité d'assurer la succession à toutes les fonctions et en particulier aux fonctions de direction. Ce recours à une explication événementielle, à un *deus ex machina* extérieur n'est pas non plus très satisfaisant, si pertinente et suggestive que puisse apparaître l'analyse que Gouldner fait lui-même du cas qu'il a étudié. Toutes les organisations modernes doivent faire face aux problèmes de la succession, elles présentent néanmoins des différences considérables et tout à fait disproportionnées en matière de dysfonction.

L'apport le plus intéressant de Gouldner ne doit pas être recherché toutefois dans ses essais d'interprétation globale mais dans son analyse antérieure beaucoup plus partielle de la règle bureaucratique punitive. Il a su montrer en effet d'une part que la punition fonctionne dans les deux sens, c'est-à-dire que la règle bureaucratique est utilisée par les ouvriers aussi bien que par l'ordre hiérarchique et d'autre part que l'existence de règles dont l'application peut être suspendue constitue un terrain de négociation excellent et un instrument de pouvoir pour les deux parties [45]. Malheureusement il n'utilise pas cette intuition très profonde pour élargir son interprétation fonctionnaliste en intégrant les problèmes de relations de pouvoir et de négociation dans un système d'explication global.

De toute façon, Gouldner cette fois a au moins partiellement dépassé le schéma weberien puisqu'il cherche les raisons du développement de la bureaucratie non plus dans son efficacité mais dans les tensions qu'elle sert à réduire. Les ratés du système ne sont plus des dysfonctions mais des fonctions latentes.

Nous avons pu constater dans ces trois exemples, les plus marquants et les plus suggestifs des recherches sur la bureaucratie, un éloignement progressif du modèle original weberien. Ces trois auteurs donnent de plus en plus de place aux aspects routiniers et oppressifs de la bureaucratie qui peuvent être considérés finalement comme constituant un système parallèle de causalité; mais la relation qui ne peut manquer d'exister entre cet aspect dysfonctionnel de l'organisation moderne et son aspect rationnel efficace n'est que très rarement et très imparfaitement abordée, sauf peut-être chez Selznick. Cela leur rend difficile de critiquer le schéma d'évolution proposé par Max Weber. On ne peut rien conclure à partir de leur apport sur le point de savoir si cette résistance du facteur humain dont ils nous montrent l'ampleur affecte ou non la tendance générale vers la « bureaucratisation » et si elle a des conséquences indirectes sur les limites de ce que peut être la rationalité au sein d'une organisation. L'analyse de Gouldner, la meilleure sur ce point, reste statique. Au mieux on pourrait la considérer comme cyclique, les phases de bureaucratisation, puis de repersonnalisation des rapports humains alternant en fonction des accidents de succession.

Finalement toutes ces contributions sont limitées par les théories du comportement humain sur lesquelles elles reposent et qui sont les mêmes que celles dont se sont servi les praticiens et les chercheurs en « relations humaines ». Si l'on veut aller plus loin, il faut absolument admettre que les membres d'une organisation ne sont pas seulement mus par des motivations d'ordre affectif, mais agissent comme des acteurs autonomes avec leur stratégie propre, c'est-à-dire faire toute leur place aux problèmes de relations de pouvoir que nous avons analysés au cours du chapitre précédent. Nous allons le tenter en examinant tout d'abord dans leur ensemble les problèmes de gouvernement que pose le fonctionnement d'une organisation, et dont les relations de pouvoir constituent seulement les conséquences opérationnelles.

LES PROBLÈMES DE GOUVERNEMENT POSÉS PAR LE FONCTIONNEMENT D'UNE ORGANISATION

La principale faiblesse des théories sociologiques de la bureaucratie, que nous venons d'examiner, tient au fait qu'elles cherchent à expliquer le développement et le maintien des processus « bureaucratiques », sans tenir compte des problèmes de gouvernement * que pose, de toute façon, le fonctionnement d'une organisation et auxquels ces processus bureaucratiques constituent une réponse. Avant d'aller plus loin, il nous semble donc nécessaire de réfléchir en termes de science politique au minimum d'exigences qu'impose la nécessaire existence de processus d'ordre politique au sein d'une organisation.

Toute action coopérative coordonnée demande que chaque participant puisse compter sur un degré suffisant de régularité de la part des autres participants. Ceci signifie, en d'autres termes, que toute organisation, quelle que soit sa structure, quels que soient ses objectifs et son importance, requière de ses membres un montant variable mais toujours important de conformité. Cette conformité sera obtenue, pour partie

* Nous employons le terme de gouvernement par analogie avec le vocabulaire de science politique.

par contrainte, pour partie en faisant appel à la bonne volonté. Les deux types de motivation sont toujours mêlés, mais leur part respective et surtout leur forme peuvent varier beaucoup. Finalement la façon de parvenir à la conformité nécessaire constituera toujours le problème fondamental que pose le gouvernement d'une organisation.

Si nous passons en revue maintenant les moyens utilisés, au cours des siècles, par les organisations humaines pour obtenir de leurs membres la nécessaire conformité, des transformations profondes semblent caractériser les temps modernes. Il y a seulement encore deux siècles la conformité était obtenue grâce à des moyens directs violents, comportant une bonne part de contrainte ouverte. Une armée régulière efficace ne pouvait se constituer et se maintenir que grâce au dressage rigoureux du « drill » à la prussienne; le rôle des surveillants dans les manufactures n'était pas très loin de celui des garde-chiourmes et les galères après tout avaient été dans une histoire pas si reculée une des « grandes organisations » de leur époque. Certes les idéologies de type religieux aidaient les subordonnés à intérioriser les buts des organisations dans lesquels ils s'enrôlaient, mais la bonne volonté qu'on obtenait ainsi n'était pas exempte non plus d'une certaine dose de terreur, car ces idéologies reposaient souvent sur le fanatisme et l'intolérance. Enfin et surtout il était impossible d'obtenir une conformité spécialisée et temporaire, c'est seulement à travers un engagement à vie que l'on pouvait s'assurer la fidélité de quelqu'un. Les individus appartenant à une organisation se trouvaient marqués profondément dans leur personnalité et pour toute leur vie par cette appartenance. Qu'ils soient membres de la maison Függer, de l'ordre des Jésuites ou de la garde prussienne, ils devaient se consacrer entièrement et sans la moindre réserve à leur fonction, un départ équivalait à une trahison. Aucune grande organisation ne pouvait être efficace, sans imposer des conditions aussi rigoureuses *.

Une comparaison avec le fonctionnement des organisations modernes

* Les sociologues ont jusqu'à présent beaucoup trop négligé la réserve de connaissances très importante et par certains côtés capitale que constituent les documents que nous possédons sur le fonctionnement des premières grandes organisations commerciales, des premières armées permanentes et des ordres religieux. La théorie des organisations pourrait être éclairée par le renouveau de telles études dans un esprit plus sociologique. Il vaudrait la peine d'étudier en particulier les analogies du point de vue des formes d'organisation entre les ordres religieux dont les fonctions furent d'ailleurs souvent économiques et les premières grandes organisations commerciales comme celle des marchands hanséatiques. Pour une première réflexion de cet ordre on peut consulter les travaux de l'historien et sociologue américain Sigmund Diamond sur le fonctionnement des grandes compagnies coloniales et le passage de l'organisation privée à la société complexe [46].

peut paraître un peu forcée. Mais elle semble indispensable, si l'on veut introduire un peu de mesure dans le débat traditionnel sur la standardisation et la mise en condition de l'homme moderne. Les organisations modernes en effet utilisent toute une série de pressions qui apparaissent par contraste extrêmement douces et respectueuses de la liberté d'autrui. Elles ont affaire pour commencer à un personnel qui a déjà intériorisé grâce à son éducation un grand nombre de normes qui rendent plus faciles la coopération et le respect de la conformité que celle-ci implique; le citoyen et le producteur moderne ont en effet acquis au cours d'un beaucoup plus long apprentissage de la vie sociale une capacité générale à s'adapter et à se « conformer » aux règles qu'impose la participation à des organisations. En outre d'énormes progrès ont été accomplis dans le domaine de la formation et il ne semble plus nécessaire d'obliger les subordonnés à passer des mois à apprendre par cœur les détails de procédures auxquelles on les force ainsi à s'identifier.

Mais le point, le plus important peut-être, concerne maintenant les techniques de prévision. Que l'on puisse désormais comprendre et de ce fait, prédire beaucoup mieux le comportement des individus au sein d'une organisation, permet de se contenter d'une conformité plus spécialisée et plus temporaire. Les organisations modernes peuvent beaucoup plus facilement tolérer la déviance et les engagements partiels. Le gouvernement d'une organisation, en conséquence, peut maintenant reposer davantage sur des moyens indirects et d'ordre rationnel. La structure des communications, l'organisation des circuits de production, l'aménagement technique des postes de travail, les stimulations d'ordre économique et éventuellement des calculs rationnels plus complexes ont pris finalement beaucoup plus d'importance que les traditionnelles contraintes et les idéologies exclusives des corps et des castes d'autrefois. L'aspect punitif de l'exigence de conformité tend à décliner; certes la contrainte reste toujours nécessaire en dernière analyse, mais elle ne peut plus être utilisée que dans des limites précises et les membres de l'organisation n'ont plus besoin de la voir opérer effectivement pour tenir compte dans leur calcul de la nécessité des règles qu'elle sert à imposer.

Ces quelques remarques de bon sens visaient avant tout à rappeler que contrairement à ce que nous laisseraient croire certaines généralisations trop rapides, les traits « bureaucratiques » qui soulèvent l'indignation du public avaient beaucoup plus de chances de se produire dans les organisations de type ancien que dans les organisations d'aujourd'hui. Le déplacement des buts en constitue le meilleur exemple. Des employés traditionnels conditionnés par un apprentissage rigoureux, engagés à vie dans une occupation et dans un rôle avec lesquels leur personnalité va de ce fait tendre à se confondre risquent beaucoup plus d'être affectés par le « déplacement des buts » et le « ritualisme » que des subordonnés modernes qui sont seulement temporairement spécialisés dans un emploi, dans une atmosphère de beaucoup plus grande tolérance, même quand leur spécialisation — comme c'est souvent le cas — est plus étroite.

Mais l'influence, au sein d'une organisation, des méthodes de gouvernement utilisées ne doit pas être envisagée seulement comme si ces méthodes répondaient avant tout à des objectifs d'efficacité. La rigidité d'une organisation ne tient pas seulement aux pressions qui viennent d'en haut. L'exigence de conformité, contrairement à une opinion trop souvent répandue n'est pas à sens unique. Les subordonnés se servent aussi de la conformité pour lier la direction et se protéger ainsi contre elle. Il s'agit là d'un autre aspect de ces luttes pour le pouvoir que nous avons étudiées au chapitre précédent. Les subordonnés acceptent de jouer ce jeu qui leur est imposé dans la mesure où ils peuvent s'en servir dans leur propre intérêt et en tirer parti, par exemple pour obliger la direction à respecter leur autonomie personnelle. Si ces deux pressions opposées se stabilisent en laissant trop peu de marge d'initiative pour faire face aux difficultés, l'organisation en cause devient très profondément rigide.

C'était le cas de ces administrations d'autrefois où sévissaient les employés « ritualistes » qui tenaient avant tout à suivre leurs instructions à la lettre et refusaient de tenir compte de la réalité à laquelle ils devaient faire face. Leur incapacité n'était pas seulement une incapacité apprise, la simple conséquence de la déformation subie par quelqu'un qu'on a laissé trop longtemps dans le moule, elle tenait au type de jeu supérieur — subordonné que l'on jouait alors dans ces organisations. C'est parce qu'il avait besoin de protection en cas d'erreur, à cause des risques que lui faisait courir le système punitif de contrôle auquel il était soumis, que le bureaucrate « ritualiste » se servait des règles, aussi bien contre sa propre organisation que contre le client. Son « ritualisme » était une pièce essentielle de son jeu et il lui valait considération et égards de la part de l'une comme de l'autre. Le comportement bureaucratique dont on l'accusait n'était donc pas la conséquence directe de la faiblesse de la nature humaine, comme on aurait pu le croire en lisant Merton, mais résultait finalement de la façon dont la conformité nécessaire était obtenue dans son organisation et du type de rationalité qui prévalait chez elle à une époque où il semblait impossible de comprendre et de prévoir les situations complexes auxquelles on aurait à faire face et où on n'avait pas encore réussi à élaborer à l'avance des séries de programmes souples permettant de s'y adapter de façon plus rationnelle.

Même dans un cas plus moderne et plus complexe comme celui de l'Agence comptable parisienne, nous retrouvons en partie au moins ce schéma. Les chefs de section et les chefs de centre qui préfèrent prendre des décisions consacrant la routine plutôt que d'avoir à faire face à des difficultés d'ordre affectif avec leurs subordonnés et à des risques possibles d'échec, ne se retranchent plus comme leurs prédécesseurs derrière les formes et les rites mais ils jouent le même type de jeu. Leurs comportements participent d'un ensemble de processus organisationnels plus complexes, mais sont finalement toujours le résultat des négociations entre les divers groupes, et entre chacun de ces groupes et l'ensemble de l'organisation, sur la façon d'imposer et de respecter la conformité et la rationalité nécessaire à la bonne marche de l'organisation.

Quelle qu'elle soit néanmoins, aucune organisation moderne ne peut échapper à la nécessité du changement; elle est constamment contrainte de s'adapter aux transformations de son environnement et aux transformations moins visibles, mais tout aussi profondes de son personnel. Elle ne peut survivre si elle ne reste pas suffisamment souple et capable d'adaptation. Pour y parvenir — si vague que soit cette condition, elle n'en est pas moins impérative — elle doit faire confiance à l'initiative et à la faculté d'invention de certains individus et de certains groupes *.

Cette nécessité de souplesse qui ne peut manquer de peser dans le choix des modes de gouvernement, va à l'encontre d'une conception mécaniste du fonctionnement d'une organisation. Dans la plupart des cas, jusqu'à présent, il y a eu conflit entre les deux objectifs considérés comme contradictoires d'efficacité dans l'instant et de capacité d'adaptation au changement ; les solutions trouvées ont été des compromis dont la teneur dépendait essentiellement de la pression de l'environnement et du caractère plus ou moins changeant de la réalité à laquelle l'organisation devait faire face. Il ne faudrait pas croire cependant que « l'incertitude du marché » soit, en tant que telle, un obstacle suffisant à la rigidité des organisations. On peut soutenir, au contraire, que des conditions d'incertitude extrêmes risquent d'amener davantage de conformité et de rigidité dans la mesure où il apparaîtra vain d'essayer de s'adapter à des situations totalement imprévisibles. L'absence complète d'incertitude en revanche, qui permet de prescrire dans les plus petits détails tous les comportements auxquels devront faire face les membres de l'organisation, peut amener une rigidité d'un autre ordre certes, mais tout aussi forte. En fait on a tendance à échapper à la pression de la

* Dans le cadre traditionnel du marché, c'est l'entrepreneur qui a le monopole d'une telle capacité d'adaptation. Mais la souplesse à laquelle on parvient ainsi n'est possible que si les unités économiques restent petites.

réalité aux deux extrêmes, quand il est trop difficile d'y faire face ou quand c'est devenu trop facile.

Dans toute organisation, de toute façon, on retrouve la même tentation très forte d'échapper à la réalité. Cette tentation, à laquelle toutes les organisations succombent au moins partiellement correspond exactement au « phénomène bureaucratique » que nous avons cherché à définir. Des règles impersonnelles, éliminant arbitrairement les difficultés, une centralisation rendant impossible une connaissance suffisante des faits, constituent autant de moyens « bureaucratiques » d'éviter des adaptations et des changements qui autrement apparaîtraient inévitables.

Dans la plupart des cas toutefois, de telles « conduites de fuite » ne peuvent aller trop loin. L'organisation est soumise à la pression d'une multitude d'informations qui la renseignent sur les conséquences de ses activités, ce qui l'oblige à tenir compte de ses erreurs et à les corriger. Nous proposons d'appeler « système bureaucratique d'organisation », tout système d'organisation dans lequel le circuit, erreurs-informations-corrections fonctionne mal et où il ne peut y avoir, de ce fait, correction et réadaptation rapide des programmes d'action, en fonction des erreurs commises. En d'autres termes, *une organisation bureaucratique serait une organisation qui n'arrive pas à se corriger en fonction de ses erreurs*. Les modèles d'action « bureaucratiques », auxquels elle obéit, tels que l'impersonnalité des règles et la centralisation des décisions se sont si bien stabilisés qu'ils sont devenus partie intégrante de son équilibre interne et que quand une règle ne permet pas d'effectuer les activités prescrites de façon adéquate, la pression qui naîtra de cette situation dysfonctionnelle n'aboutira pas à l'abandon de cette règle, mais au contraire à son extension et à son renforcement.

Il va de soi que cette définition toute théorique ne peut s'appliquer directement et complètement dans la réalité. Mais son caractère relativement abstrait et général va nous permettre d'élaborer un modèle plus complexe.

LES DONNÉES ÉLÉMENTAIRES D'UN « CERCLE VICIEUX » BUREAUCRATIQUE

Essayons d'élaborer dans la perspective que nous venons de tracer un modèle de « système bureaucratique » qui puisse rendre compte de tous les traits caractéristiques que nous avons décrits et analysés, aussi bien dans le cas de l'Agence comptable parisienne que dans celui du Monopole Industriel. Le modèle que nous proposerons restera relativement limité, puisque nos données de base sont uniquemment françaises et qu'elles ne sont même pas représentatives de la France et de l'admininistration publique française. Mais il pourra nous servir de point de départ pour imaginer les autres modèles possibles et pour nous demander s'il n'y a pas des traits et éventuellement un modèle sous-jacent communs à tous les systèmes bureaucratiques.

Nous allons raisonner pour commencer à partir des données élémentaires du « cercle vicieux » bureaucratique que nous avons pu observer dans le fonctionnement au jour le jour de l'Agence comptable et du Monopole industriel. Cette discussion nous permettra d'élaborer un premier modèle statique comparable à tous égards à ceux de Merton et de Gouldner. Ce premier modèle ne constituera toutefois qu'une étape avant d'aborder l'étude des réactions d'un système bureaucratique au changement et les possibilités de changement même de tout l'ensemble qu'il représente. C'est dans cette dernière perspective seulement que nous pourrons discuter dans toute son ampleur le problème que pose la permanence d'un certain type d'équilibre, malgré et à travers la transformation de tous ses éléments.

Quatre traits essentiels permettent dans nos deux cas de rendre compte de la rigidité des routines que nous avons observées : l'étendue du développement des règles impersonnelles, la centralisation des décisions, l'isolement de chaque strate ou catégorie hiérarchique et l'accroissement concomitant de la pression du groupe sur l'individu, le développement de relations de pouvoir parallèles autour des zones d'incertitude qui subsistent. Nous allons analyser successivement chacun d'eux.

L'étendue du développement des règles impersonnelles.

Des règles impersonnelles définissent dans le plus petit détail les diverses fonctions et prescrivent la conduite à tenir par leurs occupants dans le plus grand nombre possible d'éventualités. Des règles également impersonnelles président aux choix des personnes appelées à remplir ces fonctions; dans nos deux cas comme dans tous les autres secteurs de la fonction publique française, la haute fonction publique mise à part, deux principes gouvernent ces choix : le principe du concours ouvert à tous qui règle les passages d'une grande catégorie hiérarchique à une autre et le principe de l'ancienneté qui règle à l'intérieur de chaque catégorie, la répartition des postes, les transferts de poste à poste et les augmentations d'indice. La personnalité des candidats, les résultats qu'ils obtiennent dans leur travail, leur efficacité et leur imagination ne peuvent et ne doivent absolument pas entrer en ligne de compte, ni dans les épreuves des concours ni dans l'application de règles d'ancienneté qui reposent uniquement sur l'appréciation des qualités les plus abstraites et les plus impersonnelles.

Un tel système naturellement ne peut s'appliquer à la lettre et il ne manque pas de susciter des exceptions. Par comparaison cependant il apparaît extrêmement rigoureux. Au sein de l'Agence comptable parisienne par exemple, on s'en souvient, le comportement au travail de tous les employés et de tous les petits cadres est prescrit avec minutie. Toutes les opérations qu'ils doivent accomplir sont prévues et on leur indique la manière de les accomplir, le « mode opératoire » unique auquel ils doivent se conformer; l'ordre de leur succession lui-même est spécifié. Sur le plan de la carrière, il y a eu, au cours de la période de crise sociale et politique de la « Libération », de très nombreuses « intégrations » qui ne respectaient pas la règle du concours. Mais si ces intégrations n'ont pas été remises en cause par la suite, aucune exception nouvelle n'a été acceptée depuis. En ce qui concerne les emplois d'encadrement enfin, la règle d'ancienneté ne peut s'appliquer intégralement pour des emplois de cadres, mais les exceptions ne sont possibles qu'au bout de vingt ans de promotion à l'ancienneté. Au sein du Monopole industriel, les règles sont appliquées de façon encore plus stricte. Les passages de catégorie à catégorie ont été extrêmement rares au cours des derniers cinquante ans et l'ancienneté prévaut jusque dans les rangs des membres de la direction.

La combinaison de ces deux séries de règles concernant à la fois la fonction et la carrière assurent au fonctionnaire une indépendance et une sécurité totales. Rien n'est laissé à l'arbitraire et à l'initiative individuels. La tâche journalière de chacun, ses chances d'en obtenir une autre, son statut et son avenir dans l'organisation peuvent être prédits à l'avance assez exactement. Dans un tel système, comme nous l'avons établi, les relations de dépendance personnelle tendent à disparaître ou du moins à perdre beaucoup de leur importance. Si tout arbitraire et même toute initiative individuelle dans la définition des fonctions de ses subordonnés et dans leur affectation aux diverses fonctions sont interdits, le chef hiérarchique perd tout pouvoir sur eux. Son rôle se borne à contrôler l'application des règles. En contrepartie, comme nous l'avons vu, les subordonnés perdent aussi leur pouvoir de pression sur leurs supérieurs et leurs possibilités de négociation avec eux dans la mesure où leur comportement se trouve entièrement déterminé par les règles *.

* Nous nous permettons de renvoyer le lecteur à ce passage du chapitre précédent, pages 214-216, dans lequel nous avons essayé de préciser le jeu joué par les supérieurs et les subordonnés dans leurs rapports mutuels.

Du fait de l'existence de ces règles, chaque membre de l'organisation se trouve donc protégé à la fois contre la pression de ses supérieurs et contre celle de ses subordonnés; mais cette protection est aussi un isolement et sa conséquence est double; d'une part il est privé de toute initiative et soumis totalement à des règles qui lui sont imposées du dehors et d'autre part il est complètement libre de tout lien de dépendance personnelle; il ne craint personne et se trouve presque aussi indépendant de ce point de vue que s'il n'était pas salarié. Ce type de rapports humains fait perdre aux relations entre supérieurs et subordonnés leur importance affective, aussi bien pour les supérieurs que pour les subordonnés. Comme nos résultats l'on bien montré, aussi bien pour l'Agence comptable que pour le Monopole industriel, nous ne trouvons plus, entre les catégories qui dépendent hiérarchiquement l'une de l'autre, que des relations conventionnelles, ayant perdu toute signification affective.

Pratiquement, il est vrai, il est rare qu'un système d'organisation puisse aboutir à un tel degré de rigueur. Il reste toujours un peu d'incertitude, ce qui laisse aux protagonistes un certain jeu à l'intérieur du cadre délimité par les règles. Les rapports de dépendance et la négociation en conséquence ne peuvent jamais être supprimés. La pratique de la grève du zèle par exemple constitue pour de nombreuses catégories de fonctionnaires le moyen de montrer que la soumission à la règle ne peut suffire à assurer la fonction qui leur est impartie et que la direction en conséquence doit négocier, si elle veut obtenir leur coopération.

La centralisation des décisions.

Le pouvoir de décision à l'intérieur d'un système d'organisation bureaucratique tend à se situer aux endroits où l'on donnera naturellement la préférence à la stabilité du système interne « politique » sur les buts fonctionnels de l'organisation. Ce trait est le corollaire du précédent. Si l'on veut sauvegarder les relations d'impersonnalité, il est indispensable que toutes les décisions qui n'ont pas été éliminées par l'établissement de règles impersonnelles, soient prises à un niveau où ceux qui vont en avoir la responsabilité soient à l'abri des pressions trop personnelles de ceux qui seront affectés par ces décisions.

En conséquence, le pouvoir de prendre des décisions pour interpréter et compléter les règles et aussi bien celui de changer les règles et d'en édicter de nouvelles aura tendance à s'éloigner de plus en plus des cellules d'exécution, ou de façon plus générale, du niveau hiérarchique où elles seront appliquées. Si la pression en faveur de l'impersonnalité est forte, cette tendance à la centralisation sera irrésistible. Elle se traduira concrètement par une priorité donnée aux problèmes « politiques » internes — lutte contre le favoritisme et l'arbitraire, sauvegarde de l'équilibre entre les différentes parties du système — par rapport aux problèmes d'adaptation à l'environnement qui demanderaient que les décisions soient prises à un niveau où l'on connaisse mieux ses particularités et son évolution. L'arbitraire et l'initiative individuelle sur le terrain, sur le plan de la fonction assumée, de l'activité économique ou des rapports avec le public ne pourraient manquer en effet d'introduire des différences, donc de l'arbitraire sur le plan des rapports humains et par voie de conséquence de nouveaux rapports de dépendance. La centralisation est donc le second moyen d'éliminer l'arbitraire, le pouvoir discrétionnaire de l'être humain au sein d'une organisation. Le prix que l'organisation doit payer est celui d'une plus grande rigidité. Ceux qui décident ne connaissent pas directement les problèmes qu'ils ont à trancher; ceux qui sont sur le terrain et connaissent ces problèmes n'ont pas les pouvoirs nécessaires pour effectuer les adaptations et pour expérimenter les innovations devenues indispensables.

Le cas de l'Agence comptable parisienne peut être considéré comme le meilleur exemple d'une telle centralisation. Et c'est pourquoi nous avons attaché tant d'importance à une analyse en profondeur des relations réciproques entre cadres supérieurs et cadres subalternes. De telles relations mettaient en évidence le dilemme auquel doit faire face une organisation bureaucratique et le choix qu'elle sera forcée de faire. Mais les mêmes pressions, il ne faut pas l'oublier, sont à l'œuvre dans les rapports entre l'Agence et le Ministère et on le retrouve dans les rapports entre la Direction générale et les usines du Monopole et à l'intérieur même de chaque usine, où, comme nous l'avons souligné, le directeur et le directeur-adjoint doivent décider personnellement de tous les problèmes humains des ateliers sur lesquels il leur est absolument impossible d'avoir des informations de première main ou même suffisamment sûres. De façon générale on peut soutenir que des modèles de répartition du pouvoir de cet ordre sont extrêmement répandus dans l'administration publique française et sont à la source de toutes les pratiques centralisatrices si souvent dénoncées.

L'isolement de chaque catégorie hiérarchique et la pression du groupe sur l'individu.

La suppression des possibilités d'intervention arbitraire des supérieurs et la suppression concomitante des possibilités de pression personnelle des subordonnés, du fait du développement d'un système de règles impersonnelles et de la centralisation des décisions entraînent une conséquence très importante qui constitue un autre trait fondamental d'un système d'organisation bureaucratique comme ceux que nous avons examinés : chaque catégorie hiérarchique, chaque strate, va se trouver complètement isolée de toutes les autres strates, aussi bien supérieures que subordonnées. Une organisation bureaucratique de ce type va donc se trouver composée d'une série de strates superposées, communiquant très peu entre elles. Et les barrières entre strates seront telles qu'il y aura très peu de place pour le développement possible de groupes ou de clans qui pourraient grouper des membres de plusieurs strates.

Cet isolement de chaque strate va s'accompagner, il est facile de le comprendre, d'une pression extrêmement forte du groupe de pairs constitué par l'ensemble des membres de la strate sur chacun des individus qui la composent. Si en effet la pression hiérarchique diminue et s'il ne peut se développer de groupe informel rassemblant des membres de différentes strates, le groupe des pairs, le groupe des égaux membres de la même strate devient la seule force intermédiaire capable de s'interposer entre l'individu et l'organisation. En outre, puisqu'il doit y avoir toujours égalité complète entre les membres de la même strate, les seules différences reconnues étant déterminées par l'influence d'un facteur impersonnel, l'ancienneté, les conflits à l'intérieur de la strate vont être remplacés par des conflits entre strates. L'individu membre d'une strate va se trouver déterminé avant tout par ses intérêts de groupe et il lui sera impossible d'échapper au contrôle de ses pairs. Toute velléité d'indépendance de sa part sur les points qui touchent aux intérêts communs va se trouver impitoyablement sanctionnée.

Enfin la pression du groupe des pairs devient le seul facteur de régulation du comportement en dehors des règles. Puisque la pression hiérarchique et la sanction que donne la comparaison des résultats individuels se trouvent réduites, sinon éliminées, les individus ne peuvent trouver de mesure à leur effort qu'en se conformant aux règles impersonnelles et aux normes de leur catégorie professionnelle et hiérarchique qui se superposent à ces règles pour les interpréter et pour les compléter. Ils se trouvent donc complètement soumis à une détermination collective *.

* L'importance prépondérante de cette détermination se traduisait de façon concrète dans nos deux cas. L'enquête sur le Monopole industriel a permis d'en apprécier certaines conséquences. On se souvient en particulier de la concordance remarquable des réponses des membres d'un même groupe sur tous les points ayant une importance pour la vie du groupe, et en même temps de l'écart considérable qui s'est révélé entre des opinions privées éventuellement non conformistes et les opinions exprimées publiquement très sagement officielles.

La pression du groupe des pairs constitue à notre avis un des éléments essentiels dont on doit tenir compte pour comprendre « l'esprit de corps» des bureaucrates et leur « ritualisme ». Le « déplacement des buts » n'a de sens que parce qu'il constitue pour le groupe des pairs un moyen indispensable de se protéger contre les autres groupes et contre l'organisation. L'impersonnalité des tâches et des réglementations tracassières peuvent se développer dans de grandes organisations modernes, sans avoir les mêmes conséquences en ce qui concerne le ritualisme. Ces mêmes forces prennent une importance décisive dans un système d'organisation bureaucratique, parce que l'isolement de chaque strate lui permet de contrôler complètement ce qui est de son domaine et d'ignorer les buts généraux de l'organisation. On peut même aller plus loin et soutenir que pour obtenir le meilleur résultat possible dans sa négociation avec le reste de l'organisation une strate doit prétendre que sa fonction particulière constitue une fin en soi. Dans cette dernière perspective, le ritualisme des membres devient un élément important dans la stratégie du groupe. Il permet au groupe de s'affirmer comme différent, de prétendre que ses objectifs particuliers sont des objectifs généraux ou sont les objectifs intermédiaires décisifs dont dépend la possibilité de parvenir aux objectifs généraux. Enfin et en même temps il renforce la solidarité des membres du groupe.

De toute façon on peut relever, de ce point de vue, une profonde opposition entre un employé dépendant d'un système d'organisation très « bureaucratique » et un employé d'un système d'organisation qui l'est moins. Le ritualisme est un atout pour le premier, car ses possibilités d'avancement et de bonne adaptation à l'organisation dépendent de son statut dans le groupe et du statut du groupe dans l'organisation. Il est un inconvénient grave pour le second dont les chances de succès dépendent avant tout de sa capacité à passer d'un groupe à l'autre et de démontrer qu'il est capable de sacrifier les objectifs étroits de son travail et de son groupe et de comprendre les objectifs plus généraux de l'organisation *.

Le développement de relations de pouvoir parallèles.

Nous avons déjà longuement analysé ce problème du développement des relations de pouvoir parallèles dans le chapitre précédent. Essayons maintenant de résumer nos conclusions, en les reformulant en termes

* Cette opposition est rarement aussi tranchée dans la pratique, puisque dans la plupart des cas, même dans des organisations peu bureaucratiques, le

plus généraux. Quels que soient les efforts déployés, il est impossible d'éliminer toutes les sources d'incertitude à l'intérieur d'une organisation en multipliant les règles impersonnelles et en développant la centralisation. Autour des zones d'incertitude qui subsistent, des relations de pouvoir parallèles vont se développer et, avec elles, des phénomènes de dépendance et des conflits. Les individus ou les groupes qui contrôlent une source permanente d'incertitude dans un système de relations et d'activités dans lequel le comportement de chacun peut être prévu à l'avance, disposeront d'un certain pouvoir sur ceux dont la situation pourrait être affectée par cette incertitude. Bien plus leur situation stratégique sera d'autant meilleure et le pouvoir qui en découle d'autant plus grand, que les sources d'incertitudes seront moins nombreuses. C'est dans un système d'organisation très « bureaucratique » où la hiérarchie est claire et la définition des tâches précises que les pouvoirs parallèles auront le plus d'importance. Ce paradoxe trouve de très faciles confirmations dans les constants exemples signalés dans des administrations publiques où d'obscurs employés de grade peu élevé peuvent avoir un rôle décisif dans la solution d'affaires importantes, simplement du fait qu'ils occupent une situation stratégique dans un système d'organisation trop bien réglé. Il permet d'expliquer ainsi que certains groupes réussissent à maintenir des privilèges exorbitants dans un milieu dont, par ailleurs, la règle fondamentale est l'égalité.

Des relations de pouvoir parallèles peuvent se développer à l'intérieur de la ligne hiérarchique normale. La plupart du temps cependant elles se développent en dehors d'elle comme dans l'exemple du Monopole industriel, ce qui implique une distorsion plus grande encore du système de relations humaines. Les catégories d'experts, de ce point de vue, sont souvent des groupes privilégiés dans la mesure où leurs tâches ne peuvent être définies et contrôlées de façon précise. Ils réussissent en effet généralement à obtenir une autonomie dans le genre de celle décrite par Selznick dans son analyse du cercle vicieux de la spécialisation à la T.V.A. A première vue on peut s'étonner de la coexistence de cette autonomie et de cette spécialisation dans le cadre de la centralisation administrative. Ce n'est pourtant ni un hasard ni un paradoxe. C'est en effet dans le cadre général d'un système de règles impersonnelles et de centralisation et à cause de la rigidité même de ce système que les privilèges des groupes d'experts peuvent se développer et se maintenir le plus longtemps.

groupe des pairs continue à avoir une influence considérable sur le comportement et les perspectives de ses membres.

Le cercle vicieux.

La caractéristique essentielle du système d'organisation bureaucratique est que les difficultés, les mauvais résultats et les frustrations qui découlent de l'existence des quatre traits fondamentaux que nous venons d'analyser, tendent finalement à développer de nouvelles pressions qui renforcent le climat d'impersonnalité et de centralisation qui leur a donné naissance. En d'autres termes un système d'organisation bureaucratique est un système d'organisation dont l'équilibre repose sur l'existence d'une série de cercles vicieux relativement stables, qui se développent à partir du climat d'impersonnalité et de centralisation. Les schémas suggérés par Merton et Gouldner offrent de bons exemples de tels cercles vicieux. Mais il est possible d'en élaborer de nouveaux et d'intégrer les anciens dans des schémas de plus en plus complexes.

Nous avons déjà repris la discussion de Merton sur le « déplacement des buts ». Nous avons essayé de montrer que, dans notre perspective, un tel phénomène ne devait pas seulement s'expliquer par la rigidité de la personnalité humaine qui garderait la marque du moule auquel elle a été soumise, mais aussi et surtout par l'isolement des différentes strates en concurrence les unes avec les autres et qui se servent de ce qui devient alors pour elles une tactique pour renforcer leur influence. Les conséquences dysfonctionnelles du déplacement des buts — c'est-à-dire l'impossibilité d'avoir des relations satisfaisantes avec les clients, de communiquer fructueusement avec l'environnement et de s'y adapter heureusement, les difficultés éprouvées à accomplir les tâches fixées, la moindre productivité, etc. — ne pourront pas conduire le système à se réformer et à introduire plus de souplesse dans les rapports humains car le seul moyen d'action dont disposent les dirigeants qui au sommet de la pyramide pourraient le faire, consiste à élaborer de nouvelles règles et à accroître encore la centralisation. En contrepartie, les individus et les groupes qui ont à faire face directement sur le terrain à ces difficultés, ne font pas pression pour obtenir plus d'autonomie, ils cherchent au contraire à utiliser l'existence des dysfonctions dont ils souffrent pour améliorer leur position, vis-à-vis du public et de l'organisation. Leur lutte contre la centralisation n'aura pas pour objectif d'obtenir une meilleure adaptation de l'organisation à son environnement, mais de sauvegarder et de développer la rigidité qui les protège.

Le cercle vicieux de contrôle et de surveillance analysé par Gouldner peut lui aussi être élargi. Le raisonnement que Gouldner utilise est, on s'en souvient, le suivant : la prolifération des règles impersonnelles bureaucratiques réduit les tensions que suscite le besoin de surveillance; mais en même temps l'hostilité suscitée par le climat bureaucratique et les mauvais résultats qu'il entraîne sur le plan pratique renforcent ce besoin. On peut aller plus loin et montrer que si le pouvoir de négociation du contremaître diminue, ce qui est la tendance naturelle dans tout système d'organisation bureaucratique, le cercle vicieux dépasse le simple rapport contremaître-exécutant et intéresse finalement l'ensemble des relations hiérarchiques à l'intérieur de l'organisation.

Le cas de l'Agence comptable parisienne constitue le meilleur exemple d'un tel cercle vicieux de surveillance et de contrôle se développant à partir des règles impersonnelles et de la centralisation. Les frustrations des différents groupes qui ne peuvent pas discuter des décisions qui vont les affecter et qui doivent soumettre leurs activités à une surveillance très étroite suscitent de telles pressions que les supérieurs ne se sentent pas assez solides pour y faire face et que les décisions sont toujours repoussées à un niveau hiérarchique suffisamment éloigné pour échapper au contact. Si les fonctionnaires qui doivent prendre des décisions ne sont plus au contact de ceux qui seront affectés par ces décisions, les tensions auront beau être réduites, les frustrations demeureront et à travers elles la pression pour la centralisation. On pourrait naturellement imaginer de « débloquer » le système et de l'assouplir mais si l'on s'efforçait d'agir dans cette direction, on irait à l'encontre de la répugnance générale pour les relations de dépendance qui constitue un trait culturel d'une importance décisive. Cette répugnance, et cette peur se trouvent renforcées par toutes les frustrations que créent par ailleurs l'existence de relations de pouvoir parallèles dont nous avons vu qu'elles se développaient forcément dans un système d'organisation bureaucratique. Ces relations qui sont la conséquence directe de l'impersonnalité et de la centralisation bureaucratique tendent à créer une nouvelle pression pour plus de centralisation et d'impersonnalité.

Vu avec un peu de recul, le modèle sous-jacent qui caractérise un système bureaucratique d'organisation et qui détermine la permanence de tous ces cercles vicieux pourrait se résumer ainsi : la rigidité avec laquelle sont définis le contenu des tâches, les rapports entre les tâches et le réseau de relations humaines nécessaire à leur accomplissement, rendent difficiles les communications des groupes entre eux et avec l'environnement. Les difficultés qui en résultent, au lieu d'imposer une refonte du modèle, sont utilisées par les individus et les groupes pour améliorer leur position dans la lutte pour le pouvoir au sein de l'organisation. Ces comportements suscitent de nouvelles pressions pour l'impersonnalité et la centralisation car l'impersonnalité et la centralisation offrent, dans un tel système, la seule solution possible pour se débarrasser des privilèges abusifs que ces individus et ces groupes ont acquis.

Ce schéma d'interprétation, on le remarquera, n'est plus fondé sur les réactions passives du « facteur humain » mais sur la reconnaissance de la nature active de l'agent humain qui cherche de toute façon et en toutes circonstances à tirer le meilleur parti possible de tous les moyens à sa disposition.

LE PROBLÈME DU CHANGEMENT DANS UN SYSTÈME D'ORGANISATION BUREAUCRATIQUE

Complétons notre première formule : un système d'organisation bureaucratique est un système d'organisation incapable de se corriger en fonction de ses erreurs et dont les dysfonctions sont devenues un des éléments essentiels de l'équilibre. L'interprétation qu'un tel modèle suppose est moins vulnérable aux critiques que les théories antérieures de la bureaucratie fondées sur les relations humaines. C'est en effet un modèle plus général et plus systématique et qui met au premier plan des choix rationnels au lieu du poids des sentiments, mais il reste encore inadéquat dans la mesure où il ne peut nous donner la possibilité de comprendre les conditions de développement et les limites du phénomène bureaucratique. C'est un modèle statique et descriptif.

Si nous voulons aller plus loin, la question décisive qu'il nous faut aborder maintenant est celle du changement. Toute organisation, quelle que soit sa fonction et quels que soient ses buts et son environnement, doit faire face en effet à des transformations qui lui sont imposées aussi bien de l'extérieur et de l'intérieur. Et s'il est indispensable, d'un point de vue méthodologique, d'étudier tout d'abord l'équilibre régulier de son fonctionnement quotidien, afin de découvrir les modèles d'action qui sont les siens, sa façon de réagir au changement et d'en contrôler les effets permet seule de comprendre la signification profonde des routines, dont une analyse fonctionnelle avait pu seulement démonter le mécanisme.

La première remarque qui s'impose, dans cette perspective, concerne le problème de la rigidité. Un système d'organisation dont la principale caractéristique est la rigidité ne peut naturellement pas s'adapter facilement au changement et tendra à résister à toute transformation. Et pourtant le changement est permanent au sein des organisations modernes. Il affecte les services rendus, les clients ou le public auxquels on s'adresse, les techniques dont on se sert et jusqu'aux attitudes et aux capacités du personnel qu'on emploie. Les transformations nécessaires peuvent être graduelles et quasi constantes, si les agents de l'organisation qui sont conscients de leur nécessité, car ils en ont une expérience directe, ont la possibilité d'introduire les innovations nécessaires ou d'obtenir facilement des autorités hiérarchiques compétentes qu'elles le fassent. Mais, comme nous l'avons déjà souligné, les organisations « bureaucratiques » ne laissent pas de telles initiatives aux échelons inférieurs et s'arrangent pour éloigner les centres de décision des difficiles contacts avec les problèmes concrets *. Les décisions concernant le moindre changement sont généralement prises au sommet. Cette concentration et l'isolement des diverses catégories qui l'accompagne rendent absolument impossible de concevoir une politique de changement graduel et permanent. Du fait du blocage du système de communications, les dirigeants ne peuvent ni recevoir d'avertissement préalable ni faire de prévisions sérieuses. Quand ils sont enfin avertis, ils ont de grandes difficultés à prendre des décisions à cause du poids des règles impersonnelles qui risquent d'en être affectées. Un système d'organisation bureaucratique par conséquent ne cède au changement que quand il a engendré des dysfonctions vraiment graves et qu'il lui est devenu impossible d'y faire face.

Cependant, si un tel système est capable de résister au changement plus longtemps qu'un système moins bureaucratique, il va de soi qu'il finira bien néanmoins par changer car le changement est devenu la loi de nos sociétés. La rigidité bureaucratique ne peut donc se maintenir que dans certaines limites et les dysfonctions ne peuvent renforcer les cercles vicieux qui leur donnent naissance qu'à l'intérieur d'une certaine marge. La résistance au changement ne constitue donc qu'un des deux aspects du problème. L'autre aspect qui est tout aussi important et qu'on semble constamment ignorer, c'est la façon très particulière avec laquelle une organisation bureaucratique s'adapte au changement.

La logique de notre analyse suggère que dans un système bureaucratique le changement doit s'opérer de haut en bas et doit être universel, c'est-à-dire affecter l'ensemble de l'organisation en bloc. Le changement ne peut venir graduellement et sous forme de pièces et de morceaux. On attendra pour effectuer un changement qu'une dysfonction soit devenue assez grave pour menacer la survie même de l'organisation. Les décisions prises s'appliqueront alors à l'ensemble de l'organisation et même, en particulier, aux secteurs qui n'étaient pas sérieusement affectés par les dysfonctions. Le maintien de l'impersonnalité est à ce prix. On peut même soutenir que très souvent le changement aura pour première conséquence d'amener la progression de la centralisation, car

* Surtout quand il s'agit de problèmes d'ordre humain.

il ne pourra avoir lieu qu'en brisant les privilèges locaux qui s'étaient développés du fait de l'inadéquation des règles.

A cause des longs délais nécessaires, de l'ampleur qu'il doit revêtir et à cause de la résistance qu'il doit surmonter, le changement constitue pour un système d'organisation bureaucratique une crise qui ne peut manquer d'être profondément ressentie par tous les participants. Le rythme essentiel qui caractérise une organisation bureaucratique, c'est donc l'alternance de longues périodes de stabilité et de courtes périodes de crise et de changement. La plupart des analyses du phénomène bureaucratique ne tiennent compte que des périodes de routine, c'est cette image d'ailleurs qui ressortait de notre description du cercle vicieux. Mais c'est une image tout à fait incomplète. La crise, en effet, est un des éléments distinctifs indispensables de tout système d'organisation bureaucratique. Elle constitue le seul moyen de parvenir à opérer les rajustements nécessaires et joue donc un rôle essentiel dans le développement même du système qu'elle seule peut rendre possible et, indirectement même, dans la croissance de l'impersonnalité et de la centralisation.

Les crises sont importantes aussi, d'une autre façon. Elles suscitent et mettent en évidence d'autres modèles d'action, d'autres types de relations interpersonnelles et de relations de groupe qui sont temporaires, il est vrai, mais dont l'importance est tout de même considérable. Durant les crises, certaines initiatives personnelles pourront prévaloir et tous les participants devront se soumettre à l'arbitraire individuel de certains individus stratégiquement placés. Des relations de dépendance génératrices de tensions que l'on avait oubliées vont réapparaître. L'autorité personnelle va se substituer aux règles. De telles exceptions, dont la source se trouve là encore dans les déficiences d'un système routinier trop parfait, seront tolérées dans la mesure où elles ne dureront pas longtemps et où elles apparaîtront indispensables à la solution du problème qui provoque la crise. Elles constituent les brèves périodes de guerre de mouvement sans lesquelles on ne pourrait procéder à un rajustement plus rationnel de la ligne de front dans la guerre de tranchées traditionnelle. Leur rôle cependant n'est pas seulement un rôle auxiliaire, car elles ont des conséquences profondes. Comme les relations de pouvoir parallèles, elles perpétuent la crainte de l'autorité directe et de l'arbitraire qui l'accompagne, parmi les membres de l'organisation. En même temps elles maintiennent toujours un certain courant de vocations réformatrices et autoritaires. De tels modèles de comportement sont naturellement à l'opposé de la personnalité bureaucratique décrite par Merton, mais ils sont malgré leur petit nombre tout aussi caractéristiques du milieu bureaucratique dont ils déterminent en partie l'échelle de valeurs.

Les crises peuvent se développer à différents niveaux. Au sein de l'Agence comptable et du Monopole industriel, nous avons analysé des cas mineurs, mais périodiques, de crise qui jouaient un rôle significatif dans les rapports entre les différents groupes. Au sein du Monopole, il s'agissait des possibles modernisations et réorganisations d'usine, à propos desquelles s'ordonnait la stratégie des différents groupes. Dans l'Agence comptable il s'agissait des crises dues au surmenage et qui survenaient régulièrement du fait de l'écart entre la répartition routinière des tâches et les pointes de trafic imposées par l'environnement. Ces crises perpétuent d'une certaine manière des modèles d'autorité anciens, tout en accroissant en même temps la méfiance profonde des membres de l'organisation envers les relations face à face. Mais des crises plus lointaines et plus profondes ont marqué l'ensemble du système social et par là le fonctionnement de l'organisation, la crise qui s'était développée à propos du problème de l'ancienneté et celles qui accompagnèrent l'introduction des machines semi-automatiques dans le Monopole, la crise qui affecta la remise en ordre des catégories et des grades au moment de la Libération à l'Agence. Les crises peuvent se produire à la suite d'une évolution interne ou se développer à travers un événement tout à fait extérieur, sans rapports avec l'organisation. Les guerres, les crises économiques, sociales et politiques qui bouleversent l'équilibre habituel du pouvoir au sein de la société globale constituent généralement d'excellentes occasions pour faire passer des changements depuis longtemps en attente.

Les bureaucraties les plus anciennes et les plus avisées ont fait de considérables efforts pour essayer de résoudre ces problèmes de changement de façon plus rationnelle. Les administrations publiques françaises traditionnelles se sont préoccupées, par exemple, de contrôler et éventuellement de domestiquer ces rôles fort dangereux d'agent de changement, de façon à régulariser et éventuellement à éliminer les crises. Pour y parvenir elles se sont efforcées de créer des castes tout à fait isolées de hauts fonctionnaires — les membres des Grands Corps — séparées du reste de la fonction publique par leur recrutement, leur formation et leurs espoirs de carrière et qui sont ainsi à l'abri de toutes les pressions qui peuvent venir de l'intérieur des organisations dont ils auront à s'occuper. Ce sont les « Grands Corps » qui fournissent chaque fois que c'est nécessaire les personnalités capables d'imposer des réformes aux diverses unités administratives qui en ont besoin, tout en respectant autant que possible l'ensemble de leurs règles et en minimisant les aspects autoritaires du rôle qui leur est imparti, grâce à leur réputation d'impartialité et au prestige que leur valent leur éloignement et leur appartenance à une petite élite soigneusement sélectionnée *. Mais cette façon de traiter les problèmes du changement reste tout de même encore trop complexe et délicate et on peut soutenir qu'elle ne fait que repousser le ferment d'instabilité, et reporter la nécessité de crise à un échelon encore plus élevé, au niveau du système politique **.

De tels modèles d'action sont naturellement tout à fait particuliers à la société française. Mais c'est à propos de la façon dont elles traitent le changement que les différences entre organisations et entre « bureaucraties » sont les plus profondes et les plus significatives. Nous reprendrons ces problèmes quand nous essaierons d'analyser les systèmes bureaucratiques d'organisation d'un point de vue culturel. Pour le moment, il nous suffira de conclure qu'un système bureaucratique d'organisation n'est pas seulement un système qui ne se corrige pas en fonction de ses erreurs, mais *c'est aussi un système trop rigide pour s'adapter sans crise aux transformations que l'évolution accélérée des sociétés industrielles rend de plus en plus fréquemment impératives.*

LA PERSONNALITÉ BUREAUCRATIQUE

Traditionnellement la personnalité bureaucratique est apparue comme marquée avant tout par le « ritualisme ». C'est ce qu'impliquait l'analyse de Merton et c'est dans cette direction qu'il lançait son appel pour l'étude des rapports entre la personnalité et les structures bureaucratiques [48].

Dans les catégories de Merton, on s'en souvient, le ritualisme se caractérise par l'ignorance ou le rejet des buts généraux et concrets de l'activité considérée et la primauté donnée aux moyens incarnés dans les institutions [49]. Il s'oppose aux trois autres possibilités du fameux paradigme, le conformisme, le retrait et la rébellion comme si la bureaucratie finalement symbolisait à elle seule une catégorie spéciale de l'action, celle qui consiste à donner la priorité aux moyens sur les fins.

Une telle vision a été certainement enrichissante mais elle demeure, nous semble-t-il, trop unilatérale et elle ne peut ainsi rendre compte de la complexité des stratégies individuelles et des stratégies de groupe dans les organisations modernes. Merton met seulement l'accent sur la

* Sur le rôle des Grands Corps et sur la transformation graduelle des fonctions de leurs membres chargés d'abord de contrôler l'application des règles les plus générales puis de régulariser et d'unifier les pratiques administratives, puis de plus en plus enfin d'opérer les réformes indispensables, on trouve finalement très peu de travaux pertinents [47].

** Nous reprendrons l'étude de ce problème un peu plus tard. Cf. *infra,* pages 327-330.

division des tâches et la formation. Le bureaucrate, dit-il, reprenant une formule célèbre malheureusement difficilement traduisible « semble désadapté parce qu'il a été adapté à une adaptation désadaptée * ». Pour lui la formation et l'apprentissage que celui-ci a subis équivalent à une déformation et finissent par créer une incapacité permanente [50]. Cette interprétation garde une part de vérité dans toute organisation, mais si elle correspond assez bien à l'atmosphère des bureaucraties de style ancien qui ne pouvaient fonctionner qu'en imposant à leurs agents des réflexes automatiques obtenus grâce à un dressage barbare et à un contrat tacite d'engagement à vie, sans la moindre perspective de changement, elle ne rend guère compte du fonctionnement des organisations modernes, même les plus bureaucratiques, dans lesquelles chaque groupe est capable d'élaborer sa propre stratégie et où le changement, même s'il suscite des résistances acharnées, reste toujours un élément essentiel du jeu.

Dans cette perspective, comme nous l'avons déjà fait remarquer, le ritualisme ne peut plus être simplement considéré comme une déformation et le résultat d'un apprentissage à rebours, il se développe et se maintient seulement dans la mesure où il constitue un moyen, pour chaque groupe, de protéger sa liberté d'action, donc un procédé utile, dans la lutte pour le pouvoir. Du point de vue de l'acteur il peut être analysé comme une réponse rationnelle aux exigences de la situation et à la pression du groupe des pairs. Mais, sous cette forme, il est devenu un comportement moins tranché et plus diffus et il ne résume plus l'ensemble des comportements possibles au sein d'un système d'organisation bureaucratique. D'autres modes de comportement expriment une variété de rôles que l'on avait jusqu'à présent refusé de reconnaître. Dans les analyses que nous avons faites, on trouvait de nombreux exemples de comportement non ritualiste. Le retrait et la rébellion en particulier étaient fréquents et le rôle de l'innovateur, même s'il restait un mythe pour la grande majorité des participants, gardait une importance considérable. Une dernière catégorie d'action enfin qui échapperait, elle, au paradigme de Merton, le comportement de soumission, l'identification de l'individu au pouvoir d'un autre groupe mérite d'être retenue.

La notion de retrait, la première, semble particulièrement indispensable pour expliquer le jeu des comportements au sein d'un système bureaucratique. On peut soutenir qu'elle est au moins aussi décisive que celle du ritualisme. L'individu qui sait d'avance qu'il ne peut s'attendre à des récompenses en relation avec ses efforts aura pour réaction naturelle de réduire son engagement et de lier son sort le moins possible à celui de l'organisation dont il fait partie. Le modèle d'impersonnalité et de cen-

* « People may be unfitted by being fit to an unfit fitness. »

tralisation qui caractérise le système bureaucratique développe de nombreuses forces de pression convergentes dans ce sens. D'une part en effet il prive les membres de l'organisation de la possibilité de peser directement sur les décisions à prendre et d'autre part il n'exige d'eux qu'une conformité relativement superficielle. Des subordonnés qui ne sont pas invités à participer, et à qui on ne donnera aucun avantage s'ils le font, ne risquent pas de perdre grand-chose en adoptant un comportement de retrait. Une telle réaction cependant se trouve généralement bloquée par l'influence décisive du groupe des pairs dont les possibilités de contrainte sont, comme nous l'avons noté, beaucoup plus fortes que dans une organisation moins rigide. Nos études de cas montrent que les groupes ne permettent à leurs membres de se réfugier dans une attitude de retrait que dans la mesure où ils sont eux-mêmes en état d'infériorité et que les groupes qui réussissent sont capables d'interdire tout retrait.

L'exemple le plus clair de retrait que nous ayions pu étudier est celui des chefs d'atelier du Monopole industriel. Leur degré de participation et d'engagement est particulièrement bas. Ils ont rarement des opinions fermes et leurs réponses sont même assez souvent incohérentes. Ils ne sont fiers ni de leur travail ni de leurs responsabilités. On pourrait imaginer qu'ils mettent l'accent sur les tâches bureaucratiques qu'ils peuvent accomplir sans être gênés par l'intervention des ouvriers d'entretien et qu'ils les idéalisent à la façon « ritualiste ». Mais ce n'est absolument pas le cas, du moins pour la plupart d'entre eux. En tant que groupe ils ne sont pas ritualistes. Ils ont pu le rester autrefois si l'on en croit les légendes qui courent sur leur compte mais ils ont cessé de l'être depuis qu'ils ont perdu tout pouvoir. Seuls quelques anciens gardent des traces de ces habitudes à l'intérieur du modèle général de retrait. D'autres comportements cependant peuvent coexister avec ce retrait général. Un certain nombre de chefs d'atelier plus jeunes, nous l'avons noté, s'efforcent de lutter pour reconquérir de l'influence. Ces « rebelles » sont beaucoup plus mécontents que leurs collègues, mais ce sont les seuls qui sont sérieusement engagés dans les affaires internes du Monopole.

Les cadres subalternes de l'Agence comptable présentent quelques-uns de ces mêmes traits, mais dans des proportions fort différentes. Comme leurs collègues du Monopole ils engagent beaucoup moins d'eux-mêmes dans les activités de leur organisation, mais ils continuent à espérer des promotions et cherchent à se faire transférer dans une autre Agence. Ils sont donc souvent intéressés par les affaires qui concernent l'ensemble du Ministère dont l'Agence fait partie, or cet intérêt et cette participation correspondent au moins partiellement à un comportement de rébellion, à l'égard de l'Agence elle-même. Le syndicalisme offre à beaucoup d'entre eux un moyen d'exprimer cette hostilité. En ce qui concerne leur travail lui-même, ils luttent en revanche pour préserver le statu quo et éviter les « histoires ». De ce point de vue ils adoptent donc un comportement de retrait. Ils ont beau avoir un grand nombre d'obligations étroitement bureaucratiques, ils ne les mettent pas en valeur et on ne retrouve pas parmi eux non plus de bureaucrate « ritualiste ». Ne sont conformistes et zélés que ceux d'entre eux (un très petit groupe) qui ont le plus de chances d'obtenir une promotion. Mais ces personnes elles-mêmes ne mettent pas tant l'accent sur les formes que sur les résultats qui intéressent la direction, la productivité et la qualité du travail; ils ont un comportement soumis, beaucoup plus qu'un comportement ritualiste.

Les directeurs du Monopole industriel sont eux aussi avant tout marqués par une attitude de retrait. Mais les nuances et la signification de leur comportement en sont encore différentes. Le directeur qui s'est composé un personnage de grand commis de l'État majestueux et responsable peut être considéré en partie comme un « ritualiste ». Il met constamment l'accent sur les formes extérieures et sur le décorum qui conviennent à son rôle et s'efforce de minimiser les buts productifs qui correspondent aux fonctions mêmes de l'organisation. La plaisanterie favorite de l'un d'entre eux était bien caractéristique : « *Nous sommes ici pour rédiger des rapports et transmettre des paperasses, les denrées que nous produisons ne sont qu'un sous-produit* *. » Mais ce ritualisme apparaît beaucoup plus comme un moyen de maintenir une façade et de se masquer à soi-même la vanité de son rôle que comme une déformation professionnelle. Il n'est le fait, nous l'avons vu, que d'une minorité des directeurs. A l'opposé nous trouvons un groupe plus important de leurs collègues qui exagèrent leur impuissance pour tâcher de préserver leur personnalité privée de la contamination de ce personnage public, dont ils ont honte et dont ils choisissent de se moquer. Ces directeurs semblent présenter un exemple particulièrement éclairant de retrait. Ne pouvant espérer y trouver de succès correspondant à leurs légitimes ambitions, ils ont choisi de se désintéresser complètement de leur vie de travail et de se concentrer sur les réalisations qu'ils peuvent atteindre en dehors de leur rôle officiel.

Le reste des directeurs, probablement la majorité, semble avoir choisi

* Cette plaisanterie est bien sûr ambiguë, mais nous pouvons ignorer le renversement des rôles grace auquel l'interviewé rend l'administration responsable de la paperasserie pour ne nous attacher qu'à la fascination qu'éprouve ce haut-fonctionnaire pour les activités bureaucratiques. Le reste de l'interview montre en effet qu'il s'agit de quelqu'un qui attache une importance excessive aux documents écrits et au formalisme sous tous ses aspects.

de combiner à la fois des attitudes de retrait et des attitudes ritualistes. Ce balancement qu'on retrouve chez quelques individus est très caractéristique de l'ensemble du groupe. Mais il ne se comprend complètement que si l'on se réfère au comportement « d'innovation » qui a été assumé par deux ou trois d'entre eux.

L'innovation dont Merton avait fait une catégorie supplémentaire de son paradigme n'est pas absente en effet d'un système bureaucratique. Si l'on étudie les motivations des bureaucrates, elle semble au contraire constituer un des pôles essentiels auxquels ils se réfèrent, car elle représente pour eux la seule réalisation qu'ils envient, le seul succès pour lequel ils sont prêts à lutter *. Consciemment ou inconsciemment les membres d'une organisation bureaucratique qui ont quelques chances de l'assumer se préparent à un tel rôle et la stratégie des directeurs-adjoints et des directeurs change avec leur âge et leur ancienneté dans la mesure où ce rôle glorieux leur apparaît de plus en plus inaccessible.

Un tel rôle ne peut intéresser de toute façon qu'une petite minorité de personnes dans la mesure où des changements ne peuvent se produire qu'au sommet et où des barrières extrêmement fortes empêchent la grande masse des membres de l'organisation d'entrer en compétition avec les membres des catégories de direction sur ce terrain. Son importance cependant dépasse de très loin le petit groupe, pour lequel il a un sens concret. Au sein du Monopole, malgré la rareté même de réussites de cet ordre, leur seule possibilité suscite des craintes et des résistances qui, sans leur existence, disparaîtraient petit à petit. Un grand changement, une nouvelle et plus dure justice risquent un jour de survenir comme un fantôme longtemps oublié et il vaut mieux préparer à l'avance sa propre défense.

Dans d'autres contextes bureaucratiques où cette fonction d'innovation a une importance pratique plus grande, toute la stratégie des différents groupes à l'intérieur du système en dépend. L'exemple le plus typique nous en est donné par le rôle du préfet dans l'administration du département. Parmi les hauts fonctionnaires, le préfet est certainement l'un de ceux qui disposent de la marge d'arbitraire la plus considérable. On lui reconnaît un large pouvoir d'appréciation et tout le monde s'attend à ce qu'il s'en serve. Les gens qu'on trouve autour de lui, fonctionnaires supérieurs et moyens sont extrêmement prudents,

* On pourrait peut-être soutenir qu'il s'agit d'un type particulier d'innovation, l'innovation du législateur qui met chacun à sa place ou qui rétablit l'ordre naturel du monde et non pas l'action de l'inventeur qui propose de nouveaux raisonnements, de nouveaux styles de vie et de nouveaux modèles de comportement, mais la différence n'est pas si grande.

timides et dociles. Ils prétendent, contrairement à l'évidence parfois, ne pas avoir la moindre responsabilité dans ce qui peut être décidé. Ils se présentent comme les humbles auxiliaires de la grande figure du préfet, innovateur charismatique, à laquelle ils s'identifient. Les petits fonctionnaires au contraire sont à la fois extrêmement tâtillons, « ritualistes » et en même temps en état de rébellion constante contre le pouvoir. Ils sont attachés à la lettre du statu quo et ressentent toutes les innovations du préfet comme autant de violations de cet ordre sacré qu'ils doivent imposer au public. Ils ont l'impression d'être trahis par le préfet qui, en innovant ainsi, les discrédite aux yeux du public. Leur stratégie est une stratégie d'opposition et de rébellion. Ils s'efforcent d'imposer leur ritualisme au préfet et d'obtenir quelques faveurs en compensation de tous les passe-droits que celui-ci leur fait endosser. Nous pouvons constater ici l'importance des conséquences de la centralisation. Les petits fonctionnaires ne peuvent pas procéder aux arrangements nécessaires. Le pouvoir d'effectuer adaptations et innovations est réservé aux personnages prestigieux dont ils dépendent. En conséquence les petits fonctionnaires se transforment en « ritualistes » jaloux cherchant à tirer parti au maximum de la parcelle de pouvoir qu'impliquent les « rites » dont ils ont la charge. Mais en même temps ils se présentent comme des rebelles qui mettent en cause la légitimité de ces mêmes « rites » qui leur sont imposés, prétendent-ils, par une haute administration inconséquente.

Les sentiments, on le voit, sont plus complexes qu'on ne s'y attendrait à la lecture de Merton. Ils comportent une dimension encore plus paradoxale puisque, quand par hasard le petit fonctionnaire ritualiste est promu à un rang moyen, ce qui va lui permettre d'échapper un peu au monde de la réglementation tracassière, il va abandonner complètement son attitude rebelle et devenir à son tour humblement soumis *.

Entre les attitudes et les comportements des trois groupes, corps préfectoral, fonctionnaires moyens et petits fonctionnaires, l'interdépendance est finalement étroite. La liberté et la marge d'initiative de la grande figure d'innovateur réservée au préfet supposent l'existence de petits fonctionnaires au ritualisme le plus strict et le plus étroit, et de fonctionnaires moyens dociles et timides. Les petits fonctionnaires en effet ont reçu le rôle ingrat de faire appliquer les règles sans le moindre accommodement; ils doivent s'interdire toute initiative personnelle de peur d'arbitraire; cette rigueur est une protection pour le public et aussi bien pour le fonctionnaire; mais il faut la payer cher. Les dysfonctions qui en

* Ces analyses sont tirées de travaux personnels de l'auteur sur les administrations préfectorales pour le moment encore non publiés.

résultent rendent nécessaire de faire appel au préfet innovateur et législateur, seul capable d'effectuer les adaptations nécessaires et dont le prestige tient au fait qu'il est le seul à disposer d'un pouvoir discrétionnaire à l'intérieur même du système. Les fonctionnaires moyens, eux, vont servir de courroie de transmission; ils sont trop engagés déjà dans la discussion des exceptions à la règle pour pouvoir adopter l'attitude ritualiste et rebelle de leurs inférieurs, mais trop impuissants encore pour oser assumer les responsabilités d'une participation au pouvoir. Le pouvoir discrétionnaire nécessaire au fonctionnement de l'ensemble prend finalement, dans cet équilibre, une importance tout à fait exceptionnelle. Il ne peut se manifester dans des relations face à face et il doit être entouré d'un climat de respect et de soumission.

Voici donc toute une série d'images nouvelles de la personnalité bureaucratique. A côté du fonctionnaire résigné et passif, nous pouvons admirer l'innovateur satisfait et conscient de son importance, l'assistant docile pénétré de respect, le subalterne ritualiste et rebelle. Ce nouvel ensemble de rôles correspond à l'équilibre hiérarchique exigé par une organisation active et puissante. On l'aura remarqué, il y a très peu de comportements de retrait, dans un tel arrangement. Les comportements de retrait semblent associés à une régularité plus grande et à l'amenuisement de la fonction d'innovation. Chaque fois que les changements et le pouvoir nécessaire pour les accomplir prennent de l'importance, nous trouvons des engagements plus sérieux et des sentiments plus profonds.

Les derniers rôles qui font problème parmi ceux que nous avons examinés dans nos deux premières parties sont ceux des ingénieurs techniques et des ouvriers d'entretien du Monopole industriel. Les personnes qui assument ces rôles s'y sont engagées avec beaucoup de passion. Mais ils sont tout juste le contraire d'innovateurs. D'une certaine façon ce sont des conservateurs. Ils s'efforcent, nous l'avons vu, de sauvegarder le statu quo qui garantit leurs privilèges et apparaissent comme les principaux ennemis de possibles innovateurs. Ce ne sont pourtant pas des ritualistes au sens ordinaire du terme. Leurs privilèges en effet ne sont pas liés à un rôle de gardien de la règle; ils tiennent bien plutôt à l'impossibilité d'application de toute règle. Les ingénieurs techniques et les ouvriers d'entretien ne peuvent donc être considérés comme « ritualistes » que si l'on se réfère à l'existence d'ensemble du système. De ce point de vue, en effet, ils donnent la priorité aux problèmes de relations humaines et à certaines normes techniques sur les objectifs généraux poursuivis par l'organisation. Mais pour tout le reste ils apparaissent plus pratiques, plus réalistes et plus acharnés à réaliser que leurs collègues de la direction. En fait ils expriment assez bien un des deux pôles d'une autre dimension de la personnalité bureaucratique, l'attitude conservatrice et pratique, qui s'oppose à ce qu'on pourrait appeler l'idéalisme bureaucratique, c'est-à-dire la foi dans le pouvoir de réussir à opérer des changements avec l'aide seulement de règles nouvelles. Cette dernière attitude est beaucoup plus diffuse qu'il n'y paraît, et elle est souvent associée à un comportement de retrait *.

Finalement deux couples d'opposition semblent se dégager à travers cette revue rapide des diverses personnalités bureaucratiques, d'une part, le couple soumission-rébellion qui caractérise les situations de crise et d'innovation et, d'autre part, le couple conservatisme-idéalisme qui correspond aux secteurs et aux périodes plus particulièrement dominés par la routine.

LES AVANTAGES D'UN SYSTÈME D'ORGANISATION BUREAUCRATIQUE POUR L'INDIVIDU

Nous avons analysé jusqu'ici les traits caractéristiques d'un système d'organisation bureaucratique et la manière avec laquelle un tel système peut s'adapter au changement. En procédant ainsi, nous avons mis en lumière son inefficacité et les dysfonctions qui viennent de sa rigidité et de sa tendance à échapper à la réalité. En même temps, nous avons suggéré que ces traits n'étaient pas seulement des conséquences inattendues, mais qu'on pouvait les considérer aussi comme les éléments indispensables d'un système rationnel d'action, dont les objectifs sont d'obtenir un minimum de conformité de la part des membres de l'organisation. Le phénomène bureaucratique semble correspondre à l'équilibre qui s'établit entre le type de contrôle social utilisé pour maintenir l'organisation comme un système en mouvement et les réactions du groupe humain qui y est soumis. Ces deux données dépendent à leur tour des normes culturelles de la société globale et des possibilités techniques dont l'homme dispose pour diminuer l'incertitude de l'action sociale.

Mais on peut soutenir, et beaucoup d'auteurs l'ont fait avec talent, que les individus souffrent du fait des types de gouvernement (ou de contrôle social) qui paraissent indispensables pour agir collectivement et qu'il serait tout à fait possible d'imaginer et de mettre en pratique des formes « coopératives » d'organisation plus efficaces et plus favo-

* La lucidité et l'accent mis sur la compréhension intellectuelle constituent la compensation la plus naturelle du fonctionnaire à la fois en retrait et idéaliste. Nous en avons pu observer de nombreux exemples.

rables à l'épanouissement des individus que les formes actuelles paralysées par les relations de pouvoir. Cependant puisqu'aucune forme coopérative n'a pu se maintenir, il faut nous demander maintenant pourquoi les hommes ont toujours choisi et continuent encore à choisir, malgré les objurgations des réformateurs, des types de jeu conflictuel plutôt que des types de jeu coopératif. Pourquoi doivent-ils recourir à la rigidité bureaucratique ? Pourquoi doivent-ils s'imposer à eux-mêmes des attitudes ritualistes ou des attitudes de retrait ? Nous avons analysé ces problèmes jusqu'à présent du point de vue de l'organisation. Nous allons essayer maintenant de les analyser du point de vue de l'individu en nous demandant quels sont les avantages qu'il peut trouver dans le système bureaucratique.

La possibilité de développement de formes plus coopératives d'action sociale dépend essentiellement de l'attitude des individus en matière de participation. Les théoriciens du mouvement des « Relations Humaines » et en particulier ceux de l'école lewinienne ont longtemps raisonné comme s'il allait de soi que l'être humain avait toujours le désir de participer et était prêt à le faire dans n'importe quelle condition. Ils ont toujours admis, au moins implicitement, que les raisons du manque de participation devaient être recherchées du côté des organisations et de leur structure et à la limite dans les habitudes et les préjugés des dirigeants. Si seulement les supérieurs pouvaient être convertis à des formes plus « permissives » de commandement, les subordonnés seraient heureux de participer [51]. Nous n'avons pas l'intention de soutenir un point de vue contraire. Nous pensons que des progrès considérables pourraient être accomplis dans le domaine de la participation. Mais nous pensons également que la marge de changement possible dans ce domaine est plus étroite qu'on ne le juge généralement et qu'il est indispensable, si on veut la délimiter, d'analyser plus sérieusement les motivations des individus en matière de participation.

Les recherches récentes montrent en effet que les membres d'une organisation ne sont pas toujours enthousiastes quand on les invite à participer à son fonctionnement. La relative ambiguïté des attitudes des subordonnés, face au problème de la participation ressort aussi bien des résultats des contrôles scientifiques effectués sur les conséquences des expériences de formation en relations humaines [52] que de ceux du programme extrêmement ambitieux de décentralisation poursuivi dans une compagnie d'assurances par le *Survey Research Center* de l'Université de Michigan [53]. D'autres chercheurs comme Chris Argyris ont très bien montré comment dans le cadre du « contrat psychologique » généralement implicite qui s'établit entre l'invidu et l'organisation tout changement impliquant une participation plus grande est vu avec défaveur [54]. Arnold Tannenbaum, dans une série d'études sur les problèmes du contrôle au sein d'organisations volontaires et d'organisations commerciales redécouvre qu'il peut y avoir plus de contrainte dans un système démocratique à forte participation que dans un système autoritaire à faible participation et met ainsi en évidence l'intérêt que le subordonné peut avoir de se réfugier dans l'apathie [55].

Certes il est difficile de faire déjà le point dans un domaine qui commence tout juste à être exploré. Nous nous permettrons seulement quelques remarques suggérées par ces nouveaux développements. Les membres d'une organisation, répétons-le, semblent avoir des attitudes assez ambiguës. D'une part, suivant une pente naturelle qui les conduit à chercher à contrôler le plus possible leur propre environnement, ils voudraient bien participer. Mais d'autre part ils ont peur de participer dans la mesure où ils craignent, s'ils le font, de perdre leur propre autonomie et de se trouver limités et contrôlés par leurs coparticipants. Ce qu'on avait oublié, en parlant de participation dans l'optique des relations humaines, c'est qu'il est beaucoup plus facile de préserver sa propre indépendance et son intégrité, quand on reste à l'écart des décisions que quand on accepte de participer à leur élaboration. L'individu qui refuse de se laisser entraîner dans les problèmes que pose l'orientation de l'action collective reste beaucoup plus libre vis-à-vis de toute pression. Quand on discute, en effet, on se trouve lié par la coopération même que l'on apporte et l'on est tout de suite plus vulnérable devant les pressions de ses supérieurs et même de ses collègues.

Les membres d'une organisation, en conséquence, acceptent rarement de participer sans obtenir de contrepartie substantielle. Ils essaient en fait de négocier leur participation et ils ne la donnent généralement que quand ils sont assurés d'en tirer des bénéfices qu'ils jugent suffisants. C'est vrai, même tout en bas de l'échelle, quand participer peut signifier seulement prendre plus ou moins de responsabilité dans sa tâche. Et c'est encore plus vrai naturellement quand il s'agit de répartir les ressources et d'assigner les tâches. Dans cette perspective, une attitude de retrait peut être considérée comme une attitude rationnelle toutes les fois que l'individu qui l'adopte a de bonnes raisons de croire que les récompenses qu'on lui offre ne sont pas en proportion de l'effort qui lui serait demandé s'il acceptait de participer et qu'il risque, en se prêtant à la discussion, de se trouver « manipulé ». La volonté réelle de participation dépend donc finalement dans une assez large mesure du degré de confiance et d'ouverture à autrui qui caractérise les relations interpersonnelles dans le milieu et dans la société en cause *. Dans une société

* Elle dépend aussi bien sûr de leur place dans l'ordre hiérarchique et des

où faire la preuve de son indépendance est considéré comme une valeur en soi, le retrait sera considéré comme un comportement satisfaisant aussi longtemps que la participation proposée n'apportera pas un droit de contrôle personnel suffisant à l'individu.

Une autre donnée culturelle fondamentale, les normes en matière de relations d'autorité, peut paraître encore plus importante. Un certain degré de contrainte exercée à partir du sommet reste, on l'a vu, indispensable pour faire face aux incertitudes qui subsistent aussi bien à l'extérieur qu'à l'intérieur de l'organisation et aux prétentions des experts, auxquels les dirigeants doivent s'en remettre pour y faire face. Si ces relations d'autorité inévitables ne sont pas acceptées facilement, elles vont limiter beaucoup toute possibilité de participation et contribuer à développer en contrepartie des comportements de retrait et de rébellion. C'est dans un tel climat, que la pression pour la centralisation prendra toute sa force et pourra donner naissance aux cercles vicieux que nous avons analysés dans nos deux études de cas *.

De toute façon, l'équilibre général d'un système bureaucratique dépend des termes de négociation sur lesquels les individus et les organisations sont capables de se mettre d'accord. Ces termes dépendent à leur tour d'un côté des aspirations et des attentes des individus et de l'autre des exigences pratiques de l'organisation elle-même. Ces exigences sont déterminées par les moyens techniques que l'homme a réussi à élaborer pour contrôler son environnement et par ces mêmes normes culturelles qui façonnent ses réactions individuelles.

A l'intérieur de ce cadre général, un système d'organisation bureaucratique comme ceux que nous avons étudiés offre aux individus une très heureuse combinaison d'indépendance et de sécurité. L'observateur moderne a tendance à ne voir que l'aspect dysfonctionnel du système bureaucratique. Il met l'accent sur le prix très lourd que tout le monde doit payer dans l'organisation et dans son public. Mais il ne faudrait pas oublier que si l'on tient compte de façon réaliste des valeurs et des exigences des membres de l'organisation d'une part, des limites nécessaires de l'action sociale d'autre part, l'affaire n'est pas si mauvaise pour les participants.

Les règles, en fait, protègent les individus et le système bureaucratique tout entier peut être considéré comme une structure de protection rendue nécessaire par la vulnérabilité de l'individu devant les problèmes

modèles de rapport entre catégories sociales qu'offre la civilisation à laquelle ils appartiennent.

* D'autres types possibles de rigidité sont concevables dans le cas où les relations d'autorité sont acceptées par exemple dans un climat de soumission, cf. *infra*, pages 296-299.

posés par l'action sociale. A l'intérieur du domaine qui est limité par les règles, ou par l'ensemble du système bureaucratique, les individus en effet sont libres de donner ou de refuser leur contribution, de façon en grande partie arbitraire. Ils peuvent participer ou se réfugier dans un comportement de retrait, intérioriser les buts de l'organisation et s'engager profondément dans leur fonction ou ne donner d'eux-mêmes qu'une part superficielle, en réservant leurs forces pour leurs entreprises personnelles en dehors du travail. Certes, dans ce contexte, ils ont peu de chances de parvenir à imposer leurs idées et leurs personnes, et ils n'obtiendront jamais d'être distingués par leurs collègues. En revanche, ils ne risqueront pas d'échec et ils n'auront pas à faire face à l'hostilité de leurs pairs et concurrents.

Nous aimerions même aller plus loin et soutenir qu'un système d'organisation bureaucratique comporte toujours une certaine dose de participation forcée qui apparaît, pour l'individu et dans les conditions du moment, bien préférable à la participation volontaire dont on lui attribue trop facilement la revendication. Nous pensons en effet que même dans les cas pour lesquels nous avons diagnostiqué retrait, ritualisme ou rébellion, il y a tout de même une part non négligeable de participation dont on peut apprécier l'importance quand on effectue des comparaisons avec les réactions et les performances enregistrées dans des sociétés moins développées où les individus sont incapables de donner une attention suffisante à la signification de leur tâche au sein de l'organisation *. Mais cette participation ** doit être considérée comme une *participation forcée* ou imposée, dont l'individu refuse complètement la responsabilité. C'est une participation clandestine et sans engagement. L'individu qui s'y soumet garde son entière liberté, vis-à-vis de l'organisation. Un tel arrangement permet de résoudre une contradiction qui autrement resterait insoluble. D'une part l'individu a besoin de participer et il sait que l'organisation ne peut se passer de sa participation. Mais d'autre part, il sait que l'organisation ne peut pas lui accorder les contre parties qu'il estimerait nécessaires pour qu'il puisse s'engager sérieusement et il ne veut pas risquer de perdre une part de sa liberté.

* Comme nous l'avons déjà noté la grève perlée, la grève du zèle constitue un moyen pour les subordonnés de rappeler aux dirigeants de l'organisation que leur « participation » est nécessaire.

** Nous confondons ici volontairement la participation aux décisions et la participation à l'application des décisions. Nous pensons en effet que les distinctions généralement utilisées n'ont qu'un intérêt purement formel. A tous les niveaux, des décisions sont prises, elles impliquent une responsabilité pour les agents intéressés, même si elles apparaissent comme des détails d'application pour les supérieurs qui ont élaboré les programmes à l'intérieur desquels ces décisions se placent.

Si l'organisation lui impose, à travers ses règles officielles, une participation sans responsabilités, il pourra à la fois satisfaire ses deux aspirations contradictoires : donner un sens à son travail par une participation à l'œuvre commune et sauvegarder son indépendance dans une situation où une prise de responsabilités officielles risquerait de l'aliéner. En outre son retrait apparent place l'organisation dans l'obligation d'avoir à le solliciter et renforce sa position dans la négociation, plus ou moins implicite, qui se poursuit entre eux.

La fonction profonde de la rigidité bureaucratique peut s'analyser finalement, dans cette perspective, comme une fonction de protection. Elle assure le minimum de sécurité indispensable à l'individu dans ses rapports avec ses semblables à l'occasion des activités coopératives coordonnées nécessaires à la réalisation de ses buts. C'est dans la mesure où, dans une société donnée et à un moment donné, les individus se trouvent effectivement très vulnérables qu'il sera nécessaire pour assurer leur protection de recourir à des cercles vicieux bureaucratiques. Et on peut en tirer la conclusion que la rigidité a tendance et aura de plus en plus tendance à s'atténuer dans les sociétés les plus industrialisées, car les individus y apparaissent de moins en moins vulnérables aux difficultés du conflit et aux risques de l'échec dans un système d'organisation sociale beaucoup plus souple et beaucoup plus complexe. Moins l'individu sera vulnérable et moins il acceptera de payer le prix de la rigidité bureaucratique.

Enfin on peut ajouter que le modèle bureaucratique dont nous venons d'analyser les avantages du point de vue de l'individu a encore une autre fonction importante quoique plus limitée. Il constitue un excellent moyen de maintenir à l'intérieur de nos sociétés modernes certaines des valeurs individualistes d'un monde préindustriel. On peut soutenir en particulier qu'en France la rigidité bureaucratique est associée à la persistance des modes de vie traditionnels que la société française avait porté à un haut degré de perfection avant les révolutions industrielles. En résistant à toute participation consciente et volontaire et en donnant leur préférence à l'autorité centralisée, à la stabilité et à la rigidité d'un système bureaucratique d'organisation, les Français cherchent au fond à préserver pour le plus grand nombre d'entre eux, un style de vie comportant un maximum d'autonomie et d'arbitraire individuel qui procède des mêmes valeurs que celles auxquelles paysans, artisans, bourgeois et nobles de l'ancienne France étaient attachés et qui avaient donné naissance à un « art de vivre » très élaboré. Dans le système d'organisation bureaucratique français il n'y a plus de barrière formelle comme dans la société de type « traditionnel » et les individus peuvent concourir également pour tous les postes. Mais les possibilités d'accomplissement ont été institutionnalisées et sont tenues en dehors de la vie de travail et de l'environnement quotidien des membres de l'organisation; la concurrence est devenue tout à fait formelle et elle est séparée des relations de travail; l'isolement qui en résulte offre une protection tout à fait comparable à celle qu'assurait le système « ascriptif ». *

De tels arrangements, il ne faudrait pas l'oublier, présentent aussi des désavantages considérables pour l'individu. Le monde bureaucratique est un monde tout à fait arbitraire. Les membres du système sont protégés, mais c'est au prix d'un isolement de la réalité qui est difficile à supporter. Ils ont la sécurité, c'est vrai, ils sont protégés contre la sanction des faits, mais cela signifie en même temps qu'ils n'ont aucun moyen de mesurer leur propre effort. Cet isolement de la réalité, ce manque de possibilités de mesure ont pour conséquence une sorte d'anxiété particulière, secondaire pourrait-on dire, qui permet d'expliquer l'importance exceptionnelle de tous les problèmes de relations humaines à l'intérieur d'un système bureaucratique. Ce que les bureaucrates gagnent en sécurité, ils le perdent en réalisme; il leur faut se reposer sur les sanctions complexes et difficiles à interpréter qu'apportent les relations humaines pour juger de leur propre réussite. Leur monde, de ce fait, est un monde de luttes mesquines pour le prestige et de petites querelles impossibles à trancher dans une guerre de positions perpétuelle. Ils échappent, en partie, à l'anxiété de l'homme moderne, incertain de son statut, mais ils développent, à la place, le point de vue étriqué et l'acharnement dans la lutte pour le pouvoir, qui sont les caractéristiques d'un système social trop rigide.

* Nous traduisons ainsi l'opposition *ascription-achievement* chère à Talcoltt Parsons.

4

Le phénomène bureaucratique comme phénomène culturel français

Dans les chapitres précédents, nous avions cherché à interpréter le phénomène bureaucratique comme un cas particulier de la théorie générale des organisations. Ce qui nous intéressait dans les régularités de comportement et dans les cercles vicieux que nous observions, c'étaient les règles du jeu et le mécanisme du fonctionnement d'un système général d'action et leur signification. Nous voudrions essayer dans les pages qui vont suivre de comprendre les mêmes données, non plus dans leur logique interne mais dans leurs rapports avec le système social et culturel de la société dans laquelle elles apparaissent.

Une telle étude, il est curieux de le remarquer, n'a jamais été menée sérieusement ni par les sociologues, ni par les ethnologues. Pourtant la plupart des observateurs avertis des faits politiques et sociaux ont toujours plus ou moins explicitement reconnu qu'il y a des différences spécifiques extrêmement sensibles entre les structures et les modes d'action « bureaucratiques » des diverses sociétés occidentales, sans parler naturellement de l'opposition plus profonde encore entre l'Est et l'Ouest. Les hommes d'action le savent bien et ne manquent pas d'en tenir compte. Mais les sciences sociales peut être sous le coup des souvenirs désagréables laissés par la « Voelker Psychologie », ne se sont jamais intéressées sérieusement à de telles comparaisons.

Tocqueville, il est vrai, avait en son temps proposé une série de synthèses de cet ordre dont la vigueur et la continuelle pertinence nous surprennent encore, cent années plus tard. Dans *La démocratie en Amérique* comme dans *l'Ancien Régime,* il avait su lier l'analyse des relations sociales et des relations au niveau de ce que nous appelons maintenant le groupe primaire, avec l'analyse des structures administratives et des règles du jeu social et politique *. Mais la veine qu'il avait su si bien dégager, n'a jamais été vraiment exploitée depuis. Taine utilisa

* Qu'on relise par exemple ses analyses d'un modernisme surprenant sur les « petits groupes » américains ou les discussions sur les rapports entre catégories sociales dans l'Ancien Régime.

les comparaisons entre la France et le monde anglo-saxon dans sa lutte contre la centralisation, mais il s'y intéressa davantage dans une perspective de conservation sociale, d'ailleurs relativement étroite, que dans un but vraiment scientifique. Par la suite, aussi bien chez les membres de l'école de Le Play qui travaillèrent sur le problème dans les années 1890 [1] que chez les réformateurs régionalistes des années 1910, chez les philosophes de Vichy ou chez Michel Debré [2], la réflexion comparative reste toujours dogmatique et politique et ne se trouve jamais nourrie par une réflexion sociologique compréhensive comme l'avait été celle de leur prédécesseur.

Le thème en revanche revient à la mode parmi les chercheurs américains qui commencent à se rendre compte, depuis une dizaine d'années, des erreurs et des naïvetés que leur faisait commettre leur trop grande confiance dans les caractères universels de l'expérience américaine. Mais l'effort qui a été tenté jusqu'à présent, d'abord par les ethnologues [3], puis par des psychologues sociaux et par des sociologues [4] a été, nous semble-t-il, trop exclusivement orienté vers l'étude des valeurs. A ce niveau les différences sont très apparentes mais difficilement saisissables, obscurcies qu'elles sont par des difficultés sémantiques. Nous pensons personnellement que le domaine des institutions et plus précisément l'étude du fonctionnement des organisations pourront s'avérer beaucoup plus fructueux. C'est en effet seulement à travers le fonctionnement d'organisations complexes que l'action de l'homme moderne peut s'exprimer. Et c'est par conséquent, seulement grâce à la médiation des systèmes de décision que constituent ces organisations, qu'une société peut apprendre, c'est-à-dire élaborer de nouveaux modèles de rapports humains, ou du moins transformer ceux dont elle s'était jusqu'alors servi. L'étude de tels apprentissages, impossible au plan des valeurs, renouvelle complètement, croyons-nous, le sens et la portée de la réflexion comparative qui peut échapper ainsi complètement à la tradition fixiste et conservatrice laissée par la psychologie de peuples *.

Nos objectifs personnels dans le cadre de cet ouvrage seront plus modestes. Le caractère très insuffisant des données dont nous disposons ne nous permet en effet que d'effleurer un domaine dont nous allons nous contenter de souligner l'intérêt en lançant quelques hypothèses sug-

* Au moment où le néorationalisme permet d'avoir une vue compréhensive de l'action et d'éliminer la fiction du *one best way* et où l'on commence à se rendre compte que plusieurs modèles organisationnels peuvent également permettre d'atteindre le même résultat, l'analyse comparative des structures et des dysfonctions devrait permettre d'intégrer dans une sociologie de l'action les intuitions concrètes sur les différences culturelles, sans opposer au rationalisme scientifique les vertus immanentes des groupes humains.

gestives. Nous voudrions tout d'abord réussir à prendre, grâce à cette nouvelle analyse « culturaliste » le recul nécessaire pour que la théorie générale que nous venons d'élaborer puisse apparaître un peu en perspective et que, derrière cette abstraction qui tend à suggérer une image trop rationnelle du fonctionnement des organisations, on puisse apercevoir les traits proprement nationaux qui caractérisent un système bureaucratique. La discussion des aspects culturels des traits généraux que nous avons relevés nous permettra de faire une critique plus pertinente de notre modèle et de lui assigner des limites et une place plus raisonnable.

Le deuxième point essentiel que nous voudrions aborder concerne ce que nous pourrions appeler les « harmoniques » profondes de notre modèle. Par harmoniques nous voulons entendre les schémas ou modèles analogues à celui que nous avons élaboré, que l'on peut découvrir à un autre niveau de réalité et dans une perspective plus générale quand on essaie de comprendre comment fonctionnent, par exemple, le système d'éducation, le système de relations industrielles, le système politico-administratif, le système d'entreprise et les processus d'innovation et de changement. Ces analogies recouvrent, pensons-nous, des correspondances plus profondes qui tiennent à deux séries de facteurs : d'une part les rapports humains qui constituent le tissu de ces systèmes d'action sont profondément déterminés par les mêmes traits culturels sur lesquels reposent l'équilibre des relations de pouvoir et le développement d'un système bureaucratique d'organisation. D'autre part tous ces systèmes d'action et les systèmes d'action que constituent elles-mêmes les organisations bureaucratiques sont interdépendants et se renforcent les uns les autres.

A travers l'étude de ces harmoniques de notre modèle, nous voudrions aborder enfin un dernier problème, celui de la place du phénomène bureaucratique dans l'ensemble d'une société et en l'occurrence dans la société française. Au niveau le plus immédiat l'identification administration publique-bureaucratie est un peu facile; nous avons montré que les rigidités bureaucratiques se retrouvent dans toutes sortes d'organisations et que, pour des raisons qui n'ont rien de mystérieux, les administrations publiques en général et certaines d'entre elles en particulier y sont plus vulnérables. Mais à un niveau plus élevé on peut se demander si la place prise par les administrations publiques comme moyens d'action privilégiés d'une société ne correspond pas à l'existence de dysfonctions et de cercles vicieux bureaucratiques à l'échelle de cette société tout entière. Une telle étude d'une société nationale comme un système d'organisation est naturellement encore du domaine de la spéculation, mais si aventureuse qu'elle soit, elle nous donnera la possibilité de prendre un nouveau recul par rapport au phénomène bureaucratique et de suggérer une analyse plus générale encore de la façon dont une société opère les contrôles sociaux nécessaires au maintien de son équilibre et procède aux innovations et aux changements également indispensables.

8. Le modèle français de système bureaucratique

Le modèle de cercle vicieux bureaucratique que nous avons proposé a pu apparaître comme un modèle d'application universelle. Et de fait nous avons consciemment essayé, en l'élaborant, de rechercher, à travers les réalités particulières que nous observions, les schémas les plus abstraits et les plus généraux possibles.

Mais une autre interprétation de nos observations n'est-elle pas possible ? De nombreux rapprochements nous permettent de penser en effet que les traits de comportement et les modèles de relations dont nous nous sommes servis ne s'expliquent pas seulement par la pression bureaucratique, mais correspondent aussi à des constantes très caractéristiques de la société française.

S'il en est ainsi, il faut nous demander jusqu'à quel point notre modèle n'est pas un modèle exclusivement français et si d'autres modèles ne seraient pas concevables dans un contexte culturel différent. Un recul et une analyse en perspective en tout cas s'imposent si l'on veut le juger à sa vraie valeur et mesurer son utilité.

Nous venons déjà de reconnaître, il est vrai, l'importance de la dimension culturelle en analysant les avantages que les membres d'une organisation peuvent retirer de l'existence d'un système bureaucratique. Mais si nous isolions cette dimension culturelle à laquelle on arrive forcément quand on veut passer de l'explication en termes de dysfonction, à l'explication en termes de fonctions latentes *, nous ne l'avions pas encore abordée vraiment.

* Gouldner par exemple a beau rester sur le terrain général quand il présente comme les principales fonctions latentes de la règle bureaucratique le besoin de réduire les tensions dues au déclin des interactions amicales et informelles traditionnelles et à la différence entre les systèmes de valeurs des groupes antagonistes, les nouvelles données qu'il met en avant ne sont universelles qu'en apparence, tout le monde sent bien qu'au niveau des interactions comme au niveau des valeurs, les différences culturelles sont au moins aussi importantes que celles qui sont dues aux différences d'époque. C'est justement parce

Pour bien poser le problème nous allons cette fois en renverser les termes. Au lieu de partir du schéma déjà établi, de la dysfonction à expliquer, nous allons reprendre nos observations de départ en tâchant de déterminer jusqu'à quel point les traits sur lesquels nous nous sommes appuyés sont des traits spécifiquement français. Nous examinerons tout d'abord le problème des relations interpersonnelles et intergroupes, à propos duquel les influences culturelles semblent les plus apparentes. Puis nous discuterons du problème de l'autorité et de la peur des relations de dépendance, ce qui nous permettra de présenter une première hypothèse générale capable de rendre compte de ces aspects « français » de notre modèle. Enfin nous aborderons le problème du changement et compléterons ainsi notre hypothèse en expliquant en termes culturels le paradoxe que constitue la faiblesse de ce pouvoir omnipotent que l'on trouve au sommet de la pyramide bureaucratique. Nous serons prêts alors à montrer quels autres modèles pourraient être élaborés pour comprendre les dysfonctions et les rigidités qui se développent dans des contextes culturels différents.

LE PROBLÈME DES RELATIONS INTERPERSONNELLES ET INTERGROUPES

Les relations interpersonnelles et intergroupes présentent, on s'en souvient, quelques traits extrêmement caractéristiques et relativement semblables dans l'Agence comptable et dans le Monopole industriel. Ces traits, l'isolement de l'individu, la prédominance des activités formelles par rapport aux activités informelles, l'isolement de chaque strate et la lutte de toutes les strates entre elles pour leurs privilèges, jouaient un rôle très important dans notre modèle de système bureaucratique d'organisation. L'isolement de chaque strate en particulier constituait un des éléments clefs de ce modèle. Or tous ces traits dont nous avons pu penser qu'ils étaient la conséquence directe du cercle vicieux bureaucratique correspondent assez bien à certains traits culturels permanents français.

Examinons nos données d'un peu plus près. Nous avions remarqué, en présentant les résultats de l'enquête sur l'Agence comptable, le petit nombre des relations informelles parmi les employées. Celles-ci demeu-

qu'il croit trop facilement à l'universalité de son schéma qu'il en arrive à assimiler la dysfonction bureaucratique à la bureaucratisation au sens weberien. Cf. *supra*, pages 240-242, notre discussion de sa thèse.

raient très souvent isolées, ce qui pourtant devait être très dur pour des jeunes filles et des jeunes femmes généralement séparées de leurs familles et de leurs milieux locaux. Elles ne nous déclaraient pas souvent avoir des amies à l'Agence et nous répétaient la plupart du temps qu'elles préféraient avoir leurs amies au dehors. En tout cas il semblait que très peu d'amitiés arrivaient à donner naissance à des petits groupes cohérents. Il y avait par ailleurs très peu d'associations de quelle que sorte que ce soit. Celles qui existaient, associations culturelles ou associations de loisir n'avaient pas la moindre vitalité. Les syndicats, certes, étaient beaucoup plus actifs, mais pour l'employée moyenne, qu'elle fût membre cotisant ou non, ils apparaissaient comme des institutions tout à fait formelles auxquelles il n'était pas pensable qu'elle puisse personnellement participer. En général on avait l'impression d'un milieu où les groupes spontanés ou seulement volontaires n'avaient pas la moindre importance. Aucun clan, aucune petite bande ne paraissait pouvoir dépasser le stade du groupe temporaire et, même à ce niveau, rassembler des gens appartenant à des catégories différentes.

Les interviews effectuées au Monopole nous permirent de constater un nombre plus grand d'amitiés, mais ces amitiés comme celles de l'Agence n'apparaissaient pas capables de se développer en clans ou en bandes. Les groupes informels y suscitaient la même suspicion et on ne pouvait, là non plus, imaginer qu'il fût possible d'avoir dans la même bande des gens appartenant à des catégories différentes.

De telles habitudes sont bien différentes de celles qui nous sont rapportées dans de nombreuses descriptions que nous avons du climat d'organisations américaines depuis la fameuse expérience de l'atelier témoin de Hawthorne. Ces descriptions portent généralement sur des entreprises industrielles, mais les récentes enquêtes de Peter Blau, de Roy Francis et R. C. Stone dans des administrations publiques donnent lieu aux mêmes conclusions *[5].

Ces particularités, quand on y réfléchit, semblent étroitement liées au fonctionnement du système de séparation en strates que nous avons analysé. Dans ce système en effet l'individu trouve une protection suffisante dans le groupe formel et abstrait ** auquel il appartient — la strate ou la catégorie hiérarchique; les règles d'ancienneté interdisent aux autorités supérieures de se mêler des problèmes interpersonnels des

* On pourrait soutenir que le climat industriel français se caractérise par contre par un grand nombre d'activités informelles, mais les données dont nous disposons ne sont pas suffisantes pour permettre une conclusion et nous avons préféré laisser de côté ce point évidemment capital [6].

** Il est abstrait au plein sens du terme pour des catégories comme celles des ingénieurs techniques dont les membres ne se voient jamais.

subordonnés et imposent une égalité très stricte entre tous les membres de même rang. Il en résulte que l'individu, non seulement n'a pas besoin de la protection d'un groupe informel, mais a compris, souvent à ses dépens, que tout effort de sa part pour créer des activités informelles séparées risque de menacer la cohésion de la catégorie formelle à laquelle son sort est lié, et qu'il lui est impossible d'aller à l'encontre des pressions qu'elle exerce pour interdire de telles activités. Les clans et les bandes réunissant des membres de différentes catégories sont particulièrement condamnables de ce point de vue, car ils tendent à éveiller l'accusation de favoritisme qui dans ce système reste le péché capital.

Ainsi, dans un monde où la conformité est obtenue grâce à l'influence convergente des règles impersonnelles qui s'appliquent à tous et de la pression de groupe qui maintient la discipline à l'intérieur de chaque catégorie, il est naturel que le groupe formel ait la priorité sur le groupe informel et que l'individu reste isolé. Ce mécanisme dont nous avons analysé déjà quelques exemples, en particulier au sein du Monopole *, est lié, on s'en souvient, au déclin de toute pression hiérarchique formelle et informelle. Au lieu donc d'avoir affaire au modèle habituel selon lequel les subordonnés créent des groupes informels pour résister à la pression des supérieurs, nous avons affaire à un modèle tout à fait différent selon lequel le système de subordination et de contrôle ne permettant pas d'exercer la moindre discrimination, parce qu'il a été trop formalisé, les individus demeurent isolés et se contrôlent les uns les autres pour maintenir ce formalisme dont ils savent qu'il les protège **.

La primauté du groupe formel sur le groupe informel, le contrôle étroit de chaque catégorie sur ses membres sont associés, on le sait, avec l'isolement de chaque catégorie, la quasi impossibilité de passer d'une catégorie à l'autre, la difficulté de communication entre catégories et le développement du ritualisme. Nous avons jusqu'à présent interprété cette série de traits comme une conséquence directe de l'isolement des strates et comme la conséquence indirecte de la lutte des individus contre l'arbitraire et les relations de dépendance. Mais la relation peut tout aussi bien s'inverser. On peut penser que des traits culturels comme l'isolement de l'individu et l'absence d'activités informelles constituent des stimulants puissants pour le développement de cette sorte de système d'organisation bureaucratique. Ce sont en tout cas des données fort importantes pour qui veut comprendre le succès de certains modèles d'organisation dans un contexte culturel particulier.

* On se souvient du conformisme des ouvriers de production et des ouvriers d'entretien, voir *supra*, pages 138-139.

** Voir *supra*, pages 251-253.

Or ces traits apparaissent, dans une assez large mesure, comme des traits culturels assez bien établis en France. Nous ne pouvons pas malheureusement bien sûr, disposer de tests comparatifs scientifiques sur ce point puisque aucune enquête empirique comparative n'a jamais encore été tentée pour l'éclaircir. Nous devrons donc nous contenter des remarques des nombreux observateurs qui ont signalé le peu d'importance des activités volontaires de groupe en France et la difficulté qu'éprouvent les Français à coopérer dans un cadre informel.

Les plus sérieuses études ethnologiques donnent sur ce point des résultats concordants et significatifs. Lucien Bernot et René Blancard dans leur très exhaustive étude d'un village d'un département proche de Paris notent par exemple :

« *Déjà l'on trouve chez les enfants un des aspects caractéristiques de Nouville ; l'absence de groupe. Aucune clique, aucune bande d'enfants n'existe dans la commune*[7]. »

Ils nous expliquent que le même phénomène prévaut chez les adultes et même chez les ouvriers de l'usine voisine qui ne semblent pas capables de développer de liens durables entre eux, bien qu'ils vivent ou peut-être parce qu'ils vivent dans le même quartier. La seule bande existant dans le village est composée d'adolescents ayant un statut un peu supérieur au reste de la population et qui sortent ensemble assez souvent. Mais ce groupe n'a pas de chef et il n'est ni très actif ni très stable. Si le curé et l'instituteur n'étaient pas là :

« *Le peu de vie collective, de loisirs organisés disparaîtrait devant l'apathie d'une jeunessse qui n'ose braver les périls de la responsabilité...*[8] »

Le domaine politique apparaît lui aussi dominé par le même phénomène, absence de groupes organisés, isolement et apathie, ce qui n'empêche pas une très grande partie des votes de se porter sur l'extrême gauche aux élections à l'Assemblée Nationale.

On constate certes beaucoup plus d'activités dans le village ensoleillé de Vaucluse qu'a étudié Laurence Wylie, mais on retrouve cependant à travers les remarques très perspicaces de l'auteur une situation qui est profondément semblable. Les gens tiennent à rester indépendants et à l'écart les uns des autres. Ils éprouvent les mêmes difficultés à coopérer de façon constructive. Toute activité organisée se heurte à la volonté générale de ne pas briser l'égalité théorique entre les différentes familles. Celui qui fait montre d'initiative est tout de suite accusé de vouloir commander[9].

Un troisième chercheur, étudiant les réactions d'une autre communauté rurale devant un bouleversement complet de son mode de vie montre la même absence d'activités constructives organisées; des initiatives et une direction n'émergent qu'à la toute dernière extrémité et parce qu'il est bien entendu qu'il ne s'agit que d'une situation temporaire et que les buts recherchés sont négatifs [10].

Si nous nous tournons maintenant vers l'histoire, nous trouvons quantité de témoignages qui confirment la persistance de telles attitudes à travers plusieurs siècles. Aucun d'entre eux n'est plus éloquent que cette déclaration méprisante de Turgot au temps de son ministère :

« *Une paroisse est un assemblage de cabanes et d'habitants non moins passifs qu'elles* [11]. »

L'auteur qui a le plus profondément réfléchi à ce problème est naturellement Tocqueville. Il explique avec beaucoup de pertinence comment la politique municipale et surtout la politique fiscale des monarques absolus des XVIIe et XVIIIe siècles ont définitivement étouffé toute velléité d'initiative et toute possibilité d'activités organisées particulièrement aux échelons inférieurs :

« *Dans ce système d'impôts, chaque contribuable avait en effet un intérêt direct et permanent à épier ses voisins et à dénoncer aux collecteurs les progrès de leurs richesse ; on les y dressait tous, à l'envie, à la délation et à la haine* [12]. »

Il voit très bien aussi le lien logique entre l'isolement de l'individu et le manque d'esprit coopératif d'un côté, l'isolement des différentes catégories sociales et leurs luttes perpétuelles pour des prérogatives artificielles, de l'autre.

» *Tous ces différents corps sont séparés les uns des autres par quelques petits privilèges... Entre eux, ce sont des luttes éternelles de préséance. L'intendant et les tribunaux sont étourdis du bruit de leurs querelles. « On vient enfin de décider que l'eau bénite sera donnée au présidial avant de l'être au corps de ville. Le parlement hésitait ; mais le roi a évoqué l'affaire en son Conseil, et a décidé lui-même. Il était temps ; cette affaire faisait fermenter toute la ville. » Si l'on accorde à l'un des corps le pas sur l'autre dans l'assemblée générale des notables, celui-ci cesse d'y paraître ; il renonce aux affaires publiques plutôt que de voir, dit-il, sa dignité ravalée...* [13] »

Les équipes dirigeantes n'auraient pu se renouveler naturellement et des activités coopératives, constructives et libres se développer que si des groupes ne respectant pas le rang et les catégories formelles, avaient réussi à se constituer. Mais c'était justement ce que l'Administration royale s'efforça longtemps de prévenir car elle préférait l'échec aux risques de la concurrence :

« *Le moindre corps indépendant qui semble vouloir se former sans son concours lui fait peur ; la plus petite association libre, quel qu'en soit l'objet, l'importune : elle ne laisse subsister que celles qu'elle a composées arbitrairement et qu'elle préside. Les grandes compagnies industrielles elles-mêmes lui agréent peu ; en un mot elle n'entend point que les citoyens s'ingèrent d'une manière quelconque dans l'examen de leurs propres affaires ; elle préfère la stérilité à la concurrence* [14]. »

Les privilèges et particularismes de l'Ancien Régime ont beau avoir disparu, le même modèle d'action sociale a persisté et on en retrouve des traces encore de nos jours dans tous les domaines.

La persistance de l'isolement des strates a été particulièrement bien analysée par un excellent observateur de la bourgeoisie du début du xxe siècle, le philosophe Edmond Goblot [15]. La vie bourgeoise française, selon Goblot, est dominée par deux grands principes qu'il appelle la barrière et le niveau. La barrière, ce sont les obstacles considérables, bien que souvent indirects, que l'on dresse pour empêcher l'homme du commun d'accéder au statut bourgeois. Le niveau, c'est l'égalité théorique que confère, une fois qu'on a passé la barrière, l'appartenance à ce statut bourgeois. Goblot a très bien su démontrer les obstacles et les justifications que les classes supérieures cherchent pour se protéger de tout contact, la sanction du baccalauréat, plus tard les études supérieures, indirectement les goûts en matière d'art et de mode ont été constamment conçus de façon à la fois restrictive pour ceux qui étaient écartés et égalitaires pour ceux qui étaient acceptés. Il a ainsi mis en évidence la liaison significative que nous avons plusieurs fois soulignée entre l'égalitarisme et la stratification. Faisant écho à Tocqueville enfin, il insiste sur le caractère social et non pas familial et héréditaire de la barrière. Ce n'est pas parce qu'on peut la franchir qu'elle disparaît, au contraire, elle n'en devient que plus vexatoire *.

L'isolement individuel et la réticence à s'engager dans des activités constructives organisées ont été étudiés à nouveau plus récemment par un sociologue américain, J. R. Pitts, qui a présenté une nouvelle et stimulante interprétation de ce type de comportement.

Selon lui les activités informelles ne sont pas du tout absentes du mode de vie français, mais elles sont généralement négatives, plus ou moins clandestines et instables. Pour les caractériser, Pitts propose l'expression de « communauté délinquante » qu'il avait employée d'abord dans une analyse des activités des enfants à l'école [17]. Il entend par là une sorte de solidarité implicite qui se développe entre tous les membres d'un groupe de pairs et à laquelle chacun d'eux peut recourir quand il est en difficulté **.

* Tocqueville avait dit lui-même : « Mais la barrière qui séparait la noblesse de France des autres classes, quoique très facilement franchissable, était toujours fixe et visible, toujours reconnaissable à des signes éclatants et odieux à qui restait dehors. Une fois qu'on l'avait franchie, on était séparé de tous ceux du milieu desquels on venait de sortir par des privilèges qui leur étaient onéreux et humiliants [16]. »

** Le modèle de la communauté délinquante est naturellement la classe d'école opposée à toute forme d'autorité et dont l'activité la plus révélatrice est le rite si particulier du *chahut*.

Cette solidarité n'existe que dans une perspective de résistance ; elle est dirigée contre les supérieurs, contre les groupes concurrents et en même temps contre tout effort d'un ou plusieurs membres d'imposer aux autres leur direction. La communauté délinquante constitue pour tout Français le modèle implicite de toutes les activités collectives auxquelles il pourra participer par la suite [18]. Dans un texte récent, Pitts résume le rôle et l'importance de la communauté délinquante de la manière suivante :

« *Le groupe des pairs qui existe à l'école est le prototype de tous les groupes solidaires que l'on trouve en France, en dehors de la famille nucléaire et des clans familiaux plus larges. Ces groupes sont caractérisés avant tout par un égalitarisme jaloux entre leurs membres, par une grande réticence à l'égard des nouveaux venus... et par une sorte de conspiration du silence devant l'autorité supérieure. Ils ne rejettent pas néanmoins toute autorité. Bien au contraire, ils sont en fait incapables de prendre la moindre initiative en dehors des directives d'une autorité supérieure. Ils s'efforcent seulement de créer et de préserver pour chacun de leurs membres, grâce à l'irréalisme des directives d'en haut, une zone d'autonomie, de caprice et de créativité* [19].

Cette analyse de ce que Pitts appelle par ailleurs « *l'école préparatoire du citoyen français* » n'est pas sans rapport avec les observations que nous avons présentées sur les employées de l'Agence comptable et leurs cadres subalternes et aussi bien sur les ouvriers de production et d'entretien du Monopole. Dans les deux cas, en effet, on peut découvrir une sorte de communauté délinquante fondée sur un pacte implicite de défense auquel souscrivent tous les membres de chaque groupe formel : chaque fois qu'un membre du groupe réclame l'aide des autres membres pour protéger sa propre zone d'indépendance et de libre activité, tous lui doivent assistance, quels que soient leurs sentiments à son égard et quelle que soit la valeur du cas qu'il présente.

LE PROBLÈME DE L'AUTORITÉ ET LA PEUR DES RELATIONS FACE A FACE

Les modes d'action caractéristiques de la « communauté délinquante » décrite par Pitts, l'isolement et l'absence d'initiative qui apparaissent dans les descriptions de Bernot-Blancard et de Wylie, le rôle protecteur de la strate sociale qu'a analysé Goblot et la longue tradition d'apathie en matière d'affaires publiques qu'ont soulignée Tocqueville et Taine semblent correspondre parfaitement aux schémas de relations interpersonnelles et intergroupes que nous avions dégagés dans nos deux cas. Mais en même temps tous ces traits convergents semblent procéder d'une même difficulté fondamentale à faire face aux conflits et à développer un type de « leadership » acceptable au niveau du groupe primaire. Leur étude pose donc finalement le problème du caractère « culturel » des conceptions et des modes d'exercice de l'autorité.

Cette interprétation s'impose assez clairement dans chacun des cas que nous venons de citer. La communauté délinquante est avant tout un instrument de protection contre toute autorité qui vient de l'extérieur, que ce soit celle du professeur, celle du patron ou celle de l'État, mais c'est en même temps un moyen indirect et néanmoins très efficace de rendre impossible à l'un quelconque des membres du groupe de s'affirmer comme leader. C'est même cette dernière raison qui prédomine dans les cas d'apathie analysés par Bernot-Blancard et Wylie; les membres des communautés étudiées se gardent de toute initiative sur le plan de l'action sociale, car ils savent que s'ils se mettaient en avant, ils soulèveraient l'hostilité de leurs pairs et se retrouveraient abandonnés et humiliés, car le groupe n'aime pas ceux qui veulent commander. Le refus de participer, nous en avons discuté au chapitre précédent, peut être considéré comme une réponse rationnelle si l'idéal auquel souscrivent les individus consiste avant tout à éviter les situations de conflit et à refuser toute relation de dépendance. L'isolement des strates, l'importance donnée au rang et au statut, l'impossibilité de maintenir des relations interpersonnelles à travers différentes catégories, autant de traits liés à ces mêmes difficultés.

A ce stade de la discussion nous aimerions pouvoir disposer de résultats de travaux empiriques ethnologiques ou psycho-sociologiques qui pourraient nous permettre de tester nos hypothèses et d'étayer un peu notre raisonnement. Malheureusement l'aspect culturel de ces problèmes d'autorité a été particulièrement négligé jusqu'à présent. Les innombrabes études des philosophes et essayistes sur les particularités du rationalisme français et sur les assises cartésiennes de la culture française ne peuvent nous être d'un grand secours [20]. Les travaux du groupe de recherches sur les cultures contemporaines animé par Margaret Mead et les analyses « culturalistes » des pièces de théâtre et des films caractéristiques de la société française contemporaine pratiquées par Wolfenstein et Leites [21] seraient plus intéressantes, mais elles restent encore à moitié anecdotiques et souvent contestables. Retenons tout de même que la description de l'école primaire française faite par Wylie et à moindre degré par Bernot et Blancard confirme assez bien le schéma proposé par Rhoda Métraux et Margaret Mead dans *Themes in the French*

Culture * et qu'il n'y a pas de contradiction, bien au contraire, entre ce schéma et notre modèle. Mais ce domaine est encore trop peu exploré pour que l'on puisse faire état de telles correspondances.

Nous allons donc nous contenter d'élaborer une hypothèse de travail à partir de nos propres observations dans les deux cas que nous avons exposés et de confronter cette hypothèse avec les nombreuses expériences relevées dans le fonctionnement d'autres organisations.

Que constatons-nous ? Dans les deux cas et à plusieurs niveaux le même phénomène se répète. Autant qu'il leur est possible les membres de l'organisation évitent les relations d'autorité face à face. Des conflits ouverts n'apparaissent qu'entre des individus et des groupes qui ne sont pas directement en contact. Chacun des participants ressemble à sa manière à ces enfants décrits par Wylie ou à ces personnages de folklore de Marcel Pagnol qui s'adressent des injures violentes, mais seulement quand ils sont sûrs qu'ils ne risquent pas d'être entraînés dans des violences physiques. L'autorité est convertie le plus possible en règles impersonnelles et les structures mêmes de l'organisation semblent agencées de telle sorte qu'une distance suffisante pour que la sécurité de chacun soit assurée, puisse s'établir entre les gens qui ont à prendre des décisions et ceux qui seront affectés par ces décisions.

Nous voudrions suggérer l'interprétation suivante. Ce modèle de relations humaines répond assez bien aux problèmes posés par le fonctionnement des organisations modernes, il en est, nous l'avons vu, une des solutions, mais il a, en même temps, un caractère spécifiquement français. Les relations d'autorité face à face sont extrêmement difficiles à supporter dans le contexte culturel français. Pourtant la conception de l'autorité qui continue à prévaloir est toujours universelle et absolue; elle garde quelque chose de la tradition politique de la monarchie absolue avec son mélange de rationalité et de *bon plaisir*. Les deux phénomènes paraissent à première vue contradictoires, mais leur opposition peut être résolue dans le cadre du système bureaucratique, puisque l'existence de règles impersonnelles et la centralisation permettent à la fois de conserver une conception absolutiste de l'autorité et d'éliminer toutes les relations directes de dépendance. En d'autres termes, le système bureaucratique français d'organisation constitue la meilleure solution possible des contradictions dont souffrent les Français en matière d'autorité. S'ils ne peuvent pas supporter le montant d'autorité universelle et absolue

* Le contrôle des mouvements est très sévère, toute agression physique est interdite, la socialisation est profonde, précoce et imposée d'en haut grâce à un harcèlement constant et à des menaces d'humiliation; l'agression orale en revanche est tolérée et même encouragée et sert de soupape de sûreté.

qu'ils jugent par ailleurs indispensable au succès de toute action coopérative, il leur faut bien s'en remettre à un système d'organisation impersonnel et centralisé. Et si l'on reprend le problème d'un point de vue historique on peut soutenir que ces contradictions ont été conservées et perpétuées par la longue tradition d'administration centralisée autoritaire qui a offert à toute la société française le seul modèle efficace capable de répondre à deux exigences contradictoires : garantir l'indépendance des individus et assurer la rationalité et le succès de l'action collective.

Le bon plaisir est la loi de l'organisation formelle. L'autorité à chaque échelon continue à être conçue comme une autorité absolue. On répugne au jeu des équilibres et des contrepoids et on n'accorde pas la même importance qu'en pays anglo-saxon au respect des formes légales. Mais si les subordonnés ne sont pas aussi bien protégés par des procédures légales, s'ils sont exposés de ce point de vue à subir davantage d'arbitraire, ils disposent d'un autre type de protection qui leur est assurée par la force de résistance considérable du groupe des pairs auquel ils appartiennent * et par l'impossibilité où se trouve l'autorité supérieure de rompre l'égalité qui règne entre eux pour intervenir dans leurs affaires **. Le bon plaisir toutefois n'est pas complètement imaginaire. Il s'exprime dans les symboles et accessoires du système hiérarchique; il détermine naturellement les récompenses matérielles et les récompenses de prestige qui s'attachent à chaque rang et finalement il se concrétise en rapports humains directs en temps de crise quand tous les participants doivent surmonter leur respect humain pour donner la coopération indispensable sans laquelle l'organisation ne pourrait survivre ***.

L'isolement des individus et l'isolement des catégories d'autre part, permettent à chacun, même aux plus bas échelons, de disposer d'une certaine part de « bon plaisir ». Ce bon plaisir se manifeste surtout d'une façon négative. Les subalternes sont avant tout protégés contre des interventions supérieures; ils n'auront jamais à s'incliner devant la volonté personnelle humiliante de quelqu'un; ce qu'ils font ils le font de leur propre volonté et en particulier ils accomplissent leur tâche en

* De bons observateurs comme Brian Chapman ont soutenu que dans aucun autre pays les subordonnés et les administrés ne sont aussi bien protégés contre une action arbitraire de l'État que dans le système de l'administration publique française [22].

** Cette relative paralysie de l'autorité centrale explique l'attachement au maintien de l'arbitraire dans l'application des règles, car cet arbitraire constitue pour elle le seul moyen de garder quelque influence sur des subordonnés qui lui sont, sinon, inaccessibles.

*** D'où la fascination que provoquent les crises et leur relative fréquence.

dehors de toute obligation directe. Ils s'efforcent de montrer qu'ils travaillent non pas parce qu'ils y sont forcés, mais parce qu'ils choisissent de le faire *. Cette liberté devant les supérieurs, cette autonomie de l'individu dans sa fonction peut être rattachée à la conception absolutiste de l'autorité. Composer avec autrui, s'arranger, s'adapter ne sont pas des méthodes appréciées; mieux vaut se restreindre mais rester parfaitement libre à l'intérieur des limites qu'on s'est fixées ou qu'on a accepté de se laisser fixer **.

Cette insistance sur l'autonomie personnelle est ancienne en France; c'était et c'est encore en particulier un des éléments essentiels du système de valeurs de la paysannerie traditionnelle. Les termes avec lesquels parmi tant d'autres, Tocqueville caractérise ce sentiment sont significatifs :

« *Le petit propriétaire foncier ne reçoit d'impulsion que de lui-même, sa sphère est étroite, mais il s'y meut en liberté, alors que celui qui possède une petite fortune mobilière dépend presque toujours plus ou moins des passions d'un autre. Il faut qu'il se plie, soit aux règles d'une association, soit aux désirs d'un homme* [23]. »

La persistance d'un tel modèle permet de conserver dans le cadre d'une organisation complexe quelque chose de l'indépendance que possédaient autrefois les petits producteurs indépendants. On se plie aux règles, mais on ne se plie pas aux désirs des hommes. Les avantages ainsi obtenus ne sont toutefois que des avantages négatifs. On ne peut guère relever d'avantages positifs à l'actif du modèle. Notons simplement que chaque membre d'un groupe dispose d'un pouvoir judiciaire sur les membres du groupe inférieur qui sont dans sa juridiction. Et s'il se trouve d'une certaine façon désarmé devant eux, sa fonction reste absolue et inspire le respect.

Les privilèges individuels, les privilèges de groupe et les influences illégitimes qui en découlent sont la conséquence, nous l'avons vu, de l'impossibilité dans laquelle se trouve fatalement toute organisation de s'isoler vraiment du reste du monde. Ce sont les points noirs d'un système d'organisation par ailleurs parfaitement rationnel. Mais ces dysfonctions, nous l'avons souligné, renforcent le système. Elles lui assurent une sorte de dynamisme à court terme. La lutte pour l'égalité et la résistance contre le favoritisme reviennent constamment au premier plan des préoccupations de tous les membres de l'organisation dans la

* C'est du moins la tendance qui prévaut dans les organisations comme celles que nous avons étudiées où la carrière est complètement dissociée de la tâche et de la façon dont on l'accomplit.

** Mon verre n'est pas grand mais je bois dans mon verre.

mesure où les privilèges persistent et tendent, à peine ont-ils disparu, à se reconstituer dans un nouveau domaine. De ce point de vue, par exemple, l'administration publique française ne doit pas être considérée comme une organisation statique. Elle est constamment engagée dans un incessant effort de rationalisation pour éliminer les situations anormales, les interventions occultes, les concurrences illégales et avant tout pour pourchasser les privilèges *.

En conclusion, l'hypothèse que nous voudrions soumettre à la réflexion pourrait se résumer ainsi : le système bureaucratique à la française semble constituer la meilleure solution possible pour faire participer le plus grand nombre de citoyens à cette valeur et à ce style d'action que constitue le bon plaisir; son développement peut s'interpréter comme une graduelle extension à des couches de plus en plus larges des règles statutaires et des garanties nécessaires pour que leurs membres puissent à leur tour entrer dans le jeu **.

LE PROBLÈME DU CHANGEMENT ET LE PARADOXE DE LA FAIBLESSE DU POUVOIR CENTRAL OMNIPOTENT

En cherchant à comprendre comment une organisation bureaucratique pouvait changer, nous avions eu recours à un raisonnement de type universel. Quels que puissent être ses traits particuliers, le défaut principal d'un système d'organisation bureaucratique reste toujours, en effet, son manque de souplesse et la difficulté qu'il éprouve à s'adapter à un environnement en continuelle transformation. Mais le mécanisme particulier que nous avons décrit à partir de nos deux cas, apparaît bien, tout compte fait, comme un trait distinctif du modèle français de bureaucratie. Cette alternance de longues périodes de routine et de courtes

* Il y a quelque chose de paradoxal dans l'acharnement de la passion égalitaire que l'on peut observer dans les organisations bureaucratiques françaises (et toutes les organisations françaises sont de notre point de vue quelque peu bureaucratiques), alors que ces organisations se caractérisent justement par un très remarquable égalitarisme.

** Il arrive il est vrai encore que les membres de groupes inférieurs soient écartés des bénéfices du système, par exemple les employées de l'Agence comptable; mais même ces employées conservent une grande force de résistance et d'autre part la plupart d'entre elles n'acceptent cette situation que parce qu'elles ont l'assurance qu'elle sera temporaire et constitue l'indispensable antichambre de la situation véritablement protégée qu'elles convoitent.

périodes de crise est le résultat, en effet, de cette combinaison d'isolement individuel, de manque de communications entre catégories et de peur des relations face à face qui caractérise le modèle. Si l'autorité est conçue avant tout comme une autorité absolue, diffuse et non pas fonctionnelle et spécialisée, si elle ne peut pas être partagée, s'il lui est interdit de faire des compromis et si en même temps les relations de dépendance ne sont pas facilement acceptées, seules les règles impersonnelles et la centralisation permettront de résoudre les inévitables contradictions. Mais le pouvoir de décider, en même temps, tendra à s'éloigner de plus en plus du terrain d'application des décisions, la rigidité qui en résultera rendra impossible toute adaptation graduelle aux transformations de l'environnement, il ne pourra y avoir de véritable changement qu'à travers une refonte formelle des règles et seule une crise qui marquera profondément ceux qui y participeront permettra d'y parvenir.

Il est possible maintenant, dans cette perspective, de comprendre ce curieux paradoxe de la faiblesse d'un pouvoir central omnipotent qui a été souligné constamment par beaucoup d'observateurs, tant dans la vie des organisations bureaucratiques que dans la vie politique française.

Les dirigeants français ont théoriquement énormément de pouvoirs. Ils peuvent même éventuellement en avoir beaucoup plus que n'en ont des leaders de société beaucoup plus autoritaires. Mais ces pouvoirs formels ne leur sont pas d'un grand secours, car ils ne peuvent agir que de façon impersonnelle et n'ont pas de possibilité d'intervention réelle auprès des groupes qui leur sont subordonnés; ils ne peuvent donc absolument pas jouer un rôle de guide, d'animateur et de chef au sens « charismatique » du terme. S'ils veulent introduire un changement, il faut à la fois que ce changement réponde à un besoin urgent et qu'ils acceptent de s'engager dans la dure épreuve que constitue une crise aussi bien pour eux que pour l'organisation dont ils ont la charge. Ainsi, malgré l'apparente toute puissance que leur donne leur situation au sommet de la pyramide hiérarchique, ils sont en fait à peu près paralysés par la résistance générale de toutes les catégories qui leur sont subordonnées et ils ne peuvent faire sentir leur influence que dans des circonstances tout à fait exceptionnelles.

Cette situation était particulièrement claire, aussi bien dans l'Agence comptable parisienne que dans le Monopole industriel. Dans l'Agence comptable toute cette hiérarchie rigide, presque militaire, que nous avons décrite converge sur une direction faible et divisée dont l'unique fonction est de maintenir le système en l'état. Cette direction incapable d'opérer la moindre discrimination entre ses cadres n'a même pas le moyen de proposer un changement. Le changement doit venir d'encore plus haut, de la direction responsable du Ministère, mais cette direction est elle-même si éloignée des problèmes à résoudre que ses possibilités d'action sont en fait extrêmement réduites et que ses grands desseins sont rarement mis à exécution.

Au sein du Monopole la situation est un peu plus souple. Dans chacune des usines, néanmoins, seuls le directeur et son adjoint ont la possibilité d'effectuer quelque changement, et leur pouvoir, très considérable en théorie, se trouve bloqué en pratique par le système de relations de pouvoirs et le système de communications paralysant que nous avons étudiés.

Ce blocage des organes locaux fait remonter toutes les affaires à la direction générale. Celle-ci, à son tour, qui s'est toujours soigneusement efforcée de maintenir intacts tous ses droits et privilèges, se trouve finalement la prisonnière de ce système impersonnel extrêmement rigide qu'elle a justement élaboré pour conserver sa suprématie.

De telles situations ne peuvent se dénouer que grâce à des crises et, si nous remontons dans le passé, ce sont bien des crises qui sont à l'origine des principales institutions que ces organisations se sont données. Les crises sont naturellement caractéristiques des secteurs protégés dans lesquels les tendances bureaucratiques peuvent se développer plus facilement. Mais on peut soutenir que des traits de ce genre se retrouvent dans beaucoup d'autres domaines de la vie des organisations françaises aussi bien dans le secteur politique que dans le secteur économique. C'était presque devenu un lieu commun de soutenir que dans le système politico-administratif hypercentralisé de la France des cinquante dernières années les crises gouvernementales régulières constituaient le seul moyen de résoudre les problèmes pendants et que des crises de régime étaient nécessaires pour opérer les rajustements les plus importants *.

On pourrait à ce moment de l'analyse élaborer une interprétation de style parsonien de l'ensemble du système, en mettant l'accent sur son résultat final **. On pourrait soutenir en effet que la société française n'accepte pas le changement ou n'accorde pas la même valeur au changement que les sociétés anglo-saxonnes et que les modèles d'organisation rigides auxquels elle reste encore en partie attachée sont le reflet de cette résistance générale. Mais si l'on étudie plus soigneusement les données économiques, on ne peut prétendre que les performances françaises soient inférieures de façon significative à celles de ses voisins. Si l'on

* Les guerres ont aussi joué le même rôle et peuvent être considérées comme des substituts aux crises de régime ou aux révolutions.

** Talcott Parsons, met en effet l'accent sur les valeurs profondes qui dans une société donnée orientent les activités de ses membres.

prend le test de la productivité par tête qui paraît le plus raisonnable, la France a certes pris du retard à certaines périodes mais a toujours compensé ce retard durant les périodes suivantes et sur le long terme tous les pays de l'Europe occidentale ont eu une croissance comparable se chiffrant par une moyenne de progrès de 2 à 3 % annuels [24]. Les différences que l'on peut observer sont faibles et ne peuvent raisonnablement correspondre à des différences profondes de valeur.

Ce qui est en cause, nous semble-t-il, ce n'est pas l'importance du changement lui-même mais la façon dont le changement survient. Les valeurs qui conditionnent le modèle de changement de la société française, sont des valeurs de sécurité, d'harmonie et d'indépendance, la répugnance pour les conflits ouverts et les relations de dépendance, la difficulté à tolérer les situations ambiguës et finalement cet idéal du « bon plaisir » et de maîtrise parfaite de l'environnement que nous avons cherché à mettre en évidence. Si l'on accepte une telle hypothèse, les Français ne sont pas hostiles au changement, mais ils craignent le désordre, les conflits, tout ce qui peut créer des situations ambiguës ou incontrôlables et des relations explosives. Comme des joueurs bloqués dans une situation d'échec ou comme des adversaires dans une guerre de position, ils attendent et redoutent à la fois une ouverture et quand cette ouverture survient, le plus souvent provoquée de l'extérieur, ils changent tous ensemble et à la fois, reconstruisant ainsi une nouvelle situation d'échec ou un nouveau front stable sur d'autres bases. Ce qu'ils craignent donc ce n'est pas le changement en soi, mais le risque qu'ils courraient si le blocage qui les protège et les limite à la fois disparaissait.

De telles valeurs ont beau être préjudiciables aux progrès d'une société, le modèle français de changement bureaucratique n'en a pas moins aussi ses avantages. Il n'empêche pas et même probablement stimule les efforts individuels et d'autre part il peut aboutir à des réussites spectaculaires chaque fois qu'un système cohérent, rationnel et impersonnel constitue la meilleure réponse au problème posé *. Comme nous le verrons plus loin, les succès français ont toujours été plus nombreux aux deux extrêmes

* A travers toute l'histoire moderne et contemporaine, les Français ont eu la réputation de réussir à la fois les explorations individuelles et les grandes entreprises bureaucratiques. La comparaison de la colonisation française et de la colonisation britannique dans le Nouveau Monde en constitue un bon exemple. Du côté français, en effet, coexistent une société centralisée et étroitement contrôlée, pesante et inefficace et une multitude de « coureurs de bois » individualistes, tandis que du côté britannique nous trouvons des communautés plus riches, plus diversifiées et se gouvernant elles-mêmes, mais un beaucoup plus petit nombre d'aventuriers et d'explorateurs. Pour un examen plus approfondi de ce thème on pourra consulter le chapitre suivant et en particulier les pages 336-340.

possibles des formes d'activité, d'une part dans les aventures et explorations individuelles dans les domaines de la science et de la technique où l'individu est totalement maître de son effort et d'autre part dans les activités les plus routinières où un système d'organisation bureaucratique protégeant parfaitement l'individu contre tout arbitraire a des chances d'être plus efficace que des systèmes plus souples et plus concurrentiels *.

LES AUTRES MODÈLES POSSIBLES DE SYSTÈME D'ORGANISATION BUREAUCRATIQUE

En analysant le phénomène bureaucratique à partir du modèle français, nous avons couru le risque de confondre la bureaucratie avec le système français de centralisation. Les tendances que nous avons décrites existent, il est vrai, dans tous les pays industrialisés et elles entraînent des conséquences semblables à celles que nous avons constatées. Mais le fait que ces tendances soient plus accusées en France ne signifie pas nécessairement que les organisations françaises soient plus bureaucratiques que celles d'autres pays, car il est possible que d'autres types de rigidité puissent se développer à partir d'autres prémisses. Si nous nous en tenons en effet à notre définition large d'un système bureaucratique comme un système incapable de se corriger en fonction de ses erreurs **, on peut en effet facilement concevoir d'autres systèmes que le système français qui puissent aussi bien être considérés comme des systèmes bureaucratiques.

C'est seulement à partir des résultats de comparaisons internationales scientifiques portant sur les modèles de relations interpersonnelles et intergroupes existant dans des organisations complexes que nous pourrions nous risquer à proposer une théorie plus universelle, et moins limitée que la nôtre. Pour tenter de l'élargir nous nous permettrons toutefois de présenter quelques remarques, à partir des travaux existant sur deux modèles possibles de développement bureaucratique, celui qui

* Les chemins de fer et les services postaux sont deux cas très remarquables de succès de cet ordre.

** Cette définition a l'avantage de s'appliquer à tous les phénomènes que le langage populaire appelle bureaucratiques, que ce soit la rigidité d'une trop complexe « corporation » américaine, le manque de démocratie effective dans une organisation syndicale, la règle totalitaire de l'administration soviétique ou les tracasseries des petits fonctionnaires français.

pourrait correspondre au système soviétique et celui qui pourrait correspondre au système américain.

Le système soviétique.

Une comparaison du système français d'organisation avec le système soviétique est naturellement extrêmement difficile, étant donné que nous ne disposons guère d'informations directes d'ordre sociologique sur le système soviétique. La plupart des observateurs s'accordent tout de même à reconnaître que la différence est profonde entre d'un côté un système hiérarchique autoritaire relativement oppressif et de l'autre un système où le droit de résistance individuel au pouvoir, aussi bien à l'intérieur qu'à l'extérieur de l'organisation, est considéré comme une valeur fondamentale. Les deux systèmes sont toutefois l'un et l'autre couramment appelés bureaucratiques et, si l'on y regarde de près il y a des correspondances entre la conception absolutiste de l'autorité à laquelle on a coutume de se référer en France et celle qui prévaut en Russie; d'autre part, on peut constater la même pression égalitaire très violente dans les deux pays.

Quantité de facteurs historiques lointains, il est vrai, permettent d'expliquer ce paradoxe. Nous nous contenterons d'attirer l'attention sur les plus immédiats d'entre eux qui pourront nous permettre de mieux comprendre la marge possible de variété dans le fonctionnement des systèmes d'organisation modernes. La différence essentielle, de ce point de vue, nous semble être la suivante. Contrairement au modèle français dans lequel le pouvoir se trouve complètement impuissant face à ses subordonnés parce qu'il ne peut pas effectuer de discrimination sérieuse entre eux, dans le système russe, le pouvoir dispose de tous les moyens nécessaires pour intervenir dans leurs affaires et ceci est parfaitement bien accepté par les subordonnés eux-mêmes qui ne font pas d'objection a priori contre l'existence d'un tel pouvoir discrétionnaire *.

Pour mieux nous rendre compte de la façon dont de tels systèmes de relations peuvent effectivement fonctionner en pratique, reprenons par exemple le cas de l'Agence comptable et demandons-nous comment les difficultés que nous avons signalées seraient résolues dans un système de type soviétique. Nous avons suggéré qu'il existe deux moyens de briser le cercle vicieux de la routine, ou bien décentraliser en donnant plus de pouvoir à ceux qui disposent des informations nécessaires ou

* On trouve des commentaires très significatifs sur ce point, tirés d'interviews de réfugiés russes pourtant a priori hostiles au régime [25].

bien laisser le pouvoir de décision aux échelons les plus élevés, mais en leur donnant tout le personnel de contrôleurs et d'informateurs dont ils ont besoin pour connaître de façon précise les situations à propos desquelles ils sont appelés à trancher. Cette dernière solution est souvent appliquée dans les organisations occidentales mais elle trouve vite des limites dans la mesure où elle crée un climat général de méfiance et elle n'intéresse la plupart du temps que les échelons inférieurs de la hiérarchie. D'autre part, il existe un minimum d'accord et de bonne foi réciproque sur les éléments de mesure utilisés; informations et vérifications portent sur des faits et non pas sur les personnes elles-mêmes. Mais supposons que les modes de mesure eux-mêmes soient sujets à caution et que l'on veuille briser le cercle vicieux de la routine et de l'inefficacité non seulement aux échelons inférieurs, mais à tous les échelons, la solution consistera à développer tout un ensemble de relations de contrôle où les personnes elles-mêmes seront impliquées et nous en arriverons à un système comparable au système russe.

Un tel système permet effectivement d'échapper aux travers bureaucratiques de type français, mais il en suscite d'autres encore plus contraignants. Essayons tout d'abord de déterminer dans quelle mesure il peut être efficace. Son problème naturellement, c'est la résistance des subordonnés. Ceux-ci ont intériorisé la règle autocratique au point d'accepter les faveurs et l'arbitraire comme des données qu'on ne discute pas. Mais ils ne manquent pas cependant de se protéger et ce de deux manières, d'une part en demeurant passifs et en refusant leur participation, et d'autre part en renforçant le groupe primaire informel dont ils font partie et qui leur donne la chaleur et la protection dont ils ont besoin. Tous les observateurs s'accordent à reconnaître, parfois avec étonnement, la persistance dans la société russe de ces liens primaires et de tous ces réseaux de solidarité traditionnels et la qualité des relations humaines informelles qui en découlent.

L'action sociale du régime actuel peut être caractérisée comme un gigantesque effort pour intégrer les groupes primaires dans la sphère d'influence du pouvoir et de l'efficacité. Mais les moyens employés ne lui ont permis de réussir que très partiellement et il n'a pas, en tout cas, transformé le modèle traditionnel de relations humaines. Beaucoup d'observateurs occidentaux pensent même que les réseaux informels de complicités que constituent les groupes primaires sont absolument indispensables au fonctionnement de la machine économique. C'est seulement parce qu'aux échelons moyens et inférieurs les gens se font confiance et sont prêts à faire entre eux tous les arrangements nécessaires semi-légaux ou complètement illégaux que les énormes écarts qui apparaissent continuellement entre les objectifs imposés et les moyens dont on dispose pour les accomplir peuvent être au moins partiellement comblés [26].

Ainsi la résistance du groupe primaire, entraîne-t-elle des conséquences contradictoires et pourtant logiques. Le pouvoir est entraîné à exercer des pressions toujours plus fortes et toujours plus disproportionnées à l'objectif recherché et en même temps il ne peut obtenir de résultat que parce que le groupe primaire s'arrange pour tourner ses ordres et, éventuellement même, lui désobéir.

Le mécanisme des informations et communications nécessaires pour permettre au pouvoir de décider et de contrôler crée une autre série de limites. Dans notre exemple de l'Agence comptable, il serait facile de contrôler les demandes des chefs de section, si l'on en donnait les moyens aux supérieurs. Mais nous n'avons cette impression que parce que le problème est limité et que les informations dont on a besoin sont des informations concrètes que personne ne songerait à mettre en doute. Quand c'est l'ensemble du système hiérarchique qui est en cause et quand l'on a affaire à des réseaux de résistance complexes et non plus à la résistance ouverte de catégories hiérarchiques rationnelles, le problème devient beaucoup plus difficile. On aura tout naturellement des doutes sur les gens qu'on aura chargé des contrôles. Il y a en effet beaucoup de cas où le simple bon sens et même le sens de l'intérêt général commanderont au contrôleur de fausser ses informations pour permettre au groupe primaire d'obtenir des résultats suffisants. Et il y en a beaucoup d'autres où le contrôleur moyen aura tendance à les fausser pour plaire à ses supérieurs. On sera donc conduit à contrôler les contrôleurs. Mais comme il n'y a aucun moyen de faire confiance à personne dans un système où l'on ne peut se référer à un consensus indépendant, le pouvoir, malgré toute sa puissance, se trouvera finalement désarmé.

Toutes les polices du monde ont à résoudre ces problèmes et aucune n'y parvient de façon satisfaisante. La suspicion, chez elles, toutefois reste généralement contenue dans des limites raisonnables du fait de l'influence et de la pression du monde extérieur. Mais quand c'est l'ensemble de l'appareil économique qui se trouve atteint par cette fièvre de suspicion, nous avons affaire à un nouveau type de cercle vicieux bureaucratique, plus rigide encore que ceux que nous avons examinés. Ses éléments sont les suivants : les membres de l'organisation doivent entreprendre des des activités illicites pour faire face aux obligations qui leur sont imposées; cela les rend très vulnérables et très dépendants aussi bien légalement que moralement; les dirigeants se trouvent, de ce fait, dans une excellente situation : ils disposent d'un pouvoir discrétionnaire sur leurs subordonnés et ceux-ci se trouvent moralement à leur merci. En revanche ils sont incapables de se fier à personne puisqu'il n'y a pas moyen de parvenir aux objectifs qu'ils fixent sans désobéir à leurs ordres; ils vont donc avoir recours à un système sans fin de contrôles et de contre-contrôles et cette pression va renforcer l'attachement des membres de l'organisation pour leurs groupes primaires dont la protection leur sera indispensable. On peut voir les causes de cet enchaînement dans la disproportion entre les buts fixés et les possibilités réelles dont disposent les agents qui en sont chargés. Mais les conséquences en sont le renforcement de cette même disproportion et d'extraordinaires difficultés pour reconnaître et identifier les erreurs, de très mauvais circuits d'information et finalement une grande rigidité.

Un système bureaucratique d'organisation répondant à notre première définition peut donc se développer à partir de prémisses entièrement différentes. Au lieu de reposer sur l'isolement des individus et la peur des relations d'autorité face à face, il est la conséquence de la chaleur des relations humaines dans le groupe primaire et de la soumission passive au pouvoir le plus arbitraire. La contradiction à laquelle il permet d'échapper concerne la confiance et la suspicion et non plus la nature de l'autorité. Certes on retrouve aussi dans le système russe les mêmes tendances à la centralisation, mais elles n'ont pas du tout les mêmes fonctions *.

* Le système d'organisation japonais présente de nombreuses ressemblances avec le système russe, mais aussi des différences profondes qu'il serait intéressant d'étudier dans une comparaison internationale. Le groupe primaire japonais semble fournir à l'individu un réseau de protection et de chaleur au moins aussi puissant que le groupe primaire russe et l'individu y est encore moins isolé. Le modèle hiérarchique d'autre part est très autoritaire, les subordonnés acceptent facilement de se soumettre à l'arbitraire et les conflits sont étouffés par le poids même de la soumission. Mais si le système bureaucratique japonais a comporté dans le passé certains des traits caractéristiques des cercles vicieux de suspicion et de contrôle et s'il en garde encore quelques traces, la solution que les japonais donnent au problème du gouvernement des subordonnés est fondée sur un modèle de stratification qui présente des ressemblances, cette fois, avec le système français. On y retrouve en effet les mêmes strates isolées ayant beaucoup de mal à communiquer entre elles et la même pression égalitaire à l'intérieur de chaque strate. La société japonaise actuelle est encore beaucoup plus imprégnée de conscience de classe et attachée à tous les détails symboliques qui l'expriment que la société bourgeoise française du temps de Goblot. Mais en même temps elle reste attachée à un mode de participation collective et non pas individuelle fondée sur la prédominance du groupe primaire. Le système de centralisation japonais, en conséquence, présente des ressemblances aussi bien avec le système russe qu'avec le système français. A la différence du pouvoir bureaucratique français, dont l'objectif essentiel est de maintenir l'ordre dans une société rebelle, le pouvoir bureaucratique japonais a un rôle moteur dans une société beaucoup plus passive. C'est le seul moyen pour une société trop rigide de trouver des principes moteurs [27].

Le système américain.

Le système d'organisation américain constitue un autre extrême dont l'analyse devrait nous permettre de mieux situer le modèle français. Alors que le système soviétique est fondé sur la suspicion et le contrôle, on pourrait dire que le système américain, lui, repose sur la spécialisation fonctionnelle et les garanties légales. Les dysfonctions qui en résultent sont d'un tout autre ordre que celles qu'entraîne le système soviétique et aussi bien le système français. On s'étonne souvent en France de la complexité des machines administratives américaines aussi bien publiques que privées. Certains, imaginant ce que donneraient de tels ensembles si les individus qui en font partie conservaient nos mœurs actuelles de Français, vitupèrent le monstre organisationnel moderne. D'autres, moins nombreux il est vrai, hypnotisés par l'absence des dysfonctions auxquelles ils sont habitués, en viennent à croire que la bureaucratie serait un triste privilège du vieux monde. En fait, il faut nous rendre compte à la fois que les américains ne sont pas délivrés de la bureaucratie, mais que le type de rigidité organisationnel qui sévit chez eux n'est pas plus oppressif et l'est même probablement moins que notre centralisation à la française [28].

Le modèle auquel obéissent les relations de pouvoir et les dysfonctions bureaucratiques au sein du système américain correspond dans une large mesure à l'évolution générale de la société industrielle, mais il est lié aussi, et très étroitement, à un certain nombre de données culturelles. On pourrait simplement soutenir, si l'on voulait proposer une vue plus synthétique, que les progrès plus rapides de la société américaine dans le domaine de l'économie et dans le domaine de l'organisation sont dus à la meilleure adéquation de ces données culturelles.

Il y a un siècle déjà, Tocqueville avait montré que la tradition anglo-saxonne laissait beaucoup plus d'arbitraire individuel à celui qui dispose d'un pouvoir, mais favorisait en revanche une participation plus active de la part des subordonnés. Les différentes strates sociales, pensait-il, ne restaient pas aussi isolées; une direction, un commandement pouvaient être fournis et acceptés sur le terrain même, dans la mesure où nobles et bourgeois ne répugnaient pas au contact avec leurs inférieurs. Il était donc beaucoup moins nécessaire de recourir à la centralisation bureaucratique. Au lieu d'un pouvoir absolu, universel et en conséquence facilement paralysé, on préférait un pouvoir plus limité mais beaucoup plus fort dans son propre domaine. Les subordonnés, de leur côté, ne disposaient pas de droits aussi universels qu'en France; ils étaient protégés par le respect des formes juridiques et non par la résistance du groupe de leurs pairs. Un tel système permet, suggérait Tocqueville, de meilleurs contacts avec la réalité. Ajoutons qu'il s'est avéré plus accessible au changement et beaucoup plus facilement capable de mobiliser les ressources humaines d'une société [29].

Un tel schéma garde une part de vérité malgré les bouleversements qu'ont subis toutes les sociétés occidentales dans les cent dernières années. Mais l'analyse de Tocqueville apparaît tout de même de plus en plus insuffisante dans la mesure où elle avait ignoré complètement les dysfonctions qui se développent du fait des faiblesses du type de contrôle social utilisé par les sociétés anglo-saxonnes.

Pour pouvoir comprendre le comment et le pourquoi de la persistance de telles dysfonctions dans des systèmes sociaux que Tocqueville avait eu trop tendance à idéaliser, il nous aurait fallu regarder d'un peu plus près le fonctionnement journalier d'un certain nombre d'organisations particulières. Nous n'en avons malheureusement pas eu les moyens. Mais nous pouvons tout de même suggérer quelques hypothèses à partir de la littérature existante et avant tout attirer l'attention sur les différences qui apparaissent entre les organisations britanniques et les organisations américaines. Les premières maintiennent leur cohésion et assurent ainsi leur efficacité en se reposant sur le vieux modèle de déférence qui règle les rapports entre supérieurs et subordonnés, tandis que les secondes doivent, pour obtenir les mêmes résultats, recourir à de nombreuses règles impersonnelles.

Ces différences apparaissent de façon spectaculaire dans une étude effectuée par un psychologue social d'origine britannique, Stephen Richardson, qui a comparé l'organisation du travail, les relations interpersonnelles et le système d'autorité dans un cargo britannique et dans un cargo américain [30]. Les marins britanniques acceptent comme allant de soi leur situation d'infériorité vis-à-vis de la maîtrise et des officiers. Et ce respect qu'ils ont des coutumes traditionnelles de déférence rend possible de garder un modèle d'organisation plus simple. Il y a effectivement dans l'organisation britannique beaucoup moins de règles impersonnelles. On se repose davantage sur l'arbitraire des supérieurs. Le système social tout entier peut fonctionner finalement à moindres frais et avec moins de conflits. A bord du cargo américain, la situation est très différente. L'autorité des supérieurs n'est pas acceptée aussi facilement. Les subordonnés refusent d'admettre leur infériorité et de se conduire avec déférence à leur égard. Leur individualisme et leur résistance à l'autorité amènent beaucoup de difficultés et de conflits. Pour y faire face, l'organisation du cargo américain s'est développée dans deux directions, tout d'abord comme les organisations françaises que nous avons décrites, elle a élaboré un grand nombre de règles impersonnelles qui ont permis d'adoucir un peu la rigueur de rapports hiérarchiques qui ne sont plus protégés par des habitudes de déférence, mais en même temps et en grand contraste avec le modèle français, elle s'est orientée vers une division de l'autorité qui est devenue de plus en plus spécialisée et de plus en plus fonctionnelle.

S. M. Lipset dans un article extrêmement suggestif qu'il a consacré à l'analyse comparative des valeurs et des systèmes sociaux des grandes démocraties occidentales, a mis l'accent sur cette opposition entre les valeurs américaines et les valeurs anglaises. *On peut affirmer,* déclare-t-il, *que la société américaine met au premier plan l'accomplissement individuel, l'égalitarisme, l'universalisme et la spécificité des fonctions, tandis que la société anglaise, si elle accepte les valeurs d'accomplissement individuel en matière économique et en matière d'éducation, reste fondée généralement sur la conception « élitiste » que ceux qui ont une position supérieure dans le système social ont droit à un traitement déférentiel dans tous les domaines et sur la conception conservatrice que ceux qui sont nés dans une catégorie supérieure doivent pouvoir conserver leur avantage* [31].

Les résultats convergents de ces différents travaux permettent de proposer des modèles plus élaborés et plus différenciés que le premier modèle de Tocqueville. Mais les données qu'elles nous apportent sont encore bien limitées et surtout elles ne mettent pas assez en lumière les dysfonctions de chaque système, ce qui a tendance à effacer certaines des oppositions les plus profondes entre eux. Un lecteur un peu rapide de Richardson pourrait penser en effet que les différences entre les modèles d'organisation américain et français ne sont pas grandes, si on les compare tous les deux au modèle britannique, et pourtant les différences qu'avait soulignées Tocqueville restent fondamentales. Dans une organisation américaine, les individus ne sont pas aussi isolés que dans une organisation française. Il est plus facile pour eux de coopérer et ils ne cherchent pas à éviter les relations face à face. La centralisation, en conséquence, ne constitue pas une solution pour adoucir les relations humaines. Quand elle se produit, c'est uniquement pour des raisons techniques. En fait, si l'on y regarde de plus près, dans le cargo américain de Richardson, l'autorité personnelle n'a pas décliné, comme elle l'aurait fait dans des organisations bureaucratiques à la française. Son étendue a été limitée et elle est devenue fonctionnelle. Mais à l'intérieur des limites fonctionnelles, elle a gardé tout son arbitraire. Les règles impersonnelles qui se sont multipliées, d'autre part, n'ont pas du tout la même signification que les règles françaises. Elles concernent beaucoup plus les procédures de solution des conflits que la substance même des activités à accomplir. Et les dysfonctions qui en résultent sont en fait totalement différentes. Elles n'ont rien à voir avec les routines qui paralysent un pouvoir que sa centralisation, sa compétence universelle et le nécessaire isolement qui les accompagnent, paralysent. Elles se développent à partir des innombrables conflits qui ne peuvent manquer de surgir entre tous les centres de décision compétents et consistent avant tout dans des complications et des rigidités de procédure. Si les problèmes essentiels du système d'organisation français viennent des difficultés de communication entre strates hiérarchiques isolées, ceux du système américain viennent de la rigueur et de l'arbitraire des délimitations de compétence et des difficultés de communication entre unités fonctionnelles. Le très grand développement des fonctions judiciaires aux États-Unis comme l'a très bien souligné S. M. Lipset en est une excellente illustration. Nulle part ailleurs les hommes de loi n'ont une telle importance aussi bien en nombre qu'en influence.

Ces problèmes affectent tous les secteurs de l'activité. Les organisations volontaires souffrent des mêmes dysfonctions que les organisations industrielles ou administratives. L'organisation du mouvement ouvrier américain par exemple, est profondément perturbée par la concurrence déloyale à laquelle se livrent les différentes fédérations les unes aux dépens des autres. Il leur faut consacrer beaucoup de temps et d'énergie à trouver des solutions de type judiciaire aux cas incessants de conflits qui se développent du fait de la multiplicité des centres de décision fonctionnels et de la lutte parfois violente qu'ils se livrent. De telles pratiques sont surprenantes pour des syndicalistes européens, mais surtout pour les syndicalistes français car de tels conflits sont inconcevables dans un pays où chaque confédération ouvrière est centralisée et contrôle totalement la pratique de chacun de ses affiliés et où le respect des formes et procédures légales n'est pas très profond *.

Comparons maintenant le système administratif des deux pays au niveau le plus opérationnel, celui du département ou du comté. Les différences sont encore plus frappantes. En France, nous trouvons un représentant du pouvoir central, le *préfet* qui a théoriquement au moins la responsabilité de toutes les activités administratives et qui dispose en tout cas d'une délégation générale de pouvoirs du gouvernement. Beaucoup de fonctionnaires, il est vrai, ne sont plus sous ses ordres et certains autres n'y sont plus que formellement. Mais le préfet continue à avoir un certain contrôle indirect sur eux et l'étendue de son influence reste encore exceptionnellement large. Il est en effet de droit le président

* Nous analyserons plus longuement dans le chapitre suivant le modèle de développement du mouvement ouvrier français.

des innombrables commissions qui doivent préparer ou faire accepter les décisions qui peuvent affecter les différents intérêts. Il est le coordinateur indispensable de toutes les activités coopératives auxquelles est mêlée l'administration et l'arbitre naturel de tous les conflits. Les maires et les conseils municipaux en outre sont soumis à sa tutelle. Et si l'aspect légal de cette tutelle tend à perdre de l'importance, le pouvoir du préfet sur les municipalités ne peut que s'accroître du fait de l'impuissance financière de celles-ci (elles ne peuvent généralement couvrir que 10 à 20 % de leurs dépenses avec leurs recettes propres). Du fait de son pouvoir et de son isolement et quelle que soit par ailleurs son inclination personnelle, le préfet est obligé de se servir avant tout de la distance, de la réserve et du décorum pour conserver et accroître son autorité. Sur le plan de l'action, il gouverne essentiellement en se servant habilement de sa situation stratégique en matière d'information, en matière de routines hiérarchiques et en matière de dysfonction bureaucratique. A la longue, du fait des moyens mêmes qu'il emploie, un tel rôle ne peut être que conservateur. Il tend à placer toujours au premier plan le maintien de l'ordre et de la loi.

Aux États-Unis, en revanche, nous trouvons dans une unité administrative territoriale comparable un très grand nombre de centres de décision autonomes, chacun d'eux avec ses propres prérogatives et sa propre légitimité (qu'il tire généralement de l'élection) et avec un très grand nombre de devoirs et de charges extrêmement complexes et extrêmement enchevêtrés. Les commissions scolaires, les assesseurs des impôts, les conseils municipaux, les administrations de comté, les sheriffs et de nombreuses autres petites administrations également indépendantes les unes des autres coexistent dans la même unité territoriale et il ne faudrait pas oublier non plus les nombreux fonctionnaires qui dépendent de l'État et ceux qui dépendent du gouvernement fédéral. La complexité des relations entre tous ces bureaux est extraordinaire et les conflits d'attribution nombreux. Un tel système a de grands avantages. Il permet de faire appel à quantité de personnes qui seraient autrement demeurées indifférentes ou hostiles. Les initiatives les plus diverses peuvent être lancées, il y aura presque toujours une réponse et les citoyens dans l'ensemble participent beaucoup mieux et à tous les niveaux à l'élaboration des décisions qui risquent de les affecter. Personne ne peut être tenu à distance par une autorité supérieure qui n'a d'autre moyen de travailler efficacement que d'empêcher les citoyens de se mêler de ses affaires. L'ensemble du système est plus ouvert, le cercle vicieux de routine et l'apathie ne peuvent se perpétuer aussi longtemps et l'on ne peut non plus imaginer le développement de ce système de participation forcée que nous avons décrit. En revanche, les détours imposés par l'existence de toutes ces différentes autorités, la difficulté qu'il y a à les coordonner et à harmoniser leurs possibles décisions contradictoires finissent par faire naître une stratégie procédurière extrêmement complexe et très abstraite qui constitue le nœud des dysfonctions administratives à l'américaine. Des individus de mauvaise foi peuvent s'en servir pour faire échec longtemps aux intentions du reste de leurs concitoyens. De très nombreuses routines se développent autour de positions locales d'influence protégées par cet éparpillement des responsabilités. Les faibles sont moins bien protégés contre les forts, les conservatismes locaux et souvent même les corruptions sont renforcés par les cercles vicieux procéduriers *. Le système américain, lui aussi, doit être considéré finalement comme un système qui ne peut se corriger facilement en fonction de ses erreurs. On peut seulement faire l'hypothèse qu'il est moins solidement retranché et un peu plus ouvert au changement que le système centralisateur à la française **.

* Nous nous trouvons ainsi un peu dans la situation décrite par Selznick quand il analyse ce que nous avons appelé les cercles vicieux de la décentralisation (cf. *supra*, p. 221). Nous pouvons noter aussi en même temps que l'analyse du ritualisme faite par Merton correspond finalement beaucoup mieux au modèle américain qu'au modèle français.

** Nous n'avons pas traité des dysfonctions du système anglais pour simplifier un peu la comparaison. Mais il ne faudrait pas en tirer la conclusion que les organisations anglaises peuvent échapper aux dysfonctions bureaucratiques du fait de la persistance des habitudes de déférence. Les dysfonctions britanniques sont peut-être moins apparentes et moins liées à l'impersonnalité bureaucratique, mais elles n'en sont pas moins plus oppressantes encore que les dysfonctions américaines. Pour maintenir le modèle de contrôle social par les coutumes de déférence, il faut en effet conserver un grand nombre de symboles, de privilèges et d'arrangements institutionnels qui entraînent des détours considérables et inutiles et le maintien de formes de discipline peut-être indirectes, mais en tout cas très contraignantes. L'individu peut facilement être paralysé par de telles pressions, sa volonté de réussir et sa créativité étouffées. Le pouvoir général et diffus de l'*Establishment* pèse très lourdement sur les possibilités de renouvellement de la société britannique. En même temps d'ailleurs l'intervention étatique et la centralisation sont devenues indispensables au système à l'intérieur d'un monde de plus en plus changeant. Si bien que nous trouvons souvent en Angleterre la superposition du modèle bureaucratique impersonnel et du modèle complexe et diffus de la déférence hiérarchique. L'ensemble n'est finalement pas plus progressif que le système français et dans certains cas probablement moins encore.

9. L'importance des traits bureaucratiques dans le système social français

LES TRAITS DE COMPORTEMENT BUREAUCRATIQUES ET LES INSTITUTIONS SOCIALES

Les procédés grâce auxquels les organisations réussissent à contrôler et à diriger leurs membres jouent un rôle central dans nos sociétés modernes. En étudiant la bureaucratie comme un système d'organisation, nous avons analysé ces procédés de façon abstraite afin d'en découvrir les mécanismes et la logique profonde. En l'étudiant comme un phénomène culturel, nous essayons de montrer que, contrairement à ce que les préjugés ethnocentriques tendent à nous faire croire, ces procédés ne sont pas uniformes et se trouvent en fait étroitement associés aux valeurs et aux modèles de relations sociales caractéristiques de chaque société.

Notre première tentative d'élargissement, au cours du chapitre précédent, a été centrée autour du problème de la personnalité de base et des valeurs sociales. Nous avons souligné à quel point les phénomènes bureaucratiques dépendent de la façon dont les relations d'autorité et les situations de conflit sont acceptées dans une société donnée. Nous avons montré que ces relations et ces situations sont en partie déterminées par les traits particuliers de la personnalité mais qu'en même temps les phénomènes bureaucratiques réagissent à leur tour indirectement sur les unes et les autres. Une telle analyse nous a permis de donner une signification nouvelle à notre modèle français de « contrôle bureaucratique ». En comparant ce modèle à d'autres modèles nationaux, nous cherchions à établir sa singularité. En fait, la grande variété des possibilités de développement organisationnel que nous avons pu mettre en évidence, a constitué une preuve tout à fait suffisante de la spécificité de ces traits français qu'on aurait pu, autrement, croire universels *.

* Nous n'avons pas discuté directement le problème des valeurs. Cela tient essentiellement à la difficulté que nous avons éprouvée à préciser les différences de valeurs. Les catégories parsoniennes ne peuvent pas encore être utilisées en fait au niveau opératoire. On ne peut décider facilement si la culture française en général ou même si l'un quelconque des « sous-systèmes » culturels français,

Les modèles organisationnels, toutefois, ne correspondent pas seulement à des traits culturels ou à des valeurs fondamentales. Ils sont étroitement associés aussi à des modèles institutionnels plus élaborés tels que le système d'éducation ou le système politique. Et si l'on veut les comprendre, il faut aussi les considérer de cet autre point de vue. Ces modèles institutionnels, il est vrai, sont eux-mêmes profondément liés aux mêmes traits culturels et aux mêmes valeurs; mais ils ne le sont qu'à travers l'expérience constamment renouvelée de la pratique des organisations. Et en analysant la logique des relations du modèle organisationnel avec les institutions comme on a analysé la logique de ses relations avec les traits culturels fondamentaux, on jettera en même temps une lumière nouvelle sur des relations qui sont restées jusqu'à présent très obscures dans la mesure où l'on ne disposait d'aucun terrain opérationnel pour les étudier.

Nos objectifs dans ce chapitre devront rester néanmoins encore une fois beaucoup plus modestes qu'une telle définition du problème ne le laisserait supposer. Nous analyserons à grands traits quelques institutions particulièrement significatives de la société française, le système d'éducation, le système de relations industrielles, le système politico-administratif et le système colonial, dans l'intention, avant tout, de dégager ce que l'on pourrait appeler des répliques ou des harmoniques de notre modèle organisationnel. Ces analyses offriront ample matière à réflexion dans les perspectives théoriques que nous venons d'indiquer, mais nous les utiliserons surtout pour mieux étayer nos démonstrations antérieures. Nous espérons en effet suppléer, grâce à elles, à la pauvreté des analyses de traits culturels que nous avons dû relever au cours du précédent chapitre, en montrant que notre modèle correspond aussi, assez exactement, à la connaissance tout de même plus précise que nous pouvons avoir du fonctionnement des grandes institutions françaises. Nous allons pouvoir enfin nous servir de cette revue générale des principaux éléments du mode de vie français pour tenter de donner une appréciation d'ensemble de l'importance et du rôle des traits bureaucratiques dans le système social français.

est avant tout « particulariste » ou « universaliste ». En revanche, on acceptera beaucoup plus facilement de souscrire à des propositions comme la plus grande facilité des anglo-saxons de coopérer spontanément et d'accepter un leader car de telles propositions peuvent être testées expérimentalement.

LE SYSTÈME D'ÉDUCATION

Le système d'éducation d'une société reflète le système social de cette société et constitue, en même temps, le moyen essentiel grâce auquel ce système se perpétue. On peut d'une certaine manière le considérer comme le principal appareil de contrôle social auquel doivent se soumettre les individus et comme un des modèles les plus marquants auquel ils se référeront dans leur vie d'adulte. Nous devrions donc, si nos hypothèses sont exactes, retrouver dans le système d'éducation français les éléments caractéristiques du système bureaucratique, puisque ces éléments s'organisent tous autour du problème du contrôle social et ne peuvent d'ailleurs subsister que s'ils sont transmis et renforcés par l'éducation.

De fait, le système d'éducation français peut être facilement qualifié de bureaucratique. Il l'est tout d'abord dans son aspect plus proprement organisationnel où la centralisation et l'impersonnalité sont poussées au maximum. Il l'est, en second lieu, dans sa pédagogie et dans l'acte même d'enseignement caractérisés par l'existence d'un fossé entre le maître et l'élève qui reproduit la séparation en strates du système bureaucratique. Il l'est encore dans son contenu trop abstrait, sans contact avec les problèmes de la vie pratique et de la vie personnelle de l'élève. Il l'est enfin dans l'importance qu'il donne au problème de la sélection d'une petite élite et de son assimilation aux couches sociales supérieures, au détriment de la formation même de l'ensemble des étudiants.

La centralisation du système d'éducation français est bien connue. Il y a soixante-dix ans déjà, Hippolyte Taine en avait donné une description accusée dont les traits fondamentaux sont encore valables aujourd'hui, malgré les réformes successives :

« *Nulle part autant que sous le régime universitaire, la règle, appliquée d'en haut, n'enserre et ne dirige la vie totale par des injonctions si précises et si multipliées. Cette vie scolaire est circonscrite et définie d'après un plan rigide, unique, le même pour tous les collèges et lycées de l'Empire, d'après un plan impératif et circonstancié qui prévoit et prescrit tout jusque dans le dernier détail, travail et repos de l'esprit et du corps, matières et méthodes de l'enseignement, livres de classe, morceaux à traduire ou à réciter, liste de 1500 volumes pour chaque bibliothèque, avec défense d'en introduire un de plus sans une permission du Grand Maître, heures, durée, emploi, tenue des classes, des études, des récréations, des promenades, c'est-à-dire chez les maîtres et encore plus chez les élèves, l'étranglement prémédité de la curiosité native, de la recherche spontanée, de l'originalité inventive et personnelle...* [32]. »

Il fallut des dizaines d'années pour que l'enseignement secondaire, la pierre angulaire de tout ce système, perdît la rigidité toute militaire que lui avait imposée son créateur impérial. Sous le Second Empire encore, le Ministre de l'Éducation pouvait se glorifier de pouvoir annoncer, en consultant sa montre, quelle page de Virgile tous les écoliers de toutes ses rhétoriques devaient être en train de commenter [33].

Le monopole de l'Université impériale eut beau être brisé par la loi Falloux, la concurrence des établissement religieux, généralement inférieurs en qualité, n'apporta pas beaucoup d'innovation dans la routine des lycées et collèges. La centralisation au contraire s'étendit bientôt à toutes les écoles primaires, en même temps que la gratuité, tandis que le monopole persistait en pratique pour l'enseignement supérieur dont les diverses universités peuvent être considérées, par bien des côtés, comme de simples fragments détachés d'une seule immense organisation d'État.

Il y a eu certes des changements considérables, les programmes ont perdu leur caractère de rituel, les maîtres ont gagné de l'indépendance, les établissements un peu d'autonomie. Mais, tout compte fait, l'enseignement français est demeuré une très lourde machine qui présente tous les traits caractéristiques du modèle d'organisation bureaucratique. Elle a perdu ses potentats arbitraires, ses « Grands Maîtres » napoléoniens et elle a échappé à la pression de la politique. Mais ce fut pour adopter le modèle de l'autorité omnipotente rendue impuissante par le développement des règles impersonnelles qu'elle a suscitées, et par la perfection même de la machine qu'elle a créée. Ce conservatisme, cette lourdeur routinière ont été renforcés par le manque de lien entre les écoles d'un côté, les parents et leurs représentants de l'autre. La coupure entre l'Université et le public [34] a rendu possible à celle-ci de maintenir ses modèles de comportement bureaucratiques en lui permettant de s'isoler et de se protéger contre la pression d'une société en constante transformation *.

Une telle centralisation, il faut le reconnaître, comportait aussi des

* Malgré tous les efforts, accomplis surtout au niveau de l'école primaire à travers les Caisses des Écoles, on ne peut pas dire que les parents, leurs associations et les autorités locales aient une influence de quelque importance sur le monde de l'enseignement, ni qu'ils participent à son orientation. Au niveau national les associations de parents d'élèves sont plus actives, mais ce sont des groupes de pression et elles n'entraînent pas beaucoup de relations avec l'enseignement lui-même.

avantages. Elle a permis en particulier le développement et le maintien d'un niveau élevé de connaissances. Mais de nouvelles conséquences inattendues semblent devoir se manifester maintenant. L'encombrement des programmes, entre autres, apparaît comme le résultat naturel de la lutte des experts pour défendre leurs intérêts corporatifs à l'intérieur d'un système bureaucratique relativement désarmé devant ce qui, pour lui, constitue un domaine étranger *.

En revanche, il faut le noter, ce système d'organisation protège très bien ses membres. Les enseignants français ont été les premiers à obtenir des garanties de statut qui les mettent à l'abri de tout arbitraire. S'ils doivent suivre des programmes généralement encore assez stricts, ils ont acquis par ailleurs la plus parfaite indépendance personnelle **.

Le second trait particulier du système d'éducation français concerne l'aspect humain de l'acte d'enseigner, dans cet archétype du groupe primaire que constitue la classe d'école. Nous ne disposons pas malheureusement encore d'étude psycho-sociologique sérieuse sur les relations interpersonnelles dans les classes d'écoles primaires et secondaires françaises, mais les rapports et les observations des profanes recoupent et confirment les analyses de sociologues comme Pitts [35] et Wylie [36], qui reprenaient d'ailleurs, dans les termes des sciences sociales modernes, certaines protestations de Taine [37] contre les méthodes d'éducation françaises. Nous trouvons, semble-t-il, d'un côté, une rivalité intense entre les enfants qui sont poussés à entrer en compétition violente les uns avec les autres, le professeur, ou le maître, servant d'arbitre, et de l'autre, une opposition profonde entre le professeur qui plane loin au dessus de son auditoire et présente la vérité de façon tranchante, sans interruption et sans question, et la « communauté délinquante » des élèves qui ne peuvent résister à la terrible pression qui pèse sur eux qu'en recourant à une solidarité négative implicite et à d'occasionnelles révoltes anarchiques, *les chahuts*.

Ce rythme de relations peut très bien être réinterprété dans notre schéma bureaucratique auquel il correspond parfaitement. Nous y retrouvons en effet les individus isolés, incapables de s'unir pour des

* Chaque groupe d'experts défend son propre domaine qui constitue la source de son influence et le pouvoir central est impuissant pour leur imposer un arbitrage qui sauvegarde les intérêts profonds des élèves et le but même de l'institution.

** Ils sont sur ce point très avantagés par rapport aux enseignants des autres pays occidentaux et en particulier par rapport à ceux des États-Unis qui ne disposent pas de garanties d'emploi et sont à la merci de conseils d'administration (*School-Boards*) parfois accessibles à des considérations politiques.

activités constructives, le peu d'importance des relations face à face entre les subordonnés (les élèves) et une autorité trop distante (le professeur) et un recours constant aux procédés impersonnels (les examens, les concours) pour effectuer les discriminations entre les individus et pour mesurer leurs résultats.

Il est renforcé par le contenu abstrait du programme qui ne facilite pas les relations entre le professeur et ses élèves, par le statut spécial et les hautes aspirations des professeurs qui, dans de nombreux cas au moins, se sentent très au-dessus de leur rôle et finalement par les méthodes d'enseignement elles-mêmes qui tendent toujours à mettre en valeur le succès de perfection et la maîtrise élégante d'un problème et à ignorer, sinon à déprécier, le long et pénible labeur d'apprentissage que constitue toute éducation *.

Cette analyse porte essentiellement sur l'enseignement secondaire. Mais elle est valable aussi, au moins partiellement, pour l'enseignement primaire [38]. Dans l'enseignement supérieur enfin, le fossé est encore plus grand entre le professeur et ses étudiants, du fait du petit nombre des professeurs, de leur statut très élevé et de l'absence de rôles intermédiaires d'instructeurs, d'assistants ou de tuteurs [39]. Le climat universitaire est donc, plus encore que le climat du lycée, un climat d'isolement et d'anonymat où les relations face à face n'existent pas et où récompenses et sanctions sont délivrées par un système tout à fait impersonnel. Les étudiants ne reçoivent pas beaucoup d'aide, ni d'une administration très bureaucratique qui les ignore, ni de professeurs trop surchargés ou trop éloignés **, dont le rôle est plutôt d'éblouir que d'enseigner. En contrepartie, comme la discipline et la pression directe de la classe secondaire ont disparu, les étudiants disposent d'une grande indépendance; ils sont en fait déjà une catégorie reconnue du système et celui-ci devient pour eux une protection.

Beaucoup d'élèves et étudiants savent distinguer entre le monde des examens et de la concurrence et le domaine privilégié de la liberté d'esprit et de recherche. Mais même chez les meilleurs, l'éducation devient une préparation solitaire à la maîtrise au lieu d'une acculturation progressive et coopérative au monde du savoir [40]. Elle correspond parfaitement à l'alternance routine-crise du système bureau-

* Le plus grand prestige appartient généralement dans la communauté de la classe aux étudiants qui peuvent se glorifier de savoir sans avoir eu besoin d'apprendre. Le brio de la présentation et les artifices de mémoire sont plus appréciés que la vigueur de la pensée.

** C'est seulement depuis quelques années que l'on se préoccupe du problème.

cratique et à la persistance de l'intérêt accordé au réformateur autoritaire.

Le caractère abstrait des programmes et du contenu même de l'enseignement constitue le troisième trait distinctif du système d'éducation français. Nous n'insisterons pas beaucoup sur cet aspect bien connu. De nombreux observateurs ont noté l'importance attachée par l'enseignement français aux principes et aux aspects déductifs de la méthode scientifique, la place qu'il donne aux matières qui exigent clarté et précision, sa répugnance pour les sujets ambigus ou qui prêtent à controverse. Nous ne voudrions pas discuter ici des avantages et désavantages d'une telle orientation, mais noter simplement qu'elle correspond tout à fait aux valeurs bureaucratiques fondamentales d'ordre, de précision et de clarté et que sa persistance est due, au moins en partie, au caractère centralisé de l'appareil universitaire qui a besoin, pour des objectifs de standardisation et de contrôle, de programmes abstraits et ne prêtant pas à controverse. Nous aimerions noter, en même temps, qu'elle renforce l'isolement et l'indépendance du corps enseignant que la rigueur et le caractère abstrait des sujets qu'il enseigne protège contre toute ingérence du public dans l'exercice de son métier.

Le dernier trait distinctif de notre système d'éducation que nous voudrions examiner c'est la priorité ou au moins l'importance donnée aux fonctions de sélection, par rapport aux fonctions d'apprentissage. La place prise par les examens tout au long des années d'école et d'université, le prestige donné au certificat d'études, le clivage social qu'il introduit dans les milieux les plus humbles [41] et le caractère décisif et souvent irréversible des résultats des grands concours pour la carrière des membres des classes supérieures sont autant de témoignages de cette obsession de sélection qui caractérise notre enseignement. Elle n'est nulle part aussi marquée que dans ces concours qui ouvrent l'entrée aux « grandes écoles » et dont les diplômés ont un monopole de fait sur les emplois supérieurs de l'administration, de l'enseignement et de la médecine et des avantages décisifs dans beaucoup de professions et d'industries. Pour la majorité des étudiants, leurs années d'étude seront davantage un moyen de parvenir à réussir au concours que l'apprentissage d'une discipline, d'une science ou même d'un métier.

Tous ces traits du système d'éducation français se sont développés dans une sorte d'interdépendance fonctionnelle avec le modèle bureaucratique. Nous pourrions résumer les interrelations entre les deux systèmes de la façon suivante : le modèle bureaucratique français requiert un niveau d'éducation très élevé, car il lui faut satisfaire à la fois trois exigences contradictoires, donner aux jeunes la formation nécessaire pour qu'ils puissent assumer les rôles complexes et difficiles imposés par une société industrielle moderne, opérer parmi eux la sélection nécessaire pour que l'accès aux couches supérieures puisse s'effectuer par des moyens complètement impersonnels et réussir en même temps, néanmoins, à préserver le statu quo en ne permettant pas une trop rapide mobilité sociale; un programme abstrait, des normes sévères et des sélections prématurées constituent sa solution; elle permet de concilier l'exigence d'impersonnalité et le préjugé de classe *.

Mais une telle solution est à l'origine de beaucoup d'inefficacité et de dysfonctions, si l'on se place dans la perspective de l'acquisition des connaissances. Si les programmes sont trop abstraits, si les méthodes d'éducation mettent trop l'accent sur la compétition, l'apprentissage sera moins efficace et, pour obtenir les mêmes résultats, il faudra élever les standards et augmenter la pression. Le système d'éducation français, en conséquence, est un système très lourd et très opprimant pour l'étudiant. Il est efficace seulement grâce au système de relations humaines que nous avons décrit et dans lequel les étudiants peuvent être manipulés par les professeurs à l'occasion de la concurrence violente qui règne entre eux. Mais ce système de relations humaines réduit l'étudiant à l'isolement et provoque beaucoup d'agression contre le maître. Dans le cadre du système bureaucratique centralisé, les enseignants résolvent ces difficultés en évitant les relations face à face et en s'appuyant sur les règles impersonnelles du système. Ainsi se développe et se renforce le fossé entre maître et élève et le modèle de communauté délinquante que vont intérioriser les futurs citoyens **.

* Une sélection prématurée à partir des résultats obtenus sur un programme abstrait rend extrêmement difficile aux enfants des classes populaires de pénétrer dans les universités qui sont pourtant depuis fort longtemps pratiquement gratuites. C'est l'usage de cette méthode qui permet d'expliquer le paradoxe du petit nombre d'étudiants d'origine ouvrière dans un pays où le niveau d'éducation est relativement élevé et où les ouvriers ont un standard de vie relativement confortable.

** Nous avons laissé de côté, pour la clarté de l'exposé, une autre des particularités les plus fondamentales du système d'éducation français, le dualisme entre les grandes écoles et l'université. Ce dualisme qui a des répercussions profondes sur le système social français et en particulier sur les rapports traditionnels entre bourgeoisie et bureaucratie déborde, il est vrai, le problème même du système bureaucratique d'organisation. Nous en retrouverons cependant des échos dans le chapitre suivant.

LE MOUVEMENT OUVRIER ET LE SYSTÈME DE RELATIONS INDUSTRIELLES

Si le système d'éducation d'une société donnée reflète et perpétue les traits fondamentaux de son système social, les relations entre employeurs et syndicats ouvriers constituent un des rares points privilégiés où les relations de classe et les rapports d'autorité fondamentaux de ce système social peuvent être étudiés in vivo *. C'est ce qui rend les « relations industrielles » tellement intéressantes à analyser du point de vue de notre modèle. Si ce modèle correspond bien aux modes d'action et de relation très profondes de la société française, il doit en effet transparaître très clairement dans le système de relations industrielles de la France contemporaine.

A première vue, cependant, les habitudes du mouvement ouvrier français ne semblent guère cadrer avec le modèle bureaucratique. Les ouvriers français ont toujours répugné à fonder des organisations trop structurées et ont préféré se condamner à une relative impuissance plutôt que de laisser se constituer des bureaucraties syndicales rigides. Comparé au mouvement américain et aux autres mouvements ouvriers européens, le mouvement français est toujours resté instable et fragile, l'antithèse des solides bureaucraties anglo-saxonnes ou germaniques; les relations industrielles d'autre part n'ont jamais été vraiment institutionalisées, elles gardent une bonne part d'incertitude et peuvent devenir facilement explosives.

A un niveau plus profond, en revanche, si l'on considère l'ensemble des relations entre employeurs et employés dans la perspective du contrôle social nécessaire pour faire fonctionner l'appareil de production de la société industrielle, on peut reconnaître très clairement quelques-uns des éléments caractéristiques de notre modèle. Le problème fondamental que semblent poser les relations industrielles en France concerne en effet les difficultés qu'éprouvent travailleurs et syndicats à communiquer avec les employeurs. Or de tels problèmes peuvent être considérés comme l'exacte réplique de ceux que crée la peur des relations face à face dans notre modèle bureaucratique. Dans cette perspective, la rigidité du système de relations industrielles a beau présenter quelques caractères diffé-

* C'est ce qui explique le renouveau d'intérêt des sociologues pour un domaine que leurs prédécesseurs avaient longtemps négligé [42].

rents et même opposés, elle n'en a pas moins la même source et en partie la même signification que la rigidité bureaucratique.

Pour comprendre la portée réelle d'un tel paradoxe, examinons les différents modèles de relations industrielles qui ont prévalu dans les sociétés occidentales et essayons de voir quelle est l'originalité de la solution française actuelle.

On peut distinguer en fait trois modèles de relations entre patrons et ouvriers [43]. Dans le premier, il y a séparation complète entre les partenaires; les patrons tiennent compte éventuellement des réactions de leurs ouvriers et ceux-ci ne manquent pas de réagir aux décisions prises par les patrons mais il n'y a jamais discussion, l'employeur garde toutes ses prérogatives de souverain absolu et le mouvement ouvrier dénie tout droit au patronat. Dans le second, celui des négociations collectives institutionalisées, chaque partie reconnaît le droit de l'autre partie à discuter certaines au moins des décisions et des communications directes s'établissent, dans le cadre d'un rapport contractuel comportant des obligations mutuelles. Dans le troisième enfin qui constitue seulement un approfondissement du second, les discussions, au lieu d'être restreintes au sommet et de n'avoir lieu qu'au moment du renouvellement du contrat collectif, tendent à devenir permanentes et à intéresser tous les échelons de la hiérarchie; l'accent est mis sur la procédure paritaire de solution des revendications qui permet finalement la participation limitée, mais beaucoup plus directe, des travailleurs à un très grand nombre de décisions [44].

C'est le second modèle qui prévaut généralement en Europe occidentale, tandis que le troisième modèle s'est surtout développé aux États-Unis. Or la France, de ce point de vue, présente un cas tout à fait particulier, puisqu'elle reste encore dans une large mesure fidèle au premier modèle. Les problèmes qui sont réglés en Amérique de façon paritaire et avec une communication incessante entre les deux parties au sommet et à la base ne sont pas cependant ignorés en France, mais ils sont discutés et réglés dans un contexte tout différent grâce à l'intervention d'un tiers parti, l'État. Aux trois modèles classiques, il faudrait donc, si l'on voulait être précis, en ajouter un quatrième, le modèle français.

La centralisation des négociations, l'intervention de l'État et l'élaboration de règles impersonnelles de plus en plus détaillées ont constitué les éléments essentiels de la réponse française au problème des communications entre employeurs et salariés, ou pour reprendre l'expression anglo-saxonne, au problème des relations industrielles. Ces méthodes ont suscité beaucoup de malentendus. Le pouvoir de la classe ouvrière française n'est pas du tout négligeable comme certains observateurs désabusés le prétendent. La classe ouvrière française a une situation au moins comparable à celle des classes ouvrières des pays voisins et son poids dans le jeu socio-politique est considérable; il n'apparaît pas clairement, il est vrai, comme en Angleterre mais on peut le mesurer indirectement tout de même à l'importance de la protection que les travailleurs ont obtenue contre leurs employeurs, aux précautions que chaque gouvernement se sent obligé de prendre quand il traite avec leurs représentants officiels et à l'hommage indirect que lui rendent tous les groupes politiques dans leur vocabulaire idéologique. Mais au lieu de négocier directement avec les employeurs, la classe ouvrière française fait porter une bonne part de sa pression sur l'État et c'est l'État qui impose, par la suite, aux employeurs les réformes qu'elle demande et qui prennent alors la forme de règles impersonnelles impératives, au lieu de compromis négociés directement entre les parties intéressées.

L'existence d'une telle procédure permet de comprendre que les syndicats donnent souvent priorité aux considérations nationales et politiques sur les considérations économiques et locales et qu'ils se sentent plus à l'aise dans les discussions de politique générale au sommet que dans les négociations collectives locales. La prédominance des partis politiques sur les syndicats n'apparaît plus, dans cette perspective, comme un accident ou le résultat d'un choix idéologique, elle est la conséquence logique et nécessaire d'un système de relations dans lequel tout le monde sait que c'est l'État centralisé qui détient la clef de la plupart des problèmes.

Les conséquences d'une telle situation peuvent être observées directement au niveau de l'usine. Tout d'abord, un certain nombre de problèmes, tels que ceux concernant la sécurité sociale et les allocations familiales * sont tout autant en dehors des possibilités de discussion des employeurs et des travailleurs que les impôts. En second lieu, la plupart des problèmes de discipline et de conditions de travail restent soumis à l'arbitraire de l'employeur avec un recours éventuel à l'Inspection du Travail **; le problème crucial des licenciements par exemple est rarement discuté directement entre syndicats et employeurs, il met en cause, au niveau le plus bas, et dès le départ de la procédure un délégué de l'État et le jeu informel des appels devant l'opinion publique que joueront les syndicats visera davantage à influencer les représentants

* Le fait que ce salaire différé qui constitue près d'un tiers du salaire global soit retiré à l'arbitraire des discussions des intéressés ne doit jamais être négligé. L'existence d'un salaire différé est maintenant générale en Europe, mais il n'a pas d'équivalent aux États-Unis et nulle part en Europe la part du non négociable n'est aussi considérable qu'en France.

** Dont l'autorisation est parfois requise pour prendre une décision définitive.

de l'État que les patrons. Seul le problème des salaires de base reste réservé aux négociations collectives, mais ce domaine a été sous le contrôle de l'État de 1939 à 1950 et la marge de liberté des partenaires depuis 1950 est demeurée étroite. Le système de négociations collectives reste encore formel, il n'a pas vraiment pris racine en France. L'État influence les négociations, d'une part en fixant le salaire minimum garanti dont le retentissement psychologique est décisif et d'autre part en prenant lui-même des décisions économiques comme l'employeur de très loin le plus important du pays. Enfin et surtout, son rôle reste décisif dans la mesure où les deux partenaires répugnent à s'engager eux-mêmes.

Il faut remarquer d'ailleurs que les négociations collectives, en France, concernent seulement les conditions minima dans une région et pour une industrie déterminées et n'affectent qu'indirectement les salaires réels payés par les employeurs. Il n'est pas rare, en outre, que les employeurs négocient seulement avec les syndicats minoritaires alors que la pression qui s'exerce sur eux est le fait des syndicats C. G. T. qui se refusent à participer au règlement. La communication est donc très indirecte. Le seul domaine où la coopération est facile est celui des activités sociales et récréatives du ressort des comités d'entreprise, mais on a souvent l'impression que ce domaine a été abandonné aux représentants des travailleurs et qu'il ne représente pas véritablement un lieu de rencontre et de discussion.

Un tel système de relations ne pourrait pas subsister s'il ne correspondait pas aux modèles habituels d'action des employeurs et des travailleurs et à leurs valeurs sociales. De fait il présente, pour les uns et les autres, des avantages substantiels. Grâce à son existence, les employeurs ne sont pas obligés de céder devant leurs subordonnés; ils peuvent garder toutes leurs prérogatives et ne risquent pas de se trouver limités ou gênés en aucune manière par l'intervention des syndicats dans leurs propres affaires. Certes, il ne s'agit en principe que d'une satisfaction de pure forme, puisqu'ils sont obligés de se soumettre en échange à toutes les règles impersonnelles que l'État leur impose en contrepartie *. Mais la satisfaction qu'ils en retirent peut avoir, pour eux, un grand prix dans la mesure où ils préfèrent des règles impersonnelles contraignantes s'imposant à tous, aux risques du contact face à face. Les travailleurs, de leur côté, jouissent d'une sorte de « bon plaisir » encore plus théorique que celui du patronat; ils peuvent demeurer plus facilement dans le monde de la théorie et des rationalisations et préserver ainsi leur intégrité révo-

* Les employeurs français sont certainement à de nombreux égards beaucoup moins libres de leurs mouvements que les employeurs américains, mais ils ont en revanche beaucoup moins à se préoccuper des réactions de leurs ouvriers et de leurs syndicats.

lutionnaire; en outre, si l'on admet nos hypothèses de départ sur la participation, ils préfèrent naturellement une telle solution qui leur assure une sorte d'indépendance négative, leur garantit la sauvegarde de leurs intérêts matériels et leur épargne la difficulté émotionnelle que constituerait pour eux le contact direct avec un employeur qui refuse de les reconnaître comme partenaires.

Des deux côtés, ces modes de relations engendrent des cercles vicieux analogues à nos cercles vicieux bureaucratiques et qui renforcent la rigidité du système. Chez les employeurs, l'opposition à l'intervention de l'État et les frustrations légitimes qui naissent du caractère inadéqu a des règles impersonnelles que celui-ci leur impose, renforcent un complexe d'attitudes réactionnaires et un attachement anachronique à des prérogatives en fait largement dépassées. Avec un tel état d'esprit, il leur est difficile d'entrer en contact avec les représentants de leur personnel et de trouver avec eux des possibilités de communication. Malgré toute leur idéologie anti-étatique, il leur est donc au fond indispensable de recourir à l'État, ne fût-ce que pour prévenir les explosions.

Du côté ouvrier, l'ensemble du système de relations et les procédures compliquées qui en permettent l'application pratique, apparaissent encore plus lourdes, encore plus inadéquates et elles conduisent à des frustrations encore plus graves. Il est impossible pour le travailleur de la base de comprendre le lien qui peut exister entre l'expression de ses propres griefs qu'il va tenter dans le cadre syndical et les résultats bureaucratiques qui, un jour, s'imposeront à son patron et à tous ses collègues *. Il participe très mal et de façon très indirecte aux décisions qui affectent son propre environnement et les réclamations qu'il porte contre la mauvaise application des règles générales impersonnelles dans la vie de tous les jours de l'usine sont généralement très mal satisfaites. Les frustrations qu'il accumule à ces deux égards renforcent le caractère radical de ses convictions et de ses exigences et permettent de comprendre son attachement persistant à des idéologies révolutionnaires qui lui offrent en compensation des rêves de toute puissance.

Ainsi les leaders syndicaux sont-ils amenés à se souvenir que les seuls progrès décisifs que le mouvement ouvrier ait jamais faits ont été accomplis à l'occasion de bouleversements politiques et à juger que leurs propres succès dépendent avant tout de la médiation du politique et que le seul vrai pouvoir avec qui ils auront à se mesurer sera celui de l'État. Si l'on ne considère que le court terme, il semble bien en effet que la stratégie la plus rationnelle, pour les leaders ouvriers, consiste à exercer

* De telles frustrations existent de toute façon dans les deux premiers modèles mais les progrès du troisième modèle tendent à les faire reculer.

une sorte de chantage sur l'État par des manifestations et des grèves qui mettent en danger l'équilibre délicat du jeu politique et obligent celui-ci à agir *.

Une analyse comparative des deux grandes crises sociales qui ont bouleversé à la même époque en 1936-1937 la France et les États-Unis va nous permettre de comprendre un peu mieux le mécanisme d'un tel système. Les grèves sur le tas américaines et françaises de 1936-1937 présentaient de très grandes similitudes. Elles sont apparues dans un climat politique comparable et ont suscité les mêmes passions dans les mêmes groupes sociaux. Les unes et les autres ont été finalement victorieuses, en dépit d'une opposition puissante et nombreuse, grâce au soutien d'un très grand enthousiasme populaire. La balance des forces dans l'un et l'autre pays était en apparence la même, la lutte emprunta les mêmes formes et se termina de la même façon et cependant les conséquences en furent extrêmement différentes.

En Amérique le mouvement ouvrier a réussi à imposer la généralisation et l'institutionalisation d'un système de négociations collectives qui ne fut jamais plus réellement mis en question depuis et à préparer, avec la reconnaissance officielle dans les usines des délégués d'atelier, le développement progressif de ce troisième modèle de relations industrielles que nous avons décrit.

En France, au contraire, les succès des grèves sur le tas n'ont pas permis la reconnaissance officielle de l'intervention permanente des organisations syndicales dans les entreprises. Ils ont amené en revanche le renforcement du système bureaucratique de relations industrielles et ils ont en même temps donné au parti communiste la possibilité d'acquérir une influence prépondérante au sein du mouvement ouvrier. Les ministres socialistes qui étaient au pouvoir alors ont eu les mêmes réactions prudentes et bureaucratiques qu'auraient eues tous les autres gouvernements français. Pour pouvoir contrôler les conséquences possibles d'un tel mouvement dont ils ne pouvaient imaginer qu'on pût accepter le développement indépendant, ils ont établi un système d'arbitrage obligatoire et ont imposé l'extension des dispositions des conventions collectives déjà signées à toutes les autres entreprises, des mêmes branches et des mêmes régions **. De telles mesures ont sur le moment augmenté les gains des travailleurs, mais elles ont transformé immédiatement les résultats de ce premier effort pour négocier en une sorte de brouillon de projet de législation et ont donné finalement à l'État une influence

* Ce modèle s'est maintenu sous la Ve République, malgré la relative faiblesse des syndicats pendant les deux ou trois premières années du Régime.

** Cette procédure est restée une des particularités essentielles du système français de négociation collective.

décisive qu'il devait toujours conserver par la suite. Leurs décisions ont pu être influencées certes par la peur qu'ils éprouvaient devant les succès et la puissance de l'influence communiste, mais ce sont elles qui ont finalement consolidé cette influence. Si le parti communiste devait en effet bénéficier de toute façon, comme en Amérique d'ailleurs à la même époque, du fait qu'il était la seule organisation capable de fournir sur une très large échelle des leaders aux centaines de sections locales syndicales qui se créaient un peu partout, c'est l'intervention de l'État qui donna à ces nouveaux leaders, en les frustrant de toute possibilité de participation sérieuse et concrète dans la réglementation de la vie professionnelle, les arguments décisifs qui devaient les attacher pour longtemps au Parti communiste. Tous eurent en effet l'occasion de comprendre et d'éprouver eux-mêmes directement, au cours de leur propre expérience personnelle, que le seul combat important auquel il fallait prêter attention était le combat politique au sommet et que, s'ils voulaient réussir, leur rôle devait être avant tout d'utiliser les réclamations locales des travailleurs pour faire progresser la cause révolutionnaire. Il était naturel, dès lors, qu'ils en vînssent à faire une aveugle confiance au parti qui soutint constamment cette politique à la fois radicale et responsable qui correspondait au sens même de leur lutte du moment *.

L'impuissance apparente actuelle du mouvement ouvrier français est la conséquence directe de cette histoire récente et du succès du modèle bureaucratique de relations industrielles qui s'en dégagea. Le mouvement ouvrier français est très faible, aussi bien du point de vue des effectifs que de la qualité de la participation, mais il est en même temps d'autant plus politisé et radical dans son orientation. Il y a là un cercle vicieux difficile à briser. L'importance de l'État dans la stratégie de la lutte sociale impose aux syndicats de rester politisés, mais cette politisation est pour eux une source de faiblesse, car elle renforce la centralisation, interdit ou ralentit la participation directe des militants et oblige à recourir à une idéologie radicale qui constitue le seul moyen de maintenir la cohésion du mouvement mais effraye le plus grand nombre.

Seule une crise sociale profonde permettra d'échapper à ces contradictions. Les divisions qui paralysent les syndicats ne font en effet que renforcer ce schéma car la moindre initiative d'une des trois confédérations pour se renouveler risque d'être immédiatement exploitée par les confédérations concurrentes ou par les adversaires du mouvement ouvrier. Les syndicats français, malgré l'évolution progressive qui commence à se manifester chez nombre de leurs dirigeants sont finalement contraints de négliger un peu la lutte au sein des entreprises car ils doivent consacrer

* Ce problème n'a jamais encore été traité à notre avis de façon adéquate [44].

une part trop grande de leurs efforts et de leurs ressources financières et humaines, au maintien de la façade nationale et des organismes de contact politiques et territoriaux qui leur permettent de tenir leur rang dans le jeu général des forces politiques et sociales *. A l'intérieur de cette routine, enfin, surviennent périodiquement des crises, des explosions qu'on peut considérer comme l'expression spontanée des frustrations accumulées et qui conduisent à des réformes qui seront imposées finalement par l'État et appliquées de façon autoritaire et centralisée. En conséquence, les résultats généraux de l'action ouvrière, si progressifs qu'ils puissent être du point de vue de la condition ouvrière, tendent à renforcer le schéma dont les syndicalistes sont prisonniers; du point de vue du modèle bureaucratique et de la revendication de participation ils ont une signification profondément conservatrice.

Ainsi finalement le mouvement ouvrier français lui-même apparaît-il ici comme le reflet fidèle de notre modèle bureaucratique, autoritaire et absolu dans ses croyances révolutionnaires, faible et bureaucratique dans la routine de ses opérations journalières, cherchant avant tout à éviter les rapports face à face, isolé des autres groupes sociaux et très peu cohérent lui-même, beaucoup plus facilement prêt à des manifestations d'opposition négatives qu'à des conduites coopératives et constructives, préférant se soumettre à des règles impersonnelles et faire appel à une autorité supérieure, plutôt que d'accepter un compromis sur ce qu'il considère ses droits. Mais il faut aussi noter qu'il constitue en même temps une source de renforcement important pour ce modèle. Du fait en effet de son radicalisme et de la menace d'explosions incontrôlables qu'il fait peser sur la société, il rend plus difficile aux employeurs et à l'État d'abandonner ces méthodes inadéquates de contrôle social qui leur apparaissent, malgré leur anachronisme, comme seules susceptibles de prévenir le chaos.

LE SYSTÈME POLITICO-ADMINISTRATIF

Une des caractéristiques majeures de la scène politique française a toujours été le contraste constamment relevé par les observateurs entre une administration permanente et efficace, absolument imperméable aux

* Les unions départementales sont encore un des points stratégiques dans l'organisation du mouvement ouvrier, alors que depuis longtemps dans les autres pays occidentaux et particulièrement en Amérique les organes territoriaux homologues ont perdu toute espèce d'importance.

crises politiques successives et des gouvernements instables, incapables de choisir une politique cohérente et encore moins de l'appliquer. Nous aimerions suggérer ici que cette opposition est moins paradoxale qu'il n'y paraît au premier abord, que les deux modèles d'action si dissemblables qu'elle met en lumière ne sont, après tout, que les deux faces d'un même phénomène qui reproduit dans le monde politique cette contradiction à propos de l'autorité suprême dont nous avions fait une des clefs du système bureaucratique. Le pouvoir bureaucratique centralisé est à la fois omnipotent sur le plan de la routine et impuissant devant le problème du changement. Cette contradiction a eu beau changer de forme en 1958, elle n'en continue pas moins à se manifester derrière la fiction du pouvoir fort *.

Les sociétés, il est vrai, ne se comportent pas comme des systèmes d'organisation intégrés, mais le rapprochement que nous voudrions faire dépasse la simple analogie. Les modèles d'action que nous avons vu opérer au niveau du fonctionnement des organisations ne manquent pas en effet d'avoir des conséquences profondes sur les systèmes de relations qui dominent le fonctionnement de la société globale et qui sont eux-mêmes marqués par les mêmes traits culturels. Ces correspondances que nous avons relevées dans le système d'éducation et dans le système de relations industrielles existent aussi dans le système politico-administratif. Elles apparaissent même plus frappantes encore si l'on centre la discussion autour du problème fondamental de la prise de décision.

Dans l'ensemble politico-administratif français, les prises de décision proviennent de trois sources différentes, de trois sous-systèmes interdépendants mais très nettement distincts, le système administratif (qui assure toutes les décisions qu'on peut intégrer dans les multiples routines et programmes déjà élaborés antérieurement), le système politique ou délibératif (qui prend en charge les problèmes qu'on ne peut trancher à partir des routines déjà admises) et enfin le système extra-légal ou révolutionnaire (qui permet de faire face aux revendications et aux bouleversements dépassant le cadre délibératif ou le mettant en cause). L'hypothèse que nous proposons ici devrait naturellement donner lieu à une longue discussion. Mais nous voudrions l'utiliser seulement comme un cadre formel permettant d'analyser les correspondances et inter-relations que l'on peut découvrir entre les modes d'action les plus opposés au sein de la société politique française.

* Le référendum constitutionnel qui a imposé l'élection au suffrage universel du Président de la République et les élections législatives suivantes qui ont enfin dégagé une majorité claire au Parlement, risquent toutefois de provoquer à long terme un changement plus profond.

Le sous-système administratif.

Malgré certaines apparences le système administratif constitue le système fondamental, la loi non écrite à laquelle on tâchera toujours de se référer, parce qu'il correspond au système d'organisation et aux modes d'action idéaux et parce qu'il produit des décisions à la fois rationnelles, impersonnelles et absolues qui satisfont certaines valeurs françaises traditionnelles *.

Le système administratif opère à travers tout un ensemble d'administrations publiques qui sont toutes profondément marquées, en tant qu'organisations, par ces traits bureaucratiques caractéristiques du modèle français. Il souffre donc lui-même des dysfonctions qui en sont les conséquences et particulièrement de trois d'entre elles : tout d'abord les décisions ne sont jamais complètement adéquates, parce que les gens qui les prennent doivent être protégés de tout contact avec ceux qui risquent d'en être affectés **; en second lieu la rigidité de chaque administration dans ses rapports avec son environnement se double d'une rigidité dans ses relations avec chacune des autres administrations, ce qui crée de difficiles problèmes de coordination; enfin naturellement le problème général et inévitable de l'adaptation au changement est très mal résolu.

Pour faire face à ces problèmes, le système administratif a développé des institutions et des modes d'action particuliers qui entraînent certaines conséquences pour l'ensemble du système politico-administratif. Prenons par exemple le problème de la coordination. C'est un problème difficile à résoudre du fait de cette peur des conflits et des rapports face à face que

* Nous entendons par système administratif l'ensemble des administrations publiques et des organisations semi-publiques qui sont soumises aux mêmes procédures administratives. Il est curieux de constater que malgré son énorme importance dans la vie sociale et politique du pays, le système administratif français a été finalement très peu étudié d'un point de vue sociologique ou même simplement d'un point de vue compréhensif général. Tocqueville et Taine en avaient certes analysé magistralement le développement dans *l'Ancien Régime et la Révolution* et dans *les Origines de la France contemporaine*. Mais depuis lors on ne peut signaler que quelques recherches anglo-saxonnes, comme l'excellente thèse de Walter Rice Sharp sur le fonctionnement des administrations françaises dans les années 1920, le très bon ouvrage de Brian Chapman sur les préfets et l'analyse plus récente et plus ambitieuse mais un peu simplifiée de Alfred Diamant qui se repose beaucoup trop à notre avis sur l'image d'une France statique popularisée par Herbert Luethy[46].

** Pour qu'une réforme aboutisse, il faut absolument que ceux qui sont chargés de la mettre au point soient préservés de tout contact avec les experts et les groupes de pression concernés.

nous avons analysée. Les administrations y répondent, d'une part en restreignant leurs propres activités de façon à ne pas risquer d'entrer en conflit avec d'autres administrations, c'est la crainte des doubles emplois, si paralysante dans le monde de la fonction publique et d'autre part en se soumettant à une centralisation générale de tout l'ensemble administratif.

Ce mode de coordination renforce le manque de communications entre strates et tend à éloigner les centres de décision encore davantage. Pour faire face à ce second de nos trois problèmes, les organisations administratives et les corps de contrôle qui les coordonnent multiplient les commissions consultatives aux niveaux supérieurs et moyens. Le système administratif parvient ainsi à éviter les erreurs les plus grossières, mais en même temps il crée de nouvelles difficultés. Les conflits en effet ne peuvent être résolus dans les commissions mais seulement exprimés devant les autorités responsables qui prendront ensuite une décision unilatérale. Cela signifie que les intérêts représentés dans ces commissions seront défendus d'une façon intransigeante et que personne ne recherchera de compromis.

Toutes ces pressions vont donc pousser toujours dans le sens d'une paralysie et d'une lourdeur plus grande. Et l'on aboutit à ce paradoxe que tous les efforts de démocratisation tentés dans la vie administrative finissent toujours par amener plus de détours, plus de délais et de plus grandes difficultés à échapper au poids du conservatisme. Les dirigeants administratifs qui cherchent à opérer des réformes sont donc généralement très hostiles aux commissions et aux pratiques démocratiques, ce qui naturellement ne facilite pas la coopération.

* Les hauts fonctionnaires français ont une peur panique des « doubles emplois ». Les administrateurs américains acceptent sans trop d'amertume que l'exécutif leur impose deux ou trois agences fédérales ayant certaines compétences semblables et qui entreront en compétition, l'une avec l'autre, à propos de ces compétences, car ils pensent qu'en contrepartie des conflits qui ne manqueront pas d'en résulter, on pourra compter sur des idées nouvelles et des programmes moins routiniers. Les administrateurs français seraient scandalisés d'une telle légèreté. Ils passent en fait une partie de leur temps à pourchasser les doubles emplois pour rationaliser la machine administrative. Nous voudrions suggérer que leurs motivations profondes tiennent à leur conception absolutiste de l'autorité qui ne peut être ni partagée ni discutée et qui ne peut donner lieu à compromis. S'ils préfèrent généralement l'attitude de restriction à l'attitude impérialiste, ce n'est pas parce qu'ils sacrifient à un idéal de coopération mais au contraire parce que c'est le meilleur moyen de maintenir l'intégrité de l'organisation dont ils ont la charge. Une telle attitude développe naturellement avant tout des réflexes de prudence et de conservatisme et elle tend à renforcer le modèle général de centralisation bureaucratique qui supprime toute possibilité d'initiative et de développement autonome de la part de chacune des organisations qui y sont soumises.

L'institution ancienne et bien rôdée des préfets semble, à première vue, échapper à cette détermination étroite [47]. Elle permet des arbitrages et des coordinations plus souples et plus efficaces. Les préfets qui constituent le seul lien entre les problèmes locaux et les cellules d'exécution d'une part, les différentes administrations centrales d'autre part, tiennent de cette situation-clef une puissance et un prestige considérables. Mais, si l'on y regarde de plus près, leur rôle vis-à-vis du public et des intérêts locaux, n'est pas très différent de celui des dirigeants des autres organisations. Ils sont extrêmement puissants pour maintenir l'ordre et pour assurer la permanence de l'équilibre des rangs et des privilèges entre tous les groupes qui participent au système, mais ils ne peuvent pas facilement jouer un rôle novateur, même à plus long terme, car ils ne sont pas en mesure d'aider à régler les conflits de façon dynamique *. En même temps, en canalisant et en neutralisant les efforts des autorités locales, ils tendent à les cantonner dans un rôle passif et revendicateur.

Les conséquences de ces modes de coordination et de prises de décision renforcent à leur tour les traits bureaucratiques qui leur ont donné naissance, l'extrême prudence et la soumission à la routine des dirigeants administratifs d'une part, les frustrations et le manque d'initiative des petits fonctionnaires et du public d'autre part. Nous voilà donc ramenés au problème de l'adaptation au changement qui est bien finalement le problème fondamental de tout le système administratif.

Nous avons déjà discuté longuement le modèle d'alternance routine-crise qui constitue la réponse générale du système bureaucratique à ce problème. Nous avons aussi noté que le monde administratif a créé avec les *Grands Corps* puis l'E. N. A. des groupes de hauts fonctionnaires spécialisés à l'abri de toutes les pressions et qui peuvent servir d'agents de changement en amortissant en partie les difficultés des crises au moins mineures **. Cette intégration du changement dans le modèle et l'existence de ces fonctions spécialement chargées de résorber les crises rend les vieilles administrations beaucoup plus souples et beaucoup plus adaptables que les nouvelles. Mais ces interventions à demi occultes ne favorisent pas la participation des citoyens. Les réformes administratives dans leur ensemble vont en effet se développer toujours dans la direction d'une plus grande centralisation et de l'extension à un nombre de cas plus grand encore des principes établis lors des crises précédentes. Pas plus

* L'aspect le plus constructif de leur rôle consiste à faire progresser la rationalisation générale des méthodes administratives et à étendre à toutes les régions du territoire les nouvelles méthodes et les nouveaux progrès qui avaient pu être arrêtés temporairement du fait des circonstances locales.

** Cf. *supra*, page 260 et la bibliographie correspondante page 393.

que les préfets finalement, les membres des Grands Corps ne peuvent jouer un rôle cohérent d'innovateurs. Leur influence s'exercera davantage dans le sens de l'ordre, de la paix et de l'harmonie que dans celui de l'expérimentation et du progrès. Le système administratif en conséquence ne peut pas échapper à l'obligation de faire appel à l'extérieur, c'est-à-dire au système politique délibératif, pour assurer les changements auxquels il ne peut pas faire face. Mais il ne fera appel à lui qu'au plus haut niveau et la prédominance qu'il exerce à tous les autres échelons a des conséquences profondes, aussi bien en ce qui concerne les procédures du changement qu'en ce qui concerne son rythme. Les autorités délibératives vont être trop éloignées en effet des conflits réels, sur lesquels devront porter leurs décisions, pour pouvoir jouer leur rôle de façon vraiment constructive.

Le sous-système délibératif ou politique.

Il n'y a pas lieu de s'étonner bien sûr que ce soit les corps délibératifs et les forces proprement « politiques » qui aient, en France, le devoir et le privilège de prendre les décisions fondamentales qui devront permettre à la société de s'adapter au changement et en même temps de l'influencer et éventuellement de le diriger. C'est bien en fait ce qui se passe dans toutes les démocraties occidentales. Mais il y a eu, jusqu'à présent au moins, quelque chose de particulier dans le système français. Les fonctions délibératives et politiques, d'une part n'étaient exercées que tout au sommet et d'autre part, l'étaient de façon anarchique et confuse [48]. L'omnipotence théorique du Parlement et son impuissance pratique en constituaient les deux faces et reflétaient très directement la contradiction du modèle culturel français en matière d'autorité et la prédominance du système administratif, comme mode d'action privilégiée.

Traditionnellement le système de prise de décision de la société politique française était constitué par le Parlement et par le gouvernement. Aucun autre corps délibératif et aucune autre autorité politique n'existait à côté d'eux, à aucun niveau dans toute la nation. Toutes les autorités anciennes avaient depuis longtemps disparu au cours du long processus de centralisation engagé par l'Ancien Régime et terminé par la Révolution. Partout le vide se trouvait comblé par des corps administratifs nommés d'en haut. Le fait qu'il n'ait en face de lui aucune autorité politique rivale concentrait toute l'attention des citoyens sur le Parlement mais, contrairement à ce que l'on aurait pu croire, ses moyens d'action n'en étaient pas augmentés, bien au contraire, car la prédominance des fonctionnaires à tous les niveaux intermédiaires le coupait de tout rapport direct vivant avec les conflits qui forment la trame de la vie politique d'une société *.

Paradoxalement, ce système de prise de décision étroit et centralisé a toujours été en même temps aussi très anarchique. Sa difficulté essentielle, tous les observateurs le soulignaient, tenait aux relations entre le gouvernement et le Parlement. Les deux institutions étaient profondément interdépendantes et il existait entre elles une extraordinaire confusion des rôles. Cette confusion était entretenue par des échanges continuels de personnel, qui avaient fini par dégager une structure humaine commune complètement différente des fonctions qui pouvaient être immédiatement exercées dans chacune des deux institutions. L'existence d'une strate des présidents et ex-présidents, d'une strate des ministres et ministrables et d'une strate de simples parlementaires avait plus d'importance dans la stratégie de la plupart des participants que leur rôle de membre du gouvernement ou leur appartenance à une majorité ou à une opposition.

Sur le plan fonctionnel, les deux institutions avaient en fait la même compétence, puisque les conflits qui ne pouvaient pas être résolus au sein du Parlement devaient l'être au sein du gouvernement et, quand ils ne pouvaient l'être à ce niveau, provoquaient un changement de gouvernement, à l'occasion duquel de nouveaux marchandages allaient permettre de trouver une solution. L'existence d'un tel cycle témoignait à la fois de la toute puissance du gouvernement qui finissait par centraliser tous les pouvoirs de décision, et de son impuissance puisque le Parlement restait l'arbitre indispensable de toutes les querelles qui pouvaient surgir en son sein et ne lui cédait jamais ses pouvoirs que pour une courte période.

Ce système peut être considéré comme la meilleure méthode pour institutionnaliser les crises nécessaires d'un pouvoir omnipotent et centralisé. Il incarnait, une fois de plus, le paradoxe de l'impuissance de l'autorité absolue, mais bureaucratique, face au problème du compromis et du changement. Mais il n'offrait pas toutefois de solution satisfaisante dans la mesure où il ne permettait qu'une confrontation imparfaite entre le système administratif et les forces sociales à l'œuvre sur le

* On nous objectera que le Parlement s'occupait beaucoup trop de problèmes locaux et pas assez de problèmes généraux. Nous pensons que s'il s'occupait tant des problèmes locaux, c'était pour retrouver un contact indispensable avec les réalités de la société qu'il représentait, mais qu'il s'en occupait très mal du fait de sa situation fausse. Il servait d'intercesseur et non pas d'arbitre et de guide, consolidant l'expression des revendications sans obliger les parties antagonistes à trouver des formules d'accord.

plan local. Cet échec relatif tenait avant tout au fait que la « classe politique » se comportait suivant les mêmes traits culturels que l'on trouve à la source du développement du système bureaucratique. La volatilité et l'instabilité du jeu politique étaient naturellement fort éloignées de la stabilité et du caractère sérieux de l'engagement nécessaires au jeu administratif. Et pourtant sous ces apparences contradictoires, nous pouvons distinguer des traits exactement comparables. La classe politique n'était pas sans rappeler en effet les strates bureaucratiques. Elle tendait constamment à devenir un groupe isolé extrêmement égalitaire, ne tolérant pas la moindre autorité, incapable de se donner un encadrement stable et de s'engager dans une action collective constructive et ne voulant pas comprendre que si elle refusait au gouvernement le droit d'agir de façon indépendante, elle devait assumer elle-même sa part de responsabilité.

La classe politique française était certes en état de perpétuelle dissension. Mais elle ne discutait pas tant des réalités que des principes qui devaient guider l'élaboration d'une solution abstraite. Elle était étrangère au marchandage que devaient mener administrateurs et gouvernants et ne consentait à un compromis qu'en dernière minute et quand la force des circonstances et la nature des choses pouvaient être invoquées comme un alibi. Finalement, la distance créée par la complexité du jeu équivalait à la distance créée par l'impersonnalité et la centralisation. Elle servait à préserver l'isolement de la strate parlementaire ou de la strate des ministrables, elle les protégeait contre tout contrôle d'une autorité plus élevée, gouvernement ou électeurs, et assurait l'autonomie et l'égalité fondamentales de chacun de leurs membres. Les citoyens étaient tenus complètement à l'écart; ils distribuaient les cartes, mais n'avaient aucune influence sur le jeu lui-même.

L'isolement du milieu parlementaire, la peur des relations face à face et l'incapacité de résoudre les conflits ont tendu constamment à rapprocher le système politique du système administratif, facilitant ainsi leur symbiose. Mais plus le système politique se bureaucratisait et moins il était capable de fournir au système administratif les contacts et la participation qui lui manquaient, en sorte que le raffinement croissant, grâce auquel le jeu parlementaire réussissait à institutionnaliser et à édulcorer les crises, empêchait finalement le système politique de répondre aux questions plus profondes et de résoudre les conflits plus importants qui se développent constamment au sein d'une société.

Comme toutes les autres institutions françaises marquées par les modes d'action bureaucratique, le système politique était donc profondément conservateur; il se préoccupait davantage de sauvegarder l'équilibre très élaboré des rangs et des privilèges que de tenter des expériences politiques nouvelles. Il n'avait de pouvoir réel et n'exerçait de véritable médiation que pour les problèmes tout à fait locaux, à propos desquels les députés pouvaient négocier avec l'administration à un niveau suffisamment abstrait et éloigné. Aux niveaux régional et national, la communication devenait impossible, car il n'y avait plus assez de distance.

Un tel jeu, si critiquable qu'il nous paraisse maintenant, était relativement bien adapté aux problèmes de la société bourgeoise de la fin du XIXe siècle, dans la mesure où cette société, bloquée dans un état d'équilibre stable qu'a excellement décrit Stanley Hoffmann [49], n'était pas confrontée à de trop grands problèmes de changement. Cette combinaison d'un système administratif permanent avec un système délibératif instable permettait d'effectuer avec le moins de heurts possible le minimum de changement compatible avec l'équilibre bourgeois. Mais même à cette époque un tel arrangement avait trois inconvénients majeurs : tout d'abord il ne permettait aux citoyens de participer que d'une façon très indirecte *; en second lieu, il écartait délibérément des groupes entiers de toute possibilité de participation et troisièmement, il tendait à ralentir le rythme du progrès économique et social.

Le système extra-légal de solution des conflits.

Ces inconvénients ont pris de plus en plus d'importance à mesure que le rythme du progrès s'accélérait, que les résultats de l'évolution sociale générale rendaient plus difficile d'exclure un ou plusieurs groupes de toute participation et que la plupart des citoyens se trouvaient eux-mêmes frustrés, puisque l'accroissement des pouvoirs d'intervention de l'État ne se trouvait pas compensé par de plus grandes possibilités de participation de leur part. Le système extra-légal de solution des conflits a permis de répondre à cette situation difficile. Son apparition est la conséquence directe de l'échec du système délibératif, incapable d'assurer la participation de tous les groupes affectés par la socialisation croissante de l'homme moderne et la conséquence indirecte de la prédominance du système administratif qui interdit tout procédé de solution paritaire des conflits.

Nous avons déjà présenté une première ébauche de ce troisième système de prise de décision quand nous avons analysé le système de relations industrielles. La politique de la classe ouvrière en France qui en constitue en effet l'exemple le mieux élaboré lui est étroitement liée.

* Des reproches lui ont été périodiquement adressés sur ce point alternativement de la gauche et de la droite [50].

Essayons maintenant de reprendre en termes de jeu politique le schéma que nous avions proposé.

1. C'est l'État national (au niveau administratif et au niveau gouvernemental) qui est le principal centre de décision pour tous les problèmes qui affectent la classe ouvrière, même si ceux-ci sont d'importance réduite et de portée locale. Cela n'empêche pas la classe ouvrière d'atteindre ses objectifs. Mais cela implique que ses membres et même ses représentants se sentent frustrés à cause de la lourdeur de l'ensemble du système et de l'impossibilité où ils se trouvent de participer à la discussion aux niveaux vraiment décisifs; on ne peut s'étonner qu'ils demeurent soupçonneux devant les résultats finalement obtenus, car ils n'ont pas pu éprouver personnellement que ces résultats étaient les meilleurs possibles.

2. Puisque les décisions importantes doivent être prises par l'État, il est naturel qu'on retrouve partout, même au niveau du groupe primaire, la même préoccupation essentielle pour la politique nationale et qu'une sorte de mythe se soit finalement développé autour du pouvoir. Les militants ouvriers sont fascinés par le pouvoir. Ils ne se préoccupent pas tellement en revanche de l'usage qu'ils pourraient en faire; pour eux, le pouvoir constitue une solution en soi; si seulement ils disposaient du pouvoir, tout serait réglé d'un coup. En conséquence les problèmes de tactique ou éventuellement de stratégie prennent toujours le pas sur les problèmes des buts mêmes de l'action ouvrière et de leur orientation fût-ce à court terme *.

3. La frustration que les militants éprouvent devant les résultats qu'ils obtiennent et la fascination qu'exerce sur eux le pouvoir renforcent l'attitude naturellement radicale des ouvriers dans les problèmes politiques et contribuent à créer une philosophie révolutionnaire. Vu sous cet angle, le mythe de la révolution apparaît comme le seul moyen, pour la classe ouvrière, de mobiliser ses membres pour un minimum de participation politique [51]. A l'heure actuelle, encore chaque fois que la puissance de séduction du mythe s'affaiblit, la participation de la classe ouvrière aux activités politiques à tous les niveaux décline aussi, ce qui a finalement des conséquences directes pratiques pour les possibilités de lutte et de succès du groupe ouvrier.

4. Cette philosophie révolutionnaire masque et rend possible, en même temps, un jeu habile, mais limité, que le groupe ouvrier joue contre l'État et que l'on pourrait caractériser comme une stratégie générale de

* Cette affirmation peut sembler en contradiction avec les disputes presque byzantines des politiciens représentant la classe ouvrière sur les programmes. Mais ces programmes en fait doivent être considérés comme des éléments tactiques et non pas comme des buts rationnels.

chantage *. Dans un pays où l'État est la seule autorité responsable du maintien de l'ordre et où il semble qu'on ait une peur pathologique d'une part de l'anarchie et du désordre et d'autre part de toute mesure violente de répression, la classe ouvrière se trouve en effet dans une excellente position pour menacer de discréditer les autorités gouvernementales, en leur rendant impossible de maintenir la paix intérieure **.

Beaucoup d'observateurs ont cherché à expliquer ces phénomènes en les mettant au compte de l'aliénation de la classe ouvrière française. Le terme peut prêter à confusion. La classe ouvrière française souffre certainement d'une profonde aliénation, en ce qui concerne la participation aux décisions politiques et économiques, mais la plupart des autres citoyens souffrent aussi, au fond, d'une telle aliénation. Les différences que nous pouvons trouver sont des différences de degré et non pas de nature. Et sur la plupart des autres points, il ne semble pas que la classe ouvrière française soit plus « aliénée » que les classes ouvrières moins révolutionnaires des pays voisins, Angleterre, Allemagne ou Belgique ***. Son comportement peut s'expliquer de façon rationnelle si l'on prend en considération les conditions mêmes du jeu qu'elle est obligé de jouer avec les classes dirigeantes. La longue histoire de leurs rapports complexes avec l'État national a permis en effet aux ouvriers français d'apprendre à utiliser à leur avantage les faiblesses du système politique et administratif. C'est ainsi que s'est élaboré un système extra-légal de prise de décision dont les règles non écrites et non avouées n'en ont pas moins pesé lourd sur l'évolution sociale du pays.

Les gains obtenus par la classe ouvrière peuvent paraître, il est vrai, bien faibles si on se réfère aux espoirs soulevés et aux besoins profonds

* A la condition d'employer le terme chantage dans un sens non péjoratif. Le fondement de toute stratégie de pouvoir et de toute négociation repose en effet sur un jeu analogue au chantage. Il s'agit d'obtenir de son adversaire qu'il consente aux demandes qui lui sont faites en le menaçant, s'il n'obtempère pas, de profiter de la situation de force dont on dispose dans un tout autre domaine pour lui causer un dommage irréparable.

** L'exemple de la lutte de Clemenceau contre les postiers en 1909 est particulièrement révélateur. L'homme fort de la République fut bel et bien renversé, peu de temps après avoir remporté sur le syndidat des employés des postes une victoire qu'il pouvait croire complète. C'était le syndicat en fait qui avait gagné la partie, parce que même un homme politique aussi puissant que Clemenceau ne pouvait disposer de suffisamment de liberté d'action pour courir le risque de s'attaquer à un groupe, même aussi faible que l'était, à l'époque, le groupe des postiers [52].

*** On peut même soutenir que sur plusieurs points fort importants, elle l'est moins; la distance sociale par exemple est moins oppressante en France qu'en Allemagne et même qu'en Angleterre.

à satisfaire. Mais si l'on accepte de prendre un peu de recul, ils ne semblent pas si négligeables, pour le long terme au moins. Ils sont, en tout cas, comparables à ceux dont s'enorgueillissent les mouvements ouvriers puissants et stables des pays de l'Europe du Nord-Ouest. En fait, on n'a pas assez souligné le caractère paradoxal du cas français de ce point de vue : un mouvement ouvrier paralysé en apparence par le caractère irréaliste de son idéologie révolutionnaire et par les divisions qu'elle provoque, aboutit finalement aux mêmes résultats que les mouvements beaucoup plus riches, beaucoup plus puissants et beaucoup plus responsables des pays voisins. L'attachement des syndicalistes français à ce qui peut paraître la source de leur faiblesse n'est donc pas sans raisons. Si les ouvriers français ont réussi, malgré tous les handicaps, c'est qu'ils ont su faire payer un prix élevé aux classes dirigeantes et à l'État en contrepartie de la tutelle qui leur a été imposée. Et s'ils ont des réflexes conservateurs en ce qui concerne les règles du jeu, c'est qu'ils ne tiennent pas du tout à se débarrasser de la centralisation étatique à laquelle ils ont su parfaitement s'adapter. Le mélange d'idéologie révolutionnaire et de pratique revendicative étroite qu'ils ont élaboré, exprime bien le sens de leur action *.

Certes, d'une certaine manière, les grèves générales et manifestations d'avertissement des ouvriers constituent bien la forme française de la lutte générale du prolétariat pour sa libération et sa promotion. Mais on peut et on doit aussi les analyser comme une forme d'action particulière à la société française et de même nature que toutes celles que d'autres groupes dépourvus de la possibilité de faire entendre leurs voix pour présenter leurs demandes au sein d'une société qui en a toujours implicitement reconnu la légitimité.

Malgré les épisodes sanglants de guerre civile qu'a connus la France en 1848 et 1871, les rapports entre l'État et la classe ouvrière n'ont pas été seulement ou même principalement, en effet, des rapports d'oppression et de révolte. Dès que les ouvriers ont commencé à agir comme un groupe autonome sur la scène politique, l'État a cherché à se poser comme un arbitre tolérant entre eux et les autres groupes. On oublie souvent que le Second Empire a protégé les syndicalistes qui fondèrent la Première Internationale et que la Troisième République a non seulement légalisé le mouvement, mais l'a aussi indirectement subventionné

* Les très curieuses réactions des ouvriers du village décrit par Bernot et Blancard illustrent ce conservatisme du monde ouvrier français. Ces ouvriers en effet votent pour les notables conservateurs sur le plan local, pour un socialiste au Conseil Général et c'est seulement sur le plan national qu'ils donnent leur voix à un communiste. Les votes pour de Gaulle de nombreux électeurs ouvriers constituent une autre manifestation de cette ambiguïté.

en lui fournissant des locaux payés par les fonds publics avec les Bourses du Travail *.

La classe ouvrière, il est vrai, a répondu souvent à ces faveurs de façon tout à fait négative. Mais le contact n'a jamais été vraiment rompu. Les menaces de l'anarcho-syndicalisme, le mythe de la grève générale et même les souvenirs de la terrible répression de la Commune lui ont aussi servi comme des moyens de pression morale dans le jeu d'ensemble des rapports de force. La classe ouvrière française, en tout cas, n'a jamais eu à faire face comme la classe ouvrière allemande à un État complètement identifié avec ses adversaires.

Ce type de stratégie n'est pas particulier en France à la classe ouvrière. Il est utilisé depuis fort longtemps par de nombreux groupes qui menacent de provoquer des désordres pour forcer l'État à intervenir (les manifestations paysannes de 1961 ne sont pas si différentes de la révolte des viticulteurs de 1907). Il a pris il est vrai de plus en plus d'importance depuis la Libération [53]. En ce qui concerne la classe ouvrière, la méthode est devenue de plus en plus élaborée, voire même abstraite. Mais surtout il a tendu à se répandre parmi d'autres groupes. Les fonctionnaires, les enseignants, les petits commerçants et les paysans se sont mis tour à tour à intervenir. Et dans une certaine mesure, le comportement de la population européenne d'Algérie et même de l'Armée a présenté les mêmes caractères **. Parmi les groupes dirigeants eux-mêmes, on retrouve sous une forme atténuée ce même type de chantage devant lequel un gouvernement qui se veut arbitre et un État bureaucratique, incapable de faire face au changement et à l'incertitude, se trouvent relativement désarmés.

* Les Bourses du Travail bâties par les municipalités avec des subventions de l'État ont abrité la majorité des syndicats dans de très nombreuses villes. Le paradoxe de ce mouvement ouvrier des années 1900 si jaloux de son indépendance, logé pour une bonne part grâce à la munificence de l'État bourgeois, mériterait d'être étudié.

** Le général de Gaulle a mis un terme au chantage de l'Armée en la forçant au choix entre la rébellion ouverte et la soumission, pleinement convaincu qu'il était que les officiers opposants perdraient à coup sûr tout crédit s'ils se déclaraient rébelles. Mais leur cause reprit deux fois de son enthousiasme contagieux après qu'ils eurent cédé, dans la mesure où le président continua de jouer le jeu traditionnel de la politique française qui consiste à mettre l'harmonie au premier plan des valeurs et à ignorer en contrepartie toutes les atteintes qui lui sont portées.

Les relations entre les trois sous-systèmes.

Le système extra-légal de solution des conflits ne doit pas être considéré seulement comme une succession incohérente d'explosions. Il joue un rôle fonctionnel indispensable pour le maintien de l'ensemble du système politico-administratif. Il sert en effet de substitut au système délibératif qui tend constamment à améliorer tellement ses procédures qu'il n'arrive plus à prendre de responsabilités et à imposer au système administratif les innovations nécessaires. Mais il constitue une méthode extrêmement grossière et imparfaite de contrôle social puisqu'il ne permet entre les partenaires du jeu social qu'une communication véritablement primitive. Il ne manque pas en conséquence de susciter un beaucoup plus grand nombre d'erreurs et de favoriser le développement d'attitudes intransigeantes qui rendent encore plus difficile la communication.

Le jeu politique français semble donc, en conséquence, osciller entre un système délibératif de plus en plus ésotérique qui perd toute emprise sur les problèmes réels et un système révolutionnaire trop grossier pour permettre des discussions sérieuses et l'élaboration de compromis constructifs. Mais ces deux moments si contrastés du même système généra ont quand même une caractéristique majeure commune. Ils permettent l'un et l'autre d'éviter les rapports face à face et les conflits directs. Ce sont tous les deux des techniques de fuite, que la fuite s'opère dans la complexité d'un jeu réservé à des spécialistes qui réussissent à s'isoler de la pression des problèmes réels ou qu'elle consiste dans ces simplifications brutales qu'impose le recours à des explosions irresponsables. Les deux méthodes, malgré leur contraste, sont bien adaptées au système administratif bureaucratique qu'elles tendent naturellement à renforcer.

Il n'y a pas seulement en effet entre les trois sous-systèmes des similitudes culturelles, mais aussi des relations institutionnelles et une interdépendance directe qui donnent son équilibre à l'ensemble. La pression du système administratif, grâce à ses techniques de coordination et de centralisation tend à repousser les décisions à un niveau si élevé et à en restreindre tellement le champ que le système délibératif s'isole de plus en plus des problèmes qui créent des conflits entre groupes de citoyens. Gouvernement et Parlement sont ainsi naturellement cantonnés dans ce rôle de souverain omnipotent et impuissant qui convient à un système bureaucratique de type français. Mais plus le système délibératif se rapproche du système administratif, plus il doit laisser de place au système extra-légal. Les erreurs, les frustrations et les craintes qui naissent de ces recours illégaux et explosifs conduisent à renforcer ou au moins à maintenir le système administratif seul capable d'y faire face et empêchent ainsi tout progrès en matière de participation et de décentralisation des responsabilités.

L'équilibre entre les trois-sous systèmes dépend naturellement de nombreux facteurs, le rythme des changements sociaux et économiques, la stabilité de la structure sociale, les problèmes à résoudre. La Troisième République, surtout avant la première Guerre mondiale, fut la période privilégiée des méthodes délibératives. Avec le déclin du Parlement et l'identification du Gouvernement au système administratif, la Ve République nous offre l'exemple le plus extrême de prépondérance du système extra-légal. Trop fragile et trop raffiné, enserré de toutes parts par l'absolutisme du système administratif, le système délibératif français n'a pu résister à la violence des pressions qu'apportait une période de bouleversement social. Mais une question vient tout de suite à l'esprit. Que va-t-il se passer à partir du moment où le changement deviendra la règle générale dans une société dont le rythme de croissance est dès maintenant qualitativement différent ? Ne peut-on penser que l'équilibre d'ensemble du système politico-administratif tout entier sera cette fois remis en cause. Le système extra-légal en effet ne peut répondre qu'à des situations de crise. Il n'est efficace que dans la mesure où il demeure l'exception. Si le changement doit continuer et s'accélérer, le dernier recours du système risque donc, à son tour, de faire défaut ou du moins de perdre de sa qualité *.

En fait, nous inclinerions à penser que c'est le système bureaucratique, lui-même, clef de voûte de l'ensemble, qui cette fois se trouve menacé, au moment même où il apparaît tout recouvrir, car son apparente victoire signifie au fond qu'il a perdu la protection que lui assurait le système délibératif.

LE SYSTÈME COLONIAL FRANÇAIS

L'organisation sociale et politique qu'ont apportée les nations occidentales dans les territoires qu'elles ont colonisés, les méthodes qu'elles ont employées pour imposer et maintenir cette organisation et les buts qu'elles poursuivaient reflètent finalement de façon très précise, comme

* Si tous les groupes recourent à de telles tactiques, le gain sera de plus en plus faible pour chacun d'eux, tandis que les inconvénients pour l'ensemble deviendront encore plus spectaculaires.

dans une sorte de miroir grossissant, leurs propres valeurs et leurs propres systèmes d'organisation.

Nulle part un tel phénomène ne devait être aussi apparent que dans le cas de territoires vierges où la métropole pouvait bâtir une nouvelle société à partir de rien, sans avoir à s'accommoder de l'existence de sociétés indigènes. C'est à travers de telles expériences que l'on peut découvrir l'image que les métropoles avaient de la société parfaite; car c'est seulement à l'occasion de ces expériences qu'elles ont pu la projeter au moins partiellement dans la réalité [54].

Le Canada aux XVIIe et XVIIIe siècles constitue pour la France la meilleure expérience révélatrice de ce type. Or l'enseignement que l'on peut tirer de la colonisation française au Canada met avant tout en valeur l'importance capitale du système d'organisation bureaucratique pour comprendre l'idéal français de la bonne société.

Tocqueville dans une de ses plus brillantes notes de *L'Ancien Régime et la Révolution* avait déjà souligné, il y a un siècle, que toutes les caractéristiques décisives de l'administration royale, qui ne devaient se manifester que beaucoup plus tard dans la métropole, avaient déjà été poussées à l'extrême au Canada où l'on ne tolérait plus déjà d'institutions municipales ou provinciales autonomes, où les entreprises collectives les plus simples étaient interdites et où l'administration avait fini par prendre en charge toutes les activités de ses sujets. Pour lui l'expérience canadienne constituait une sorte de cas-limite dont certains aspects seulement devaient être reproduits plus tard dans cette seconde expérience majeure de colonisation que fit la société française, l'expérience algérienne.

« *Des deux côtés,* écrit-il à la fin de ses remarques, *on se trouve en présence de cette administration presque aussi nombreuse que la population prépondérante, agissante, réglementante, contraignante, voulant prévoir tout, se chargeant de tout, toujours plus au courant des intérêts de l'administré qu'il ne l'est lui-même, sans cesse active et stérile* [55]. »

Un chercheur contemporain, l'historien et sociologue américain Sigmund Diamond qui a étudié dans le détail les méthodes de colonisation des Français et des Anglais dans le nouveau monde confirme la validité de cette analyse [56]. Il donne de nombreux exemples de cette passion pour le détail d'une administration à ce point centralisée qu'elle devait décider de Paris « *de conflits concernant une vache égarée dans un jardin, une querelle à la porte de l'église, voire la vertu d'une dame* [57] ».

Il cite de nombreux témoignages de son hostilité à toute forme d'action indépendante et au développement d'un pouvoir ou même de la moindre influence autonome. Colbert lui-même écrit à son représentant en Nouvelle France : « Il *faudra même avec un peu de temps supprimer insensible-*

ment le syndic qui présente des requêtes au nom de tous les habitants, estant bon que chacun parle pour soy et que personne ne parle pour tous[58]. »

Quels objectifs poursuivait-on avec un tel acharnement ?

« *Ce qui caractérise avant tout ce dessein,* pour Diamond, *c'est qu'il porte la marque de cette passion de rationalité, de ce désir d'ordre de symétrie et d'harmonie à quoi l'on reconnaît toute entreprise bureaucratique...*

... « *Le but des autorités françaises au Canada n'était pas la création d'une société gouvernée par des moyens politiques, mais la création d'un système administratif dans lequel les gens auraient des positions clairement définies dans l'organigramme d'ensemble et se comporteraient comme il conviendrait pour chacune de ces positions...* [59] »

Une telle interprétation correspond très exactement à nos précédentes analyses. C'est le même système bureaucratique d'organisation dont nous avions voulu suivre l'influence sur le système d'éducation, sur le système de relations industrielles et sur le système politico-administratif, dont nous voyons maintenant l'application ou du moins la tentative d'application à l'ensemble d'une société. Pour l'Administration Royale l'image de la parfaite société que nous révèle ces instructions est celle d'une organisation bureaucratique géante.

Il ne faudrait pas toutefois croire que la réalité a pu coïncider avec cet idéal. La poussée bureaucratique était vivace, il est vrai; on trouve dans la tradition intellectuelle française, la constante tentation de considérer la société comme un système d'organisation intégré; qu'ils soient de respectables conservateurs ou de fougueux réformistes, nos administrateurs ont toujours eu tendance à négliger le matériau humain à leur disposition et à penser que c'est le citoyen qui doit s'adapter à l'État et non pas l'État au citoyen; et il ne s'agit pas seulement du point de vue des dirigeants; le juste équilibre des fonctions, des rangs et des mérites constitue un des éléments essentiels de l'image populaire d'une société raisonnable; chacun doit être *à sa place* et il doit y avoir *une juste place* pour chacun. Mais quelle que soit la profondeur et la constance de cette tradition, il s'agit davantage d'une tentation que d'une véritable règle de vie. La passion bureaucratique a toujours été forte, mais elle a toujours trouvé, tout de même, assez rapidement ses limites.

Au Canada comme nous le montre très bien Diamond, elle trouva ces limites très tôt. Le grand dessein, on le sait n'aboutit qu'à des échecs. Mais, ce que l'on a tendance à ignorer, c'est que ces échecs n'ont pas été dus à l'hostilité de l'environnement mais avant tout à l'indifférence et à l'apathie des membres de la nouvelle société que ne pouvait manquer d'engendrer la perfection du système auquel on les soumettait. Les « habitants » du Canada avaient tendance à fuir constamment les obligations de la société bureaucratique pour s'engager dans le commerce illégal (ou semi-légal) des fourrures et vivre la vie aventureuse des coureurs de bois :

« *Jamais,* écrit Diamond, *la proportion des chasseurs et trappeurs ne descendit au-dessous du quart ou au moins du cinquième de l'ensemble de la main-d'œuvre masculine. Non seulement leur absence était-elle fort préjudiciable dans un pays trop peu peuplé, mais ils contaminaient ceux qui restaient par l'exemple de leur rébellion* [60]. »

Ce qui frappe dans leur état d'esprit qu'exprime fort bien Pierre Radisson le plus célèbre d'entre eux quand il dit : « *Nous étions des Césars à qui personne ne s'opposait* [60] », c'est qu'il présente une certaine similitude avec celui de cette administration à laquelle il s'oppose. Il n'y a pas finalement une telle distance idéologique entre le coureur de bois et l'intendant. Tous deux ont cette même conception absolue de l'autorité, dont nous avons soutenu qu'elle était un des traits culturels, sur lesquels se fondait le système bureaucratique français. Dans cette perspective, l'exemple canadien est particulièrement révélateur, car il nous montre à la fois les traits bureaucratiques et les réactions de révolte individuelle poussées à l'extrême. Il n'y a pas de voie intermédiaire entre l'obéissance et la fuite; la dysfonction que constitue l'abondance des désertions devient un fléau social qui rend impossible au système de trouver son équilibre.

Au même moment et dans des conditions relativement équivalentes, les colonies anglaises du Nouveau Monde qui se développaient sans beaucoup de planification et sans aucune centralisation bureaucratique pouvaient disposer de multiples initiatives collectives et échapper à la désertion en masse des coureurs de bois. Les deux systèmes d'action apparaissent à distance extraordinairement opposés. Du côté Français nous voyons des explorations, des découvertes, des contacts individuels avec les tribus indigènes et la conquête toute nominale d'un immense territoire, toutes ces entreprises étant poursuivies par des aventuriers solitaires à partir d'un établissement central à Québec paralysé par la lourdeur de son appareil bureaucratique et le lent développement sinon la stagnation de sa vie économique, sociale et politique. Du côté Anglais, nous rencontrons beaucoup moins d'aventures et de conquêtes individuelles, mais une série d'établissements autonomes, à participation collective progressant rapidement et formant petit à petit une société vivante et diversifiée [61].

Cette comparaison met bien en lumière les limites et les contradictions de la tentation bureaucratique dans l'entreprise coloniale canadienne. Cette tentation se développe dans une métropole qui reste toujours très diversifiée et très particulariste et ne peut trouver de direction et d'inspiration qu'à travers un ordre bureaucratique centralisé. Le système bureaucratique chez elle n'a réussi que parce qu'il constituait la nécessaire contre-partie d'autres systèmes plus anciens d'organisation sociale, à la fois moins efficaces et plus contraignants. Son succès dépend indirectement de l'existence de la société anarchique et féodale qu'il combat, mais contre laquelle il s'appuie. Ce qui causa son échec au Canada, c'est en fait le peu d'importance de l'ordre féodal et sa graduelle désintégration. Et nous assistons à ce paradoxe plus fréquent qu'il n'y parait; les citoyens s'opposent au régime non pas parce que leur situation est devenue plus mauvaise — au contraire elle semble au Canada supérieure à ce qu'elle était en France — mais parce que le système bureaucratique auquel ils sont soumis ne peut, comme en métropole, trouver de légitimité et de principe directeur dans le désir de mettre à la raison et de rationaliser une société de privilèges et d'obligations encore partiellement féodale.

Malgré tous les bouleversements de l'organisation sociale et politique de la société française, ces deux traits opposés, le caractère bureaucratique rigoureux, contraignant et centralisé de l'action collective et la vitalité de l'aventure individuelle d'exploration et de contact avec les sociétés indigènes sont restées jusqu'à ce jour les deux traits marquants du système colonial français. Leur opposition a été à la source de beaucoup des contradictions qui ont entravé son développement et rendu sa disparition si difficile.

La plus sérieuse de ces contradictions concernait naturellement le comportement à adopter dans les rapports avec la population indigène. La tradition des coureurs de bois consistait à respecter les coutumes de cette population et à traiter avec elle sur le plan individuel et humain. L'explorateur aimait jouer le rôle d'un César bienveillant, protégeant la culture indigène et cherchant éventuellement à la défendre contre l'influence de l'Occident *. De toute façon il refusait de réfléchir aux conséquences de sa venue ou même simplement de les reconnaître. Il méprisait et s'efforçait d'ignorer autant qu'il lui était possible les processus d'acculturation que la présence européenne ne pouvait manquer de déclencher **.

La tradition bureaucratique, à l'opposé, refusait de reconnaître l'existence de la culture indigène elle-même. Son objectif officiel était de transformer en citoyens français ces êtres humains qui n'avaient pas encore eu la chance d'être civilisés. Ces deux attitudes diamétralement opposées avaient au moins en commun un refus profond de faire face de façon

* Il fuyait lui-même très souvent les contraintes de sa propre société.

** L'extraordinaire succès des romans de Pierre Loti aux temps de la plus grande expansion coloniale française constitue le meilleur témoignage de la très large diffusion de cette attitude qui constitue, depuis Montaigne et le mythe du bon sauvage, une des traditions les plus solides de la vie intellectuelle française.

réaliste aux problèmes du changement. Explorateurs individualistes et bureaucrates conformistes ne pouvaient, pas plus les uns que les autres, considérer les contacts avec les sociétés indigènes comme des contacts collectifs impliquant actions et réactions. Ils répugnaient les uns et les autres aux rapports de négociation véritables. Du côté des rebelles on prétendait interdire à la culture occidentale d'avoir la moindre influence sur des sociétés primitives, dont les coutumes sont aussi dignes de considération que les nôtres. Et du côté des bureaucrates ou des « civilisateurs » on croyait pouvoir ignorer complètement l'existence de cultures indigènes vivantes, et l'on pensait que le devoir des représentants de la civilisation européenne, c'est-à-dire de la civilisation tout court, consistait à éduquer individuellement les membres de ces peuplades qui n'avaient pas encore avancé beaucoup sur la voie du progrès.

La politique d'assimilation a presque toujours été la politique officielle du système colonial. Mais l'autre attitude a constamment persisté en arrière plan, inspirant l'action des petits et grands « Césars » du temps de la conquête et l'opposition désintéressée d'un grand nombre des participants de l'entreprise coloniale aussi bien au temps de sa consolidation que de son déclin.

Le système colonial qui fut marqué par la coexistence de ces deux attitudes a connu des succès immédiats et des échecs à long terme. La plupart des colonies furent acquises avec des investissements très faibles grâce à l'initiative d'individus aventureux *. Le système d'organisation bureaucratique qui fut introduit après leur passage permit d'apporter rapidement la paix à des populations qui en avaient un urgent besoin. Mais il fut impuissant, aussi bien à créer de nouvelles sociétés vigoureuses, qu'à revivifier les anciennes sociétés. Et finalement, quand le temps de la décolonisation arriva, son constant refus de tolérer l'existence d'autorités représentatives au sein de la population indigène et sa répugnance à faire face directement aux conflits entre groupes devaient rendre inévitable le recours des nationalistes indigènes à la violence.

Comparé à d'autres méthodes, l'assimilation avait aussi, il est vrai, de nombreux aspects progressifs. C'était une politique généreuse et humaine, au moins en théorie et parfois même en pratique. Mais l'absence

* Ce n'est pas un des moindres paradoxes de l'histoire coloniale française qu'un grand nombre de territoires furent explorés, conquis et livrés à la bureaucratie coloniale par des gens qui étaient eux-mêmes des adversaires déclarés de l'administration directe. Lyautey fut au moins partiellement l'un d'eux. Cette contradiction peut s'expliquer dans les termes mêmes de notre théorie de la bureaucratie : le système bureaucratique d'organisation ne peut innover qu'en recourant à l'aide d'un réformateur individualiste et autoritaire, seul capable de lui imposer le changement.

complète de réalisme, dans les rapports de culture dominante à culture dominée, que manifestait le choix de pareils objectifs, empêchait à la fois l'administration et les colons de percevoir les motivations profondes du comportement des indigènes et de s'y adapter *. En se fixant de tels objectifs assimilationnistes, la société colonisatrice niait l'existence d'une culture indigène et se donnait d'excellentes raisons pour recourir aux méthodes d'administration directe et pour refuser les rapports face à face. Mais en procédant ainsi, elle imposait à la société indigène un monde de faux semblants, dont elle se trouvait elle-même la première prisonnière. Ce monde sans contact avec la réalité ne pouvait s'ouvrir à la discussion et au changement. Toute résistance à son système d'action réinterprété dans ce langage inadéquat finissait par le renforcer. Il ne faut pas s'étonner de ce que les administrations et les colons participant à un tel système soient restés si longtemps aveugles, leur mode de penser ne leur permettait pas de comprendre les indigènes comme des acteurs autonomes. Qu'ils soient de bonne volonté ou de mauvaise foi, ils ne voyaient jamais en eux que des Français ratés ou des Français déjà égaux à tous les autres **.

* Les colons furent la plupart du temps opposés à la politique d'assimilation mais cela ne les empêchait pas de raisonner dans le langage même de la pensée assimilationniste.

** Le problème algérien était naturellement beaucoup plus complexe dans la mesure où la communauté européenne était si importante qu'elle pouvait être considérée comme une société à elle seule et où les musulmans ne constituaient pas un peuple primitif, mais pouvaient se prévaloir d'une civilisation prestigieuse. Et pourtant, quelle que soit la complexité du jeu joué à trois, entre l'administration, la communauté européenne et la communauté musulmane, la France ne réussit jamais à trouver d'autre fondement idéologique à sa politique algérienne que l'administration directe et l'assimilation. La campagne pour l'intégration a été le dernier des avatars de cette politique. Elle répondait certes à des circonstances politiques particulières, mais elle n'aurait jamais pu avoir un tel succès si elle ne s'était appuyée sur une longue tradition bureaucratique. Les discours de M. Soustelle faisaient écho aux plans élaborés sous Colbert et mis en application avec le Code Noir et la politique de « francisation » des Indiens d'Amérique. La raison d'être de cette politique restait d'ailleurs toujours la même. Elle devait servir avant tout à légitimer le maintien de l'administration directe, seule capable d'offrir l'égalité théorique entre Français et musulmans tout en maintenant la ségrégation des groupes, donc la subordination pratique du groupe musulman.

10. Bourgeoisie et bureaucratie

LES LIMITES DU SYSTÈME BUREAUCRATIQUE LE ROLE DE L'ENTREPRENEUR

Les analyses que nous venons de faire nous ont permis de montrer l'importance d'un modèle « bureaucratique » de rapports humains, mais elles ont pu donner en même temps l'impression erronée que toute la société française tendait à se transformer en un immense système d'organisation complètement intégré. Le problème qui nous reste donc à traiter, si nous voulons prendre une exacte mesure de la place des traits bureaucratiques dans la société française, c'est celui de l'existence et des possibilités de résistance d'autres modèles de comportement.

Nous avons déjà noté, dans notre analyse du système politico-administratif et surtout du système colonial, qu'il fallait effectivement reconnaître l'importance d'autres modèles de rapports humains si l'on voulait simplement comprendre comment les institutions bureaucratiques elles-mêmes pouvaient prendre naissance, se développer, changer. Nous retrouvions ainsi l'application, dans un contexte plus large, de cette définition du système bureaucratique à laquelle nous étions finalement parvenus, comme d'un système incapable de s'adapter sans crise au changement de son environnement et de ses ressources. Il s'agit maintenant de poser le problème dans l'ensemble social constitué par la société globale et de nous demander quelles sont les sources indispensables de renouvellement et d'innovation auxquelles le système bureaucratique doit faire appel pour survivre.

Cette nouvelle perspective devrait nous permettre de prendre une vue plus réaliste de l'importance du système bureaucratique, grâce au recul que donne l'analyse de systèmes qui lui sont complémentaires. Nous allons aborder pour y parvenir, un domaine qui semble à première vue ressortir au modèle le plus opposé de rapports humains, le domaine de la vie des affaires que résume et symbolise justement cette fonction d'entrepreneur à laquelle s'attache traditionnellement le rôle d'innovateur et d'agent de changement. Une telle analyse va nous suggérer une vue plus nuancée et plus synthétique des relations complexes entre rigidité bureaucratique et comportements d'innovation. Elle va en même temps ramener notre attention sur les facteurs de stratification et sur les modalités du jeu social qui les commandent et finalement sur les valeurs communes qui peuvent en constituer le dénominateur commun.

Les remarques que nous allons présenter seront malheureusement limitées. Elles devront rester générales et spéculatives dans la mesure où il n'existe guère jusqu'à présent de travaux sur le système français de libre entreprise qui puissent répondre à notre interrogation. Les économistes n'ont jamais abordé ce problème en effet que d'un point de vue normatif ou trop étroitement descriptif [62]. Les historiens certes commencent à nous apporter des matériaux intéressants sur l'industrialisation et les débuts du capitalisme moderne [63], mais leurs documents demanderaient à être replacés dans une perspective sociologique plus large. Les sociologues eux-mêmes, en France du moins, ont jusqu'à présent évité le problème autant pour le passé que pour le présent [64].

Le problème, il est vrai, avait été abordé de l'extérieur par certains syndicalistes militants des années précédant la guerre de 1914 comme Merrheim et Delaisi [65] qui ont amèrement reproché au patronat français de cette époque d'avoir manqué de dynamisme. Leurs accusations furent quelque temps reprises, dans la période de reconstruction des années 1920, par des publicistes comme Lysis [66], mais elles disparurent tout à fait au cours de la longue période de repli et de rétraction des années 1930-1940. Elles ont reparu plus violentes dans ce large courant antimalthusien animé entre autres par Alfred Sauvy et où Jean-Paul Sartre a puisé la matière de l'analyse qu'il a donnée de la situation française dans son article « Les Communistes et la Paix [67] ». Mais il s'agissait toujours en fait de critiques portées de l'extérieur contre des gens considérés comme des adversaires et d'un procès plaidé contre un régime détesté, plutôt que d'une analyse compréhensive. Quelle que soit la justesse de certaines analyses partielles fort pertinentes, elles ont toujours péché par cette volonté de trouver un bouc émissaire commode aux difficultés rencontrées dans l'action, sans vouloir tenir compte des interdépendances qui lient, dans le même système social, l'intransigeance du syndicaliste révolutionnaire, le réflexe de classe de l'entrepreneur bourgeois et les conceptions absolutistes de l'intellectuel, le malthusianisme bourgeois et le conservatisme bureaucratique.

Les contributions les plus stimulantes ont été jusqu'à présent celles de quelques observateurs étrangers qui ont essayé de comprendre le retard économique français, en abandonnant la sécurité du déterminisme géographique * pour s'attaquer directement au problème

* L'absence de ressources charbonnières au moment où l'essor de l'indus-

plus difficile des facteurs humains et notamment de l'esprit d'entreprise. C'est sur elles que nous devrons avant tout nous appuyer.

David Landes, le premier, a ouvert la voie avec un excellent article technique sur le système d'entreprise français publié en 1949 [69]. Son argumentation qui a été reprise par John E. Sawyer et par Landes lui-même dans une série d'autres articles [70] est à peu près la suivante :

Le retard économique français au XIXe siècle et au début du XXe siècle n'est pas dû à un manque de ressources matérielles, mais au comportement de ses hommes d'affaires et en dernière analyse à un système social qui ne récompensait pas et pouvait même éventuellement pénaliser l'esprit d'innovation. Le capitalisme français a été dominé, plus longtemps que celui des autres nations occidentales, par des affaires de famille, dont l'objectif principal demeurait le succès social de la famille et non pas le profit individuel ou l'expansion industrielle. Les valeurs familiales de la bourgeoisie française ont paralysé la croissance économique en prévenant toute concurrence trop violente entre les firmes, en poussant les hommes d'affaires à éviter exagérément le risque et en rendant très difficile le succès de toute innovation susceptible de porter atteinte à son système d'organisation. La société dans son ensemble ne semblait pas attacher beaucoup de prix aux succès d'affaires. Le prestige social continuait à être réservé à des activités plus aristocratiques et parmi les activités d'affaires elles-mêmes, une différence sensible existait entre les activités plus nobles, où l'on n'est pas directement en contact avec le consommateur et celles, plus méprisables, où l'on doit se soumettre à son jugement. Si bien que les meilleurs talents étaient constamment détournés, non seulement des affaires en général mais aussi des activités les plus dynamiques à l'intérieur du monde même des affaires.

Quelques années plus tard une autre équipe de sociologues et d'économistes américains qui ont étudié les directions d'entreprise dans les principaux pays occidentaux ont présenté le même tableau sous un angle un peu différent. Leur sujet cette fois n'était plus l'entrepreneur du XIXe siècle, mais l'organisation actuelle du « management » en France [71]. Ce qui les a frappés c'est la persistance dans le cadre complexe des grandes organisations modernes de certaines des pratiques du XIXe siècle. La fonction directoriale, même à égalité de taille de l'entreprise, est beaucoup moins développée en Europe

trie dépendait avant tout du charbon a été l'argument le plus constamment utilisé par des générations de géographes et d'historiens [68].

qu'en Amérique. En France tout particulièrement le système de prise de décision reste extrêmement centralisé. Les patrons ou les directeurs sont surmenés et se font gloire de ce surmenage qui leur permet de tout contrôler. Ils préfèrent au fond, tel est le soupçon des auteurs, ralentir ou même arrêter la croissance de leur organisation plutôt que de risquer d'en perdre le contrôle. De telles réactions sont liées naturellement à la survivance des affaires de famille et des valeurs traditionnelles qui durent souvent bien plus longtemps qu'elles. Selon les auteurs, elles paralysent encore le développement économique français.

Le retard économique français a été certainement exagéré [72]. Mais sur le fond du problème, malgré quelques critiques vigoureuses dont elles ont été l'objet, aussi bien en Amérique qu'en France [73], les faits sur lesquels ces thèses reposent et les relations qu'elles établissent n'ont pas été sérieusement mis en doute.

Elles présentent toutefois à notre avis une faiblesse sérieuse. Elles procèdent en effet d'un postulat implicite selon lequel il ne peut exister qu'une seule forme possible de développement dont l'expérience américaine constitue le meilleur exemple. En restreignant la comparaison à la France et aux États-Unis, leurs auteurs ne peuvent nous offrir qu'une vue simplifiée des relations entre système social et rythme de développement économique. Certes la vue cavalière qui consiste à considérer le modèle américain comme le modèle correspondant à une économie pleinement développée et à expliquer en conséquence le retard européen comme dû à l'héritage paralysant du passé est une vue stimulante et nécessaire. Mais elle ne permet pas d'opérer les distinctions qui permettraient, en interprétant les particularités de l'exemple français, de donner une vue moins superficielle du problème posé par le développement. Il faudrait pouvoir rechercher en effet comment et pourquoi les valeurs et les types de relations en apparence au moins plus aristocratiques qui ont persisté plus longtemps en Allemagne et même en Angleterre ont pu accompagner dans ces deux pays un développement économique plus rapide qu'en France *.

* Landes lui-même avait bien vu le problème et il le proposait à l'attention des chercheurs.

BOURGEOISIE ET ENTREPRISE

Du point de vue d'une interprétation en termes de valeur, l'exemple du retard économique français a quelque chose de paradoxal, il se trouve associé en effet avec un certain nombre de traits égalitaires, impersonnels et universalistes, dont on a généralement coutume de penser qu'ils sont la conséquence directe de l'industrialisation.

La meilleure description de ce phénomène nous a été donnée par un autre sociologue américain contemporain, J. R. Pitts qui s'est donné pour tâche d'interpréter les particularités de la vie économique française à partir d'une analyse en termes parsoniens de la famille bourgeoise française et de ses rapports avec l'entreprise [74]. Son analyse fait ressortir trois éléments nouveaux que nous jugerions volontiers, nous aussi, essentiels : le caractère tout particulier des valeurs aristocratiques qui persistent dans la société française, la perfection du système de contrôle social que constitue la famille bourgeoise traditionnelle et l'orientation généralement négative de tous les comportements collectifs en dehors de la famille.

Le système de valeurs qui domine encore en France, selon Pitts, se caractérise par l'intime association d'une tendance aristocratique et hiérarchique et d'une tendance individualiste et universaliste opposée à toute discrimination du fait de la naissance ou du statut social. Une association aussi étrange d'exigences contradictoires est rendue possible grâce à l'existence d'une valeur plus profonde à laquelle toutes les classes et tous les groupes sociaux français souscrivent, « le culte de la prouesse ».

Le culte de la prouesse, c'est la primauté donnée à la « réussite ostentatoire d'un individu dans une situation unique [75] ». Une telle valeur accessible à tous, même au plus humble est tout à fait compatible avec les tendances égalitaires de la société industrielle moderne, ce qui explique qu'elle ait pu persister plus longtemps et plus profondément que les valeurs aristocratiques plus « particularistes » d'Allemagne ou d'Angleterre. Mais c'est en même temps une valeur qui n'est pas du tout favorable au développement de l'esprit d'entreprise, car c'est une valeur esthétique, une valeur de consommation et qui pousse à attacher plus d'importance au style qu'au résultat. C'est aussi une valeur qui incite à résister à la standardisation et au désenchantement des relations humaines. L'égalité qu'elle recherche et exige de façon si impérative ne porte que dans un domaine abstrait et juridique et s'accommode très bien de multiples particularismes économiques et sociaux.

A ces valeurs individualistes et si l'on veut « anarchistes » correspond un système de contrôle social extrêmement élaboré et extrêmement rigide très contraignant pour l'individu, mais qui permet en même temps à ces valeurs de s'épanouir. Pitts a donné une excellente analyse du système de contrôle social que constitue la famille bourgeoise traditionnelle. La famille et non pas l'individu constitue l'unité essentielle de la stratégie sociale et le jeu économique est profondément affecté par la lutte des familles bourgeoises entre elles pour le maintien et l'amélioration de leurs positions. Ce jeu est extrêmement serré, il ne permet pas de prendre de risque et ne pousse guère au mouvement; sa conséquence économique naturelle c'est la prudente gestion (de père de famille) et un mélange d'épargne et de dilapidation ostentatoire plutôt qu'une politique d'investissement. Le succès vient à ceux qui savent préparer des mariages avantageux par une façon de vivre appropriée plutôt qu'à ceux qui se lancent dans des aventures industrielles ou commerciales *. Dans un tel système, l'intérêt de l'organisation commerciale ou productrice est subordonné à celui de la famille et aux règles qui gouvernent les familles et les rapports entre familles. En outre le contrôle familial n'est pas un contrôle hiérarchique paternaliste, c'est un contrôle indirect obtenu avant tout grâce à la pression égalitaire du groupe des pairs. La sauvegarde de l'égalité, entre individus et entre branches, est un frein tout aussi puissant que la prééminence des impératifs familiaux pour empêcher l'apparition d'une direction énergique, la généralisation des principes d'autorité et de stricte responsabilité et la division et la professionnalisation des tâches de direction qui sont indispensables à la croissance de toute organisation **.

Pour l'individu lui-même enfin, selon Pitts, l'action sociale ne

* La critique de Pitts, qu'on peut juger excessive et qui ne porte vraiment que sur la France d'avant 1914, ne manque pas de rendre hommage aux qualités humaines qu'un tel style de relations sociales permettait de développer. Pour lui toute la remarquable floraison culturelle française de la fin du XIXe siècle et du début du XXe est liée à « *cette grande création de l'esprit humain* (la famille bourgeoise) *qui devrait prendre place dans le Panthéon des organisations à côté de l'Église catholique, de l'Armée romaine, du Grand État-Major prussien et de la Corporation Américaine* [76].

** C'est ce qui explique d'ailleurs l'apparition de figures patriarcales autoritaires et la vénération qu'on leur porte. C'est à eux qu'on doit généralement les progrès des firmes familiales. Mais même s'ils sont apparus plus fréquemment que le réformateur autoritaire du système bureaucratique, ils constituaient l'exception plutôt que la règle.

peut prendre que la forme négative de la communauté délinquante. Le chef de famille bourgeoise ne sait pas plus participer à une action collective constructive que le lycéen dans sa classe et tous les comportements habituels des groupes qui dépassent la famille tendent essentiellement à maintenir l'égalité entre leurs membres, donc à résister au changement et à freiner tout progrès.

Une telle analyse ajoute un maillon de plus à la chaîne de notre raisonnement. Entre le monde des valeurs et le comportement économique effectif, elle fait apparaître un système de relations et de représentations bien spécifique, beaucoup plus complexe que les premières approximations opposant le monde de la société aristocratique pré-industriel au monde occidental moderne ne le faisaient prévoir. De l'explication historique nous progressons vers une interprétation culturaliste plus nuancée. Mais cette interprétation reste encore à notre avis insuffisante sur deux points essentiels.

Tout d'abord, le modèle qu'elle nous propose est un modèle statique qui ne nous permet pas de rendre compte des changements et des progrès qui ont été tout de même réalisés. Certes il nous permet de comprendre comment et pourquoi le système social français et la famille bourgeoise française résistaient au changement, mais non pas comment le changement s'est tout de même produit, comment l'entrepreneur français a finalement rempli sa fonction d'innovation. On nous dit qu'il la remplissait mal; mais il la remplissait tout de même; après tout la France a en gros effectué des progrès du même ordre que ceux qu'ont effectués les pays voisins. Si l'on compare l'évolution française avec celle des États-Unis, c'est bien le problème de son retard que l'on peut et doit poser. Mais si on la compare avec celle du monde non occidental, la grande question n'est pas de savoir pourquoi la France n'a pas progressé plus vite, mais pourquoi elle a tant progressé. L'interprétation de Pitts, de ce point de vue, n'est pas encore assez spécifique, car elle donne à penser que la poussée vers le progrès est la même partout et que les différences que l'on constate tiennent seulement à l'importance plus ou moins grande des facteurs de résistance. En fait c'est seulement en analysant aussi la spécificité des modes d'innovation particuliers à un système social que l'on peut comprendre et mesurer l'équilibre et le dynamisme du modèle de développement économique qu'il représente.

Le second point important négligé par Pitts est celui des rapports du système d'entreprise bourgeois avec la bureaucratie d'État. Pitts, comme d'ailleurs Landes avant lui, parle bien de l'attitude infantile de l'entrepreneur français à l'égard de l'État, mais il s'agit seulement pour lui d'un trait de personnalité supplémentaire de la famille bourgeoise. Il ne se rend pas compte de la signification que peut revêtir un tel trait pour comprendre le fonctionnement de l'ensemble du système. Si l'État national centralisé a bien en effet la possibilité de jouer un rôle paternaliste dans sa relation avec les firmes bourgeoises, cela implique que son importance dans le système économique général est considérable et qu'on ne peut comprendre le système d'entreprise bourgeois sans analyser en même temps ses rapports avec le modèle d'action administrative de la bureaucratie d'État. Nous allons essayer de montrer que c'est dans ce rapport que se trouve une des clefs du processus d'innovation qui caractérise la société économique française.

L'OPPOSITION ENTRE LE MONDE DU PATERNALISME PRIVÉ ET LE MONDE DE LA BUREAUCRATIE D'ÉTAT

Avant de proposer nous-mêmes un schéma d'interprétation qui puisse, à partir de ces rapports entre bourgeoisie et bureaucratie, rendre compte du modèle d'innovation et de changement propre à la société française, il nous faut attirer l'attention sur un phénomène qui lui est très particulier et dont l'importance est décisive dans la perspective que nous adoptons. Nous voulons parler de la séparation profonde que l'on trouve, en France, entre le monde paternaliste de la libre entreprise et le monde égalitaire de la bureaucratie d'État. Des oppositions certes existent partout en Occident et ce n'est pas seulement en France qu'un certain public se plaint des bureaucrates budgétivores, mais nulle part toutefois on n'a autant l'impression de deux mondes aussi différents et aussi hostiles.

Cette situation n'est pas nouvelle. On peut en découvrir les sources à la fin de l'Ancien Régime et en suivre le développement tout au long du XIXe siècle, après que les Bourbons restaurés eurent accepté l'héritage de l'État administratif napoléonien. Elle a pris sa forme actuelle avec l'installation au pouvoir de la bourgeoisie républicaine dans les années 1880. Depuis la fin de la Deuxième guerre mondiale, elle se transforme à nouveau, les deux mondes s'interpénètrent et leur opposition s'atténue, mais, dans aucune autre nation occidentale encore, la fonction publique ne suscite, à la fois, autant d'hostilité et autant d'allégeance personnelle dans l'ensemble de la population.

Cette coupure profonde correspond à l'existence de deux systèmes d'organisation bien distincts ayant chacun ses propres sources de recrutement, ses propres filières de promotions et ses débouchés, ses clientèles séparées, son langage, son idéologie et ses attaches politiques.

En ce qui concerne le recrutement, les différences affectent surtout l'origine géographique : le personnel subalterne et moyen [77] de la fonction publique vient avant tout des régions déchristianisées et économiquement peu développées du Centre et du Sud-Ouest *, alors que le personnel occupant les mêmes fonctions dans le privé est d'origine citadine ou sinon vient, à Paris tout au moins, des régions plus catholiques du Nord, de l'Ouest et de l'Est **. Socialement en revanche les différences sont plus faibles; fonction publique et entreprises privées recrutent dans les mêmes groupes (employés et fonctionnaires bien sûr en premier lieu, paysans, artisans, petits commerçants et travailleurs indépendants); on peut noter seulement que la fonction publique recrute beaucoup plus rarement parmi les ouvriers d'usine. Tout compte fait les oppositions les plus profondes tiennent davantage aux attaches religieuses et à l'origine géographique qu'au statut social ***.

L'existence de filières de promotion séparées et même opposées est moins facilement perceptible, mais elle a des conséquences plus profondes et plus durables que les différences de recrutement car leur influence conditionne directement le comportement des deux groupes. Le monde des affaires privées recrutait traditionnellement ses élites à travers un réseau de filières familiales, paternalistes et souvent cléricales. Certes les voies étaient très diverses et les groupes minoritaires, protestants et israëlites avaient leurs propres filières plus jalousement gardées encore. Mais, par comparaison, la fonction publique apparaissait comme le monde de l'égalité des chances et de la libre concurrence individuelle. On pourrait analyser l'histoire sociale française des cent dernières années comme la lente extension des méthodes

* La symbiose qui s'est établie entre ces régions de tradition anticléricale et orientées politiquement à gauche et le système d'organisation égalitaire de la fonction publique mériterait d'être étudiée sérieusement. Les deux tiers des employées de l'Agence comptable parisienne recrutées dans les derniers dix ans étaient nées dans le Sud-Ouest et parmi le reste beaucoup avaient des parents nés dans la région. Ce phénomène semble très caractéristique de tous les services postaux et de la majeure partie des services de l'État employant de grandes masses de personnel.

** Ces impressions restent partielles; elles sont tirées de sondages effectués à Paris dans le milieu de la Banque et des Assurances.

*** Des individus d'origine très diverses peuvent s'adapter très facilement aux mêmes situations dans une culture qui a toujours été relativement ouverte. On devrait toutefois trouver encore des différences d'ordre statistique entre les emplois privés à prédominance catholique et les emplois publics à prédominance laïque.

égalitaires de sélection, d'abord au sein de l'administration publique, puis par contrecoup dans les affaires privées grâce à l'influence indirecte des examens et des concours. Cette histoire est assez différente de celle d'autres pays occidentaux et en particulier de celle des États-Unis dans la mesure où l'égalité des chances n'a pas été conçue, en France, comme capacité d'entreprendre et de se mesurer à armes égales sur un marché libre et concurrentiel, mais comme la possibilité de concourir individuellement pour la sélection dans un système culturel impersonnel et pourtant fortement hiérarchisé. L'éducation, c'est-à-dire le style de vie et les attitudes intellectuelles constituaient le critère décisif de toute sélection et non pas l'esprit d'entreprise, c'est-à-dire des résultats concrets. On continue encore aujourd'hui à attacher la plus grande importance à la concurrence des années d'école et d'université et à la sélection précoce qui s'est opérée alors. Or les résultats d'une telle sélection dépendent beaucoup plus du milieu familial que les succès professionnels ultérieurs; elle tend donc à maintenir, de ce fait, la distance entre catégories sociales et à renforcer le modèle de contrôle et de contrainte de la famille bourgeoise traditionnelle.

Politiquement les grandes lignes de clivage de la politique intérieure française, [entre le parti républicain et laïque et la droite « cléricale » de la fin du XIXe siècle, entre radicaux et modérés pendant l'entre-deux-guerres et entre socialistes et radicaux d'un côté indépendants et M.R.P. de l'autre sous la Quatrième république] ont tenu très profondément à l'existence de ces deux systèmes d'organisation antagonistes. Il n'y avait naturellement pas de correspondance simple entre le parti clérical et les affaires privées, les laïques et la fonction publique. La fonction publique en tant que telle était un groupe beaucoup trop minoritaire et sa laïcisation a été davantage une conséquence qu'une cause du succès républicain, mais elle est devenue très vite sa base organisationnelle et cette évolution correspondait très bien à la tradition de la monarchie centralisée où l'État fut toujours sinon anticlérical du moins gallican et hostile à l'aristocratie et à son système de clientèles.

Depuis les réformes de la Libération, le nombre de personnes dont la promotion ne dépend plus du monde clérical et paternaliste du système d'entreprise traditionnel a énormément augmenté. Avec les nationalisations plus de 15 % du total de la population active et, chiffre peut-être plus significatif encore, 27 % des salariés non agricoles, dépendent directement de l'État [78]. La balance n'est plus aussi inégale. En revanche les deux mondes se sont profondément mêlés. Les catholiques sont entrés nombreux dans la fonction publique et leur influence ne peut plus y être négligée même si les laïques continuent à dominer. En contrepartie l'influence des méthodes égalitaires de l'école publique s'est étendue dans toutes les grandes organisations privées, avec le développement des concours, des examens et des classements impersonnels.

Les deux mondes, enfin, avaient leur langage, leur mode de vie et leur idéologie propre [79]. Le monde paternaliste des affaires privées révérait la tradition, la hiérarchie, la famille, l'ordre social et son patriotisme était d'essence territoriale *. Le monde laïque de la fonction publique tenait au progrès, à l'égalité des chances et à l'individu et son patriotisme était fondé sur l'universalité de la culture française. Les milieux intellectuels ont longtemps résonné de l'écho de leurs querelles dont les écrivains les plus célèbres furent les porte-parole dans des polémiques célèbres comme celles d'Anatole France et de Paul Bourget ou celle d'André Gide et de Maurice Barrès.

L'interpénétration des deux milieux, la diffusion et l'affadissement de leurs credos, surtout depuis 1945, ont diminué à la fois l'ardeur militante à la base et la vigueur de la polémique au sommet. Mais l'opposition sur le plan pratique des deux systèmes d'organisation reste encore un des éléments essentiels de la vie politique et sociale française.

Pourtant même au moment de leur plus grand contraste les valeurs profondes des deux mondes étaient semblables et les traits fondamentaux de notre modèle bureaucratique, [l'isolement des strates hiérarchiques, l'égalité à l'intérieur de chacune des strates et la peur des relations face à face] se retrouvaient dans le monde des entreprises bourgeoises.

Le monde des affaires était en effet lui aussi très stratifié. Le rang y avait une importance considérable et les promotions restaient difficiles; chaque strate demeurait jalousement isolée et constituait une barrière aux communications. L'influence diffuse du code de conduite bourgeois créait entre elles une distance protectrice. Toute promotion requérait un long et angoissant processus d'assimilation, mettant en cause non seulement l'individu mais aussi sa famille. La difficulté du passage et la valeur toute particulière attachée à l'indépendance tenaient avant tout au fait que l'entrepreneur bourgeois refusait d'accepter les membres de son état-major de direction comme des égaux, ce qui écartait de ces

* La présence des groupes privés minoritaires complique le problème, car on ne peut faire d'assimilation rapide entre le monde des affaires privées et le monde du cléricalisme. L'opposition idéologique, même restreinte à une partie seulement du monde des affaires, revêt cependant une importance profonde.

postes les individus les plus doués. Entre firmes mêmes, la stratification, moins apparente, n'en était pas moins rigoureuse. Le milieu patronal restait beaucoup plus étroit que ne l'aurait laissé soupçonner le développement économique.

Le second principe du système bureaucratique, l'égalité entre tous les membres de la même strate n'était certes pas la règle dans le monde des affaires, mais les habitudes bourgeoises limitaient sérieusement les possibilités d'application des lois du marché. La communauté délinquante des entrepreneurs du même statut assurait le maintien d'un minimum d'égalité entre les firmes. Les faibles étaient protégés et le rang maintenu, jusqu'à un certain point au moins, contre le jeu naturel des intérêts. A l'intérieur même de l'entreprise bourgeoise, on retrouvait très exactement la paradoxale combinaison d'égalitarisme et de respect de la hiérarchie que nous avons étudiés dans l'organisation bureaucratique. Il était difficile de résister à la pression pour l'égalité entre les différents membres et les différentes branches de la famille. En revanche le fossé profond qui existait entre la strate des propriétaires et la strate des fondés de pouvoir, ou des directeurs assurait une égalité très grande entre tous les membres de la strate des propriétaires. En fait une fois le rayonnement charismatique du fondateur, du chef de dynastie disparu, la direction collégiale et la loi de l'ancienneté tendaient à dominer.

Le troisième principe, la peur des relations face à face, avait aussi de l'influence dans le monde des entreprises bourgeoises. Nous avons noté déjà la répugnance des employeurs français à entrer en contact direct avec leurs employés et avec les syndicats. Landes et Pitts ont mis en lumière leur égale répugnance à se soumettre au jugement des consommateurs. L'entreprise bourgeoise traditionnelle cherchait à échapper aux contacts impliquant possible subordination et possible conflit. En revanche elle était fondée, elle-même, sur des rapports de dépendance. Le paternalisme qui constituait son mode d'action essentiel impliquait l'existence de relations protecteurs-protégés. Mais de telles relations qui se cristallisaient souvent dans la constitution de clientèles permanentes n'étaient pas profondément différentes de ces relations de pouvoir parallèles que nous avons rencontrées dans le système bureaucratique autour de toutes les situations de pouvoir. Certes elles deviennent ici la règle officielle au lieu de demeurer l'exception inavouable bien que constante. Mais malgré tous les efforts, elles n'étaient pas vues avec faveur même dans la culture bourgeoise. C'étaient des relations pénibles

* Certaines grandes familles, note Pitts, ont été obligées d'élaborer tout un code de règles impersonnelles pour la répartition des responsabilités entre leurs membres à l'intérieur de l'ensemble de leurs entreprises.

et difficiles, qui gardaient même, dans l'univers moral de l'époque, quelque chose de méprisable *.

Les similitudes que nous avons observées reposent donc, tout compte fait, sur la permanence des mêmes valeurs et des mêmes modes d'action fondamentaux dans les deux systèmes. Comme l'impersonnalité bureaucratique, le paternalisme bourgeois ne peut se comprendre que si l'on fait intervenir une certaine conception absolutiste de l'autorité, l'idéalisation de la maîtrise individuelle et de contrôle sur soi-même et sur l'environnement et une revendication générale d'égalité qui refuse toutes les discriminations.

Dans cette perspective le système bourgeois et le système bureaucratique d'organisation apparaissent comme deux réponses extrêmement élaborées de la même société au dilemme que pose la direction de toute action collective. Les deux réponses, si opposées soient-elles, impliquent un attachement aux mêmes idéaux. Et ce fonds commun qu'elles partagent permet d'admettre que les deux mondes hostiles aient été en même temps complémentaires et presque indispensables l'un à l'autre et que, malgré les continuelles invocations de la société bourgeoise à l'esprit de libre entreprise et aux principes d'autorité et de responsabilité, les directions énergiques et novatrices et l'action collective constructive aient été finalement presque aussi rares dans le monde des affaires privées que dans celui de l'administration publique.

LES RAPPORTS ENTRE LES DEUX SYSTÈMES ET LE PROBLÈME DE L'INNOVATION

Revenons maintenant au problème de l'innovation. Si nous nous en tenons à cette société en équilibre stationnaire de la fin du XIXe siècle, et du début du XXe qui constitue la période classique de l'État bourgeois, il semble clair que la dévotion « bureaucratique » de l'administration d'État pour l'ordre et la stabilité a fourni à la société et au système d'entreprise bourgeois le cadre national, la politique extérieure protectionniste et la politique intérieure conservatrice qui étaient indispensables pour que les affaires de famille puissent garder le contrôle de l'économie.

* Il y a d'ailleurs d'aussi pénibles exemples de subordination et d'exploitation dans le système administratif dans toutes les situations de transition où la promotion recherchée ne peut s'obtenir qu'à travers une difficile assimilation dont seuls certains « patrons » peuvent offrir les moyens.

Des gouvernements plus agressifs et plus novateurs en matière de développement économique auraient pris des risques qui auraient mis en danger, aussi bien par leurs succès que par leurs échecs, cet ordre bourgeois trop délicat. Cela n'a pas empêché le progrès de toucher aussi l'économie française, mais cela lui a interdit de bouleverser les habitudes et les relations sociales. Il a été accueilli certes, mais dans les termes mêmes imposés par la société française; il a dû s'installer de façon ordonnée en respectant l'arrangement fondamental des statuts et des privilèges et en perpétuant une structure sociale conservatrice. La centralisation à la française a donc permis à la France de suivre le progrès tout en conservant des structures d'organisations tout à fait archaïques. En contre-partie les affaires de famille, grâce à leur capacité d'absorber les incertitudes du marché en restreignant la concurrence, ont permis à l'administration d'État de s'isoler du monde extérieur, d'échapper à la pression de l'environnement et de préserver ainsi un parfait équilibre stationnaire.

La symbiose des deux mondes pourrait se comprendre à partir de cette première esquisse en élaborant deux modèles fonctionnels complémentaires correspondant au rôle que chacun des deux systèmes joue pour le maintien de l'équilibre de l'autre système.

Le modèle bureaucratique de la vie économique donnait priorité à deux objectifs fondamentaux; il fallait en premier lieu assurer la stabilité, l'harmonie, la protection de tous les citoyens et de leurs rapports entre eux; il fallait, en second lieu, que l'ensemble social pût s'adapter aux changements qui affectaient la société industrielle et maintenir sa place dans la concurrence entre nations. Comme il n'était pas possible de faire confiance à l'action collective spontanée et comme les groupes eux-mêmes, figés dans leur perspective de défense, étaient incapables de résoudre leurs conflits, il était indispensable que l'État centralisé intervînt et à tous les niveaux pour que ces objectifs minimum sur lesquels tout le monde était au fond d'accord fussent atteints. La bureaucratie devait donc harmoniser le monde de l'entreprise privée, le stimuler et accorder des faveurs aux différents groupes en fonction des objectifs communs. Mais elle ne pouvait aller plus loin, car elle était trop rigide pour s'adapter à un environnement trop incertain. Il lui fallait donc se contenter d'exercer de haut ses pressions et se reposer, pour faire face aux problèmes concrets, sur les entreprises bourgeoises qui avaient seules, grâce à leur longue tradition d'ententes tacites et d'alliances familiales le moyen de maintenir le statu quo, en dépit des risques que faisaient courir les incertitudes du marché.

La situation stratégique de la classe des entrepreneurs dans un tel processus rendait possible aux dynasties bourgeoises de tirer parti de ce besoin que la société avait de leurs services. C'est ainsi qu'elles ont pu, privilège exorbitant, constituer et développer autour d'elles des clientèles nombreuses et des réseaux de relations de dépendance. De tels privilèges toutefois étaient mal acceptés. La société française n'a jamais toléré d'empires industriels aussi considérables * que ceux d'Amérique ou d'Allemagne. La persistance des zones de paternalisme suscitait une pression violente pour l'égalité et l'impersonnalité à laquelle la bureaucratie donnait satisfaction dans deux directions, d'abord en offrant une possibilité d'évasion à tous ceux qui n'acceptaient pas de subir de telles relations, ensuite en protégeant la classe des entrepreneurs contre les conséquences de sa propre soif de pouvoir et en l'obligeant à s'adapter à l'évolution des mœurs. Mais ce type d'intervention avait pour conséquence d'étendre progressivement la règle bureaucratique et a fini, petit à petit, par menacer, sinon l'ordre bourgeois lui-même, du moins les relations de pouvoir qui assuraient sa primauté. D'un point de vue bureaucratique extrémiste, le système d'entreprise bourgeois pouvait apparaître, en effet, comme la survivance, autour des zones d'incertitude encore impossibles à éliminer de modes d'action et de valeurs prérationnels, un état de fait qu'il fallait tolérer mais auquel on ne pouvait reconnaître une légitimité en soi **.

L'interprétation de la vie économique du point de vue de la libre entreprise constituait à la fois le parallèle et l'envers de cette caricature bureaucratique. Si l'entreprise bourgeoise pouvait être considérée dans la perspective bureaucratique comme l'héritage encombrant d'un passé paternaliste, pour la classe des entrepreneurs bourgeois, l'État bureaucratique était un mal nécessaire, responsable de beaucoup de leurs difficultés, mais auquel il fallait absolument recourir du fait de l'incapacité où se seraient trouvées les coalitions trop faibles et trop négatives qu'ils auraient pu organiser, de mener à bien les actions collectives indispensables. Chaque entrepreneur aussi bien préférait que les sacrifices nécessaires lui fussent imposés par un tiers impersonnel, plutôt que par un partenaire qui réussirait par la même occasion à s'élever au-dessus de lui. L'État protégeait à la fois les entrepreneurs contre leurs propres pairs et contre leurs ouvriers. Il leur rendait possible de garder le prestige qui accompagne toujours la distance et la solitude puisqu'ils pouvaient maintenir qu'ils ne céderaient jamais à personne,

* Ces empires industriels étrangers étaient combattus aussi bien par l'idéologie bourgeoise aristocratique que par l'idéologie bureaucratique égalitaire.

** Il va de soi qu'un tel état d'esprit ne peut se séparer facilement de l'aspiration au socialisme. Mais on gagnerait beaucoup, croyons-nous, à étudier le développement de l'idéologie socialiste en France dans la perspective de la rationalisation bureaucratique.

sauf à la société tout entière incarnée par l'État. En donnant des possibilités de promotion à d'éventuels fauteurs de trouble, en offrant des compensations aux groupes défavorisés, la bureaucratie enfin introduisait un jeu indispensable dans le fonctionnement du système bourgeois.

Mais le point clef de cet ensemble nous semble tenir au problème même de l'innovation. L'innovation est naturellement indispensable au maintien du double système puisque dans un monde en constant changement, la routine signifie déclin et mort. Or si la fonction essentielle de l'entrepreneur dans la société, celle qui légitime son rôle c'est la fonction d'innovation, le système bourgeois d'entreprise ne favorise pas l'innovation puisqu'il n'encourage pas le risque et préfère à toute forme d'aventure, même réussie, la stabilité et le maintien des privilèges de chacun. Cette contradiction se résolvait à notre avis de la façon suivante. A partir d'une certaine dimension organisationnelle l'innovation ne se produisait que sous la pression de l'État qui représentait les objectifs et les intérêts collectifs que personne n'aurait osé invoquer tout seul par peur de bouleverser l'égalité théorique entre pairs. Mais si c'était à l'État qu'il revenait de faire pression pour le changement, seuls les entrepreneurs pouvaient le réaliser et ils n'acceptaient de s'y résoudre qu'en échange de profits et de prérogatives nouvelles. Paradoxalement, c'est en résistant au changement que la classe des entrepreneurs tirait le meilleur profit de son rôle fondamental d'agent de changement. C'est en restant ferme, en se refusant à toute aventure jusqu'à ce qu'une crise réelle se soit déclenchée qu'elle a obligé constamment l'État à accepter ses propres termes et à renforcer ainsi les privilèges de ses dynasties bourgeoises. Ce système d'innovation enfin avait un autre avantage. Il offrait d'excellentes occasions de promotion. Les groupes capitalistes bourgeois ont fondé généralement leur fortune au cours des situations critiques qui ont accablé la collectivité. Nous retrouvons ici le rôle de la crise qui seule permet à une société trop rigide de bouger. Dans des temps plus anciens, les problèmes étaient financiers et les fortunes bâties sur les malheurs publics furent des fortunes financières. Mais, avec la rationalisation des finances publiques, la protection de plus en plus honorable d'ailleurs de l'État s'est étendue aux activités industrielles indispensables aux progrès de la collectivité ou à sa survie en cas de guerre. Les promotions de dynasties bourgeoises qui s'opérèrent à la faveur de ces bouleversements patronnés par l'État bureaucratique ont curieusement paru toujours mieux fondées que celles qui furent acquises ailleurs dans une guerre sans merci pour la possession du marché *. On peut par consé-

* Même l'essor de l'industrie automobile qui fut l'épisode le plus dynamique de la « révolution industrielle » française du début du XXe siècle doit beau-

quent soutenir que l'État jouait un rôle fonctionnel pour le système d'entreprise bourgeois qu'il garantissait contre les risques que lui auraient fait courir des innovations concurrentielles, tout comme le système bourgeois était fonctionnel pour l'administration d'État qu'il était seul à pouvoir préserver de l'incertitude du marché *.

Les deux systèmes en fait se protégeaient l'un l'autre contre le changement et c'est leur action conjointe qui permettait à la société de le domestiquer. Mais cette très curieuse interdépendance fonctionnait tout de même au détriment du système d'entreprise bourgeois qui lentement, mais constamment, se trouvait ainsi érodé. Cette évolution était inévitable dans la mesure où l'évolution générale menait vers l'impersonnalité et la rationalité et où le particularisme des entreprises bourgeoises ne leur permettait pas de se mesurer avec l'État bureaucratique sur ce terrain. En refusant la rationalité du marché et le contact direct avec ses clients et ses ouvriers, la classe des entrepreneurs bourgeois abandonnait tous les avantages de la marche en avant du progès au système bureaucratique public. Cette infériorité explique que l'opposition entre les deux mondes ait pu pendant certaines périodes dégénérer en lutte violente. La classe bourgeoise croyait devoir combattre le dos au mur pour empêcher sa relation avec l'État de devenir trop désavantageuse. Et c'est le déclin du particularisme et des influences bourgeoises dans le monde des affaires qui rend possible le rapprochement entre l'administration et les entreprises auquel nous assistons maintenant.

LE MODÈLE FRANÇAIS D'ADAPTATION AU CHANGEMENT

Cette brève analyse de l'opposition traditionnelle entre les systèmes d'action bureaucratique et bourgeois a mis en lumière l'importance centrale du problème de l'innovation et du changement pour comprendre les institutions d'une société. Derrière les différences et les antagonismes de relations humaines et de style de vie, parait exister en effet un modèle général commun d'innovation et d'adaptation au changement. Quelques

coup au rôle que jouèrent Citroën et Renault dans l'industrie d'armement pendant la guerre de 1914.

* On en arrive à ce paradoxe que la classe des entrepreneurs bourgeois qui se rendait indispensable comme le seul groupe capable d'apporter en temps utile les innovations nécessaires était généralement opposée à toute innovation et à tout progrès, alors que l'État incompétent et routinier prenait généralement le rôle de l'animateur qui exhorte et morigène.

hypothèses supplémentaires sur ce modèle apparaissent donc nécessaires avant d'essayer de mesurer la place réelle et la signification du système bureaucratique dans la société française.

Ce qui frappe le plus quand on reprend en vue d'un tel objectif l'ensemble de nos analyses antérieures, c'est la répétition à tous les niveaux et dans tous les systèmes de trois phénomènes essentiels, tout d'abord l'alternance régulière de périodes de routine et de périodes de crise et l'impossibilité de transformer sans crise l'équilibre du fonctionnement journalier d'un système de relations, en second lieu le besoin et la passion générale d'ordonner, de planifier et de régulariser toutes les situations, enfin en troisième lieu l'opposition constante entre le comportement négatif et conservateur des groupes et catégories hiérarchiques institutionnalisés et l'effervescence créatrice et souvent irresponsable des individus.

Nous avons déjà beaucoup insisté sur l'importance de la crise. Nous avons essayé de montrer que l'alternance régulière de longues périodes de routine et de courtes périodes de crise était la conséquence directe de la rigidité et de l'absence de marge de jeu et de liberté créatrice qui caractérise aussi bien le système d'entreprise bourgeois que le système bureaucratique égalitaire de l'administration publique. Chacun de ces ensembles très complexes d'interrelations comprend dans le même programme d'action et dans le même équilibre extrêmement délicat tant de situations hétérogènes qu'il se trouve incapable de s'adapter au changement localement et en ordre dispersé. Tout le système doit être réorganisé pour que l'un de ses éléments puisse changer profondément car le maintien de l'équilibre est considéré comme primordial. On pourrait se demander toutefois pourquoi de tels systèmes ne réussissent pas à échapper au changement en s'isolant davantage. C'est à notre avis parce qu'ils ne le recherchent pas du tout. Le modèle français, en l'occurrence, a beau être un modèle extrêmement conservateur, ce qui est rigide, chez lui, c'est l'équilibre entre tous les rôles et situations qu'il requiert; en ce qui concerne le contenu même de ces rôles et de ces situations, il est extraordinairement souple *. La différence entre la France et les autres pays occidentaux a toujours porté beaucoup plus sur la façon dont le

* Cette combinaison d'un équilibre rigide des situations et d'un contenu très souple de ces mêmes situations existe dans d'autres sociétés. Elle est particulièrement marquée dans la société japonaise où les changements se sont produits sur une très grande échelle au cours de périodes de crise extraordinairement courtes, le début de l'ère Meijī et la période de l'occupation américaine. La différence entre la combinaison japonaise et la combinaison française c'est qu'au Japon on tend à minimiser l'importance de la crise aussi bien sur le plan affectif que sur le plan intellectuel et que celle-ci en fait est plus courte, moins fréquente et ne repose pas sur autant d'effervescence individuelle.

changement a été obtenu que sur le montant même du changement. Les réformes et les changements finissent toujours par arriver mais, pour obtenir une réforme limitée, il faut attaquer l'ensemble du système qui se trouve ainsi constamment remis en question. Ceci explique que les règles du jeu ne soient jamais totalement acceptées, que les réformistes pour réussir doivent faire appel à la pression révolutionnaire et qu'en revanche les aspirations révolutionnaires soient elles-mêmes plus symboliques que réelles et subissent, de ce fait, une érosion constante.

Nous n'avons pas analysé aussi directement le second trait, le besoin d'ordonner, de planifier et de régulariser. Il est la conséquence directe de la pression égalitaire que nous avions vu opérer à l'intérieur de chaque strate et de la distance entre strates qui l'accompagne. Chaque fois qu'un changement améliore la situation de quelques personnes ou de quelques groupes à l'intérieur du même système, tous les pairs de ces personnes ou de ces groupes vont faire pression pour obtenir le même traitement et tous leurs supérieurs vont faire pression pour conserver leurs distances par rapport à eux. Ce trait est curieusement ambivalent. D'un côté, en effet, il constitue une des raisons profondes de la résistance au changement puisqu'il rend plus difficile de prendre des décisions dont les conséquences semblent devoir amorcer des réactions en chaîne interminables. Mais en même temps, une fois que la décision de changement se sera effectivement imposée, le besoin de planifier et de régulariser contribuera cette fois à accélérer le changement et à l'étendre à toutes les situations possibles. Certes il s'agira alors plutôt d'une remise en ordre et d'une organisation après coup que d'une préparation raisonnée de l'avenir, mais il n'en reste pas moins que la volonté de maintenir l'ordre devient naturellement, une fois la crise passée, un facteur puissant d'accélération du changement.

Le troisième et dernier trait, l'effervescence créatrice individuelle est apparu surtout dans notre analyse du système d'entreprise bourgeois. Mais il est aussi bien présent partout. Il constitue en effet la contrepartie naturelle de la situation de routine et la nécessaire préparation de la période de crise. Il est associé à la fascination que chacun éprouve, dans un tel système, pour les actions révolutionnaires du fait de l'importance décisive de la crise qui peut seule créer un ordre rationnel nouveau. Les membres du système souffrent de la routine, à la fois parce qu'elle entraîne de nombreuses dysfonctions et parce qu'elle ne leur permet pas de jouer un rôle créateur; mais en même temps ils jouissent de la protection qu'un tel état leur apporte sur le plan de l'indépendance et de la liberté d'expression, protection qui leur permet de se délivrer de leurs frustrations en affirmant leur résistance à l'ordre établi et leur volonté de changement.

Des pressions aussi concordantes poussent naturellement au développement de l'effervescence et de la créativité intellectuelles. Certes la plupart des individus savent qu'ils n'ont pas la moindre chance de jouer un grand rôle révolutionnaire, mais ils acceptent ces valeurs individualistes, selon lesquelles les seuls exploits prestigieux (et les seuls exemples de commandement librement accepté) sont ceux des réformateurs et des entraîneurs d'hommes, capables de faire face aux problèmes posés par une crise. Enfin et surtout, la concurrence très vive entre pairs à tous les niveaux est fondée sur le mépris et la critique du système actuel; le meilleur moyen de se distinguer, c'est de dépasser ses pairs dans la vivacité et la pertinence de ses critiques *.

Ces jeux en apparence anodins ont finalement une grande importance dans le long terme. Ils constituent un élément indispensable dans la préparation de la crise et du changement qui doit en résulter finalement. S'il n'est pas possible de remédier aux situations dysfonctionnelles du fait de la volonté de résistance des groupes acharnés à conserver leurs privilèges, ce sont les pressions irresponsables des individus (exprimant de façon démesurée des frustrations auxquelles personne ne veut ni ne peut prêter attention) qui vont finalement amener le changement nécessaire en provoquant une crise.

Le développement d'un tel trait est en rapport avec l'importance particulière du milieu intellectuel en France. Dans un des chapitres de *l'Ancien Régime,* Tocqueville avait déjà montré comment l'absence de vie politique responsable dans les provinces et sa grande étroitesse au centre même avaient eu pour conséquence d'assurer aux hommes de lettres une influence considérable et la direction de fait de l'opinion publique [80]. Malgré la transformation de la vie politique et des formes d'organisation, le modèle sous-jacent à ce phénomène n'a pas entièrement disparu. Si le mécanisme de prise de décision est bloqué dans la routine journalière indispensable à la sauvegarde des privilèges et à la préservation de l'équilibre et si les groupes sont incapables d'action constructive, l'initiative ne peut venir que des individus et elle doit prendre la forme d'une expression intellectuelle. De ce point de vue beaucoup d'hommes d'action en France sont à leur manière des intellectuels; ils donnent en effet toujours la priorité à la créativité individuelle sur l'action collective et réussissent par leurs qualités de brillant plutôt que par leurs réalisations.

Finalement, sur la scène sociale française, les milieux intellectuels et la

* C'est par exemple le passe-temps favori non seulement des ouvriers d'entretien du Monopole industriel, mais aussi des cadres subalternes de l'Agence comptable et à moindre degré des membres des autres groupes dans les deux organisations.

petite élite qui créent la mode et donnent le ton, qui sont seuls, de ce fait, capables de faire appel au domaine réservé, autonome et créateur de chaque individu, disposent d'une influence aussi profonde qu'elle est fragile *. C'est grâce à eux en effet, que peut seul se créer le climat d'opinion sans lequel l'éclatement d'une crise ne serait pas possible.

Le cycle routine-crise correspond bien à l'alternance de périodes où les groupes gardent bien en mains le contrôle de la situation dans une perspective négative et conservatrice et de périodes de percée où la créativité individuelle peut se donner enfin libre cours. La contradiction entre ces deux moments de la vie sociale et institutionnelle française permet de comprendre pourquoi la France a pu être considérée par certains auteurs comme le pays le plus conservateur du monde occidental, la Chine de l'Europe alors que d'autres continuent à la révérer comme un des foyers révolutionnaires de la civilisation humaine. Elle est les deux à la fois selon qu'on met l'accent sur la rigidité du système social ou sur les réalisations individuelles dans le domaine de la créativité. A la limite, de nombreux Français sont en même temps conservateurs et négatifs comme membres d'un groupe égalitaire et de violents anarchistes dans le domaine réservé qu'ils se sont constitué grâce à la protection de ces mêmes groupes.

Cette contradiction correspond, à son tour, à deux moments fondamentaux souvent mêlés d'ailleurs de la culture française, d'un côté l'acharnement sceptique contre le changement auquel on veut retirer toute importance — on prétend que le changement n'existe pas, « plus ça change et plus c'est la même chose »; ou bien on prétend que le changement est complètement indépendant de la volonté de l'homme et que les actions humaines ont des conséquences opposées à la volonté des acteurs ** — et de l'autre la passion un peu mégalomane de transformer et de réformer le monde selon son propre schéma individuel rationnel ***.

* Le milieu intellectuel cependant est lui-même du fait de son importance paralysé par les mêmes routines et les mêmes pressions égalitaires que les autres systèmes parabureaucratiques que nous avons analysés. Son histoire interne comporte aussi périodes de routine conformiste et soudaines explosions apportant de nouvelles modes et de nouveaux héros. Mais le jeu intellectuel est beaucoup plus fluide et le changement y reste permanent.

** Martha Wolfenstein a très bien montré l'importance décisive de la désillusion dans la formation de la personnalité du Français; elle constitue, selon elle, l'expérience fondamentale du passage à l'état adulte. Son hypothèse a été élaborée à partir d'une très intéressante analyse de la façon dont le monde de l'enfance apparaît dans les films français [81].

*** Le point de vue marxiste sur le changement correspond finalement assez bien à ces deux moments, le scepticisme à propos des possibilités de

Ce qui est en cause finalement, si l'on veut mesurer la résistance au changement de tels processus et des systèmes d'organisation sociale qui leur correspondent, ce n'est pas l'attachement à la routine, bien que la routine soit le moment le plus important du cycle, mais une certaine conception de la personnalité individuelle, la volonté obstinée de l'individu de garder son autonomie et son refus de toutes les relations de dépendance.

Le cycle routine-crise préserve en effet cette autonomie et cette créativité individuelle. Son moment négatif, la routine, protège l'individu contre toute décision arbitraire et le pousse à une révolte, à une critique et à une invention bienvenues; son moment positif, la crise, offre à quelques-uns des possibilités de réalisation exaltantes et prend, pour tous les autres, l'apparence de la force majeure, ce qui lui permet de s'imposer, sans entraîner toutes les relations de dépendance qu'impliquerait une adaptation graduelle, raisonnable et consciente.

Revenons maintenant au système d'entreprise et à la place du système bureaucratique dans la vie économique. L'utilisation du modèle d'adaptation au changement va nous permettre tout d'abord de comprendre le paradoxe si souvent souligné que constitue le contraste entre, d'un côté, la maturité technique des élites françaises, leur richesse en talents et en inventions de toutes sortes et, de l'autre, le sensible retard économique pratique du pays. L'innovation était difficile dans le système d'entreprise bourgeois traditionnel, non pas parce que les candidats aux rôles d'innovation manquaient — ils abondaient plutôt — non pas parce qu' « on ne récompensait pas ceux qui réussissaient — ils recevaient au contraire beaucoup d'honneurs — mais parce que réussir était en France plus difficile qu'ailleurs, car il fallait briser la rigidité du moule organisationnel auquel on devrait avoir nécessairement recours. C'est qu'au-delà du stade de l'effervescence individuelle, on rencontrait tout de suite le stade de la routine, des mécanismes trop bien agencés des organisations familiales bourgeoises et du système d'organisation bureaucratique. Ces systèmes d'organisation interdisaient à tout individu, quelles que soient sa réussite et ses contributions personnelles, de passer les barrières sociales, sans avoir satisfait aux exigences indispensables de la conformité de culture et de mode de vie. Dans leur obsession

l'homme, l'impitoyable critique de la bonne conscience et des bonnes intentions d'un côté et de l'autre, ce cadre merveilleux du monde futur postrévolutionnaire où chacun peut projeter en toute liberté son propre rêve individuel. On peut trouver dans ce phénomène une des raisons qui permettent d'expliquer l'emprise paradoxale du marxisme dans un pays parvenu pourtant à un stage de développement peu propice à la diffusion d'une telle doctrine.

à la fois égalitaire et hiérarchique, ils faisaient le plus mauvais usage de tous les efforts individuels qui se manifestaient, sans parler de l'apathie, de l'indifférence et des révoltes qu'ils suscitaient. Une telle routine, quels que soient les progrès naturels qu'elle finit par amener à la longue ne manquait pas de créer un retard constant que la société dans son ensemble ne pouvait accepter. La vision pessimiste et l'attente de la crise qui en résultaient, renforçaient à leur tour la stabilité, car chacun était convaincu de l'inutilité de ses efforts et cherchait seulement à se placer dans la meilleure situation possible, face à des changements auxquels il se refusait à participer.

Sur le plan pratique, ce modèle d'adaptation au changement se concrétisait dans la dichotomie profonde entre le monde du paternalisme et le monde de la bureaucratie impersonnelle. Les deux mondes comportaient bien la même opposition entre l'effervescence créatrice des individus et le conservatisme des groupes. Mais leurs divergences et l'hostilité qu'ils se manifestaient créaient les conditions nécessaires au maintien dans chacun d'eux du même modèle. Ils étaient à la fois homologues et complémentaires. La bureaucratie impersonnelle servait de régulateur et de modérateur, ralentissant généralement le changement, mais parfois l'accélérant. Le monde des affaires était dominé par les experts fort bien protégés des familles bourgeoises qui, seuls, pouvaient faire face aux plus importantes des difficultés que soulevaient les progrès de l'organisation économique mais qui attendaient qu'on les sollicitât. La violence de l'antagonisme entre les deux rôles rendait impossible le développement de fonctions d'entraînement et d'animation et la direction de l'ensemble ne se trouvait assurée que très indirectement par la pression révolutionnaire des individus. Une telle dichotomie était à la source d'innombrables détours et complications et elle aboutissait généralement à un énorme gaspillage d'efforts. Mais il ne faut pas oublier non plus que toutes les dysfonctions qu'elle provoquait constituaient autant de garanties pour les individus, qui tout en maudissant les contraintes, dont ils étaient les prisonniers, contribuaient à les renforcer en dirigeant leurs plaintes contre le bouc émissaire commode que leur offrait, quand ils étaient patrons, la bureaucratie incompétente et irresponsable et, quand ils étaient bureaucrates, le patronat conservateur et malthusien.

La société, cependant, nous l'avons plusieurs fois souligné, n'est pas seulement déterminée par l'existence de modèles culturels impératifs. Elle apprend constamment, à travers les expériences « organisationnelles » auxquelles ses membres se livrent pour arriver, à réaliser ses fins et les leurs. Il fallait, pour que le modèle que nous avons décrit persistât, qu'il y eût incompréhension et même hostilité entre deux mondes séparés et complémentaires ne pouvant agir l'un sans l'autre *. Des expériences nouvelles de relations plus faciles tendent forcément à réagir sur lui. En faisant l'apprentissage de formes organisationnelles plus intégrées, la société française peut donc réussir à dépasser le modèle; c'est pourquoi l'interpénétration entre les deux mondes, qui caractérise l'après-guerre, constitue un développement décisif pour l'avenir. Dans la mesure où la communication devient plus facile entre les deux rôles, l'adaptation au changement n'implique plus des crises aussi profondes, les groupes peuvent devenir plus constructifs et les individus qui forcent plus facilement les barrages, s'accoutument aux contraintes du réalisme. L'expérience organisationnelle, due à la pression du monde de l'efficacité, devrait finalement transformer le modèle culturel qui, au départ, la façonnait et la limitait. Déjà le système que nous avons décrit se transforme dans la mesure même où il se régularise et où on voit l'État, par exemple, négocier directement avec les différentes forces économiques pour leur faire accepter d'atteindre les objectifs à la fixation desquels il les a invitées à participer. Les possibilités de négociation et la rationalisation de la lutte rendent certainement les crises moins nécessaires. En même temps les deux systèmes, bureaucratique et bourgeois s'assouplissent et le modèle n'apparaît plus qu'en filigrane. C'est cette transformation, que l'on commence tout juste à entrevoir, que nous voudrions maintenant essayer de discuter dans un dernier chapitre.

* On peut penser que le dualisme a toujours été un des traits permanents de la société française moderne. A l'opposition de la bourgeoisie et de l'État républicain, a correspondu sous l'Ancien Régime une semblable opposition entre l'aristocratie et la bureaucratie royale. Dans l'un et l'autre cas, la montée d'une bureaucratie indépendante était due au fait que la classe dirigeante refusait le contact avec les autres groupes sociaux et avait absolument besoin d'un intermédiaire impersonnel. Un tel dualisme engendre d'interminables et inutiles conflits mais ces conflits sont faciles à maintenir dans des limites acceptables et on peut se demander s'ils n'ont pas servi, après tout, à dissimuler et à étouffer des conflits plus profonds dont l'expression même n'aurait pu être tolérée.

Conclusion
Le phénomène bureaucratique et le modèle français dans l'évolution générale de la société industrielle

LE PROBLÈME A RÉSOUDRE

Les modèles auxquels nous sommes parvenus sont des modèles « fonctionnalistes », qu'on les considère du point de vue de la théorie des organisations ou du point de vue de l'analyse culturaliste. Au lieu de considérer le phénomène bureaucratique comme la conséquence automatique des arrangements hiérarchiques et fonctionnels nécessaires à l'accomplissement d'une forme supérieure de rationalité, nous avons cherché avant tout à comprendre les dysfonctions qu'il représente comme les éléments d'équilibres plus complexes, mettant en jeu les comportements primaires et les modes de relations entre individus et entre groupes caractéristiques du système culturel et du système institutionnel d'une société. Dans cette perspective, le phénomène bureaucratique nous est apparu comme une forme indispensable de protection, dont les individus ont d'autant plus besoin qu'ils sont davantage désarmés devant les moyens trop brutaux ou trop contraignants dont ils disposent pour la coordination indispensable à la réalisation de leurs desseins.

Mais cette approche fonctionnaliste, avions-nous déclaré en commençant cet ouvrage, ne vise pas à éliminer, mais à mieux servir l'analyse historique et génétique traditionnelle dont nous critiquions seulement les fondements insuffisants. Il nous reste donc à montrer maintenant que nos modèles peuvent apporter des éléments nouveaux pour comprendre le développement des formes modernes d'organisations et des dysfonctions qui les accompagnent.

Un tel effort va nous éloigner encore davantage de nos premières investigations. Comme notre tentative d'analyse culturaliste, il ne sera pas inutile toutefois, même du point de vue étroitement empirique, car le nouveau recul qu'il va nous imposer devrait nous permettre d'échapper aux critiques habituelles qu'encourent les sociologues fonctionnalistes. Toute analyse fonctionnaliste, en effet, court le risque de se limiter à une description complaisante de l'équilibre du moment. En analysant la tendance d'un système complexe d'interrelations à revenir constamment à son point d'équilibre, on oublie trop facilement de se demander comment et pourquoi un tel système s'est développé et, surtout, comment et pourquoi il risque de changer. Le sociologue fonctionnaliste est certes en droit de revendiquer une priorité méthodologique pour l'étude du fonctionnement quotidien de l'état de choses existant, car il est indispensable de se rendre compte des conditions profondes d'un équilibre toujours très complexe avant de poser le problème de son évolution *. Cette démarche constitue le seul moyen qui permette de dépasser l'analyse linéaire et partielle à laquelle ont dû se cantonner jusqu'à présent les philosophies et sociologies de l'évolution **. Encore faut-il ne pas se laisser abuser par cette priorité méthodologique et croire qu'on a résolu un problème, alors qu'on a seulement donné une description de tous les éléments interdépendants qui le constituent.

Le point crucial, et qui a des implications directes pour la signification de nos propres résultats, concerne les limites véritables des modèles fonctionnels que leurs dysfonctions mêmes renforcent. Ce que les fonctionnalistes oublient généralement de discuter, c'est à quelles conditions, dans quelles circonstances, comment et pourquoi des tensions, qui s'étaient jusqu'alors développées à l'intérieur d'un système qu'elles avaient tendance à renforcer, deviennent trop difficiles à absorber, et forcent le système lui-même à se transformer ou même à disparaître.

Tout au long de cet ouvrage, nous avons essayé de nous garder de cette tentation de décrire et de célébrer l'harmonie du moment comme le seul système possible. Nous avons toujours pris soin d'analyser les phénomènes que nous voulions étudier dans une perspective de changement. Cette façon de procéder nous a conduit à élargir de plus en plus notre schéma d'interprétation et à considérer finalement le phénomène bureaucratique comme une réponse globale de l'ensemble social au problème même du changement. Mais si cet effort nous a permis de dépasser une description superficielle de l'équilibre et d'isoler des constantes plus profondes, nous n'avons pas réussi toutefois à échapper complètement au problème fondamental du fonctionnalisme. Nous avons étudié comment le changement était intégré dans le système, mais non pas comment le système lui-même pouvait changer. Ce qu'il nous faut maintenant nous demander, pour répondre à notre ambition, c'est jusqu'à quel point le modèle que nous avons élaboré et dont nous avons

* Nous ne sommes pas du tout sensible sur ce plan méthodologique aux arguments présentés par Dahrendorf contre Parsons [1].

** En fait la philosophie de l'évolution qui a eu le plus d'influence, le marxisme, repose essentiellement sur une série de schémas fonctionnalistes qui lui permirent de dépasser les extrapolations des philosophies de l'histoire traditionnelles.

montré qu'il repose sur des processus très stables, liés aux comportements les plus primaires est, lui-même, un modèle rigide et permanent, susceptible ou non de transformations profondes et à quelles pressions finalement il est actuellement soumis.

Nous ne pourrons certes pas donner de réponses satisfaisantes à des questions qui demanderaient des recherches nouvelles et d'un tout autre ordre que celles auxquelles nous nous sommes jusqu'à présent livrés. Mais il nous sera tout de même possible, en tirant toutes les conséquences naturelles de notre théorie, de présenter quelques remarques utiles qui nous permettront au moins de mieux poser ces problèmes.

Nous pensons personnellement en effet que le domaine des formes et des systèmes d'organisation est un des domaines privilégiés sinon le domaine privilégié, dans lequel groupes et sociétés humaines effectuent leur apprentissage c'est-à-dire réélaborent constamment leur système social et culturel. Nous pensons aussi que ce domaine peut maintenant être sérieusement étudié si l'on dispose comme point de départ d'une théorie vraiment compréhensive, c'est-à-dire « fonctionnaliste » des systèmes d'organisation. C'est en effet dans l'action, et dans une action qui doit obligatoirement s'exécuter à travers les modèles organisationnels, que groupes et sociétés peuvent se proposer des objectifs et recevoir ainsi la sanction de leur environnement. Et c'est à l'occasion de ces sanctions, c'est-à-dire de leurs succès et de leurs échecs, qu'ils se transforment. Les changements s'opèrent d'abord au niveau de la praxis et seulement ensuite au niveau des valeurs. Certes les systèmes culturels et les systèmes d'organisation qui leur correspondent sont trop stables pour que les sociétés puissent apprendre n'importe quoi. Mais, dans les limites que leur tracent les conditions d'équilibre de ces systèmes, elles sont effectivement capables d'apprendre. La sanction du milieu se fait d'ailleurs de plus en plus sévère dans le monde moderne, éliminant les modes d'action les moins adéquats et réagissant finalement sur les traits culturels et les comportements primaires eux-mêmes.

Pour comprendre la marge de liberté et d'invention, ou si l'on veut la marge d'apprentissage, dont disposent de tels systèmes complexes, nous allons essayer d'utiliser la théorie que nous avions élaborée pour rendre compte de leurs conditions d'équilibre. Dans ce domaine — encore bien moins que dans le domaine technique — il ne peut y avoir de *one best way* s'imposant à tous et on ne peut découvrir le développement linéaire d'une rationalité supérieure. Mais on peut comprendre, et éventuellement prévoir, l'évolution de systèmes d'éléments interdépendants dont on connaît les fonctions latentes. Dans cette dernière perspective, nos modèles vont apparaître, non plus comme une fin en soi, mais comme des étapes indispensables, non seulement pour comprendre l'orientation générale de l'évolution, mais aussi pour poser ce problème même en termes d'action.

Nous étudierons successivement l'évolution très générale des rigidités bureaucratiques dans la société industrielle, puis la place particulière du modèle français dans cette évolution; enfin, pour terminer, nous essaierons d'examiner un cas plus concret, celui de l'administration publique française, pour mesurer, en termes d'action, les forces de résistance et les forces de changement de l'équilibre bureaucratique.

LES SYSTÈMES BUREAUCRATIQUES ET L'ÉVOLUTION GÉNÉRALE DE LA SOCIÉTÉ INDUSTRIELLE

Deux grands facteurs, à notre avis, orientent le développement des formes d'organisation de nos sociétés modernes, dans une direction que Weber n'avait pas prévue. Ces deux facteurs, dont nous avons déjà souligné l'influence, quand nous avons discuté des moyens grâce auxquels une organisation parvient à imposer la nécessaire conformité, sont, d'une part, les progrès constants des techniques de prévision et d'organisation et d'autre part la clairvoyance et la « sophistication » croissante des individus dans une culture de plus en plus complexe. Les progrès des organisations leur permettent de manifester beaucoup plus de tolérance à l'égard des particularités personnelles et des besoins propres de leurs membres; elles peuvent obtenir d'eux les résultats cherchés sans avoir à contrôler d'aussi près leurs comportements. La sophistication de ceux-ci, en revanche, a augmenté considérablement leur capacité d'adaptation et en même temps leur liberté d'action, chaque individu désormais peut mesurer de façon plus précise sa participation à l'effort collectif; il n'est plus obligé comme auparavant de négocier le dos au mur, comme s'il n'y avait que l'alternative du tout ou rien; toute participation est pour lui moins dangereuse car elle l'engage moins totalement. Il lui est beaucoup plus facile, en effet psychologiquement et matériellement, de quitter l'organisation dont il dépend et de trouver une solution de remplacement.

De façon générale les organisations modernes sont beaucoup plus tolérantes et beaucoup moins exigeantes à l'égard de leurs membres; ceux-ci sont, de leur côté, beaucoup plus libres, beaucoup plus souples et demandent en retour beaucoup moins de garanties. Si la pression des deux parties tend à diminuer à mesure qu'elles deviennent chacune moins exigeante, la rigidité des systèmes d'organisation doit forcément décroître. Le nombre et la complexité des règles auront beau augmenter constamment, cette formalisation n'aura pas les conséquences que l'on redoute, car ni les dirigeants ni le personnel ne chercheront à s'en servir, pour supprimer la liberté d'action de leurs partenaires. Bien au contraire, il semble que les organisations seront de plus en plus capables de se contenter d'une loyauté relativement temporaire de la part de leurs membres, même quand ils sont placés aux plus hauts échelons et que les individus, de leur côté, essaieront de moins en moins de se protéger contre l'organisation en utilisant les règles d'une façon rigoureuse *.

Beaucoup d'auteurs, nous en sommes conscient, ont exprimé un point de vue tout à fait différent sur les organisations modernes. William H. Whyte Junior que l'on peut considérer comme leur meilleur porte-parole soutient par exemple que « l'homme de l'organisation » — il veut dire l'homme de l'organisation moderne — est avant tout un conformiste. Pour lui le développement des grandes organisations a imposé à l'Amérique une éthique sociale conformiste qui s'oppose à l'éthique protestante et capitaliste traditionnelle de la responsabilité individuelle. Ses arguments cependant ne nous paraissent pas très convaincants, même si l'on se limite au court terme. Il est peut être vrai que notre société actuelle ne produit pas autant de personnalités affirmées et responsables qu'elle en aurait besoin. Mais cela ne signifie pas qu'elle est plus conformiste que la société d'il y a trente ans. La personnalité bien arrondie, bien émoussée de ces dirigeants nouveaux que Whyte attaque si fort est la marque d'un individu plus souple, toujours prêt à accepter des compromis et généralement beaucoup plus sociable et social que son prédécesseur d'il y a trente ans. L'éthique protestante traditionnelle apportait certainement une aide plus grande au dirigeant acharné à la réussite car son insistance sur la responsabilité individuelle lui permettait de mieux légitimer sa volonté d'affirmation personnelle. Mais cette indépendance souveraine, de l'homme qui réussissait, était acquise au prix d'une soumission beaucoup plus grande de la part de tous ceux qui étaient réduits à un état de subordonnés et elle entraînait, en même temps, le développement de toutes les formes de ritualisme et de retrait nécessaires pour en atténuer les effets. Les valeurs sociales de l'homme de l'organisation sont donc, tout compte fait, beaucoup plus propres à permettre le développement de meilleures et de plus libres formes d'adaptation, pour la grande masse des membres des organisations, que la traditionnelle éthique capitaliste qui donnait peut-être plus de liberté et de possibilités

* Partant d'un point de vue un peu différent, un psychologue anglais Tom Burns vient de présenter une thèse analogue. Pour lui l'accélération du changement qui s'impose aux organisations modernes tend à faire prévaloir un type plus souple d'organisation qu'il appelle organique aux dépens du type traditionnel qu'il appelle mécanique [1].

d'épanouissement à la minorité des capitaines d'industrie, mais au prix d'un asservissement plus grand de tous leurs collaborateurs, même aux échelons les plus élevés [3].

Il est possible, comme le soutient Whyte, que l'adoption de ces valeurs sociales dans d'autres domaines, où la créativité individuelle constitue le facteur décisif, puisse favoriser les médiocres et ralentir le progrès. Mais, dans le domaine de l'action sociale, qui constitue l'essentiel de l'activité des organisations, le prix qu'il a longtemps fallu payer pour maintenir la tradition du héros autoritaire du folklore capitaliste donne à penser, si l'on accepte de prendre un peu de recul, que le directeur tolérant et « conformiste » d'aujourd'hui est un véritable modèle d'efficacité, à côté du patron individualiste et responsable d'autrefois.

En outre, comme Melville Dalton l'a fort bien montré, le système extrêmement complexe de relations de pouvoir que constitue toute organisation moderne exige de ses dirigeants qu'ils soient capables de prendre constamment des initiatives et qu'ils fassent montre, ce faisant, d'une très grande créativité [4]. Certes il ne s'agit plus de prendre une responsabilité totale dans un climat de risque et d'incertitude, mais il s'agit de trouver des solutions constructives aux multiples conflits qui opposent les groupes et les individus à travers un dédale de droits et de règles, d'opérer des arbitrages acceptables entre les différentes conceptions de l'organisation que se font les échelons hiérarchiques successifs et de faire face aux choix moraux difficiles, qu'impose l'ambiguïté des moyens et des fins. De telles fonctions sont plus proches de celles du chef politique que de celles du capitaine d'industrie d'autrefois, mais, même sur ce point, il est téméraire de parler de plus grand conformisme.

Si l'on ne considérait que ces tendances générales, on devrait naturellement conclure que les systèmes bureaucratiques, fondés sur les cercles vicieux dysfonctionnels que nous avons analysés, devraient perdre de leur importance et que, contrairement aux craintes formulées constamment par les penseurs humanistes et révolutionnaires, l'avenir nous offre plus de promesses de libération que de menaces de « robotisation » de l'homme.

Un tel optimisme devrait être tempéré, toutefois, car il nous faut aussi tenir compte des progrès généraux de la rationalisation qui tendent à réduire la part d'incertitude que comportent les activités humaines et permettent ainsi aux organisations d'échapper en partie aux sanctions de l'environnement.

L'existence de cette évolution d'ensemble vers la rationalisation qui avait frappé si profondément Max Weber ne signifie pas, nous avons essayé de le démontrer, que les activités humaines deviennent de plus en plus « bureaucratiques » au sens populaire « dysfonctionnel » du terme, mais seulement qu'elles sont de plus en plus assurées par des organisations formelles. La « bureaucratisation », au sens weberien du terme a beau s'accroître, elle n'a pas les conséquences dysfonctionnelles que Weber redoutait et dont tous ses successeurs avaient annoncé la venue. La liaison cependant existe, mais il faut renverser les termes du problème pour en comprendre la signification. C'est parce que les formes d'organisation deviennent plus souples et rendent ainsi la participation des individus à des activités standardisées et contrôlées plus supportables, que celles-ci ont pu se développer au maximum. Autrement dit, l'élimination ou du moins l'atténuation de la rigidité des systèmes bureaucratiques d'organisation, au sens dysfonctionnel, constitue une condition indispensable de la croissance de la « bureaucratisation » au sens weberien.

Finalement l'avenir n'est ni aussi favorable, ni aussi défavorable que les deux logiques opposées de la standardisation croissante des activités humaines et de leur libération sembleraient le laisser prévoir. Elles sont en effet toutes les deux à l'œuvre à la fois. L'homme pousse la logique de la standardisation, c'est-à-dire la volonté d'efficacité aussi loin que le succès de la logique de la libéralisation le lui permet. De nouveaux équilibres se reforment constamment à la place des équilibres anciens. Ils donnent à l'homme à la fois les avantages et les charges d'un plus grand raffinement et d'une plus grande complexité.

On pourrait montrer parallèlement que c'est seulement dans la mesure où elle s'assouplit et se libéralise, c'est-à-dire dans la mesure où elle réussit à briser certains des cercles vicieux qui la paralysent, qu'une organisation peut réussir à passer certaines étapes décisives de croissance. C'est la persistance chez elle d'un système bureaucratique qui constitue le principal obstacle à ses progrès. Les recherches les plus récentes dans le domaine de l'histoire des très grandes entreprises semblent bien avoir clarifié ce point [5]. La décentralisation apparaît maintenant aux observateurs les plus éclairés du monde des affaires américains comme la condition nécessaire de toutes croissances au delà d'un certain seuil [6].

De tels développements toutefois ne sont naturellement pas des développements linéaires, et nos systèmes d'organisation actuels restent tous, dans une large mesure, « bureaucratiques ». Tout progrès dans la rationalité des systèmes d'organisation rencontre toujours une très forte résistance passive. Les cercles vicieux bureaucratiques se reconstituent constamment. Leur persistance semble le résultat de deux forces contradictoires et cependant convergentes. D'une part, chaque individu, chaque groupe et chaque catégorie au sein d'une organisation y luttent constamment pour préserver les caractères imprévisibles, impossibles à rationaliser, de l'activité dont ils ont la charge. Le pouvoir de ces individus, l'influence qu'ils peuvent exercer au sein de l'organisation dépendent essentiellement, nous l'avons vu, des sources d'incertitude auxquelles ils doivent faire face; ils s'opposeront naturellement à la rationalisation de leur propre secteur tout en luttant, pour la rationalisation des autres secteurs. D'autre part, les progrès de la rationalisation, qui permettent de retirer aux individus leur part d'arbitraire et de pouvoir, offrent à ceux qui réussissent à l'imposer la constante tentation de pousser la planification plus loin qu'il ne serait rationnellement souhaitable.

Deux formes de privilèges et de cercles vicieux ont donc tendance à se développer; ils correspondent les uns à la résistance de groupes cherchant à préserver des situations de pouvoir dépassées par les progrès des techniques, et les autres à la volonté d'autres groupes d'imposer une rationalisation que ne légitiment pas encore ces progrès. Ces deux forces s'appuient d'ailleurs souvent l'une sur l'autre, dans la mesure où une centralisation prématurée peut constituer la meilleure protection pour des privilèges locaux et où des coalitions de ces privilèges peuvent fort bien lutter pour imposer une rationalisation qui, en éliminant d'autres privilèges, les protège temporairement.

Le succès de ces deux forces dépend de la capacité qu'a l'organisation elle-même de s'isoler du reste de la société. Puisque la persistance de cercles vicieux bureaucratiques a pour première conséquence de permettre d'échapper à la réalité du contact avec le monde extérieur, il est naturel que ce soient les activités, qui peuvent s'isoler de la pression du reste de la société, qui risquent le plus d'être atteintes par les déformations bureaucratiques. Les administrations publiques constituent évidemment un terrain plus favorable au développement de tels cercles vicieux bureaucratiques.

Nous aimerions soutenir, pour conclure, que les craintes si souvent manifestées devant la montée de la technocratie sont peu fondées. Le pouvoir de l'expert en tant que tel, nous avons déjà essayé de le montrer, diminue à mesure que le progrès s'accélère. Quant au pouvoir du manager qui a tant fasciné Burnham, il devient de plus en plus politique et de moins en moins technique; la réussite du manager moderne dépend de ses qualités humaines de leader et non pas de ses connaissances de technocrate. Quand la science envahit son domaine, comme celui de l'expert, les aspects de son rôle qui deviennent plus rationnels perdent de leur importance dans la lutte pour le pouvoir.

Si paradoxal que cela puisse paraître au premier abord, il serait donc possible de soutenir que le phénomène bureaucratique correspond à la nécessaire persistance d'un élément de pouvoir charismatique dans le fonctionnement des grandes organisations. Le développement de privilèges bureaucratiques et de cercles vicieux dysfonctionnels tient profondément à l'impossibilité dans laquelle nous nous trouverons, pour longtemps encore, de nous passer d'un pouvoir de type charismatique dans un monde par ailleurs de plus en plus rationalisé.

LES PRESSIONS NOUVELLES QUI S'EXERCENT SUR LE MODÈLE BUREAUCRATIQUE FRANÇAIS

Essayons d'analyser maintenant le rôle et la signification du modèle français dans ce contexte général. Nous avons montré déjà que ses dysfonctions temporaires et locales ne font que renforcer son emprise globale. Le système dans son ensemble est fonctionnel, car il repose sur un certain nombre de traits culturels et de comportements primaires qui semblent constants à travers l'histoire de la société française moderne. Mais ces traits et ces comportements ne sont pas donnés une fois pour toutes. Quelle que soit leur stabilité, ils n'en sont pas moins, eux aussi, soumis à une nécessité d'équilibre avec le milieu. Et le problème que nous devons nous poser maintenant, c'est de savoir si devant les bouleversements imposés par le passage à la société de consommation de masse la plus moderne, l'ensemble constitué par le système bureaucratique, les processus de changement et les comportements primaires, ne risque pas de devenir gravement dysfonctionnel, si la pression de la nécessité n'est pas en train d'obliger la société française à apprendre des modes de comportement nouveaux qui réagiront à leur tour sur certains traits culturels que l'on considérait jusqu'alors comme immuables.

Jusqu'à présent, nous l'avons vu, les pressions du monde extérieur avaient conduit à un renforcement et à une extension du système. D'un côté, certes, les rapports bureaucratiques s'assouplissaient, mais, en contre-partie, le modèle d'impersonnalité et de centralisation se développait de plus en plus. La société française réussissait à faire face aux problèmes d'une civilisation industrielle moderne, en poussant jusqu'à ses dernières conséquences le modèle de rationalité bureaucratique qu'elle avait lentement élaboré. Mais il semble bien maintenant, à de nombreux signes, que la limite des développements possibles a été atteinte, que le système ne peut plus s'étendre et qu'il manque de ressources nouvelles pour résoudre les problèmes de plus en plus difficiles que lui pose le milieu. Nous approchons donc, croyons-nous, du point de rupture à partir duquel sa permanence et sa stabilité elles-mêmes se trouvent menacées.

Deux séries de pressions convergentes apparaissent. D'une part les besoins d'efficacité qu'impose la société industrielle ne peuvent plus être satisfaits sans qu'on élimine une bonne part de la rigidité bureaucratique. La différenciation des fonctions, la complexité des besoins de coopération et la croissance même des organisations exigent des contacts plus personnels, une participation plus considérable des individus, des groupes et des équilibres plus fluides de relations de pouvoir. Ces besoins et ces exigences ne peuvent plus être satisfaits par un recours à une centralisation plus grande. D'autre part, la société de consommation de masse, semble offrir de nouvelles possibilités de satisfaire plus rationnellement et à un moindre coût les besoins fondamentaux qui s'exprimaient à travers les traits culturels et les comportements primaires dont nous avons souligné l'importance. Cette convergence rencontre les deux conditions indispensables pour qu'une mutation profonde puisse réussir, une urgente nécessité et les possibilités matérielles et morales d'y faire face.

Reprenons l'analyse de ces deux séries de pression. Nous venons de souligner la tendance générale des organisations modernes à utiliser des méthodes plus souples d'organisation. Nous avons montré que c'est seulement grâce à un effort de décentralisation qu'elles arrivent à dépasser certains niveaux de développement. Ce phénomène avait été jusqu'ici très mal compris en France, où l'on continue encore à résister aux développements organisationnels modernes, sous prétexte qu'ils sont bureaucratiques. Certes les erreurs et les échecs dus à l'insuffisance des modèles français d'organisation ont été dénoncés à maintes reprises, mais c'était la plupart du temps de façon partielle et même conservatrice, les critiques refusant de se rendre compte du prix qu'il aurait fallu payer pour faire disparaître les maux dont ils s'indignaient. Et finalement, révolutionnaires et conservateurs, modérés et radicaux, croyaient tous instinctivement à la supériorité du système français.

Effectivement, dans le cadre de l'Europe bourgeoise, le système bureaucratique français pouvait se targuer de tous ces avantages tangibles, que nous avons analysés — stabilité, régularité, protection des individus et de leur liberté d'initiative. En même temps, il semblait assurer, par ses voies propres, une efficacité tout à fait suffisante et il apparaissait, dans une nation profondément marquée par une histoire mouvementée, comme le meilleur système pour sauvegarder l'unité et la permanence de la société nationale et assurer la plus rapide mobilisation des ressources en cas de guerre. Les conséquences du retard organisationnel qu'il entraînait n'inquiétaient guère, car elles ne pouvaient se traduire immédiatement sur le plan matériel. Au contraire beaucoup de Français responsables s'enorgueillissaient de la réussite d'un système d'organisation qui permettait, croyaient-ils, de bénéficier de tous les progrès de la civilisation technique, sans avoir à sacrifier aux impératifs de concentration et de discipline qui accablaient les autres nations occidentales. Aussi longtemps que, techniquement et rationnellement, les activités de contrôle et de régularisation ont pu paraître plus rentables que des activités de prévision et de planification encore hautement arbitraires et vulnérables, la moindre efficacité des organisations françaises se trouvait effectivement compensée par les avantages du système bureaucratique centralisé. Mais ce stade est maintenant dépassé, l'avenir commence à s'élaborer plus rationnellement qu'à travers les mécanismes aveugles du marché et les organisations les plus diverses sont capables de faire des choix plus conscients. Dans ce nouveau cadre de l'action, l'État administratif centralisé et, toutes les organisations et branches d'activités affectées par la rigidité des dysfonctions bureaucratiques se trouvent en état d'infériorité vis-à-vis des organisations moins bien intégrées *. Ils ont beau disposer de moyens plus considérables, ils sont paralysés par leur égalitarisme, le poids des règles impersonnelles et l'impossibilité où ils se trouvent de commander une force de pression suffisante pour imposer des changements. A partir d'un certain niveau de développement, la centralisation bureaucratique ne peut plus apporter d'avantages et tend à devenir dysfonctionnelle **.

Or c'est au moment où il ne semble plus y avoir de ressources nouvelles au sein du système que les pressions de l'extérieur deviennent de plus en plus fortes. Les divers systèmes parabureaucratiques se transforment; le système d'entreprise bourgeois n'est plus capable de faire face à la concurrence des organisations modernes plus souples; le système d'éducation ne peut plus maintenir ses standards de formation et de recherche dans le cadre de la société de consommation et le système colonial s'écroule. La désintégration de tous ces modèles parabureaucratiques menace à son tour le système bureaucratique lui-même.

En même temps apparaît une nouvelle forme de rationalité, qui n'est plus du tout compatible avec la tradition bureaucratique, mais ne peut plus être facilement ignorée dans une société qui a toujours voulu demeurer à l'avant-garde dans ce domaine. La rationalité française traditionnelle reposait sur le modèle d'adaptation au changement que nous avons décrit, c'est-à-dire sur l'existence d'une concurrence violente entre individus, dont l'effervescence créatrice devait permettre d'élaborer les nouveaux modèles d'activités de routine qui seraient ensuite mis en application de façon égalitaire et impersonnelle, une fois qu'ils auraient réussi

* A moins qu'il ne devienne totalitaire le modèle de socialisme d'État centralisateur semble de plus en plus associé à l'inefficacité, à la corruption et au gaspillage (Moyen Orient, Espagne); et les seuls succès du socialisme occidental dans la période contemporaine ont été obtenus dans des sociétés où les racines du self-government sont solides.

** Les tentatives constamment répétées de l'U.R.S.S. pour parvenir à une plus maniable décentralisation en sont aussi un témoignage.

à surmonter la résistance des groupes. Un tel schéma rendait impossible la coopération et l'expérimentation au niveau du groupe et au niveau de l'organisation; l'État, les groupes monopolistiques et les organisations centralisées étant seuls capables d'imposer *le seul meilleur moyen* contre la résistance des individus. Il ne permettait ni prévision, ni planification car de telles activités supposent une expérimentation, des échanges d'informations, des analyses préalables, ce qui est contraire à la philosophie du *one best way*, et une attitude de coopération absolument impossible à obtenir dans un système dominé par le contrôle et la répression.

Désormais cependant le rôle des organes de direction consiste de plus en plus à prévoir et à planifier le développement, aussi bien dans les organisations privées que dans les administrations publiques, et l'on se rend compte qu'il vaut mieux introduire une tolérance pour les gaspillages et les déviances que de risquer de sacrifier la croissance à l'esprit d'économie, à la passion du contrôle et à la lutte contre les doubles emplois, le gaspillage et la corruption. Dans ces conditions, toute la philosophie du modèle traditionnel se désintègre. Le système bureaucratique français, tel que nous l'avons décrit et analysé, ne peut pas s'adapter facilement à cette nouvelle forme de rationalité, car il ne tolère pas les initiatives et se trouve incapable de susciter le minimum de coopération nécessaire entre individus.

Or il ne paraît absolument plus possible de maintenir le taux de développement exigé par la société industrielle moderne, sans avoir recours à cette nouvelle stratégie de l'action. La société française, en fait, semble s'y résoudre de plus en plus effectivement. Un changement décisif dans cette direction a été finalement accompli à la Libération avec la création du Commissariat au Plan et l'élaboration progressive en son sein par les hauts fonctionnaires et les dirigeants d'entreprise les plus modernes des méthodes nouvelles d'économie concertée *.

* C'est ce que Henry W. Ehrmann dans un article par ailleurs très perspicace sur l'économie concertée ne semble pas apercevoir. Il nous présente une analyse extrêmement judicieuse de la théorie et des pratiques des récentes interventions de la bureaucratie administrative française, dans l'économie, mais les jugements qu'il porte sont fonction des valeurs libérales américaines de la lutte antitrust auxquelles il souscrit et, dans cette perspective, il ne manque pas de remarquer les rapports entre l'économie concertée et l'organisation corporative de Vichy et aussi bien les traditions européennes de protectionnisme. Ces rapprochements sont tout à fait valables, mais ils ne représentent qu'une partie de la réalité. Si la description est bonne, les critères de jugement nous semblent tout à fait inadéquats. Les faiblesses de l'économie concertée que souligne Ehrmann prolongent des pratiques qui florissaient bien davantage dans l'équilibre antérieur. Si l'on veut comprendre l'importance des dévelop-

L'économie concertée présente en pratique beaucoup de faiblesses et elle ne correspond que très imparfaitement à la description harmonieuse qu'on en fait. Elle continue à utiliser et contribue peut-être à préserver certains des comportements antérieurs. L'État garde, encore en partie, son attitude autoritaire et négative et c'est en manipulant les différents systèmes de pression, dont il dispose, qu'il peut réussir à inciter les groupes privés à l'action; les groupes privés, de leur côté, maintiennent leur attitude infantile et ne consentent à coopérer que si l'État accepte d'y mettre le prix. Mais, à travers la persistance de ces formes anciennes, des progrès décisifs ont été accomplis. L'élite administrative et l'élite du monde des affaires se sont rapprochées, elles ont appris à parler le même nouveau langage de la rationalité moderne et, ce faisant, elles sont devenues capables de négocier, sans avoir recours aux habitudes traditionnelles antérieures de contrôle répressif d'un côté, de secrète résistance et d'apathie de l'autre.

Si la pression des nouveaux modèles d'organisation devient plus forte à mesure que la passion pour le progrès économique se fait irrésistible, les changements cumulatifs apportés par le développement de la société de masse commencent, en même temps, à offrir aux individus de nouvelles possibilités de satisfaire leurs besoins d'indépendance, en dehors du système bureaucratique d'organisation. Dans les sociétés industrielles qui ont précédé la société de consommation de masse, les individus ne pouvaient sauvegarder leur autonomie, contrôler leur environnement et échapper aux relations de dépendance que si la société était à la fois stratifiée et centralisée. La stratification garantissait l'autonomie et l'égalité au niveau de l'environnement immédiat et la centralisation rendait la stratification impersonnelle et permettait d'échapper aux difficultés des rapports hiérarchiques *. Mais avec l'avènement de la société de masse, la stratification devient moins rigide; de plus en plus de personnes peuvent participer à des influences culturelles de plus en plus larges; la plus grande complexité de l'ensemble culturel ne semble pas amener

pements actuels, ce n'est pas avec l'économie américaine qu'il faut comparer l'économie française actuelle mais avec l'économie française d'il y a trente et cinquante ans. De ce point de vue, la diffusion de la nouvelle rationalité constitue un changement, à notre avis décisif, du modèle français traditionnel, dont les conséquences sont déjà visibles sur le plan de la croissance économique et ne manqueront pas de le devenir de plus en plus sur le plan social et même politique [7].

* La protection qu'offre la stratification sociale est encore très forte en France. Nous en avons une preuve indirecte dans les études sur les cadres de référence spontanés des individus qui semblaient encore beaucoup plus nettement limités que dans d'autres sociétés occidentales plus rapprochées de la société de masse [8].

une plus grande hiérarchisation, mais au contraire une spécialisation de plus en plus poussée et la désintégration de l'ordre hiérarchique traditionnel. En conséquence, l'impersonnalité, l'égalité et l'autonomie individuelle peuvent être atteintes plus facilement en dehors de la protection d'une strate et les contacts directs entre individus, à travers les groupes, apparaissent moins menaçants. Nous ne voudrions pas suggérer que la pression pour éviter les relations face à face va cesser rapidement d'être un élément important des relations sociales françaises, mais nous croyons que le développement de la société de masse tend à alléger cette pression.

La société française, il est vrai, a résisté à la diffusion des nouveaux modèles culturels de la consommation de masse qui se sont, pour cette raison, longtemps développés moins rapidement chez elle que dans les pays voisins *. Mais une telle résistance apparaît, à long terme, comme un combat d'arrière-garde. Un marché national a fini par émerger en France dans le domaine de la culture tout comme dans celui des produits et des services et on peut même soutenir qu'une société ouverte, rationaliste et universaliste comme la société française peut finalement résister beaucoup moins facilement que des sociétés plus particularistes et plus « déférentes ** ».

Le même phénomène domine les rapports sociaux. La stratification ne pouvait se maintenir dans une société égalitaire comme la société française que grâce à l'utilisation de distances artificielles ***. A partir du moment où ces distances apparaissent anachroniques, sinon ridicules, il n'y a plus aucun moyen de maintenir la hiérarchie.

Les conséquences de ces pressions convergentes commencent à se faire sentir dès maintenant et on peut se rendre compte déjà que les règles fondamentales du jeu des relations humaines sont en train de se transformer. La transformation des relations de classe est la plus appa-

* Le retard temporaire mais très net dans la diffusion de la télévision au cours des années 1950, par exemple, est très caractéristique. Il ne peut s'expliquer par l'infériorité du standard de vie, mais par la résistance générale au changement du système français de relations sociales.

** Nous employons le terme suggéré par Lipset dans son analyse de la société britannique contemporaine : les inférieurs n'étaient pas obligés de marquer leur déférence comme en Angleterre, ils étaient tenus à distance par le cloisonnement vertical de la culture, la difficulté des promotions et des passages et la peur des contacts face à face.

*** La désintégration du système de stratification culturelle est très apparente quand on compare les audiences du cinéma et du théâtre. La hiérarchie entre les publics qui subsiste au théâtre de façon très nette est impossible à retrouver au cinéma, malgré tous les efforts tentés pour imposer au cinéma des valeurs esthétiques plus raffinées [10].

rente. La distance sociale a diminué de façon considérable; les distinctions entre groupes sociaux s'estompent. Seules restent apparentes les oppositions entre groupes vraiment très éloignés les uns des autres. La centralisation a contribué à leur garder une importance stratégique, mais le jeu est joué, des deux côtés, avec moins de passion qu'autrefois. Employeurs et ouvriers par exemple ont moins de complexes les uns à l'égard des autres et deviennent plus tolérants. Les progrès parallèles, constatés dans le domaine de l'organisation et dans celui de la culture, finissent par faire paraître creux et sans intérêt le jeu compliqué qui consistait à s'éviter poliment et à négocier par personnes interposées.

Les différences culturelles constituent encore pour le moment, une barrière au moins aussi difficile à surmonter que la rationalité bureaucratique, mais elles ont tendance à s'effriter elles aussi, sous la pression de la culture de masse. On peut déjà remarquer à quel point la société française contemporaine a perdu confiance dans les critères de distinction traditionnels de la culture bourgeoise. Même le baccalauréat, ce symbole du statut bourgeois, dont Goblot avait souligné le caractère sacré, est en train de disparaître au milieu d'une relative indifférence de l'opinion publique. Plus profondément marqué encore que cette perte de foi dans la discrimination sociale, le changement dans les relations parents-enfants risque aussi d'avoir des conséquences graves pour le système d'autorité. La pression des mass media qui a contribué à développer une culture propre aux jeunes et la diminution des différences sociales ont déjà beaucoup allégé le poids de l'éducation traditionnelle. L'autorité parentale française est encore bien loin d'être permissive, mais le conflit perpétuel autour des relations d'autorité voit décliner une de ses sources essentielles, le système de relations familiales *.

* Un autre élément fondamental du système familial français a changé de toute façon, l'attitude envers la procréation. L'acroissement du taux des naissances n'est certes pas considérable et il apparaît à première vue susceptible de trop d'explications sans rapport avec notre discussion. Nous croyons personnellement, néanmoins, que ce changement très important, puisqu'il touche à des réactions profondes devant la vie, est associé à cette transformation générale de la société française. Le comportement restrictif que la majeure partie du peuple français avait réussi à s'imposer au XIXe siècle pouvait être considéré comme un des témoignages les plus significatifs de cette rationalité à laquelle il était parvenu. Le relâchement de ces contraintes correspond à une vue de la condition humaine plus confiante et davantage tournée vers l'avenir qui n'est pas sans rapports avec l'apparition des nouvelles formes de rationalité.

LA RÉSISTANCE AU CHANGEMENT ; LE CAS DE L'ADMINISTRATION PUBLIQUE.

Pour juger de l'avenir du modèle bureaucratique français, nous n'avons pris en considération, jusqu'à présent, que les changements affectant les valeurs et les comportements primaires qui ont été produits par l'accélération du développement de la société industrielle. Nous avons pu, en conséquence, en déduire que l'emprise du modèle bureaucratique devait se relâcher, dans la mesure où ses fonctions latentes tendaient à perdre de leur importance. De telles conclusions constituent une hypothèse vraisemblable pour le long terme, mais elles ne sont pas suffisantes dans les perspectives du court terme et du moyen terme. Elles ne tiennent pas compte, en effet, des possibilités de résistance au changement d'un système qui est à la fois extrêmement étendu puisqu'il touche à peu près à l'ensemble de la société et cependant tout à fait autonome, capable de se suffire à lui-même et doué de mécanismes d'autocontrôle extrêmement efficaces. On peut soutenir, que de tels systèmes peuvent survivre longtemps à la disparition de leurs fonctions latentes traditionnelles ou, plus précisément, qu'ils peuvent réussir, du fait de leurs possibilités d'action sur leur propre environnement, à créer un nouvel équilibre avec celui-ci et à développer les nouvelles fonctions latentes nécessaires au maintien de leurs modes d'action fondamentaux.

Nous allons essayer de discuter cette possibilité de résistance dans le cas le plus central et le plus décisif pour la France, celui de l'Administration publique. Le système d'organisation de l'Administration publique française constitue certainement un des systèmes d'action sociale les plus stables et les plus solidement retranchés qui se soient développés dans le monde moderne. Dans le passé il a certainement contribué à se façonner un environnement dont les modes de comportement soient profondément marqués par lui *. Le problème qui se pose à nous maintenant est de savoir s'il est encore capable de le faire à l'époque de la consommation de masse.

Nous pouvons remarquer, tout d'abord, que la France, comme la plupart des nations, se trouve maintenant en situation d'interdépendance beaucoup plus étroite avec le reste du monde qu'elle ne le fut jamais.

* On se rappelle par exemple les arguments de Tocqueville soutenant que l'absence d'action collective spontanée et l'isolement en strates hostiles de la société française sont dues, pour une large part, à la politique fiscale et à la politique municipale de l'Administration royale [11].

Il y a cent ans encore il était possible pour chacun des systèmes sociaux parallèles de tenter sa propre chance dans la concurrence internationale de façon relativement indépendante. Désormais, l'abondance des liens intellectuels et organisationnels est telle qu'il est illusoire de prétendre s'isoler. Seules la Russie et les nations communistes parviennent encore à le faire. La France, de toute manière, ne pourrait poursuivre son expérience bureaucratique en s'isolant du reste du monde. L'échec de son système colonial et la fin de sa « mission civilisatrice » lui ont retiré la dernière protection matérielle et morale dont elle disposait contre les contacts. Il lui faut maintenant reconnaître que le système bureaucratique à la Française non seulement n'est pas universel, mais tend à se révéler inférieur dans la concurrence internationale.

Mais cette analyse globale nous renvoie encore au long terme. L'infériorité, toute relative d'ailleurs, d'un système d'organisation ne peut l'empêcher de résister, s'il est capable de maintenir son équilibre ou d'en trouver un nouveau avec son environnement immédiat. De ce point de vue, trois domaines de contact nous paraissent actuellement décisifs pour le maintien du modèle bureaucratique dans l'Administration publique française, le problème de l'orientation et de la direction du système, le problème du recrutement du personnel moyen et subalterne et finalement le problème des services à rendre à la communauté.

Le premier domaine de contact de la bureaucratie avec le reste du monde concerne le problème de son orientation et de sa politique d'ensemble. Nous l'avons montré, ce problème est extrêmement difficile à résoudre pour une organisation bureaucratique, qui a tendance à rejeter les décisions d'orientation toujours plus haut et plus loin. L'administration publique française a cherché à former une catégorie spéciale de hauts fonctionnaires dégagés des responsabilités immédiates pour faire face à ce problème et devenir ainsi les agents du changement. Le rôle de ces membres des Grands Corps est devenu de plus en plus important à mesure que l'écart entre le système bureaucratique et son environnement s'est accru car ils sont devenus les médiateurs naturels de la bureaucratie, particulièrement en temps de crise. C'est pourquoi le changement d'état d'esprit des jeunes générations de hauts fonctionnaires ne doit pas être négligé. Celles-ci ont été profondément marquées par le nouveau climat intellectuel qui règne dans le monde étudiant et par les expériences d'intervention économique que les nationalisations et le développement de l'économie concertée ont rendues possibles. Leurs membres ont perdu la foi bureaucratique *. Ils sont devenus des empiristes plus préoccupés

* Pourtant, très curieusement, un moins grand nombre d'entre eux qu'autrefois quittent le service public.

de croissance que d'harmonie ou de rigueur financière. Leurs héros sont des réalisateurs et non plus des perfectionnistes.

Ce grand changement, toutefois, n'a pas affecté encore beaucoup jusqu'à présent, le fonctionnement interne du système *. Sur ce plan les valeurs et les perspectives nouvelles de ses cadres de direction ne sont pas encore des éléments décisifs. Selon le schéma que nous avons proposé, en effet, les directeurs sont tout puissants pour maintenir le statu quo et présider à la réadaptation du système à de nouvelles conditions, mais ils sont paralysés quand il s'agit d'opérer des réformes qui risqueraient de mettre en cause l'équilibre actuel. Pourtant il faut, tout compte fait, reconnaître que leur situation stratégique leur assure une marge de liberté assez considérable, particulièrement en période de crise. Dans le court terme, certes, un haut fonctionnaire qui veut absolument aboutir doit recourir à une épreuve de forces autoritaire qui compromet en partie ses bonnes intentions et renforce l'ensemble du système. Mais, dans le long terme, la diffusion de l'esprit réformiste à travers l'ensemble de la haute fonction publique ne peut manquer d'avoir des conséquences décisives. Quand les points de rupture seront atteints, il ne sera plus possible de maintenir dans les rangs moyens l'esprit bureaucratique que les supérieurs auraient perdu **. A partir de ce moment les initiatives individuelles pour imposer des réformes deviendront de plus en plus nombreuses et réussiront plus facilement.

Le recrutement du personnel moyen et subalterne constitue le second domaine de contact. Un système d'organisation ne peut survivre que s'il trouve, dans la société, à l'intérieur de laquelle il se développe, un équilibre raisonnable lui assurant le recrutement régulier de son personnel. Cette condition est particulièrement importante pour l'administration publique française car son système si rigoureux de stratification ne peut fonctionner que s'il existe à la base une pression suffisante de candidats désireux de participer aux chances de promotion qu'offre le système. Or ce domaine constitue, dès maintenant, une de ses grandes faiblesses. La crise de recrutement qui a commencé à se dessiner quelques années après la Libération devient désormais de plus en plus aiguë. L'intérêt des Français pour les postes inférieurs et moyens *** de la fonction pu-

* Des doubles standards très curieux ont eu tendance à se développer. La bureaucratie française est devenue progressive dans ses rapports avec le reste du monde mais est restée extrêmement conservatrice dans ses modes d'action et dans son organisation interne.

** La foi bureaucratique a dès maintenant beaucoup décliné chez les jeunes fonctionnaires de rang moyen.

*** Grâce à leur prestige intellectuel et moral, les rangs supérieurs continuent à attirer les meilleurs talents.

blique qui ne s'était jamais démenti pendant un siècle a faibli tout d'un coup. Le nombre des concours où il y a davantage de postes offerts que de candidats acceptables ne se compte plus.

Cette situation qui est en train de ruiner tout l'édifice a de nombreuses causes. Des facteurs généraux sont à l'œuvre, qui tendent à dévaloriser les avantages traditionnels de la fonction publique, comme le déclassement de tous les emplois de bureau ne comportant que des activités de routine et le développement de garanties suffisantes de stabilité, de sécurité et d'indépendance dans la plupart des emplois privés. Mais des facteurs plus spécifiques ont aussi leur importance comme le trop rigoureux système de sélection dont les critères n'ont plus de rapports avec les besoins pratiques du service et le climat de contrôle étroit et d'acrimonie mesquine qui diminue le prestige des petits fonctionnaires dans la communauté.

Autrefois le système bureaucratique façonnait son propre environnement en fonction de ses propres besoins. Mais maintenant, dans ce second domaine comme dans le premier, c'est la pression de l'environnement qui devient la plus forte.

Le système, il est vrai, a réussi jusqu'à présent à échapper aux pressions du milieu en ayant recours à de nouvelles ressources humaines. Au lieu de recruter parmi les hommes et dans toutes les régions françaises, la fonction publique fait maintenant appel avant tout à des femmes et qui viennent de plus en plus des régions moins développées du Sud-Ouest. Cette nouvelle symbiose toutefois ne peut réussir que dans le court terme. L'équilibre actuel, en effet, ne peut être que temporaire. Il y a des limites à l'emploi des femmes et le Sud-Ouest lui-même commence à s'industrialiser. En outre, dès maintenant, le prestige de l'administration publique vis à vis du privé se trouve atteint par cette baisse de qualité du recrutement. Enfin, au sein même du service, les fonctionnaires sont moins isolés de la pression et de la concurrence de l'environnement qu'ils ne l'étaient autrefois. Leur engagement est moindre. Leur taux de rotation a beau rester encore faible, l'existence de possibilités d'emplois plus rémunérateurs à l'extérieur ne manque pas d'accentuer le malaise. Si elle veut maintenir son efficacité, l'administration publique devra désormais faire face sérieusement à la concurrence du privé. Mais cette lutte lui sera très difficile à mener tant qu'elle devra maintenir toutes les garanties égalitaires qui lui rendent impossible d'opérer des distinctions entre ses agents.

Finalement donc la pression pour le changement dont nous avons vu le développement dans la haute fonction publique trouve sa contrepartie dans le malaise qui règne chez les petits fonctionnaires. Ce malaise, il est vrai, s'exprime de façon très différente sinon opposée par des mouvements revendicatifs dont les objectifs peuvent être souvent en fait conservateurs. Les grèves et les mouvements d'opposition qui ont agité la fonction publique dans les quinze dernières années, en effet, ont plutôt tendu à accroître la rigidité du système *. Mais là encore nous approchons de la limite de résistance car le système peut de plus en plus difficilement trouver son équilibre du fait des contradictions qu'il est obligé d'accepter.

Le troisième et dernier domaine de contact de la bureaucratie concerne ses fonctions mêmes, les services que l'Administration rend à la société. Ce domaine, pour le moment, n'est pas encore aussi critique que les deux précédents. Mais il s'y développe aussi une forte pression pour le changement qui ne manque pas de renforcer celle qui se développe dans les deux autres. Cette pression tient à l'accroissement naturel des fonctions publiques et à la demande de plus en plus irrésistible de toutes les collectivités pour des services administratifs. Cette tendance bouleverse le rapport traditonnel entre l'État et le citoyen. Le citoyen qui naguère refusait toute intervention de l'État, réclame de plus en plus ses services. Mais il ne s'agit plus du même État et de la même Administration. Les activités de service prennent le pas sur les activités de contrôle. Cette évolution entraîne la création continuelle de nouveaux rôles qui ne s'intègrent plus dans le schéma traditionnel et en détruisent l'équilibre. Le système en arrive à se désintégrer du fait de sa trop grande extension. Les processus de spécialisation et de différenciation qui commencent à s'imposer ne peuvent se concilier que très imparfaitement, et dans le court terme seulement, avec la logique de la centralisation. Dans le long terme l'équilibre général du système s'en trouve profondément affecté et ceci engendre un nouveau type de pression pour le changement.

Dans ces trois domaines de contact, il semble bien que nous retrouvions partout le même schéma. La pression d'un environnement beaucoup plus ouvert que l'Administration aux nouveaux modes d'action imposés par le développement de la société industrielle, aussi bien sur le plan de l'organisation que sur celui de la consommation de masse, a tendu à renverser les conditions habituelles de l'équilibre entre le système bureaucratique et l'ensemble de la société. Dans toutes les zones critiques, l'Administration, au lieu de façonner son environnement, est en train de mener un combat d'arrière-garde pour essayer d'échapper aux influences que ses contacts l'obligent à subir. Le monde administratif français s'efforce désespérément de faire face à des responsabilités toujours plus

* Nous nous trouvons encore dans le cercle vicieux. Le malaise engendré par les conséquences défavorables du système donne naissance à des mouvements qui réclament et obtiennent en partie au moins son extension.

grandes, de remplir des fonctions toujours plus nombreuses et de s'accommoder de méthodes de gestion modernes incompatibles avec ses principes et ses habitudes, tandis que la communauté ignore systématiquement ses problèmes et refuse de lui donner les moyens humains et matériels nécessaires pour les résoudre. Ce faisant, sans s'en rendre compte, la société française prépare les conditions d'une crise beaucoup plus grave, ou en tout cas d'un bouleversement très profond, dont les répercussions ne manqueront pas d'affecter aussi son modèle de changement et d'adaptation au changement et ses modes d'action les plus habituels.

L'APPORT ORIGINAL DU SYSTÈME BUREAUCRATIQUE FRANÇAIS

Un système aussi profondément enraciné que le système bureaucratique français ne peut disparaître toutefois sans affecter, à son tour, les nouveaux modèles d'organisation qui lui succéderont. Il faut même aller plus loin. Les possibilités d'évolution sont déterminées en grande partie par le besoin indispensable de maintenir, dans tout nouveau système d'action, des avantages équivalents ou comparables à ceux que les participants retiraient de l'ancien. Et l'on peut se demander si l'une des recherches prospectives les plus fructueuses ne devrait pas consister à mesurer l'apport original du modèle bureaucratique français, pour essayer de déterminer ce qu'un nouveau modèle, mieux adapté au monde moderne, sera absolument tenu d'en conserver.

Nous avons déjà discuté plusieurs fois des avantages qu'un système bureaucratique comporte pour les individus et des raisons profondes de l'attachement qu'il suscite chez eux. Reprenant maintenant le problème d'un point de vue comparatif plus général, nous aimerions soutenir que les éléments positifs à porter à son crédit consistent essentiellement dans la possibilité qu'il offre à tous les membres, mêmes les plus humbles, de participer de façon très large et très égalitaire à un style de vie impliquant une grande indépendance personnelle, le détachement à l'égard des circonstances et beaucoup de liberté et de lucidité intellectuelle. De telles réalisations et de tels succès ne doivent pas être minimisés. On peut les considérer comme une des parts non négligeables de l'apport de la culture française à la civilisation occidentale. Mais leur maintien est assuré désormais à un coût extrêmement considérable et l'équilibre d'ensemble de la société s'en trouve directement affecté. Tout le problème français actuel consiste à découvrir dans la société de masse moderne et à travers les modes d'action qu'elle impose, les éléments qui devraient lui permettre de maintenir et de renouveler cet indispensable apport. Un tel problème constitue un défi pour la société qui doit y faire face, mais ce défi n'est pas insurmontable. Aucune société, il est vrai, n'a réussi encore à élaborer un équilibre satisfaisant entre les besoins de l'individu et les nécessités de l'activité organisée. Mais le pouvoir de l'homme sur lui-même s'accroît sans cesse et les sociétés modernes commencent tout juste à prendre conscience des moyens d'action dont elles disposent pour se contrôler et se réformer.

L'homme de l'organisation est à la recherche d'une nouvelle culture qui soit à la fois ouverte à tous — donc une culture de masse — et suffisamment vivante pour susciter une participation créatrice de la part de chacun de ses membres. Il n'est pas surprenant qu'une société comme la société française qui avait réussi à élaborer à l'époque préindustrielle et pendant les premières périodes de l'industrialisation, une des cultures les plus satisfaisantes du point de vue de l'individu, soit restée attachée plus longtemps que ses voisines au type d'équilibre bureaucratique et bourgeois qui lui avait permis d'y parvenir. Mais on peut espérer qu'au moment où le changement devient impératif, le défi qui lui est lancé la contraindra à contribuer, à son tour, de façon originale, au développement d'un nouvel humanisme adapté aux nouvelles formes d'organisation, aux nouveaux modèles d'action et à la nouvelle conception de la rationalité.

Notes bibliographiques

PREMIÈRE PARTIE

1. Michel Crozier, *Petits fonctionnaires au travail,* édit. CNRS, Paris, 1956.

2. On trouvera une bibliographie exhaustive sur ce point dans Herzberg, Mausner, Peterson et Capwell, *Job Attitudes ; Review of Research and Opinion,* Psychological service of Pittsburgh, 1957.

3. Données tirées de l'enquête menée par le *Survey Research Center* de Michigan (Voir Nancy Morse, *Satisfaction in the White Collar Job,* Ann Arbor, Survey Research Center, 1953, p. 36).

4. Voir par exemple Robert Blauner « Work satisfaction and industrial trends in modern society » in *Labor and Trade-unions,* ouvr. édité par Walter Galenson et S.M. Lipset, New York, Wiley, 1960, p. 340 et 342. Nancy Morse et Robert S. Weiss, « The function and meaning of the work and the job », *Am. Soc. Rev.* vol. 20, p. 191-199 (1955). Gladys Palmer, « Attitudes towards work in an industrial community », *Am. Journ. of Soc.,* vol. 63 (1957), p. 17-26. Herzberg, Mausner, Capwell, *ouvr. cit.,* p. 3.

5. Le texte de cet interview a déjà été publié dans le premier rapport d'enquête que nous avons fait paraître. Voir Michel Crozier, *Petits fonctionnaires au travail,* CNRS, Paris, 1956, p. 68-69.

6. Voir à ce propos la très complète revue de toutes les recherches sur ce sujet effectuée par Herzberg et autres, *ouvr. cit.*, p. 37-93.

7. A. Zaleznik, C.R. Christensen, F. J. Rœthlisberger, *The Motivation Productivity and Satisfaction of Workers,* Harvard Business School, Boston, 1958, passim et spécialement p. 54-55.

8. George Homans, « Status among clerical workers », *Human Organization,* vol. 12 nº 1 (1953), p. 5-19. Voir aussi Stuart N. Adams, « Status congruence as a variable in small group performance », *Social Forces,* vol. 32, nº 1 (1953), p. 16-22.

9. Nathan Leites, *L'obsession du mal,* ouvrage en préparation sous forme ronéotée, Paris, Ecole pratique des hautes études, 1961 ; et *Du malaise politique en France,* Paris, Plon, 1959.

10. On trouvera une définition mise à jour des variables parsoniennes dans une discussion très éclairante organisée par *l'American Sociological Review,* vol. XXV, n º 4 (Août 1960).

DEUXIÈME PARTIE

1. Nous en avons donné une analyse détaillée dans un ouvrage antérieur. Michel Crozier, *Usines et syndicats d'Amérique,* Paris, Éditions Ouvrières, 1951, p. 119-144.

2. Jacques Dofny, Claude Durand, J.D. Reynaud, Alain Touraine, *Attitudes des ouvriers de la sidérurgie à l'égard des changements techniques*, Paris, rapport ronéoté, Institut des Sciences Sociales du Travail, déc. 1957, p. 183-191 et 195.

3. Michel Crozier et Bernard Pradier, « La pratique du commandement en milieu administratif », *Sociologie du Travail,* vol. III, n°1 (1961), p. 40-52.

4. Voir par exemple les études faites sur les coalitions dans les triades, Th. Caplow, « Theory of coalitions in the triad », *Am. Soc. Rev.*, vol. 21 (août 1956) p. 489-493. W. E. Vinacke et A. Ackoff, « Experimental study of coalitions in the triad », *Am. Soc. Rev.*, vol. 22 (août 1957), p. 406-415. William E. Gamson. « A theory of coalition formation », *Am. Soc. Rev.*, vol. 26 (juin 1961), p. 373-382.

TROISIÈME PARTIE

1. Pour une vue en perspective des expériences de Hawthorne, voir H. A. Landsberger, *Hawthorne Revisited,* Ithaca, Cornell Un. Press, 1958.

2. Elton Mayo, *The Social Problems of an Industrial Civilization,* Boston, Harvard Business School, 1945.

3. Michel Crozier, « Human engineering », *Les Temps Modernes,* VII (1951), p. 44-75.

4. Donald Roy, « Restricters and rate busters » dans William Foote Whyte, *Money and Motivation,* New York, Harper, 1955, p. 38-49.

5. A. Zaleznik, R. C. Christensen, F. J. Rœthlisberger, *The Motivation Productivity and Satisfaction of Workers,* Harvard Business School, Boston, 1958, passim et spécialement p. 54-55.

6. Leonard Sayles, *Behavior of Industrial Work Groups,* New York, Wiley, 1960.

7. Clark Kerr et Lloyd Fisher, « Plant society, The elite and the aborigenes », publié dans *Common Frontiers in the Social Sciences,* Glencoe, Free Press, 1957.

8. Clark Kerr et Lloyd Fisher, *ibid.* Voir aussi notre propre critique en son temps des ouvrages de la série Yankee City dirigée par W. Lloyd Warner « Réflexions sociologiques sur les grèves américaines », *Cahiers Internationaux de Sociologie,* vol. XIII, p. 156-166.

9. Michel Crozier, « Human engineering », *art. cité.*

10. Rensis Likert, *New Patterns of Management,* New York, Mc Graw Hill, 1961.

11. Donald Pelz, « Influence, a key to effective leadership », *Personnel,* 1952, n° 3, p. 3.

12. Nancy Morse et Everett C. Reimer, « Experimental change of a major organizational variable », *Journal of Abnormal and Social Psychology,* 52 (1955), p. 120-129, et Rensis Likert « Measuring organizational performance », *Harvard Business Review,* mars 1958, p. 41-50.

13. Floyd Mann, « Studying and creating change, a means to understanding social organization », in *Human Relations in the Industrial Setting,* New York, Harper 1957, p. 146-167. E. A. Fleishman, E. F. Harris et H. E. Burtt, *Leadership and Supervision in Industry, an Evaluation of a Supervisory Training Program,* Columbus, Ohio, 1955.

14. Floyd Mann, *ibid.*

15. Voir par exemple Dorwin Cartwright, *Studies in Social Power,* Un. of Michigan, Ann Arbor, 1959. W. Lloyd Warner et Norman Martin, *Industrial Man,* New York, Harper, 1959. Melville Dalton, *Men who Manage,* New York, Wiley, 1960. Arnold Tannenbaum et Robert Kahn, *Participation in Local Unions,* Evanston (Illinois), Row Peterson, 1958. Arnold Tannenbaum, « La participation aux activités syndicales », *Sociologie du Travail,* 1960, p. 141-161. Pour une analyse critique de ces nouvelles recherches, voir Michel Crozier, « De l'étude des relations humaines à l'étude des relations de pouvoir », *Sociologie du Travail,* 1961, p. 80-83.

16. Talcott Parsons, *Structure and Process in Modern Societies,* Glencoe, The Free Press, 1960, p. 41-43.

17. James C. March et Herbert Simon, *Organizations,* New York, Wiley, 1958.

18. Robert Dahl, « The concept of power », *Behavioral Science,* 2, 1957, p. 201-215.

19. C'est Georges Friedmann qui le premier, dans un article célèbre des *Annales,* a attiré l'attention sur l'illusion du *one best way* et son importance pour la philosophie taylorienne. « Frederic Winslow Taylor : l'optimisme d'un ingénieur ». *Annales d'Histoire économique et sociale,* VII (1935), p. 584-602.

20. Voir par exemple Harold J. Leavitt, « Some effects of certain communication patterns of group performance », *Journal of Abnormal and Social Psychology,* 46 (1951), p. 28-50 et Claude Levi-Strauss, *Tristes Tropiques,* Paris, Plon, 1958, p. 325-339.
Un spécialiste américain de science politique, Herbert Kaufmann, a récemment utilisé cette notion d'incertitude dans un rapport présenté à un séminaire interdisciplinaire sur la théorie administrative. (Voir Herbert Kaufmann, « Why organizations behave as they do, an outline of theory », 20 mars 1961.) M. Kaufmann se borne à analyser l'influence de l'incertitude sur le comportement global des organisations mais ses conclusions sur ce point rejoignent en partie les nôtres.

21. Alvin Gouldner, *Patterns of Industrial Bureaucracy,* Glencoe, The Free Press, 1954, voir en particulier p. 172-174.

22. Donald Roy, « Work satisfaction and social rewards in quota achievement », *Am. Soc. Rev.,* vol. XVIII (oct. 1953), et la discussion de William Foote Whyte, *Money and Motivation,* New York, Harper, 1955, p. 31-38.

23. Donald Roy, *ibid.* Voir aussi à ce sujet les arguments de James J. Gillespie, *Free Expression in Industry,* London, The Pilot Press, 1948.

24. William Foote Whyte, *ouvr. cit.,* p. 31-38.

25. Voir les articles de Robert Valette dans le *Journal des Communautés,* périodique de la Fédération des communautés de Travail, particulièrement le numéro spécial de décembre 1957.

26. Voir à ce sujet Reinhard Bendix, *Work and Authority, ouvr. cit.,* p. 247-248. Le passage incriminé de Simon se trouve dans *Administrative Behavior,* New York, Macmillan, 1948, p. 20-44. Simon lui-même est beaucoup plus ouvert dans son livre *Organizations.*

27. De nombreux auteurs ont dénoncé l'oppression qui nous menace. Voir

en particulier James Burnham, *L'ère des organisateurs,* Paris, Calmann Levy, 1948 et les discussions du colloque organisé par Georges Gurvitch, *Industrialisation et technocratie,* travaux de la Première Semaine Sociologique, Paris, Armand Colin, 1949. On pourra consulter en outre, parmi une abondante littérature : Jacques Ellul, *La Technique ou l'enjeu du siècle,* Paris, Armand Colin, 1954 et Nora Mitrani, « Attitudes et symboles techno-bureaucratiques », *Cahiers Internationaux de Sociologie,* vol. XXIV, p. 148 et suivantes. Pour une vue plus réaliste, voir Jean Meynaud, *Technocratie et politique,* Lausanne, 1960, et le rapport de Roger Grégoire au Cinquième Congrès Mondial de l'Association Internationale de Science Politique, *Les problèmes de la technocratie et le rôle des experts,* Paris, 1961.

28. Melville Dalton, *Men Who Manage, ouvr. cit.* passim.

29. *Ibid.,* p. 220-240.

30. Reinhard Bendix, *Work and Authority, ouvr. cit.,* p. 247.

31. Alvin Gouldner, *Patterns of Industrial Bureaucracy, ouvr. cit.,* p. 105-157.

32. Philip Selznick, *TVA and the Grass Roots,* Berkeley, Un. of California Press, 1949.

33. Voir la discussion sur le système d'organisation des mines britanniques dans Eric Trist et E. L. Bamforth, « Some social and psychological consequences of the long wall method of coal getting », *Human Relations,* 1951, 4, p. 3-38 et en français, Eric Trist et H. Murray, « Organisation du travail dans les tailles, étude comparative des méthodes d'exploitation minières », *Bulletin du CERP* 1959, n° 4, p. 333-342.

34. Voir par exemple les remarques de Weber au Congrès du Verein für Sozial-politik (1909) citées par J. P. Mayer, *Max Weber and German Politics,* London, Faber and Faber, 1943, p. 127-128 et Reinhard Bendix, *Max Weber : an Intellectual Portrait,* New York, Doubleday, 1960, p. 456.

35. Robert Michels, *Zur Soziologie des Parteiwesens in der Modernen Demokratie,* Leipzig, 1912, traduit en français sous le titre *Les partis politiques,* Paris, Giard et Brière, 1913.

36. Voir par exemple le numéro d'*Arguments* sur la bureaucratie, *Arguments,* IV (1960), n° 17, avec de nombreuses citations de Trotsky, Bruno Rizzi et Simone Weill, et C. Wright Mills, *White Collar,* New York, Oxford Un. Press, 1951.

37. James Burnham, *The Managerial Revolution,* New York, John Day Co, 1941. William H. Whyte Jr., *The Organization Man,* New York, Simon and Schuster, 1956, traduction française, *L'homme de l'organisation,* Paris, Plon, 1959.

38. Alvin Gouldner, « Metaphysical pathos and the theory of bureaucracy » in Amitai Etzioni, *Complex Organizations,* New York, Holt, Rinehart, 1962, p. 82.

39. March et Simon, *ouvr. cit.,* p. 36.

40. Voir Robert K. Merton, « The unanticipated consequences of purposive social action », *Am. Soc. Rev.,* 1936, p. 894-904, et « Bureaucratic structure and personality », *Social Forces,* XVIII (1940), p. 560-568 ; voir aussi Alvin Gouldner, *Patterns of Industrial Bureaucracy, ouvr. cit.*

41. March et Simon, *ouvr. cit.,* p. 36-46.

42. Reinhard Bendix, « Bureaucracy, the problem and its setting », *Am. Soc. Rev.*, XII (1947), p. 493 et suivantes. Philip Selznick, « Fundations of the theory of organization », *Am. Soc. Rev.*, XIII (1948), p. 25-35 et *TVA and the Grass Roots, ouvr. cit.* Alvin Gouldner, *ouvr. cit.* Peter Blau, *The Dynamics of Bureaucracy*, Chicago, Un. of Chicago Press, 1955. Robert Dubin, « Stability of human organizations », in Mason Haire, *Modern Organization Theory*, New York, Wiley, 1959, p. 218 et suivantes.

43. Philip Selznick, *ouvr. cit.*, p. 253-259.

44. Alvin Gouldner, *ouvr. cit.*, p. 240-245.

45. Alvin Gouldner, *ouvr. cit.*, p. 177-178.

46. Voir par exemple Sigmund Diamond, « From organization to society; Virginia in the seventeenth century », *Am. Journ. of Soc.*, LXIII (1957), p. 457-475.

47. On peut consulter sur l'Inspection des Finances l'analyse littéraire de François Pietri, *Le Financier*, Paris, Hachette, 1931, et l'ouvrage de Philippe Lalumière, *L'Inspection des Finances*, Paris, PUF, 1959, qui présente beaucoup de documents et des descriptions plus fouillées, mais sans véritable analyse.

48. Robert K. Merton, « Bureaucratic structure and personality », *art. cit.* Le passage auquel nous nous référons est repris dans *Social Theory and Social Structure*, Glencoe, The Free Press, 1957, p. 206.

49. *Ibid.*, p. 140.

50. *Ibid.*, p. 198.

51. Voir en particulier Rensis Likert, *New Patterns of Management*, New York, Mc. Graw Hill, 1961.

52. Floyd Mann, *art. cit.* et Fleishmann, E. F. Harris, H. E. Burtt, *ouvr. cit.*

53. Morse et Reimer, *art. cit.*

54. Chris Argyris, « Understanding human behavior in organizations, one view point », in Mason Haire, *Modern Organizations Theory*, New York, Wiley, 1959, p. 155-154.

55. Arnold Tannenbaum et Robert L. Kahn. *Participation in Local Unions*, Chicago, Row Peterson, 1958. Arnold Tannenbaum, « La participation aux activités syndicales », *Sociologie du Travail*, II (1960), p. 141-150.

QUATRIÈME PARTIE

1. Edmond Demolins, *La supériorité des Anglo-saxons*, Paris, Firmin-Didot, 1897. Charles Mourre, *D'où vient la décadence économique de la France*, Paris, Plon, 1899.

2. Michel Debré, *La mort de l'État républicain*, Paris, Gallimard, 1947.

3. Voir par exemple les travaux du groupe de recherches sur les cultures contemporaines animé par Margaret Mead et en particulier Rhoda Métraux et Margaret Mead, *Themes in French Culture*, Stanford Un. Press, 1954. Voir aussi les travaux du Centre d'Études de la société soviétique à Harvard.

On peut aussi mentionner la curieuse expérience tentée récemment par

Stanley Milgram pour tester le degré de résistance au conformisme des Français et des Norvégiens (les Français s'avérèrent très nettement plus résistants que les Norvégiens) Stanley Milgram, « Nationality and Conformity » *Scientific American*, Dec. 1961, p. 45-51.

4. Voir par exemple le numéro spécial du *Journal of Social Issues* édité par Maurice N. Farber, *New Directions in the Study of National Character*, et du côté des sociologues les travaux de David Riesman, de S. M. Lipset et de nombreux autres auteurs et en particulier l'ouvrage collectif de réflexion sur l'œuvre de Riesman édité par Lipset et Lowenthal, *Culture and Social Character*, Glencoe, The Free Press, 1961.

5. Peter Blau, *The Dynamics of Bureaucracy*, Chicago, Un. of Chicago Press, 1955. Roy Francis et R. C. Stone, *Service and Procedure in Bureaucracy*, Minneapolis, Un. of Minnesota Press. 1956.

6. On peut lire à ce sujet, Jacques Barbichon « La vie parallèle dans l'entreprise », *Esprit*, février 1956.

7. Lucien Bernot et René Blancard, *Nouville un village français*, Paris, Institut d'Ethnologie, 1953, p. 148.

8. *Ibid.*, p. 169.

9. Laurence Wylie, *Village in the Vaucluse*, Cambridge, Harvard Un. Press, 1958.

10. Jean Dubost, Rapport non publié, Commissariat au Plan, Paris.

11. Cité par Alexis de Tocqueville, *l'Ancien Régime et la Révolution*, Paris, Gallimard, 1952, Tome I, p. 121.

12. *Ibid.*, p. 183.

13. *Ibid.*, p. 157.

14. *Ibid.*, p. 132. On trouvera une analyse de la persistance de cette hostilité de l'État et de la société aux associations dans Arnold Rose, *Theory and Method in the Social Sciences* Minneapolis Un. of Minnesota Press, 1954, dans un chapitre intitulé « Voluntary associations in France ».

15. Edmond Goblot, *La barrière et le niveau, étude sociologique de la bourgeoisie française moderne*, Paris, Alcan, 1925, p. 126-127.

16. A. de Tocqueville, ouvr. cit. p. 152.

17. J. R. Pitts, *The Bourgeois Family and French Economic Retardation*, Thèse de sociologie, Harvard, 1957, p. 329-331.

18. *Ibid.*, p. 338-343.

19. J. R. Pitts, « Change in bourgeois France », dans l'ouvrage collectif : *In Search of France*, Harvard Un. Press, 1963, p. 259. La version française de cet ouvrage excellent, que nous aurons à citer à plusieurs reprises est actuellement sous presse aux Éditions du Seuil.

20. On pourrait toutefois se servir d'essais impressionnistes mais souvent remarquablement perceptifs, par exemple Ernst Robert Curtius, *Essai sur la France*, Paris, Grasset, 1941. Paul Distelbarth. *La personne France*, Paris, Alsatia, 1942. Salvador de Madariaga, *Anglais, Français, Espagnols*, Paris, Gallimard, 1930.

21. Rhoda Métraux et Margaret Mead, *Themes in the French Culture*, Stanford

Un. Press, 1954. Margaret Mead et Martha Wolfenstein, *Childhood in Contemporary Cultures,* Un. of Chicago Press, 1955. Martha Wolfenstein et Nathan Leites, *Movies a Psychological Study,* Glencoe, The Free Press, 1950. Nathan Leites a récemment repris dans une analyse critique pleine de verve, mais un peu anecdotique, la discussion des traits culturels de la société française et surtout de son élite. Voir Nathan Leites, *La règle du jeu* et *L'Obsession du mal,* ouvrages ronéotés, Ecole Pratique des Hautes Etudes, Paris, 1960 et 1961.

22. Brian Chapman : *The Prefects and Provincial France,* Londres, Allen and Unwin, 1955. *The Profession of Government,* Allen and Unwin, Londres, 1959.

23. A. de Tocqueville, *L'Ancien Régime et la Révolution,* I, p. 52.

24. On peut consulter à ce sujet les très pertinentes critiques adressées par Raymond Aron à Herbert Luethy et la récente mise au point de Charles Kindleberger « The postwar resurgence of the French economy » dans *In Search fo France,* ouvr. cit., p. 118-158.

25. Bauer, Inkeles et Kluckhohn, *How the Soviet System Works,* Harvard Un. Press, 1956, p. 75-81 et 53-73.

26. Joseph Berliner, « A problem in soviet business administration », *Administrative Science Quarterly,* I, (juin 1956), p. 86-101.

27. Sur le fonctionnement de la bureaucratie japonaise, on pourra consulter Rudolf Steiner, « The Japanese village and its government » *Far Eeastern Quarterly,* XV, 2, (1956) ; sur les relations sociales et les relations d'autorité, R. P. Dore, *City Life in Japan,* Berkeley, California Un. Press, 1958, et spécialement les pages 208-209; sur le groupe primaire japonais, William Caudill « Tsu Kisoi in Japanese psychiatric hospitals », *Am. Soc. Rev.* XXVI, 2 (1960), p. 204-214. Et sur les valeurs de la société japonaise naturellement des ouvrages plus généraux tels que Ruth Benedict, *The Chrysanthemum and the Sword,* Boston, Houghton Mifflin, 1946 et Jean Stœtzel, *Jeunesse sans chrysanthème ni sabre,* Paris, Plon (UNESCO), 1954.

28. Voir par exemple Jacques Ellul, *La technique ou l'enjeu du siècle,* ouvr. cit. L. L. Mathias, *Autopsie des Etats-Unis,* I vol. traduit de l'Allemand, Paris, Le Seuil, 1963. Cyrille Arnavon, *L'américanisme et nous,* Paris, Del Duca, 1958.

29. A. de Tocqueville, *L'Ancien Régime,* passim et particulièrement tome II p. 356-360.

30. Stephen Richardson, « Organizational contrasts in British and American ships », *Administrative Science Quarterly,* 1956, p. 206 et suivantes.

31. S. M. Lipset, « Democracy and the social system », chapitre de *The First New Nation* New York, Basic Books, sous presse (1963). Sur ces différences, on peut consulter particulièrement Edward Shils, *The Torment of Secrecy,* Glencoe, The Free Press, 1956 et Ralph Turner « Modes of social ascent through education; sponsored and contest mobility » in A. Halsey, Jean Floud et C. A. Anderson, *Education, Economy and Society,* New York, The Free Press, 1961.

32. Hippolyte Taine, *Les origines de la France contemporaine,* Paris, Hachette, 1889, tome II, p 181.

33. *Ibid.,* p. 181.

34. Cette coupure était déjà dénoncée par Taine, ouvr. cit. p. 240.

35. J. R. Pitts, ouvr. cit., p. 329-331.

36. Laurence Wylie, ouvr. cit., p. 55-97.

37. Hippolyte Taine, ouvr. cit. tome II, particulièrement p. 181-183.

38. Bernot et Blancard, ouvr. cit. p. 128-153. Laurence Wylie, ouvr. cit. p. 55-97.

39. Voir sur tous ces points le très suggestif article de Raymond Aron, « Quelques problèmes des universités françaises », *Archives Européennes de Sociologie*, vol. III (1962), p. 102.

40. Pour une analyse des conséquences d'un tel système sur les activités de recherche voir Joseph Ben David « Scientific productivity and academic organization in 19th century Medicine, *Am. Soc. Rev.* XXVI, 6, (décembre 1960), p. 828 et un nouvel article « Universities and Academic systems in modern societies », dans les *Archives Européennes de sociologie*, vol. III (1962), p. 45.

41. Bernot et Blancard, ouvr. cit. p. 156.

42. Citons parmi une très abondante littérature : Leonard Sayles et George Strauss, *The Local Union, its Place in the Industrial Plant*, New York, Harper, 1953. Seymour M. Lipset, Martin A. Trow et James S. Coleman, *Union Democracy, The Internal Politics of the International Typographical Union*, Glencoe, The Free Press, 1956. Et surtout parmi la longue et très riche discussion sur le rôle du mouvement ouvrier et sur les différents moyens de contrôle social possible dans le processus d'industrialisation à laquelle nous nous référons : Reinhard Bendix, *Work and Authority*, New York, Wiley 1956. Wilbert Moore, « A reconsideration of theories of social change », *Am. Soc. Rev.*, 25, (1960) N° 2 et Clark Kerr, John T. Dunlop, Fred Harbison et Charles Myers, *Industrialism and Industrial Man*, Cambridge, Harvard Un. Press, 1960, S. M. Lipset « Le syndicalisme américain et les valeurs de la société américaine » *Sociologie du Travail* III (1961) 2 et 3, p. 161-181 et 268-286. En France, signalons l'ouvrage de Michel Collinet, *Esprit du syndicalisme*, Paris, les Éditions Ouvrières, 1952. L'article d'Alain Touraine, « Contribution à la sociologie du mouvement ouvrier, le syndicalisme de contrôle », *Cahiers Internationaux de Sociologie*, XXVIII (1960), p. 37-38. L'ouvrage de François Sellier, *Stratégie de la lutte sociale*, Éditions Ouvrières, Paris 1961 et nos deux articles antérieurs « La participation des travailleurs à la gestion des entreprises », *Preuves* 93, (nov. 1958), et « Les Syndicats » dans le *Traité de Sociologie du Travail*, Paris, Colin, 1961, p. 170-192.

43. Nous avons présenté une analyse théorique plus complète de ces trois modèles dans « La participation des travailleurs à la gestion des entreprises ». art. cit.

44. Sur la signification de la procédure paritaire de règlement des réclamations, voir Larry Cohen, « Workers and decision-making in production » in *Proceedings of The Eight Annual Meeting*, IRRA, New York, 1956, p. 298-312.

45. On pourra consulter Jacques Danos et Marcel Gibelin, *Juin 36.*, Editions Ouvrières, Paris, 1952. Val Lorwin, *The French Labor Movement*, Cambridge, Harvard. Un. Press, 1954. Henry Ehrmann, *French Labor from Popular Front to Liberation*, New York, Oxford Un. Press. 1947. L. Bodin et J. Touchard, *Front Populaire* 1936, Vol II, Coll. Kiosque, Paris, 1961.

46. Walter R. Sharp, *The French Civil Service, Bureaucracy in Transition*, New York, Macmillan, 1931. Brian Chapman, *The Prefects and Provincial France*, Londres, Allen and Unwin, 1955. Alfred Diamant « The French adminis-

trative system » in William J. Siffin, *Toward the Comparative Study of Public Administration,* Indiana Un. Press, Bloomington, 1959, p. 182-218. En France, on trouve certes des ouvrages de valeur mais qui ne donnent qu'une vue technique et partielle du sujet comme ceux de juristes comme Duguit et Hauriou, ou comme l'étude de Roger Grégoire, *La fonction publique* (Paris, Armand Colin, 1954), qui porte seulement sur les problèmes de personnel, ou celle de Gabriel Ardant, *Techniques de l'État* (Presses Universitaires, 1953). Le livre récent de Robert Catherine, *Le fonctionnaire français* (Albin Michel, 1961) est plus général mais c'est un ouvrage de doctrine et non pas de recherche.

47. Voir Brian Chapman, ouvr. cit. Alfred Diamant, ouvr. cit. et Michel Crozier, « Le corps préfectoral en action », *Séminaire de Science Administrative,* Institut d'Études Politiques, Paris 1960.

48. De nombreux ouvrages ont paru sur ce thème dans un passé récent. Citons entre autres : Nathan Leites, *Du malaise politique en France,* Paris, Plon, 1958 ; Jacques Fauvet, *La France déchirée,* Paris, Fayard 1957 ; Michel Debré, *Ces princes qui nous gouvernent,* Paris, Plon, 1957 ; Roger Priouret, *La République des députés,* Paris, Grasset, 1959. Mais ils ne faisaient que reprendre la tradition déjà longue, illustrée par exemple par Albert Thibaudet, *La République des professeurs,* Paris, Grasset, 1927, Maurice Barrès, *Leurs figures,* Paris, Fasquelle, 1897, Robert de Jouvenel, *La République des camarades,* Paris Grasset, 1927.

49. Voir la très remarquable analyse de Stanley Hoffmann, « Paradoxes of the French political community » dans *In Search of France,* ouvr. cit. p. 1-117.

50. Voir les arguments de Maurice Duverger, *Demain la République,* Paris R. Julliard, 1958, qui rejoignent ceux d'André Tardieu, *Le souverain captif,* Paris, Flammarion 1936.

51. Nous reprenons en fait, dans une toute autre perspective, l'idée célèbre de Georges Sorel dans *Réflexions sur la violence,* Paris, Librairie de « Pages Libres », 1908.

52. Edouard Dolléans, *Histoire du mouvement ouvrier,* Paris, Armand Colin, 1953, tome II, p. 157-163.

53. Voir à ce sujet la pertinente analyse de Stanley Hoffmann : « Protest in modern France », dans *The Revolution in World Politics,* édité par M. A. Kaplan, V. John, New York, Wiley, 1962.

54. A. de Tocqueville avait déjà souligné le fait : « *C'est dans les colonies,* dit-il dans une de ses notes, *qu'on peut le mieux juger la physionomie du gouvernement de la métropole, parce que c'est là que d'ordinaire tous les traits qui la caractérisent grossissent et deviennent plus visibles* ». *L'Ancien Régime et la Révolution,* tome I, p. 286.

55. *Ibidem.* p. 287.

56. Sigmund Diamond, « An experiment in feudalism, French Canada in the seventeenth century », *William and Mary Quarterly,* 1961, p. 3-34 et « Le Canada français au XVIIe siècle, une société préfabriquée », *Les Annales,* Mars-Avril 1961, p. 317-354.

57. Sigmund Diamond, art. cit., *Les Annales,* p. 329.

58. Lettre de Colbert à Frontenac, 2 novembre 1672, cité par Diamond, art. cit. *Les Annales,* p. 328.

59. Sigmund Diamond, art. cit. *William and Mary Quarterly,* p. 5.

60. *Ibidem*, p. 30.

61. Sigmund Diamond, art. cité, *Am. Journ. of Soc.*

62. Voir cependant Charles Morazé, *Les bourgeois conquérants,* Paris, Armand Colin, 1957, Jean Lhomme, *La grande bourgeoisie au pouvoir, 1830-1880, essai sur l'histoire sociale de la France,* Paris, Presses Universitaires, 1960.

63. P. Léon, *La naissance de la grande industrie en Dauphiné,* Presses Universitaires, Paris, 1954. Cl. Fohlen, *L'industrie textile sous le second Empire,* Paris, Plon, 1956. B. Gille, *Les origines de la grande industrie metallurgique,* Paris, Domat Monchrétien, 1948. *Recherches sur la formation de la grande entreprise capitaliste,* Paris, Hautes Etudes, 1959.

64. Les remarques de François Bourricaud dans ses articles « Contribution à la sociologie du chef d'entreprise », *Revue Economique,* 1958, p. 896-911 et « Malaise patronal », dans *Sociologie du Travail,* III (1961), p. 221-235, nous offrent une intéressante analyse du contenu de la littérature patronale et nous fournissent ainsi un aperçu des valeurs auxquelles les chefs d'entreprise aiment à se référer, mais elles restent superficielles en ce qui concerne le problème plus profond que pose le rôle même de l'entrepreneur et le système de libre entreprise.

65. Francis Delaisi, *La démocratie et les financiers,* Paris, La Guerre Sociale, 1911. Adolphe Merrheim et Francis Delaisi, *La métallurgie,* Editions de la Fédération CGT des Métaux, Paris, 1913.

66. Lysis, *Vers la démocratie nouvelle,* Paris, Payot, 1917.

67. Jean Paul Sartre, « Les communistes et la paix, » *Les Temps Modernes,* avril 1954. Sartre s'est en fait beaucoup plus directement inspiré de l'ouvrage de Michel Collinet, *La condition ouvrière,* (Éditions Ouvrières, Paris, 1951, Coll. « Masse et militants ») que de Sauvy, mais son argumentation manichéenne rejoint celle de Sauvy.

68. Cet argument a été pertinemment refuté par David Landes, « French entrepreneurship and industrial growth in the nineteenth century », *Journal of Economic History,* vol. IX, (mai 1949), p. 45 et suivantes; voir aussi « *France crise du régime ou crise de la nation* », Paris, Économie et Humanisme, 1956.

69. David Landes, art. cité.

70. David Landes, « French business and the businessman; a social and cultural analysis » dans Ed. M. Earle (éditeur), *Modern France,* Princeton Un. Press 1951, p. 335-355. John Sawyer : « Strains in the social structure of modern France », ibid., p. 293. « The entrepreneurship and the social order, France and the U. S. » dans William Miller, (éditeur) *Men in Business, Essays in the History of Entrepreneurschip,* Cambridge, Harvard Un. Press, 1962, p. 7-22. David Landes « Observations on France economy, society and politics » *World Politics,* IX (1957), p. 328-350.

71. F. H. Harbison and Eugen W. Burgess, « Modern management in western Europe », dans *Am. Journ. of Soc.* IX (Juillet 1954), p. 15-23. Eugen W. Burgess, « Management in France », dans F. H. Harbison et Ch. A. Myers, *Management in the Industrial World,* New York, Mc Graw Hill, 1959. David Granik, *The European Executive,* New York, Doubleday, 1962.

72. Voir par exemple, les arguments présentés par Rondo E. Cameron, *France and the Economic Development of Europe 1800-1914,* Princeton Un. Press, 1961, et l'intéressante mise au point de Charles Kindleberger dans l'ouvrage collectif sur la France, *In Search of France,* ouvr. cit. p. 118-159.

73. Voir en particulier la polémique entre John Sawyer et Landes d'un côté, Gerschenkron de l'autre dans *Explorations in Entrepreneurial History,* Harvard, mai 1954, et Bernard Mottez, « Le patronat français vu par les Américains », *Sociologie du Travail,* III (1961), p. 287.

74. Jesse R. Pitts, *The Bourgeois Family and French Economic Retardation,* thèse citée. Un résumé des vues de Pitts a été publié dans le livre collectif *In Search of France,* ouvr. cit., p. 275-304 sous le titre « Continuity and change in bourgeois France ».

75. On trouvera une définition du culte de la prouesse dans *In Search of France,* ouvr. cit., p. 241.

76. J. R. Pitts, *In Search of France,* ouvr. cit. p. 254.

77. La haute fonction publique au contraire est surtout d'origine parisienne, voir Thomas Bottomore, « La mobilité sociale dans la haute administration française », *Cahiers Internationaux de Sociologie,* vol. XIII, (1952), p. 167-178.

78. Voir *résultats du sondage au 1/20e de mai 1954,* Paris, Imprimerie Nationale, 1958.

79. Ces idéologies, malheureusement, n'ont jamais été étudiées de façon comparative. On trouvera une analyse des valeurs des classes moyennes indépendantes dans Georges Lavau, « Les classes moyennes », chapitre de l'ouvrage édité par Maurice Duverger, *Partis politiques et classes sociales,* Armand Colin, Paris, 1955, p. 49-84 et une analyse de l'état d'esprit des instituteurs chez Georges Duveau, *Les instituteurs,* Paris, Le Seuil, 1957.

80. A. de Tocqueville, « Comment vers le milieu du XVIIIe siècle les hommes de lettres devinrent les principaux hommes politiques du pays et des effets qui en résultèrent », *l'Ancien Régime et la Révolution,* Tome I, p. 193-201.

81. Martha Wolfenstein et Margaret Mead, *Childhood in contemporary cultures, ouvr. cité.*

CONCLUSION

1. Voir Ralf Dahrendorf, « Out of utopia », *Am. Soc. Rew.* sept. 1958.

2. Voir Tom Burns et GM. Stalker, *The Management of Innovation,* Londres, Pergamon Press, 1961 et Tom Burns « Des fins et des moyens dans la direction des entreprises », *Sociologie du Travail,* vol. IV, juillet-sept. 1962.

3. William H. Whyte Jr. *L'homme de l'organisation,* ouvr. cit. ; pour une discussion d'ensemble de l'ouvrage de Whyte, voir Michel Crozier, *Sociologie du Travail,* vol. I, (1959), p. 80-83.

4. Melville Dalton, *Men who Manage,* ouvr. cit.

5. Voir en particulier la série des articles publiés par *Administrative Science Quarterly* et particulièrement Ernest Dale, « Contribution to administration of Alfred P. Sloan Jr. and G. M. », vol. I, Juin 1956 p. 30-62.

6. Ralph Cordiner, *Les cadres dirigeants dans l'entreprise décentralisée,* Paris, Ed. Hommes et techniques, 1958.

7. Voir Henry W. Ehrmann, « French bureaucracy and organized interest », *Administrative Science Quarterly,* vol. 5, nº 4 (mars 1961), p. 534-555. Sur l'économie concertée, voir François Bloch-Lainé, *A la recherche de l'économie*

concertée, brochure, Éditions de l'Épargne, Paris, 1961. Club Jean Moulin, *L'État et le citoyen,* Paris, Le Seuil, 1961, p. 354-370.

8. Voir par exemple Stern et Keller, « Spontaneous group references in France », *Public Opinion Quarterly,* XVII (1953) p. 208-217.

9. Voir S. M. Lipset, *The First New Nation,* ouvr. cité, le chapitre intitulé « Democracy and the Social System ».

10. Voir Michel Crozier, « Employés et petits fonctionnaires », note sur le loisir comme moyen de participation aux valeurs de la société bourgeoise, *Esprit,* Juin 1959.

11. Alexis de Tocqueville, *L'Ancien Régime et la Révolution,* ouvrage cité, passim et spécialement tome I, p. 115-122.

Table

NORMANDIE ROTO IMPRESSION S.A.S. À LONRAI
DÉPÔT LÉGAL : NOVEMBRE 1971. N° 603-14 (1801449)

IMPRIMÉ EN FRANCE

Du même auteur

AUX MÊMES ÉDITIONS

Le Monde des employés de bureau
Seuil, 1965

L'Acteur et le Système
Les contraintes de l'action collective
(en collab. avec Erhard Friedberg)
Seuil, 1977
et « Points Essais » n° 248, 1992

État modeste, État moderne
(Fayard, 1987)
Seuil, « Points Essais » n° 223, 1991

L'Entreprise à l'écoute
Apprendre le management postindustriel
(InterÉditions, 1989)
Seuil, « Points Essais » n° 279, 1994

La Société bloquée
Seuil, 1994
et « Points Essais » n° 316, 1995

La Crise de l'intelligence
(InterÉditions, 1995)
Seuil, « Points Essais » n° 361, 1998